De vrouwen van de Leeuwenhof

Corina Bomann

Solveigs belofte

Eén vrouw kan het landgoed van haar familie redden.
Maar heeft ze de moed om te doen wat nodig is?

BOEKERIJ

ISBN 978-90-225-8718-8
ISBN 978-94-023-1388-8 (e-book)
ISBN 978-90-528-6358-0
NUR 302

Oorspronkelijke titel: *Die Frauen vom Löwenhof – Solveigs Versprechen*
Vertaling: Lilian Caris
Omslagontwerp: © Bürosüd GmbH, München
Omslagbeeld: © www.buerosued.de
Zetwerk: CeevanWee, Amsterdam

Deel 1

1967

1

'Dat was het voor vandaag, dames en heren!'

Professor Kersten sloeg zijn boek dicht en veegde een denkbeeldig pluisje van de revers van zijn doktersjas. Niemand wist waarom hij die bij zijn colleges droeg, want daarbij was van sectie geen sprake. Maar het was voor hem een gewoonte die hij wel nooit zou veranderen.

Het roffelen van tientallen knokkels op de tafels van de collegezaal volgde als donderslagen na de bliksem op zijn woorden. Even later kwam er beweging in de rijen banken.

Kitty, naast me, stond ook op. Eigenlijk heette ze Katrina Vaderby, maar alleen de docenten spraken haar zo aan. Zelf noemde ze zich Kitty, en dat deden ook haar studiegenoten en vrienden. Een bruine haarlok viel in haar gezicht toen ze haar sjaal omdeed. Ze was mijn vriendin, met wie ik in het studentenhuis een kamer deelde. Vroeger had mijn moeder een huis gehad in Stockholm, maar dat was verkocht om de Leeuwenhof na de oorlog weer levensvatbaar te maken.

'Hé, Solveig, zou het een idee zijn als ik bij Kersten op het onderwerp geslachtsziekten bij paarden ging promoveren?' zei ze giechelend terwijl ze haar schrijfgerei bij elkaar raapte.

'Daar zou hij een hartverzakking van krijgen. Dat kun je niet maken.' Ik proestte het uit. Ze had altijd zulke opmerkingen. Dat was een van de redenen waarom ik haar zo graag mocht.

Professor Kersten was nog van de oude garde, hij had tijdens de Eerste Wereldoorlog gestudeerd en zat vlak voor zijn pensioen. Of hij ons in de promotiefase nog zou begeleiden, was maar de vraag. Maar Kitty's suggestie deed me grinniken.

'Dourine is een ernstige ziekte!' bauwde ze hem na. 'Dat hebben jullie toch de afgelopen week van mijn collega mevrouw Rubinstein gehoord! Ik bedoel dat paarden om die reden moeten worden afgemaakt...'

'Dan kun je beter bij haar promoveren,' stelde ik voor terwijl ik eveneens mijn spullen verzamelde. 'Ik vind het wel een goed idee. Mevrouw Rubinstein heeft moderne opvattingen. Als ik promoveer, dan doe ik dat bij haar.'

Daarop verlieten Kitty en ik de collegezaal van de *veterinärhögskolan*. Overal stonden groepjes studenten te kletsen, sommige ondanks de koude winterdag in felgekleurde jurken en truien gehuld. Daarbij vergeleken zag ik er een beetje kleurloos uit met mijn grijze wollen jas en lompe bruine laarzen. Het enige kleuraccent bij mij was een lindegroene wollen muts die ik in het warenhuis had aangeschaft. Kitty vond dat die me goed stond en dat hij mijn groene ogen, die ik van mijn vader had geërfd, mooi accentueerde.

'Wat ben jij eigenlijk van plan in de collegevrije periode?' vroeg ik, terwijl ik wel wist waarheen mijn vrije tijd me zou voeren. Sinds de kerstvakantie was ik niet meer op de Leeuwenhof geweest. De komende weken zou ik eindelijk weer tijd hebben om buitenritten te maken en daarna in de warme salon van mijn oma een boek te zitten lezen.

'Eerlijk gezegd weet ik dat nog niet precies,' antwoordde Kitty. 'Eigenlijk wilden we gaan skiën, maar Marten wil naar Frankrijk. Bij dit weer, kun je je dat voorstellen?'

'In het zuiden is het vast warm en zonnig.' Ik begreep niet waarom ze klaagde. Marten Ingersson droeg haar op handen, en een reisje naar Frankrijk klonk heel romantisch. Misschien wilde hij haar een aanzoek doen?

'Maar Frankrijk is toch meer iets voor de zomer, vind je niet? En Marten wil er met de auto naartoe.'

'Vliegen zou toch veel makkelijker zijn.'

'En duurder.' Kitty zuchtte. 'Ik zie me al in een gammel Fiatje door Denemarken tuffen, en door Duitsland en Luxemburg... Tegen de tijd dat we er zijn, is de vakantie voorbij. Ze keek me aan. 'Jij hebt meer geluk.'

'Hoezo?'

'Sören zou zich een vliegreis kunnen veroorloven. En anders jij wel.'

'Daar zou ik maar niet zo zeker van zijn.' Ik vroeg me af wanneer Kitty eindelijk eens zou inzien dat een adellijke titel niet automatisch met rijkdom gepaard ging. De Leeuwenhof mocht dan een beroemd landgoed zijn, maar mijn moeder en grootmoeder wisten het bedrijf in deze tijden ternauwernood overeind te houden. Paarden werden tegenwoordig zelden in grote aantallen gekocht. De ooit zo lucratieve overeenkomsten met het koningshuis waren van de baan. Bovendien had mijn moeder het druk met ons andere landgoed. Ekberg draaide gelukkig goed genoeg om een beheerder in dienst te hebben, maar de leiding over het bedrijf hield Mathilda Lejongård zelf in handen.

'Bovendien ben ik heel graag op de hoeve,' vervolgde ik. 'In de stad mis ik het paardrijden enorm.'

'Dan moet je hier een joggingclubje oprichten, zoals je die al een tijdje in Amerika hebt.'

'Ha, ha,' reageerde ik schamper. Ik hield van lichaamsbeweging, maar zelf rennen of met een paard door de velden galopperen was niet hetzelfde.

Kitty keek op haar horloge. 'Oké. Ik moet nu eerst maar eens naar Hansen. Je hebt geluk dat je in de werkgroep van professor Harland terecht bent gekomen.'

'Die stelt net zulke hoge eisen als Hansen.'

'Maar hij ziet er heel wat beter uit.' Ze klakte met haar tong en grijnsde, toen ging ze ervandoor.

Ik stapte naar buiten en snoof. Het was nog steeds winter, maar het weer was de afgelopen dagen wat beter geworden. Misschien verbeeldde ik het me, maar ergens hing er lente in de lucht – en dat in februari! Ik stelde me voor hoe de campus eruit zou zien wanneer het eerste groen verscheen.

Hoewel het elk jaar hetzelfde was, had je aan het begin van de lente het gevoel dat je al die pracht voor het eerst van je leven zag. Eigenaardig hoe de winter je die schoonheid zo kon laten vergeten.

Een aanraking haalde me uit mijn gedachten. Een hand legde zich teder om mijn taille. Verschrikt deed ik mijn ogen open, en voor ik kon gaan gillen keek ik in de bruine ogen van Sören Lundgren.

'Hallo, schoonheid, sta je te dromen?' vroeg hij, en voor ik antwoord kon geven gaf hij me een zoen. De warmte van zijn lippen deed me vergeten dat we op de campus waren, waar iedereen ons kon zien.

In eerste instantie hadden we het niet aan de grote klok willen hangen, maar inmiddels betrapte ik mezelf erop dat het me trots maakte een man als hij naast me te hebben. Steelse blikken en gestolen kussen waren tot meer uitgegroeid, en nu kon het me niet meer schelen als iemand ons zag. Ik wílde zelfs dat anderen ons samen zagen en jaloers werden.

'Hé,' zei ik. 'Wat doe jij nou hier? Ik dacht dat je vandaag stage had.'

Sören zat al in het vijfde jaar en was bezig met afstuderen. Op dat moment liep hij stage bij een dierenarts aan de rand van Stockholm, waar hij voornamelijk honden en katten onderzocht.

'De dierenarts is ziek en heeft de praktijk gesloten. Op mijn tegenwerping dat ik de honneurs waar kon nemen, ging hij niet in.'

'Je bent toch ook nog niet afgestudeerd.'

'Maar in feite run ik de praktijk. Wat meer vertrouwen zou ik wel hebben verdiend.'

'Ik heb vertrouwen in jou,' zei ik en ik kuste hem plagerig.

'Dat betekent alles voor me.' Hij trok me dichter tegen zich aan. 'Je hebt zeker niet toevallig tijd voor me?'

Ik schudde mijn hoofd. 'Werkcollege bij professor Harland.'

'Ha, bij die adonis,' zei hij lachend.

'Hij is geen adonis. Wat hebben jullie toch allemaal met die man! Hij is gewoon een vakbekwame docent.'

'Op wie alle meisjes van de opleiding vallen – behalve jij, blijkbaar.'

'Ik heb jou toch. Bovendien is Harland al veertig. Denk je niet dat hij een beetje te oud voor me is?'

'Dat lijkt de anderen niet uit te maken. Bovendien krijgt hij als docent vast een goed salaris.'

'En ik ben van adel!' zei ik en ik stak gespeeld mijn neus in de lucht. 'Met geld kan men mij niet imponeren.'

'Waarmee dan wel?' Hij sloeg zijn armen om mijn heupen.

'Dat weet je best!' Ik kuste hem en wierp hem een veelbetekenende glimlach toe. Het was echt stom dat ik nu naar college moest.

'Hoe ziet je avond eruit?' vroeg Sören.

'Koffers pakken voor de reis naar huis,' zei ik. 'Wil je niet toevallig mee?'

Sören hield zijn hoofd scheef. 'Dat hangt van het verloop van de avond af.'

Ik trok mijn wenkbrauwen op. 'Wil je me beletten mijn koffers te pakken?'

'Misschien.'

'En waarom wil je dat? Heb je andere plannen voor de vakantie?'

'Kom vanavond naar me toe hier op de campus,' antwoordde hij ontwijkend. 'Dan zal ik het je laten zien.'

'Wil je soms naar vallende sterren kijken?' vroeg ik en ik keek weer naar boven. Er dreven wolkensluiers over het winterse blauw. Het kon makkelijk helemaal betrekken, en dan zou het een heel donkere nacht worden.

'Beter dan dat. Laat het maar over je heen komen.' Hij glimlachte bemoedigend naar me. Mijn hart bonsde. Ik vond het altijd heerlijk als hij een verrassing voor me had. Tegelijkertijd vond ik het maar niks dat hij me geen enkele hint gaf. Als hij van plan was met me op reis te gaan, moest ik dat thuis laten weten. Mijn oma zou het niet kunnen verdragen als ik onverwachts wegbleef.

'Oké,' zei ik, want ik merkte dat hij, hoe ik ook zou soebatten, toch niets zou verklappen.

Sören fronste licht zijn voorhoofd. Ik moest een beetje misnoegd hebben geklonken, want hij vroeg: 'Is alles in orde?'

'Ja, natuurlijk,' antwoordde ik en ik glimlachte. 'Ik ben alleen nieuwsgierig, dat is alles.'

'Mooi,' zei hij opgelucht. 'Ik beloof je dat het een fijne verrassing zal zijn.'

'Daar twijfel ik niet aan.'

Ik sloeg mijn handen om zijn nek en we zoenden opnieuw. Ergens floot iemand suggestief, maar dat negeerden we. Op dat moment waren we onkwetsbaar.

Met bonzend hart kwam ik even voor achten op de campus aan. Slechts een paar ramen van het grote gebouw waren verlicht. Natuurlijk waren er af en toe nog avondlezingen, maar rond deze tijd was het hier meestal rustig. Over niet al te lange tijd zouden er alleen nog schoonmakers in de gangen rondlopen.

Ik vroeg me af waarom Sören uitgerekend hier had willen afspreken. Normaliter gingen we naar een horecagelegenheid, in de buurt van de campus bevonden zich diverse cafés en restaurants.

De kou kroop onder mijn jas en afgezien van verwarring begon ik ook lichte irritatie te voelen. Waar bleef hij? Ik keek op mijn horloge. Vijf voor acht. Hij had nog wat tijd. Waarom was ik eigenlijk zo vroeg gekomen?

Wellicht omdat ik aan Kitty's gevraag wilde ontsnappen. Toen ze hoorde dat Sören een verrassing voor me had, was ze in wilde speculaties losgebarsten. 'Misschien ontvoert hij je wel naar Davos,' zei ze, 'of gaan jullie naar Italië.'

'Als dat zo was, had hij me vast aangeraden een andere garderobe mee te nemen.'

'Misschien heeft hij alles al klaarliggen. Hij kent je lichaam heus goed genoeg om een idee van je maten te hebben.'

'Kitty!' had ik verontwaardigd geroepen, maar ze had gelijk. Sören en ik genoten van elkaars lichaam wanneer we maar konden en zin hadden. Dat we niet samenwoonden leek onze begeerte alleen maar aan te wakkeren. Als we dan, meestal in het weekend, in zijn appartement waren, wilde ik vaak niet meer weg.

Ik keek om me heen. Ik voelde me onrustig. Of mijn vingers koud waren van de opwinding of gewoon van de kou, wist ik niet.

Toen hoorde ik voetstappen achter me.

'Ha, daar ben je,' zei Sören, alsof ik te laat was. 'Ben je er klaar voor?'

'Klaar waarvoor?'

Sören haalde iets uit zijn zak. Op het eerste gezicht leek het een donkere herensok. Ik deinsde achteruit.

'Niet bang zijn, ik wil je alleen blinddoeken.'

'Met een sok?'

'Het is geen sok. Doe me dat pleziertje nu maar.'

'Goed dan.' Ik draaide me om en merkte het volgende ogenblik dat de vermeende sok een zijdeachtig stukje stof was. Sören maakte het achter op mijn hoofd vast. Daarna legde hij zijn hand op mijn arm.

'Je gaat me toch hopelijk niet ontvoeren?'

'Niet echt,' antwoordde hij. 'Maar je mag de verrassing pas zien als je er bent.'

Hij leidde me door de sneeuw en uiteindelijk over iets wat onder mijn schoenen aanvoelde als een trottoir. Onze voetstappen weerklonken tegen een gebouw, toen stopte hij ineens.

'We zijn er,' zei hij.

Toen hij de blinddoek weer afdeed, keek ik in een zee van kaarsen die een groot hart vormden.

Sneeuw schitterde in het schijnsel, dat ook een paar namaakrozenblaadjes belichtte.

'Wat heeft dit te betekenen?' vroeg ik.

'Dat zul je zo wel zien.'

Hij bracht me in het kaarsenhart, toen knielde hij voor me neer, als iemand die de ridderslag krijgt.

Vervolgens haalde hij nog iets uit zijn jaszak. Geen stukje stof, maar een doosje. Hij klapte het open, pakte er iets uit en stak het me toe.

'Solveig Lejongård,' begon hij, 'jij bent de liefde van mijn leven.

Sinds ik jou heb leren kennen, kan ik me een leven zonder jou niet meer voorstellen. Elke dag dat we niet samen zijn, doet me vreselijk pijn. Alsjeblieft, maak een einde aan mijn pijn en word mijn vrouw!'

Even hield ik mijn adem in. Mijn hart ging als een razende tekeer. Over trouwen hadden we het nooit echt gehad. En nu deed hij dit.

'Je bent gestoord!' wist ik met moeite uit te brengen.

'Kan wel zijn. Maar dat weet je eigenlijk wel.' Hij keek me vol verwachting aan. 'Nou, wat zeg je? Wil je een gestoorde echtgenoot?'

Wilde ik dat? Ik vond het heerlijk om met Sören samen te zijn. Ik kon me geen liefdevollere en zorgzamere man voorstellen. Geen andere man. Ook al vonden mijn ouders dat ik me niet te vroeg moest binden.

'Ja!' ontschoot het me. 'Ja, dat wil ik.' Een snik welde op en ik boog me naar hem over om hem te kussen.

'Wacht!' zei hij en hij pakte mijn hand. 'Ik wil je eerst de ring omdoen.'

Hij schoof hem aan de ringvinger van mijn linkerhand en kuste die. Er ging een golf van geluk door me heen. Ik zou binnenkort zijn vrouw zijn! Eindelijk liet hij mijn hand los. Ik boog me naar hem toe en kuste hem hartstochtelijk.

Niet veel later zaten we dicht tegen elkaar aan op de trap naar de kaarsen te kijken, die een voor een uitdoofden. Mijn hoofd lag op zijn schouder, en eigenlijk zouden we over onze toekomstplannen moeten praten, maar op dat moment wilde ik alleen zijn nabijheid voelen. Ik wilde genieten van het geluk dat me ten deel viel.

Toen de deur achter ons openging, krompen we in elkaar. Ik draaide me om en zag een van de schoonmaaksters staan, die misprijzend naar de kaarsen in de sneeuw keek.

'Ik hoop dat jullie dat weer weghalen!' mopperde ze.

'Maakt u zich geen zorgen, dat zullen we doen. Ik heb speciaal daarvoor een vuilniszak meegenomen.' Sören haalde een zak uit zijn jas. Ik moest me inhouden om niet in de lach te schieten. Blinddoek, ring, vuilniszak.

'Oké, maar ik hou het in de gaten! Als het er morgen nog is, meld ik het bij de rector.'

Ik vroeg me af hoe ze dat voor elkaar wilde krijgen. Kende ze soms alle gezichten en namen van de studenten? Dat was nogal onwaarschijnlijk, haar opmerking was een loos dreigement.

'Wat romantisch om na een huwelijksaanzoek te gaan opruimen,' zei ik toen de schoonmaakster weer achter de deur was verdwenen.

'O, voor de echte romantiek zorg ik thuis,' antwoordde hij.

'Waarom heb je het aanzoek dan niet thuis gedaan?'

'Omdat ik er iets bijzonders van wilde maken. En omdat ik er niet zeker van was hoe je zou reageren. Ik wilde niet dat je mijn etage zou slopen.'

Ik schoot in de lach. Ik was wel gewend aan zulke uitspraken van hem, maar vandaag leek hij bijzonder goed op dreef.

'Is het ooit voorgekomen dat ik bij jou thuis iets kapot heb gemaakt?' vroeg ik. 'Jij was toch degene die de vaas van je tante Clara omgooide.'

'Ik vond die vaas vreselijk.'

'Maar je leek toen nogal ontdaan.'

Ik rekte mijn hals en gaf hem een kus op zijn mond. 'Dank je wel. Het was een van de mooiste huwelijksaanzoeken die ik ooit heb gekregen.'

'Dan hoop ik maar dat je nooit de behoefte zult hebben om dit aanzoek nog met andere aanzoeken te vergelijken.'

'Ik geloof niet dat iemand jou kan overtreffen.'

'Een hele geruststelling.'

Hij legde zijn arm om mijn schouders, en weer vonden onze lippen elkaar voor een lange, innige zoen. Ik voelde begeerte opkomen. Als we in zijn huis waren geweest had ik hem waarschijnlijk meteen het bed in gesleurd. Maar hij had gelijk, dit aanzoek was heel bijzonder. En het paste goed bij ons.

We hadden elkaar op de campus ontmoet. In die tijd zat ik in het eerste semester en het kostte me moeite in Stockholm mijn weg te vinden. Omdat ik mijn hele leven op de Leeuwenhof had doorgebracht, was de stad nieuw en opwindend voor me. Kitty en ik hadden elkaar net leren kennen en ik betwijfelde of ik het in onze kamer langer dan een maand met haar zou kunnen uithouden.

Op een dag liep ik een man tegen het lijf. Het was geen jongen meer, maar echt een man. Ik wist nog niet dat hij maar twee jaar ouder was dan ik, ook al leek hij rijper. Hij glimlachte zo stralend naar me dat ik als aan de grond genageld bleef staan. Minuten later kon ik aan niets anders meer denken dan aan die glimlach. Die bracht me zo in verwarring dat ik bijna mijn college had gemist. Ook daarna liet het me niet los, waardoor ik de bus naar het studentenhuis miste die ik had willen nemen.

En zelfs 's nachts dacht ik er nog aan.

Ik maakte me geen illusies dat ik hem nog eens zou tegenkomen. En zelfs als dat zou gebeuren: misschien was hij wel een docent. Iemand die zich niet met een studente zou inlaten. Toch keek ik naar hem uit. Die korte ontmoeting was genoeg geweest om me zijn gezicht in te prenten. Maar ik zag hem nergens. Op den duur verloor ik alle hoop.

Tegen de verwachting in werden Kitty en ik echter vriendinnen en de man met de bruine ogen en de geweldige glimlach verdween uit mijn bewustzijn.

Toen stond hij ineens voor mijn neus. Hij stond te wachten voor de trap waarop we zaten en glimlachte naar me. Van schrik viel mijn rugzak uit mijn hand.

'Hé,' zei hij. 'Heb je misschien zin in koffie?'

'Ik... hoezo... eh...' Iets anders kwam er niet over mijn lippen. Mijn hart begon te bonzen en ik kreeg het vreselijk warm. Ik had wekenlang geprobeerd hem te vinden. En nu stond hij daar, alsof mijn wens hem naar me toe had getrokken.

Hij begon te lachen. Ik werd meteen vuurrood. Waarom deed ik zo idioot? Kitty zou gewoon ja hebben gezegd, bij hem hebben ingehaakt en met hem zijn meegegaan.

'Heb ik je aan het schrikken gemaakt?' vroeg hij. 'Dat was niet mijn bedoeling. Ik bedacht alleen dat dit een goed moment was om je aan te spreken, aangezien ik je wekenlang niet uit mijn hoofd heb kunnen zetten.'

Hield hij me voor de gek? Ik kon niet geloven dat dit me overkwam.

'Nee, ik... ben alleen verrast.' Langzaamaan kreeg ik mezelf weer onder controle. Wat was er mis mee dat een jonge man me aansprak? Bovendien had ik lang van een moment als dit gedroomd.

'Nou, wat denk je? Heb je tijd voor koffie, of zit er iemand op je te wachten?'

'Nee, ik bedoel ja. Ik heb tijd. En er zit niemand op me te wachten. Hoogstens mijn kamergenote.'

Hij glimlachte en keek me peinzend aan. Toen leek hem iets te binnen te schieten.

'O, vergeef me, ik heb me nog niet eens voorgesteld. Mijn naam is Sören Lundgren.'

'Solveig Lejongård,' zei ik terug en ik stak hem schutterig mijn hand toe. Hij pakte hem aan en ik voelde dat hij ijskoude vingers had. Hij leek net zo nerveus te zijn als ik. Dat vond ik op de een of andere manier sympathiek.

We gingen naar een klein café, bestelden koffie en zaten in eerste instantie onwennig tegenover elkaar. Waarover moest ik met hem praten? De afgelopen weken was ik zo druk geweest met naar hem uitkijken dat ik me er geen voorstelling van had gemaakt hoe het zou zijn wanneer we elkaar eindelijk tegenkwamen.

'Ik geloof dat je niet de enige was die iemand niet uit zijn hoofd kon zetten,' begon ik uiteindelijk. 'Ik heb eigenlijk sinds de eerste keer dat we elkaar zagen, naar je uitgekeken. Helaas kon ik je nergens ontdekken.'

'Ik ben een hele tijd ziek geweest,' antwoordde hij. 'Je weet wel, van de griep die hier heerste.'

Dat kon ik me nog herinneren. In mijn omgeving had de een na de ander koorts gekregen en het bed moeten houden. Het was een wonder dat Kitty en ik in een studentenhuis waar minstens de helft van de bewoners ziek was, ervoor gespaard waren.

'Het duurde in elk geval een poosje voor ik weer op krachten was gekomen. En toen moest ik een heleboel inhalen. Mijn vrienden zagen me voor kluizenaar aan.'

'En ik dacht intussen dat je maar toevallig op de campus was.'

Hij glimlachte naar me. 'Dan moet het wel een kwestie van lotsbeschikking zijn, hè?'

'Ja, een beschikking van het lot,' beaamde ik terwijl ik een beetje verlegen in mijn koffie tuurde.

Nadat we – als brave studenten – de gedoofde kaarsen bij elkaar hadden geraapt, gingen we naar Sörens huis. Hij woonde in een klein appartement niet ver van de campus. Het was van een oom van hem, maar die zat voor een paar jaar in Amerika en leek te overwegen daar te blijven. Ik vond het geweldig. Sören had de kamers geel en oranje geverfd, zodat ze zelfs in de winter een beetje zomers leken.

Als we eenmaal getrouwd waren, konden we daar wonen, in elk geval de eerste tijd. Ik wist dat Sören van plan was een praktijk voor kleine huisdieren te beginnen. We hadden het er nog niet over gehad, maar misschien zou hij dat wel in Kristianstad willen doen. Ik kon dan bij hem werken zolang mijn moeder in staat was het landgoed te bestieren. Ze was in november drieënvijftig geworden en wekte nog altijd een behoorlijk jeugdige indruk. Later, dat stond voor mij vast, zou ik het lot van de Leeuwenhof in handen nemen.

Maar dat was allemaal nog toekomstmuziek. Ik had de liefste man van de wereld gevonden en was verloofd. De rest zou wel in orde komen.

Zodra we de deur door waren, ging ik dicht bij hem staan en kuste hem.

'Wat...' stamelde hij enigszins verward.

'Je had het er toch over dat je hier voor romantiek zou zorgen,' zei ik. 'Misschien moeten we daar maar meteen mee beginnen.'

'Maar daarvoor moet ik nog wat voorbereidingen treffen.'

'Ik heb geen behoefte aan voorbereidingen. Ik wil alleen jou.' Op dat moment wilde ik maar één ding: hem eindeloos beminnen. Of er rozenblaadjes op het bed lagen of niet, liet me totaal onverschillig.

Sören liet de zak met kaarsen vallen en drukte me stevig tegen zich aan. Ik merkte duidelijk dat het hem net zo verging als mij. We kusten elkaar hartstochtelijk, en even later trok ik hem mee naar de slaapkamer, naar het mij o zo vertrouwde bed.

'Misschien kunnen we beter tot de huwelijksnacht wachten,' zei hij schertsend terwijl ik zijn trui over zijn hoofd trok.

'Ik denk dat je te laat bent met je wens om met een maagd te trouwen. Bovendien, wie weet hoelang dat nog duurt.'

Voor hij antwoord kon geven snoerde ik hem de mond met een kus, toen zonken we neer op de matras.

2

De volgende ochtend werden we pas laat wakker. Ik vroeg me af wat Kitty er wel niet van zou denken dat ik niet thuisgekomen was. Maar waarschijnlijk vermoedde ze dat ik naar Sören was gegaan. Het was de laatste tijd niet ongebruikelijk dat ik ook doordeweeks bij hem bleef slapen.

Nu stroomde het zonlicht door het raam, en ik voelde de warmte ervan op mijn huid. Ik keek opzij en zag Sörens gezicht Zijn oogleden met de donkere wimpers waren gesloten, een haarlok viel in zijn gezicht. Instinctief stak ik mijn hand uit om hem weg te schuiven. Toen mijn vingertoppen zijn huid aanraakten, deed hij zijn ogen open.

'Goedemorgen,' zei hij, veel te monter voor iemand die net wakker werd.

'Goedemorgen,' antwoordde ik. 'Hoelang ben je al wakker?'

'Al een poosje. Lang genoeg om naar mijn mooie slapende verloofde te kijken.'

'En waarom deed je dan net alsof je sliep?' Ik streelde over zijn wang. Die voelde stoppelig aan. Ik vond dat heerlijk, vooral wanneer hij me kuste. Zou ik hem zover kunnen krijgen dat hij zijn baard liet groeien?

'Om jou gelegenheid te geven naar me te kijken zoals je dat soms doet. Ik kon niet weten dat je meteen handtastelijk zou worden.'

'Het lijkt erop dat je dat niet fijn vindt.'

'Jawel, dat vind ik fijn. Heel erg fijn zelfs. En dat geldt niet alleen voor mijn voorhoofd.' Hij legde zijn arm onder de deken om mijn taille.

Door zijn aanraking begon mijn lichaam te kriebelen. Begeerte welde in me op. Ik zou er niets op tegen hebben gehad de hele dag met hem in bed door te brengen. Maar ik had mijn moeder beloofd vandaag naar de Leeuwenhof te komen. En ik wilde haar het grote nieuws zo snel mogelijk vertellen.

'Op de Leeuwenhof zullen we heel veel tijd voor handtastelijkheden hebben,' merkte ik op.

'Eén kusje maar,' zei hij terwijl hij me in zijn armen nam.

We haalden mijn bagage op in het studentenhuis en gingen op weg.

Kitty was er gelukkig niet, anders had ik vast een heleboel vragen over me heen moeten laten komen.

Het was ongeveer zesenhalf uur rijden naar de Leeuwenhof. We hadden besloten allebei de helft van de rit voor onze rekening te nemen. Ik reed de eerste drie uur, Sören nam het daarna van me over.

Ik vond het heerlijk om achter het stuur te zitten. In Stockholm had ik weinig gelegenheid mijn rijkunst toe te passen, want de meeste afstanden legde ik af met de bus. Bovendien had ik geen eigen auto. Sören deelde gelukkig niet zijn vaders mening dat vrouwen niets achter het stuur te zoeken hadden.

Ongeveer halverwege stopten we bij een pleisterplaats. In deze tijd van het jaar waren daar maar weinig mensen.

'Wat zou je ervan vinden een grote reis te maken?' vroeg ik Sören terwijl we onze proviand uit de tas haalden. 'Misschien als huwelijksreis?'

'Daarvoor had ik de Middellandse Zee in gedachten. Zuid-Frankrijk. We zouden in Nice en Saint-Tropez kunnen verblijven en de wereld van de rijkelui bekijken.'

Ik glimlachte. 'Dat zou leuk zijn.' Ik slikte de opmerking in dat ik eigenlijk ook tot de rijkelui behoorde. Al had ons landgoed zijn glorietijd wel gehad. Maar tussen mij en de in de bladen afgebeelde dames met grote zonnebrillen en juwelen in designerkleding was een behoorlijk verschil. Ik voelde me eerder een heel gewone vrouw.

'Zodra de huwelijksdatum vaststaat, zoek ik een reis uit.' Sören straalde. 'Wat denk je, wanneer kan het zover zijn?'

'Dat hangt ervan af wat mijn ouders zeggen.'

'Denk je dat ze er iets op tegen hebben?'

'Nee, absoluut niet. Voor mijn moeder ben je de ideale schoonzoon.'

'O mijn God, heeft ze dat gezegd?'

Ik begon te lachen. 'Nee, maar ik weet hoe dat gaat. Bij een huwelijk als dat van ons moet er op veel dingen worden gelet. Er is op de Leeuwenhof heel lang geen echt groot feest meer geweest. Er moeten gasten worden uitgenodigd, familie, vrienden, zakenrelaties...'

'Wat, die ook?'

'Anders zouden ze zich beledigd voelen. Verder jouw familie, vrienden.'

'En zakenrelaties,' voegde hij er spottend aan toe. 'Ik vraag me af of dr. Larsen zou komen.' Dr. Larsen was de dierenarts bij wie hij stage liep.

'Als je dat wilt, nodigen we hem uit. En ik zou het prettig vinden als we onze bruiloft buiten konden vieren. Je weet hoe sprookjesachtig onze tuin in de zomer is.'

'Ja, dat weet ik.'

'En je weet dat ik in dat opzicht heel ouderwets ben.'

Sören knikte. 'Gelukkig ben je op veel andere gebieden heel modern.'

'Dan zouden we kunnen denken over een datum in de komende zomer. Juni, of misschien juli?'

'Juni of juli?' Sören begon opgelucht te lachen. 'Dat is geweldig! Ik was al bang dat ik een jarenlange verloving met je zou moeten zien uit te houden.'

'Dat is sinds mijn overgrootmoeder Stella niet meer voorgekomen,' antwoordde ik.

'Die streng kijkende vrouw op het schilderij in de entree?'

Mijn oma praatte niet vaak over haar, maar het portret in de hal gaf de toeschouwer een idee hoe het er indertijd aan toe was gegaan. Langdurige verlovingen waren toen waarschijnlijk net zo gewoon als het dragen van een korset.

'Kun je haar dat kwalijk nemen? Ze had in de bloei van haar leven haar echtgenoot en haar zoon verloren. Dan is het wel normaal om een beetje chagrijnig te kijken. Maar ik vind dat ze er eigenlijk heel waardig uitziet.'

'En ouderwets.'

'Dat zullen wij over honderd jaar ook zijn, lieveling.'

Ik keek hem diep in de ogen. Hoe zou het zijn om samen met hem oud te worden? Hoe zouden onze kinderen ons zien? Ik wilde kinderen, minstens twee. Hoewel het misschien zwaar zou zijn om mijn werk met het moederschap te combineren, wilde ik het beslist allebei.

Na de korte rustpauze reden we verder. Hier en daar lagen nog wat sneeuwhopen, maar verder waren de wegen sneeuwvrij.

We hadden van plaats gewisseld en ik was blij dat ik een beetje kon uitrusten, want ik had een stijve nek gekregen. Ik was niet gewend zo lang achter elkaar te rijden.

Het geronk van de motor maakte me uiteindelijk slaperig. Ik nestelde me in de capuchon van mijn jas en deed mijn ogen dicht. Gedachten aan de bruiloft kwamen in me op. Wat voor jurk zou ik dragen? Een lange of een korte? Mijn moeder zou beslist voor een lange jurk zijn, maar het idee om een jurk te kiezen zoals prinses Gracia van Monaco die bij speciale gelegenheden droeg, sprak me meer aan. Daarin zou ik zeker opvallen.

Met het beeld van de trouwjapon voor ogen zonk ik weg in een diepe slaap.

3

Ik stond in een groene wei. De zon scheen en er hing een zoete geur in de lucht. Bijen zoemden om me heen en een vlinder vloog op naar de hemel. Ik zag ze vlug in het zomerblauw verdwijnen; daarna keek ik omlaag naar mijn kleren.

Ik hield een bos witte lelies in mijn handen. De rok van mijn japon had een klokkend model en was bedekt met fijne kant. Ik kon het niet zien, maar ik wist dat er witte linten door mijn haar waren gevlochten. Ik wist al vroeg dat ik op mijn bruiloft geen sluier wilde dragen. Een sluier was een archaïsch symbool voor maagdelijkheid, dat me erg ongepast leek voor een bruid die al talloze malen met haar geliefde had geslapen.

Mijn trouwdag. Geluk ontlook in me als een rozenknop. Ik keek naar voren en zag het kerkje voor me. Het hoorde bij het dorp van het landgoed, maar het was behoorlijk veranderd. Een witte toren was er vroeger niet geweest. Waarschijnlijk was het tijdens mijn afwezigheid verbouwd. Maar die dag interesseerde het me niet hoe het kerkje eruitzag. Ik ging trouwen.

Toen de klokken begonnen te luiden, liep ik naar het kerkgebouw toe. Er waren veel mensen toegestroomd. Ik herkende echter niemand. Was mijn familie er dan niet? En Kitty?

Waarschijnlijk zitten ze binnen te wachten, zei ik tegen mezelf en ik keek opzij. Eigenlijk was het gebruikelijk dat de vader van de bruid zijn dochter naar het altaar leidde, maar er stond niemand naast me. Was hij het vergeten?

Even voelde ik de neiging hem te zoeken, maar toen zei ik tegen mezelf dat het te laat was. Van binnenuit hoorde ik orgelmuziek. Ik mocht Sören niet voor het altaar laten wachten.

'Solveig?' werd er ineens geroepen. Ik keek om, maar in de wirwar van onbekende gezichten kon ik niemand onderscheiden bij wie die vertrouwde stem hoorde.

Ik keek weer naar voren, maar de kerk was verdwenen. En ook de rest van het landschap loste langzaam op in het wit. Toen werd de wereld om me heen zwart.

'Solveig!' Weer die stem.

Langzaam verliet ik de duisternis. Ademhalen was een beetje pijnlijk. Mijn keel en mond voelden vreselijk droog. Mijn ogen gingen open, maar in eerste instantie kon ik niets anders ontwaren dan een lichtgevende bol aan het plafond.

Toen zag ik nog iets anders. Een metalen stang boven mijn hoofd waaraan een soort handgreep was bevestigd. Op de achtergrond klonk, ver weg, gepiep.

'Solveig, godzijdank!'

Ik wilde mijn hoofd opzij draaien, maar dat lukte niet. Mijn nek leek ergens in vast te zitten. Bovendien wilde het waas voor mijn ogen niet weggaan. Wat was er met me aan de hand? Waar was ik?

Het laatste wat ik me herinnerde was dat ik met Sören op weg was geweest naar de Leeuwenhof. We hadden halverwege van plaats geruild en ik had mezelf een dutje gegund...

Waarom was ik hier, en niet in de auto?

Naast me werd een stoel opzijgeschoven. Het geluid bezorgde me kippenvel. Vlak erna trok er een pijnscheut door mijn arm, alsof iemand me een stroomstoot had toegediend.

'Solveig, hoor je me?' vroeg de stem, daarna werd het licht boven me verduisterd. Aanvankelijk zag ik slechts een schaduw, die daarna langzaam contour kreeg.

Even later realiseerde ik me dat het het gezicht van Mathilda Lejongård was, mijn moeder. Ze was nog altijd heel mooi, al kreeg ze langzamerhand steeds meer witte haren. Ze droeg haar haar halflang, in een moderne coupe. Tussen haar wenkbrauwen had zich een diepe bezorgde frons gevormd.

'Mama,' vormden mijn lippen, maar het geluid dat uit mijn mond kwam was nauwelijks hoorbaar.

'Kindje.' Haar ogen vulden zich met tranen. 'Wat heerlijk dat je weer bij ons bent.'

Ik begreep het niet. Waar was ik dan geweest? Waarom huilde ze?

Het gepiep werd sterker. Toen hoorde ik mijn hartslag. Mijn moeder stak haar hand naar me uit en streelde heel voorzichtig over mijn voorhoofd. Haar aanraking voelde ik nauwelijks.

'Waar... ben... ik?' vroeg ik. Het leek heel veel moeite te kosten om die woorden uit te spreken. Maar mijn verstand werd met het moment wakkerder. Mijn hart bonsde angstig. Waarom was het allemaal ineens zo vreemd? Wat was er gebeurd?

'Je bent in Kristianstad, liefje,' antwoordde mijn moeder. 'In het ziekenhuis.'

Kristianstad was de plaats waar ik geboren was. Ons landgoed lag daar niet ver vandaan.

Maar het ziekenhuis? Wat had ik daar te zoeken?

Ik kreeg het niet voor elkaar de woorden te formuleren, maar mijn moeder leek de vraag van mijn gezicht af te kunnen lezen.

'Jullie hebben een ongeluk gehad, in het bos bij Kristianstad. Gelukkig zat er een auto vlak achter jullie en kon de chauffeur daarvan hulp halen.'

Haar woorden troffen me als koude regen. Een onaangename rilling liep langs mijn rug.

Hadden we een ongeluk gehad? Maar waarom herinnerde ik me dat dan niet? Was het gebeurd toen ik sliep? Had ik last van geheugenverlies?

'Hoe is het met hem?' vroeg ik zachtjes.

'Met wie?' vroeg mijn moeder en ze keek op, alsof er nog iemand in de kamer was. Was dat ook zo?

Ik kon nog steeds mijn hoofd niet bewegen. Er was iets hards dat dat verhinderde.

'Sören,' zei ik. 'Hij is ook gewond geraakt, toch?'

Iemand stond op en kwam naar me toe.

'Ja, dat klopt,' hoorde ik mijn oma zeggen. Haar gezicht verscheen nu ook boven me. Haar zilvergrijze haar was keurig gepermanent, en haar slanke gestalte stak in een blauw mantelpakje. De kleur van Agneta Lejongård. Inmiddels was ze tachtig, maar ze was nog heel vitaal. Als je haar hoorde praten, dacht je dat je je in haar leeftijd vergiste. 'Maar je moet je nu geen zorgen om hem maken. Hij is in goede handen. Hoofdzaak is dat je weer herstelt.'

'Wat is er met me?' vroeg ik. Meer dan de doffe pijn in mijn arm merkte ik niet. Het leek, afgezien van mijn bonzende hart, alsof ik geen lichaam had.

'Je hebt een hersenschudding,' antwoordde mijn moeder. 'Bovendien heb je een arm en een been gebroken. Er zijn drie ribben gekneusd en je hebt een whiplash, daarom draag je een halskraag.'

'Maar ik voel niets,' hoorde ik mezelf zeggen. 'Behalve mijn arm.'

'Dat komt door de pijnstillers die ze je gegeven hebben. Je bent drie dagen buiten bewustzijn geweest...'

Ze werd onderbroken door het geluid van een deur die openging.

'Dames, het spijt me, maar ik moet u nu verzoeken de kamer uit te gaan.' De mannenstem klonk ernstig en heel beslist. Een dokter, schoot door me heen.

'Ze is wakker,' verklaarde mijn moeder. Nu ze overeind kwam, verdween ze uit mijn gezichtsveld. 'En ze zegt dat ze haar arm voelt.'

De dokter kwam naast me staan. Hij had het gezicht van een veertiger, met licht grijzende slapen en voor het overige bruin haar. Met zijn blauwe ogen nam hij me oplettend op. Ik probeerde een glimlach te produceren. Ik wist niet of ik daarin slaagde.

'Juffrouw Lejongård?' vroeg hij.

'Dat ben ik,' antwoordde ik.

Er gleed een glimlach over zijn gezicht, toen haalde hij een lampje uit de borstzak van zijn doktersjas. Daarmee scheen hij in mijn ogen. Een scherpe pijn schoot door mijn hoofd en dwong me mijn ogen dicht te knijpen.

'Het is al goed, u kunt uw ogen weer opendoen,' zei de dokter. 'Heeft uw moeder u al verteld wat er is gebeurd?'

'Ja, van het ongeluk,' antwoordde ik. 'Mijn...'

Ik stokte. Bijna had ik 'mijn verloofde' gezegd. Moesten mijn moeder en mijn oma op die manier horen dat we ons verloofd hadden? Nee, dat wilde ik bewaren voor het moment dat het met Sören en mij weer beter ging.

'Ja?' vroeg de dokter.

'Mijn vriend... Gaat het goed met hem?'

De dokter keek even naar mijn moeder. 'Naar omstandigheden. Hij is heel wat zwaarder gewond geraakt dan u. Maar maakt u zich niet ongerust. Hij krijgt alle zorg die we hem kunnen bieden.'

Sören was zwaargewond. Mijn maag verkrampte. Het liefst had ik het uitgeschreeuwd, maar daar had ik de kracht niet voor.

'De verpleegster komt straks bij u kijken en u iets te eten brengen. Helaas moeten uw moeder en uw oma nu echt weggaan. U hebt rust nodig.'

Alsof ik niet dagenlang had geslapen! Maar de dokter had gelijk: hoe meer gevoel ik weer in mijn lichaam kreeg, hoe meer het als lood aanvoelde.

'Het ga je goed, lieve schat,' zei mijn moeder terwijl ze zich over me heen boog om me een kus op mijn voorhoofd te geven. 'Morgen kom ik weer.'

'Dank je wel, mama.'

Ook mijn oma kwam nog even naar me toe en streelde over mijn haar. 'Pas goed op jezelf, meisje. Vannacht zal ik tenminste wat rustiger kunnen slapen.'

'Met mij komt het wel weer goed, *mormor*,' zei ik en ik probeerde nog eens te glimlachen, wat waarschijnlijk mislukte.

Toen iedereen weg was, kwamen de gedachten.

Hoe had het ongeluk kunnen gebeuren? Sören was toch een ervaren chauffeur. En de wegen waren niet glad meer geweest. Ik keek naar het raam. Meer dan een grijze hemel en kale takken zag ik echter niet. Hoe hadden mijn ouders het vernomen? Waarschijnlijk had de politie hen gebeld, of misschien was die persoonlijk langsgekomen. Het werd me zwaar te moede als ik me voorstelde hoe mijn familie gereageerd had. Mijn moeder had natuurlijk meteen naar me toe gewild. En mijn oma... Die zou beslist verstijfd zijn geweest van schrik. Mijn moeder had me verteld dat ze een tijdlang aan depressies had geleden. Dat moest vlak voor mijn geboorte heel ernstig zijn geweest.

Maar sinds ik op de wereld was, ging het beter met haar. 'Jij was het licht van de hoop, Solveig,' zei ze tegen me nadat ze me weer eens had uitgelegd dat mijn naam 'weg van de zon' betekende. 'Jij bent de zon voor de Leeuwenhof. De toekomst.'

Ik kon alleen maar hopen dat mijn oma, mormor, grootje, zoals ik haar noemde, niet meer in een depressie verviel.

Die nacht kon ik lang niet in slaap komen. Telkens weer lag ik erover te malen hoe het met Sören ging. Waren zijn ouders al op de hoogte? Zaten die net zo aan zijn ziekbed als mijn moeder en oma bij mij?

Nu wenste ik dat we hen van tevoren nog hadden bezocht om hun over onze verloving te vertellen. Het was me een raadsel waarom Sören daar niet op had gestaan. Maar waarschijnlijk had hij mijn plannen niet willen verstoren. En misschien wisten zijn ouders al van zijn voornemen.

Op een gegeven moment dommelde ik toch in en ik werd pas wakker toen de verpleegster kwam om me te verleggen en me mijn ontbijt te brengen. Veel trek had ik niet. Ik kreeg nog steeds pijnstillers, maar ik had behoorlijk last van mijn ingegipste arm en been. Ik dwong mezelf echter iets te eten, waarvoor de verpleegster me een complimentje gaf toen ze het dienblad weer kwam ophalen.

'Kunt u me misschien zeggen hoe het met Sören Lundgren gaat?' vroeg ik. 'Hij is samen met mij hier gebracht. Hij is mijn vriend.'

'Ik zal eens informeren, liefje,' zei ze moederlijk en ze liep de kamer uit.

Er verstreken minuten. Hoelang zou het duren voor ze iets te weten kwam? Ze had natuurlijk meer patiënten te verzorgen.

Ik probeerde mijn ongeduld te bedwingen. Ze zal zo wel weer komen, zei ik tegen mezelf.

Maar de zuster kwam niet.

In plaats daarvan verschenen de dokters op hun ronde. Er kwamen een paar mannen en een vrouw in het wit binnen. De meesten van hen hadden een stethoscoop om hun nek. Het groepje deed me een beetje denken aan mijn studiegenoten als ze uit de snijzaal kwamen, waar ze sectie hadden gedaan op een paard of een ander dier.

'Goedemorgen, juffrouw Lejongård, hoe voelt u zich vandaag?' vroeg de dokter van gisteren, die zich voorstelde als dokter Marold.

'Goed,' antwoordde ik. 'Naar omstandigheden dan. Maar de pijnstillers werken goed.'

'Het doet ons plezier dat te horen,' antwoordde dr. Marold terwijl hij een lampje uit zijn zak haalde. 'Ik ga nu een paar tests bij u doen. Wees maar niet bang, het is zo gepiept. We willen alleen weten hoe het met uw hersenschudding staat.'

's Middags kwam mijn moeder weer op bezoek, ditmaal samen met mijn vader. Die leek meer grijze haren te hebben gekregen.

'Kindje, wat heb jij nou weer uitgehaald,' zei hij terwijl hij voorzichtig over mijn wang aaide. Ik rook de geur van vers gezaagd hout. Blijkbaar had hij weer iets gerepareerd. Vroeger had hij bij zijn vader in een meubelmakerij gewerkt. Ik kon me nog slechts vaag herinneren dat we mijn grootouders van vaderskant in Stockholm een keer hadden bezocht. Dat was heel lang geleden en ik wist niet wat er tussen hen en mijn vader was voorgevallen, maar het was blijkbaar iets ernstigs geweest. Daarna waren we er niet meer heen gegaan. Later hoorde ik dat ze een jaar na elkaar waren overleden.

Ik kon me hen nauwelijks meer herinneren. Maar de geur van hout haalde altijd dat stukje herinnering bij me naar boven, dat hoorde net zo bij mijn vader als het tweedjasje en de das die hij droeg.

'Je hebt ons de stuipen op het lijf gejaagd!'

Dat terwijl het toch een vrolijke dag zou moeten worden.

Ik verkeerde in tweestrijd. Moest ik hun van de verloving vertellen?

Onder deze omstandigheden, en zonder Sören? Ik besloot er nog even mee te wachten.

'Ik weet niet eens wat er gebeurd is,' gaf ik te kennen. 'Hebben jullie de politie gesproken?' Ik keek naar mijn moeder. Ze had me toen ik bijkwam iets verteld, maar meer dan dat onze auto in het bos was beland, had ik niet onthouden.

'Het ziet ernaar uit dat jullie een wildaanrijding hebben gehad. De boswachter heeft niet ver van de auto een dood hert gevonden. Dat lijkt door jullie te zijn aangereden.' De tranen sprongen mijn vader in de ogen. Ik had hem hoogst zelden zien huilen. 'Sören heeft blijkbaar geprobeerd het te ontwijken, en daarbij hebben jullie een boom geraakt en zijn jullie in de greppel terechtgekomen.'

Ik slaakte een zucht. 'Waarom kan ik me dat niet herinneren? Ik sliep, maar dat had ik toch moeten merken!'

'De dokter zegt dat je last hebt van geheugenverlies. Dat is in een dergelijke situatie niet ongewoon.'

'Mogelijk ging het ook te snel,' zei mijn moeder. 'Voor je wakker kon worden, was je al buiten bewustzijn. Misschien is het ook wel beter dat je het je niet herinnert.'

Ik knikte. Maar eerlijk gezegd had ik liever geweten hoe de situatie vlak voor het ongeluk was geweest.

'Ik moet je de groeten doen van Svea. Die is de afgelopen week bij ons geweest. Ze heeft wat last van reuma, maar verder is ze nog heel kras.'

Onze voormalige kokkin was een paar jaar geleden met pensioen gegaan. Ik kon me nog goed herinneren dat ze me altijd koekjes toestak als ik door de keuken rende.

Af en toe had ze me ook over vroeger verteld, toen mijn overgrootmoeder nog leefde. Die verhalen klonken voor mij alsof ze afkomstig waren uit een sprookjesboek. Maar Svea had geen enkele reden om die verhalen te verzinnen.

'Dat doet me plezier,' zei ik. 'Bedankt. Ze kan de Leeuwenhof niet loslaten, hè?'

'Op jouw leeftijd, misschien iets jonger, vroeg ik me al af waarom dat is. Nu begrijp ik dat ons huis mensen aan zich bindt. Ook als je een weg inslaat die wegvoert van de Leeuwenhof, kom je er vroeg of laat weer naar terug. Zelfs als je denkt dat je door omstandigheden geen keus hebt, ga je terug omdat je dat wilt.' Er verscheen een mijmerende uitdrukking op haar gezicht.

Ik wist dat haar weg haar ook van de Leeuwenhof had weggeleid. En dat ze was teruggekomen. Agneta had haar hulp ingeroepen, maar als ze erover vertelde, bekende ze me dat ze er diep in haar hart naar had verlangd.

Dat verlangen naar de Leeuwenhof kende ik. De ziekenkamer benauwde me. Ik wilde door het bos en over de velden rijden. Natuurlijk was er in deze tijd van het jaar nog geen groen te bekennen, maar ik had behoefte aan vrijheid. En meer dan wat ook wilde ik Sören kunnen opzoeken, hem vertellen dat het goed met me ging.

Geklop op de deur bracht ons tot zwijgen. 'Binnen,' zei mijn vader.

Er verscheen een verpleegster. 'Een politieagent wil u spreken. Is dat goed?'

Mijn vader keek me aan. 'Voel je je daartoe in staat?' vroeg hij.

Mijn maag verkrampte. De politie. Waarschijnlijk wilde de agent de toedracht van het ongeluk achterhalen. Ik knikte. Nu of later, wat maakte het uit?

De agent was nog behoorlijk jong, misschien iets ouder dan Sören. Hij kwam naast mijn bed staan. 'Goedendag, ik ben wachtmeester Ole Nilsson van de politie in Kristianstad,' zo stelde hij zich voor. 'Uw behandelend arts zei dat u weer aanspreekbaar bent. Als u geen bezwaar hebt, zou ik u een paar vragen over het ongeluk willen stellen.'

'Ga gerust uw gang,' antwoordde ik.

'Kunt u iets zeggen over het exacte tijdstip waarop het incident voorviel? We gaan ervan uit dat het zeven uur 's avonds was toen uw voertuig met het hert in botsing kwam.'

'Ik kan het me niet herinneren,' zei ik. 'Ik sliep. Toen ik wakker werd, lag ik hier in bed.'

'Hebt u enig vermoeden dat de chauffeur alcohol had gebruikt of oververmoeid was?'

Ik schudde mijn hoofd. Sören had niet gedronken. En of hij moe was... We zijn tegen de middag uit Stockholm vertrokken. De eerste helft van het traject heb ik gereden, daarna hebben we van plaats gewisseld.'

De pen van de agent kraste over het papier.

'Maar een botsing met een hert kan ook iemand die klaarwakker is overkomen, toch?'

'We hebben aanwijzingen gevonden dat meneer Lundgren heel laat reageerde,' zei de agent. 'Wat is uw relatie met de heer Lundgren? Is hij een kennis?'

'Hij is mijn vriend.' Ik keek naar mijn linkerhand. De verlovingsring ontbrak, maar ik meende me te herinneren dat de verpleegster de eerste nacht had gezegd dat mijn sieraden in het nachtkastje lagen.

'In de zin van gewoon bevriend, of hebt u een intieme verhouding?'

'Wachtmeester, alstublieft!' stoof mijn moeder op. 'Wat heeft dat met het ongeluk te maken? Denkt u soms dat meneer Lundgren mijn dochter om het leven wilde brengen?'

De agent werd rood. 'Nee, in geen geval, maar... Ik heb opdracht die informatie in te winnen.'

'We zijn al lang samen,' zei ik. 'En ik weet zeker dat hij me niets wilde aandoen. Het moet allemaal stomme pech zijn geweest. Als aankomend dierenarts weet ik dat damherten voornamelijk 's avonds op voedsel uitgaan. Vooral 's winters komen ze dan bij wegen in de buurt. Er is dus niets geheimzinnigs aan, tenzij u iets voor ons verzwijgt.'

De agent stak verlegen zijn schrijfgerei in zijn zak. 'Het spijt me, ik wilde geen ergernis wekken. Maar in geval van letsel bij personen moeten we onderzoek doen en uitzoeken of de bestuurder nalatig is geweest.'

'Dan moet u misschien wachten tot de bestuurder weer aanspreekbaar is.' Mijn stem klonk scherper dan de bedoeling was. De gedachte dat Sören vervolgd zou kunnen worden voor het veroorzaken van lichamelijk letsel maakte me kwaad. Hij was bij het ongeluk zelf zwaargewond geraakt! 'Ik kan u verzekeren dat Sören Lundgren absoluut niet onverantwoordelijk heeft gehandeld,' zei ik. 'Wij houden van elkaar. Geen van beiden zou de ander door nalatigheid enige schade toebrengen.'

De agent haalde een kaartje uit de borstzak van zijn jas. 'Hartelijk dank. Als u nog iets te binnen schiet, neem dan contact op via dit telefoonnummer.'

Ik pakte het kaartje aan. 'Dat zal ik doen.'

De agent knikte, en voor hij zich naar de deur omdraaide, zei hij: 'Beterschap. Het zal allemaal wel worden opgehelderd.' Hij nam afscheid van mijn ouders en vertrok.

Ik staarde hem kwaad na. 'Sören en nalatig handelen,' mopperde ik. 'Alsof hij dat ooit zou doen.'

'Maar het zou kunnen dat hij vermoeid was,' bracht mijn vader voorzichtig te berde.

'Hij was niet moe. Niet om zeven uur terwijl ik de eerste drie uur had gereden.'

'Maar jij hebt ook geslapen. Het zou kunnen.'

'Denkt u echt dat Sören zo onverantwoordelijk zou zijn?'

'Solveig, rustig blijven,' zei mijn moeder sussend. 'De politie moet die dingen nagaan. Je bent gewond geraakt. Alleen al om verzekeringstechnische redenen moet onweerlegbaar duidelijk zijn of het incident onvermijdelijk was of dat de chauffeur vermoeid was.'

'Maar wat verandert dat? We zijn allebei gewond geraakt en dat hert kan niet worden vervolgd.'

'Bij zo'n zwaar ongeluk moeten ze onderzoek doen. Iemand moet voor de schade opdraaien.'

'De verzekering van Sören.'

Mijn moeder knikte. 'Daar zal het wel op uitlopen.'

Ineens voelde ik me verschrikkelijk moe. Ik staarde langs mijn ouders heen. Dat Sören als schuldige zou worden aangewezen, had ik voor het bezoek van de agent niet kunnen bevroeden.

'Ik denk dat het beter is om je nu met rust te laten,' zei mijn moeder terwijl ze me over mijn haar streelde. 'Wat denk je?'

Ik knikte zwakjes. Eigenlijk had ik me op hun bezoek verheugd, maar het verhoor had me nogal aangegrepen.

'Goed. Ik kom morgen terug,' zei mijn moeder. 'En oma komt misschien ook. Het beste, lieve schat.'

De verpleegster bij wie ik naar Sören had gevraagd, was ik al bijna vergeten toen ze 's avonds weer verscheen.

'Mijn excuses dat het zo lang heeft geduurd,' begon ze terwijl ze naast mijn bed kwam staan om mijn kussens op te schudden voor de nacht. 'Vlak na het ontbijt was er een wisseling van de wacht.'

'Bent u iets te weten gekomen?' vroeg ik.

De zuster knikte, maar haar gezicht kreeg een bezorgde uitdrukking. 'Ja. Hij is gisteren overgebracht naar Stockholm.'

'Waarom?' vroeg ik geschrokken.

'Zijn verwondingen zijn zeer ernstig, hij ligt in coma. De universiteitskliniek daar heeft veel meer te bieden dan wij.'

'En is hij goed in Stockholm aangekomen?' De tranen sprongen me in de ogen. Nu was hij ver weg. Ik was van plan geweest bij hem op bezoek te gaan zodra ik me een beetje met krukken kon bewegen. Maar nu was hij weg.

'Voor zover we weten is alles in orde met hem, naar omstandigheden dan. In Stockholm wordt er goed voor hem gezorgd, dat weet ik zeker.'

'Ik hoop het,' zei ik en ik begon te huilen. Het leek allemaal zo verschrikkelijk, zo ongelofelijk. We waren nog maar net het gelukkigste paar ter wereld, en nu lag ik hier in het ziekenhuis en Sören in Stockholm. En niemand wist hoe hij het eraf zou brengen. Ik was dan nog wel geen dierenarts, maar ik wist wat een coma inhield.

'We willen trouwen,' snikte ik. 'Eigenlijk wilden we naar mijn ouders om te vertellen dat we ons verloofd hadden.'

De verpleegster legde haar hand op mijn arm. 'Het spijt me zo, liefje. Maar ik weet zeker dat ze hem in Stockholm weer beter maken. En voor u het weet is hij weer bij u en trouwt hij met u.'

Ik knikte, ook al besefte ik dat de zuster het alleen maar zei om me gerust te stellen.

4

Twee weken lang was ik tot inactiviteit gedoemd. Mijn moeder kwam afwisselend samen met mijn oma of mijn vader, soms ook alleen. Ze zat bijna elke dag naast mijn bed op het witte stoeltje.

'Je hoeft toch niet elke dag te komen,' zei ik. 'Je hebt je handen al vol aan Ekberg en de Leeuwenhof. Er is zo veel te doen.'

'Maar ik heb maar één dochter, toch?' antwoordde ze. 'Ik wil er zeker van zijn dat ze je hier goed behandelen.'

'Dat doen ze heus wel, moeder. Ze behandelen me als een kasplantje.' Ik zweeg even. 'Wist ik maar hoe het met Sören gaat.'

Mathilda zuchtte. 'Ze kunnen je niets vertellen, hè?'

Ik keek haar aan. 'Mag ik je iets vragen?'

'Je kunt me alles vragen, lieve schat.'

'Zou je misschien naar Stockholm kunnen gaan om bij hem te kijken?'

'Ik vrees dat ze mij niet bij hem zullen laten. Tenslotte ben ik geen familie.'

Maar dat zou hij binnenkort wel zijn. Zodra we getrouwd waren.

'Mama, ik moet je iets vertellen.'

Mathilda fronste haar wenkbrauwen, alsof ze iets naars verwachtte. 'Wat dan, kindje?'

Ik kneep mijn lippen op elkaar. Eigenlijk had het allemaal heel anders moeten gaan. We hadden op de Leeuwenhof moeten aankomen, mijn moeder zou zich in eerste instantie hebben verbaasd over Sörens aanwezigheid, zou dan blij zijn geweest omdat ze hem sinds het afgelopen jaar niet meer had gezien. En dan zouden we bij het avondeten de blijde boodschap hebben verkondigd. Mijn ouders en mijn oma zouden ons eerst als door de bliksem getroffen hebben aangestaard. Maar dan zou er pure, uitbundige vreugde zijn gevolgd. Dat moment zou nooit komen.

Nu zou het misschien verschil maken als ik het haar liet weten.

'Hij heeft me gevraagd.'

'Wat zeg je nou?'

'Sören heeft me ten huwelijk gevraagd. En ik heb ja gezegd. We zijn verloofd, mama.'

Ik keek naar mijn linkerhand. Tot nog toe had ik de ring niet uit het nachtkastje kunnen pakken.

'Kijk maar hier in het nachtkastje, als je me niet gelooft.'

Mijn moeder leek verstijfd. Was het toch geen goed idee geweest om het haar te vertellen? Ze trok het laatje open. De kleine gouden ring schitterde in het licht van de tl-balken aan het plafond.

'Het was een verrassing voor jullie. Ik dacht dat jullie er blij om zouden zijn.'

'Daar ben ik ook blij om.' Mijn moeder probeerde te glimlachen. 'Dat is echt geweldig. Maar...'

Ze stokte, en ik zag dat haar ogen vochtig werden.

'Wat?' vroeg ik zachtjes.

'Ik zou willen dat jullie waren aangekomen.'

Nu sprongen ook mij de tranen in de ogen. 'Dat zou ik ook willen. Met heel mijn hart...'

Mijn moeder boog zich over me heen en sloot me in haar armen. We huilden allebei, maar ik merkte dat ik daardoor ook een stuk innerlijke spanning kwijtraakte.

'Misschien laten ze je bij hem als je zegt dat we verloofd zijn,' zei ik, nadat we gekalmeerd waren. Met mijn gezonde hand veegde ik over mijn gezicht. Mijn moeder pakte de ring en stak hem aan mijn vinger. 'Die moet je dragen. Als je verloofd bent, hoort iedereen het te weten.'

De ring zat een beetje strak, waarschijnlijk waren mijn handen opgezet door het liggen. Maar nu voelde ik me weer compleet.

'Vertel je het aan oma?'

'Moet ik dat doen?' vroeg mijn moeder. 'Misschien wil je het haar liever zelf vertellen.'

'Nee, doe jij het maar. Ik weet dat je een hekel hebt aan geheimen.'

Mijn moeder fronste haar voorhoofd. 'Dat is ook zo.'

'Als Sören en ik weer beter zijn, kunnen we het vieren.' Ik pakte mijn moeders hand vast. 'Ga je Sören opzoeken?'

'Ik denk dat ik liever eerst het ziekenhuis bel. Als ze toestemming geven, ga ik erheen.' Ze zweeg even, toen vroeg ze: 'Weten Sörens ouders het al?'

'Ik heb geen idee. We wilden eerst naar jullie. Het is immers gebruikelijk de ouders van de bruid om haar hand te vragen.'

'Eigenlijk wel.' Mijn moeder streelde glimlachend mijn hand. 'Maar de tijden veranderen, heb ik gemerkt.'

'Ik wist dat jullie er niets op tegen zouden hebben. Anders had ik gewacht.'

'En Sörens ouders hebben ook geen bezwaar?'

'Ik denk van niet. Ze zijn naar mij toe nooit afwijzend geweest, integendeel zelfs.'

'Dan zal ik ook contact opnemen met zijn ouders. Zij kunnen me vast wel zeggen hoe het met hun zoon gaat. Klinkt dat goed?'

Ik knikte. 'Ja, dat klinkt goed.'

'Mooi. Misschien lukt het me nog vanavond iemand te bereiken.'

Ze viel even stil en het leek of ze in gedachten een notitie maakte. Toen keek ze me aan. 'En? Wat voor jurk zou je op je bruiloft willen dragen?'

Ik herinnerde me mijn eigenaardige droom. Daarin had ik een lange jurk aangehad. Misschien moest ik nu juist een korte bestellen? Een klein stemmetje zei me dat het beter was om af te wachten, maar daar luisterde ik niet naar.

'Een korte. De rok mag hooguit tot een handbreedte boven de knie komen.'

Mijn moeder lachte. 'De oudere dames zullen flauwvallen van schrik. Een bruid laat voor de huwelijksnacht haar knieën niet zien.'

'Ik vrees dat Sören mijn knieën al heeft gezien,' antwoordde ik glimlachend. 'En dat meer dan eens.'

De volgende dag kwam mijn moeder niet. Ik hoopte dat het ziekenhuis of de Lundgrens hadden toegestaan dat ze Sören opzocht. Misschien ging het inmiddels zo goed met hem dat hij bezoek kon ontvangen.

De onzekerheid knaagde aan me, maar ik klampte me vast aan de hoop dat de dokters in Stockholm een klein wonder hadden weten te verrichten.

Pas een dag later kwam mijn moeder weer. Ze keek heel ernstig. Ik voelde angst opkomen. Had ze soms slecht nieuws?

'Heb je de Lundgrens kunnen bereiken?' vroeg ik.

'Ja,' antwoordde ze nadat ze was gaan zitten. 'Sörens ouders zijn echt heel aardig. Maar hij ligt nog steeds in coma op de intensive care. De dokters zeggen dat zijn toestand stabiel is, maar dat hij nog lang niet zal bijkomen.'

Dat bericht drukte als een steen op mijn borst. Hij was nog altijd bewusteloos. Een stabiele toestand was geen reden tot opluchting. Zoiets kon snel veranderen.

'Heb je hun over de verloving verteld?'

'Ja. Ik heb gevraagd of ze op de hoogte waren van de plannen van hun zoon. Ze zeiden dat hij het de dagen voor het ongeluk over vrijwel niets anders had gehad. Sörens moeder had je al de verlovingsring van zijn oma willen aanbieden, maar Sören had erop gestaan er zelf een te kopen, van zijn eigen geld.'

Ik keek naar mijn hand. Op de ring zat een klein steentje, dat prachtig schitterde. Ik had er de vorige dag en vanochtend vaak naar gekeken.

'Ik ben bang dat we nog een beetje geduld moeten hebben,' voegde mijn moeder eraan toe. 'Maar ik weet zeker dat het allemaal goedkomt.'

'Dat is te hopen.' Er ging van alles door mijn hoofd. Hoe was het om in coma te liggen? Kon Sören iets horen? Iets voelen?

'Oma is trouwens erg blij om jullie verloving,' zo haalde mijn moeders stem me weer terug in de werkelijkheid. 'Ze zei dat jullie een geweldig paar zullen zijn.'

Zullen. Als mijn oma optimistisch was, waarom zou ik het dan somber inzien? Agneta had in haar leven zo veel meegemaakt. Als iemand ervaring had met het lot, dan was zij het wel.

'Wat zei ze over de korte jurk?'

'Daar heb ik nog niets over verteld. Eén enerverend bericht op een dag is wel genoeg.' Ze pakte mijn hand en gaf er een kneepje in. 'Ik zou graag naar Sören zijn gegaan. Maar ik moet doen wat de dokters willen. Wij moeten dat.'

Die gedachte viel me zwaar, maar ik knikte. 'Misschien word ik binnenkort ontslagen,' zei ik, terwijl ik besefte dat botten niet in een paar dagen helen. Het was een gecompliceerde beenbreuk; als ik pech had zou ik met krukken teruggaan naar de universiteit. Maar dat kon me op dat moment niet schelen. Het belangrijkste was dat het beter ging met Sören. Het belangrijkste was dat hij uit zijn coma ontwaakte. Desnoods kon hij me met mijn been in het gips over de drempel dragen.

'Dat hoop ik maar,' zei mijn moeder. 'Thuis kun je beter herstellen. De paarden missen je ook al.'

'Doe ze de groeten van me,' zei ik met een zwak glimlachje, en ik pakte haar hand. 'En bedankt dat je het geprobeerd hebt.'

'Ik zal in elk geval naar Sören blijven informeren. Als ik iets hoor, laat ik het je weten.'

Mijn moeder gaf me een kus op mijn voorhoofd en bleef nog even zwijgend naast me zitten.

Een week later ging het zo goed met mijn nek dat de halskraag verwijderd kon worden. Daartoe bracht een verpleegster me in een rolstoel naar de afdeling chirurgie, omdat ik met mijn gipsbeen nog niet kon lopen.

'Uw ribben hebben nog wat tijd nodig,' verklaarde dr. Marold nadat hij me weer had onderzocht.

'Het duurt nog wel even voor het volgende semester begint,' antwoordde ik met een scheef lachje. 'Maar buitenritten maken zit er waarschijnlijk niet in, hè?'

'Afgezien van het feit dat u met een arm en een been in het gips onmogelijk op een paard komt, moet u ook na uw ontslag schokbewegingen vermijden. Maar daarvan is voorlopig nog geen sprake.'

Daar was ik me van bewust. De krassen en schaafwonden mochten dan intussen genezen, botten hadden meer nodig dan een nieuw huidlaagje. Er waren sinds het ongeluk drie weken verstreken. Hoe zou het nu met Sören zijn? Zou hij inmiddels zijn bijgekomen? Vroeg hij zich af waar ik was? Hoe het met me ging? Ach, kon ik maar naar hem toe!

De dokter stak zijn stethoscoop weer in zijn zak. Ik merkte dat hij nog iets op het hart had.

'Juffrouw Lejongård, ik moet u helaas nog over iets anders spreken,' begon hij terwijl hij naar de verpleegster keek. De dokter wekte de indruk dat hij moed moest verzamelen. 'Vanmorgen hebben we een telefoontje gekregen. De moeder van meneer Lundgren heeft ons verzocht u een bericht door te geven.'

Een bericht van Sören? Waarom had Sörens moeder me niet direct te spreken gevraagd? Een vaag gevoel van angst maakte zich van me meester. Mijn handpalmen werden nat van het zweet. Ik veegde ze af aan mijn nachtjapon.

'Uw verloofde is helaas vannacht overleden.'

Ik staarde hem aan. De wereld om me heen verdween. Mijn verstand weigerde te geloven wat ik zojuist gehoord had.

'Dat is onmogelijk.'

'Ik vrees van wel. Mevrouw Lundgren wist niet of u het aan zou kunnen, daarom wilde ze het u ook niet persoonlijk meedelen. Maar...'

Hij viel stil toen ik mijn hoofd schudde. 'Ik heb maar lichte verwondingen. Waarom is hij eigenlijk in coma geraakt?'

'U hebt veel geluk gehad,' antwoordde de dokter. 'De botsing heeft vooral aan de bestuurderskant plaatsgevonden. Meneer

Lundgren heeft zwaar hoofdletsel opgelopen, dat uiteindelijk tot hersendood heeft geleid. Mijn collega's in Stockholm hebben geprobeerd hem met een operatie te redden, en eerst zag het ernaar uit dat hij zou herstellen. Maar toen stierf van het ene moment op het andere veel hersenweefsel af...'

De dokter keek me aan. Zijn bruine ogen vervaagden. Mijn lichaam voelde stijf aan, ik voelde het niet eens meer jeuken onder het gips. Mijn ribben deden weer pijn, ditmaal omdat mijn lichaam schokte van het snikken.

Ik moest schokbewegingen vermijden, had de dokter me op het hart gedrukt. En het volgende moment scheurde hij mijn wereld aan stukken.

Dokter Marold zei iets tegen me, maar het drong niet tot me door. Mijn blik dwaalde af naar het raam, dat uitzicht bood op de tuin. Sören was niet dood. Ik had hem toch naast me gehad, en hoewel hij in een ander ziekenhuis was, meende ik zijn aanwezigheid nog altijd te voelen. Het was gewoon niet mogelijk. Hij kon niet weg zijn.

'Juffrouw Lejongård?' vroeg dokter Marold. Zijn gezicht verscheen weer in mijn blikveld. Hij keek me bezorgd aan.

'Ja?' zei ik afwezig. Het was alsof ik uit een droom ontwaakte. Alleen hield de werkelijkheid in dat Sören dood was.

De dokter legde zijn hand op mijn arm. 'Het spijt me. Ik wilde dat we hier al meer hadden kunnen doen, maar daar waren we niet toe in staat. Als u wilt, kan ik onze pastor naar u toe sturen.'

'Daar heb ik geen behoefte aan,' zei ik bot en ik veegde de nattigheid van mijn wangen. Nu merkte ik pas dat het tranen waren. Vreemd dat ik niet voelde dat ik huilde. Vanbinnen was ik verdoofd, het was alsof ik geen lichaam had.

'Echt niet?' vroeg de dokter. 'U kunt er natuurlijk nog over nadenken. Als u hulp nodig hebt, zijn we er voor u.'

'Oké,' zei ik, hoewel het me enorm veel energie kostte ook maar iets uit te brengen.

Op een gegeven moment verscheen de verpleegster. Ik voelde een ruk aan mijn rolstoel, daarna werd ik de kamer uitgereden. De gang leek ineens een eindeloze tunnel waarin de stem van de dokter van de muren weergalmde.

Uw verloofde is helaas vannacht overleden... overleden... overleden...

Ten slotte kwamen we bij mijn kamer. Een tweede verpleegster hielp mee om me te installeren, zette het ruggedeelte omhoog en dekte me toe. 'Als u iets nodig hebt, belt u dan gerust.'

Ik hoorde de deur dichtslaan en richtte mijn blik op het raam. Kale bomen strekten zich uit naar de grijze winterhemel. Er vlogen een paar mussen voorbij. Alles leek hetzelfde als altijd, en toch was alles anders geworden.

Sören was dood. Ik kon het gewoon niet geloven. Hij stond me immers zo na. Ik wist hoe hij aanvoelde, hoe zijn huid rook. Zijn kussen voelde ik nog steeds. Het was allemaal zo onwerkelijk. En hij was nu weg? Voor altijd?

Er trok een felle pijn door mijn borst, en toen kon ik eindelijk echt huilen.

's Middags kwamen mijn moeder en mijn oma. Ik staarde uit het raam, met een leeg hoofd en een hart vol tranen. Aanvankelijk schonk ik nauwelijks aandacht aan Mathilda en Agneta, want ik voelde me nog steeds verdoofd.

'Solveig?' vroeg mijn moeder terwijl ze de deur van de kamer zachtjes dichtdeed. Ik hoorde dat mijn oma op de stoel naast mijn bed ging zitten. 'Liefje, gaat het goed met je?'

Ze kwam bij het bed staan. Ik rook het subtiele lavendelparfum dat ze bij bijzondere gelegenheden opdeed. Toen ik me een beetje op mijn zij draaide, zag ik dat haar mouw zwart was. Ze wist het. Waarom was zij niet degene geweest die het me vertelde? Maar uiteindelijk veranderde dat niets aan het feit dat ik mijn liefste had verloren. En met hem mijn toekomst.

'Ik wou dat ik eerder had kunnen komen,' zei ze. 'Ik weet dat de dokter het je verteld heeft. Ik wou dat mevrouw Lundgren niet hierheen had gebeld, maar dat ze mij had gebeld.'

Ik keek haar aan. Haar huid leek vaal en haar ogen waren rood. Ze was dol geweest op Sören.

'Dat maakt weinig uit, hè?' Het klonk alsof ik een slaapmiddel had ingenomen.

'Het spijt me zo, lieverd.' Ze sloeg haar armen om me heen. Even wist ik mezelf nog onder controle te houden, maar toen ik haar warmte voelde barstte ik in snikken uit. 'Kom maar, liefje,' zei ze teder, en ik nestelde me in haar armen.

Toen ik weer gekalmeerd was, ging mijn moeder op de rand van mijn bed zitten.

'Wanneer is het gebeurd?' vroeg ik. De dokter had al tegen me gezegd dat Sören de afgelopen nacht was gestorven, maar ik hunkerde naar meer informatie. Ook al veranderde het niets, ik wilde weten hoe het gegaan was en of het op de een of andere manier had kunnen worden vermeden.

'Doet dat er dan toe?' vroeg mijn oma. 'Je moet jezelf niet onnodig kwellen.'

Ik wilde mezelf juist kwellen. Alles deed me toch al pijn, mijn hart voelde minstens zo rauw aan als mijn keel en mijn ogen.

'Ik wil het graag weten, mormor,' zei ik zachtjes. 'De kwelling wordt er niet erger van.'

'Kort na middernacht,' antwoordde mijn moeder nu. 'De Lundgrens zijn naar het ziekenhuis geroepen. De dokters hadden al twee dagen geleden gemerkt dat de hersengolven steeds zwakker werden. Mevrouw Lundgren zei dat op het EEG geen activiteit meer zichtbaar was. Sörens lichaam leefde nog, want hij werd beademd, maar zijn hersenen waren dood. Dus wilden ze de Lundgrens de mogelijkheid bieden te beslissen wat er met hem moest gebeuren en afscheid te nemen. Ze besloten de apparatuur uit te laten zetten omdat er geen hoop meer was. Vlak daarna is hij rustig ingeslapen.'

Elk afzonderlijk woord trof me als een speldenprik. Ik zag het duidelijk voor me: Sören aangesloten op slangen en infuusnaalden in een ziekenhuisbed. Met zijn lichaam in het verband. Zijn bleke huid.

Er ging een siddering door mijn lichaam toen ik diep inademde. Tot nog toe was Sörens dood iets abstracts voor me geweest, nu had ik er een concreet beeld bij. Het was een schrikbarend beeld, maar ik kon me tenminste een voorstelling maken.

'Dank je wel,' zei ik en ik pakte mijn moeders hand vast.

Er viel een stilte. Ik keek naar mijn oma, die tegen haar tranen vocht. Ze haalde een kanten zakdoekje uit haar mouw en bette haar ogen.

'Heeft mevrouw Lundgren gezegd wanneer de begrafenis plaatsvindt?'

'Nee, ze wilde alleen dat je het wist. Ze was nog veel te veel van streek.' Mijn moeder zweeg even, toen voegde ze eraan toe: 'En zelfs als ze het me had verteld, zou je er waarschijnlijk niet bij kunnen zijn.' Ze wierp een blik op het gips. 'De dokters zullen je niet laten gaan, je bent nog niet beter.'

Ik staarde haar verschrikt aan. 'Maar ik moet erbij zijn! Ik ben zijn verloofde!'

'De dokters zullen jouw welzijn belangrijker vinden. Je hebt een ernstig ongeluk gehad. Als het gips van je been mag, moet je eerst weer leren lopen. En je ribben zijn ook nog niet genezen...'

'Ik kan er toch in de rolstoel naartoe, als jij meegaat. Er moet toch iets op te vinden zijn.' Ik begon weer te sidderen. Mijn hart leek voor de tweede keer te worden verscheurd.

'Ik zal het de dokter vragen,' zei mijn moeder, maar ik merkte duidelijk dat ze het geen goed idee vond als ik naar Sörens begrafenis ging. 'Als hij toestemming geeft, zullen we een oplossing bedenken. Maar ik kan het niet beloven.'

Ik knikte, want wat kon ik anders? Ik zat hier gevangen.

5

'De begrafenis is aanstaande vrijdag,' meldde mijn moeder nadat ze buiten adem mijn kamer binnen was gekomen. 'Meer kon ik helaas niet uit mevrouw Lundgren krijgen. De arme ziel huilt aan een stuk door, een gesprek is nauwelijks mogelijk.'

Vrijdag, dat was al over vier dagen. Zo snel. Ik wist uit de gesprekken met de artsen dat ik nog minstens twee weken zou moeten blijven. De botbreuk in mijn been heelde weliswaar goed, maar voor volledige genezing was meer tijd nodig. Mijn gezonde been had door het liggen weinig kracht en trilde vreselijk als ik erop probeerde te staan. Ik voelde me slap. Toch wilde ik beslist bij Sören zijn. Hem een laatste keer zien. Het kon me niet schelen hoe hij eruitzag. Ik wilde hem alleen maar nog één keer zien.

'Ik heb ook dokter Marold gesproken,' vervolgde mijn moeder.

'En wat zei hij?'

Mijn moeder perste haar lippen op elkaar. 'Solveig...'

'Ik weet het al,' zei ik. 'Mijn toestand is te slecht. Ik merk het immers zelf. Maar toch... Ik wil hem gewoon nog één keer zien. Ik wil erbij zijn.'

Mijn moeder streelde over mijn haar. 'Dat begrijp ik. Maar Sören zou toch niet willen dat je er schade van ondervindt? Sören zou het begrijpen, en mevrouw Lundgren begrijpt het ook.'

Daar was hij weer, de woede, oplaaiend als vuur. Natuurlijk, Sören zou het begrijpen. Maar die was dood. En hoe zat het met zijn ouders? Ik had het overleefd, was het dan niet een kwestie van fatsoen om mijn gezicht te laten zien?

Tot woensdag bleef ik piekeren. Ik liep alle mogelijke scenario's door en vroeg dr. Marold telkens weer of er niet toch een mogelijkheid was om me voor korte tijd naar Stockholm te laten gaan. Natuurlijk, het was een flinke afstand, en waarschijnlijk was het niet mogelijk nog dezelfde dag terug te komen. Maar ik brandde van verlangen en was wanhopig.

'Ik kan u niet eens een normale gang van zaken garanderen, weet u,' probeerde de dokter het me uit te leggen. 'Ik kan het onmogelijk verantwoorden u naar Stockholm te laten gaan, zelfs in het gezelschap van uw moeder. U gebruikt nog steeds zware medicatie, en ook uw bloedsomloop is door het lange liggen niet erg stabiel. Ik begrijp uiteraard dat u bij de begrafenis van uw verloofde wilt zijn. Maar vanuit medisch oogpunt kan ik het niet toestaan.'

De tranen sprongen me in de ogen. Verdorie, waarom moest Stockholm ook zo ver weg zijn? Waarom waren we eigenlijk op weg gegaan? Een dag, een uur later en het was misschien allemaal niet gebeurd.

Donderdag was ik vastbesloten het op eigen houtje te proberen. Alles wat ik nodig had, waren een rolstoel en een taxi. Zodra de doktersvisite was geweest en de verpleegster het dienblad van het middageten had opgehaald, wilde ik mijn plan uitvoeren. De verpleging zou toch pas 's avonds weer komen kijken, en van mijn moeder wist ik dat ze die dag niet op bezoek kwam. Ik zou haar bellen zodra ik bij de Lundgrens was.

Maar nu stond ik voor het grootste probleem van de hele onderneming. Ik moest de kast zien te bereiken en me warm aankleden. En dan bij de rolstoel proberen te komen om de kamer uit te gaan.

Ik kwam overeind en begon mijn gipsbeen uit de lus te halen. In een mum van tijd baadde ik in het zweet. Ik had onderschat hoe zwaar die kleine handeling me zou vallen. Nu stond me de gang naar de kast te wachten. Daarvoor moest ik eerst van het bed komen. Ik voelde pijnlijke steken in mijn been, en mijn ingegipste arm leek niet bij mijn lichaam te horen. Nu liep het zweet me van mijn rug en ging mijn hart als een razende tekeer.

Maar tegelijkertijd groeide mijn vastberadenheid. Ik moest het voor elkaar krijgen!

Voor zover het ging schoof ik mijn benen over de rand van het bed en probeerde te gaan staan. Even was ik ervan overtuigd dat het me zou lukken. Maar toen werd ik onwel. Mijn heup deed pijn en er trok ook een pijnscheut door mijn maag. Opeens vielen alle omgevingsgeluiden weg en hoorde ik alleen nog maar mijn hartslag in mijn oren bonzen.

Toen werd het zwart voor mijn ogen. Instinctief probeerde ik me nog ergens aan vast te klampen, maar iets trok me omlaag.

Toen ik weer bijkwam stond dr. Marold over me heen gebogen. 'Juffrouw Lejongård?' vroeg hij terwijl hij met zijn lampje in mijn ogen scheen. 'Hoort u mij?'

'Wat is er gebeurd?' vroeg ik versuft.

'U bent flauwgevallen. Waar wilde u in 's hemelsnaam naartoe? Naar het toilet? U had om de verpleegster kunnen bellen.'

Ik had simpelweg ja kunnen zeggen, maar op dat moment was ik te zwak om te liegen. 'Naar de begrafenis van mijn verloofde,' antwoordde ik in alle eerlijkheid.

Dr. Marold snoof. 'Juffrouw Lejongård, denkt u nou echt dat u in Stockholm was gekomen zonder uw gezondheid te schaden?'

Ik perste mijn lippen op elkaar. Mijn gezondheid liet me op dat moment volkomen onverschillig. Ik had alleen maar naar Sören gewild. Ik had bij hem willen zijn wanneer hij begraven werd.

Er kwamen twee verpleegsters binnen.

'Tot op zekere hoogte is alles in orde,' zei dr. Marold tegen hen. 'Help me alsjeblieft haar weer in bed te krijgen.'

De verpleegsters pakten me onder mijn armen, terwijl dr. Marold mijn benen optilde. Samen legden ze me op het bed.

Ik was woedend. Maar op wie moest ik mijn woede richten? Op de dokters, die het niet voor elkaar hadden gekregen me op tijd op te lappen zodat ik Sören op zijn laatste reis kon vergezellen?

'Juffrouw Lejongård, wat u daarnet is overkomen, was een plotselinge verlaging van de bloeddruk. Ik heb toch al gezegd dat uw bloedsomloop momenteel niet bepaald goed functioneert. Eerlijk gezegd is het me eigenlijk een raadsel hoe u uit bed hebt kunnen komen.'

'Als je iets wilt, kun je soms bergen verzetten,' hoorde ik mezelf zeggen. Op dat moment had ik mezelf het liefst uitgelachen. Ik was een wrak en had desondanks geprobeerd naar Stockholm te gaan. Als ik al naar de taxi was gekomen, had ik waarschijnlijk daar het bewustzijn verloren. Dan had de chauffeur me rechtstreeks teruggebracht.

Er speelde een glimlachje om de mond van de arts, maar dat onderdrukte hij vlug. 'Hoor eens, u gaat geen ontsnappingspogingen meer ondernemen! Ik kan u natuurlijk op eigen risico ontslaan, maar ik ben schatplichtig aan uw familie. U weet vast wel dat de Lejongårds dit ziekenhuis financieel ondersteunen?'

'En dat al decennialang,' antwoordde ik. 'Met dat verhaal ben ik grootgebracht.'

Dr. Marold zuchtte diep. 'Ik zeg het u nog één keer: ik begrijp dat u de begrafenis van uw verloofde wilt bijwonen, maar dat is niet mogelijk. Zodra ik het verantwoord vind u te ontslaan, zal ik dat doen. Het is een medische beslissing. Ik wil niet dat u nog meer schade oploopt, begrijpt u dat?'

Ik knikte. 'Dokter?' vroeg ik daarna.

'Ja?'

'Is het mogelijk iets te doen aan die slapte?' vroeg ik. 'Ik zou me zo graag weer bewegen. En dat zeg ik nu niet omdat ik een nieuwe vluchtpoging wil wagen. Ik word murw van het in bed liggen. Ik ben niet gewend zo lang niets te doen.'

De dokter nam me even op, toen knikte hij. 'Ik zal ervoor zorgen dat u vanaf volgende week een lichte training krijgt voor de gezonde ledematen. U bent een sportieve jonge vrouw, misschien is het goed voor de bloedsomloop. Maar u mag uw bed pas uit als ik het zeg!'

'Afgesproken, dokter,' zei ik en ik liet me dieper in de kussens zakken.

Het flauwvallen en weer bijkomen hadden me even opgeschud, maar toen de dokter en de verpleegsters weg waren, werd ik door wanhoop overmand. Ik zou geen afscheid van Sören kunnen nemen. Niet een laatste keer dicht bij hem kunnen zijn.

De volgende dagen waren voor mij als in nevelen gehuld. Ik slikte gehoorzaam mijn medicijnen en at wat me werd voorgezet zonder het te proeven. Gezien de ziekenhuiskost misschien nog een geluk ook.

Bij de doktersvisites speelde ik het klaar met de dokters te praten, maar zodra ze weg waren verzonk ik in lethargie. Hun woorden bleven niet lang hangen. Mijn geest was op zoek naar Sören, maar door de mist was hij niet te vinden.

Wanneer mijn ouders of mijn oma kwamen, deed ik mijn best niets te laten merken, maar dat kostte ongelofelijk veel moeite. Ik hield van hen, maar in die tijd was ik blij als ze weer gingen en ik me aan mijn gedachten kon overgeven.

De enige lichtpuntjes waren de sessies met mijn fysiotherapeute. Ze deed lichte oefeningen met me voor mijn gezonde arm en been. Door het liggen waren mijn spieren behoorlijk verzwakt, maar op die momenten kon ik, hoe inspannend het ook was, Sören enigszins vergeten, terwijl ik tegelijkertijd hoopte hem gauw te kunnen bezoeken.

Inmiddels was hij begraven.

We hadden nooit over de dood gepraat, op één keer na. Toen had Sören, nadat ik diep onder de indruk over mijn eerste sectie had verteld en had gevraagd wat er met het stoffelijk overschot van het dier ging gebeuren, geantwoord dat het gecremeerd zou worden. Hij had eraan toegevoegd dat hij dat zelf ook zou willen. 'Ik wil niet bij de wormen in de aarde liggen. Liever vlieg ik met de as naar de hemel of zorg ik ervoor dat een boom goed kan groeien.'

'Hou op, dat vind ik griezelig,' zei ik. 'We hebben nog een heel leven voor ons.'

'Maar de dood hoort toch bij het leven? Eens zullen wij allemaal onze laatste reis maken.' Hij nam me in zijn armen.

'En wat zou jij willen?' vroeg hij toen.

Gelukkig was daar zijn warmte, anders was de kou die toen door mijn lichaam trok onverdraaglijk geweest.

'Ik weet het niet. Op het kerkhof in het dorp is een spookachtige grafkelder, waarin mijn hele familie ligt. Iedereen, sinds de zeventiende eeuw. Ik ben eerlijk gezegd een beetje huiverig om daar terecht te komen.'

'Nou, misschien maken ze voor jou een uitzondering.'

Ik schudde mijn hoofd. 'Iedereen komt daar te liggen. Maar ik zou liever ergens onder een boom begraven worden. In de natuur.'

Hij had me een kus op mijn hoofd gegeven en was even blijven mijmeren. 'Maar we zijn nog jong,' had hij gezegd, en toen waren we samen naar buiten gegaan, in de zon. Daarna was het onderwerp niet meer ter sprake gekomen.

Mijn ouders waren naar de uitvaart geweest en ze vertelden dat Sören, zoals hij had gewild, in een urn was bijgezet. Bij het idee dat er alleen nog as van hem over was, barstte ik in tranen uit. Weer werd ik gekweld door de vraag of ik er echt niet bij had kunnen zijn. Het antwoord wist ik echter maar al te goed. Er was niets wat ik had kunnen doen, mijn lichaam had me verhinderd de reis te maken.

6

Op een morgen kwam de dokter me vertellen dat ik loopgips zou krijgen. Dat betekende dat ik kon worden ontslagen.

Al dagen eerder had ik met mijn fysiotherapeute geoefend met het lopen met krukken. Inmiddels werd het me niet meer zwart voor de ogen wanneer ik overeind ging zitten of op mijn gezonde been probeerde te staan. Ook met het gips kon ik al veel beter uit de voeten.

Intussen had ik me er zelfs bij neergelegd dat Sören zonder mij was begraven. Maar zijn dood had ik nog niet verwerkt.

'Uw been geneest volgens verwachting, en ik ben ervan overtuigd dat de huiselijke omgeving u goed zal doen,' verklaarde dr. Marold glimlachend. 'Een verpleegster zal u straks nog even naar de afdeling chirurgie brengen om het gips te vervangen, en dan kunt u naar huis. Moet ik iemand op de hoogte stellen?'

'Mijn moeder. Op de Leeuwenhof.' Ik gaf hem het nummer.

Na het ingipsen bracht de verpleegster me in mijn rolstoel terug naar mijn kamer en hielp ze me met aankleden. De broek die ik tijdens het ongeluk had gedragen was onbruikbaar, want die hadden ze opengesneden. Maar met haar vooruitziende blik had mijn moeder een reistas met het hoognodige ingepakt. Met onder meer een lange sportbroek van mijn vader, die veel te groot voor me was. Ik zag er niet bepaald elegant in uit, maar wie maakte zich daar nu nog druk om? Sören zou me zo nooit te zien krijgen.

Een uur later kwam mijn moeder voorrijden. Ik zat al met mijn tas en voorzien van alle benodigde papieren klaar in de hal. Toen ze me zag, verscheen er een glimlach op Mathilda's gezicht. 'Eindelijk,' zei ze en ze nam me in haar armen. Ditmaal droeg ze een blauw mantelpakje en rook ze naar lelietjes-van-dalen. Blijkbaar had ze nog een zakelijke afspraak. Dan deed ze altijd lelietjes-van-dalen op.

'Oma zal buiten zichzelf zijn van vreugde. Mevrouw Johannsen zal een heleboel taarten bakken om het te vieren. Ik heb je kamer zelf in orde gemaakt, en zelfs nog wat bloemen bemachtigd.'

'Dank je wel, mama,' zei ik, in het besef dat dat allemaal de pijn in mijn hart niet kon verzachten.

Ik kwam op mijn kruk overeind, zoals de fysiotherapeute het me had geleerd, belastte mijn gezonde been en zette de steun van de kruk onder mijn oksels.

Mijn moeder keek me trots aan. 'Je bent erg vooruitgegaan! Binnenkort zit je weer op een paard, dat zul je zien!'

'De oefeningen waren echt goed,' erkende ik. 'Maar nu moeten we gaan. Ik hou het zo nog niet lang uit.'

Mijn moeder knikte en pakte kordaat mijn tas. Langzaam liepen we over de hellingbaan naar beneden. Toen we bij de auto waren aangekomen, hielp mijn moeder me om achterin te gaan zitten en nam toen plaats achter het stuur. De motor kwam met luid gebrom tot leven. Mijn vader had de oude Volvo als occasion gekocht en was menig weekend bezig om hem aan de gang te houden. Vijftig jaar geleden zou dat ondenkbaar zijn geweest voor de echtgenoot van een gravin Lejongård. Maar intussen hadden titels veel minder betekenis, en ook bij naar verhouding goed gesitueerde families was er geen geld meer voor een chauffeur.

Het geronk van de motor had anders vaak een slaapverwekkend effect, maar nu was ik klaarwakker, bijna gealarmeerd zelfs. Mijn handen werden koud en nat van het zweet, en mijn lichaam raakte zo gespannen dat mijn arm en been weer begonnen te tintelen. Mijn moeder was een goede chauffeur, ze had nog nooit een aanrijding gehad. Toch leek ik er onbewust van uit te gaan dat er elk moment iets kon gebeuren. Ik probeerde afleiding te zoeken door naar buiten te kijken, naar de huizen en de bomen langs de straten. Maar dat maakte het er niet beter op.

Pas toen de grote poort in zicht kwam begon het ongeruste, bange gevoel af te nemen. Ik slaakte een zucht van verlichting.

'Gaat het, lieverd?' vroeg mijn moeder na een blik in de achteruitkijkspiegel. Had ze gemerkt dat ik bang was?

'Ja, het gaat wel, mama,' zei ik.

Op de Leeuwenhof leek de tijd te hebben stilgestaan. Er was niets veranderd sinds ik er na de kerstvakantie was weggegaan. De sneeuw was gesmolten, maar de lucht was nog steeds guur en koud. De stenen leeuwenkoppen aan de muren van het landhuis leken me brullend te verwelkomen. Mijn oma had me verteld over Sture en Bror, de twee leeuwen waarover ze samen met haar broer verhaaltjes had verzonnen. Een daarvan ging erover dat ze samen op een midzomerfeest de gasten hadden beoordeeld en hun gepraat van grappige commentaar hadden voorzien. Wat voor commentaar zouden ze hebben op het feit dat mijn leven totaal ontwricht was?

Met het loopgips kon ik inmiddels goed uit de voeten en de mitella die ik nog altijd omhad, was heel wat prettiger dan het gips, waaronder het onaangenaam gejeukt had. De artsen hadden goede hoop dat ik al vlug zonder mitella zou kunnen.

'Moet ik je helpen?' vroeg mijn moeder bezorgd.

'Nee, ik red het wel.'

Het was heel lastig om de buitentrap naar de voordeur met een kruk en een been in het gips te beklimmen, maar ik wilde het proberen. Ik wilde de inspanning ervaren, de pijn voelen.

Maar al na een paar treden was ik buiten adem. Ik bleef staan, haalde diep adem, wat altijd nog een beetje moeizaam ging omdat mijn ribben af en toe nog pijn deden. Ik draaide me om. 'Misschien heb ik toch hulp nodig.'

Mijn moeder, die me bezorgd aankeek, knikte en kwam naar me toe om me te ondersteunen. Op die manier wist ik eindelijk boven te komen.

'Misschien moeten we toch een rolstoel voor je aanschaffen. Dan kun je je vrijer bewegen.'

Ik schudde mijn hoofd. 'Nee, dat hoeft niet. De dokter zei dat ik moest lopen. Ik wil niet zwak zijn.'

'Goed,' zei mijn moeder. 'Je bent heel moedig.'

'Ik probeer alleen maar weer op krachten te komen, dat is alles,' antwoordde ik en ik merkte hoe bitter dat klonk. Maar die bitterheid kwam niet doordat ik me zwak en beperkt voelde. Ik had mijn moeder niets verteld over het feit dat ik op eigen houtje naar Stockholm had willen gaan en daarbij was ingestort. Ook dr. Marold had het voor haar verzwegen. Daar was ik hem dankbaar voor.

In de hal werd ik door mijn oma opgewacht. Ditmaal had ze haar haar in een knot opgestoken, geen enkele lok waagde het zich uit haar kapsel los te maken. Ze droeg een grijsgeruite rok en een donkerblauwe trui, waarin ze er heel modern uitzag. Ik was blij dat het zwarte mantelpakje verdwenen was.

'Solveig, kleintje van me,' riep ze uit terwijl ze naar me toe liep. Ze nam me in haar armen, en hoewel ze wat kleiner was dan ik, voelde ik duidelijk hoe sterk ze was. 'Wat fijn dat je er weer bent! Nu kan ik weer wat rustiger slapen.'

'Maar oma, in het ziekenhuis kon me toch niets overkomen.'

'Dat is waar, maar toch ben ik altijd onrustig als iemand uit de familie daar ligt. Ik heb liever dat mijn familie gezond en fit is.'

Dat kon ik wel begrijpen. Het ziekenhuis had voor onze familie altijd een ambivalente betekenis gehad. Maar uiteindelijk was slechts één Lejongård daar overleden: mijn oma's broer.

'U moet maar bedenken dat er in het ziekenhuis in Kristianstad meer Lejongårds zijn geboren dan gestorven,' zei ik. 'Het is een plaats van het leven, niet van de dood.'

Tenslotte was ook Sören er niet gestorven. Had zijn dood vermeden kunnen worden als hij niet naar Stockholm was overgebracht? Ik probeerde die gedachte nu niet tot me te laten doordringen.

'Misschien moet je eerst een beetje uitrusten,' zei oma. 'Je kamer is klaar. Als je iets nodig hebt, hoef je maar te bellen. Ik heb tegen de kokkin gezegd dat ze het ons dan moet laten weten.'

'Dank u, oma,' zei ik en ik gaf haar een kus. Ik moest weer denken aan de verhalen over vroeger, toen er op het bellen een dienstmeisje verscheen dat elke wens vervulde. Nu was er alleen nog mevrouw Johannsen, de kokkin, en drie keer per week kwamen er drie schoonmaaksters om de kamers op orde te brengen. Het meeste personeel was werkzaam in de stallen. Daar waren ze nodig. In het huis deden wij zelf alles wat we konden doen. Sinds mijn moeder een wasmachine voor de waskeuken had aangeschaft, wasten we onze kleding zelf of brachten we die naar de stomerij in Kristianstad. Eigenlijk waren we een heel gewoon huishouden, met als enige verschil dat ons huis gigantisch groot was.

Mijn moeder hielp me de trap op. Een huis als dit had helaas geen lift. Met de kruk was het behoorlijk lastig, maar een andere mogelijkheid was er niet. Beneden bevonden zich de salon, de eetkamer, de enorme balzaal, die eigenlijk nauwelijks meer werd gebruikt, de rookkamer, nog een ontvangstkamer en verder weg de kleedkamers. Zelfs als mijn moeder het had gewild, had ze beneden geen kamer voor me kunnen inrichten waar ik tijdelijk zou kunnen verblijven. Gelukkig lag mijn kamer op de eerste verdieping.

Boven moest ik eerst weer op adem komen. 'Gaat het?' vroeg mijn moeder bezorgd.

Ik knikte. 'Ja, maak je niet ongerust, ik red het wel. Als ik dit de hele tijd doe, ben ik gauw weer fit.'

Mijn moeder wilde daarop iets zeggen, maar toen werd er van beneden geroepen: 'Mathilda, heb je even?'

'Ga nu maar,' zei ik. 'De rest lukt me wel in mijn eentje.

'Weet je dat zeker?'

'Moeder, alsjeblieft. Ik ben alweer bijna de oude.'

Mijn moeder knikte een beetje aarzelend. 'Goed dan. Zodra ik klaar ben kom ik bij je kijken.'

Ze maakte zich met tegenzin van me los, en ik kwam weer in beweging. Dat zag er vast niet erg elegant uit, maar hierboven waren alleen de dode ogen van de familieleden op de portretten die in de gangen hingen daar getuige van.

Ik was blij dat mijn oma had geroepen. Nu kon ik me een beetje aan mijn eigen gedachten overgeven en hoefde ik niet op te letten wat voor gezicht ik zette.

Ik kwam goed vooruit, maar moest algauw even stoppen omdat mijn hart tekeerging en mijn hele lijf met een laagje zweet bedekt was. Ik keek naar opzij. Wat zich achter die deur bevond, wist ik maar al te goed.

Het vertrek was een van de weinige kamers in het huis die nog steeds in dezelfde toestand verkeerden als meer dan twintig jaar geleden. Het was de kamer van Ingmar geweest. Wat afkomst betreft was hij mijn moeders neef, voor de wet eigenlijk haar adoptiefbroer. De relatie van mijn moeder tot de familie was een beetje verwarrend, want eigenlijk was Agneta mijn oudtante, maar door de adoptie was ze mijn grootmoeder geworden. Ik zag haar ook niet anders.

In die kamer had Ingmar het grootste deel van zijn jeugd doorgebracht, en ook de vakanties in zijn studententijd. Alles was er nog net zo als op de dag in 1941 toen hij voor het laatst was weggegaan. Er lag zelfs nog een scheerkwast in het bekken bij het raam. Een paar dagen later was hij met zijn vliegtuig neergestort.

Mijn oma hield die kamer als een museum in stand. Je mocht naar binnen gaan, maar je mocht er niets veranderen. Het was net een doodskist. Toen ik dat besefte, had ik geen behoefte meer om er te kijken. Alleen mijn oma kwam er nog af en toe om te treuren om haar verloren zoon. Op die dagen ontliep ik haar, want haar verdriet was een donkere schaduw die haar overal volgde. Meestal trok ze zich dan ook in haar kamer terug en vertoonde ze zich pas 's avonds of de volgende ochtend weer.

Nadat ik op adem was gekomen vervolgde ik mijn weg. Aan een andere deur even verderop was eveneens een geschiedenis verbonden, maar niet in die zin dat mijn oma het achterliggende vertrek zorgzaam wilde bewaren.

Ingmar had een broer gehad, Magnus. Ze waren een tweeling. Magnus was zijn evenbeeld. Ik had het altijd onzin gevonden dat er bij tweelingen een donkere en een lichte kant bestond. In Stockholm had ik een tweeling leren kennen, allebei geweldige vrouwen. Maar bij Ingmar en Magnus leek het te kloppen.

Magnus had ik maar een paar keer gezien. Hij verdiende zijn levensonderhoud als schrijver in Stockholm. Hij was een heel stille, broeierige man die boosaardig kon uitvallen. Agneta had hem onterfd, en toch dook hij af en toe op de Leeuwenhof op. Soms met zijn zoon Finn, die ik als kind al niet kon uitstaan. Hij had niet alleen het uiterlijk van zijn vader geërfd, maar ook diens karakter. Als die twee hier verschenen, dan was het alleen om mijn moeder en mij het leven zuur te maken. Ik verdrong de gedachte aan Magnus en verzamelde kracht om naar mijn kamer te komen.

Die lag helemaal aan het eind van de gang. Ik wist niet van wie hij vroeger was geweest, want hij was voor mijn geboorte grondig gerenoveerd. Een paar Noren, die voor de fascisten in hun land gevlucht waren, hadden hem geverfd. De muren waren met een motiefroller geschilderd. Daardoor leek het of ze een onderlaag hadden die van boven tot beneden met bloemen bedekt was.

Een paar jaar geleden had mijn moeder me gevraagd of ik niet liever behang wilde hebben. In de oorlog was daar gebrek aan geweest, maar nu was het volop verkrijgbaar. Maar ik was gesteld op het schilderwerk, de zorgzaam aangebrachte verflagen. Motiefrollers moesten heel zorgvuldig tegen elkaar aan gezet worden om een gelijkmatig patroon te krijgen.

Wie mijn kamer ook had gedecoreerd, hij had het met veel toewijding gedaan. Jammer dat ik nooit kennis had gemaakt met de man, die de motiefrollen in zijn vluchtelingenbagage had meegebracht. Hij was – net als veel anderen – naar zijn vaderland teruggegaan. Ik wist alleen dat hij schilder was en dat de situatie in Noorwegen voor hem zo weinig hoopgevend was geweest dat hij de rollers, die hij van zijn grootmoeder had geërfd, had meegenomen voor het geval dat hij hier een nieuw bestaan zou moeten opbouwen. Dat was gelukkig niet nodig geweest.

Ik streek met mijn vinger over de verflaag, die een beetje bobbelig aanvoelde, toen deed ik de deur achter me dicht. Deze kamer was altijd mijn toevluchtsoord geweest, waar ik kon doen wat ik wilde. Mijn ouders en ook mijn oma hadden altijd geklopt als ze binnen wilden komen. Ik had altijd het gevoel gehad dat dit mijn koninkrijk was, waarover ik in mijn eentje regeerde.

Ik sleepte me naar het bed, waarop een rozenhoutkleurige sprei lag, en ging met een zucht zitten. Het loopgips was heel wat prettiger dan het zware gips dat me aan mijn bed had gekluisterd, maar de dagen zonder beweging hadden mijn krachten ondermijnd. Ik liet me achterovervallen. Een steek van protest trok door mijn arm, maar ebde weer vlug weg. Ik staarde naar het plafond. De gipsrozet boven het kogellampje dateerde nog van de tijd dat een kroonluchter met kaarsen het vertrek verlichtte. Ik vond de rozet nog steeds mooi en was blij dat hij niet het slachtoffer was geworden van de renovatie. Voor de rest kwam de inrichting van mijn kamer me wel wat ouderwets voor.

De Lejongårds mochten dan vroeger een rijke familie zijn geweest, maar alles werd al geruime tijd zo veel mogelijk hergebruikt. Zelfs de kamer in het studentenhuis die ik met Kitty deelde, was moderner ingericht. Hier leek de tijd te hebben stilgestaan tussen korsetten, hoepelrokken en veren hoeden. Dat was me vroeger niet zo opgevallen, maar nu merkte ik het op. Misschien moest ik de kamer een beetje opknappen? Modernere meubels kopen? Dat zou mijn oma misschien niet bevallen, maar in deze ruimte was mijn wil wet.

Twee jaar geleden was er in Stockholm een groot meubelwarenhuis met de naam IKEA geopend, en die meubels zagen er niet eens zo slecht uit. Sören had toen gezegd dat ze heel geschikt waren om een eerste huis in te richten. Pas nu viel het me op hoeveel aanwijzingen hij me had gegeven dat hij serieuze bedoelingen had. Waarom hadden we toch niet eerder besloten om te trouwen?

Bij de gedachte aan Sören verdween mijn inrichtingseuforie. Afgezien van het feit dat mijn vader zich een tijdlang vreselijk over IKEA had opgewonden, omdat het concern kleine meubelmakerijen ruïneerde, zouden de meubels me aan die dag met Sören herinneren. Aan het geluk dat we bijna hadden gehad. De tranen schoten me in de ogen, en ik tastte naar de ring aan mijn hand. Ik had hem allang af moeten doen, want van een bruiloft zou het niet komen. Maar ik kon het niet. Niet nu. Daar was de pijn ineens weer, en ik kromp huilend in elkaar.

Hoewel iedereen erg met me begaan was, versomberde mijn gemoedstoestand met de dag. Het aanbod van mijn moeder om met haar naar Stockholm te gaan om Sörens graf te bezoeken, sloeg ik af. Ik gaf als verklaring dat ik me nog te zwak voelde, maar dat was eigenlijk niet zo. Ik wilde gewoon de buitenwereld niet zien. Ik reageerde overal heel gevoelig op. Als de zon scheen, deed ik de gordijnen dicht. Als het regende, kroop ik weg in bed. Ik trok me in mezelf terug om herinneringen vast te houden.

Tussendoor verscheen de dorpsdokter, een jonge man die Erik Hansson heette en die een paar jaar geleden de praktijk van de stokoude dr. Bengtsen jr. had overgenomen. Hansson was heel aardig, maar ook hij leek ten aanzien van mijn toestand een beetje hulpeloos. Eens hoorde ik mijn moeder voor mijn kamerdeur het vermoeden uitspreken: 'Heeft ze misschien een depressie?'

'Dat denk ik niet,' had hij gezegd. 'Neerslachtigheid is gezien haar verlies niet ongewoon. U moet haar de tijd geven.' Voor dat antwoord kreeg hij van mij een pluim.

Ik had geen depressie. Mijn hart was alleen maar gebroken. Mijn hele toekomst, mijn leven, alles was door Sörens dood fundamenteel veranderd. Ik was de richting kwijt. Ik wist niet eens of het nog zin had mijn studie af te maken. Alles was anders geworden. Ik merkte dat alles wat vroeger belangrijk voor me was geweest me ontglipte.

Twee weken later gingen we nog een keer naar Kristianstad om het gips van mijn arm en been af te laten halen. In het ziekenhuis heerste een drukke bedrijvigheid. Zo hectisch kon ik het me niet herinneren. Waarschijnlijk had je als bezoeker een andere indruk dan wanneer je als patiënt in het ziekenhuis lag.

Ik strompelde op mijn loopgips de trap op en verheugde me erop dat ik er eindelijk vanaf zou zijn. Plotseling meende ik Sören voor me te zien. Ik voelde een knoop in mijn maag, zoals altijd wanneer ik ineens aan hem moest denken. Als ik met andere mensen te maken had, probeerde ik te verhullen dat mijn gebroken hart allesbehalve geheeld was, dat het nog steeds bloedde en pijn deed. Ik gaf me alleen over aan mijn verdriet wanneer ik alleen was. Maar soms had ik er geen controle over, en dan trof het me heftig als maagkramp.

Op de afdeling chirurgie gingen we in de wachtruimte zitten. Ik voelde duidelijk mijn moeders blik. Ze leek te vermoeden dat er iets door mijn hoofd ging, maar ze hield zich in. De vraag of alles met me in orde was, zou ik alleen ontkennend beantwoorden als er echt iets niet in orde was, als er iets ongewoons speelde. Mijn verdriet was inmiddels voor mij een normale situatie geworden.

'Juffrouw Lejongård!' klonk de stem van de verpleegster uiteindelijk.

'Wil je alleen gaan?' vroeg mijn moeder, alsof ik een klein meisje was.

'Ja,' zei ik. 'Ik red het wel.'

Dr. Marold stond achter de deur op me te wachten. 'Juffrouw Lejongård, fijn u te zien. Gaat u toch zitten!' Hij wees op de behandeltafel. Op een dienblad zag ik een afschrikwekkend uitziende elektrische zaag liggen.

Ineens verdween de kramp in mijn maag en werd die vervangen door een licht gevoel van angst.

'Hoe gaat het met u?' vroeg hij nadat ik aan zijn uitnodiging gehoor had gegeven.

'Goed,' antwoordde ik. 'En als het gips er eenmaal af is, zal het nog beter gaan.'

De dokter keek me onderzoekend aan. 'En hoe gaat het vanbinnen?' Hij klopte op zijn hart.

Ik liet mijn hoofd hangen. Het ging er dus niet alleen om het gips te verwijderen. De dokter wilde weten hoe het er met mijn ziel voor stond.

'Het is nu bijna zes weken geleden,' antwoordde ik. 'Het is nog wat vroeg om eroverheen te zijn, vindt u niet?'

Dr. Marold knikte, en ik merkte dat hij bezorgd naar mijn verlovingsring staarde. 'Zeker, natuurlijk. Daarom vraag ik het u ook. Redt u het? Een ervaring als deze is heel ingrijpend.'

Ik had hem kunnen vertellen over de twijfels die me kwelden. Over de dagen die ik zonder uitzondering in mijn kamer doorbracht, kijkend naar de gordijnen of de patronen op de muren. Maar daar wilde ik niet over praten. En ook niet over de vraag of het me zinvol leek door te gaan met mijn studie. Dat ging de dokter die me weer had opgelapt niets aan.

'Het is natuurlijk moeilijk, maar mijn familie is een grote steun,' antwoordde ik. 'En het duurt nog even voor het volgende semester begint.'

Dr. Marold knikte. 'Als u hulp nodig hebt, aarzel dan niet daarom te vragen. We hebben hier in het ziekenhuis goede psychologen.'

'Dank u wel, dat waardeer ik. Maar het is absoluut niet nodig. En zo wel, dan zal ik komen.'

'Uitstekend!' Dr. Marold nam me nog even kritisch op en richtte zijn aandacht ten slotte op mijn been. 'Dan zal ik u eens van dat onding bevrijden. Daarna moeten we nog een keer röntgenfoto's van uw been en ook van uw arm maken, om te zien hoe de breuken geheeld zijn.'

Daar had ik niets tegen in te brengen, en ik was blij toen het snerpende geluid van de zaag zich liet horen.

Van het gips bevrijd en met de verzekering dat de breuken naar behoren waren genezen, verliet ik de spreekkamer.

Het was nog wat onwennig om zonder gips te lopen. Omdat mijn been nog heel zwak was, bleef ik in eerste instantie een kruk gebruiken. Doordat het lange tijd ontzien was, was het dunner dan het gezonde been, en melkwit.

'Is het allemaal goed?' vroeg mijn moeder toen ik naar haar toe liep.

'Ja, zoals je ziet,' zei ik. 'De kruk hou ik nog ter ondersteuning tot ik weer goed kan lopen.'

Ik zweeg even, toen keek ik mijn moeder aan. 'Heb je tegen de dokter gezegd dat ik depressief ben?'

'Nee, waarom zou ik dat doen?' Mijn moeder schudde haar hoofd. 'Wat is daarbinnen gebeurd?' vroeg ze toen. 'Moet ik met iemand gaan praten, heeft hij je onder druk gezet?'

'Nee, hij was alleen bijzonder geïnteresseerd in mijn zielenleven.'

'Ach, dokter Marold was vanaf het begin je behandelend arts. Ik kan me voorstellen dat hij zich zorgen om je maakt. Door zo'n ongeluk lopen vast veel mensen niet alleen lichamelijk letsel op.'

Ik pakte mijn moeders hand vast. 'Mama, luister,' zei ik zachtjes. 'Ik ben niet depressief. Het is niet zoals vroeger met oma. Het enige wat ik nodig heb is tijd. Kijk, mijn been is ook niet van de ene dag op de andere genezen. Ik moet eerst verwerken dat ik een van de belangrijkste mensen in mijn leven heb verloren. Sören en ik wilden trouwen.' Ik stak de hand met de ring omhoog. 'We wilden een gezin stichten, en nu zal dat er nooit van komen.'

Ik merkte dat mijn moeder op het punt stond iets te zeggen. Wilde ze me vertellen dat ik op een dag een nieuwe liefde zou vinden? Dat ik dan een gezin zou stichten?

'Je krijgt alle tijd die je nodig hebt,' zei ze na een poosje. 'Maar denk niet dat ik iets achter jouw rug om zou doen. Niemand zal iets doen wat je in verlegenheid brengt. Daar hebben we niet het recht toe, want je bent een volwassen vrouw.'

Ik knikte. Dat was ik. Maar vooral nu, na het ongeluk, had ik soms het gevoel dat ik weer op de status van kind was teruggevallen.

'Pardon, mama,' zei ik. 'Ik bedoelde het niet kwaad. Die vragen hebben me alleen in verwarring gebracht. Gaan we nu naar huis? Het ziekenhuis... Ik moet de hele tijd aan het ongeluk en aan Sören denken.'

'Natuurlijk. We gaan,' zei mijn moeder en ze haalde de autosleutel uit haar tas. 'En als je wilt, zeg ik tegen de kokkin dat ze iets lekkers voor het avondeten voor je moet maken.'

Ik knikte, hoewel ik me nu weer een kind voelde. Heb je je knie gestoten? Hier, een snoepje, dan is het weer in orde.

Maar ook al moederde ze nog steeds graag over me, Mathilda

besefte dat ik volwassen was. Ze wist alleen niet hoe ze het verdriet en de herinneringen weg kon nemen, die ik ook bij me droeg wanneer we niet door de gangen van het ziekenhuis liepen.

7

De lente deed met stralende zonneschijn en tapijten van fleurige krokussen zijn intrede op de Leeuwenhof. Over een paar weken zou het nieuwe semester beginnen. Ik vroeg me af waar de tijd was gebleven. Ik kon me van de afgelopen periode nauwelijks iets herinneren, want de dagen waren in elkaar overgelopen als de aquarelverf van mijn oma als ze aan het schilderen was.

Die ochtend merkte ik dat het licht dat in mijn kamer viel veranderd was. Het leek op de een of andere manier... groener. Verrast en nieuwsgierig tegelijk kwam ik uit bed en liep naar het raam. Ik schoof de gordijnen helemaal open en zag dat het landgoed zijn oude kleuren had teruggekregen. De grauwsluier waarmee alles bedekt was geweest, was verdwenen.

Ik ontwaarde nu ook weer het lichtroze van de sprei op mijn bed, het dieprood van de meubelstoffering en het felroze van de bloemen op het schilderijtje aan de muur. Ook het patroon van het tapijt kwam duidelijker naar voren. Ik staarde minutenlang naar de vloer, alsof ik het voor het eerst zag.

Toen keek ik naar mijn handen. De arm die in het gips had gezeten was nog steeds dunner dan de andere, maar nu werd ik hem weer gewaar. Hetzelfde gold voor mijn been. Het was nog zwakker, maar ik voelde het! Ik had gevoel in mijn hele lichaam!

Was het zover? Had ik de eerste ellende achter de rug? Was ik weer in het leven teruggekeerd? Ik pakte mijn kruk en strompelde naar de badkamer. Ik voelde mijn been langzaam sterker worden en toen het water over mijn lichaam stroomde betrapte ik mezelf erop dat er een glimlach over mijn gezicht gleed. Ik genoot van het water! Iets waar ik nooit zo op had gelet als op dat moment.

Daarna schoot ik mijn zwarte trui en mijn zwarte broek aan, en toen ik in de spiegel keek, merkte ik hoe afgetobd ik eruitzag. Er lagen dikke schaduwen onder mijn ogen, ook al had ik veel geslapen, en mijn haar zag er warrig uit. Zuchtend bond ik het in een vlecht en ik liep met de kruk naar beneden.

Toen ik de eetkamer binnenkwam, zaten mijn ouders en mijn oma al op hun plaats. De afgelopen tijd was ik steeds heel laat geweest omdat ik lang sliep.

Nu keken ze me verwonderd aan.

'Solveig, ben je er al?' vroeg oma.

'Goedemorgen,' antwoordde ik. 'Ja, vandaag werd ik eerder wakker.'

Mijn moeder en mijn vader keken elkaar aan. Blijkbaar waren ze verbaasd dat ik een hele zin zei.

'Hoe gaat het, liefje?' vroeg mijn moeder terwijl ze opstond en koffie voor me inschonk.

'Goed,' zei ik. 'Beter.'

Weer wisselden ze alle drie verraste blikken. Wat dachten ze? Dat ik mijn verdriet op slag vergeten was? Dat was niet het geval. Diep vanbinnen voelde ik het nog. Maar niet langer werden daardoor mijn blik vertroebeld en mijn gevoel overheerst.

'Ik zou graag naar de plek gaan waar het is gebeurd,' zei ik nadat ik was gaan zitten. Ik wist niet waar die wens ineens vandaan kwam. Ik sprak hem zomaar uit.

Het was voor het eerst sinds lange tijd dat ik aan tafel iets meedeelde. Ik wenste iedereen wel altijd goedemorgen, maar ging daarna op mijn plaats koffie zitten drinken. Meestal at ik ook iets, omdat ik niet de hele tijd van oma te horen wilde krijgen dat ik met een lege maag de dag niet goed zou doorkomen. Maar wat ik in mijn mond stopte proefde ik niet echt en voor wat er aan tafel werd besproken had ik niet veel aandacht. Ik merkte alleen de bezorgde blikken van de anderen op.

In dat licht baarde mijn wens enigszins opzien. Mijn ouders en mijn oma keken me verbaasd aan, alsof ik, na een lange periode onzichtbaar te zijn geweest, ineens weer was opgedoken.

Vandaag rook zelfs de koffie lekker, en bij de geur van de broodjes liep het water me in de mond.

Ik was er weer.

'Denk je echt dat dat een goed idee is?' vroeg moeder.

'Ik wil die plaats gewoon graag zien. Ik wil eindelijk de ontbrekende puzzelstukjes bij elkaar krijgen.'

Mijn moeder keek naar mijn vader en daarna naar mijn oma. De laatste knikte bijna onmerkbaar.

'Weet je eigenlijk wel waar het is?' vroeg ze toen.

'Nou, ergens voor Kristianstad, neem ik aan.'

'Ongeveer tien kilometer voor Kristianstad,' mengde mijn vader zich in het gesprek. 'Als je wilt, breng ik je ernaartoe.'

Agneta en Mathilda staarden hem licht verwijtend aan.

'Waarom niet?' vroeg hij. 'Ze moet veel verwerken. En misschien helpt het als ze ziet waar het gebeurd is. Soms is het beter de werkelijkheid onder ogen te zien dan haar uit de weg te gaan.'

'Dat is lief van je, papa,' zei ik.

Mijn vader knikte me toe en ging door met eten. Ik merkte dat mijn moeder iets op het hart had, maar ze perste haar lippen op elkaar, alsof ze zich moest inhouden. Ik wist dat ze zich zorgen maakte. Maar wat hielp het als ik in mijn kamer zat te piekeren? Ik wilde eindelijk iets doen. Eindelijk duidelijkheid krijgen. Ik speelde nog even met Sörens ring, toen pakte ik een broodje uit het broodmandje.

'Heb je alles?' vroeg mijn vader toen ik naast hem op de bijrijdersstoel klom. Voor de inkopen die voor de hoeve gedaan moesten worden had hij een bestelbusje gekocht.

'Ik hoef toch niets bijzonders mee te nemen,' antwoordde ik. Meer dan mijn handtas had ik niet nodig.

'Goed, dan gaan we.' Hij draaide de contactsleutel om en de motor kwam rammelend tot leven. Net als mijn moeders auto was ook de bestelwagen allesbehalve nieuw. Maar hij deed het nog altijd prima, ook al protesteerde de versnellingsbak soms een beetje als mijn vader hem in de versnelling zette.

'Ik heb je nog nooit over Ingrid verteld, hè?' vroeg hij nadat we de Leeuwenhof achter ons hadden gelaten.

'Je eerste vrouw? Je hebt het ooit even over haar gehad.'

'Dat zou kunnen. Maar je kent niet het hele verhaal. Ik zat in Noorwegen toen de oorlog uitbrak en ook dat land in zijn greep kreeg. Natuurlijk zijn de nazi's meteen begonnen met de "zuivering", zoals ze het noemden. Joden en communisten werden vervolgd en er werd op ze gejaagd. Ik dacht dat Ingrid bij mij veilig zou zijn, ook al was ze Joods. Maar dat was een misvatting. De nazi's kwamen en wilden haar meenemen. Toen ze zich verzette, hebben ze haar ter plaatse doodgeschoten.'

Ik keek hem geschrokken aan. 'Maar dat is verschrikkelijk!'

'Ja, dat was het ook. Ik heb mezelf er lang de schuld van gegeven. Ik had meteen bij het begin van de oorlog met haar naar Zweden moeten vluchten. Ik had moeten weten dat ze bij ons net zo te werk zouden gaan als in hun eigen land. Maar ik vluchtte niet. Mijn slechte geweten speelt nu soms nog op.'

'Maar het was jouw schuld niet. Hoe had je dat kunnen weten?' Ik raakte vervuld van diep medelijden met mijn vader. Ik wist dat er in de oorlog iets was gebeurd, maar dit verhaal was nooit aan de orde gekomen.

'Af en toe vraag ik me af of het goed was geweest om na de oorlog een keer terug te gaan. Te gaan kijken op de plaats waar het is gebeurd. Maar daar had ik helaas de moed niet voor. Ik was bang een familielid tegen te komen. Ik was bang dat me zou worden verweten dat ik niet goed genoeg op haar had gepast.' Hij staarde even zwijgend naar de weg, toen voegde hij eraan toe: 'Maar misschien had dat een einde gemaakt aan de mallemolen van mijn gedachten.'

'Kun je dat niet alsnog doen? Tegenwoordig gaat reizen veel gemakkelijker, en...'

Mijn vader schudde zijn hoofd. 'Nee. Toen ik mijn meubelwerkplaats in Oslo terugkreeg, heb ik hem meteen verkocht. Ik wilde hem niet meer zien. De aanblik zou me verscheurd hebben.'

Dat kon ik begrijpen. Maar de omstandigheden waren toen anders, zei ik tegen mezelf. Ingrid was niet bij een ongeluk om het leven gekomen. Iemand in een uniform had haar doodgeschoten. Het was niet de schuld van mijn vader. Maar was het mijn schuld? Ik voelde me schuldig. Misschien had ik niet moeten slapen. Maar ik had op Sören vertrouwd. Ik had ons beider leven in zijn handen gelegd. Was dat egoïstisch geweest?

'In elk geval vind ik het goed dat je het eindelijk begint te verwerken. Ik heb me de afgelopen tijd grote zorgen om je gemaakt.'

'Dacht je dat het me net zo zou vergaan als oma?'

Mijn vader knikte. 'Ja. Agneta is een heel sterke vrouw, maar daar heb je niets aan als de duisternis komt. Als die diep in een mens op de loer ligt en er alleen maar op wacht toe te slaan. Ook Agneta had er geen greep op. Dat ze nu stabiel is, komt door haar medicatie. Toen we het bericht over jullie ongeluk kregen, vreesde Mathilda dat het weer zover was.'

'Maar ze heeft zich staande gehouden.'

'Inderdaad. Maar waarschijnlijk alleen omdat je in leven bent gebleven. De hoop gaf haar kracht.'

Ik keek naar mijn handen. De verlovingsring zat nog steeds aan mijn linkerhand. Ik kon het gewoon niet opbrengen hem af te doen. Soms werd ik wakker met het plan om Sören te bellen. Dat had ik vaak gedaan als ik op de Leeuwenhof was en hij in Stockholm. Maar dan schoot me weer te binnen dat hij er niet meer was. Dat de ring slechts een aandenken aan hem was.

'Ik ben oma niet,' zei ik. 'Dat ik alleen wilde zijn... Ik had tijd voor mezelf nodig. Ik moest wennen aan de gedachte dat Sören er niet meer is. Hij betekent nog steeds zo veel voor me, dat is nauwelijks in woorden uit te drukken.'

'Dat is ook geen schande.'

'Ik zal een manier vinden om ermee in het reine te komen,' zei ik. 'Ik weet alleen nog niet wanneer dat zal zijn. En over hoe het verder moet, ben ik al net zo onzeker. Sören gaf me richting, een doel. Ik ben bang dat ik dat nu uit het oog ben verloren.'

'Je zult het niet uit het oog verliezen, dat weet ik zeker.'

Mijn vader liet het stuur even los om mijn hand vast te pakken. Ik verstijfde meteen.

'Niet bang zijn,' zei hij toen hij zijn hand weer op het stuur legde. 'Ik let wel op.'

We reden door Kristianstad, dat er eveneens al voorjaarsachtig uitzag met sneeuwklokjes die langs de weg hun kopjes uitstaken. Als kind was ik hier vaak geweest.

Toen we bij het bos kwamen, werden mijn handen klam van het zweet. Mijn hart bonsde en mijn maag verkrampte. Ik was er intussen zeker van dat ik de hele tijd geslapen had. Zonder mijn vader zou ik de plek vast niet herkennen. Was hij hier geweest? Had hij toegekeken hoe ze het autowrak uit de greppel hadden getrokken?

Een moment lang wenste ik dat we voor altijd door zouden rijden, maar uiteindelijk minderde mijn vader vaart. Hij zette de richtingaanwijzer aan en stopte. Er was niets te zien, maar ik had het gevoel dat mijn vader alleen een geschikte plaats had gezocht om te stoppen.

'Het is een stukje verder naar voren,' verklaarde hij en hij stapte uit. Ik aarzelde een beetje. Wilde ik het nog wel zien? Stel dat ik overvallen werd door beelden waarvan ik me niet bewust was? Maar juist daarom was ik hier. Ik wilde weten of ik iets had kunnen doen om het ongeluk te voorkomen.

'Gaat het wel goed met je?' vroeg mijn vader terwijl hij me onderzoekend aankeek.

'Ja, natuurlijk,' antwoordde ik, hoewel mijn hart in mijn keel klopte en ik me allesbehalve goed voelde. Maar als hij ook maar de kleinste aanwijzing zag dat het slecht met me ging, zou mijn vader er vast op hebben gestaan terug te gaan.

'Goed. Kom dan maar mee.'

Hij stak zijn handen in zijn zakken en stapte voor me uit. Ik volgde hem en hield daarbij de weg angstig in de gaten. Hoeveel meter waren we van de rijbaan af? Eén? Misschien maar een halve. Toen er twee voertuigen in onze richting kwamen, verstijfde ik. Ze leken niet op de auto van Sören, maar ik kon er toch alleen maar bang naar staren. Zouden die ook in een slip raken? Maar de auto's reden voorbij en deden alleen wat regendruppels tegen onze benen opspatten.

Even later kwamen we bij de plaats van het ongeluk. Hoewel het tussendoor nog een beetje had gesneeuwd, kon je goed zien waar de wielen zich in het gras hadden gegraven. De greppel lag een stuk dieper en er stonden bomen langs. Aan een ervan ontbrak een groot stuk schors. De begroeiing van de greppel was gemaaid. Ook op het asfalt waren nog steeds remsporen te zien. Sören moest gereageerd hebben. Maar blijkbaar te laat.

Ik huiverde. Foto's van de vernielde wagen had ik nog niet gezien, en ik wist ineens niet meer zeker of ik dat wel wilde. Er gingen beelden door mijn hoofd, maar niet uit mijn herinnering. Het was de voorstelling van het gebeurde. Ik zag een hert uit het bos schieten en Sören geschrokken in elkaar krimpen. Ik meende het piepen van de banden te horen, een lelijk geschraap en uiteindelijk een dof metaalachtig gekraak. Scherven vlogen in het rond. Doordraaiende banden. Draaide de motor nog? Gierde hij? Of was alles stil? De motor weggestorven, en wij...

Sörens gezicht verscheen. Zijn voorhoofd onder het bloed, zijn ogen open maar zonder uitdrukking. Zat zijn bloed op de beschadigde boom? Opeens werd ik misselijk. Hoe ik er ook tegen probeerde te vechten, het hielp niet. Mijn maag verkrampte, gal hoopte zich op in mijn mond. In paniek klauwde ik me vast in mijn vaders jas.

'Laten we weer gaan,' hijgde ik. 'Ik... ik kan niet meer.'
Mijn vader draaide zich om en schermde mijn blik af van de plaats van het ongeluk. Maar dat hielp niet. Ik boog me voorover en kokhalsde. Mijn knieën waren zacht als boter en mijn rechterbeen deed pijn.

'Het is al goed, liefje,' hoorde ik mijn vader zeggen. Hij streek kalmerend over mijn rug. 'We gaan. Zodra je je wat beter voelt, gaan we.'

Maar ik voelde me niet beter en ik had het gevoel dat het nooit beter zou worden. Ik kneep mijn ogen dicht om de beelden buiten te sluiten, maar dat was onmogelijk, want ze zaten in mijn hoofd.

Ten slotte ebden de braakneigingen toch weg. Terwijl auto's langs ons heen raasden, loodste mijn vader me naar de bestelbus en hielp me op de bijrijdersstoel.

'Gaat het?' vroeg hij, het portier openlatend voor het geval dat.

We zwegen gedurende de hele rit. Ik merkte dat mijn vader dolgraag iets had gezegd, maar hij zweeg. Ik kon me indenken wat het was. Dat het normaal was om zo te reageren als je van een plaats kwam waar je bijna dood was gegaan. Maar ik zag mijn gedrag ook niet als abnormaal. Ik vroeg me alleen af of het niet te vroeg was geweest. Als wetenschapster wist ik feiten te waarderen en zocht ik graag dingen uit, maar nu merkte ik dat ik een persoonlijke grens had overschreden.

Toen we bij de Leeuwenhof kwamen, stopte mijn vader bij de poort.

'Ik weet dat het allemaal vreselijk voor je is,' zei hij. 'Maar ik blijf erbij dat het goed was dat je het gezien hebt. Het is belangrijk voor je. Ik hoop dat je nu inziet dat het niet jouw schuld was.'

'Als ik wakker was geweest...' opperde ik.

Mijn vader schudde zijn hoofd. 'Dan ook niet. Het is een verraderlijke plek. Je hebt het toch gezien. Sören had geen keus. Hij had ofwel het hert geramd ofwel hij was direct de greppel in gereden. Hij nam een beslissing. Een beslissing om jou te beschermen.'

'Maar...' begon ik, maar mijn vader stak zijn hand op.

'Ik heb na het ongeluk met de boswachter gesproken. Het dier kwam van links. Het is gewond naar beneden de bosjes in getuimeld en nog een paar meter verder gekomen. De auto heeft het tegen zijn borst geraakt en zijn nek beschadigd. Als jullie er volledig tegenaan waren geknald, wie weet wat er dan was gebeurd. Sören probeerde jou te beschermen. En of je nou wakker was geweest of niet, het had geen verschil gemaakt. Je had niet zonder gevolgen het stuur kunnen grijpen. Je had er niets aan kunnen veranderen. Ik wil dat je je dat altijd voor ogen houdt. Niemand geeft jou de schuld. Omdat je er gewoon geen schuld aan hebt.'

Ik keek mijn vader door een mist van tranen aan. Toen boog ik me naar hem over en omhelsde hem. De mallemolen van zelfverwijt was nog niet tot stilstand gekomen, maar hij draaide wel wat langzamer.

Omdat de aanblik van de plaats van het ongeluk me bleef achtervolgen, besloot ik een rondje over de hoeve te maken. Met mijn handen diep weggestopt in de zakken van mijn wollen jas dwaalde ik doelloos door de tuin. Ik was een en al onrust. Kijkend naar de modderige paden, het nog bruine gras en de opkomende krokussen probeerde ik de beelden in mijn hoofd te ordenen.

Uiteindelijk ging ik op een stenen bankje zitten. De Engelse tuin was terug te voeren op mijn overgrootmoeder Stella. Agneta beweerde dat ze hem zo had laten aanleggen omdat het indertijd de mode was geweest. Inmiddels wekte hij een verwilderde indruk, want tuinmannen waren duur en het geld was dringender nodig voor het in stand houden van de stallen.

'Nou, meisje van me?' vroeg een stem achter me. Ik draaide me om. Daar stond mijn oma, gehuld in een wat ouderwets ogende dikke jas. 'Hoe gaat het na het uitstapje met je vader?'

'Niet best,' antwoordde ik eerlijk. 'Het zien van de plek... Dat was vreselijk.'

'Kon je je iets herinneren?'

'Nee, maar... het speelde zich ineens als een film voor me af. Een film van beelden van iets wat ik niet eens heb meegemaakt. En de plek zelf heb ik helemaal niet goed gezien. Ik bedoel, ik ben niet eens beneden geweest. Ik heb de boom niet bekeken.'

'Dat was vast ook niet nodig,' zei oma terwijl ze naast me ging zitten. 'Het is genoeg om het schrikbeeld van veraf te zien.'

Ik knikte. 'Het was genoeg om me te laten zien wat er gebeurd zou kunnen zijn. Ik hoef nooit meer terug.'

'Dat hoeft ook niet, als je dat niet wilt. Maar misschien is er een andere plaats waar je op een gegeven moment naartoe wilt.' Ze keek me veelbetekenend aan.

Ik vermoedde wat ze bedoelde: Sörens graf. Tot nog toe had ik geweigerd het te bezoeken. Ik wist dat hij niet meer leefde, maar zijn grafsteen zien, dat had iets definitiefs. Zou dat niet betekenen dat ik me met zijn dood had verzoend? Dat ik die accepteerde?

'Ik mis hem zo,' zei ik en ik barstte weer in tranen uit. Oma sloeg haar arm om me heen en trok me tegen zich aan.

'Dat geloof ik graag.' Ze liet een paar ogenblikken verstrijken, toen voegde ze eraan toe: 'Maar ik denk ook dat hij niet zou willen dat je de hele tijd huilt.'

Ik knikte. 'Misschien ben ik er toch al aan toe Sörens graf te bezoeken,' zei ik nadat ik mijn tranen had weggeveegd.

'Dat is mooi,' zei Agneta. 'Dat is heel mooi. Graven hebben iets rustgevends, weet je. Van een afstandje lijken het verschrikkelijke plaatsen, maar als je er bent en voelt dat je dicht bij degene bent op wie je gesteld was, voel je je aangenaam rustig worden. Je kunt je dierbare alles vertellen en je weet dat je geheimen veilig zijn.'

'Daarom gaat u eens per week naar de grafkelder, nietwaar? Waar ze allemaal liggen.'

'Ja,' antwoordde ze, en ze richtte haar blik op het bos dat achter ons domein oprees. 'Ik heb in de loop van mijn leven zo veel mensen verloren. Met ieder van hen ben ik een beetje somberder geworden. Ik hoop zo dat ik dat allemaal niet nog eens hoef mee te maken. Dat ik degene ben die gaat.'

'Zo oud bent u nou ook weer niet,' protesteerde ik.

'Dat denken jonge mensen zoals jij. Maar ik ben oud. Stokoud. En ik heb de kracht niet meer om nog een verlies te doorstaan.' Ze pakte mijn hand. 'Die avond, toen de politie bij ons verscheen, dacht ik, nu is het zover. Nu verlies je ook nog het liefste wat je hebt. Ik heb met je moeder aan je bed gezeten, drie hele dagen lang. Je was diep in coma. De duisternis in mij is iets eigenaardigs. De eerste dagen functioneer ik nog. Maar dan sluipt ze naderbij als een langzaam werkend gif en trekt ze me mee. Ik voelde haar al, maar toen deed jij je ogen open. De dokter gaf het sein veilig. Precies op het juiste moment.'

Een windvlaag streek over onze gezichten en nam haar woorden mee. Ze legde mijn hand tegen haar wang.

'Toen jij ter wereld was gekomen, ervoer ik voor het eerst sinds lange tijd weer zoiets als geluk. Met de dood van Ingmar had de wereld alle kleur verloren, hoe je moeder ook haar best deed. Over elke kleur lag een grauwsluier.'

'U had ook al uw man verloren,' gaf ik ter overweging.

'Ja, maar dat was anders. Ik hield van hem, maar Ingmar betekende hoop voor mij. Het is voor een mens vreselijk om zijn hoop te verliezen.'

'Sören betekende voor mij ook hoop,' antwoordde ik. 'Hoop op een gezin. Op een toekomst.'

'Nou, het klinkt misschien suf, maar de toekomst ligt nog steeds voor je,' zei Agneta. 'In mei word je tweeëntwintig. In mijn jeugd zou men je nog als een kind hebben gezien. Je hebt je studie nog niet afgemaakt. Je kunt nog zo veel doen.'

'Oma,' begon ik.

'Ja?' vroeg Agneta. 'Heb ik dan ongelijk? Kijk eens naar mij. Toen ik mijn eerste liefde verloor – of beter gezegd, toen hij me verliet omdat ik rijker dreigde te worden dan hij – dacht ik dat ik nooit meer zou kunnen liefhebben. Maar de liefde kwam en ging ook weer. Toen Lennard uiteindelijk stierf wist ik dat er voor mij geen nieuwe liefde meer zou komen, maar toen was ik al op weg een oude vrouw te worden. Ik had een half leven achter me. Maar kijk eens naar jou: je bent jong, mooi en intelligent. Je leven verloopt dan wel niet volgens plan, maar er zal een ander leven voor je zijn. En wie weet wordt het net zo mooi als het vorige.'

Ik boog mijn hoofd. 'Het valt me alleen zwaar me voor te stellen dat er zo'n leven voor me is weggelegd.'

'Dat is begrijpelijk. Het is nog zo vers...' Ze zweeg even. 'Toen mijn zoon stierf, was alles zo vreemd... surrealistisch is misschien de beste aanduiding. Ik heb niet gezien hoe het gebeurde. Zijn kist werd niet geopend, omdat men ons de aanblik wilde besparen. Er bleef altijd een beetje ongeloof aanwezig.' Was dat de reden waarom ze zijn kamer onveranderd liet? 'Ook jij hebt niet gezien hoe het gebeurde en hebt hem daarna niet meer gezien.' Ze keek me aan. 'Misschien weigert je verstand nog om het feit te accepteren.'

'Maar ik weet dat hij dood is. Daarover zouden ze toch niet tegen me liegen?'

'Nee, dat zou niemand doen die goed bij zijn verstand is. Maar dat betekent nog niet dat je het feit accepteert. Misschien is het ook wel je hart dat het weigert te accepteren.'

Dat was mogelijk. Mijn hart protesteerde. Waarom zou het anders nog zo'n pijn doen?

'Als je het echt wilt afsluiten, zou je de ring af moeten doen.' Ze legde haar hand teder op de mijne. 'En Sörens graf bezoeken. Anders blijft je verstand twijfelen en denkt het dat hij alleen maar lang op reis is en weer terug zal komen. Als je jezelf ervan overtuigt dat hij dood is, heb je de mogelijkheid de situatie te verwerken.'

'Het is niet mijn verstand dat twijfelt,' zei ik. 'Het is mijn hart.'

'Geef het dan het bewijs van wat onontkoombaar is. Laat het zien dat er een plek is waar je liefste zich bevindt. Ga naar die plek, praat met hem. Ook als je geen antwoord van hem krijgt, is hij er.'

'Mormor, kunt u een geheim bewaren?'

Er gleed een glimlach over haar gezicht. 'Dat kan ik veel te goed naar jouw moeders zin.'

'Ik heb geprobeerd naar Sörens begrafenis te gaan. Ik wilde er op eigen houtje heen, maar kwam helaas niet verder dan de kledingkast. Ik viel gewoon om, omdat mijn bloedsomloop me in de steek liet.'

'En de dokters hebben je moeder daar niet over ingelicht?' vroeg mijn oma geschrokken.

'Blijkbaar niet. En zo wel, dan heeft ze niets laten merken. Er is me toch niet echt iets overkomen.' Ik hield even op en keek naar mijn handen. 'Ik wilde zo graag bij hem zijn. Maar nu... Ik weet ook niet waarom ik zo lang aarzel om zijn graf te bezoeken.'

'Misschien omdat je bang bent dat het je hoop ondermijnt?' Oma sloeg haar arm om me heen. 'Daar moet je niet bang voor zijn. Een graf helpt. Het is een ontmoetingsplaats. Je kent onze grafkelder. Daar liggen ze allemaal bij elkaar. Dat mag een beetje griezelig lijken, maar voor mij is het een troost. Daar zijn mijn ouders, mijn broer, mijn zoon. Op een dag zal ik bij hen zijn.'

'Oma, zoiets moet u niet zeggen!' protesteerde ik, hoewel ik geen kind meer was dat geloofde dat haar eigen familie onsterfelijk was.

'Waarom niet? Het is de waarheid. Op een dag zullen we daar allemaal verenigd zijn. Die gedachte biedt me troost.'

'Maar ik zal niet bij Sören kunnen zijn,' was mijn weerwoord.

'Nee, dat is zo. Maar mogelijk stelt je hart zich open voor een nieuwe liefde. En met een beetje geluk zullen jullie voor altijd samen zijn.'

Ze gaf me een kus op mijn slaap en drukte me even tegen zich aan, toen stond ze op. 'Bel zijn moeder. En dan ga je naar hem toe. Misschien laten die vreselijke beelden van de plaats van het ongeluk je daarna ook met rust. Beelden die niets met de werkelijkheid te maken hebben, omdat je het immers niet kunt weten.'

'Bedankt, mormor,' zei ik zachtjes en ik pakte haar hand en legde die tegen mijn wang.

Mijn handen waren klam van het zweet toen ik in de werkkamer naar de telefoon stond te staren. Omdat ik wist dat de Lundgrens allebei werkten, had ik besloten vroeg in de avond te bellen, wanneer ze zeker thuis zouden zijn.

Het zwarte toestel op mijn moeders bureau had het stokoude apparaat vervangen dat hier vroeger dienst had gedaan. Dat werd ergens in huis nog bewaard, alsof we ooit een museum zouden openen. Als kind had ik nog met de oude telefoon gespeeld. Ik converseerde met denkbeeldige gesprekspartners en nodigde ze uit op de thee. Ik was nooit bang geweest om te telefoneren. Maar nu voelde het alsof ik te maken had met een volkomen nieuwe technologie, waarvan ik vreesde dat die me bij verkeerd gebruik om de oren zou slaan.

Hoe zouden de Lundgrens reageren? Mijn maag verkrampte van angstige verwachting toen ik mijn telefoonboekje uit mijn tas haalde. Het overgaan van de telefoon drong door het luide bonzen van mijn hart als vanuit de verte tot me door.

'Met mevrouw Lundgren,' klonk het na een klikkend geluid.

'Edda?' begon ik voorzichtig. 'Ik ben het, Solveig.'

Al bij mijn eerste bezoek bij de Lundgrens had mevrouw Lundgren voorgesteld me bij haar voornaam te noemen.

Nu heerste er stilte aan de andere kant van de lijn. Angst greep me bij de keel. 'Solveig! Wat fijn dat je belt,' zei Sörens moeder uiteindelijk, waarmee ze mijn twijfel wegnam. Ze klonk oneindig vermoeid, maar niet onvriendelijk. Haar woorden riepen het beeld op van de donkerharige, ietwat gezette vrouw die ik vaak met een jasschort aan in het huis had zien rondlopen. Meestal droeg ze haar haar in een knot. Het typische beeld van een moeder, waaraan Mathilda, mijn moeder, absoluut niet beantwoordde.

'Het... het spijt me zo verschrikkelijk,' zei ik. 'Ik zou willen dat het anders was gelopen.'

'Ik ook,' zei Edda.

'Ik... wou vragen... Sören... ik wil graag zijn graf bezoeken.'

'Dat kun je toch altijd doen, Solveig,' antwoordde Edda. 'Dat hoef je niet aan me te vragen.'

'Dat weet ik, maar...' Ik viel stil, want ik wist niet wat ik moest zeggen.

'Wat denk je ervan om daar af te spreken?' sprong Edda me bij. 'Dan kunnen we een beetje praten.'

'Zou ik hem de eerste keer alleen kunnen bezoeken?' vroeg ik met trillende stem. 'Wees alsjeblieft niet boos op me, ik wil je dolgraag zien. Maar... het is nog te vroeg...'

'O.'

'We spreken elkaar later, hè?'

'Ja,' antwoordde Edda. 'We spreken elkaar later.'

Ik voelde dat ze teleurgesteld was. Had ik niet al lang contact met haar moeten opnemen? Maar diep vanbinnen wist ik dat ik nog niet klaar was voor een ontmoeting. Eerst moest ik het graf zien. Eerst moest ik mijn hart en mijn ziel ervan overtuigen dat Sören echt dood was.

Toen ik mijn moeder van het telefoontje en van mijn plan vertelde, keek ze me enigszins verrast aan. Ze zat na het werk en voor het avondeten altijd graag in de bibliotheek, die vanouds haar lievelingsplekje was. Een van de oudere boeken van de hoge planken lag op haar schoot. De titel kon ik niet zien, maar wel een paar plaatjes met kopergravures.

'Weet je het zeker?' vroeg ze. 'Je vader vertelde dat het niet goed met je ging toen je de plaats van het ongeluk had bezichtigd.'

Waarschijnlijk zou dat aan tafel het gespreksonderwerp zijn. Maar daar was ik op voorbereid. En toen de eerste schok voorbij was, voelde het goed. Als een alarmbel. Ik voelde me alsof ik uit een donker gat kroop. Het bezoek aan de plaats van het ongeluk was de eerste stap, nu moest de tweede komen om weer licht te zien. Hoe moeilijk het ook zou zijn.

'Ja, dat weet ik zeker,' zei ik. 'Ik heb met oma gepraat en zij heeft me duidelijk gemaakt dat mijn hart en mijn ziel willen zien wat mijn verstand weet. Ze willen het bewijs, en dat zal ik ze geven.'
Mijn moeder dacht even na, toen knikte ze en zei: 'Ik ga graag met je mee.'

'Dat is misschien niet zo'n goed idee,' antwoordde ik. 'Ik zou liever met Sören alleen zijn.'

'Je vader was er toen op de plaats van het ongeluk ook bij.'

'Dat was iets anders. Het gaat hier om zijn graf. Het is... alsof ik voor de laatste keer met hem heb afgesproken. Jij was toch ook nooit aanwezig bij onze afspraakjes.'

'Ik heb niet gezegd dat ik met je mee wilde naar zijn graf,' wierp ze tegen. 'Zoals je weet, ligt je andere oma daar begraven. Ik moet beslist naar haar graf kijken, anders laat de beheerder van het kerkhof iets van zich horen.'

Dat was een uitvlucht, want het graf van mijn grootmoeder Susanna werd heel goed verzorgd. Net als vroeger zorgde een tuinman ervoor dat de beplanting aan het seizoen werd aangepast.

'Moeder, moet dat nou?'

Mathilda trok haar wenkbrauwen op. 'Waar ben je bang voor, kind? Ik betwijfel dat Sörens graf naast dat van Susanna ligt. Ik ben aan het ene eind en jij aan het andere. We kunnen een ontmoetingsplaats afspreken.'

Ik slaakte een diepe zucht. Waarschijnlijk wilde ze alleen maar zekerheid dat me niets overkwam.

'Edda wilde met me afspreken, maar ik heb haar afgewimpeld. Ze zei wel dat het oké was, maar ze klonk nogal teleurgesteld.'

'Dat zou ik ook zijn als jij me belette om mee te gaan naar Stockholm,' zei mijn moeder. 'Maar ik denk niet dat je een slecht geweten hoeft te hebben als ik meega. We kunnen in de trein wat praten of een kaartspelletje doen. Dan zullen we ons niet vervelen.'

'Mama, ik ben geen vijf meer!'

'Je hoeft geen kind te zijn om een treinreis saai te vinden.'

Ik zuchtte. Mijn moeder pakte mijn hand. 'Solveig, alsjeblieft. Ik wil je bij deze gang liever niet alleen laten. Je vader heeft me verteld hoe het zien van de plaats van het ongeluk je aangreep. Ik wil er alleen maar voor zorgen dat er iemand in de buurt is bij wie je steun kunt zoeken als je door wanhoop wordt overmand. Of als je gewoon iemand nodig hebt die je na staat. Een mens hoeft niet alles alleen te doorstaan.'

Diep vanbinnen wist ik dat ze gelijk had. Het was een allesbehalve makkelijke onderneming. Ik zou instorten wanneer ik het graf zag. Maar mijn verlangen om daarbij alleen te zijn kwam ook diep vanbinnen. Ik wilde me verloren voelen. Maar mijn moeder zou dat niet toelaten.

Ook zij had zich in haar leven ooit volkomen verloren gevoeld. Dat was toen ze erachter kwam wie ze echt was. Zulke beproevingen had ik niet hoeven doorstaan. Van het begin af aan had mijn moeder gezegd dat ze geen geheimen voor me zou hebben. Of dat klopte, wist ik niet. Mensen hadden altijd wel een of ander geheim. Misschien bedoelde ze dat ze geen geheimen had wat mijn leven betreft. Daar was ik haar dankbaar voor.

'Goed dan,' zei ik. 'Ga maar mee.'

Mijn moeder slaakte een zucht van verlichting. 'Dank je wel.'

'Ik moet jou bedanken,' zei ik en ik gaf haar een kneepje in haar hand. 'Bedankt dat je het niet opgeeft als het om mij gaat.'

'Nooit ofte nimmer,' zei ze glimlachend. Ze stond op en gaf me een kus op mijn voorhoofd.

8

Een week later gingen we op weg. Het weer was intussen wat aangenamer geworden, de zon scheen aan een blauwe hemel die eerder bij de zomer paste dan bij een wisselvallige aprilmaand.

Bij ons in de trein zaten zakenlieden en een paar oudere echtparen die zichzelf een uitstapje naar de hoofdstad gunden. Sommigen van hen namen ons nieuwsgierig op, want we waren allebei in het zwart gekleed. Mijn moeder droeg een zwarte wollen jas met een sjaal over haar zwarte trui en haar zwarte wollen rok, en ik had gekozen voor een zwarte coltrui, een zwarte broek en mijn zwarte trenchcoat. Misschien was mijn kleding nog een beetje te dun voor de heersende temperaturen, maar het was het beste wat ik in die kleur had.

'Het is behoorlijk lang geleden dat ik voor het laatst met de trein heb gereisd,' zei mijn moeder nadat ze een poosje uit het raam had zitten kijken. Dat klopte: als ze me in Stockholm opzocht, kwam ze altijd met de auto. 'Het is eigenaardig wat er allemaal in je opkomt als je in de trein zit.'

'Wat dan?' vroeg ik. Ik had aan haar gezien dat ze in gedachten verzonken was geraakt.

'Dingen uit mijn jeugd. Ik ben ooit van de hoeve weggevlucht, op het paard waarop ik had leren rijden. Ik dacht dat ik als ik maar bij de trein kwam, alles achter me kon laten. Maar dat werkte natuurlijk niet.'

'Oma heeft je teruggehaald.'

Het verhaal was al oud, maar ik kon het me nog goed herinneren. Destijds, in mijn opstandige periode, had ik gedreigd weg te lopen als ik mijn zin niet kreeg. Toen had mijn moeder het me verteld en gezegd: 'Denk er maar eens goed over na voor je wegloopt, oma vindt je overal.'

Dat was geen dreigement geweest, eerder een constatering.

'Ja, precies.' Ze glimlachte dromerig. 'Ik heb er lang niet meer aan gedacht, maar nu komt het allemaal weer boven.' Ze bleef even steken in de herinnering, toen schudde ze haar hoofd. 'Ik moet mezelf niet in het verleden verliezen. Ik heb geluk gehad in mijn leven. Het had allemaal anders kunnen uitpakken.'

'Slechter, bedoel je?'

'Ja. Gelukkig was dat niet het geval. Hoewel ik soms heb gedacht dat het niet nog slechter kon worden.'

We zwegen een tijdje, toen vroeg ik: 'Hoelang zal oma nog die kamer in blijven gaan? Die van Ingmar?'

Mijn moeder keek me verrast aan. Toen haalde ze haar schouders op. 'Ik weet het niet. Waarschijnlijk nog haar leven lang. Maar ze kan net zo goed morgen verkondigen dat ze er een muziekkamer van wil maken. Soms blijft verdriet eeuwig duren, ook al komen er geen acute wonden bij.'

Ze keek me aan. 'Ook jouw verdriet zal ooit wegebben. En ik geloof niet dat je daar een kamer voor nodig hebt.'

'Die kamer zit in me,' antwoordde ik. 'Sören zal altijd een plekje in mijn hart hebben.'

'Zo hoort het ook. Ik zou willen dat Agneta ook zo'n kamer in zichzelf had. Die kamer... ik krijg er altijd de koude rillingen van, omdat hij je het gevoel geeft dat Ingmars geest er nog rondwaart.'

'Wat gaat ermee gebeuren? Ik bedoel later...'

'Daar wil ik liever nog niet aan denken,' zei ze vlug. 'Het gaat goed met oma, dat is nu voor mij alles wat telt.'

'Maar op een dag zullen we erover moeten nadenken.' Ik keek haar aan. Wilde ze zelf die kamer niet loslaten? Ze had me eens verteld hoeveel Ingmar voor haar had betekend. Hij was als een broer voor haar geweest. En als er geen familieband tussen hen had bestaan, was er misschien meer dan alleen zielsverwantschap ontstaan.

Toen ze het me had verteld, had ik er de hele nacht over liggen nadenken.

Als mijn moeder niet een Lejongård was geweest, waren zij en Ingmar misschien wel getrouwd. Misschien was hij dan niet naar Noorwegen gegaan. Misschien was hij dan mijn vader geworden. Of die van een ander kind, dat ik niet was. Maar dat kind zou dan misschien ook zijn vader hebben verloren.

'Dat doen we als het zover is,' onderbrak ze mijn gedachten. 'Misschien bewaren we iets uit die kamer als aandenken. Maar de kamer zelf... Ik denk dat we die niet zo in stand houden. Het gaat er niet om een zichtbaar gedenkteken voor een overledene in te richten, ook al doen sommigen dat. Ik vind dat het hart het beste gedenkteken, de beste plaats is om een dierbare te gedenken.' Ze keek me aan. 'Sören zou het zeker fijn vinden om in jouw hart te zijn.'

Bij die woorden schoten de tranen me in de ogen. Ja, ik was ervan overtuigd dat hij dat fijn zou vinden. En hij zat diep in mijn hart, zo diep als niemand anders die ik kende. 'Ik zal hem daar ook altijd bewaren,' zei ik alleen maar en daarna keek ik weer uit het raam, waar de groene bossen langzaamaan plaatsmaakten voor velden en dorpen.

Toen we een paar uur later de begraafplaats in het bos opliepen, werden we door vogelgekwetter ontvangen. De bomen waren nog kaal, maar aan sommige takken verschenen al de eerste dikke knoppen. Nog een beetje tijd en zon en de graven zouden beschut worden door een dik bladerdak.

We bleven staan bij de poort, alsof we allebei niet wisten welke kant we op moesten.

'Kan ik niet beter met je meegaan, voor het geval dat je het niet kunt vinden?'

'Sörens moeder heeft me verteld in welke rij het is. Ik vind het beslist.'

'Mooi,' zei Mathilda en ze legde haar hand op mijn rug. 'Dan kunnen we maar beter gaan, nietwaar?'

Ik knikte en begon te lopen. Mathilda liep nog een eindje met me mee, toen sloeg ze een pad in dat naar haar moeders graf leidde.

Mijn pad leidde in tegenovergestelde richting. Ik voelde een vreemdsoortige pijn opkomen, geen lichamelijke, maar zielenpijn. Al die namen op de stenen waar ik langs liep, behoorden toe aan mensen. Mensen die bemind en gehaat, die gelachen en gehuild hadden. Mensen die geleefd hadden. Nu waren alleen hun namen overgebleven, en in harten verborgen herinneringen.

Sommigen waren heel oud geworden, anderen waren zeer jong gestorven. Zo zonde! Sommigen hadden geen gelegenheid gekregen om een gezin te stichten. Net als Sören.

De tranen stroomden over mijn wangen. Ik veegde ze haastig weg. Nog niet, zei ik tegen mezelf. Ik moest mijn tranen voor Sören bewaren.

Het duurde een hele tijd voor ik de naam Lundgren ontdekte. Sören was naast zijn grootouders begraven, een klein graf waar nog geen steen op stond. Het heuveltje boven de urn was niet bijzonder hoog en was bedekt met verwelkende bloemen; op een van de kransen stond het opschrift: ONZE LIEVE ZOON, op een andere ONZE VRIEND EN STUDIEGENOOT. Aan het hoofdeinde, waar een houten kruis met zijn naam als tijdelijke vervanging voor de steen fungeerde, ontdekte ik nog een krans. De rozen waren al behoorlijk vergaan, maar hier en daar was nog zichtbaar dat ze rood moesten zijn geweest.

Mijn hart ging tekeer toen ik het opschrift IN LIEFDE las. Wie zou hem zo'n krans hebben gestuurd? Ik boog me voorover en trok de rest van het lint tevoorschijn, die de wind onder de krans moest hebben geblazen. Toen zag ik mijn eigen naam.

Verbaasd stapte ik achteruit. Een krans met mijn naam? Hadden mijn ouders die bij de teraardebestelling meegebracht? Waarom had mijn moeder er niets over gezegd? Had ze daarvan afgezien vanwege mijn huilbui toen ze me op de hoogte stelde van de bijzetting? Of was ze het vergeten te vertellen?

Het kostte even tijd om tot mezelf te komen. Ineens verlangde ik er vreselijk naar hem aan te raken. Ik legde mijn hand op de aarde, maar alles wat ik voelde waren stenen en kluitjes aarde. Even schoot het door me heen dat het misschien toch beter was geweest om hem in een kist te begraven. Dan had ik geweten dat hij daar onder mijn hand lag. Maar dat was niet wat hij zou hebben gewild.

Mijn borst verkrampte en ik zuchtte zachtjes, maar tranen wilden er nu niet komen. Waarom niet? Had ik ze allemaal al vergoten? Of wilde Sören me op die manier duidelijk maken dat ik niet moest huilen? Hij zei altijd dat hij me liever zag lachen. Maar die wens van hem kon ik niet vervullen. Nog niet. 'Wat moet ik toch doen?' vroeg ik. 'Hoe moet ik verder zonder jou?'

Antwoord kreeg ik niet. Alleen de wind ruiste langs me heen en liet een paar verdroogde bladeren over de aarde dansen.

Ik bleef een half uur bij Sörens graf. Uiteindelijk nam ik afscheid van hem. Ik kom terug, zei ik geluidloos. Ik durfde niet te praten, want ik was bang dat iemand me zag en me voor gek verklaarde.

Op de afgesproken plaats bij de poort ging ik op een bankje zitten. Mijn moeder viel nog nergens te bekennen, dus staarde ik in de verte en luisterde naar het geritsel van oude bladeren die de wind over het pad blies.

'Het is niet te geloven hoe het graf eruitzag,' hoorde ik ineens een stem achter me. Mijn moeder wreef het zand van haar handen en kwam naast me zitten. 'Helemaal onder de bladeren, takken en twijgen. Ik weet het, de tuinman controleert het over een paar weken wel weer, maar ik kon het niet zo laten.'

'Ik heb de krans gezien,' zei ik. 'Die moet heel mooi zijn geweest.'

Mijn moeder keek me aan. 'Ik ben vergeten het je te vertellen.'

Ik knikte.

'Dat spijt me. Je was zo van streek omdat je niet bij de begrafenis kon zijn... Op de een of andere manier heb ik er daarna niet meer aan gedacht.'

'Bedankt,' zei ik en ik pakte haar hand.

‘Het was het minste wat ik kon doen.’ Ze nam me in haar armen en hield me stevig vast terwijl ik eindelijk in tranen uitbarstte.

Terug op de Leeuwenhof ging ik voor de ladekast staan waarin ik mijn persoonlijke spullen bewaarde. Oma had gezegd dat ik mijn hart ervan moest overtuigen dat Sören niet meer leefde. Dat had ik die dag gedaan. Maar kon ik de ring zomaar afdoen? ‘Tot de dood ons scheidt’, zo heette het als je trouwde. De dood was het enige wat tussen ware liefde kon komen. In elk geval in ruimtelijke zin. In je hart kon liefde altijd blijven bestaan.

Hoeveel pijn de gedachte ook deed en hoe ik me er ook tegen verzette, er zat niets anders op. De ring zou Sören niet terugbrengen. Ik had niet meer het recht hem te dragen. Het enige wat ik kon doen, was de ring bewaren als een aandenken aan hem en onze gelukkige tijd samen.

Ik haalde diep adem, toen trok ik hem van mijn vinger. In het schijnsel van de lamp bekeek ik hem nog even, toen legde ik hem in de la.

9

Aan het einde van de vakantie was de trein naar Stockholm voller dan anders. Ik ontdekte veel passagiers van mijn leeftijd die eruitzagen alsof ze naar hun universiteit teruggingen. Er waren geen vertrouwde gezichten bij, maar op de Leeuwenhof had ik zo beschermd geleefd dat ik haast geen jongeren uit Kristianstad kende.

Ik wilde eigenlijk de tijd verdrijven met lezen, maar ik kon me niet concentreren. Ik was nerveus en voelde steken in mijn maag. Het was alsof ik mijn hele jaargang slecht nieuws moest gaan vertellen.

Maar ik was er zeker van dat behalve Kitty bijna niemand van mijn relatie met Sören wist. Zelf had hij echter ook studiegenoten en vrienden gehad, van de laatste meer dan ik. Af en toe was ik erbij geweest als ze bij elkaar kwamen. Veel indruk hadden ze niet op me gemaakt, maar dat kon ook komen doordat ik alleen maar aandacht voor Sören had gehad. Hoe zouden zij op het nieuws hebben gereageerd? Hoe zouden ze zich gedragen als we elkaar toevallig tegen het lijf liepen?

Bij alle gepieker ontging het me bijna dat we de stadsgrens van Stockholm passeerden.

Pas bij de aankondiging van de conducteur schrok ik op uit mijn gedachten. Ik zag de vertrouwde huizen, de auto's op straat, de mensen die boodschappen deden. In Stockholm leek niets veranderd te zijn.

De lente had de hoofdstad wat milder gemaakt. Voor het station werd ik verwelkomd door een stralende zon die de oude witte gevels deed oplichten. Op een bankje zat een muzikant gitaar te spelen. Duiven cirkelden rond de hoofden van mensen in de hoop op een paar kruimels brood. Aan de overkant hoorde ik een groepje kinderen die blijkbaar een uitstapje maakten. Even lukte het me te vergeten dat voor mij de stad niet meer hetzelfde was als vroeger.

Met de bus ging ik naar de begraafplaats in het bos. Ik wilde niet aan het nieuwe semester beginnen zonder een bezoek aan Sören. Toen ik de poort opendeed, werd ik door verdriet overmand. 's Nachts huilde ik nog steeds om hem als de slaap niet vlug genoeg kwam en ik tijd had om na te denken. Soms haalde ik de verlovingsring tevoorschijn om ernaar te kijken. Maar overdag merkte ik dat de steen op mijn borst in elk geval draaglijk werd als ik bezig was.

Het grind knarste onder mijn voeten toen ik over het pad naar Sörens graf liep. Her en der was iemand bezig het graf van een dierbare vrij te maken van bladeren en dennentakken en er nieuwe bloemen op te zetten. Tussen de takken zaten vogels te zingen.

Op Sörens graf stond inmiddels een steen. Ik vermoedde dat hij van Zweeds graniet was. De inscriptie was heel eenvoudig en modern en erboven stond een duif gegraveerd. De grafheuvel was verdwenen en vervangen door een lage buxusrand. In de vaas ervoor stond een verse bos bloemen. Ik zakte langzaam op mijn hurken en legde mijn hand op de steen. De kou drong meteen door mijn huid.

'Hier ben ik weer,' begon ik zachtjes. 'Ik... ik wilde je laten weten hoe erg ik je mis.' Ik wilde dat hij mijn stem hoorde. Ook al was dat waarschijnlijk onzin. 'Ik weet niet hoe ik verder moet. Echt niet. Ik heb met de gedachte gespeeld de studie eraan te geven, maar toen gebeurde er iets. Die merrie... Weet je, ik kon haar helpen! Dat was fantastisch, en tegelijkertijd beangstigend. Je zou trots op me zijn geweest. En dat terwijl ik mijn studie nog niet eens heb afgemaakt.'

Ik voelde tranen opkomen, maar om mijn lippen speelde een glimlach. Het was zo bevrijdend om met hem te praten.

Ik begon hem nu meer te vertellen: hoe eenzaam en donker de

nachten en mijn gedachten waren geweest en hoe er langzaam weer licht mijn ziel binnenstroomde. Het klonk een beetje alsof ik mezelf wilde rechtvaardigen voor het feit dat ik nog leefde. Maar eigenlijk wist ik dat Sören niet anders zou hebben gewild. Wat er ook was gebeurd op het moment dat het hert opdook, waarschijnlijk had hij gekozen voor een reactie die mij het leven redde.

'Goed, dit was het voor vandaag,' fluisterde ik. 'Ik kom terug, beloofd.' Ik drukte twee vingers tegen mijn lippen en raakte de steen ermee aan. Toen draaide ik me om.

Bij het studentenhuis keek ik langs de oude bakstenen gevel omhoog. Ik voelde me erg onzeker. Kitty wist nog niets van het ongeluk. Tijdens de vakantie had ik een ansichtkaart van haar gekregen uit Frankrijk, maar haar niet teruggeschreven omdat ik wist dat ze de hele tijd met haar vriend samen zou zijn en toch niet thuis was. Bovendien wilde ik haar niet schriftelijk op de hoogte stellen van het ongeluk, maar het haar persoonlijk vertellen.

Eigenaardig genoeg vreesde ik dat dat nog moeilijker was dan tegen een grafsteen praten. Kitty zou diep geschokt zijn.

Toen ik de deur opendeed, zag ik haar op de grijze bank zitten die ze van thuis had meegenomen. Verder waren de kamers gemeubileerd, weliswaar heel spaarzaam, maar alles wat je nodig had was aanwezig: een oud houten boekenrek, twee bureaus, bedden waarvan je het idee had dat ze vlak na de oorlog waren gemaakt. Een samenraapsel van stijlen.

De bank betekende voor haar iets persoonlijks en gezelligheid, en ik vond het ook fijn om erop te zitten.

Kitty zag er gelukkig uit. Met een dromerige glimlach keek ze uit het raam naar de namiddagzon, die in deze tijd weer wat langer boven de einder bleef staan. De reis met haar vriend was blijkbaar een groot succes geweest.

'Ha, Solveig!' riep ze, ze sprong op en kwam naar me toe. 'Ik heb in geen eeuwen iets van je gehoord!' Ze omhelsde me stormachtig, toen hield ze op, liet me los en bekeek me van top tot teen. 'Wat is er gebeurd, waarom draag je zwarte kleding?'

Ik had moeite me te beheersen en kon niet meteen antwoorden.

'Is er iets met je oma?'

Ik schudde mijn hoofd. 'Nee. Sören en ik... We hebben een ongeluk met de auto gehad toen we naar huis wilden gaan. Hij is...' Ik kon mezelf er niet toe brengen het uit te spreken. In plaats daarvan barstte ik in tranen uit.

Kitty staarde me ontzet aan. 'Dat kan toch niet... Waarom heb ik daar niets over gehoord?'

'Je was op vakantie,' zei ik snikkend. 'En ik was niet in staat om je te schrijven.'

Het volgende ogenblik lagen haar armen stevig en troostend om me heen. 'Wat vreselijk voor je,' zei ze terwijl ze me over mijn haar streelde. 'Je weet niet half hoe erg ik dat vind.'

Een hele tijd zat ik zo te huilen, en ik voelde me alsof ik het nieuws zelf pas net had gehoord. Tot dan toe had ik het feit dat Sören er niet meer was voor mezelf gehouden. Mijn familie wist het, maar die behoorde tot mijn intieme kring. Kitty was de eerste buitenstaander aan wie ik het vertelde. Het voelde alsof het daardoor pas echt werd.

Toen mijn tranen langzaam wegebden, bracht Kitty me naar de bank. Daar hadden we al talloze nachten zitten praten. Mijn vriendin was er een meester in om twijfels uit mijn hoofd te praten of me moed in te spreken. Ze vroeg er niet om, maar ik vertelde haar hoe het gebeurd was. Vanaf het huwelijksaanzoek tot op het moment dat ik het hoorde. Nu blonken er ook bij haar tranen in de ogen.

'Waarom moet de wereld toch zo verdomd onrechtvaardig zijn?' vroeg ze terwijl ze haar wangen droog veegde. 'Ik zou je zo graag helpen, maar dat kan ik niet. Ik zou niet weten hoe.'

'Je hoeft niets te doen,' zei ik. 'Het is fijn dat je naar me luistert, daar ben ik al erg mee geholpen.'

'Toch stoort het me dat ik niets kan doen. Misschien hadden we samen plannen voor de vakantie moeten maken. Misschien hadden jullie met ons mee moeten gaan.'

'Misschien,' zei ik, hoewel ik wist dat we niet van het oorspronkelijke plan zouden zijn afgeweken. 'Maar nu valt er niets meer aan te veranderen. Hoe ik ook zou wensen dat het kon.'

Kitty knikte en keek me toen bezorgd aan. 'Heb je er al over nagedacht hoe het nu verder moet?'

'Hoe moet het dan verdergaan?' vroeg ik treurig. 'Ik dacht eerst dat ik niet door kon gaan met mijn studie, maar ik heb besloten dat toch te doen. De hoeve heeft me nodig, waarschijnlijk zal ik na mijn studie teruggaan. En dan zien we wel weer.'

'Dat klinkt een beetje alsof je het leven voor gezien houdt.'

Ik keek haar aan. 'Wat kan ik dan nog verwachten? Ik weet gewoon niet wat me nog ten deel zal vallen. Ik weet alleen dat ik mijn studie zal afmaken. De rest is een zwart gat.' Ik zweeg even, toen voegde ik eraan toe: 'Ik denk niet dat ik ooit nog een man als Sören vind. Maar misschien is dat ook niet voor me weggelegd.'

'Ach wat.' Kitty trok me weer in haar armen en drukte me stevig tegen zich aan. 'Het klinkt waarschijnlijk onnozel, maar echt, je zult weer verliefd worden. Je krijgt weer een toekomst.'

'Je praat net als mijn oma,' antwoordde ik snikkend.

'Je houdt toch van je oma?'

'Zeker. Maar het valt me op het moment nog zwaar te geloven dat het ooit beter zal worden.'

'Dat is begrijpelijk,' zei ze en ze streelde over mijn haar. 'Zal ik een kop thee voor je maken? En dan kunnen we de hele avond praten of zwijgen. Wat je maar wilt.'

Ik knikte. 'Dank je wel.'

Mijn blik bleef hangen op Kitty's kant van de kamer. Ze had al uitgepakt, op het ietwat scheve nachtkastje naast haar bed lagen een paar nieuwe boeken. Mijn kant was nog leeg.

Na een paar minuten kwam ze terug met een koffiemok met een thee-ei erin. De geur van pepermunt kwam me tegemoet. 'Hier, drink op. Daar word je warm van.' Ze zette de mok voor me op het tafeltje, dat vol lag met tijdschriften en boeken. Toen ging ze naast me zitten en sloeg ze haar arm om mijn middel.

Zo zaten we een hele poos in stilte naar de lucht of het tapijt te staren.

De volgende ochtend was Kitty al verdwenen toen ik wakker werd. Het hoorcollege begon pas om negen uur, maar waarschijnlijk had ze van tevoren nog iets willen doen. Naast mijn bed stond een kunststof dienblaadje met een bord met een kaneelbroodje erop. 'Goedemorgen, lieverd, we zien elkaar later op de universiteit,' stond in Kitty's handschrift op een briefje. Waarschijnlijk had haar moeder haar weer rijkelijk van lekkernijen uit haar keuken voorzien.

Eigenlijk was het niet nodig dat ze iets aan mij afstond, want zelf had ik ook een hoop gebak en ander lekkers meegekregen, maar haar gebaar was hartverwarmend.

Hoewel het onwaarschijnlijk was dat iemand in het studentenhuis had gehoord had wat er was gebeurd, was ik bang dat de anderen me zouden aanstaren en zouden smiespelen. Ik stond op en liep met mijn plunje naar de gemeenschappelijke badkamer. Een meisje was bezig haar haar te wassen in de wasbak, in een van de douchecabines hoorde je water kletteren.

Ik groette kort en was blij dat ik in een andere cabine kon verdwijnen. Toen ik klaar was, waren de twee anderen weg. Ik verademde. Maar waarom was ik toch zo onrustig?

Terug in mijn kamer deed ik het kaneelbroodje in mijn broodtrommel en stopte die in mijn tas. Welke vakken hadden we vandaag? Ach, het maakte niet uit, dat zou ik wel merken.

Toen ik uit het studentenhuis kwam, stond de bus al bij de halte. Ik rende ernaartoe en het lukte me nog net door de deur te glippen voordat die sissend dichtging. Terwijl ik daar tussen de medewerkers en studenten stond, besefte ik dat ik even niet aan Sören had gedacht. Het deed me goed iets routinematigs te doen, een doel te hebben. Op de Leeuwenhof was de tijd vaak vervaagd omdat ik niet echt iets te doen had. Daar deed ik slechts het hoogstnoodzakelijke. Alleen mijn ouders hadden vaste afspraken.

Hier in Stockholm zou ik misschien niet aan piekeren toekomen, ook al had Sören voor mij deel uitgemaakt van de campus. Ik zou hem missen, misschien zou ik af en toe hopen dat hij weer de hoek om kwam of me op een andere manier zou verrassen. Maar hier had ik een doel, en ik nam me voor me daar helemaal op te richten. Misschien zou dat het verdriet een beetje verzachten.

Op de campus kwam een in het zwart geklede vrouw me tegemoet. Ik verstijfde. Het was Sörens moeder. Edda Lundgren hield een tas in haar hand. Het schoot me te binnen dat ik beloofd had met haar af te spreken. Het schaamrood steeg me naar de kaken bij de gedachte dat ik die belofte nog niet was nagekomen.

Ik kreeg last van een slecht geweten, maar ik kon haar nu niet ontlopen.

Ik haalde diep adem en zei: 'Goedemorgen, Edda.'

'Goedemorgen, Solveig, fijn je te zien.'

Ze zag er afgetobd en triest uit, desondanks wist ze een glimlachje te forceren.

'Ik...' zei ze, toen stokte ze. Haar gezicht kreeg een schuchtere uitdrukking.

'Mijn excuses dat ik niets van me heb laten horen...' zei ik vlug, want ik voelde me behoorlijk schuldig.

'Dat geeft niets, je had tijd nodig, net als wij.'

'Maar ik had toch naar jullie toe moeten komen.' Ik keek verlegen naar de punten van mijn schoenen. Stiekem wenste ik dat ik die ochtend wat eerder weg was gegaan.

'Het is wel goed. Ik weet hoeveel Sören voor je betekende.'

We keken elkaar even aan, toen vielen we elkaar in de armen.

'Ik vind het zo vreselijk!' zei ik in tranen. 'Ik wou dat hij hier nog was. Ik mis hem zo vreselijk.'

'Ik mis hem ook,' zei Edda, eveneens huilend.

We hielden elkaar een tijdje vast, toen keek ik haar aan. We moesten dringend met elkaar praten. Het college zou zo beginnen, maar wellicht was het niet erg als ik wat later kwam.

'Mag ik je uitnodigen voor een kop koffie?' vroeg ik terwijl ik met de rug van mijn hand mijn tranen wegveegde. Sören had voor dat soort gevallen altijd een zakdoek bij zich gehad. Misschien vergat ik daarom stelselmatig er een mee te nemen.

'Ja, graag. Als je tijd hebt. Eigenlijk ben ik alleen hier om je iets te geven.'

'Ik heb tijd,' zei ik vlug. Ik zou de docent vertellen wat er gebeurd was, en hij zou er vast begrip voor hebben. En zo niet, dan zou ik het strafwerk wel maken.

We liepen naar een cafeetje in de buurt. Het was niet bijzonder uitnodigend, het had betegelde muren, waardoor het me aan de snijzaal deed denken. Maar rond deze tijd was het er niet druk, en de koffie daar had het effect van een wonderelixer. Hoe moe of geradbraakt je ook was, je kikkerde er helemaal van op. Toen we onze bestelling hadden gedaan, pakte Edda iets uit haar tas. Het was een behoorlijk groot pakket, dat in bruin papier was gewikkeld.

'Hier, ik wil graag dat jij dit krijgt.'

Mijn hart begon sneller te kloppen. 'Wat zit erin?' vroeg ik.

'Boeken,' antwoordde ze.

'Boeken?' vroeg ik, traag van begrip.

'Nou, ik weet dat studieboeken nogal duur zijn, en toen dacht ik... Ik dacht, ik geef je Sörens studieboeken. Hij was immers bijna klaar en jij hebt nog een heel jaar te gaan.'

Wilde ze Sörens boeken aan mij geven? Ik staarde haar verschrikt aan.

'Maar... dat kan ik niet aannemen,' zei ik.

'Alsjeblieft,' zei Edda, toen ze zag dat ik aarzelde. 'Ik weet niet wat ik er anders mee zou moeten doen. Toen we van Sörens ongeluk hoorden... Ik heb aan hem gedacht, maar ook aan jou. Ik hoopte zo dat je niet al te zwaar gewond was geraakt. Toen belde je moeder, en ik was heel erg opgelucht dat ze zei dat het beter met je ging. Hij had jou tenminste niet in de dood meegesleurd. Het was alsof we een dochter hadden behouden.'

Ik schudde verward mijn hoofd. Mijn slechte geweten werd nu nog sterker. Ik was niet eens naar haar toe gegaan om haar te troosten, en nu schonk ze me Sörens boeken.

'Het was niet zijn schuld,' zei ik. 'Hij was niet oververmoeid, het kwam gewoon door een hert. Als ik achter het stuur had gezeten, had het mij net zo goed kunnen gebeuren.'

'De politie zei dat hij misschien in slaap was gevallen.'

'Dat is hij beslist niet,' wierp ik tegen. 'Ik was degene die moe was. Ik heb geslapen. Maar Sören had een groot verantwoordelijkheidsbesef. Als hij uitgeput was geweest, was hij gestopt. Hij zou geen risico hebben willen lopen. Hij zou me wakker hebben gemaakt.'

Edda twijfelde zichtbaar. Wat had de politie toch tegen haar gezegd? Dat het Sörens schuld was?

'Nou, daar zal niemand meer achter komen, nietwaar?' zei ze treurig.

'Ik wou dat ik wakker was geweest,' zei ik. 'Ik wou dat ik het had kunnen voorkomen. Ik... ik heb de plaats gezien waar het gebeurd is...'

Edda zuchtte diep en pakte mijn hand. 'Je moet niet zo piekeren. Niemand geeft jou de schuld. Maar doe me alsjeblieft een plezier en neem de boeken aan. Ze behoren tot het laatste wat er nog van hem is.'

Nu bedacht ik pas dat zijn appartement moest worden opgezegd. Waarschijnlijk was mevrouw Lundgren bezig het uit te ruimen. Moest ik haar misschien mijn hulp aanbieden?

Terwijl ik nog in tweestrijd verkeerde, verscheen de kelner met de koffie. Het pittige aroma stroomde mijn neus in, en ik snakte ernaar een slokje te nemen.

'Weet u zeker dat u ze me wilt schenken?' vroeg ik. 'Het is een herinnering...'

'Ja, maar zou het niet beter zijn als jij ze zou gebruiken? Zonder iemand die ze leest is het maar gebonden papier. Sören heeft hier en daar kanttekeningen gemaakt. Misschien bieden die je een beetje troost.' Ze pakte mijn handen vast. 'Neem deze gift alsjeblieft aan. Iets anders kunnen we je niet geven.'

'Dat is ook niet nodig,' wierp ik tegen.

'Maar die boeken wel. Die heb je nodig. Als de wanhoop toeslaat en je je afvraagt wat het leven voor zin heeft, heb je behoefte aan houvast. Misschien kunnen de boeken je dat bieden. Op jouw leeftijd zou een grafsteen nog geen houvast voor je moeten zijn.'

Ik nam Edda een poosje aandachtig op, toen richtte ik mijn blik op de boeken.

'Bedankt,' zei ik uiteindelijk en ik legde mijn handen op het pakket. 'Ik neem ze graag aan.'

'En ik ben blij dat ze bij jou een goede bestemming vinden.'

We keken elkaar een beetje ongemakkelijk aan.

'Ik zou heel graag uw schoondochter zijn geworden,' zei ik ten slotte.

'En ik had je graag als schoondochter gehad. Misschien kunnen we toch bevriend blijven? Jij bent het enige wat we nog hebben. De enige band met onze zoon.'

'Natuurlijk,' zei ik en ik gaf een kneepje in haar hand.

Nog steeds een beetje ontdaan door de ontmoeting en het cadeau, was ik het liefst naar het studentenhuis teruggegaan om me in de kussens te begraven. Maar ik dacht aan wat ik me had voorgenomen. Aan wat ik Sören aan zijn graf had beloofd. Ik zou doorgaan, voor ons allebei. Dus klemde ik de boeken onder mijn arm en liep de universiteit in.

'Waar bleef je nou?' vroeg Kitty toen ik de collegezaal binnenkwam. Het tweede college van die dag hadden we gemeenschappelijk. 'Ik wilde je afhalen, maar je was er niet.'

'Je gelooft niet wat er gebeurd is,' zei ik en ik haalde het boekenpakket uit de tas. 'Sörens moeder was hier en ze heeft me dit gegeven.'

'Een pakket? Heeft Sören je iets nagelaten?'

Ik schudde mijn hoofd. 'Nee... Het zijn zijn studieboeken voor de laatste leerjaren.'

Kitty staarde me geschrokken aan. 'Zijn boeken?'

'Ja,' antwoordde ik. 'Ze zei dat ze bij mij aan het juiste adres waren.'

'Dat is ook zo. Tegelijkertijd is het een herinnering aan wat er gebeurd is. Met die boeken de hele tijd voor je neus kom je er nooit overheen.'

'Maar ik wil er helemaal niet overheen komen. In elk geval nu nog niet. Het was een heel aardig gebaar.'

Kitty keek me weifelend aan. 'Een aardig gebaar is het als je iemand een stuk taart geeft om troost te bieden. Of een kaartje voor het circus. Boeken van een overleden verloofde zijn griezelig. Die zullen altijd bij je in de buurt blijven.'

Ik glimlachte. 'Dat is nou net wat ik wil. Ik zal waarschijnlijk toch al nooit meer zo van een man kunnen houden als van hem, dus kan een deel van hem wel bij me zijn.' Ik keek haar even aan, toen sloot ik haar in mijn armen. 'Bedankt voor het kaneelbroodje. Je bent echt de beste kamergenote van de wereld.'

De hele avond zat ik over Sörens boeken gebogen. Op zoek naar sporen sloeg ik bladzij na bladzij om. Kitty's vermoeden dat zich tussen de bladzijden een brief bevond, werd echter niet bewaarheid. Af en toe vond ik kleine notities in de marge, maar die waren allemaal van professionele aard. Wat had ik dan verwacht? Een geheime liefdesverklaring?

Toen ik een boek weglegde, zag ik dat er bij het volgende iets tussen de bladzijden uitstak. Ik pakte het beet en sloeg het open. In een hoofdstuk over ziekten bij kleine huisdieren zat een foto. Hij was al wat verfomfaaid en er stond geen tekst op. Het was een opname van Sören en mij op het strand. Het was een van de eerste foto's die indertijd van ons waren gemaakt. De zwart-witafdruk gaf de kleuren niet weer, maar ik wist dat ik een oranje bikini droeg. Sören had een blauwe zwembroek aan. Met zijn zonnebril op leek hij net een filmster.

Ineens waren alle indrukken van toen er weer. Het was alsof ik vanuit het heden het verleden werd ingezogen. Ik rook de zonnebrandolie en het aangespoelde zeewier, ik rook de warme worstjes die op het strand verkocht werden en meende het ijs dat we ter verkoeling hadden gehaald op mijn tong te proeven. En ik voelde hem. Ik voelde de warmte van zijn huid, zijn aanraking, zijn kus. Ik zag zijn ogen, en een lang niet gekende warmte doorstroomde me. Even was het alsof hij nooit weg was geweest.

Met bonzend hart drukte ik de foto tegen me aan. Het effect was bijna griezelig, maar het was ook heerlijk. Op die manier kon ik Sören altijd bij me hebben. Altijd wanneer ik daar behoefte aan had. Misschien zou wat ik bij het bekijken van de foto voelde op den duur minder sterk worden. Maar het was een houvast. Beter dan welke grafsteen ook. Zou Edda beseffen wat ze me cadeau had gedaan?

Ik was in elk geval blij dat ik hem had. En ik zwoer dat ik die foto altijd zou bewaren.

Deel 2

1968

10

'Je moet die merrie niet zo aansporen,' riep mijn moeder vanaf het hek langs de wei. 'De paden zijn glad, als ze uitglijdt komen jullie ten val en breken misschien iets.'

Ik toomde mijn paard in en legde de rest van de route in kalme draf af. Bij de omheining aangekomen klopte ik haar op de hals en steeg af.

'Ach mama, maak je geen zorgen. Op de bospaden ligt bijna geen sneeuw. En ik ben altijd voorzichtig.'

'Ja, maar toch gebeuren er domme ongelukken. En ik heb geen zin om je weer in het ziekenhuis te gaan bezoeken, Solveig.'

Ik leidde Mira aan de teugel door het hek. 'Waarom ben je hier eigenlijk?' vroeg ik. Mathilda Lejongård had gewoonlijk wel wat anders te doen dan naar haar paardrijdende dochter te kijken.

'Ik wilde een eindje gaan wandelen. Het maken van de jaarinventaris is een heel karwei en ik heb het gevoel dat de muren op me afkomen.'

Ik keek haar vragend aan. 'Is alles in orde? Je zou het me toch wel zeggen als er iets niet in orde was?'

'Natuurlijk. Voor mijn dochter heb ik geen geheimen. Het zijn de gebruikelijke problemen, die ons eigenlijk al tientallen jaren parten spelen. Na de oorlog zijn de zaken maar kortstondig opgeleefd. Dat het koningshuis ons van de officiële leverancierslijst heeft geschrapt omdat we geen paarden aan de nazi's wilden verkopen, heeft ons het zwaarst getroffen.'

'Maar de oorlog is toch inmiddels al meer dan twintig jaar geleden.'

Ik was een dag voor het officiële einde van de oorlog geboren. En ik kende het verhaal van Clarence von Rosen. De toenmalige hofstalmeester was een bevlogen aanhanger van het fascistische gedachtegoed geweest. De weigering van mijn moeder om paarden aan de Duitsers te verkopen had ertoe geleid dat hij ons bij het hof in diskrediet had gebracht. Als hofstalmeester was hij bovendien verantwoordelijk voor de aankoop van paarden. We stonden algauw niet meer op de lijst. En dat was zo gebleven, ook al was Clarence von Rosen al tien jaar dood.

'Toch laat het gevoel dat de conflicten uit die tijd nog nawerken, me niet los,' zei mijn moeder. 'En als ik aan de tijd van de grote bals denk...' Mijn moeder keek me enigszins verheerlijkt aan. 'Die moeten geweldig zijn geweest. Ik heb er maar een slap aftreksel van meegemaakt, maar ik zou willen dat je dat tenminste nog had beleefd.'

'De tijden zijn veranderd, jachtpartijen zijn niet meer gebruikelijk en op onze hoeve vieren we toch nog steeds het midzomerfeest, en sinds kort hebben we ook het kreeftfestijn.'

'En het Luciafeest is er ook nog,' voegde mijn moeder eraan toe.

'Dat was ik bijna vergeten.' Het Luciafeest was eigenlijk een van mijn favoriete feesten, hoewel het tamelijk ouderwets was. 'Toch houden mensen die het zich kunnen permitteren liever party's.'

'Ja, maar wat is daar nou bijzonder aan? Iedereen kan een party geven.'

'Ja, zelfs het koningshuis. Dat heb ik tenminste gelezen in een van de tijdschriften die Kitty altijd meebrengt.'

'Oma zou nu zeggen dat het nog eens tijden waren toen de Lejongårds aan het koninklijk hof werden uitgenodigd. Ik vrees dat ze ons daar zijn vergeten.'

'Ach moeder, wees toch niet zo pessimistisch. Het heeft ook zo zijn voordelen om niet telkens te moeten opdraven wanneer een lid van het Koninklijk Huis zijn verjaardag of wat dan ook viert. En we mogen blij zijn dat we er niet voortdurend aan worden herinnerd dat we de trouwste aanhangers van het koningshuis zijn. Voor zover ik weet hebben we al heel lang niet meer de verdediger van de monarchie hoeven te spelen. En de Dertigjarige Oorlog ligt ook ver achter ons.'

Mijn moeder keek me aan. Er speelde een glimlachje op haar gezicht en haar ogen schitterden schelms.

'Oma zou daar niets van willen horen.'

'Echt?' vroeg ik. 'Terwijl ze het niet moe wordt ons te vertellen dat ze liever schilderes was geworden?'

'Je moet niet zo onrechtvaardig zijn. Je grootmoeder mag dan andere plannen met haar leven hebben gehad, dat wil nog niet zeggen dat ze zich niet aan de familie verplicht voelde. Ze had indertijd wel degelijk de keuze om de erfenis af te wijzen.'

'Werkelijk? Wie had dan het landgoed moeten leiden?'

'Er zijn altijd andere mogelijkheden,' antwoordde mijn moeder. Ik merkte dat ik me op glad ijs had begeven. Als het om haar adoptiefmoeder ging, kon Mathilda Lejongård behoorlijk beschermend reageren.

'Ik heb in elk geval nooit iets anders gewild dan met paarden werken,' zei ik vlug. 'En ik ben blij dat oma me ertoe heeft gebracht dat weer op te pakken.'

Een tijdje bleven we zwijgend naast elkaar lopen. Er droop wat ijs van de bomen. Overal kraakte en ritselde het geheimzinnig. Het mocht dan nog winter zijn, maar alles begon weer tot leven te komen.

'Hoe gaat het met je?' vroeg mijn moeder uiteindelijk. Ik kreeg kippenvel in mijn nek, hoewel de kou niet onder de dikke stof van mijn jas kon komen.

Ik wist waar mijn moeder op doelde. Die dag was het precies een jaar geleden dat dat verschrikkelijke ongeluk was gebeurd. Om aan de gedachte daaraan te ontkomen was ik al vroeg uit rijden gegaan. Wanneer ik op een paard zat verdween de wereld om me heen. Dan bestonden alleen ik en het paardenlijf. De kracht en gratie ervan. En de omringende natuur. Ook al was die momenteel onder een laag sneeuw bedekt.

'Goed,' antwoordde ik. Eigenlijk wist ik niet precies hoe ik mijn toestand moest beschrijven. Lichamelijk ging het uitstekend met me, dat was wel gebleken bij deze rit. Van het letsel dat ik had opgelopen merkte ik niets meer. Maar diep in mijn hart bevond zich een litteken. Dat deed af en toe nog net zo zeer als op de eerste dag. Vandaag voelde ik het bijzonder sterk, en ik besefte dat er geen plaats was waar ik naartoe had kunnen rijden om eraan te ontsnappen.

'Maar ik mis hem nog altijd vreselijk. Ik zou willen...' Ik liet het hoofd hangen. Meestal deed ik mijn best niet te denken aan hoe het zou zijn geweest als dat hert ons pad niet had gekruist. Maar nu drong het in volle hevigheid tot me door. We zouden nu ruim een half jaar getrouwd zijn geweest...

Moeder legde haar hand op de mijne. Blijkbaar had ze mijn gedachten gelezen, want ze zei: 'Het spijt me. Ik had het niet moeten vragen.'

'Het is al goed,' zei ik. 'Ik moest er ook aan denken. En dat het goed met me gaat was geen leugen. Het gaat echt goed. Maar soms komt het verdriet terug.' Ik dacht aan de foto uit het boek van Sören, die ik altijd bij me had. Hij was al erg afgesleten doordat ik hem zo vaak uit mijn portemonnee had gehaald. Maar als ik ernaar keek, had dat nog steeds een sterk effect. De foto hielp me door te gaan.

'Lichamelijk ben je in orde,' hoorde ik mijn moeder zeggen. 'Maar ik kan zien dat het er met je ziel heel anders voor staat.'

'Dat komt wel goed,' zei ik. 'Ooit zal het verdriet verdwijnen.'

'Het verdriet om een verloren geliefde verdwijnt nooit,' zei ze. 'Het wordt alleen draaglijker. Je grootmoeder heeft lang om je grootvader en haar broer gerouwd. Heel lang. Waarschijnlijk doet ze dat nog steeds. De kamer van Ingmar is daar een duidelijk bewijs voor.'

Ik keek haar aan. Mathilda Lejongård had het grote geluk gehad haar geliefde niet te verliezen. Er waren wat omwegen geweest voor ze met mijn vader Paul kon trouwen, maar van ons drieën was zij de gelukkigste.

Bij het landhuis stond een blauw, enigszins buitenproportioneel voertuig ons op te wachten. Een Cadillac zoals je die alleen van Amerikaanse films kende. Was James Dean soms herrezen en bij ons op bezoek gekomen?

'Wie kan dat zijn?' hoorde ik mijn moeder vragen.

'Geen idee,' antwoordde ik. 'Een zakenrelatie?'

'Die hebben niet zulke auto's.'

'Misschien is het iemand die die oude roestbak in de schuur wil kopen?'

'Die wagen is een oldtimer waarin je oma nog heeft rondgereden,' antwoordde mijn moeder verontwaardigd.

'Nou, misschien heeft oma een advertentie gezet. Die Cadillac is ook niet bepaald de laatste mode...'

Mijn moeder snoof. 'Dan ga ik maar eens naar onze mysterieuze bezoeker kijken.'

'Ik ga Mira afwrijven, daarna kom ik ook.'

Terwijl mijn moeder de buitentrap opliep, bracht ik de merrie naar de stal.

Wie kon die mysterieuze chauffeur zijn? Was het misschien een vrouw? Had een van de kennissen van mijn oma, met wie ze af en toe kaartte en koffiedronk, soms een buitenissige wens in vervulling doen gaan?

In de stal hoorde ik de stem van de stalmeester, Sven Bergmann, die een bespreking met zijn mensen had. Ik groette de mannen kort, zette mijn paard in de stal en pakte het zadel van haar rug.

Mijn oma had me verteld dat het hier vroeger barstte van de staljongens. Ze had haar paard nooit zelf hoeven af te wrijven. Maar ik had er plezier in. In Stockholm had ik meestal alleen te maken met zieke paarden, en het deed me goed nu eens met gezonde dieren bezig te zijn.

Toen ik klaar was, rende ik het huis in. De deur naar de eetkamer stond wagenwijd open. Maar daar was de bezoeker niet. Ik holde de trap op. In rijkleding wilde ik niet verschijnen; als het om zaken ging, vertegenwoordigde ik de Leeuwenhof net zo goed als mijn moeder en grootmoeder.

In mijn kamer rukte ik mijn kleren van mijn lijf. Ik droeg al een paar weken niet meer uitsluitend zwart, maar de trui die ik in de rouwperiode had gekocht, gebruikte ik nog steeds. Bovendien had ik geen zin om een nieuwe garderobe aan te schaffen.

Het bezoek riep echter iets bij me wakker en ik betreurde het een beetje dat ik geen geschiktere kleding had. Ik werd bevangen door een eigenaardige opwinding. Wie waren de mensen in die fraaie auto?

Ik greep een witte blouse, schoot hem aan en liep de gang op.

Ik vond hen in de werkkamer. Er drongen mannenstemmen tot me door. Ze spraken Engels. Was de eigenaar van de auto dan toch een Amerikaan? Misschien een filmster die verdwaald was en de weg was komen vragen? Dat was onwaarschijnlijk, dan zou hij niet naar de werkkamer zijn gebracht. Privébezoek werd in de salon ontvangen.

Ik streek mijn blouse glad en maakte de deur open. Meteen verstomde het gesprek en vier paar ogen keken me aan.

Mijn moeder en grootmoeder zaten met twee mannen in de zithoek. De twee verschilden als dag en nacht. De oudste was blond, had een brede glimlach als in een sigarettenreclame en een gebruinde huid. Maar de zon leek zijn tol te hebben geëist. Rondom zijn ogen zaten talloze rimpels en zijn huid zag er getaand uit. Hij deed me een beetje denken aan de Amerikaanse president John F. Kennedy, die vier jaar geleden was vermoord. De andere was jonger en wat bleker, had donker, licht krullend haar, een markante kin en bruine ogen die qua kleur op die van Sören leken.

Ik stond verstijfd tot mijn moeders stem me in de werkelijkheid terughaalde. 'Mag ik u voorstellen?' vroeg ze in het Engels. 'Dit is mijn dochter Solveig.'

De twee mannen stonden op en gaven me een hand.

'Michael Roscoe de Vijfde,' zo stelde de oudste zich voor. Hij sprak met een Amerikaans accent. 'Maar noemt u me gerust Mike, als u wilt. In mijn familie is het traditie om de oudste zoon Michael te noemen, dat is begonnen met mijn overgrootvader.'

'Is dat niet een beetje verwarrend?' vroeg ik.

'Jazeker, maar we zijn eraan gewend. Als mijn moeder ons roept, horen we aan de klank van haar stem wie ze bedoelt.' Hij glimlachte innemend, en ik kon er niet omheen zijn glimlach te beantwoorden. 'Dit is mijn vriend Jonas Carinsson,' zo stelde hij zijn metgezel voor.

Carinsson stak me zijn hand toe. 'Het is me een genoegen, juffrouw Lejongård,' zei hij in het Zweeds. Ik trok verbaasd mijn wenkbrauwen op, want eigenlijk was ik uitgegaan van nog een Amerikaan.

'Mr. Roscoe is helemaal uit Amerika gekomen om naar onze paarden te kijken, waarover hij veel gehoord heeft,' verklaarde mijn moeder.

Wie kon er nou aan de andere kant van de 'grote plas' van onze paarden hebben gehoord?

Mijn moeder leek de vraag van mijn gezicht af te lezen. 'Hij heeft een artikel in een tijdschrift over het fokken van paarden gelezen,' vervolgde ze en ze beduidde me te gaan zitten. Ik nam naast mijn oma plaats op de kleine bank. Het viel me op dat Agneta de mannen aandachtig opnam.

'We zouden u oneindig dankbaar zijn als we een blik op de paarden mogen werpen,' zei Roscoe langzaam, alsof hij ervoor wilde zorgen dat we hem verstonden. Dat was niet nodig. Mijn moeder had op de handelsschool Engels geleerd en ik gewoon op school. Er waren zelfs een paar Engelstalige studenten op de faculteit diergeneeskunde.

'Dat is geen probleem,' antwoordde mijn moeder.

Ik merkte dat de blik van de Zweed op mij was gevestigd, maar ik wilde die niet beantwoorden. Hij was aantrekkelijk en leek dat heel goed te weten. Maar ik was niet geïnteresseerd. Ook als Mr. Roscoe enthousiast was en een paar paarden van ons kocht, zou hij weer verdwijnen. Het had geen enkele zin gedachten en gevoelens aan die Jonas Carinsson te verspillen.

'Mijn dochter Solveig kan u de stallen laten zien.'

Ik? Ik keek haar verschrikt aan. Waarom ik? Niet ik was de eigenares van het landgoed, maar zij. Of eigenlijk mijn oma.

'Dat zou heel aardig van u zijn,' wendde Carinsson zich tot mij. Het liefst had ik tegen mijn moeder gezegd dat ik geen zin had, maar dat durfde ik niet in het bijzijn van het bezoek. We representeerden alle drie de Leeuwenhof, ik evengoed.

'Oké,' zei ik. 'Zullen we dan maar gaan?'

'Graag!' antwoordde de Amerikaan. 'Ik kan haast niet wachten!'

We liepen de werkkamer uit en de mannen volgden me naar beneden. Ik wist niet zo goed waarover ik met hen moest praten. Ik wist evenmin waarom mijn moeder hun de stallen niet zelf liet zien. De enige verklaring die ik daarvoor kon bedenken, was dat ze wilde dat ik weer met mannen omging.

Het afgelopen jaar was ik bewust elke gelegenheid waarbij ik door een man zou kunnen worden benaderd uit de weg gegaan. Ik wilde geen nieuwe vriend, ik wilde alleen zo goed mogelijk examen doen.

'De hoeve heeft een zeer lange geschiedenis, zoals te zien is aan de schilderijen die hier hangen.' Ik wees op een prent van het oude landhuis, dat een verre voorouder van de koninklijke familie had gekregen. 'Omdat Skåne vroeger Deens was, werden er om de bevolking onder controle te houden loyale Zweedse leenmannen aangesteld, die het land beheerden. De Lejongårds dienden al onder Gustaaf Adolf in de Dertigjarige Oorlog. Blijkbaar leken we hem loyaal genoeg om de opstandige inwoners van Skåne onder de duim te houden.'

'Die opstandelingen moeten plunderaars zijn geweest,' merkte Carinsson op. 'Ik wed dat ze geprobeerd hebben het landgoed te overvallen.'

Ik keek hem verrast aan. 'Dat is juist. Aan de achterkant van het huis zitten nog een paar kogelgaten. Maar de Lejongårds zijn er uiteindelijk in geslaagd de sympathie van de mensen hier te winnen. Naar verluidt heeft een van hen met de opstandelingen onderhandeld over een wapenstilstand – paarden in ruil voor vrede.'

'Dat lijkt me een goede ruil,' mengde Roscoe zich in het gesprek. 'In Texas sloten ranches op dezelfde manier vrede. Paarden zijn altijd een goed betaalmiddel geweest.'

'Alleen veranderen de tijden helaas. Bijna niemand heeft nog paarden nodig. Zelfs het koningshuis rijdt liever in auto's dan in koetsen – afgezien van officiële gelegenheden uiteraard.'

'En hoe houdt u het hoofd boven water?' vroeg Carinsson.

'Door te fokken, en we hebben natuurlijk vaste klanten die paarden voor hun stoeterijen moeten hebben. Onze hengsten worden al vanaf het begin van het Zweedse stamboek daarin geregistreerd. De kwaliteit van de paarden is zoals u zult zien uitstekend.'

Dat klonk erg als zelfverheerlijking, maar op de een of andere manier nodigde Carinssons vraag daartoe uit. Wat ging het hem aan hoe we ons brood verdienden? Wilde hij dat ik erkende dat de Leeuwenhof zijn glans grotendeels had verloren? Dat zou ik nooit doen in het bijzijn van een Amerikaan die misschien een aantal paarden wilde kopen.

We verlieten het huis en liepen naar de stallen. Rond die tijd waren ze uitgemest en opgeruimd en de paarden stonden in alle rust op hun haver te kauwen. De geur van vers hooi en stro kwam ons tegemoet, vermengd met de typische paardenlucht.

Ik bracht Roscoe eerst naar de stal met dekhengsten.

'Prachtig!' zei Roscoe vol adoratie terwijl hij zijn blik over de pas gepoetste paarden liet gaan. 'Wat een schitterende paarden! Mijn buren zullen jaloers zijn als ik ze laat zien.'

Ik keek naar Carinsson en merkte dat hij de plafondbalken van de stal onder de loep nam. Had hij er soms iets op aan te merken? Ze waren oud, maar in prima staat!

Roscoe stond erop de paarden van dichtbij te bekijken en een box met een van onze beste dekhengsten in te gaan. Hij vroeg zijn naam en wilde weten hoeveel veulens hij verwekt had.

'Hij heet Zonnekoning, hij is een achterkleinkind van Avondster, een hengst die mijn grootmoeder bijzonder na aan het hart lag.'

'O, een bijzonder koninklijke naam!'

'Het is ook een geweldige hengst. Inmiddels heeft hij twintig veulens verwekt. Een aantal ervan staat in bekende rijstallen in Italië en Frankrijk.'

'Geweldig! Zo'n hengst kan ik goed gebruiken!'

Bij die woorden kreeg ik het heet. Betekende dat dat hij onze Zonnekoning wilde kopen? Dat moest ik hem uit zijn hoofd praten!

'Ik ben blij dat u zo enthousiast bent, Mr Roscoe,' begon ik. 'Maar wat denkt u ervan om nog naar de andere stallen te gaan? Daar zijn een paar nakomelingen van deze hengst te zien. Ik ben ervan overtuigd dat zij ooit net zulke goede dekhengsten zullen zijn als hij.'

'En als ik deze hier wil?'

'Zonnekoning is niet te koop. Hij vertegenwoordigt een te groot bedrijfskapitaal.'

De Amerikaan leek erover na te denken van welke prijs hij moest uitgaan toen Carinsson zijn arm aanraakte. 'We moesten maar eens met de jongedame naar de andere stallen gaan. Daar zult u beslist vinden wat u zoekt.'

'*Okay*!' zei hij terwijl hij nog een verlangende blik op Zonnekoning wierp. Die snoof en schudde zijn hoofd, alsof hij wilde zeggen: Met jou ga ik niet mee!

Ik bracht onze bezoeker naar de volgende stal, en weer viel me op dat Carinsson het gebouw grondig opnam.

'Deze stallen zijn nog ouder dan de vorige,' verklaarde ik. 'Ze zijn in 1750 gebouwd toen onze hoeve zich serieus met de paardenfokkerij ging bezighouden. Daarvoor waren de landheren eerder agrarisch georiënteerd. Er werden wel paarden gefokt om aan het leger te verkopen, maar dat was geen prioriteit van het landgoed. In de achttiende eeuw veranderde dat.'

Mr Roscoe leek gefascineerd. 'Ik geloof dat mijn voorouders toen net in Amerika waren aangekomen. Ze waren straatarm, maar hebben in de loop der tijd iets weten te bereiken.'

'Dat is indrukwekkend.'

'Dank u, aardig dat u dat zegt. Maar echt indrukwekkend is pas het feit dat ondanks al die oorlogen in het goede oude Europa zulke historische gebouwen bewaard zijn gebleven.'

'Tijdens de oorlogen waarbij Zweden betrokken was, ging het er niet zozeer om gebouwen te verwoesten,' gaf ik te kennen. 'De legers trokken de velden in, en Zweden was meer actief aan de andere kant van de Oostzee. Bovendien hebben de Zweden sinds de negentiende eeuw niet meer aan oorlogen deelgenomen. Dankzij onze vorige koning is ook de afgelopen oorlog niet op Zweeds territorium gevoerd.'

Ik merkte dat er enige trots in mijn woorden doorklonk. We waren een vreedzaam, modern land, en de Leeuwenhof kon met recht en reden beweren met zijn paarden geen oorlogen te hebben gesteund – zelfs toen dat nadelig voor ons was geweest.

De Amerikaan bekeek ook de in deze stal ondergebrachte paarden nauwgezet. Hij wist hoe hij paarden moest benaderen en leek heel liefdevol met ze om te gaan. Ik had het gevoel dat ze bij hem in goede handen waren. Waar ik me zorgen om maakte, was de lange reis naar de Verenigde Staten.

'Stel dat u paarden bij ons koopt, hoe gaat het dan met het transport?' vroeg ik aan Roscoe. Bij de studie hadden we ons ermee beziggehouden aan welke belasting paarden dan werden blootgesteld. Vooral bij transport over zee kregen ze vaak aandoeningen van de luchtwegen en koorts, omdat de lucht benedendeks heel slecht was.

'Ik zou de paarden natuurlijk laten invliegen,' antwoordde Roscoe met grote vanzelfsprekendheid. 'Tien jaar geleden lieten we onze paarden nog verschepen, maar daarbij werden ze dikwijls ziek. Bij zeer waardevolle dieren kun je een mogelijk verlies niet op de koop toe nemen.'

'Daar hebt u gelijk in,' zei ik. 'Tijdens mijn studie is ook ter sprake gekomen dat luchttransport voor paarden veel minder belastend is, alleen al doordat de reis veel korter duurt.'

Vanuit mijn ooghoeken zag ik Carinsson glimlachen. Vond hij wat ik zei belachelijk? Dan kon hij net zo goed de docent belachelijk vinden die het college over stress bij paardenvervoer had gegeven.

'Ja, dat zeggen mijn veeartsen ook. De kosten zijn wel hoger, maar in mijn geval mag dat geen rol spelen. We vervoeren per slot van rekening edelstenen op vier benen.'

'Edelstenen op vier benen, dat klinkt goed, ik zal het onthouden. Wat denkt u ervan om de volgende stal te bekijken? Misschien vindt u daar iets wat u bevalt.'

'Het liefst zou ik Zonnekoning willen hebben, maar als die niet te koop is...'

'Het spijt me echt,' zei ik zo aardig mogelijk.

'Okay, laten we dan de andere paarden keuren.'

Na de rondleiding keerden we terug naar het huis, waar mijn moeder ons opwachtte.

'Ik zou dolgraag vijftien paarden van u willen kopen,' verkondigde Roscoe met een theatraal gebaar om zijn enthousiasme te onderstrepen. 'Vijf hengsten en tien merries. Ze zouden een verrijking van mijn stoeterij zijn. Uitstekend bloed en sterke benen. Jammer dat ik niet eerder van u heb gehoord.'

Mijn moeders ogen straalden alsof ze een groot cadeau had gekregen. Maar ze werd meteen weer professioneel.

'Laten we dan de details bespreken. Hebt u al een keuze gemaakt, of wilt u dat na ons gesprek doen?'

'Na afloop is uitstekend,' antwoordde hij en hij liep achter mijn moeder aan.

Carinsson leek niet van plan hem te volgen.

'Hebt u er bezwaar tegen mij de tuin te laten zien?' vroeg hij in plaats daarvan.

Ik keek hem verbaasd aan. Waarom zou ik? Hij had eigenlijk al genoeg van het landgoed gezien.

'Ik heb daar een paar heel aardige beeldjes gezien. Is daar vroeger een Engelse tuin geweest?'

'Ja, die heeft mijn overgrootmoeder Stella laten aanleggen. Helaas is hij verwilderd.'

'Laten we er toch eens gaan kijken. Ik bijt heus niet, hoor!'

Dacht hij nou echt dat ik bang voor hem was? Ik wist hoe ik een weerspannige hond moest aanpakken om hem tot rede te brengen en ik was niet bang voor dieren die veel groter waren dan ik. Waarom zou ik bang voor hem zijn?

'Goed dan,' zei ik. 'Maar verwacht er niet te veel van. De meeste "beeldjes", zoals u ze noemt, verkeren niet bepaald in goede staat. Als in de zomer alles groeit en bloeit, zijn ze nauwelijks te zien. Mijn oma houdt het rondom het landhuis liever wat natuurlijker.'

'Natuurlijk is goed,' antwoordde hij. 'Ook kasteeltuinen worden langzaamaan moderner. Ik heb gehoord dat de koninklijke familie een van de beste landschapsarchitecten van Zweden opdracht heeft gegeven om een deel van de paleistuinen opnieuw in te richten. Het wordt ook echt tijd om die ouwe zooi eens op te doeken.'

Noemde hij de koninklijke tuinen 'ouwe zooi'? Wat zouden de Bernadottes daarvan zeggen? Ik hield mijn commentaar in en nam hem mee naar de tuin.

Onze Engelse tuin zag er inderdaad erbarmelijk uit. Het leek wel een in vergetelheid geraakt kerkhof. Ik kon haast niet wachten tot het allemaal weer groen werd. Carinsson liet zijn blik aandachtig van het ene eind naar het andere gaan.

'U moest daarnet glimlachen toen het over vliegtransport ging,' merkte ik op. 'Zei ik in uw ogen iets verkeerds?'

Carinsson schudde zijn hoofd. 'Nee, absoluut niet,' antwoordde hij. 'Ik was alleen verbaasd dat u zich ongerust maakte over het transport van de paarden.'

'Dat is toch vanzelfsprekend voor een fokker,' wierp ik tegen. 'Bovendien ben ik dierenarts in spe. Dan maak je je wel zorgen als het gaat om paarden die je vanaf hun geboorte hebt meegemaakt.'

Carinsson knikte en dacht even na. 'Weet u eigenlijk dat het eerste luchttransport van een paard al in 1924 heeft plaatsgevonden?'

'Nee,' zei ik. 'We concentreren ons bij de studie eerder op de medische aspecten van verschillende soorten transport.'

'Nou, dan weet u het nu. In 1924 werd een jockey samen met zijn paard van Frankrijk naar Engeland gevlogen. Het paard werd 's ochtends ingeladen, liep 's middags in de rennen en vrat 's avonds zijn hooi weer in zijn stal thuis. Fascinerend, nietwaar?'

'Inderdaad.' Waarom vertelde hij me dit? Niet dat het niet interessant was, maar ik had niet verwacht dat hij bekend was met de geschiedenis van het paardentransport. 'Ik vind het mooi dat reizen inmiddels sneller gaat en dat zo de paarden veel stress kan worden bespaard.'

Carinsson wreef met zijn vinger over zijn neus. Op de een of andere manier gedroeg hij zich erg vreemd.

'Het is wel een beetje eigenaardig om te zien dat u enthousiast bent over modern paardentransport,' zei hij ten slotte, 'terwijl jullie stallen nog uit de tijd van voor 1924 stammen.'

Ik bleef staan. 'Wat heeft dat nou met elkaar te maken?'

'Nou, u hebt het over vooruitgang, maar hier lijkt de tijd te hebben stilgestaan.'

'Die is niet blijven stilstaan. Bij het fokken maken we gebruik van moderne inzichten, en ook medisch gezien zijn we up-to-date. Dat kan ik beoordelen, ook al ben ik nog niet afgestudeerd.'

'Dus? Met alle respect, maar jullie stallen zien er nogal ouderwets uit,' was Carinssons commentaar, en weer verscheen dat bijna spottende lachje op zijn gezicht. Blijkbaar maakte hij zich toch vrolijk over me. 'Hebt u er al eens over gedacht te moderniseren?' vervolgde hij terwijl ik naar woorden zocht. 'Zo zult u nauwelijks nog klandizie voor uw paarden trekken. En men zal er ook niet van uitgaan dat u voorstander bent van vliegtransport.'

Zijn woorden troffen me diep. Ik wist dat onze stallen aan renovatie toe waren. Maar we beschikten niet over het geld om nieuwe te bouwen. Dat betekende echter nog niet dat de tijd stil was blijven staan. Zijn uitspraak krenkte mijn trots. Onze stallen waren schoon en de paarden verkeerden in uitstekende conditie. Hij deed daarentegen alsof de stallen volkomen verloederd waren en dat er uitgemergelde knollen met zwaar vervilte vacht in stonden.

'Ik denk eerder dat het gebrek aan klandizie komt doordat niemand meer in een koets rijdt.'

'En hoe denkt u ervoor te zorgen dat hier een frisse wind gaat waaien?'

Ik trok mijn wenkbrauwen op. 'Frisse wind?' vroeg ik wat traag van begrip. 'Wat kun je eraan doen dat mensen geen paarden meer nodig hebben? Zegt u het maar!'

'Nou, inmiddels vliegen de mensen de hele wereld over. Het zou de Zweedse adel beslist niet schaden om een beetje met de tijd mee te gaan.'

'Dat doen we wel degelijk,' wierp ik tegen, en het kostte me moeite om me in te houden. Die Carinsson bracht die Amerikaan hier, wie het allemaal niet leek te storen, en nu begon hij me uit te leggen dat Zweedse adelshuizen zouden moeten moderniseren?

'In mijn ogen hoort daarbij dat jullie de stallen renoveren. Het ziet er hier nog altijd uit als na de eeuwwisseling.'

Ik keek achterom naar het huis. Het liefst had ik de wandeling direct afgebroken. Het leek erop dat Carinsson alleen maar naar de tuin had willen gaan om mij belachelijk te maken.

'Met moderne stallen laat u de wereld zien dat u meedoet,' vervolgde hij. 'Ik vrees dat registratie in een eeuwenoud stamboek jullie niet langer boven water houdt. Veel stoeterijen in Zweden kunnen inmiddels uitstekende hengsten presenteren.'

'En die stoeterijen hebben ultramoderne stallen?'

'De meeste wel. En vele doen hun best nieuwe klantenkringen te verwerven. Kopers van overzee bijvoorbeeld.'

'Waarom hebt u eigenlijk Mr Roscoe naar ons toe gebracht?'

'Dat heb ik niet gedaan,' zei Carinsson. 'Hij had van jullie hoeve gehoord. Om precies te zijn heeft hij een artikel in een oud tijdschrift gevonden. Hij zei dat hij hier pareltjes kon opduiken. Toen Mr Roscoe zo enthousiast over dat artikel was, wilde ik hem vergezellen. Als ik had vermoed dat hier nog niet gemoderniseerd is...'

'Dan had u hem afgeraden hierheen te gaan?' Mijn handen begonnen te jeuken. Het liefst had ik hem een oorvijg gegeven. Ik wist me maar met moeite te beheersen.

'Nee, maar dan was ik er beter op voorbereid geweest.'

Voorbereid? Waar had hij dan op voorbereid moeten zijn geweest?

Hij ging een landgoed bezoeken, wat had hij dan verwacht?

'Uw vriend lijkt in elk geval enthousiast te zijn over onze paarden.'

'Ja, dat is hij beslist. Maar hij lijdt aan tunnelvisie als het om paarden gaat. Wat hem betreft kunnen ze achter krakkemikkig prikkeldraad tussen cactussen en doornstruiken grazen. Hij weet precies hoe een goede hengst eruitziet en hij weet ook wat hij nodig heeft om zijn eigen fokprogramma telkens weer op te frissen. Jullie Zonnekoning zou daar uitstekend bij passen.'

'Dat kan wel zijn, maar hij vormt de kern van ons fokprogramma. Mijn moeder zou wel gek zijn om onze beste hengst aan hem te verkopen.'

'Daar ga ik ook niet van uit,' zei Carinsson. 'Maar om op de stallen terug te komen... Ik kijk naar het totaalbeeld. En het verrast me behoorlijk dat een landgoed als de Leeuwenhof nog steeds in de tijd van voor de oorlog leeft. U moet steeds voor ogen houden dat de uiterlijke indruk bepalend kan zijn. Voor sommige mensen zijn goede paarden niet afdoende. Ze willen er ook zeker van zijn dat die paarden volgens de nieuwste inzichten worden gefokt.'

Ik perste mijn lippen op elkaar. Enerzijds omdat ik bang was dat ik hem van kwaadheid iets naar zijn hoofd zou slingeren waar ik later spijt van zou kunnen krijgen, anderzijds omdat ik niet wist met welk argument ik zijn woorden moest ontkrachten.

'U bedoelt dus dat de mensen heden ten dage op de schone schijn afgaan?'

'Zo gaat dat nu eenmaal, mevrouw de gravin junior,' zei Carinsson. 'Wie wil blijven meedoen, moet er ook uitzien alsof hij daartoe in staat is. Onder mijn vrienden doet het spreekwoord de ronde: "Kleed je als een manager als je er een wilt worden." En dat klopt.'

Die woorden bleven me bij op weg naar het huis. Daar rook de hal naar koffie. Het was tijd voor de *fika*, het koffie-uurtje. Onze kokkin had niet meer de traditionele zeven soorten gebak paraat, maar ze bakte altijd een voorraad kaneelbroodjes en andere lekkernijen die je in de oven kon opwarmen.

In de werkkamer troffen we mijn moeder en een breeduit lachende Roscoe aan. Over welke paarden hij precies zou nemen, zouden ze het vast nog gaan hebben. Maar de aankoop leek bezegeld te zijn.

'Uw moeder is echt geweldig!' dweepte de Amerikaan op zijn gebruikelijke manier overdrijvend.

Ik was blij hem te zien, want daardoor was ik tenminste van die vreselijke vent af die me ervan probeerde te overtuigen dat we alleen maar nieuwe stallen hoefden te hebben om de stoeterij weer goed te laten lopen.

'Denk er nog even over na,' zei Carinsson voor hij zich tot zijn vriend wendde. Ik keek hem kwaad na. Wat verbeeldde hij zich?

'Ik zou,' zei mijn moeder, 'de heren graag voor onze fika willen uitnodigen.'

'Fika?' zei de Amerikaan verbaasd.

'Koffiepauze,' vertaalde zijn metgezel. 'In Zweden neemt men dan de tijd om koffie te drinken en met elkaar te praten.'

Hij keek naar mij. Maar ik had geen zin meer om bij de fika te zijn.

'Excuseert u me alstublieft, ik heb nog het een en ander te doen,' zei ik, en zonder mijn moeders reactie af te wachten draaide ik me om. Ik had nu dringend behoefte aan een flink rondje over de hoeve.

Het afscheid van de twee mannen had ik het liefst ook overgeslagen, maar we hadden vijftien paarden verkocht en ik had al bij het koffie-uurtje gespijbeld. Ik gaf beide mannen een hand met de wens Carinsson nooit meer te zien. Als hij ons zo ouderwets vond, kon hij wat mij betreft naar de pomp lopen.

'Is het niet geweldig?' zei mijn moeder stralend toen de heren met hun protserige auto buiten ons gezichtsveld waren. 'Vijftien paarden voor een fokkerij in Amerika. En Mr Roscoe wil er een buitensporige prijs voor betalen.'

'Dat is echt fantastisch,' zei ik, 'ik hoop alleen dat Mr Roscoe zich daar ook aan houdt.'

Mijn moeder trok verrast haar wenkbrauwen op. 'Hoe bedoel je?'

Ik perste mijn lippen op elkaar. Moest ik haar over het gesprek vertellen?

'Solveig, wat is er aan de hand?' vroeg mama. 'Je was al niet bij de fika, is er iets gebeurd?'

'Nou, mogelijk is meneer Carinsson op dit moment bezig het hem uit zijn hoofd te praten.'

'Waarom zou hij dat doen?' Er verscheen een rimpel tussen mijn moeders wenkbrauwen. Mocht ik op dit moment haar vreugde bederven? Het was bovendien mogelijk dat die vent zich alleen maar een grapje had gepermitteerd. Hij wist dat ik hier niet de eigenlijke baas was. En hij had me ook nog mevrouw de gravin junior genoemd... Maar mijn moeder en ik hadden een stilzwijgende afspraak dat we elkaar altijd alles vertelden wat op de hoeve betrekking had.

'Hij zei dat we niet meer van deze tijd waren,' zei ik. 'Hij vindt onze stallen ouderwets en denkt dat we daarom niet veel paarden meer verkopen.'

Mijn moeders gezicht versomberde. 'Dat is toch onzin. Onze stallen zijn prima in orde. Ja, het zijn oude gebouwen, maar dat is logisch, het landgoed heeft er immers ruim driehonderd jaar op zitten.'

'Dat heb ik ook tegen hem gezegd, en toen zei hij dat we tenminste moesten doen alsof we succesvol waren.'

'Maar dat zijn we toch! Alleen zijn het andere tijden. Om echt veel geld te genereren moet je een autofabriek bouwen.' Mijn moeder schudde haar hoofd.

'Nou, hij zei dat we in de tijd van de eeuwwisseling waren blijven steken.'

'Wat een impertinentie!' antwoordde mijn moeder verontwaardigd. 'Dat had hij eens tegen mij moeten zeggen!'

'Waarschijnlijk had hij daar het lef niet voor. Hij koos liever de dochter des huizes.'

Mijn moeder snoof van kwaadheid en balde haar vuisten. 'En

ze leken nog wel zo aardig.' Ze keek naar de portretten boven aan de trap, toen keek ze me weer aan. 'Weet je zeker dat je het goed hebt begrepen? Misschien permitteerde hij zich gewoon een grapje.'

'Ik geloof niet dat het een grapje was. Maar hij grijnsde er wel bij. Vermoedelijk vertelt hij zijn bevindingen nu aan Roscoe.'

'Dat betekent echter nog niet dat hij hem de aankoop van de paarden uit het hoofd wil praten.'

'Hij zei ook dat het Roscoe niet uitmaakte hoe paarden werden gehouden, en dat hij een goed paard ook zou herkennen als het tussen doornstruiken stond.'

Mijn moeder begon onrustig heen en weer te lopen. Nu had ik er bijna spijt van dat ik haar de waarheid had verteld. 'Mama, ik denk niet dat het nadelig uitpakt. Die vent is gewoon een eikel en waarschijnlijk zien we hem nooit meer terug.'

Mijn moeder schudde haar hoofd. 'Nee, zo licht moeten we het niet opvatten. Zulke mensen maken bepaalde opmerkingen, en je denkt dat het niets om het lijf heeft. En dan steken ze je een mes in de rug.'

Dat hadden al een paar mensen gedaan en die hadden er zo toe bijgedragen dat de Leeuwenhof zijn glans had verloren. De verkoop van mijn moeders ouderlijk huis had de financiële situatie weliswaar enigszins verbeterd, maar we waren blij met elke transactie, al was die nog zo klein. Want het gebeurde niet vaak dat iemand vijftien of meer paarden kocht.

Mijn moeders woorden zetten me aan het denken. Ik had maar al te graag gezegd dat Carinsson ons geen schade zou toebrengen, maar wie kon dat garanderen? Zo te horen bewoog hij zich in fokkerskringen en wist hij ook het een en ander van paardentransport. Geroddel bij een andere klant kon als een lopend vuurtje rondgaan en ook potentiële nieuwe klanten ter ore komen. Als dan niemand het gerucht ontzenuwde, zou men er algauw van afzien ons als leverancier te overwegen.

'Goed, er blijft ons niets anders over dan afwachten,' zei mijn moeder uiteindelijk. 'We kunnen Carinsson moeilijk achternagaan en met consequenties dreigen als hij zijn mond over ons opendoet.'

Ik schudde mijn hoofd. 'Helaas kan dat niet. Laten we er het beste van hopen.'

Ik liep naar mijn moeder toe en sloeg mijn armen om haar heen.

'Het komt allemaal wel goed,' zei ik en ik probeerde het stemmetje te negeren dat me zei dat Carinsson wel eens gelijk zou kunnen hebben. Dat we op het punt stonden door de moderne tijd te worden afgerekend.

De zorgen van mijn moeder bleken gelukkig ongegrond. Een maand nadat Mr Roscoe zijn keuze had gemaakt, kwamen er twee enorme vrachtwagens om de paarden naar het vliegveld te vervoeren. De zware voertuigen waren indrukwekkend. Ik had diep respect voor de chauffeurs, want het leek me voor de bestuurder onmogelijk de hele lengte van zijn aanhanger te overzien. Stel dat hij iemand over het hoofd zag? Die mannen droegen een enorme verantwoordelijkheid. Op het dekzeil van de aanhangers stond de naam van een vervoersbedrijf dat in dierentransporten gespecialiseerd was. Ik wenste stiekem dat ik mee kon rijden, om er zeker van te zijn dat de paarden veilig en wel aankwamen. Maar Mr Roscoe had ze gekocht en vanaf het moment dat hun hoeven de vloer van de aanhanger aanraakten, waren ze het eigendom van de Amerikaan.

Mr Roscoe verscheen in het kielzog van de vrachtwagens, ditmaal gelukkig zonder Carinsson, maar weer in zijn enorme Cadillac. Net als de eerste keer stapte hij uit met een brede, hartelijke glimlach. Als Carinsson hem op onze stallen had geattendeerd, liet hij dat niet blijken.

'Dames, gegroet!' zei hij terwijl hij met uitgestoken armen op ons af liep, alsof hij ons wilde omhelzen. Maar toen gaf hij ons netjes een hand.

'Fijn dat u er bent, Mr Roscoe,' zei mijn moeder. 'Zo te zien hebt u kosten noch moeite gespaard om onze paarden goed de zee over te brengen.'

‘Inderdaad,’ antwoordde hij gevleid. ‘Maar de investering is de moeite waard, daar ben ik zeker van.’

‘We zijn blij dat de transactie nu voor elkaar is,’ antwoordde mijn moeder, en ik wist precies wat er nu door haar hoofd ging.

‘Het zijn fantastische paarden, en ik zal iedereen die het maar horen wil over uw betoverende landgoed vertellen.’ Dat was pure beleefdheid, dat besefte ik, maar ik waardeerde het zeer.

We reden in zijn Cadillac naar de weiden. Daar hadden we de verkochte paarden binnen een aparte omheining gezet. De zon scheen en verrassend genoeg leken de paarden heel rustig. Dat was vlak voor een transport niet altijd het geval. Er waren soms een paar paarden bij die aanvoelden dat ze hun vertrouwde omgeving gingen verlaten en daarom nerveus reageerden.

‘Hoe is de accommodatie in het vliegtuig?’ vroeg ik toen de staljongens de paarden begonnen in te laden.

‘We hebben speciale transportboxen, van aluminium, waardoor de kans op verwondingen minimaal is. In de lucht kan er turbulentie optreden, en al duurt de reis aanzienlijk korter dan per boot, het kan gebeuren dat de paarden omvallen. Maar in die nieuwe boxen zal ze niets overkomen.’

‘Op de boot is het veel erger,’ merkte mijn moeder op. ‘Na de oorlog hebben we een paar paarden naar Noorwegen verkocht. Bij de ruwe zeegang was het een helse overtocht. Afgezien van de vele schaafwonden die de paarden onderdeks opliepen, werden er later een paar ziek, en het duurde lang voor ze op de voor hen bestemde plaats konden worden ingezet.’

‘Dat zal ons niet gebeuren. Het enige waarmee de paarden zullen worden geconfronteerd, zijn hogere temperaturen. En ratelslangen. Maar ik weet zeker dat ze daar vlug aan gewend zullen raken.’

‘Ratelslangen?’ vroeg ik verschrikt. ‘Bedoelt u dat die op uw landgoed veel voorkomen?’

De Amerikaan lachte. ‘Niet heel veel, maar het is Texas! Daar laten ze zich af en toe zien. We kregen ooit tien paarden binnen uit Montana, en die hadden binnen een paar weken door bij welke slangen ze uit de buurt moesten blijven.' Hij leek te merken dat we bezorgd waren, want hij voegde eraan toe: 'Maar we hebben uiteraard genoeg antiserum. En mijn mensen houden de paarden voortdurend in de gaten. Ze zijn in goede handen, dat kan ik u verzekeren.'

Eigenlijk was dat niet meer onze zaak als de paarden eenmaal weg waren. Roscoe had voor ze betaald en kon met ze doen wat hij wilde. Toch voelden we ons nog een beetje ongerust.

'Uw vriend, die de vorige keer met u meekwam,' begon mijn moeder terwijl de paarden over de loopplank in de vrachtwagen verdwenen. 'Waarom is hij deze keer niet meegekomen?' Ik verstijfde een beetje bij de verwijzing naar Carinsson. Waar was mijn moeder op uit?

'U bedoelt Jonas?' vroeg Roscoe. 'O, die heeft het momenteel te druk. Hij was mee omdat we op ander vlak al eens hadden samengewerkt. Maar ik denk dat ik me nu in uw mooie land goed kan redden.'

Mijn moeder wierp me een veelzeggende blik toe. Zijn verklaring klonk een beetje als een uitvlucht. Hadden ze ruziegemaakt? Had Roscoe net zo weinig begrip voor Carinssons kritiek gehad als ik?

Terwijl de overige paarden in de vrachtwagens werden geladen, spraken mijn moeder en Roscoe over diens vaderland en de steeds sneller veranderende wereld.

Toen de mannen klaar waren met hun werk vroeg mijn moeder: 'Mag ik u voor het avondeten uitnodigen?' Een beleefdheidsgeste, want ze wist dat Roscoe bij de paarden zou blijven.

'Hartelijk dank, maar helaas moet ik naar het vliegveld. Ik wil mijn nieuwe schatten niet uit het oog verliezen.'

'Dat is begrijpelijk.' Ze reikten elkaar de hand, toen wendde de Amerikaan zich tot mij.

'Het beste, juffrouw Lejongård.'

'Insgelijks, Mr Roscoe,' zei ik terug. 'Goede reis. Het zou ons plezier doen als u ons een berichtje stuurt over het verloop van het transport.'

‘Met alle genoegen.’

Daarmee nam hij afscheid. Mijn moeder en ik besloten nog even bij de lege wei te blijven en de vrachtwagens na te kijken, die langzaam naar de weg reden. Roscoe volgde in zijn Cadillac.

‘Jammer dat we niet elke dag zulke klanten hebben,’ zei mijn moeder met een diepe zucht. ‘Hij betaalt natuurlijk een flinke som, maar die is niet voldoende om de hoeve zonder steun van landgoed Ekberg in bedrijf te houden.’ Ze legde haar arm om mijn schouders. ‘Laten we naar het huis teruggaan.’

‘Ja, maar we moeten deze verkoop wel vieren. Tenslotte is het de eerste grote order sinds vorig jaar.’

Daarop begonnen we lopend aan de terugweg.

11

De eerste maanden van mijn laatste semester gingen voorbij en de afsluitende tentamens kwamen naderbij. Op de Leeuwenhof werd het midzomerfeest gevierd, maar deze keer kon ik niet lang blijven.

Mijn moeder was uiteraard teleurgesteld. 'Kun je dan niet hier op de hoeve studeren?' vroeg ze, maar daar antwoordde ik ontkennend op.

'Hier zou ik maar in de verleiding komen om de hele dag paard te rijden. In de stad kan ik hoogstens de bus pakken, en dat is lang niet zo leuk.'

Mijn moeder kon dat begrijpen, maar het speet me toch dat ik haar moest teleurstellen. Maar, zo zei ik bij mezelf, ik zou nog heel veel midzomerfeesten op het landgoed meemaken als ik eenmaal mijn diploma op zak had.

Onze hele jaargang was opgewonden en er heerste een explosieve stemming. Sommigen hadden hun aantekeningen voortdurend bij zich en zaten zelfs nog te leren als ze ergens naartoe gingen.

De enige die het wat minder zwaar leek op te nemen was Kitty. 'Maak jezelf niet gek,' zei ze toen ik bij heerlijk zomerweer in onze kamer zat, omringd door stapels boeken en mappen waarin ik mijn aantekeningen bewaarde. 'Je mist al dat prachtige weer!'

'Aan dat prachtige weer zal ik bij de tentamens weinig hebben,' zei ik zonder op te kijken.

Die dag had ze me al een keer van mijn werk proberen te houden, maar ik hield elk langer gesprek consequent af, want ik wist dat ik daarna moeite zou hebben om de leerstof weer op te pakken.

'Wel als je naar het park gaat en daar leert,' antwoordde ze. 'Vooruit, pak je tas en zoek een schaduwrijk plekje onder een boom.'

'In het park is het rond deze tijd te druk,' zei ik. 'Er lopen voortdurend mensen langs.'

'Zoek dan een plekje waar het minder druk is. En doe het nu maar, ik kan het niet aanzien dat je kluizenaar wordt.' Omdat ik wist dat Kitty het niet zou opgeven, stond ik zuchtend op en pakte mijn tas in.

'Waarom wil je eigenlijk zo dringend van me af?' vroeg ik, want ik voelde aan dat er achter Kitty's aandringen nog iets anders zat dan bezorgdheid om mijn welzijn. 'Komt Marten soms hiernaartoe?'

Kitty werd rood en ze begon verlegen te grijnzen. 'Je kent me gewoon te goed, daar zou ik eens iets aan moeten doen.'

'Daar is het te laat voor,' zei ik, en toen pakte ik mijn tas.

Niet ver van de campus bevond zich een parkje waarin vooral 's middags studenten gingen zitten, om hun huiswerk te maken of alleen maar te kletsen. Het was niet makkelijk om daar een rustig hoekje te vinden.

Maar dit keer had ik geluk. Aan de rand van het parkje, onder een knoestige eik, zat niemand. Ik nam mijn tas van mijn schouder en ging zitten tussen twee grote wortels die het plekje bijna het aanzien gaven van een leunstoel met lage armleuningen. Ik haalde mijn map tevoorschijn en sloeg hem open. Boven mijn hoofd ruiste de wind door de bladeren en er kwetterden een paar vogels. Een idyllische plek vergeleken bij het 's middags nogal lawaaierige studentenhuis met zijn dunne muren, waar een aantal musici in spe woonden.

Terwijl ik me in de leerstof verdiepte en probeerde de Latijnse termen in mijn hoofd te stampen, vergat ik de wereld om me heen. Ik was helemaal op mezelf, een gevoel dat ik tot nog toe nooit zo had weten te waarderen. Maar het was gewoon geweldig!

'Weet u eigenlijk wel dat er in 1943 muildieren aan parachutes aan Birma zijn geleverd?' klonk toen ineens een stem, en vanuit mijn ooghoeken zag ik een gedaante. Ik dacht dat het een studiegenoot was, want die kwamen wel eens met zulke opmerkingen. Maar toen ik opkeek, viel mijn blik op een zandkleurig pak met een wit overhemd en een groene das. En even later op het met krullen omlijste gezicht van Jonas Carinsson. Verschrikt liet ik mijn pen bijna uit mijn hand vallen.

'Wat komt u hier nou doen?' ontschoot het me.

'Ik wilde na een zakelijke afspraak een eindje gaan wandelen, en toen zag ik u eenzaam en alleen onder een boom zitten.'

Ik trok mijn wenkbrauwen op. Waarom sprak hij me eigenlijk aan? Had hij soms een slecht geweten vanwege die kwestie op de hoeve?

'Ik ben eenzaam noch alleen,' antwoordde ik. 'Ik zit te studeren voor mijn tentamens.'

'Ach ja! U wordt immers dierenarts!'

Hij glimlachte, en ik begon te betwijfelen dat zijn verschijning toeval was.

'Waarom bent u hier echt, meneer Carinsson?' vroeg ik.

'Om u te vragen of u misschien een minuutje voor me hebt, juffrouw Lejongård.'

Ik was de man bijna vergeten sinds Mr Roscoes paarden heelhuids waren aangekomen en zich goed bleken te hebben aangepast.

'Hoe weet u dat ik hier ben? Stockholm is groot, en in uw plaats had ik het eerst op de Leeuwenhof geprobeerd.'

'O, ik ben bij u thuis geweest,' antwoordde hij en hij fronste zijn voorhoofd. 'Uw grootmoeder was zo vriendelijk me mee te delen dat u op de universiteit was om u op uw laatste tentamens voor te bereiden. Toen dacht ik, ik ga maar eens op de campus kijken. En zowaar, ik tref u hier aan.'

Ik vervloekte Kitty een beetje dat ze me uit het studentenhuis had verjaagd. Was onze kamer dan echt zo romantisch voor een rendez-vous met haar Marten? Maar nu opstaan en weglopen zou verkeerd zijn. Carinsson had toch al geen hoge dunk van onze familie.

'Helaas heb ik het druk, zoals u ziet,' zei ik, want ik had echt geen zin om tijd aan hem te verspillen.

'Dat zie ik, maar ook iemand als u last toch vast wel eens een pauze in.'

'Wat wilt u van mij?' vroeg ik. 'Wilt u me weer voorhouden hoe achterlijk we zijn? En hoe achterhaald het hele adellijke systeem is?'

Hij keek me een beetje verbaasd aan, toen sloeg hij beschaamd zijn ogen neer. 'Ik had geen idee dat u daar nog steeds geïrriteerd over bent.'

'Helaas heb ik geen betere herinnering aan u,' zei ik terug, hoewel dat niet helemaal klopte. Er waren wel degelijk momenten geweest waarin hij me bijna sympathiek had geleken. Maar zijn opmerkingen over onze stallen hadden me behoorlijk kwaad gemaakt.

'Dat betreur ik. Dan zal ik ervoor moeten zorgen dat u een betere indruk van me krijgt.' Hij keek me verwachtingsvol aan. 'Dus? Mag ik u uitnodigen?'

'En bij de koffie in plaats van taart tips geven hoe de stallen er bij ons zouden moeten uitzien? Die voorstellen kunt u beter aan mijn moeder voorleggen.'

'Nee, die wil ik graag aan u voorleggen.'

'Ik ben niet de eigenares van het landgoed. Dat is feitelijk nog altijd mijn grootmoeder, maar mijn moeder heeft de leiding over het bedrijf.'

'Hoezeer ik uw moeder ook waardeer, al ken ik haar nog niet goed: ik zou mijn ideeën liever bespreken met iemand die de toekomst van het huis vertegenwoordigt. Of bent u van plan een andere weg in te slaan dan vrouwe van het landgoed te worden? In adellijke families is het toch gangbaar dat de kinderen in de voetsporen van hun ouders treden.'

Het liefst had ik die vent weggejaagd. Wat ging onze hoeve hem aan? Wat ging mijn toekomst hem aan? Waarom bleef hij zo aanhouden? 'Ja, ik zal ooit het landgoed overnemen.'

'Als het er dan nog is.'

Ik snoof gebelgd.

'Kom mee!' zei hij terwijl hij zijn best deed innemend te glimlachen. 'Ik beloof dat ik braaf zal zijn. Ik wil echt alleen maar helpen. De Leeuwenhof is een onderneming met een lange traditie en het zou jammer zijn als die van het toneel verdween.'

Ik keek hem kwaad aan. De Leeuwenhof zou beslist niet van het toneel verdwijnen! Maar ik voelde dat hij me niet met rust zou laten. Ik had geen andere keus. 'Oké,' zei ik en ik klapte zuchtend mijn map dicht. Ik had mijn tijd liever doorgebracht met studeren, maar misschien lukte het me zo definitief van Carinsson af te komen. 'Barst maar los!'

'Moeten we daarvoor niet ergens anders heen gaan? Een café misschien? Dat praat toch wat gemakkelijker.'

Ik zuchtte. 'Goed, dan gaan we naar een café. Maar niet al te lang, want ik moet studeren.'

Carinsson glimlachte. 'Ik wist wel dat u een verstandig mens bent, juffrouw Lejongård.'

Ik stopte mijn studiemateriaal in mijn tas en liep achter Carinsson aan. Maar in plaats van naar een café in de buurt bracht hij me naar zijn auto.

Die was spiksplinternieuw, een rode cabriolet met crèmekleurige leren bekleding. Glanzend alsof hij zo uit de showroom kwam, stond hij naast een straatlantaarn.

'Wat is dat?' ontglipte me.

'Mijn auto.'

'En waartoe moet die dienen?'

'Om in te rijden.' Hij keek me schalks aan.

'Er zijn hier in de buurt een heleboel cafeetjes. We hoeven alleen maar de hoek om te gaan.'

'Ik vind zoiets niet de juiste entourage voor mijn plannen.'

Ik trok mijn wenkbrauwen op.

'Alstublieft, ik zou u graag op een kop koffie trakteren. Ook al kunt u zich misschien iets beters voorstellen dan mij aan te horen. Zelfs als wat ik te zeggen heb u niet aanstaat, hebt u straks een goed verhaal over koffiedrinken te vertellen.' Hij opende het portier aan de passagierskant.

Ik verkeerde in tweestrijd. Wat moest dit allemaal? Wilde hij misschien ons landgoed kopen? Waarom zou hij er anders op uit zijn mij te imponeren?

Met enige tegenzin nam ik plaats. Ik had nog nooit in een cabriolet gereden. Waarschijnlijk zou mijn haar alle kanten op staan wanneer we op onze bestemming aankwamen. Maar wat maakte het ook uit! Carinsson stapte eveneens in en startte de motor.

We reden naar de binnenstad. Vlak bij een van de mooiste winkelstraten van Stockholm parkeerde Carinsson zijn auto en liep toen naar de passagierskant om galant de deur voor me open te houden. 'Ziet u wel, zo erg was dat toch niet,' was zijn commentaar.

'Nee, maar we zijn nog niet in het café.'

Ik keek om me heen. In de etalages werden de nieuwe voorjaarsmode en glimmende sieraden gepresenteerd, cafés lonkten met zitplaatsen in de stralende zon. Er kwam een groepje toeristen voorbij, de vrouwen in fleurige zomerjurken met zonnehoeden op hun hoofd, de mannen in hemdsmouwen met verhitte gezichten.

Het leek me een eeuwigheid geleden dat ik hier voor het laatst geweest was. Na de dood van Sören had ik zowel het verlangen naar nieuwe kleding als dat naar pleziertjes verloren. In mijn blauwe broek, witte blouse en grijze vestje voelde ik me dan ook een beetje ouwelijk en saai. Maar misschien hoorde dat bij Carinssons tactiek? Eerst de tegenstander onzeker maken en dan toeslaan.

We liepen naar een klein maar chic café, waarvan de gevel uit de achttiende eeuw stamde. Na wat hij had gezegd had ik eerder rekening gehouden met een deftige moderne gelegenheid.

'In Birma gooiden ze dus muildieren uit vliegtuigen. Aan een parachute,' begon ik nadat we waren gaan zitten. 'Ik hoop maar dat de dieren er niets aan over hebben gehouden.' Het idee van een muildier dat aan een parachute naar de aarde zweefde had grappig kunnen zijn als het niet van Carinsson afkomstig was geweest.

'Helaas weet ik niet hoe de dieren er na de landing aan toe waren. Maar omdat deze methode om levende lading te lossen daarna niet meer is toegepast, zal het wel niet bijzonder goed gewerkt hebben.'

Ik knikte en wist niet goed wat ik nu moest zeggen. De ergernis die ik bij onze eerste ontmoeting had gevoeld kwam langzaam weer naar boven, ook al had hij zich tot nog toe gedragen.

Gelukkig verscheen even later de kelner om te vragen wat we wensten.

'U moet de taart hier proberen,' beval Carinsson aan. 'Ik denk dat die ook zal helpen u te concentreren bij het leren.'

'Ik hou het bij koffie,' zei ik met een knikje naar de kelner.

Carinsson bestelde een stuk prinsessentaart. 'Wilt u die niet ook proberen? Ik kan u zeggen dat zelfs Jenny Åkerström hem niet beter zou kunnen maken.'

Sinds wanneer interesseerde een man zich voor de bedenkster van de *prinzesstårta*? Ik was tot dusver geen mannelijk wezen tegengekomen dat daarvan op de hoogte was.

'Bedankt, maar daar heb ik geen trek in,' zei ik, hoewel ik dol was op de groene met een laag marsepein bedekte taart. Onze kokkin was heel goed in het bakken van prinzesstårta. Maar ik wilde niet meer tijd aan Carinsson besteden dan noodzakelijk was. In geval van nood kon ik snel met de bus naar de universiteit teruggaan.

'Weet u iets van de ruitersport?' vroeg Carinsson toen de kelner weg was.

Ik wierp hem een verwarde blik toe. 'Wij fokken paarden. En door mijn studie weet ik wat de sport paarden kan aandoen als ruiters te veel van ze vergen. Peesblessures, botbreuken, extra slijtage...'

'Zeker, maar hebt u zich al eens meer in de ruitersport verdiept? Afgezien van de paardenrennen, waarbij de dames, met meestal net zulk blauw bloed als u, altijd van die enorme hoeden dragen.'

Ik stond op het punt op te springen. 'Meneer Carinsson,' zei ik. 'Ik heb geen idee waar u op uit bent. Spreek alstublieft duidelijke taal en bespaar me uw veronderstellingen.'

'Veronderstellingen? Alstublieft, ik verzeker u dat van veronderstellingen geen sprake is.'

'En hoe zit het dan met uw bewering dat we niet bij de tijd zijn?'

'Is dat dan niet zo?'

Ik perste mijn lippen op elkaar, toen stond ik op. 'Het beste, meneer Carinsson. U kunt mijn koffie wel opdrinken.'

Ik wilde langs hem heen lopen, maar hij sprong op en pakte me bij mijn pols. 'Wacht alstublieft! Ik ben niet hier om u voor het hoofd te stoten. Ik wil u alleen een voorstel doen. Ga alstublieft weer zitten.' Hij keek me aan. 'U zult enthousiast zijn over wat ik te zeggen heb, dat kan ik u verzekeren.'

Met tegenzin ging ik weer zitten. Daarbij voelde ik de blikken van de mensen om ons heen op ons gericht. Het was waarschijnlijk geen goed idee om Carinsson bij een volgende impertinentie een oorvijg te verkopen.

'Nou, nogmaals, ik heb laten doorschemeren dat u wellicht goed op de hoogte bent van sportblessures, maar ik denk niet dat u echt weet wat de paardensport inhoudt. Klopt dat?'

'Dat is juist,' antwoordde ik stijfjes en met een zuur gezicht. 'Maar wat heeft dat met onze hoeve te maken?'

'Nou, ik heb gezien dat jullie problemen hebben. Die zijn weliswaar niet openbaar, en strikt genomen kan het bedrijf zo nog wel een paar jaar doorgaan. Maar dat is toch niet wat u wilt, nietwaar? Als u de baas was, zou u er toch vast graag voor willen zorgen dat het landgoed ook voor uw kleinkinderen nog een goede plaats is om te wonen.'

'Uiteraard wil ik dat,' antwoordde ik. 'Maar wat heeft de paardensport met onze hoeve te maken?'

'Ligt dat niet voor de hand?' vroeg Carinsson. 'Jullie hebben uitstekende paarden. Michael Roscoe zei dat veel Amerikaanse fokkers groen van nijd zouden worden. Ruitersportmensen zijn altijd op zoek naar goede paarden. De meesten van hen hebben een eigen stoeterij of worden door een stoeterij gesponsord. En daar komt de Leeuwenhof in beeld.'

'U bedoelt dus dat we ons met paardenrennen moeten gaan bezighouden?' Ik schudde mijn hoofd. 'Weet u hoe ze daar met paarden omgaan?'

'Luister, ik heb het niet over paardenrennen. Ja, dat mag dan ook paardensport zijn, en ik geef toe dat ik daar af en toe naartoe ga en wat geld verwed. Maar ik denk aan iets anders.'

'En dat is?'

'Springen of dressuur.'

Ik schudde mijn hoofd. 'Dat is niets voor ons.'

'Waarom niet?' vroeg Carinsson.

'Wij hebben ons nooit met die vormen van paardensport beziggehouden,' antwoordde ik. 'En ik betwijfel of iemand van de huidige ruiters voor ons zou kunnen uitkomen. Bovendien heb ik geen broers of zussen.'

'En uzelf dan?'

'Denkt u dat ik voor diergeneeskunde had gekozen als ik de ambitie had gehad om op de wereldkampioenschappen uit te komen?' vroeg ik.

'En als u nu een topruiter in huis haalt? Als u van de Leeuwenhof een dressuurstal maakt, of een stal die bekendstaat om zijn springpaarden?'

'En waar moeten we de trainers daarvoor vandaan halen? En de ruiters?'

We werden onderbroken door de kelner, die de koffie kwam brengen. Ditmaal verkrampte mijn maag van de geur. Carinsson mocht dan iets goeds in de zin hebben, maar hij werd er niet sympathieker door. Zijn voorstellen klonken absurd. Hoe zouden we naam kunnen gaan maken als een belangrijke stal voor de ruitersport?

'Onze paarden zijn gebruikspaarden. Ze worden voor koetsen gespannen. Op onze stoeterij weet niemand iets van springen of dressuur.'

'Als u de juiste vakmensen erbij haalt...'

Ik schudde voor de zoveelste keer mijn hoofd en vroeg me af waarom mijn nek daarbij nog geen zeer deed. 'Ik heb geen ervaring met wedstrijdsport. We zouden een ruiter moeten hebben die voor onze hoeve uitkomt. Dan zouden we een heel andere accommodatie moeten hebben. Een buiten- en een binnenmanege.'

'Dan ziet u dus wel iets in mijn voorstel?'

'Het is natuurlijk geen slecht idee,' erkende ik. 'Ik zie alleen niet hoe we dat voor elkaar moeten krijgen. We hebben daar het geld niet voor. Waarom denkt u dat we zo goed zorgen voor wat we hebben? We hebben geen andere keus.'

'Jullie hebben nog een tweede landgoed, heb ik me laten vertellen.'

Ik keek hem verrast aan. Had mijn moeder hem dat verteld, of had hij inlichtingen over onze familie ingewonnen?

'Ja, dat is zo. Tot ons geluk, anders hadden we de Leeuwenhof allang moeten verkopen.' Tot mijn verbazing merkte ik dat ik nu serieus met hem in gesprek was.

Carinsson knikte, nam een slokje koffie en dacht even na. Toen zei hij: 'Stelt u zich eens voor, jullie zouden een wereldberoemde stoeterij kunnen worden. Met een eigen dekstation en internationaal opererende paarden, in de spring- of dressuursport. De eerste voorbeelden daarvan vindt u nu al in Duitsland. Stelt u zich voor dat Europese of wereldkampioenen jullie paarden kopen en er wedstrijden mee winnen. De Leeuwenhof zou dan weer zijn oude glans terugkrijgen.'

Ik kon me indenken dat mijn moeder en mijn oma verrukt zouden zijn van het idee. Het beviel mij ook. Maar hoe moesten we zoiets opbouwen? We werden niet meer door het koningshuis begunstigd. We hadden geen relaties met mensen in de ruitersport. We zaten in een neerwaartse spiraal.

'Dat klinkt inderdaad heel goed,' zei ik. 'Maar ik vrees dat het niet haalbaar is.'

'Waarom niet?' vroeg Carinsson.

'Mijn moeder heeft het zo druk met het boven water houden van de Leeuwenhof en Ekberg dat ze geen tijd heeft om contacten met ruiters te leggen.'

'En u dan? U bent nog jong! U bent binnenkort afgestudeerd veearts. U bent niet belast met de bedrijfsvoering van de hoeve. U zou de ambassadeur van de Leeuwenhof kunnen zijn!'

Ik keek hem aan. 'Waarom doet u zo uw best?' vroeg ik.

'Wat bedoelt u?'

'Waarom doet u zo uw best om ons te helpen? Waarom doet u al die moeite om zich het hoofd te breken over iets wat u eigenlijk helemaal niets aangaat?'

Carinsson nam de tijd voor zijn antwoord. 'Ik ben iemand die er niet tegen kan dat iets waardevols verloren gaat. Jullie hoeve is zoiets waardevols. En bovendien Zweeds cultureel erfgoed.'

''U overdrijft.'

'Denkt u van niet?' vroeg hij. 'U hebt ons zelf al die schilderijen laten zien en over de geschiedenis van de hoeve verteld. Het landgoed is een goudmijn! En daarbij van nationaal belang. De hoeve moet alleen weer onder de aandacht worden gebracht.'

'U bedoelt bruisende bals organiseren zoals in de tijd van mijn grootmoeder?' Ik liet mijn hoofd hangen en besefte hoe triest dat klonk. 'Die tijd is voorbij.'

Carinsson leunde snuivend achterover. Ik merkte dat hij gefrustreerd was. Hij bracht zijn hand naar zijn gezicht en masseerde zijn neusbrug.

'Juffrouw Lejongård,' zei hij. 'Ik ben niet uw vijand, ook al denkt u dat misschien na wat ik eerder heb gezegd.'

'De hoeve heeft ervaring met wat kwaadspreken kan aanrichten. Misschien is het nadelig voor ons om aan tradities vast te houden, maar het is zeker zo dat mensen die vonden dat we iets moesten doen waar we niet toe bereid waren, ons hebben benadeeld. Daarom zijn we voorzichtig ten aanzien van voorstellen die we niet kunnen uitvoeren.'

'U denkt dus dat ik me bezighoud met kwaadspreken?'

Ik perste mijn lippen op elkaar. Het was niet zo slim geweest hem te laten merken welke zorgen we ons door zijn opmerking hadden gemaakt. Dat we bezorgd waren geweest dat hij zijn vriend Roscoe ertoe zou brengen van de aankoop af te zien.

'Geloof me, niet de mensen die je in het gezicht zeggen waar het aan schort zijn je vijand,' zei hij toen ik hem een antwoord schuldig bleef. 'Het zijn degenen die zwijgen. Want zij houden wat ze denken voor zich en verspreiden het ergens anders. Zo zit ik niet in elkaar. Ik uit mijn kritiek. Ik bazuin wat ik denk niet overal rond, maar ik zeg het tegen de persoon in kwestie.'

Hij zweeg even, toen vervolgde hij: 'Ik zeg tegen u dat uw bedrijf bezig is ten onder te gaan. U hebt nieuwe ideeën nodig. U moet zich aan de nieuwe tijd aanpassen. Het kan dan wel zijn dat de Leeuwenhof vroeger bij het koningshuis in de gunst stond en zich daardoor geen zorgen hoefde te maken, maar de tijden zijn veranderd. Het koningshuis verliest zijn betekenis. Tegenwoordig zijn het andere mensen die door het publiek worden bewonderd. Sportmensen zijn de nieuwe koningen. En als jullie willen doorgaan met paarden fokken, als jullie niet willen dat de Leeuwenhof geschiedenis wordt, dan zullen jullie iets moeten doen. Jullie moeten in actie komen. En voor alles moeten jullie ophouden te denken dat de hele wereld tegen jullie is. Besef dat jullie allang niet meer zo belangrijk zijn.'

Hij verwachtte een antwoord, maar dat kon ik hem niet geven.

Ik voelde tranen opkomen. Elk woord sneed me door mijn ziel. Misschien lag het aan zijn toon, misschien lag het aan het feit dat hij gelijk had maar ik dat niet wilde onderkennen. Mogelijk speet het me ook dat ik zijn voorstellen niet in daden kon omzetten. Zeker was in elk geval dat ik niet in zijn bijzijn in tranen wilde uitbarsten. En dat hij met zijn oratie te ver was gegaan.

Minutenlang bleven we zwijgend zitten. Ik staarde in mijn koffiekopje en probeerde me te beheersen. Weer wenste ik dat hij mijn moeder voor zich had gehad. Die had hem makkelijker tegenwicht kunnen bieden. Als mijn moeder onderhandelde, hadden mannen respect voor haar en zagen ze haar niet als een dom gansje dat ze belerend konden toespreken.

'Ik denk dat ik maar eens terug moet gaan,' zei ik stijfjes en ik stond op. Nu zou zijn hand me niet kunnen weerhouden. 'Bedankt voor de koffie.'

Carinsson leek teleurgesteld. ‘Dan zult u mijn raad dus niet ter harte nemen?’

‘Dat zal ik zeker doen,’ zei ik. ‘Maar ik herhaal dat ik niet in de positie verkeer om iets te veranderen. Misschien worden we geschiedenis, misschien ook niet. We zullen het zien.’

Daarop pakte ik mijn tas en liep het café uit. Ik zorgde ervoor dat ik met geheven hoofd en lange passen voor de ramen langsliep zodat hij niet merkte dat de tranen me over de wangen stroomden. Zodat hij niet merkte hoe hard de waarheid bij me was aangekomen.

Ruim een uur liep ik doelloos door de stad terwijl ik het gesprek met Carinsson nog eens doorliep. Bij aankomst in het studentenhuis rukte Kitty de deur al open voor ik de sleutel in het slot kon steken.

‘Ik wist wel dat jij het was!’ zei ze, en ze pakte me bij mijn arm en trok me de kamer in.

‘Wat is er?’ vroeg ik verschrikt en ik keek achter haar. Marten leek er niet meer te zijn. Het lag eigenlijk niet in de aard van mijn kamergenote me op te wachten. Tenzij er iets was voorgevallen. ‘Heb je ruzie gehad met Marten?’

‘Nee, hoezo?’ vroeg ze verbaasd. ‘Het gaat me om jou!’

Was ik misschien onder de boom iets vergeten of had ik onderweg iets verloren? Ik werd warm van schrik.

‘Je bent me er eentje,’ zei ze met een veelbetekenend lachje.

‘Wat heb ik dan gedaan?’ vroeg ik. ‘Heeft er iemand naar me gevraagd?’

‘Nou en of! Een goed uitziende man in pak met das. Hij wilde weten of ene Solveig Lejongård hier woonde.’

Een man in pak met das? Ik kon er maar één bedenken. De rillingen liepen me over de rug. ‘Heeft hij zijn naam genoemd?’

‘Ja, en hij heeft me dit voor jou gegeven. Hij zei, voor het geval je je nog bedenkt.’

Ze gaf me een piepklein envelopje, net groot genoeg voor een visitekaartje. Jonas Carinsson – RECLAMEBUREAU CARINSSON &

PARTNERS stond er op de voorkant, op de achterkant stonden een adres in de buurt van de haven en een telefoonnummer.

'Hoe is het je gelukt zo'n man aan de haak te slaan?' vroeg Kitty met schitterende ogen. 'Als ik Marten niet had, zou ik jaloers worden.'

'Ik heb hem niet aan de haak geslagen,' zei ik en ik legde het visitekaartje op de tafel naast de kast. 'Hij is naar mij toe gekomen. Of beter gezegd, naar ons op de Leeuwenhof. Hij was mee met een Amerikaan die paarden wilde kopen. En hij beeldt zich blijkbaar in dat we behoefte hebben aan een marketingcampagne.'

'Marketing?' vroeg Kitty. 'Ik had eerder het idee dat hij met je uit wilde.'

'Ach Kitty,' zei ik zuchtend. 'Dat wil hij beslist niet. Ik heb hem ook duidelijk gemaakt dat zijn ideeën voor onze hoeve een beetje te hoog gegrepen zijn. Maar het ziet ernaar uit dat hij nogal hardleers is.'

'Nou, misschien doet hij zo veel moeite omdat hij iets in je ziet.'

'Maar ik zie niets in hem,' antwoordde ik vlug. 'En nu moet ik dringend koffie hebben, anders vallen mijn ogen dicht boven *De fysiologie van het paard*.'

Met die woorden verdween ik naar de gemeenschappelijke keuken. Ik wist dat Kitty het kaartje nu beter zou bekijken en misschien zou zoeken naar verdekte aanwijzingen. Maar die waren er niet. Carinsson was blijkbaar niet van plan het op te geven, maar ik zou hem niet bellen.

12

In de tentamenperiode kreeg ik steeds meer het gevoel door mijn studieboeken en aantekeningen te worden opgeslokt. Op sommige dagen leefde ik op haverkoeken en koffie. Om rust te hebben wachtte ik de tijden af dat het in het studentenhuis niet zo lawaaierig was. Soms leerde ik 's nachts en sliep ik overdag. De kringen onder mijn ogen werden steeds donkerder en ik had het gevoel dat alle kennis die ik in mijn hoofd had gestampt er elk moment weer uit kon verdwijnen.

Kitty leek daar aanmerkelijk minder last van te hebben. Ondanks alles ging ze 's avonds uit en toch was ze fit en uitgeslapen.

'Waarom maak je jezelf eigenlijk zo druk?' vroeg ze toen ik een keer onder het ontbijt in slaap dreigde te vallen. 'Je bent toch slim en veel van wat je erin probeert te stampen zit al in je hoofd.'

'Ik wil gewoon zo hoog mogelijke cijfers halen,' antwoordde ik terwijl ik me aan mijn koffiemok vastklampte.

'Waarom? Om een praktijk te beginnen als dierenarts heb je alleen een diploma nodig!'

'Maar misschien wil ik ooit ook nog mijn doctorstitel halen. Dan helpt het als ik niet met de hakken over de sloot slaag. Een toekomstige mentor zou zich kunnen afvragen of het wel de moeite waard is als ik me tot hem wend.' Ik zweeg even. Er was nog een tweede reden. 'En mijn moeder hecht aan een goed resultaat. Zij heeft haar schoolopleiding met een "uitmuntend" afgesloten.'

'Jouw moeder zat op de handelsschool in Kristianstad. Daar is het makkelijk om de beoordeling "zeer goed" te krijgen. Dat kun je onmogelijk met een universiteit vergelijken.'

'Maar toch, ze is heel ambitieus en zou het liefst willen dat ik het nog beter doe. Als ik weer met "voldoende" thuiskom, wast ze me de oren. Er moet minstens een "goed" voor me in zitten.'

Ik wist nog precies hoe ze gereageerd had toen ik bij mijn eerste tentamen slechts 'voldoende' als resultaat had behaald. Toen had ze dagenlang op me ingepraat, gevraagd of ik wel de juiste studierichting had gekozen. Maar ik had me hersteld en mijn eerste *mycket väl godkänd*, zeer goed, hadden we zelfs met champagne gevierd.

'Nou, als het beslist moet...' zei Kitty. 'Mijn ouders kan het weinig schelen, als ik mijn diploma maar haal. Wanneer ik klaar ben, ga ik met Marten samenwonen en open ik mijn eigen praktijk. Zo simpel is het. Niemand zal naar mijn diploma vragen.'

Kitty en een eigen praktijk – ik kon het me goed voorstellen, en aan haar glanzende ogen te zien, was ze enthousiast en volkomen zeker van haar zaak.

De tentamens gingen voorbij en ik was enorm opgelucht toen we de eerste resultaten te zien kregen. Ik was dan wel niet de beste van mijn jaar, maar hoefde me nergens voor te schamen. Nu restte nog slechts een mondeling tentamen.

Hoewel ik wist wat me te wachten stond, zat ik met trillende handen voor het lokaal waar de examencommissie zitting hield. Zenuwachtig telde ik de bloemen op de jurk van het andere meisje, dat naast me aan haar vestje zat te plukken. Ondertussen liep ik de leerstof na die ik er de afgelopen dagen in had gestampt.

Het was mijn laatste tentamen. Ik had geen idee hoe ik de vorige tentamens door was gekomen. Hoe ik mijn kennis tentoon had kunnen spreiden. Nu had ik mijn doel bijna bereikt. Nerveus tastte ik in mijn broekzak en haalde er de foto van Sören uit. Ik streelde zijn gezicht en merkte dat de foto er inmiddels behoorlijk verbleekt uitzag.

'Is dat je vriend?' vroeg mijn buurvrouw. Ik had haar een paar keer bij de colleges gezien, maar we hadden elkaar nooit gesproken.

'Ja,' antwoordde ik gemakshalve, want ik wilde haar niet het hele verhaal van het ongeluk opdissen. Ik wilde me door de gedachte daaraan niet laten afleiden.

'Hij ziet er goed uit,' merkte ze op. 'Jullie gaan vast gauw trouwen, hè?'

Dat sneed me door de ziel. Mijn studiegenote wist niet beter, en was het niet het eerste wat je dacht als je iemand liefdevol naar een foto zag kijken?

'Ik weet het niet,' zei ik, en ik probeerde de opkomende tranen onder controle te krijgen. Ik mocht nu niet gaan huilen, me niet door verdriet laten overheersen. 'We zien wel.'

Mijn buurvrouw keek me enigszins verbaasd aan. Ze leek niet goed te weten wat ze nu moest zeggen.

Toen de deur openging, kromp ik in elkaar. 'Solveig Lejongård,' riep een mannenstem. Toen ik opkeek, herkende ik professor Kersten. Ik stak de foto haastig terug in mijn zak, haalde diep adem en keek naar mijn buurvrouw.

'Succes,' zei ze met een onzeker lachje.

'Dank je, jij ook,' zei ik terug en toen stapte ik de deur door.

Mijn hart ging tekeer toen ik de examencommissie zag, maar alle gedachten aan Sören verdwenen gelukkig op slag. Nu was ik alleen nog maar een studente die op het punt stond examen te doen.

In het examenlokaal verloor ik alle gevoel voor ruimte en tijd. De lucht was er muf en vervuld van de aftershave van de professoren. Een vreemde combinatie van geuren stroomde mijn neus in. Maar nu moest ik me op de vragen concentreren. Ik diepte de antwoorden op uit mijn geheugen en waagde het niet met mijn gedachten een andere richting in te slaan, omdat ik vreesde te verdwalen.

Maar Sörens foto bracht me geluk. Uiteindelijk verliet ik de faculteit diergeneeskunde in de wetenschap dat ik voor mijn laatste tentamen geslaagd was.

Ik voelde me eigenaardig. Mijn blik dwaalde over de campus

naar de plek waar Sören me zijn huwelijksaanzoek had gedaan. Hoe zou deze dag eruit hebben gezien als hij nog had geleefd? Had hij me dan met een verrassing opgewacht?

Weemoed vervulde mijn hart. We hadden het er altijd over gehad hoe het zou zijn als we allebei eindelijk onze studie hadden afgemaakt en een eigen leven konden gaan opbouwen.

Maar nu hoorde ik alleen het gefluister van de wind, die frisse zeelucht vanuit de haven meebracht. Ik hoorde een papieren zakje ritselen dat over het beton werd geblazen. En het geratel van een typemachine uit het secretariaat van de decaan.

Ik haalde de foto weer uit mijn zak. Mijn gedachten gingen terug naar de dag dat ik mijn eerste tentamen aan de universiteit had gemaakt. Sören had me voor de poort opgewacht en leek nog opgewondener dan ik. Hij had dat tentamen al lang achter de rug, maar hij wist met welke valkuilen farmacologie gepaard kon gaan.

'En?' vroeg hij. 'Hoe ging het?'

'Heel goed,' zei ik. 'Het was tamelijk lastig, maar ik denk dat ik de meeste vragen goed heb beantwoord.'

'De meeste?' vroeg hij. 'Ik heb je twee weken niet gezien. Je antwoorden moeten dus wel geweldig zijn uitgevallen om je gebrek aan tijd voor mij te compenseren.'

Hij streek een paar haarstrengen uit mijn gezicht en streelde met zijn vingertoppen heel teder mijn wang. Ik huiverde. Voor die aanraking had ik elk onjuist antwoord op de koop toe genomen. Maar Sören wilde dat ik goed was. Daarom had hij ook niet gemopperd als ik me terugtrok.

'Ik denk dat ik behoorlijk goed was,' antwoordde ik. 'Over een paar dagen krijgen we de uitslag.'

'Hoe denk je erover om het alvast een beetje te vieren?'

'Maar je weet toch nog helemaal niet of ik geslaagd ben?'

'Dat voel ik. Jij zet je licht graag onder de korenmaat. Mogelijk komt dat door je aristocratische opvoeding, maar ik zeg je dat je veel beter bent dan je misschien denkt.'

En toen kuste hij me. Hij plaagde me graag met mijn blauwe bloed, juist omdat ik altijd deed alsof ik dat niet had. Ik smolt weg bij de aanraking van zijn lippen en die van zijn armen, die me warm en beschermend omgaven.

'Hé daar!' riep een stem, waardoor mijn herinnering verdween.

Even dacht ik Sören te horen, maar toen ik me verschrikt omdraaide, zag ik Kitty, die met lange passen over het gazon kwam aanlopen.

Ik moest eerst tot mezelf komen, want mijn gedachten aan Sören hadden bijna echt aangevoeld. Vlug stak ik de foto weer bij me. Hoe had ik haar stem nou voor die van een man kunnen houden? Was mijn fantasie met me op de loop gegaan nu mijn hoofd zo volgestampt zat met kennis over diergeneeskunde?

'En, waar ziet het naar uit? Mag ik de kersverse dierenarts feliciteren?'

Ik keek haar licht verward aan, maar toen drong de werkelijkheid in volle omvang weer tot me door.

'Ja,' zei ik. 'Het ziet ernaar uit dat ik geslaagd ben. Wat het cijfer wordt moeten we nog zien, maar het tentamen ging goed. Heel goed zelfs.'

Kitty klapte in haar handen, slaakte een gilletje en viel me onstuimig om de hals. 'Geweldig! Dat moeten we vieren!'

'Daar heb ik niets op tegen,' antwoordde ik uit de grond van mijn hart, want we hadden het allebei verdiend. Kitty had haar tentamen een paar uur eerder gedaan en nu stonden we op het punt van de universiteit te gaan.

'Mooi, dan gaan we vanavond uit, heel trendy! Ik hoorde dat er in de Wintertuin van hotel Hellsten een geweldige jazzband optreedt. We doffen ons op en dan maken we er een jarentwintigavondje van.'

'Je weet toch wel dat je je niet in jarentwintigstijl hoeft te kleden wanneer je jazz wilt horen,' merkte ik schertsend op.

'Ja, maar het is leuk! De mensen zullen ons aanstaren alsof we uit een andere wereld komen.'

'Dan zouden we ons moeten kleden als in zo'n film over vliegende schotels. Heb jij niet toevallig een hoop aluminiumfolie in je kast liggen?'

'Nee, maar ik heb wel een paar jurken die heel goed in de jaren twintig zouden passen. Ik kan moeilijk van je verlangen dat je naar huis gaat en wat uit de kleedkamer van jullie slot haalt, toch?'

'Dat zou wat al te impulsief zijn,' merkte ik op. 'Afgezien van het feit dat mijn oma niet met een hoofdband met veer in een rafeljurk in jazzclubs heeft gedanst, zouden haar jurken me niet passen. Ik ben veel langer dan mijn mormor.'

Ineens stroomde er een warm gevoel door me heen. Ik moest mijn ouders en mijn oma bellen. Die zaten vast op bericht over mijn tentamen te wachten.

'Prima, dan proberen we het met mijn spullen. Die passen je zeker.' Dat klopte, want ik had voor mijn afspraakjes met Sören af en toe iets van haar geleend.

'Goed,' zei ik. 'We gaan een avondje plezier maken. Dat hebben we tenslotte verdiend.'

'Nou en of!' zei Kitty en ze haakte bij me in. 'En nu moeten we onszelf maar eens een stuk taart gunnen.'

Pas laat in de middag kwamen we bij het studentenhuis terug. We stuitten op een paar medestudenten die ook voor hun tentamen geslaagd waren. Een meisje zat in een hoekje te huilen. Blijkbaar had ze het niet gehaald. Ook al konden tentamens worden overgedaan, het was een schok als je gezakt was.

Tegen de avond begonnen we aan de metamorfose. Kitty, die in de bibliotheek een plaatjesboek over vroegere tijden had opgescharreld, probeerde met de spullen die we hadden een jarentwintiggarderobe te creëren.

Uiteindelijk hadden we allebei een strak kokerjurkje aan, droegen er lange kunstparelkettingen op en probeerden we onze gekrulde lokken met haarspelden in het gareel te krijgen.

'Zo heel erg jaren twintig is dat niet,' zei ik terwijl ik probeerde Kitty's smalle satijnen handschoenen aan te krijgen, die ze had aangeschaft nadat we naar een film met Audrey Hepburn waren geweest.

'Tja, jij wilde nou eenmaal niet naar huis gaan om de garderobe te plunderen.'

'Dat hadden we met een vliegtuig nog niet voor elkaar gekregen.' Ik bekeek mezelf in de spiegel. Het donkere flessengroen van mijn jurk maakte me wat bleekjes, maar het zag er nou ook weer niet zo slecht uit dat ik me er niet in durfde te vertonen. Bovendien was er niemand op wie ik indruk hoefde te maken. We zouden gewoon een leuke meidenavond hebben.

Toen er op de deur werd geklopt, werd mijn aandacht van mijn spiegelbeeld afgeleid. 'Verwacht jij iemand?' vroeg ik aan Kitty.

'Ja, natuurlijk!' riep ze blij en ze liep naar de deur. 'Marten gaat met ons mee!'

Was dat zo? Waarom wist ik niet, maar die mededeling trof me als een mokerslag. Ik had erop gerekend dat Kitty en ik samen een fijne avond zouden hebben – zonder mannen.

Kitty viel hem om de hals en kuste hem hartstochtelijk. Ik keek bedremmeld opzij en deed alsof ik het niet zag. Vroeger hadden zoenende stelletjes me niet gestoord. Nu vond ik het pijnlijk en werd ik ook een beetje jaloers.

'Hallo, Solveig,' riep hij toen Kitty hem weer had losgelaten. 'Zo te zien zijn de dames al klaar.'

'Hallo, Marten,' mompelde ik terwijl ik me probeerde te beheersen. Ik wilde dat Kitty eerder had gezegd dat hij meeging. Dan had ik me erop kunnen instellen. Of had ik afgezegd.

'Dat zijn we zeker!' antwoordde Kitty en ze stak vrolijk haar handen op. 'Nou, hoe vind je ons? Zien we er een beetje jaren twintig uit?'

'Jullie zijn allebei prachtig!' zei hij en hij knipoogde naar me.

Ik merkte dat mijn glimlach de mist in ging. Ik wilde mijn mondhoeken optrekken, maar ze deden niet wat ik wilde. Vrolijk als hij was, leek hij dat echter niet in de gaten te hebben. Hij sloeg zijn arm om Kitty heen, die zich meteen tegen hem aan vlijde en hem verliefd aankeek.

Ik richtte mijn blik weer op de spiegel. Ik kon wel janken. Bij ieder ander had ik kwade opzet verondersteld, maar ik wist dat mijn vriendin het goed bedoelde. Ik probeerde mijn gezicht zover te krijgen dat het vrolijk keek.

'Nou, dan kunnen we wel gaan, toch?' vroeg ze, en ik knikte.

'Ja, laten we gaan,' zei ik terwijl ik me van mijn spiegelbeeld losmaakte.

In de taxi kletsten de twee over de tentamens en hun volgende vakantie. Hoewel Kitty me bij het gesprek probeerde te betrekken en Marten me vragen stelde, merkte ik dat het op de een of andere manier een eigenaardige situatie was. Ik voelde me het vijfde wiel aan de wagen. Kitty had de avond net zo goed alleen met hem kunnen doorbrengen.

Maar nu waren we onderweg en deed ik er misschien beter aan een vrolijk gezicht te zetten. Wie weet werd het nog heel leuk. Ik hoefde me waarschijnlijk alleen maar voor te stellen dat Marten nog een vriendin erbij was die met Kitty zat te dollen omdat ze haar veel beter kende dan mij.

Eindelijk stapten we uit en liepen we het chique gebouw binnen. Ik moest eraan denken dat mijn moeder in een vergelijkbaar hotel had gewerkt. Wanneer ze over die tijd vertelde, begonnen haar ogen te schitteren en dan volgde even later het verhaal hoe het hotel mijn vader bij haar had teruggebracht, na al die jaren dat ze elkaar niet gezien hadden.

Terwijl Marten de kaartjes kocht, liepen wij naar de garderobe. We hadden alleen capes meegenomen, die echter goede bescherming boden tegen de wat koelere lucht en ons bovendien het gevoel gaven dat we prinsessen waren.

'Hij is echt geweldig, vind je niet,' dweepte Kitty. 'Het is een bof dat ik zo'n man heb leren kennen.'

'Dat is zeker zo,' zei ik, en ik deed mijn best om niet al te jaloers of verdrietig te klinken. 'Hebben jullie het al over trouwen gehad?'

'Nou en of! Marten wilde me alleen wat tijd gunnen om af te studeren. Nu is het eindelijk zover en kunnen we over een datum gaan denken. Jij moet beslist mijn bruidsmeisje worden!'

'Dat zal ik heel graag zijn,' zei ik. Ik glimlachte, maar met pijn in mijn hart. Als alles zo was gegaan als Sören en ik het ons gedacht hadden, was ik nu al een jaar getrouwd geweest. Misschien had ik dan zelfs wel zwanger voor de examencommissie gestaan...

'Ah, hier zijn jullie!' zei Marten, wapperend met de kaartjes. 'Ik heb zelfs nog plaatsen aan een tafeltje weten te bemachtigen!'

'Hoe heb je dat voor elkaar gekregen?' vroeg Kitty.

'Ik heb van mijn charmes gebruikgemaakt.'

'Hopelijk niet al te veel!' antwoordde ze quasi-jaloers.

'Maak je niet ongerust, je weet toch dat ik alleen van jou hou. Bovendien is Ove mijn type niet.' Hij wees naar de man bij de receptie die net een ouder echtpaar hun kaartjes overhandigde. Toen bood hij Kitty zijn arm.

'Wat denk je ervan om ook bij me in te haken, Solveig,' vroeg hij toen. 'Er zijn hier zo veel vreemde mannen, en ik bied me met genoegen als beschermheer aan.'

'Dank je, maar ik denk dat dat niet nodig is,' antwoordde ik glimlachend. 'Ik loop wel achter jullie aan.'

Terwijl Kitty en Marten voor me uit liepen, keek ik om me heen. De meeste gasten waren met een partner gekomen. Vrouwen alleen zag ik vrijwel niet. Zelfs vrouwen die zwarte weduwekleding droegen hadden iemand bij zich. Dat stak me nog eens extra.

Ik wist niet waarom, maar ineens moest ik weer aan Carinsson denken. Noch hij, noch ik had aanstalten gemaakt voor een nieuwe ontmoeting. Het visitekaartje had ik echter wel bewaard. Wat ik ermee aan moest wist ik niet, maar ik kon me er ook niet toe zetten het weg te gooien. Wellicht omdat het me eraan herinnerde dat er op het landgoed iets moest gebeuren.

Het zou Kitty natuurlijk plezier hebben gedaan als ik hem had teruggezien. Een hele week lang was de knappe reclameman haar enige gespreksonderwerp geweest. Maar uiteindelijk zag ze in dat ik niet over hem wilde praten.

Inderdaad kreeg je in de Wintertuin een beetje het gevoel dat je in een andere tijd was aanbeland. Het hotel moest eind negentiende eeuw zijn gebouwd, en hoewel het een paar keer gemoderniseerd was, had het nog altijd zijn oude charme weten te bewaren. De stoelen waren bekleed met een rode glanzende stof met een fijn patroon, de tafels hadden zware glazen bladen. Het parket leek op dat in de balzaal van de Leeuwenhof. En in de salon van mijn oma stonden net zulke oeroude reusachtige palmen en andere planten, sommige ervan waren indertijd rechtstreeks uit de tropische landen van oorsprong geïmporteerd.

De gasten waren natuurlijk modern gekleed, maar zo chic dat we niet vreselijk opvielen.

Op een podium stonden de instrumenten opgesteld. Een jongeman in hemdsmouwen kwam nog even een gitaar brengen, die hij op een standaard zette. Om ons heen klonk gelach en geroezemoes. De gespannen verwachting van het publiek was bijna tastbaar.

Toen er een man in een chique smoking verscheen om de band aan te kondigen, werd het meteen stil. Maar daarna kwamen de muzikanten op in blauwe jasjes en de zangeres in een eveneens blauwe, schouderloze japon en barstte het applaus los. Haar oorringen schitterden toen ze in het spotlicht stond.

De eerste akkoorden klonken en toen de doorrookte stem van de zangeres inzette, vergat ik bijna dat de avond nog fijner zou zijn geweest als Sören naast me had gestaan.

Ik liet me door de muziek meeslepen. Er waren veel moderne nummers bij, maar ook liedjes die ik kende van mijn moeders oude schellakplaten. Ze zou enthousiast zijn geweest.

Ik vroeg me af of het er op de bals die indertijd in ons landhuis werden gehouden ook zo had uitgezien. Opeens werd ik door verlangen overvallen. Ditmaal niet naar Sören, maar naar de Leeuwenhof. Het was goed dat ik daar binnenkort terug zou zijn. Daar zou ik rust hebben en niet telkens geconfronteerd worden met stelletjes die allemaal meer geluk in het leven hadden dan ik.

In de pauze werd het buffet geopend. Ik had niet echt trek, maar omdat ik geen zin had in vragen of ik wel in orde was, haalde ik wat mooi opgemaakte hapjes en wat fruit. Terwijl ik daarop zat te knabbelen, probeerde ik te verbergen dat ik me vreselijk verloren voelde. Kitty was met Marten met onbekende bestemming verdwenen. De vierde stoel aan onze tafel was leeg gebleven, er leek verder niemand alleen te zijn gekomen.

Mijn blik viel op een paar waarvan de vrouw minstens twintig jaar jonger was dan haar metgezel. Ze waren nog erger aan het tortelen dan Kitty en Marten. De mensen om hen heen deden alsof ze het niet merkten. Ik zag lachende gezichten, mensen die hun hoofden bij elkaar staken. Iedereen leek zich te amuseren. Ik wenste in stilte dat ik een boek had meegenomen om iets te doen te hebben. Toen Kitty en Marten terugkwamen, had hij lippenstiftsporen op zijn kraag. Mijn vriendin leek een beetje tipsy.

'Jammer dat Sören er niet meer is,' merkte Marten op toen de muzikanten weer het podium op kwamen. 'Ik mocht hem echt graag. We hadden met ons vieren een reisje kunnen maken, dat zou leuk zijn geweest.'

Ik zag dat Kitty hem een por in zijn zij gaf, maar ik deed alsof mijn neus bloedde. 'Dank je, aardig dat je het zegt. Maar de wereld draait door, nietwaar?'

Dat klonk een beetje onbeholpen, maar moest ik hem dan aan zijn neus hangen hoe ik me echt voelde? Dat het ook na anderhalf jaar nog niet in orde was? Dat mijn hart nog steeds gebonden was en dat ik het onwaarschijnlijk achtte dat ik ooit weer verliefd zou worden?

Gelukkig begon de band weer te spelen. Maar de muziek klonk in mijn oren vervormd. Martens woorden hadden me aangegrepen. Als Sören er nog was geweest...

Toen de zangeres een liedje over een verloren liefde begon te zingen, hield ik het niet meer uit. Er brak iets in me, en ik had het gevoel dat ik elk moment mijn zelfbeheersing kon verliezen. Ik wilde voor Kitty en Marten de avond niet bederven, maar hoelang zou ik me nog goed kunnen houden?

'Pardon, ik moet even naar buiten,' zei ik en ik stond op. Vanuit mijn ooghoeken zag ik dat Kitty me verbaasd aankeek, maar ik wilde niet wachten tot ze iets zou zeggen. Ik slalomde tussen de tafels door en zette koers naar de uitgang.

Voor de Wintertuin was het rustiger, en koele lucht omringde me. Mijn blik dwaalde naar de garderobe. Als ik nu eens mijn cape haalde en naar huis ging? Kitty zou eerst boos worden, maar als ik het uitlegde... Ik bleef even besluiteloos staan, toen besloot ik gewoon maar naar buiten te gaan. Ik liep het terras op dat bij de Wintertuin hoorde. De tafeltjes daar waren leeg. Vanuit het donker kon je door de grote ramen van de Wintertuin naar binnen kijken.

Dat paste helemaal bij hoe ik me voelde. De mensen daarbinnen waren gelukkig, hadden elkaar, konden het leven vrolijk tegemoetzien. Ik was alleen en voelde me niet op mijn gemak tussen al die stellen. Maar het ergste was dat ik een van hen had kunnen zijn. Ik had ook gelukkig kunnen zijn.

Er borrelde een snik in me op. Zou het altijd zo blijven? Zou ik nooit kunnen vergeten? Maar hoe kon dat, bij de diepe wond die de dood bij me had veroorzaakt?

Geknars haalde me uit mijn gedachten. Ik keek opzij. Uit de duisternis doemde een gedaante op. Het licht van de Wintertuin viel op crèmekleurig satijn.

Kitty kwam naar me toe. 'Alles in orde?' vroeg ze, en ze streelde zachtjes over mijn rug.

'Ja,' zei ik en ik probeerde te glimlachen, maar op de een of andere manier wilde dat niet lukken. Stomme trut die ik was, ik was jaloers op mijn vriendin! Dat kon toch niet. 'Ja, het gaat wel. Ik had alleen behoefte aan frisse lucht.'

Kitty sloeg haar arm om mijn schouders. 'Ik denk dat je aan veel meer behoefte hebt. Vergeef me alsjeblieft dat ik Marten heb uitgenodigd. Hij is altijd zo grappig, en ik dacht dat je dat wel leuk zou vinden. Nu besef ik echter dat ik je daarmee alleen maar heb ingewreven dat je alleen bent.'

Ik keek Kitty met vochtige ogen aan. Het zou makkelijk zijn geweest dat te bestrijden, maar het was waar. Hun geluk deed me pijn.

'Het spijt me,' antwoordde ik. 'Het is niet dat ik jullie je geluk niet gun, dat doe ik van ganser harte. Maar ik vraag me telkens weer af...'

'... hoe het geweest was als hij nog had geleefd?'

'Ja.' De tranen biggelden over mijn wangen en drupten op mijn jurk.

'Nou, het zou vast nog fijner zijn geworden.' Nu waren ook Kitty's ogen vochtig. 'Dan zou Marten niet zo alleen zijn geweest. Dan had hij iemand gehad om mannendingen mee te bespreken. Maar zo...'

Ik pakte Kitty's hand. Nu we ons diploma op zak hadden, zouden onze wegen zich scheiden. We zouden natuurlijk beloven contact met elkaar te houden, maar zou dat ook lukken? Kitty had Marten en de praktijk die ze wilde opzetten, en ik zou teruggaan naar de Leeuwenhof zonder te weten of ik een praktijk moest beginnen of op het landgoed gaan werken.

Ik wilde niet dat de avond triest zou eindigen, dus vermande ik me.

'Je hebt me tenminste geen tafelheer bezorgd. Dat zou ik je bijzonder kwalijk hebben genomen, maar voor de rest...'

Kitty begon te lachen. 'Zo gemeen kan ik niet tegen je zijn. Ik weet tenslotte hoe vreselijk je het vindt aan iemand gekoppeld te worden. Je bent heel goed in staat zelf een man te vinden.' Ze zweeg even, toen voegde ze eraan toe: 'En ik weet zeker dat je ooit een nieuwe liefde vindt. Misschien wel die knappe reclameman.'

Ik schudde mijn hoofd. 'In geen geval! Hij is alleen geïnteresseerd in ons landgoed. En ik kan zijn raad helaas niet opvolgen, omdat die te utopisch is.' Ik keek Kitty aan. 'Als ik iemand vind, ben jij de eerste die het hoort. Maar geef me de tijd. Ik kan Sören niet zomaar van me afzetten. Ik had bijna een leven met hem opgebouwd. Bijna.'

'Kom eens hier,' zei Kitty, en ze trok me in haar armen.

Zo bleven we even staan, toen keken we elkaar aan.

'Zullen we naar huis gaan?' vroeg Kitty.

Ik schudde mijn hoofd. 'Nee, de band is nog aan het spelen. Laten we er weer heen gaan en van de avond genieten. Ik beloof dat ik me goed zal houden.'

'Prima. En ik beloof dat ik niet meer met Marten zal knuffelen.'

‘Doe dat gerust,’ zei ik. ‘Dat kan ik wel hebben.’

Dat kon ik niet zonder verdriet te voelen, maar ze was mijn vriendin. Ik had het recht niet haar dat plezier te ontzeggen.

13

De ochtend na mijn terugkeer uit Stockholm verbaasde ik me erover dat niet mijn moeder voor het station stond te wachten, maar een van de mannen die in de stallen werkten. Olaf Persson was al een paar jaar bij ons in dienst.

'Goedemorgen, meneer Persson,' begroette ik hem. 'Wat doet u nou zo vroeg op het station?'

'Uw moeder heeft me gestuurd,' zei hij terwijl hij mijn koffer overnam, waarin mijn persoonlijke spullen uit Stockholm zaten. 'Ik moet u naar de hoeve brengen.'

'Waarom doet ze dat niet zelf?' vroeg ik.

'Ze heeft vandaag een zakelijke afspraak waar ook uw vader bij moet zijn. Daarom hebben ze mij gestuurd.'

Een zakelijke afspraak? Waarom had mijn moeder me daar aan de telefoon niets over gezegd?

Ik kreeg een onbehaaglijk gevoel. Was er iets niet in orde met de boekhouding? Waren er problemen met de dierenbescherming? Ik moest weer denken aan de vreemde ontmoeting met Carinsson. De gebreken die hij gezien meende te hebben... Had hij iemand op ons af gestuurd die de stallen kwam controleren? Ik voelde woede opkomen. Die vent had zijn kaartje bij me achtergelaten, dat moest ik nog ergens hebben. Als hij erachter zat, kon hij zijn borst natmaken!!

'Hebt u er bezwaar tegen dat ik rij?' vroeg ik, want ik werd altijd erg misselijk als ik als passagier in een auto zat.

'Nee, absoluut niet,' zei Olaf.

Mijn hart ging gedurende de hele rit tekeer. Ik had moeite me te concentreren. Had ik misschien toch beter Olaf kunnen laten rijden? Die had een notitieboekje uit zijn zak gehaald en zat iets op te schrijven. Waarschijnlijk was hij alweer bezig met zijn normale werk. Maar mijn hoofd maalde en ik had een knoop in mijn maag van de onzekerheid. Toen de poort van het landgoed eindelijk in zicht kwam, waren mijn handen nat van het zweet. Mijn nek was stijf en mijn oren suisden. We reden de oprijlaan op. Vlak voor de rotonde zag ik een grote zwarte auto staan. In eerste instantie schrok ik, omdat ik dacht dat het een lijkwagen was, maar zelfs toen ik zag dat het een limousine was, voelde ik me niet beter.

'Bedankt, Olaf,' zei ik en ik liet de man uit de Volvo stappen voor ik de auto de garage in reed, die zich naast de stallen bevond. In het koetshuis ernaast stonden nog een antieke koets en de eerste auto die ooit op de hoeve was aangeschaft, maar die hadden allebei sinds lange tijd geen daglicht meer gezien.

Toen ik uit de garage kwam, liep ik de stalmeester tegen het lijf.

Sven Bergmann was midden dertig en lang, zodat zelfs ik, toch niet bijzonder klein uitgevallen, naar hem moest opkijken.

'Goeiedag, meneer Bergmann,' zo begroette ik hem.

'Goeiedag, juffrouw Solveig,' zei hij terwijl hij me zijn hand toestak.

'Fijn dat u weer terug bent. Gaat het goed in Stockholm?'

'Ik heb net mijn diploma behaald,' antwoordde ik.

'Van harte gefeliciteerd! Zult u dan voortaan weer vaker hier zijn?'

'Voorlopig wel, ja. Ik ben van plan ook nog mijn doctoraal te doen, maar nu wil ik van de zomer genieten.' Ik wees naar de zwarte auto. 'Wie is dat?'

Er verscheen een diepe frons op het voorhoofd van de stalmeester. 'Geen idee,' antwoordde hij. 'Hij kwam hier vanmorgen aan met een dikke dossiermap.'

'Misschien een klant of leverancier.'

Bergmann schudde zijn hoofd. 'Dan waren ze wel naar de stallen gegaan. Maar sinds zijn aankomst – geen beweging. Ze blijven allemaal binnen.'

Een bezorgd gevoel maakte zich van me meester. 'Dank u,' zei ik tegen de stalmeester. 'Ik ga maar eens kijken wat dat te betekenen heeft.'

De trap nam ik met twee treden tegelijk. Terwijl ik naar boven stormde deed ik mijn jas open. In de gang kwam ik mijn oma tegen. Ze veegde over haar gezicht, en even later besefte ik dat ze huilde.

'Mormor, wat is er?' vroeg ik.

Betrapt keek ze me aan. 'Solveig, je bent er al!'

'Ja, Olaf Persson heeft me afgehaald. Hij zei dat mama een zakelijke afspraak had.'

Oma perste haar lippen op elkaar.

'Wie is die man van die zwarte auto?'

Agneta aarzelde.

'Oma?' drong ik aan.

'Hij is van de bank,' zei ze. 'Die is niet bereid ons nog meer krediet te geven. De belastingen moeten worden betaald, maar daarvoor hebben we het geld niet. Daarom had Mathilda een regeling met hem getroffen. En nu dit.'

Ik wist dat de grondbelasting voor het land en de onroerendgoedbelasting voor het huis heel hoog waren. Tot nog toe was het geen probleem geweest om de belastingen te betalen, maar blijkbaar was er het afgelopen jaar niet genoeg geld binnengekomen.

'Het ziet ernaar uit dat we óf de Leeuwenhof óf Ekberg moeten verkopen,' voegde oma eraan toe.

Dat was een klap in mijn gezicht. De Leeuwenhof verkopen? Ons familiedomein? En Ekberg? Dat was het landgoed van Agneta's echtgenoot voor het in mijn moeders handen was overgegaan. Daar kwamen we hooguit een paar weken per jaar, want de familie waaraan we het beheer hadden overgedragen zorgde er uitstekend voor.

'Gezien de slechte situatie kun je je voorstellen dat de Leeuwenhof eerder voor verkoop in aanmerking komt. Ekberg garandeert immers inkomsten.' Oma begon te snikken. 'Ik had nooit kunnen dromen dat mijn ouderlijk huis ooit onder de hamer zou komen!'

Nu barstte ze echt in tranen uit. Ik nam haar in mijn armen. Mijn ledematen tintelden van de schok, alsof ik in een sneeuwstorm terecht was gekomen.

'Niet huilen, oma, misschien vinden we een andere oplossing.'

'Maar welke dan?' vroeg ze wanhopig. 'Niemand heeft behoefte aan paarden! En de inkomsten van het dekken zijn niet voldoende.'

Ik voelde hoe ze over haar hele lichaam trilde. Of was ik het misschien zelf? Ik had met alles rekening gehouden, maar niet met de mogelijkheid dat we hier ooit weg zouden gaan. Wat was een Lejongård zonder de Leeuwenhof?

Omdat Agneta's gejammer in het hele huis te horen was en vast ook tot de kokkin en de man van de bank doordrong, besloot ik mijn oma naar haar kamer te brengen. Terwijl ze bleef snikken, leidde ik haar de gang door en sprak haar kalmerend toe. Maar eerlijk gezegd wist ik niet wat ik moest doen om het tij te keren. De verkoop van Ekberg zou lucratief zijn, maar dan zouden we onze bron van inkomsten verliezen. Tenzij er op de Leeuwenhof een drastische verandering plaatsvond.

Ik moest weer aan Carinsson denken, en ik wist niet of ik daar blij of boos om moest zijn. Hij had zulke gewaagde plannen gehad, maar die zouden voor ons niet uitvoerbaar zijn. Niet zonder krediet. En al helemaal niet zonder de Leeuwenhof. Wat zou mijn moeder beslissen?

Ik loodste mijn oma naar haar bed en streelde teder over haar haar. Ze snikte nog steeds. Maar dat was beter dan dat ze in volledig zwijgen verviel. In dat geval zou de duisternis weer vat op haar hebben.

'We vinden wel een oplossing,' herhaalde ik, niet alleen voor haar, maar ook voor mezelf. Ik wilde geloven dat er een andere mogelijkheid was dan verkoop van de hoeve. Die was mijn thuis, het sprookjesland uit mijn kinderjaren. De hoeve verliezen zou net zo veel pijn doen als het verlies van Sören.

De man van de bank bleef nog twee uur in de werkkamer. Hoe nieuwsgierig ik ook was naar wat hij met mijn ouders besprak, ik kon me er niet toe zetten me daar te vertonen.

Nadat ik mijn oma voor een dutje had ingestopt sloop ik naar mijn kamer en begon onrustig te ijsberen. Mijn gedachten draaiden nog steeds in kringetjes rond. En telkens weer belandden ze bij het moment dat Jonas Carinsson bij me was verschenen.

Elk detail van het gesprek stond me weer voor de geest. Had ik aardiger moeten doen? Maar hoe kon ik aardig doen tegen een man die beweerde dat mijn familie faalde? Had ik misschien meer voor zijn ideeën moeten openstaan? Maar dat zou zijn neergekomen op liegen. Ik wist al sinds mijn tienerjaren dat ons landgoed niet meer zo hoog aangeschreven stond. Dat we niet meer over bergen geld beschikten.

En nu was het geld definitief op. We verkeerden in grote problemen. Zelfs als we het wilden, zouden we niets kunnen doen om de stallen te moderniseren en topruiters voor ons te interesseren. Tenzij Ekberg werd verkocht. Maar dat zouden mijn ouders vast niet doen.

Moest ik toch nog eens contact met Carinsson opnemen? Die zou waarschijnlijk niets meer van me willen weten. Hij zou me wel een verwend nest vinden dat zijn goede raad hooghartig in de wind had geslagen.

Er werd op de deur geklopt.

'Binnen!' riep ik. Het vermoeide gezicht van mijn moeder verscheen in de deuropening.

'Solveig, heb je even?' vroeg ze.

'Natuurlijk, mama,' zei ik. 'Hoe is het gegaan met de man van de bank?'

'Oma heeft je erover verteld, nietwaar?'

'Een beetje. Ze was behoorlijk wanhopig.'

'En terecht. De belastingen moeten worden betaald, maar het afgelopen jaar zijn de inkomsten drastisch afgenomen.'

'Ondanks de verkoop aan Roscoe?' vroeg ik verbaasd.

'Dat was maar een druppel op een gloeiende plaat. De bank is niet bereid ons nog meer krediet te geven. Ze dreigen zelfs het huidige krediet in te trekken.'

'Hebben we een betalingsachterstand?'

'Helaas wel. Over ruim een week moeten we de volgende termijn aflossen, anders...' De tranen schoten mijn moeder in de ogen en ze drukte een zakdoek tegen haar neus. 'Ik hoopte zo dat we het roer konden omgooien!' snikte ze. 'Maar het is me allemaal boven het hoofd gegroeid.'

Ik liep naar haar toe en nam haar in mijn armen. Daarbij klonken Carinssons woorden me weer in de oren. Hij had gelijk, we waren ouderwets. Maar wat konden we doen zonder geld? En ook nog eens zonder steun van de bank!

'Kunnen we op de een of andere manier een schikking treffen voor de aflossing?' vroeg ik toen mijn moeder een beetje gekalmeerd was.

'Daar zullen we ons best voor doen, maar ze adviseren ons dringend om de hoeve te verkopen.'

'Dat kan toch niet!' viel ik uit. 'Het is ons familiedomein. Ons thuis!'

'Herinner je je nog dat gele huis in Stockholm dat ik je heb laten zien?'

'Dat je verkocht hebt?'

'Precies. Ik heb het verkocht, hoewel het zeventien jaar lang mijn thuis was geweest. Ik heb het verkocht om mijn andere thuis te kunnen redden.'

'En nu wil je dat andere thuis ook verkopen?'

Mijn maag verkrampte en mijn hart ging tekeer. Ik kon me gewoon niet voorstellen hier weg te gaan. Ekberg was me altijd vreemd gebleven. Ik zou daar nooit zo mee verbonden zijn als met de Leeuwenhof.

Zuchtend zakte ik neer op mijn stoel. Minutenlang heerste er stilte tussen mijn moeder en mij.

'Wat ga je doen?' vroeg ik ten slotte.

'Ik weet het niet,' antwoordde mijn moeder. 'Als we het landgoed willen houden, zal ik eerst een aantal werknemers moeten ontslaan. Dan moeten we kijken wat we uit het huis te gelde kunnen maken. Misschien verkoop ik ook het akkerland dat bij de Leeuwenhof hoort.'

Haar stem klonk vermoeid. Niets van wat ze van plan was zou ook maar iemand gelukkig maken. We konden wel zonder het akkerland, maar als er mensen werden ontslagen, wie moest er dan voor de paarden zorgen?

'Een andere mogelijkheid zou zijn paarden te veilen. Een paar hengsten zijn heel waardevol.'

Ik herinnerde me de belangstelling die Mr Roscoe voor onze Zonnekoning had gehad. Mijn moeder zou hem wellicht voor een groot bedrag kunnen verkopen. Maar dat geld zou net genoeg opleveren voor de aflossing van het lopende krediet, en dan waren we weer terug bij af. Vroeg of laat zou het met de Leeuwenhof afgelopen zijn.

'Misschien moeten we er eerst eens een nachtje over slapen,' zei ik terwijl ik opstond. Ik voelde me net zo verdoofd als na het bericht dat Sören overleden was. Waarom werden we steeds door het ongeluk achtervolgd?

14

Bij het avondeten heerste er een bedrukte stemming. Mijn moeder roerde in gedachten verzonken in haar soep, mijn vader had een pen en notitieblok naast zijn bord liggen en noteerde iets. Mijn oma lepelde lusteloos haar soep op en ik zat met mijn servet te spelen. Het was niet dat ik de soep niet lekker vond, maar ik had geen trek. Telkens weer bedacht ik dat ik meneer Carinsson niet zomaar had moeten laten zitten. Hij had ons willen helpen. Met pretentieuze ideeën weliswaar, maar het zou een mogelijkheid kunnen zijn geweest om de verkoop te voorkomen. En nu zaten we echt in de problemen. Ik wilde dat ik Carinsson een kans had gegeven. Misschien sneed het toch hout wat hij zei.

Het kletteren van een lepel haalde iedereen uit zijn lethargie.

Oma was stijf rechtop gaan zitten. Ze zag krijtwit en ik meende zweetdruppeltjes te zien glinsteren op haar voorhoofd.

'Agneta, wat is er?' vroeg mijn moeder.

'Ik ben moe. Ik wil even gaan liggen,' antwoordde oma.

'Is alles in orde, mormor?' vroeg ik toen ik zag hoe moeizaam ze opstond.

'Ja, het komt wel goed, kindje. Die toestand met de bankier heeft me alleen behoorlijk aangegrepen.'

'Ik ga met u mee,' zei ik, en ik stond op.

'Nee, laat maar, ik red het wel,' zei ze. 'Ik heb het altijd gered.' Oma hield zich een poosje vast aan haar stoelleuning, alsof ze last had van duizeligheid, toen kwam ze in beweging.

Spanning trok door mijn lichaam. Ik wilde mijn oma niet nog

meer opwinden door iets te doen wat ze niet wilde, maar ik had er geen goed gevoel over en besloot achter haar aan te gaan. Ik liep de eetkamer uit en zag haar bij de trap staan. Ze wankelde even, toen kromp ze ineens kreunend van de pijn in elkaar.

'Mormor!' riep ik, en ik rende naar haar toe. Ze zat ineengezakt op een tree en hield haar hand op haar borst. Toen ik haar aanraakte, merkte ik dat ze hevig trilde. En dat haar huid ijskoud en bezweet was.

'Mama! Papa!' riep ik, maar ze kwamen al de hoek om.

'Wat is er gebeurd?' vroeg mijn vader. 'Is ze gevallen?'

'Nee, ze is voor de trap in elkaar gezakt.'

Ik voelde haar pols. Eerst kon ik nauwelijks een polsslag vinden, waardoor ik acuut in paniek raakte. Toen ik hem toch vond, merkte ik hoe snel haar hart klopte.

'Ik... krijg.... geen... lucht,' zei ze naar adem snakkend. 'Mijn... hart... Het... is... net... als... bij... mijn... moeder.'

'O, mijn God!' riep mijn moeder uit. 'We moeten de dokter bellen!'

'We moeten een ambulance laten komen,' zei mijn vader. 'Ze moet naar het ziekenhuis. De huisarts kan bij hartproblemen niets doen.'

'Tot de ambulance hier is, gaat er kostbare tijd verloren,' riep mijn moeder. 'We brengen haar erheen.'

'Maar is dat niet riskant?' vroeg ik. 'Het zou erger kunnen worden, en dan staan jullie er onderweg alleen voor!' Ik voelde weer mijn oma's pols. Haar polsslag was nog steeds heel oppervlakkig en snel.

'Wachten op de ambulance zou veel te veel tijd kosten,' riep mijn moeder paniekerig. 'We moeten gaan. Solveig, bel alvast het ziekenhuis!' Met die woorden rende ze weg om de autosleutel te halen.

'Ik wil mee,' zei ik, maar mijn vader schudde zijn hoofd. 'Iemand moet hier blijven en het ziekenhuis bellen.' Daarop rende ook hij weg.

Ik trok mijn oma's bovenlichaam een beetje omhoog. Er parelde zweet op haar voorhoofd en ze zag asgrauw. Ik vermoedde dat ze een hartinfarct had, maar ik had verstand van dieren, niet van mensen.

'Solveig,' kreunde oma zachtjes. Haar lippen waren een beetje blauw, wat mijn vermoeden bevestigde. 'Een zwak hart... familiekwaal. Als ik doodga...'

'Zeg dat toch niet,' bracht ik angstig uit. 'U hebt zich te druk gemaakt over het landgoed, meer niet.'

Ze pakte mijn hand. 'Beloof me dat je de Leeuwenhof niet verkoopt.'

Mijn borst verkrampte. Die beslissing was niet aan mij, want mijn moeder zou het landgoed van haar erven. Maar om haar gerust te stellen knikte ik.

'We zullen de Leeuwenhof niet verkopen,' zei ik terwijl ik mijn best deed niet in tranen uit te barsten. 'Dat beloof ik.'

'Goed,' zei ze en er verscheen een glimlachje op haar gezicht, toen deed ze haar ogen dicht.

'Oma!' riep ik in paniek.

Toen deed ze haar ogen weer open. 'Wat is er, schatje?' vroeg ze.

'Doe alstublieft uw ogen niet dicht, mormor! Kijk me aan, alstublieft. Papa en mama brengen u naar het ziekenhuis in Kristianstad. U wordt weer beter!'

'Dat hoop ik maar,' zei ze en ze streelde trillend met haar vrije hand over mijn haar tot ze opnieuw haar gezicht van pijn vertrok. Gelukkig hoorde ik buiten de auto al brommen. Even later verscheen mijn vader met mijn moeder op de hielen.

'Moeten we haar niet omkleden?' vroeg mama, maar papa schudde zijn hoofd. 'Zo gaat het wel. Solveig kan een tas voor haar inpakken. Die brengen we dan later.'

Met die woorden boog hij zich over oma heen. Hij praatte even met haar, toen tilde hij haar op. Het leek alsof ze niets woog.

'Bel het ziekenhuis,' zei mijn moeder op dringende toon tegen mij, daarna trok ze me in haar armen. Het was moeilijk te zeggen wie er op dat moment meer troost nodig had. 'Ik laat zodra het kan iets horen.'

Ik knikte en liet haar weer los. Samen liepen we naar de deur. Mijn vader had oma al op de achterbank neergelegd.

'Doe voorzichtig!' riep ik hun na.

Mijn vader zwaaide en startte de motor. Mijn moeder stapte in. Ik hoorde het portier aan de passagierskant dichtslaan, toen reden ze weg.

Met bonzend hart keek ik hen na, tot de achterlichten van de auto in de avondschemering verdwenen. Toen wankelde ik het huis in en deed de deur dicht.

Had oma echt een hartaanval? Stel dat ze onderweg stierf? Zouden de woorden die ze tegen me had gezegd haar laatste blijken te zijn geweest? Bij dat idee sprongen de tranen me in de ogen en begon ik klaaglijk te snikken.

Maar toen vermande ik me. Ik moest het ziekenhuis bellen. Ze leefde nog, en ik moest ervoor zorgen dat dat zo bleef. Met lange passen liep ik naar boven naar de werkkamer. Het nummer van het ziekenhuis had mijn moeder tijdens mijn verblijf daar op de leren bureaulegger geplakt.

Met trillende vingers draaide ik het nummer. Het duurde eventjes voor er iemand aan de lijn kwam. De tekst dat mijn ouders onderweg waren, stroomde vanzelf naar buiten. 'Zorg dat u op de komst van mijn grootmoeder voorbereid bent, alstublieft. Mijn ouders kunnen elk moment aankomen.'

Elk moment? Het was een flink eind naar Kristianstad. Maar het kon niet anders.

'Goed, we zullen ervoor zorgen,' beloofde de verpleegster. 'Ik laat het dr. Runesson weten. Is met u alles in orde?'

'Ja, met mij gaat het goed, ik ben alleen bezorgd,' antwoordde ik. 'Dank u wel.'

Ze hing op, maar ik hield de hoorn nog even in mijn hand en staarde naar het schilderij dat aan de muur van de werkkamer hing. Daarop stond de Leeuwenhof vlak voordat er onweer zou uitbreken. Het was een van de weinige schilderijen uit het vroege werk van mijn oma dat ze bewaard had. Jaren geleden had ze me verteld dat ze daarmee toelatingsexamen voor de kunstacademie had gedaan. Het was duidelijk waarom ze haar hadden aangenomen.

Het getuut in de hoorn bracht me terug in de werkelijkheid. Ik legde hem op de haak en stond op. De wijzers van mijn horloge bewogen zich naar kwart voor negen. Mijn ouders moesten nu zo'n tien minuten onderweg zijn, misschien een half uur, ik wist het niet. Zou ik nog uit de werkkamer weg kunnen, of moest ik blijven wachten op hun telefoontje?

Mijn blik viel op de zithoek, waar de Amerikaan en Carinsson hadden gezeten. Carinsson. De laatste tijd moest ik voortdurend aan hem denken. Had hij echt kunnen helpen?

Nadat ik een tijdje had lopen ijsberen, ging ik naar mijn kamer. Zijn visitekaartje moest nog ergens in mijn portemonnee zitten.

Dat vond ik inderdaad tussen een paar kassabonnen. Ik had geen idee waarom ik die kassabonnen had bewaard, maar ze hadden ervoor gezorgd dat het kaartje er als nieuw uitzag. Ik keek er een poosje naar.

Intussen waren er een paar maanden verstreken sinds ik hem voor het laatst had gezien. Zou hij afwijzend reageren als ik contact opnam?

Ik nam het kaartje mee naar de werkkamer en legde het op de bureaulegger. Mijn gedachten gingen alle kanten op. Wat kon ik anders doen? We hadden veel eerder moeten reageren, om al deze ellende te voorkomen. Misschien was dat vreselijke moment van daarnet ons dan bespaard gebleven.

Uiteindelijk merkte ik dat mijn oogleden steeds zwaarder werden. Ik zei tegen mezelf dat ik moest wachten en wakker moest blijven, maar na een tijdje kon ik geen weerstand meer bieden aan de neiging mijn ogen te sluiten. Het werd stil om me heen en ik merkte dat ik wegzonk in de diepte. In de duisternis.

Het gerinkel van de telefoon haalde me uit mijn slaap. Ik schrok op en pakte paniekerig de hoorn op.

'Met Lejongård.'

'Met mama,' klonk het aan het andere eind van de lijn.

'Zijn jullie aangekomen?' vroeg ik terwijl ik op mijn horloge keek. Er waren twee uren voorbijgegaan. Waren er complicaties geweest? 'Hoe gaat het met oma?'

'Ze is nog op de spoedeisende hulp,' antwoordde ze. 'Het spijt me dat het zo lang heeft geduurd voor ik belde. Het is om deze tijd vrijwel onmogelijk om aan kleingeld voor de munttelefoon te komen.'

'Dus er is onderweg niets gebeurd?' Ik had me opgelucht moeten voelen, maar ik was nog zo gespannen als een veer.

'Nee, het is allemaal goed gegaan. Toen we aankwamen ging het niet goed met oma, maar haar toestand lijkt ook niet verslechterd. Paul zit nu op de afdeling te wachten. Jeetje, wat een commotie allemaal, hè? Alsof we niet al genoeg ellende hebben.'

'Oma is het belangrijkst,' zei ik, en mijn oog viel op het visitekaartje. 'De rest komt wel goed.'

'Dat is te hopen,' zei mijn moeder, en ze zweeg even voordat ze vervolgde: 'Je kunt het best naar bed gaan, Solveig. We zullen hier waarschijnlijk nog een tijd moeten blijven. Morgenochtend zijn we vast weer terug.'

'Dat is goed,' zei ik. 'Doe oma de groeten van me, ja?'

'Doe ik. Goedenacht, liefje!'

'Goedenacht!'

Ik hing op en pakte het kaartje op. Intussen was het bijna elf uur, om die tijd belde je alleen nog als het niet anders kon. Bovendien wist ik nog steeds niet of ik echt contact met hem wilde opnemen. Misschien zou de ochtend meer duidelijkheid brengen.

's Nachts lag ik onrustig te woelen in mijn bed. Ik had last van het minste geringste geluid en schrok steeds wakker. Op een gegeven moment dacht ik dat mijn ouders waren teruggekomen. Toen ik naar het raam liep om dat te controleren zag ik niemand en besefte ik dat ergens iets moest zijn omgevallen of dat er een raam was dichtgeklapt.

Ik vond het griezelig om zo helemaal alleen in huis te zijn. Als kind stelde ik me voor dat 's nachts de geesten van onze voorouders bals hielden in de grote danszaal. Dan zag ik doorzichtige gedaanten in prachtige robes voor me die met elkaar rondzwierden of menuetten dansten. Die fantasie had toen iets vreselijk romantisch en avontuurlijks voor me, maar nu vond ik het een verontrustend idee om alleen te zijn met de huisgeesten. Er waren hier zo veel tragische lotgevallen geweest, er waren zo veel mensen gestorven.

Geluiden in huis konden ook betekenen dat iemand probeerde binnen te komen. Op de Leeuwenhof was dat nog niet voorgekomen, maar in het studentenhuis hadden ze het een keer geprobeerd. De gedachte dat een vreemde in je eigen huis rondsloop was heel bedreigend. Maar op dat moment was ik veel te moe en uitgeput om het te gaan controleren. Mijn ogen vielen dicht en ik zonk weg in een diepe, droomloze slaap.

Ik werd wakker doordat ik een hand op mijn schouder voelde.

'Goedemorgen, Solveig.' Het was de stem van mijn vader die tot me doordrong.

'Papa?'

'Het spijt me als ik je heb laten schrikken,' zei hij. 'Ik wilde je laten weten dat ik weer thuis ben.'

'Hoe gaat het met oma?'

'Nou, niet zo goed,' antwoordde hij terwijl hij op de rand van het bed ging zitten. 'Ze heeft inderdaad een hartaanval gehad. Nu proberen de artsen haar bloed vloeibaar te houden, zodat zich geen nieuwe bloedprop kan vormen.'

'Maar ze leeft nog.'

'Ja, ze ligt op de intensive care. Mathilda is gebleven, ze wilde niet mee naar huis.'

'Ze moet hondsmoe zijn.'

'Ja, maar je weet hoe ze is. Ze wil niet weggaan voor ze zeker weet dat het beter gaat met oma.'

'Maar dat houdt ze niet vol,' zei ik bezorgd.

'We gaan haar later halen,' beloofde mijn vader. 'Heb je de tas voor oma ingepakt?'

'O nee, dat ben ik vergeten!' riep ik uit en ik sloeg van schrik mijn hand voor mijn mond.

Mijn vader legde zijn hand op mijn schouder. 'We hebben nog wel even tijd. Nu moeten we eerst maar eens ontbijten.'

Ik knikte, toen omhelsde ik mijn vader. 'Ik ben zo bang om oma,' zei ik.

'Ik ook. Maar het komt wel goed, daar ben ik van overtuigd. Een Lejongård geeft niet zo vlug op, toch?'

Toen mijn vader weg was, haastte ik me naar de badkamer. Daar bracht ik ruim een half uur door, want de loodzware vermoeidheid in mijn botten wilde maar niet verdwijnen.

Toen ik eindelijk gewassen en aangekleed was, ging ik naar beneden. Ik hoorde mijn vader met de kokkin praten. De tafel in de eetkamer was gedekt, maar zou het niet prettiger zijn om in de keuken te ontbijten? In de eetkamer zou het des te meer opvallen dat mijn oma er niet was. Dus liep ik de trap naar het dienstbodeverblijf af.

Halverwege kwam ik mijn vader tegen. 'Ik moet nog even naar buiten, dan kom ik,' zei hij.

'Goed,' riep ik tegen hem en ik liep de keuken in, die heerlijk naar koffie rook. Mevrouw Johannsen begon altijd tegen zes uur aan haar dienst en vertrok aan het einde van de middag nadat ze het avondeten had klaargemaakt, zodat wij het alleen nog maar naar boven hoefden te brengen. Het was nauwelijks te geloven dat er vroeger een kokkin in het huis had gewoond die het klokje rond ter beschikking had gestaan.

'Goedemorgen, mevrouw Johannsen,' begroette ik de kokkin. 'Hebt u een goede nacht gehad?'

'Dank u, ja, een betere dan u, zo te zien. Uw vader vertelde wat er is gebeurd, wat vreselijk.'

'Ja,' zei ik, 'maar ik weet zeker dat mijn oma weer beter wordt.'

'Dat hoop ik maar. Uw grootmoeder is een geweldige vrouw. In het dorp staat ze in hoog aanzien.'

'Dank u, aardig dat u dat zegt.'

Ik vroeg me af of ze op de hoogte was wat het landgoed betreft. Mijn moeder was tegenover het personeel eigenlijk altijd heel open. Maar zou ze tegen hen zeggen dat we zo goed als failliet waren? Wat zou er dan van hen terechtkomen? Ons schoonmaakpersoneel was van ons afhankelijk, net als de mensen die in de stallen werkten. En mevrouw Johannsen eveneens.

Nee, ze wist nog nergens van, anders zou ze vast niet zo druk bezig zijn geweest. 'Ik breng uw ontbijt meteen naar boven.'

'Dat hoeft niet,' zei ik. 'Mijn vader en ik kunnen wel bij u in de keuken eten.'

'Hier aan de dienstbodetafel?' vroeg mevrouw Johannsen verrast. 'Dat zou uw grootmoeder vast niet goedvinden.'

'Die is helaas niet hier, en mijn moeder is nog steeds in Kristianstad. Ik denk dat het wat mijn vader en mij betreft oké is. En u bent van harte uitgenodigd een kopje koffie mee te drinken en ook iets te eten, als u wilt.'

'Daar zeg ik geen nee tegen. Hartelijk dank!'

Ik knikte haar toe, en ik liep naar boven om het tegen mijn vader te zeggen.

'Net als in vroegere tijden,' zei hij.

Na het ontbijt pakte ik de tas voor oma in en ik deed er ook een boek uit de bibliotheek bij. Ik wist niet of ze al mocht lezen, maar zo ja, dan kon ze de verveling een beetje verdrijven. Ditmaal namen we de bestelbus, want mijn vader wilde in Kristianstad nog een paar dingen kopen. Ik moest een beetje denken aan de dag dat we naar de plaats van het ongeluk waren gereden. Ook deze keer zat er een knoop in mijn maag, maar nu van bezorgdheid om oma. Als er iets wezenlijks in haar toestand was veranderd, had mijn moeder echter zeker gebeld.

'Maak je geen zorgen, het komt allemaal goed,' zei mijn vader zomaar ineens toen we halverwege waren. Het klonk bijna alsof hij het tegen zichzelf had.

'Dat is te hopen,' antwoordde ik en ik moest weer aan het visitekaartje denken. Zou ik me er bij thuiskomst toe kunnen zetten Carinsson te bellen? Hem aan de telefoon spreken was vast niet zo erg.

Toen drong tot me door dat ik me er niet met een telefoongesprek van af kon maken. Als ik echt wilde doorzetten, moest ik naar Stockholm. Ik zou zeker van schaamte door de grond zakken als ik tegenover hem zat en hem om hulp vroeg. Maar het ergste wat me kon overkomen was een afwijzing.

In Kristianstad zette mijn vader me af bij het ziekenhuis.

'Tot straks,' zei hij. 'Zorg ervoor dat je je moeder overhaalt hier weg te gaan voor ze zelf een bed nodig heeft.'

'Maak je niet ongerust, dat zal wel lukken,' zei ik. Ik sloeg het portier aan de bijrijderskant dicht en zwaaide naar mijn vader terwijl hij in het verkeer invoegde.

Toen ik me naar de ingang omdraaide, werd mijn keel dichtgesnoerd.

Anderhalf jaar nadat ik hier zelf was binnengebracht moest ik hier alweer heen. En weer had het te maken met iemand die ik liefhad.

De vertrouwde geur van desinfecterende middelen kwam me tegemoet. Ik vroeg naar mijn oma, waarop de verpleegster naar een deur wees.

'Daar kunt u wachten, maar of u ook de kamer in mag, dat beslist het personeel.'

'Dank u,' zei ik en ik liep de hal door. Op de lijst met donoren aan een van de wanden zag ik de naam van onze familie staan. We steunden het ziekenhuis al sinds het gebouwd was, daarom stonden we helemaal bovenaan. Onder onze naam bevond zich ook een aantal ondernemers en privépersonen. Het volgende moment ging de deur van de afdeling open. Twee verpleegsters duwden een groot bed naar buiten. De vrouw die erin lag zag ik eerst aan voor mijn oma, maar toen besefte ik dat ze het niet was.

Ik glipte door de openstaande deur en liep de gang door. Op een stoel in de wachtruimte trof ik de in elkaar gedoken gedaante van mijn moeder aan. Ze steunde haar hoofd zo'n beetje met haar hand, maar ze zakte knikkebollend telkens weer opzij.

'Mama,' zei ik tegen haar en ik raakte zachtjes haar arm aan.

Ze schrok op. 'Ja?' vroeg ze en ze keek verward rond. Toen herkende ze me. 'O, jij bent het, lieve schat. Wat doe jij nou hier?'

'Ik ben met papa meegekomen.' Ik hield de reistas van mijn oma omhoog. 'Hier zijn oma's spullen. En ik moet je op het hart binden dat je straks met hem mee teruggaat. Papa maakt zich zorgen.'

Mijn moeder wreef over haar gezicht. 'Lief van hem. En van jou. Het was een zware nacht.'

'Heb je een beetje kunnen slapen?' Ik zag dat ze uitgeput was. Ze had donkere kringen onder haar ogen en het leek of haar make-up was uitgelopen.

'Och, wat je op een plek als deze slapen kunt noemen.' Mijn moeder zuchtte. 'Tussendoor ben ik ingedut, maar ik sliep nooit zo diep dat ik niet meer merkte wat er gebeurde.'

'Dan ga jij met papa mee naar huis om een beetje uit te rusten,' zei ik. 'En hou ik de boel hier in de gaten.'

'Dat klinkt goed,' zei ze en ze gaf een klopje op mijn hand. Het volgende moment ging er een deur open en kwam er een man in groene chirurgenkleding naar buiten.

'Dokter Runesson!' zei mijn moeder en ze stond op. 'Hebt u even tijd?'

'Goedendag, mevrouw Lejongård. Ik was net naar u op weg.'

Hij gaf mijn moeder een hand, waarna ze mij aan hem voorstelde. 'Dit is mijn dochter Solveig.' 'Ah, de dierenarts!' merkte hij op terwijl hij mij ook een hand gaf. 'Uw grootmoeder heeft het veel over u gehad.'

Als mijn oma over mij praatte, kon het niet al te erg met haar zijn.

'Hoe gaat het met haar, dokter?' vroeg ik.

'Naar verwachting, gezien de omstandigheden. Het ziet ernaar uit dat vanuit haar been een bloedprop is losgeraakt die in de hartvaten is blijven steken. Dat heeft een infarct veroorzaakt. Maar u was gelukkig op tijd hier.'

Ik moest er niet aan denken dat het 's nachts zou zijn gebeurd!

'We zijn meteen met de therapie begonnen,' vervolgde Runesson. 'Ze zal nog een paar dagen op de intensive care moeten blijven, dan wordt ze naar de afdeling overgeplaatst.'

'Ze heeft dus niet een zwak hart, zoals haar moeder?'

'Beweerde ze dat?'

'Toen ze in elkaar was gezakt, ja.'

Dokter Runesson schudde zijn hoofd. 'Nee, ze heeft op zich geen zwak hart. Maar het bloedstolsel heeft ervoor gezorgd dat er weefsel is beschadigd. Ze zal zichzelf voortaan moeten ontzien. En ze krijgt bloedverdunners, zodat zoiets niet nog een keer gebeurt. Dat zal haar leven enigszins veranderen, maar met een beetje geluk kan ze nog wel een paar jaar mee.'

Ik haalde opgelucht adem en zag dat ook mijn moeder minder gespannen werd. 'Hartelijk dank, dokter!' zei ze.

'Mogen we bij haar op bezoek?' vroeg ik. 'Ik wil haar graag wat spullen brengen.'

'U mag naar haar toe als u beschermende kleding aantrekt. Een verpleegster zal de spullen van u overnemen. We moeten ervoor zorgen dat de patiënten niet met ziektekiemen worden besmet, zodat er geen complicaties ontstaan.'

Ik knikte en keek naar mijn moeder. Er lag een vermoeid lachje op haar gezicht.

'Nogmaals hartelijk dank, dokter,' zei ze. 'Moet er verder nog iets besproken worden?'

'Op het moment gaat het allemaal volgens verwachting. Als er nieuws is, laat ik het u weten.' Met die woorden nam dokter Runesson afscheid.

Ik viel mijn moeder om de hals. 'Ik ben zo blij dat het niet erger is geworden,' zei ik.

'En ik helemaal, lieve schat. Bij alle ellende waar we verder nog in zitten, ontbrak het er nog maar aan dat ze ons zou ontvallen.'

'Ze gaat ons niet ontvallen,' zei ik. 'Kom, laten we even naar haar toe gaan.'

'Ga jij maar alleen,' zei ze. 'Ik ga even een luchtje scheppen.'

En dan zou ze vast ook alle doorgemaakte spanning proberen af te reageren. Ik knikte en nam haar nog een keer in mijn armen, toen liep ik naar de verpleegsterspost om mijn bezoek aan te kondigen.

Even later stond ik op de intensive care, een grote zaal met ongeveer zes bedden die door gordijnen van elkaar werden afgeschermd. Er liep een enorme rilling over mijn rug. Had ik hier ook gelegen toen ik bewusteloos was?

De kamer waarin ik was bijgekomen, had er anders uitgezien, maar misschien was ik eerst hier geweest.

In het middelste bed aan de rechterkant ontdekte ik mijn oma. Haar japon was vervangen door een ziekenhuishemd, boven haar bed hing een monitor. Er stak een infuusnaald in haar arm. De fles met heldere vloeistof in de houder boven haar was bijna leeg.

'Mormor,' zei ik zachtjes, waarop ze haar ogen opendeed.

'Solveig,' zei ze verrast. 'Wat doe jij hier?'

'Ik wilde even bij u kijken. Dokter Runesson zei dat een kort bezoekje wel kon.' Ik dempte mijn stem, want ik wilde de patiënten achter de gordijnen niet storen.

'Lief van je. Zoals je ziet, leef ik nog.'

Ik knikte. 'U weet niet hoeveel plezier me dat doet!' zei ik, en ik pakte haar hand vast.

'Voorzichtig, voorzichtig!' zei mijn oma. 'Zorg dat je de naald er niet uittrekt. Het was al lastig genoeg om hem erin te krijgen. Mijn huid is blijkbaar net oud leer.'

Ik streelde voorzichtig haar arm. 'Pardon, ik zou u het liefst knuffelen, maar met al die slangen...'

'Dat doen we later wel weer,' zei oma en ze dacht even na. 'Het is wel vreemd, hè?'

'Wat is vreemd?'

'Zoals de geneeskunde zich in een paar jaar heeft ontwikkeld. Toen ik hier kwam om mijn zonen te baren, was het allemaal nog heel anders. Nu klinkt er allemaal gepiep en lopen er vloeistoffen door slangen bij mensen naar binnen. Ik had niet gedacht dat ik zo'n vooruitgang nog zou meemaken.'

'U bent toch nog niet zo oud,' zei ik.

'Dat vinden alle kleindochters die van hun oma houden. Maar geloof me, ik ben oud. Behoorlijk oud.' Nu pakte zij mijn hand. 'Ik heb jullie behoorlijk laten schrikken, hè?'

'Jazeker,' beaamde ik. 'Maar de hoofdzaak is dat u weer beter wordt.'

'Ik zal mijn best doen.' Na een korte pauze voegde ze eraan toe: 'Wat ik je gisteravond heb gevraagd...'

'Ach, mormor, maakt u zich toch niet druk over de hoeve,' zei ik. 'We vinden er wel iets op.'

'Verkoop de Leeuwenhof alsjeblieft niet,' zei ze. 'Ik weet niet hoe je moeder dat ziet, maar ik ben ervan overtuigd dat jij degene zult zijn die haar nieuwe glans geeft.'

Wist ik maar hoe ik dat voor elkaar moest krijgen...

'Je bent een kind van de nieuwe tijd,' vervolgde oma. 'Jij kunt daar makkelijker mee omgaan dan je moeder of ik. Mathilda mag dan een goede bedrijfsleider zijn, maar ze zit nog te veel vast in de oude tijd. Door de oorlog is alles volkomen veranderd. Nu kunnen er dingen die wij niet voor mogelijk hadden gehouden.'

'Ik zal een oplossing vinden, dat beloof ik. Maar u moet niet meer aan de hoeve denken. Uw gezondheid gaat voor.'

'Ach, dat komt wel weer goed. De dokter zei dat ik een bloedstolsel had. Zo zie je maar wat narigheid aanricht, je bloed gaat ervan klonteren.'

'Ik weet zeker dat het niet door de problemen kwam,' zei ik. Waarschijnlijk zat dat stolsel er al lang. Het heeft alleen een idioot moment uitgezocht om aan de wandel te gaan.'

'Wat mij betreft had het er helemaal niet moeten zijn.' Ze zuchtte. 'Als je hier ligt, ga je aan van alles en nog wat denken. Vannacht heb ik van Lennard en Ingmar gedroomd. Ik had het idee dat ik met één been in de hemel stond.'

'Het was maar een droom, oma,' zei ik. 'Iets wat je brein door de stress aan elkaar heeft gekoppeld.'

'Maar zou dat niet fijn zijn,' vroeg ze, 'als Lennard en Ingmar daar op me zaten te wachten?'

'Zeker. Maar hebt u er ook aan gedacht dat er dan daarboven ook mensen op u wachten die u niet graag mocht? Die Von Rosen, bijvoorbeeld. Of anderen die in uw leven een kwalijke rol hebben gespeeld.'

‘Het zou natuurlijk niet fijn zijn die daar tegen te komen,’ gaf ze toe. ‘Overigens denk ik dat die mensen in de hel terecht zijn gekomen. En ik ben niet van plan daarnaartoe te gaan. Lennard en Ingmar zullen wel een goed woordje voor me doen.’ Er verscheen een glimlach op haar gezicht. Ik had haar echtgenoot net zomin gekend als Ingmar. Maar die laatste had nog steeds een kamer in ons huis. De herinnering aan hem was nog levend. ‘Ik zou koning Gustaaf v wel in de hemel willen tegenkomen. Dan kon ik hem vragen waarom hij ons heeft laten vallen.’

‘Ik denk niet dat hij daaraan herinnerd zou willen worden,’ zei ik. ‘En u moet het ook laten voor wat het is. Tegenwoordig zijn koningen slechte klanten. Het zou beter zijn als we zakenlui als klant hadden. Mensen zoals Mr Roscoe.’

‘Dat is nou net wat ik bedoel,’ zei mijn oma. Ze tilde de hand waar geen naald in zat op en streelde over mijn wang. ‘Jij denkt anders dan wij. Jij bent niet belast door de oude tijd.’

Ik bleef nog een tijdje bij haar bed staan en we spraken over van alles en nog wat. Ook over de patiënten in de andere bedden. Dat vond ik een beetje gênant, maar mijn oma liet zich er niet van weerhouden om op fluistertoon te vertellen dat de vrouw naast haar een beroerte had gehad en dat een van de mannen aan de andere kant problemen had met zijn katheter.

‘Je ziet het, mijn wereld is hierbinnen vreselijk klein geworden. Elk bezoek van de verpleegsters is een belevenis.’

Als bij toverslag ging de deur open en even later verscheen de verpleegster die ik vanwege het bezoek gesproken had. Ze had me tien minuten beloofd. Ik keek op mijn horloge. Waren die al om?

‘Het spijt me, ik moet u verzoeken afscheid van uw oma te nemen,’ zei de verpleegster. ‘Ze moet rusten.’

‘Ik moet me minder vervelen,’ wierp mijn oma tegen, maar toen knikte ze naar me. ‘Het is al goed. Ga maar. Ik zal ervoor zorgen dat dit ouwe lijf weer op gang komt. En jij zorgt voor de Leeuwenhof. Laat niet toe dat je moeder daar domme dingen mee uithaalt.’

‘Ze is heus niet van plan domme dingen uit te halen, maar ik zal met haar praten,' beloofde ik. 'Maakt u zich geen zorgen.' Ik boog me over haar heen en gaf haar een kus op haar voorhoofd. 'Tot gauw. Word weer beter. Ik kom zo vlug mogelijk weer bij u kijken.'

Oma knikte en deed een poging om te glimlachen. 'Tot gauw, lieve schat! Doe je vader en moeder de groeten van me.'

'Dat zal ik doen.' Ik knikte naar de verpleegster en liep de afdeling af. Ik voelde me verward, terwijl ik toch niets ergs met mijn oma had besproken. In elk geval leek het beter met haar te gaan. Als ze zich weer druk kon maken om de hoeve...

Buiten de afdeling zag ik mijn moeder. Ze zat op een bankje, met haar handen gevouwen op haar schoot en haar blik gericht op een van de schilderijen aan de muur van de receptie.

Toen ze mij zag, hield ze op met staren. 'Hoe gaat het met haar?' vroeg ze.

'Behoorlijk goed, zou ik zeggen. Ze vertelde me over andere patiënten.'

'Ach, over de katheter van meneer Nieström?' vroeg ze. 'Die maakt er een heel drama van als ze hem willen verwisselen. Dat hebben we gisteren mee kunnen maken. Je oma was er slecht aan toe toen ze werd binnengebracht, maar hij begon meteen te klagen dat niemand zich om hem bekommerde. Wat dat betreft is een ziekenhuis wel een vreemde plaats.'

'Dat is zo. Helaas kun je het niet altijd vermijden.' Ik moest weer aan Sören denken. Ik was verrast dat ik dat niet al eerder had gedaan. Maar toen had mijn bezorgdheid over mijn oma de overhand gehad. 'Zullen we naar buiten gaan?' vroeg ik. 'In het park is het vast veel fijner dan hierbinnen.'

Mijn moeder zuchtte. 'Ik heb op de een of andere manier het gevoel dat ik hier moet blijven. Maar waarschijnlijk heb je gelijk. Tot je vader komt, kunnen we nog een beetje van de zon genieten.' Mijn moeder stond op en trok me mee naar buiten.

Gearmd slenterden we om het gebouw heen, dat er de afgelopen decennia een heleboel nieuwe vleugels en aanbouwsels bij had gekregen. We zetten koers naar het parkje voor patiënten die hun kamer al uit mochten. In de treurwilgen en lindebomen langs de paden zaten vogels te kwetteren, de overvloedig bloeiende rododendrons ertussen lokten bijen aan, terwijl de rozen met hun volle kelken naar de zon reikten.

Toen we een tijdje hadden gelopen stelde ik de vraag die me al sinds de vorige dag bezig had gehouden. Moesten we oom Magnus op de hoogte stellen?

Mijn moeder verstijfde onmiddellijk. ‘Nee,’ antwoordde ze als door een adder gebeten.

‘Maar hij is haar zoon. Heeft hij niet het recht te weten hoe het met haar gaat?’

Moeder bleef staan en keek me aan. ‘Heb je haar naar hem horen vragen?’

‘Nee, maar...’

‘Dan kunnen we het daar ook beter bij laten,’ zei ze. Het klonk bitter. En ik wist hoe hij was. Niets in me verlangde ernaar hem terug te zien, en ook Finn kon me gestolen worden. Maar hij was toch haar zoon. En wie kon zeggen of mormor niet toch naar hem verlangde?

‘Het is nu al zo lang geleden,’ zei ik. ‘Wie weet is hij intussen veranderd.’

‘Iemand als Magnus verandert nooit. Waarschijnlijk zou hij hier inderdaad verschijnen en dan iets oneerbiedigs zeggen als: “Leef je nog? En daarvoor heb je me laten komen?”’ Mijn moeder schudde haar hoofd. ‘Nee, we vertellen het hem niet. Ooit heeft hij naar mijn hoofd geslingerd dat hij zich pas weer op het landgoed zal laten zien wanneer Agneta haar ogen voor altijd sluit. Mocht...’ Ze stokte. Alleen al de gedachte Agneta voor altijd te verliezen greep haar vreselijk aan. Mij verging het niet anders. ‘Mocht het zover komen dat Agneta overlijdt, dan zal ik het hem laten weten. Geen dag eerder.’ Ze perste haar lippen op elkaar, alsof ze bang was dat haar een onnadenkende opmerking zou ontglippen.

‘Hij heeft zijn idiote belofte anders wel vaker geschonden,’ zei ik. ‘Denk maar aan al die keren dat hij bij ons kwam om geld te vragen.’ Zijn laatste bezoek was inmiddels tien jaar geleden, en daar waren we dankbaar voor. Maar in dat opzicht kon je niet beweren dat hij consequent was.

'Ik ben blij dat het financieel zo goed met hem gaat dat hij niet bij ons hoeft te komen bedelen. Laten we hopen dat dat nog lang zo blijft. Ik heb echt geen zin hem te zien of te spreken.' Ze keek me aan. Er flakkerde verdriet in haar ogen. 'En ik heb ook geen zin hem te laten zien hoe slecht het landgoed ervoor staat. Laat hem maar in onwetendheid. Als alles naar de bliksem gaat, kan hij zich vroeg genoeg verkneukelen over mijn falen.'

Ik haalde diep adem. Ik had het beter niet kunnen vragen. Maar sinds het ongeluk keek ik tegen sommige dingen anders aan. Hoe vreemd het voor mezelf ook klonk, ik ging uit van het goede in mensen. Ook in Magnus. Maar waarschijnlijk had mijn moeder gelijk.

'Wie weet hoelang we nog als begunstiger van het ziekenhuis kunnen fungeren,' zei mijn moeder plotseling, toen we aan de rand van het park waren gekomen. Van daaraf had je een goed uitzicht op het hele gebouw. 'Gezien de huidige ontwikkelingen...'

'Oma heeft me gisteren iets laten beloven. En vandaag weer,' gaf ik te kennen.

'Wat dan?'

'Dat de Leeuwenhof niet wordt verkocht.'

Moeder zuchtte. 'Daarover zouden we oma geen toezeggingen moeten doen.'

'Wil je dan echt overwegen om het landgoed te verkopen?' vroeg ik. 'Het is nog altijd oma's eigendom.'

Mama zuchtte weer. 'We zullen een beslissing moeten nemen, nietwaar? Ik vind het ook niet fijn voor de keuze te komen staan, maar Ekberg levert tenslotte winst op.'

Daar had ze gelijk in, maar ik merkte duidelijk tegenzin bij mezelf om vertrouwd te raken met de gedachte naar landgoed Ekberg te verhuizen en de Leeuwenhof achter me te laten.

'En als er nou eens een andere mogelijkheid was? Een mogelijkheid die we nog niet hebben overwogen?'

Moeder bleef staan en keek me aan. 'Wat bedoel je?'

'Nou, misschien weet ik er een. Ik weet niet of het zal werken en of de persoon in kwestie met me zal willen praten, maar het is de moeite van het proberen waard.'

'Welke persoon in kwestie?' vroeg mijn moeder.

'Dat kan ik nu nog niet zeggen. Het kan zijn dat het niet werkt, en dan erger je je alleen maar.'

'Dan moet je er niet aan beginnen,' zei ze. 'We kunnen niet nog meer onzekerheid gebruiken.'

'Er is geen sprake van onzekerheid. Alleen van een bezoek aan iemand in Stockholm. Ik zou het graag willen proberen, mama.' Ik keek haar aan en wist zelf niet waar ik de moed vandaan haalde om het te zeggen. 'Doe alsjeblieft nog niets met betrekking tot de hoeve. Laten we deze week nog afwachten. Als ik zonder resultaat terugkom, proberen we iets anders. Maar als het resultaat oplevert, vinden we misschien een uitweg uit de ellende.'

'Ik zou willen dat je het me vertelde.'

'Als het achter de rug is, zal ik dat graag doen. We hebben geen geheimen voor elkaar, dat weet je.'

Mama knikte en nam me toen in haar armen. 'Ik zou zo graag willen dat het allemaal goedkomt. Dat alles weer net zo wordt als vroeger.'

'Je weet dat dat niet gaat,' zei ik terwijl ik over haar rug streelde. 'Maar misschien is een nieuwe aanpak net zo goed. Het gaat ons lukken!'

15

Met trillende handen stond ik voor het moderne kantoorgebouw in de buurt van de havens van Stockholm. Hier was de koninklijke luister van de oude stad volkomen afwezig. Deze straat, waarin het ene grijze vierkant naast het andere oprees met ramen waarin de overtrekkende wolken werden weerspiegeld, had zich net zo goed in New York of Londen kunnen bevinden.

Ik vreesde dat Carinsson niet meer zou bijkomen van het lachen nu ik hem kwam opzoeken vanwege de Leeuwenhof. Toch voelde ik een grimmige vastberadenheid. Ik had mijn moeder beloofd het te proberen. Ik had mijn oma beloofd ervoor te zorgen dat de Leeuwenhof niet verkocht hoefde te worden. Als dat betekende dat ik me voor Carinsson moest vernederen, dan moest dat maar.

Toen ik de hoek omging botste ik bijna op een groepje mannen die van hun lunchpauze terugkwamen.

Ik verontschuldigde me en wilde doorlopen, toen ik achter me een stem hoorde vragen: 'Juffrouw Lejongård?'

Ik verstijfde. Die stem kende ik maar al te goed. Terwijl ik de blikken van de andere mannen als mierenpootjes op mijn huid voelde kriebelen, draaide ik me om.

'Meneer Carinsson,' zei ik terwijl ik mijn handen om mijn tas klemde.

'Dat is ook toevallig!' zei hij. 'Wat komt u hier doen?'

Ik werd beurtelings warm en koud. 'Ik... ik wilde...' stamelde ik. Als ik tegenover hem alleen had gestaan, had ik gewoon kunnen toegeven dat ik op weg was naar hem. Maar als ik niets zei, stond ik daar voor gek. 'Ik wilde eigenlijk naar u toe,' zei ik.

'O.' Hij keek naar zijn gezelschap. 'Ga maar vast, ik kom zo.'

De mannen draaiden zich om, sommige grijnsden bepaald suggestief. Dat hij me in het bijzijn van anderen niet belachelijk maakte, was voor mij wel een opluchting.

'Wat is er aan de hand?' vroeg hij toen zijn collega's buiten gehoorsafstand waren. 'U ziet zo bleek. Het is toch hopelijk niets ernstigs?'

'Het is maar hoe je het bekijkt,' zei ik. 'Onze hoeve...' De woorden bleven in mijn keel steken. 'De afgelopen week kwam er iemand van de bank. De Leeuwenhof is failliet. We krijgen geen nieuw krediet meer. De bank dringt er nu op aan dat we afstand doen van de Leeuwenhof, zodat die landgoed Ekberg niet in gevaar brengt. Daardoor heeft mijn grootmoeder een hartaanval gekregen.'

'Dat spijt me,' zei Carinsson terwijl hij een beetje radeloos rondkeek. 'Zullen we een plekje zoeken om dat in alle rust te bespreken? Mijn kantoor bijvoorbeeld?'

Ik knikte. 'Maar u hebt vast een afspraak.'

'Die is afgehandeld. Komt u maar mee.'

Hij legde zijn hand voorzichtig op mijn rug en duwde me een beetje naar voren. Dat was precies wat ik nodig had. Mijn benen kwamen in beweging.

Zijn reactie verwarde me. Hij had evengoed boos op me kunnen zijn. In plaats daarvan deed hij vriendelijk en wilde hij horen wat ik te vertellen had. We liepen het hoge gebouw in en de hal door, waar een portier in een donkerblauw pak stond.

'Hallo, meneer Nielsen, ik ben er weer!' zei Carinsson tegen hem. 'Ik ben voorlopig even bezig, dus het zou fijn zijn als u bezoekers even op hun gemak zou kunnen stellen.'

'Komt voor elkaar,' zei de man en hij wierp me een veelzeggende blik toe. Wat zou hij zich voorstellen bij 'even bezig zijn'? Maar dat interesseerde me niet.

We stapten in de lift, die ons naar de tweede etage bracht. Daar liepen we naar een glazen deur waarop in grote letters stond: RECLAMEBUREAU CARINSSON & PARTNERS.

De dame bij de receptie had korte zwarte krullen en haar slanke lichaam stak in een rood-witte zomerjurk die in de taille door een smal rood riempje werd dichtgesnoerd.

'Hallo, meneer Carinsson,' groette ze vriendelijk, waarna ze haar blik op mij richtte.

'Juffrouw Lejongård en ik hebben iets belangrijks te bespreken,' zei mijn metgezel. 'Wilt u zo vriendelijk zijn om voorlopig alle telefoontjes op te schorten? En o ja, koffie zou fijn zijn.'

'Met alle genoegen, meneer Carinsson,' zei ze gedienstig en ze stond op.

Ik staarde haar gefascineerd na. Zo'n assistente zou ook iets voor mijn moeder zijn. Waarom had ze er nooit een genomen? Zeker, we hadden financiële problemen, maar zo'n medewerkster zou vast meer profijt opleveren dan ze zou kosten. Vooral omdat mijn moeder zich dan met andere zaken zou kunnen bezighouden. Maar op dit moment ging het erom of er in de toekomst van onze familie nog een Leeuwenhof zou zijn om te beheren.

Carinssons kantoor was heel modern en licht ingericht. De hoge ramen hadden witte jaloezieën waarmee je de zon elk moment kon buitensluiten. De prettige sfeer van de ruimte fascineerde me.

Hij bood me een plaats aan op de fleurige bank in de zithoek. Terwijl ik mijn blik over de vrolijk gekleurde posters liet gaan die door zijn reclamebureau moesten zijn ontworpen, verscheen de secretaresse met de koffie.

'Dat van uw grootmoeder spijt me zeer,' merkte Carinsson op toen ze weer weg was. 'Ze leek me een heel aardige oude dame.'

'Dat is ze ook,' zei ik. 'Maar haar gezondheid is al een tijdje niet optimaal.'

'Ze is erg op de hoeve gesteld, nietwaar?'

Ik knikte. 'Ja. Het is haar thuis. Dat ze dat dreigt te verliezen heeft blijkbaar haar hart gebroken.'

Ik deed verslag van de komst van de bankmedewerker en de gevolgen die dat voor ons landgoed zou hebben. 'Ik kan me wel indenken wat er door u heen gaat,' besloot ik. 'Eerst legt ze mijn advies naast zich neer, en dan komt ze erop terug... Maar het is ook een feit dat we geen geld hebben. En een nieuw krediet krijgen we niet. Niet voor de Leeuwenhof.' Ik merkte dat tranen mijn keel begonnen te verstikken. Maar ik vermande me vlug.

'Eerlijk gezegd denk ik niet slecht over u. Ik heb de nodige cliënten die mijn adviezen niet meteen aannemen. Óf ze zijn bang voor verandering, óf ze denken dat ze het zelf beter kunnen. Tot ze beseffen dat ze eigenlijk niet om me heen kunnen.'

Dat klonk nogal zelfingenomen, maar in één opzicht had hij gelijk: ik kon niet meer om hem heen. Zeker, als we elkaar nooit waren tegengekomen, had ik iets anders moeten verzinnen. Maar het was zo gelopen en niet anders, een andere versie van mijn leven bestond niet.

'Ik ben niet iemand die een hulpzoekende de deur wijst,' vervolgde Carinsson. 'Maar ik geloof dat ik me eerst tegenover u moet verontschuldigen.'

Ik trok verrast mijn wenkbrauwen op. 'Verontschuldigen? Waarvoor?'

'Toen ik u destijds mijn voorstel deed, ging ik ervan uit dat jullie financiële situatie beter was. Dat jullie zo diep in de problemen zitten, had ik niet gedacht.'

'Ik heb het u gezegd,' antwoordde ik. 'Dat we geen geld hadden voor nieuwe stallen.' Ik zuchtte. 'Er valt niets aan te doen, hè? We zullen ons familiedomein verliezen.'

'Dat zou ik nog niet zeggen. Er zijn altijd mogelijkheden. Het zou echter beter zijn over wat financiële middelen te beschikken. Maar jullie moeten de Leeuwenhof eerst uit de rode cijfers zien te krijgen.'

'Naar het zich laat aanzien, moet onze familie beslissen welke van de twee hoeves verkocht moet worden. Met Ekberg hebben we niet zo'n sterke emotionele band als met de Leeuwenhof. Ekberg levert echter vaste inkomsten op. Niet genoeg om een ander landgoed te ondersteunen, maar ruim voldoende om zichzelf te bedruipen.' Ik boog mijn hoofd. 'Misschien had ik beter economie kunnen gaan studeren.'

'Dat denk ik niet,' zei Carinsson. 'Jullie hebben alleen een goede adviseur nodig, iemand die jullie op het juiste spoor zet. Voor de rest kunt u ook met uw studie diergeneeskunde toe. U zou overigens het diploma intussen wel behaald moeten hebben.'

'Dat heb ik,' zei ik.

'En?'

'Cum laude,' antwoordde ik.

'Dat is geweldig,' riep hij uit, 'gefeliciteerd!'

'Bedankt,' zei ik terug, maar ik had weinig zin met hem over mijn afstuderen te praten. Ik was zo gespannen als een veer. Ik wilde dit gesprek achter de rug hebben. Ik wilde weten wat ik moest doen. Dat zou Carinsson echter vast niet zo makkelijk prijsgeven.

'Maar laten we op de financiële ellende terugkomen,' zei ik. 'Ook al ben ik hier om u om hulp te vragen, ik betwijfel dat ik me uw diensten kan permitteren. Iemand als u...' Ik keek rond in het vertrek. 'Een duidelijk succesvol man hoeft eigenlijk niet een landgoed in Skåne te helpen.'

'Eigenlijk niet, dat is juist,' zei hij. 'Maar voor sommige cliënten werk ik op provisiebasis. Als een opdracht succes oplevert, betalen ze me. In jullie geval zou ik het net zo doen. Tenslotte ben ik naar u toe gekomen, niet omgekeerd. Het zou me plezier doen dat prachtige oude landgoed de nieuwe tijd in te helpen.'

'Een paar maanden geleden gaf u nog te kennen dat het zijn beste jaren had gehad.'

'Dat is ook zo. Maar dat betekent toch niet dat we het niet weer wat leven kunnen inblazen?' Carinsson keek me even aan, toen zei hij: 'Laten we vanavond meteen beginnen.'

'Vanavond?' vroeg ik. Eigenlijk had ik dan weer in de trein naar Kristianstad willen zitten.

'Ik stel voor dat we iets afspreken en dan naar de mogelijkheden kijken.'

'Mogelijkheden?' Ik keek hem onderzoekend aan. Welke mogelijkheden bedoelde hij? En waarom wilde hij vanavond met me afspreken?

‘Dan gaan we iets eten en bespreken de situatie. In een ontspannen atmosfeer. Intussen zal ik erover nadenken wat voor uw landgoed geschikt zou zijn.’

‘En hoe gaat het dan met de betaling? Moeten we niet eerst een contract opstellen?’

‘Dat doen we pas als u tevreden bent over mijn voorstel. Mocht dat het geval zijn, dan zullen we samen uw ouders opzoeken en met hen praten. Tenzij uw grootmoeder het landgoed intussen op uw naam heeft gezet.’

‘Nee, waarom zou ze?’ Mijn gedachten gingen naar oma in het ziekenhuis. Hoe zou het met haar zijn? Eigenlijk was ik van plan geweest de volgende ochtend bij haar op bezoek te gaan.

‘Goed,’ zei hij en hij klapte in zijn handen. ‘Dan zijn we het eens, toch? U moet alleen even zeggen waar ik u moet afhalen.’

‘Bij het studentenhuis,’ zei ik, want dat was het eerste wat me te binnen schoot.

‘Geen hotel?’

‘Ik heb geen geld, weet u wel?’ antwoordde ik. ‘Bovendien huur ik de kamer daar nog een paar weken. Mijn kamergenote vertrekt pas eind augustus.’

Carinsson knikte. ‘Prima, dan kom ik u daar afhalen,’ zei hij en hij stond op. Dat was voor mij het teken om te gaan. ‘Tot vanavond dan, juffrouw Lejongård.’

‘Tot vanavond,’ zei ik en ik gaf hem een hand. ‘Bedankt voor uw tijd.’

Carinsson knikte en liep nog mee naar de deur.

Toen ik weer buiten stond, klopte mijn hart me in de keel. Het idee met Carinsson uit eten te gaan verontrustte me een beetje. Met welk voorstel zou hij komen? Wat zou hij eisen? Zou mijn moeder daarmee kunnen instemmen?

Tegelijkertijd was ik trots op mezelf dat ik het had gewaagd. En ik was blij dat hij niet afwijzend had gereageerd. Met wankele benen liep ik de portier voorbij. Buiten keek ik even naar de hemel. Langs het blauw gleden wat vederwolken. Een groepje mussen fladderde over de daken.

Bij die aanblik werd mijn hartslag rustiger, maar ik bleef opgewonden. Wat zou de avond brengen?

Kitty was niet weinig verbaasd toen ik onze kamer binnenkwam. Daarvoor had ik naar huis gebeld en mijn vader ingelicht. Die was een beetje verrast geweest, maar verzekerde me dat alles zijn gangetje ging.

'Wat doe jij nou hier?' vroeg ze verbaasd.

Ik keek rond. Mijn kamergenote was bezig haar spullen in te pakken. Het meeste had ze al in grote kisten gedaan. Afgezien van de grijze bank waren de meubels eigendom van het studentenhuis. Ik hoopte dat Kitty haar jurken nog ter beschikking had, althans een die ik bij de afspraak kon dragen. Want mijn hoofd stond niet naar winkelen. Bovendien had ik daar geen geld voor.

'Ik heb vanavond een afspraak,' antwoordde ik terwijl ik de deur achter me dichttrok. 'En ik wilde vragen of ik een van je avondjurken kan lenen.'

'Een avondjurk voor een afspraakje?' Haar blik kreeg een schelmse uitdrukking, toen verscheen er een veelbetekenend lachje op haar gezicht.

'Het is niet wat je denkt,' zei ik. 'Het gaat om ons landgoed. Ik heb met iemand afgesproken.'

'En die iemand is niet toevallig die knappe reclameman?'

'Die is het, maar ik ben echt niet van plan om hem aan de haak te slaan.'

'Aha, dan moet jij dus door hem aan de haak geslagen worden.'

'Nee, zo zit het niet. Hij wil me een voorstel doen om ons landgoed weer op de rails te krijgen. Ik was nog niet thuis of de poppen waren aan het dansen.'

We gingen op de bank zitten en ik vertelde dat mijn oma was ingestort. 'Ik heb haar beloofd dat het landgoed niet verkocht wordt. Carinsson is de enige mogelijkheid die ik heb.'

'Dat spijt me,' zei Kitty meelevend en ze pakte mijn hand. 'Je krijgt natuurlijk de mooiste jurk die er nog is. Hopelijk is hij je niet te wijd, je bent zo mager geworden.' Ze stond op en trok de klerenkast open. Daar haalde ze even later een strakke zwarte jurk uit. 'Voor mij is hij een beetje te krap, probeer hem maar even aan.'

Hij was echt heel mooi en geschikt voor een zakendinertje. Niet te diep uitgesneden en ook niet te kort. 'Dank je wel, graag!' zei ik en ik stond ook op en kleedde me om.

Een uur later stond ik nerveus voor de spiegel te draaien. Het is maar een zakendiner, zei ik tegen mezelf. Toch fladderden er vlinders in mijn buik. Voorzichtig voelde ik aan mijn kapsel.

'Als ik niet beter wist, zou ik denken dat je een rendez-vous had.'

'O, alsjeblieft, niet weer!' zei ik. 'Waarschijnlijk zal Carinsson me meenemen naar een of ander heel trendy restaurant. Dan wil ik zeker weten dat ik er perfect uitzie.'

'Naar trendy restaurants neem je vrouwen mee van wie je iets wilt,' zei Kitty. Ze had er blijkbaar plezier in me een beetje te plagen.

'Misschien is het ook wel zo'n tent waar handelsreizigers elkaar treffen. Hij heeft niet gezegd waar we heen gaan, maar ik wil op alles voorbereid zijn.'

Ik wierp nog een blik in de spiegel, toen keek ik op mijn horloge.

'Zou Carinsson niet beter met je moeder kunnen afspreken?' vroeg Kitty ineens heel serieus. 'Jij bent niet de baas over het landgoed en kunt geen beslissingen nemen.'

'Dat weet ik, maar ik heb mijn oma beloofd een manier te vinden.'

'Natuurlijk,' antwoordde Kitty. Opeens leek ze bezorgd. 'Pas goed op jezelf. Misschien wil die Carinsson ook nog iets anders.'

'Maak je geen zorgen,' zei ik terwijl ik de omslagdoek pakte die Kitty me ook had geleend. Hij was eveneens zwart, maar had een fijngeweven patroon. 'Maar wat kan hij nou willen? Het is heel goed mogelijk dat hij het wil kopen of een investeerder weet. Ik moet het proberen.'

Ik zweeg even en dacht erover na hoe ik mijn vriendin van het idee kon afhelpen dat ik een nieuwe man moest hebben. 'Bovendien heeft hij vast een vrouw en kinderen. Je had zijn kantoor moeten zien! Waarschijnlijk horen daar ook een chic huis op het platteland bij en een vrouw die zit te wachten tot hij thuiskomt.'

'Oké,' zei ze. 'Heb een fijne avond. En doe zachtjes als je terugkomt. Ik heb mijn schoonheidsslaapje hard nodig.'

Ik grijnsde. 'Je bent zo al mooi genoeg. Morgen vertel ik je alles, ja?'

'O wee als je dat niet doet!' zei ze dreigend en ze gaf me een kus op mijn wang.

Ik ging veel te vroeg uit het studentenhuis weg, maar ik wilde me niet door Kitty gek laten maken. Haar woorden hadden twijfel bij me gewekt. Stel dat Carinsson inderdaad iets anders wilde? Misschien een tegenprestatie voor wat hij deed? Ik had tegen hem gezegd dat ik geen geld had. Als hij nou...

Ik zette de gedachte van me af. Dat was heel zeker niet het geval. Als Carinsson te dichtbij was gekomen, dan was dat met zijn mening over het landgoed. Bij mij had hij niets geprobeerd.

Het geronk van een auto deed me opkijken. Inderdaad zag ik Carinssons rode cabrio. Hij was ook te vroeg, waarschijnlijk om een parkeerplaats te kunnen vinden.

Ik trok de omslagdoek strakker om mijn schouders, toen stapte ik het trottoir op. De auto was verdwenen, maar het zou vast niet lang duren voor hij hem ergens had neergezet. Mijn blik ging naar de punten van mijn pumps. Ik had er al zo lang geen meer gedragen! Ik was al zo lang niet meer uitgegaan. Ik hoopte maar dat ik niet zou struikelen of zwikken.

Na een paar minuten kwam hij de hoek om. Hij trok zijn jasje strak, dat die avond heel chic was.

'Ach, u bent er!' zei hij terwijl hij me zijn hand toestak. 'Goedenavond, ik ben blij u te zien.' Hij had aftershave opgedaan en rond zijn pols schitterde een duur horloge. Om zijn hals had hij een vlinderdasje, wat mijn idee dat we naar een heel chique tent zouden gaan bevestigde.

'Waar had ik dan naartoe gemoeten?'

'Naar huis. U had zich kunnen bedenken.'

'Ik was niet naar u toe gekomen als ik mijn verzoek niet serieus meende.'

'Des te meer plezier doet het me dat we nu eindelijk de gelegenheid hebben het balletje aan het rollen te brengen. Komt u mee, mijn auto staat even verderop.'

'Waar gaan we heen?' vroeg ik na een paar stappen. Mijn handen waren ijskoud en ik had het gevoel dat een van de smalle hakken van mijn pumps elk moment kon afbreken.

'Naar een party,' antwoordde hij.

Ik fronste mijn wenkbrauwen. 'Naar een party?'

'Ja. Af en toe krijg ik uitnodigingen van belangrijke sportfunctionarissen. Het gaat eigenlijk om sponsoring, maar ook om het aanknopen van nieuwe contacten. Tot ons geluk is vandaag iemand die verantwoordelijk is voor de Zweedse dressuursport in feeststemming.'

'Wilt u dat ik ruiters voor me ga winnen?' Ik kon er niet bij. Ik had gedacht dat we uit eten zouden gaan en dat hij me zijn plannen zou presenteren. In plaats daarvan sleepte hij me mee naar een party, waar ik helemaal niet thuishoorde.

'Nee, ik wil dat u aan sponsoring gaat doen.'

'Sponsoring?' vroeg ik verbaasd.

'Ja. U stelt zich garant voor de kosten van een ruiter, stelt hem alles ter beschikking, van zijn rij-uitrusting tot het voer voor zijn paard.'

'Dat meent u niet serieus!'

Carinsson begon te lachen. 'Het is verbluffend hoe snel u op de kast bent te krijgen,' merkte hij toen op.

'En als u daar nou eens niet op uit zou zijn? Ik ben nogal lichtgeraakt als het om de Leeuwenhof gaat, dat zult u wel gemerkt hebben.'

'Dat heb ik zeker,' zei hij. 'Goed dan, even serieus. We zijn het er vast wel over eens dat je pas ergens in geïnteresseerd kunt zijn als je weet dat het bestaat.'

'Dat klopt,' zei ik, en ik probeerde weer rustiger te worden. Hoe kreeg hij het toch voor elkaar me elke keer weer van mijn stuk te brengen?

'Zoals u weet, ben ik iemand die alles weet van reclame maken. Bij jullie gaat het natuurlijk niet om boter of mooie handtasjes, maar jullie hebben een naam die je tot een merknaam kunt uitbouwen. Tegenwoordig is het niet meer zo dat mensen zich zuiver door een product laten leiden. Ze willen merken. En de Leeuwenhof is zo'n merk, dat wil zeggen, dat kan het weer worden. Mensen zijn nieuwsgierig naar nieuwe dingen, en als jullie hun dat bieden, zie ik goede mogelijkheden voor jullie.'

'Wij verkopen paarden. Tenzij het ons lukt om paarden met vleugels of horens te fokken, is daar bepaald niets opzienbarend nieuws aan.'

'Maar je kunt ervoor zorgen dat paarden beter gaan presteren, of heb ik het mis?'

'Ja, dat kan wel, maar dat is niet altijd goed voor de gezondheid van het dier.'

'Ik denk niet aan stimulerende middelen, maar aan fokken. Het is toch mogelijk om door de juiste combinatie van ouderdieren veulens te fokken die hun ouders in kracht, intelligentie of snelheid overtreffen, nietwaar?'

'Zeker.'

'En als dierenarts moet u toch ook verstand hebben van zoiets als overerving.'

'Ook dat is juist,' zei ik en ik voelde alweer een discussie aankomen zoals we die een paar weken geleden hadden gehad.

'Nou, dan is vandaag de eerste dag waarop we beginnen de naam Lejongård in het hoofd van mensen te verankeren die in jullie product, paarden dus, geïnteresseerd zouden kunnen zijn. Ik wed dat van de gasten op die party niemand ooit de naam Lejongård heeft gehoord.'

'Denkt u echt dat we zo onbekend zijn?' vroeg ik.

'Hoe ziet de gastenlijst bij de feesten op jullie landgoed er dan uit?'

‘Daar staan zakenrelaties en een paar kennissen op.’

‘Ziet u wel! Waarschijnlijk gaat het bij de zakenrelaties om leveranciers en kopers.’

‘We zijn beschermheer van het ziekenhuis in Kristianstad,’ wierp ik tegen, waarop Carinsson me geamuseerd aankeek.

‘Dus ik heb gelijk, jullie hebben geen contact met mensen die in de paardensport actief zijn. In het beste geval zijn sommigen van hen amateurruiters, maar die kopen hoogstens een paard om mee te pronken tegenover de buren of om hun echtgenote of kinderen erop te zetten. Maar wij moeten mensen hebben die paarden als waardevolle koopwaar zien, Zoals sjeiks, daar zullen er op het Arabisch schiereiland binnen afzienbare tijd steeds meer van zijn. Die hebben stallen vol paarden waarmee ze winst maken in de sport.’

Het duizelde me. ‘En wat zou ik dan moeten doen?’ vroeg ik.

‘U moet gewoon aanwezig zijn. Glimlachen, handen schudden. En degenen die er oor voor hebben vertellen over uw familiegeschiedenis. En het en passant hebben over het stamboek waarop jullie zo trots zijn.’

‘Moet ik proberen de mensen daar onze paarden te verkopen?’

‘Niet helemaal. Ik zou graag zien dat u in gesprek raakt. Zeg maar niet dat jullie paarden te koop hebben. Wees gewoon aanwezig. Ik zou zeggen dat mensen alleen al vanwege uw uiterlijk in u geïnteresseerd zullen zijn.’

Hij zei het alsof het zo simpel was als wat. Maar ik was niet gewend aan conversaties, tenzij het om mijn vak ging. Maar op die party zou het niemand interesseren dat ik wilde gaan promoveren op aandoeningen van de gewrichten bij paarden.

Ik wilde alweer bijna een opmerking maken, maar toen riep ik mezelf tot de orde. Ik had Carinsson gevraagd me te helpen. Nu moest ik zijn raad ook opvolgen.

In zijn cabriolet, waarvan hij nu de kap had opgezet, reden we naar hartje Stockholm. Niet ver van het koninklijk paleis, dat helverlicht stond te stralen onder de avondhemel, stopte Carinsson voor een gebouw met drie verdiepingen.

Het was zo'n classicistisch bouwwerk dat je van een afstandje bewonderde, maar waarvan je nooit wist wat erin huisde. Er waren administratiekantoren en ministeries in zulke panden gevestigd, maar ook ambassades. Vroeger waren het ook paleizen van de adel geweest.

Het was wel vreemd zoals ik me voelde als ik aan de adel dacht. Daar behoorde ik zelf ook toe, ik was een telg uit een oud landadelgeslacht, maar zo voelde ik me niet. Wat was daar ook voor bijzonders aan? Mijn bloed was niet blauw, het was net zo rood als dat van andere mensen. Alleen de familietraditie maakte het tot iets bijzonders. Maar zulke tradities bestonden bijvoorbeeld ook in oude handwerkersfamilies.

We reden tot voor de entree, waar knapen in livrei stonden te wachten om de auto's van de gasten te parkeren. We stapten uit en Carinsson overhandigde een van de jongemannen zijn autosleuteltje.

Bij de deur werden we opgewacht door een portier in jacquet die ons enigszins arrogant opnam. Carinsson zette een innemend glimlachje op.

'Jonas Carinsson met gast,' zei hij.

De man keek even op de gastenlijst en knikte. 'Welkom meneer Carinsson, juffrouw.'

Het leek hem niet te interesseren wat voor juffrouw ik was, en omdat Carinsson me meteen meetrok, kwam het er ook niet van me voor te stellen. Een ogenblik later voelde ik me vreselijk uit de toon vallen. Overal glansden jurken in roze, blauwe en groene tinten, de kapsels van de vrouwen waren met veel haarlak in model gebracht en bijna allemaal stonden ze op zilverkleurige naaldhakken. In mijn zwarte jurk zag ik eruit alsof ik voor een begrafenis was gekomen.

'U had moeten zeggen dat we naar een bal zouden gaan,' zei ik verwijtend terwijl we de zaal in liepen. Zware kristallen kroonluchters verspreidden schitterend licht, en overal glansde goud. Onze eigen balzaal op de Leeuwenhof kwam me ineens armetierig voor. 'Dan had ik iets anders aangetrokken.'

'Het is geen bal, het is een gala,' corrigeerde hij me. 'En ik vind dat u er heel charmant uitziet. Een beetje zoals Audrey Hepburn, zij het met blond haar.'

'Ik zie er niet uit als Audrey Hepburn!' wierp ik tegen. 'Eerder als de garderobejuffrouw. De mensen zullen nog proberen hun jas bij me af te geven.'

Carinsson begon te lachen. 'U overdrijft! En waarom moet u steeds alles tegenspreken? Als ik tegen u zeg dat jullie landgoed toekomst heeft, zegt u van niet, als ik zeg dat u eruitziet als een Amerikaanse filmster, spreekt u dat ook tegen. Neem het eens gewoon aan!'

'Ook als het niet waar is?'

'Hoe kunt u nou weten dat het niet waar is? Mensen hebben over het algemeen de neiging zichzelf slechter te beoordelen dan anderen dat zouden doen.'

'Dat kan ik anders bij u niet constateren.'

'Dank u zeer, maar ik kan u verzekeren dat ik ook zo mijn momenten heb.'

Carinsson bracht me verder de zaal in. Af en toe keek iemand verbaasd naar ons, maar niemand leek zich echt met ons bezig te houden.

Mijn begeleider liep blijkbaar op een bepaald doel af, zonder naar links of rechts te kijken. Voor een lange man die in een levendig gesprek met twee anderen was gewikkeld, bleef hij staan.

Ik wist wie het was. Prins Bertil van Zweden. Sinds het einde van de oorlog was er geen lid van het koningshuis meer op de Leeuwenhof geweest. Mijn moeder had me eens verteld over een jachtpartij waarbij de oude koning Gustaaf aanwezig was geweest. En mijn oma had talloze verhalen over de koninklijke familie te vertellen, want het kroonprinselijk paar was in de zomer regelmatig bij ons te gast geweest. Ik had daarentegen nog niet één lid van het koningshuis ontmoet.

'Goedenavond, koninklijke hoogheid,' zei mijn begeleider, en hij maakte een buiging.

'Carinsson!' riep prins Bertil verheugd. 'Wat fijn u te zien! Ik hoop dat de zaken goed gaan!'

'Uitstekend, ik mag niet klagen.'

'Ik ben blij dat te horen,' zei Bertil, toen viel zijn blik op mij. 'En wie is deze charmante jongedame?'

Mijn hart begon te bonzen. Hoe moest je een lid van het Koninklijk Huis bejegenen? Als kind had ik vroeger voor de spiegel de reverence geoefend.

'Dit is Solveig Lejongård,' stelde Carinsson me voor. 'Die naam heeft u vast al eens gehoord.'

Bertils gezicht kreeg een serieuze uitdrukking. Dat was waarschijnlijk geen goed teken.

Ik wist niet of een reverence tegenwoordig nog gepast was, en toch maakte ik er een. 'Aangenaam kennis te maken, koninklijke hoogheid,' zei ik toen hij me zijn hand toestak.

Even leek het stil te worden om me heen. De mannen met wie de prins in gesprek was geweest keken me aan alsof ik uit een andere tijd afkomstig was. Het bloed steeg me naar de wangen.

'U bent de erfgename van de Leeuwenhof, nietwaar?' vroeg de prins, waarop ik knikte.

'Ja, hoogheid. Maar met mijn moeder en grootmoeder gaat het nog uitstekend en zij kunnen de hoeve nog goed bestieren.'

Bertil knikte. 'Dat doet me plezier,' zei hij, maar erg blij leek hij niet te zijn. Blijkbaar had oma niet overdreven toen ze beweerde dat we bij het koningshuis in ongenade waren gevallen. 'Ik kan me uw grootmoeder nog herinneren. Mijn ouders zijn vaak op de Leeuwenhof geweest om vakantie te houden. Dat waren heerlijke zomers.'

'Dank u zeer, hoogheid,' zei ik.

'Mijn moeder had een goede band met uw grootmoeder. Heeft ze u daarover verteld?'

'Jazeker, en ze was volkomen gebroken toen uw moeder overleed. De oude verhalen worden bij ons nog steeds levend gehouden.'

Bertil knikte. Nu leek het of hij betrapt was op iets wat pijnlijk voor hem was. Maar ík was niet over de vakanties op de hoeve begonnen. 'Doet u uw grootmoeder de hartelijke groeten van me,' zei hij ten slotte. 'Misschien is er mogelijkheid tot een weerzien.'

'Met alle genoegen,' antwoordde ik.

Op mijn woorden volgde een ongemakkelijke stilte. De mannen stonden me nog steeds aan te staren. Ik had het gevoel levend te verbranden, zo warm kreeg ik het. Hulpeloos keek ik naar Carinsson. Die keek ook ernstig. Had ik me zo misplaatst gedragen?

'Zullen we een kleine verfrissing gaan halen?' richtte Carinsson zich tot mij, en ik knikte dankbaar.

'Verontschuldigt u ons alstublieft, hoogheid,' wendde hij zich tot de prins, toen bood hij mij zijn arm. Mijn benen voelden wiebelig aan, dus legde ik mijn arm op de zijne voordat ik zou zwikken.

'Dat ging toch heel goed,' zei Carinsson toen we buiten gehoorsafstand van prins Bertil waren. 'De heren waren duidelijk van u onder de indruk.'

'Als u het zegt...' antwoordde ik, in de hoop dat mijn hartslag weer vlug tot rust zou komen.

'Daarvan ben ik overtuigd. Bertil is in het begin altijd een beetje terughoudend. Mogelijk werd hij bovendien door jeugdherinneringen overmand.'

'Misschien was het ook een slecht geweten. Het koningshuis heeft ons als een baksteen laten vallen.'

'Bertil moet toen nog een kind zijn geweest,' bracht Carinsson daartegen in.

'Dat maakt het nog niet beter.' Ik haalde diep adem. 'Ik moet die oude geschiedenis laten rusten. Ik koester wrok over iets wat ik zelf niet heb meegemaakt!'

'De opvattingen van ouders en grootouders zijn heel sterk. Die zitten in ons, blijven bij ons en het valt zwaar ze los te laten. Maar u moet zich ervan losmaken om voor mogelijkheden open te kunnen staan.'

'Goed,' zei ik. 'Ik zal me open opstellen.'

'Prima, dan gaan we nu maar eens wat van die heerlijke kaviaar halen. En champagne zou ook niet verkeerd zijn, toch?'

‘U bedoelt dat ik met een beetje alcohol mijn onzekerheid makkelijker vergeet?’

‘Er is helemaal niets waarover u zich onzeker zou moeten voelen. U zult zien dat de meeste mensen hier heel aardig zijn. Vooral voor een knappe vrouw als u.’

Bij dat compliment begonnen mijn wangen te tintelen. Werd ik rood?

Ik was blij toen we bij het buffet waren. Er prijkte een enorme kreeft op de tafel, rood en glanzend als porselein.

‘In het landhuis hebben we een schilderij waarop de kreeft er bijna net zo uitziet als deze,’ sprak ik mijn volgende gedachte hardop uit.

‘Echt waar?’ vroeg Carinsson terwijl hij een bord vollaadde met kaviaar en kreeft.

‘Dat schilderij hangt in een van de logeerkamers,’ antwoordde ik.

‘O, als ik eens bij jullie overnacht, wil ik die kamer hebben. Dat schilderij wekt vast de eetlust op.’

Ik begon te lachen. ‘Dat doet het zeker. Of dat deed het bij een van de hofmaarschalken van de Koning. Die was dol op kreeft en als hij aan tafel zat moesten er hem direct twee of drie geserveerd worden. Kwade tongen beweren dat zijn haar rood verkleurd was omdat hij altijd zo veel kreeft at. En als je bedenkt dat flamingo’s hun kleur krijgen door het eten van een bepaald soort garnalen...’

Carinsson keek me even aan, toen glimlachte hij. ‘U bent een bijzonder interessante vrouw, juffrouw Lejongård.’

‘Dank u, maar ik denk dat ik gewoon te veel verhalen ken. Ons huis zit er vol mee, en met iedere generatie komen er nieuwe bij.’

‘En welk verhaal denkt u eraan toe te voegen?’

‘Het liefst dat van een pijlsnelle comeback van de Leeuwenhof.’

‘Goed dan,’ zei hij en hij overhandigde me het bord. ‘Eet iets, dan kijken we wat we daaraan kunnen doen.’

Ik keek ontzet naar de berg kaviaar met kreeft.

‘Ik dacht dat dat voor u was! Hoe moet ik dat allemaal op krijgen?’

'Ach, wat u op uw bordje hebt is niet meer dan de taak die u te wachten staat. Het is het beste om het stukje bij beetje aan te pakken.' Hij knipoogde naar me en pakte een nieuw bord.

Toen ik mijn portie naar binnen had gewerkt, had ik het gevoel dat ik uit Kitty's jurk zou knappen. Maar ik voelde me ook voldaan en vol vertrouwen. Bovendien leek het eten mijn hartslag enigszins tot bedaren te hebben gebracht.

Nu deden we de ronde door de zaal. Carinsson stelde me aan verschillende mannen voor, van wie ik de namen onmogelijk allemaal kon onthouden. Sommigen van hen hadden zelf grote rijstallen, anderen waren trainers of ruiters. Terwijl ik met een man sprak die pochte dat hij de snelheid van zijn renpaarden met twintig procent had weten te verhogen, merkte ik een groepje vrouwen op van wie er eentje telkens naar me keek.

'Wie is die vrouw?' vroeg ik aan Carinsson nadat ik afscheid van de fokker had genomen. 'Ze kijkt naar me alsof ze me kent.'

'Maud von Rosen,' antwoordde hij, waarop ik me bijna in mijn champagne verslikte.

'Von Rosen?' vroeg ik verschrikt, 'de dochter van Clarence von Rosen?'

'De kleindochter,' corrigeerde Carinsson. 'Waarom schrikt u daar zo van? En waarvan kent u de oude Clarence?'

'Mijn ouders en mijn grootmoeder hebben hem gekend, ik niet. Toen wij in de oorlog Noorse vluchtelingen opnamen die door de nazi's waren vervolgd, heeft hij van zijn positie gebruikgemaakt om ons bij de koning in diskrediet te brengen.'

'Met welke reden? Nou ja, iedereen weet dat hij een aanhanger van de nazi's was en Hitler graag als Zweedse bondgenoot had gezien, maar...'

'Tja, dat is dus de reden,' zei ik. 'Voor zover ik weet had hij er problemen mee dat we geen paarden aan de nazi's wilden leveren.'

'Kom nou!' zei Carinsson. 'Hitler zette eerder in op rijkssnelwegen en zware voertuigen.'

'Toch had hij paarden nodig en wilde hij die hebben. Voor zijn parades en fakkeltochten en wat dan ook. Op de Leeuwenhof geldt echter dat paarden niet naar oorlogsgebied worden verkocht. Dat heeft mijn grootmoeder in 1914 ingesteld, en bij de afgelopen oorlog was dat net zo. We hadden er geen rekening mee gehouden, maar vlak na het begin van de oorlog werd ons meegedeeld dat we geen hofleverancier meer waren. Vanaf dat moment is het bergafwaarts gegaan.'

Ik voelde mijn maag verkrampen van kwaadheid. Daar stond een Von Rosen tegenover me! Haar familie had ons schade berokkend en was zelf de tijd na de oorlog heel goed doorgekomen En ik, een Lejongård, probeerde mezelf hier aan sportfunctionarissen aan te bieden zodat die zouden gaan overwegen om met onze paarden te werken!

Carinsson leek mijn agitatie te merken. Hij wreef over zijn wenkbrauwen alsof hij een steek in zijn hoofd voelde. Hij keek strak naar Maud von Rosen, toen wendde hij zich weer tot mij.

'Ik begrijp uw ergernis,' zei hij. 'Maar zou het geen fraaie genoegdoening zijn om Maud von Rosen voor de Leeuwenhof te winnen?'

Ik staarde Carinsson ontzet aan. 'Dat meent u niet!'

''Waarom niet? Die geschiedenis met haar grootvader is lang geleden. En toevallig weet ik dat Maud een heel aardige vrouw is. Kom dus maar mee, dan zullen we jullie aan elkaar voorstellen.'

Hij trok me als een klein meisje aan mijn hand mee, en ik volgde met tegenzin.

'Zo te zien is de crème de la crème van de dressuur hier ook aanwezig,' begon Carinsson. 'In avondkleding bijna niet te herkennen!' De vrouwen zagen er inderdaad betoverend uit. Een van hen droeg een lichtblauwe japon, een andere een paarse en de derde een zachtroze.

'Ach, hou toch op!' zei een vrouw met een korte donkere krullenkop en hoog voorhoofd. 'We hebben elkaar al bij zo veel gelegenheden ontmoet, dan moet u ons toch kunnen herkennen, meneer Carinsson.'

Ik merkte dat Maud von Rosens blik scherper werd. In haar

paarse japon leek ze net een Engelse gravin. Om de verwantschap met haar grootvader Clarence kon je niet heen, behalve de neus leek ze ook zijn ogen te hebben geërfd. Oma had me een foto van hem laten zien in een boek over paardensport. Vreemd eigenlijk dat de Leeuwenhof niet eerder op het idee was gekomen om contact te zoeken met de ruitersport.

'Wie is de dame in uw gezelschap?' vroeg Maud ten slotte.

'Dit is Solveig Lejongård, kersvers dierenarts en eigenares van het aantrekkelijkste landgoed dat ik ooit te zien heb gekregen.'

'De Leeuwenhof,' merkte Maud von Rosen op en ze reikte me de hand. Toen ze de naam van ons landgoed uitsprak, liep er een rilling over mijn rug. 'Mijn grootvader heeft vaak over jullie landgoed verteld. Helaas ben ik niet in de gelegenheid geweest het zelf te bezichtigen. Maud von Rosen, aangenaam.'

'Dat is wederzijds,' zei ik en ik probeerde mijn nervositeit zo goed mogelijk te verbergen. 'Jammer dat u nog niet bij ons bent geweest.'

'Nou, dat kan nog veranderen, nietwaar?' kwam Carinsson ertussen, waarna hij zich op de andere vrouwen richtte. 'Dit zijn Ulla Håkansson en Ninna Swaab.'

'Aangenaam kennis te maken.' Ik gaf ook de twee anderen een hand, in stilte wensend dat oma erbij had kunnen zijn. Ze zou niet geloven dat ik de kleindochter van Von Rosen had ontmoet.

'Wat voor paarden fokken jullie op het landgoed?' vroeg Ulla Håkansson met oprechte belangstelling. Alle drie de vrouwen hadden donker haar en ze leken ook qua postuur enigszins op elkaar, zodat je van een afstandje zou kunnen denken dat het zussen waren.

'Zweedse warmbloeden,' antwoordde ik. 'Onze hengsten zijn tot nog toe altijd in het Zweedse stamboek geregistreerd.'

'Nou, misschien moet ik dan eens bij jullie komen kijken. Ik zoek nog reservepaarden om mee te trainen en voor toernooien. Van een paard als mijn Ajax vind je niet vlug een tweede, maar ik weet zeker dat er nog veel onontdekt talent rondloopt.'

Ik merkte dat Maud von Rosen haar ogen een beetje verdraaide. Maar in een fractie van een seconde was dat weer voorbij.

'Weet u dat het Zweedse warmbloed oorspronkelijk als cavaleriepaard is gefokt?' bracht Maud te berde.

'Ik verstijfde een beetje. 'Ja, dat wist ik,' zei ik. 'Mijn voorouders hebben in de achttiende eeuw duizenden paarden aan het Zweedse leger geleverd. Gelukkig is het land tot inkeer gekomen en was het later niet meer bereid ze in zinloze veldslagen te laten afbeulen.'

Maud keek me even aan, toen verscheen er een fijn lachje om haar mondhoeken. 'Die omschakeling heeft vast problemen voor uw landgoed betekend.'

'Ja, maar we hebben altijd een manier gevonden om inkomsten te genereren.' Onder mijn avondjurk brak het zweet me uit. Maud gaf me het gevoel dat ze veel meer verhalen over mijn familie kende dan ik over de hare. Dat was allesbehalve aangenaam.

'Is het bovendien niet beter om paarden voor vreedzame doeleinden te gebruiken?' vervolgde ik. 'Het zou mijn hart breken als ik wist dat onze paarden door vlammen en artillerievuur moesten rennen. Mensen die dat propageren, denken vast nog altijd dat paarden geen ziel hebben.'

Er volgde stilte op mijn woorden. Maud von Rosen zweeg bedrukt. Ninna Swaab knikte me toe en Ulla Håkansson zei ten slotte: 'Dat zie ik precies zo als u. Paarden zijn de vreedzaamste en zachtmoedigste wezens ter wereld. Waarom zouden die aan kanonvuur moeten worden blootgesteld? We mogen van geluk spreken dat we in vredestijd leven. Ik zou mijn Ajax in elk geval niet in gevaarlijke situaties brengen.'

Ik glimlachte. Had ik in haar misschien een zielsverwant gevonden? Haar woorden stemden me in elk geval hoopvol. En op dat moment was ik blij dat meneer Carinsson me hier mee naartoe had genomen.

De volgende uren vlogen voorbij. Mijn hoofd gonsde van alle gesprekken om me heen, en toen Carinsson door een van de mannen in beslag werd genomen, verontschuldigde ik me en ging op zoek naar een rustig plekje. Dat vond ik op een van de balkons die aan de feestzaal grensden.

Terwijl ik in de nacht tuurde, probeerde ik te verwerken wat ik had meegemaakt. Het gesprek met Maud von Rosen en de andere amazones was echt goed verlopen, maar de reactie van prins Bertil hield me nog steeds bezig. Als president van het Zweedse Olympisch Comité kende hij veel topsporters – ook ruiters. Als hij iets zei wat nadelig was voor onze hoeve, zou niemand ook nog maar naar onze paarden willen kijken. Hij was natuurlijk wel vriendelijk geweest, maar enthousiasme zag er toch anders uit.

'Hier bent u,' zei Carinsson achter me. 'Staat u van de schoonheid van de nacht te genieten?'

'Ik had behoefte aan rust,' verklaarde ik. 'Ik ben niet gewend aan zulke feesten.'

Carinsson kwam naast me staan. 'Dat kan ik begrijpen. Maar misschien is het een troost te horen dat u, voor zover ik heb gehoord, een heel goed figuur hebt geslagen.'

'Misschien,' zei ik moedeloos en uitgeput.

'Misschien?'

'Ik weet niet of het allemaal veel zin heeft,' antwoordde ik. 'De mensen kennen mijn naam nu, en de prins hebben we ook weer aan het bestaan van onze familie herinnerd. Helaas wekte hij de indruk dat het voor hem zijn ergste nachtmerrie betekende.'

Carinsson dacht even na. 'Toegegeven, Bertil is eigenlijk veel hartelijker,' zei hij toen. 'Bij u leek hij verstard. Maar ik ga er niet van uit dat antipathie daarvoor de reden is. En al helemaal niet die domme geschiedenis van de weigering om paarden aan de nazi's te verkopen. De geschiedenis heeft aangetoond dat uw moeder en grootmoeder de juiste beslissing hebben genomen. Wat u bij de dressuurdames hebt gezegd, was bewonderenswaardig en heeft u minstens één vriendin opgeleverd. Ulla Håkansson zet zich bijzonder in voor het welzijn van paarden.'

Carinsson zweeg even en pakte toen mijn hand. 'Ziet u alles alstublieft niet zo negatief. De tijden veranderen. Dat zult u zien. Die pijlsnelle comeback zal er komen.'

Ik keek hem aan. Mijn oogleden waren zwaar en ik voelde me opgezwollen. Ik wilde eigenlijk alleen nog maar slapen. Hij daarentegen leek fris, opgeladen door de energie om ons heen. Hij was net als Sören indertijd. Bij die gedachte voelde ik een steek.

'Ik zou willen dat ik wat positiever kon denken,' erkende ik. 'Maar sinds het ongeluk...' Ik stokte. Carinsson was een vreemde die ik voorheen nogal opdringerig en vervelend had gevonden. En nu stond ik op het punt hem mijn geschiedenis te vertellen!

'Wat voor ongeluk?' vroeg hij.

'Mijn verloofde en ik... We wilden naar de Leeuwenhof gaan om mijn familie het heuglijke nieuws van onze verloving te brengen. Maar er liep een hert tegen onze auto. Sören is overleden, en ik...'

Ik hield op. Velen zouden zeggen dat ik ontzaglijk veel geluk had gehad. Dat ik de kans had gekregen door te leven. Maar nu werd me duidelijk dat ik al meer dan een jaar de deur voor dat geluk dichthield.

'Dat spijt me zeer,' zei hij, en hij bleef mijn hand vasthouden. 'Het was zeker heel zwaar om uw grote liefde te verliezen.'

'Dat is het nog steeds. En dat niet alleen. Blijkbaar heb ik ook het vermogen verloren de toekomst positief in te zien. Ik ga altijd meteen uit van het ergste. Ik geloof niet meer dat iets goed kan komen.'

'Maar dat moet u wel doen,' antwoordde hij. 'U hoeft het alleen maar toe te laten en dan komt het weer goed. Vanavond hebt u de eerste stap gezet. U hebt zich laten zien en zich er goed doorheen geslagen. U hebt het koningshuis aan uw familie herinnerd. Blijkbaar zijn ze jullie vergeten, omdat jullie allemaal zulke aardige, rustige mensen zijn.'

Dan had hij mijn moeder nog niet gezien als ze kwaad werd. En Agneta kon ook behoorlijk humeurig zijn. Maar hij had gelijk, we liepen niet met onze naam of onze hoeve te koop.

'Waarom doet u dit allemaal?' vroeg ik. 'De Leeuwenhof zou u toch eigenlijk niets hoeven schelen.'

Carinsson keek even naar zijn schoenen. Voor het eerst leek hij moeite te hebben met een antwoord. 'Eerlijk gezegd vanwege u.'

'Vanwege mij?' Ik fronste mijn voorhoofd.

Carinsson knikte. 'U hebt iets wat me bijzonder interesseert. U lijkt aan de ene kant eigenwijs en aan de andere kant juist behoefte te hebben aan bescherming. U bent heel verstandig en zo bescheiden als tegenwoordig alleen plattelandsmensen nog zijn. U bent heel anders dan de mensen hier in Stockholm.'

'U bedoelt de vrouwen.'

'Ja.'

We keken elkaar lange tijd aan. Ik wist niet zo goed wat ik van zijn bekentenis moest denken.

'Juffrouw Lejongård, vanaf het moment dat ik u zag, kreeg ik de behoefte u te helpen. Ik heb uren over u nagedacht, uw beeltenis wilde gewoon niet uit mijn hoofd. Toen u indertijd na mijn aanbod het restaurant uitliep, was ik ervan overtuigd dat ik u nooit terug zou zien. Maar ik bleef aan u denken. En toen u me om hulp vroeg, wist ik dat ik u zou gaan helpen.'

'En wat wilt u ervoor terug?' vroeg ik. 'Vanmiddag had u het over provisie.'

'Ik hoef niets te hebben,' antwoordde hij. 'Mijn werk voor het Olympisch Comité is ook onbezoldigd, en ik geloof dat het een goede nieuwe hobby voor me zou kunnen zijn om me aan de Leeuwenhof te wijden. Maar ik hoop ook dat we vrienden kunnen worden.'

'Vrienden?' Ik keek hem weifelend aan. Alles wat hij had gezegd, wees op meer dan dat. Welke man bekende nou een vrouw dat hij vaak aan haar dacht? En dat ook nog nadat ze zijn voorstel had afgewezen?

'Ja, vrienden. Wat denkt u?'

'Nou, daar moet ik over nadenken...'

'U hoeft niet meteen te beslissen. Vriendschap is een proces dat tijd nodig heeft. En als u mij in uw leven toelaat, beloof ik dat ik alles zal doen om u te helpen. Daar zijn vrienden voor, nietwaar?'

'Maar vriendschap berust ook op wederkerigheid,' wierp ik tegen. 'Ik heb niet het gevoel dat ik u veel kan teruggeven.'

'Dat zullen we wel zien,' antwoordde hij. 'Misschien kunt u me bij meer gala's vergezellen? Dat wordt nog leuk, als mensen gaan gissen wie u bent. Misschien halen we zelfs nog de pers.'

'Bent u eigenlijk ook iets anders dan reclamespecialist?' vroeg ik. 'Filmster misschien, of de buitenechtelijke zoon van een Amerikaanse miljonair?'

'Nou, ik ken een Amerikaanse miljonair, maar onze relatie is niet afdoende om in de roddelrubriek van de kranten te komen. Maar wellicht werkt het als blijkt dat een olympische springkampioen van de Leeuwenhof afkomstig is?'

'Denkt u echt dat dat ooit zal kunnen gebeuren?'

'Droom gerust een beetje, juffrouw Lejongård. Soms helpt het je doel te verwezenlijken.'

Ik glimlachte en er stroomde een warm gevoel door me heen. Misschien was het toch wel heel fijn om een vriend als Jonas Carinsson te hebben.

'En hoe moet het nu verder?' vroeg ik. 'Ik bedoel, met de hoeve. Deze party kan toch nog niet alles zijn geweest.'

'Dat is het inderdaad niet. We moeten het er dringend over hebben hoe we de reorganisatie kunnen financieren.'

'Eerst moet de Leeuwenhof weer terug naar de zwarte cijfers,' zei ik.

'Ja, en daarom wil ik u vragen de komende drie dagen steeds om twee uur 's middags naar mijn kantoor te komen. Dan gaan we alles precies bespreken en werken we een plan uit hoe we de ideeën voor uw moeder aantrekkelijk kunnen maken.'

'Drie dagen?' vroeg ik verschrikt. 'Eigenlijk wilde ik morgen teruggaan.'

'Wilt u dan met lege handen thuiskomen nadat u zich in de grote stad hebt gewaagd?'

'U vergeet dat ik hier een paar jaar heb gewoond. En feitelijk heb ik mijn kamer nog.'

'Mooi, dan hoeft u zich over onderdak tenminste niet druk te maken. Kom naar de afspraken en ik beloof u dat we een plan zullen uitwerken waar iedereen op de Leeuwenhof enthousiast over zal zijn. Uw charmante grootmoeder incluis.'

'Mijn charmante grootmoeder zal zich afvragen waarom ik niet bij haar op bezoek kom zoals ik heb beloofd,' diende ik hem van repliek.

'Dat zal uw moeder haar wel uitleggen. En u doet haar veel meer plezier als u met een oplossing terugkomt. Dus?'

Ik keek hem aan. Hij leek oprecht en zijn bruine ogen schitterden zo enthousiast dat ik niet anders kon dan toestemmen.

'Oké,' zei ik. 'Morgenmiddag om twee uur.'

Carinsson stak me zijn hand toe. 'Afgesproken.'

Tijdens de rit naar het studentenhuis keek ik zwijgend uit het raam, eerst naar de neonreclames, toen naar de veelal donkere ramen van de woonhuizen. Vlak na middernacht was bijna niemand nog wakker. Ook het studentenhuis was merendeels onverlicht.

'Zal ik met u meelopen?' vroeg Carinsson.

'Nee, dank u, u hebt vandaag al genoeg gedaan. Hier sluipen hoogstens katten rond, geen onverlaten.'

We keken elkaar even aan, toen stak ik hem mijn hand toe. 'Hartelijk dank voor alles, meneer Carinsson.'

Hij knikte, pakte mijn hand en gaf me een handkus. 'Goedenacht, juffrouw Lejongård.'

'Goedenacht.' Ik maakte me van hem los en stapte uit.

Toen hij wegreed, zwaaide ik hem na. Ik voelde me moe, en tegelijkertijd opgewonden. Mijn huid tintelde van de aanraking van Carinssons lippen. Wat een avond!

Bij de voordeur trok ik mijn pumps uit en ik sloop op mijn tenen de trap naar onze kamer op. Achter een van de deuren brandde nog licht, ik hoorde iemand snikken. Het klonk als liefdesverdriet. Bij onze kamerdeur aangekomen probeerde ik zo zachtjes mogelijk naar binnen te sluipen, en toen ging het licht aan. Kitty had het zich gemakkelijk gemaakt op de bank, waarschijnlijk om mij niet te missen.

'Ben je daar al weer?' vroeg ze licht verwijtend.

'Hoezo, al weer?' was mijn wedervraag. 'Het is over twaalven!'

'Eigenlijk had ik op later gerekend.' Ze glimlachte breed naar me. En, hoe was het?'

'Heel interessant. Maar ook vermoeiend. We zijn niet uit eten geweest, maar naar een party gegaan. Om precies te zijn een gala voor sportmensen. Ik heb een aantal interessante mensen leren kennen.'

'Je houdt me voor de gek!' Kitty schudde verbijsterd haar hoofd. 'Hij zegt dat hij met je wil gaan eten en dan sleept hij je mee naar een sportparty?'

'Ik heb je toch gezegd dat het uitsluitend om de Leeuwenhof ging. We zouden een strategie bespreken en ik denk dat ik intussen begrijp waar hij naartoe wil.'

'Ach, echt?' Kitty zuchtte. 'Wat saai.'

'Wat had je dan gedacht?' vroeg ik terwijl ik op de bank neerplofte en mijn schoenen uitschopte. 'Dat hij me de drempel van zijn huis over zou dragen en dat we een gepassioneerde nacht zouden beleven?'

'Zoiets hoopte ik, ja.'

'Het gaat in het leven toch niet alleen maar daarom. Hij heeft me vandaag een grote dienst bewezen. Al die mensen... Ik ben tot de ontdekking gekomen dat we al veel eerder in actie hadden moeten komen. Ik heb prins Bertil ontmoet en de top van de Zweedse ruiters, en ook trainers en beslissers in de ruitersport'.

'Heb je prins Bertil ontmoet?' vroeg Kitty verbaasd.

'Ja, ik heb zelfs met hem gepraat! Hij heeft vroeger ooit op onze hoeve gelogeerd, maar dat lijkt hij zich niet zo goed meer te herinneren.'

'Wacht eens even, gaat op jullie landgoed de koninklijke familie in en uit? Daar heb je me nooit iets over verteld! De huidige kroonprins is echt een schatje!'

'Dat was vroeger, Kitty. De familie kwam vroeger bij ons thuis. Inmiddels hebben we niet meer zo'n goede relatie met het koningshuis. Maar die ontmoeting met de prins... Eerst dacht ik dat die nadelig zou zijn, bij nader inzien echter... Het is goed dat hij weer aan onze familie is herinnerd.'

'Zodat hij last van zijn geweten krijgt?'

'Bijvoorbeeld.' Ik gaapte heftig en mijn oogleden werden ineens loodzwaar. 'Kunnen we morgen verder praten? Ik geloof dat ik elk moment in slaap kan vallen.'

'Is er echt verder niets met Carinsson gebeurd? Ik bedoel, hij doet erg veel moeite voor je.'

Ik had haar kunnen vertellen over het gesprek op het balkon, van zijn aanbod vrienden te worden, maar ik wist dat ze dan van geen ophouden zou weten. Zij wenste meer dan ikzelf dat ik een nieuwe man zou vinden.

'Nee, maar ik blijf nog drie dagen. Ik heb elke dag een afspraak met hem op zijn kantoor. Met een beetje geluk kunnen we de Leeuwenhof nog redden.'

'Dat hoop ik van harte.' Kitty omhelsde me en gaf me een kus op mijn voorhoofd. 'Welterusten.'

'Jij ook,' zei ik en ik liep naar mijn bed.

Na een diepe, droomloze nacht werd ik tegen de middag wakker, verbaasd dat ik niet op de Leeuwenhof was. Maar toen schoot de party van de vorige avond me weer te binnen.

Hoewel het om het redden van de hoeve ging, had ik een slecht geweten toen ik de telefooncel opzocht, mijn ouders belde en aankondigde dat ik pas over drie dagen terug zou komen.

'Lieve help, wat doe je daar in Stockholm dan allemaal?' vroeg mijn moeder.

'Dat kan ik nog niet zeggen. Alleen dit: ik denk dat er een manier is om de Leeuwenhof te behouden.'

'Je denkt,' zei mijn moeder twijfelend.

'Ik weet het zeker,' antwoordde ik. 'Meneer Carinsson en ik...'

'Carinsson?' vroeg ze argwanend. 'Heette die man die onze hoeve in zo'n slecht daglicht stelde niet zo?'

'Hij stelde de hoeve niet in een slecht daglicht, hij heeft alleen geconstateerd waar het bij ons aan scheelt.'

Mijn moeder snoof. 'Je hebt dus contact met hem opgenomen? Terwijl je eigenlijk woedend op hem was, en wij ervan uitgingen dat hij ons in heel Zweden zwart zou maken?'

'Ik heb geen contact met hem opgenomen. In elk geval eerst

niet. Hij kwam weken geleden naar me toe om zijn hulp aan te bieden. Toen zag ik zijn voorstellen als een utopie, maar nu... Het water staat ons aan de lippen, mama! We moeten iets doen.'

'En dus heul je met de vijand.'

'Meneer Carinsson is geen vijand van de hoeve. Ik denk echter wel dat we in het verleden een paar vijanden hebben gemaakt. Maar dat voert nu te ver. De komende dagen ga ik met Carinsson een plan uitwerken. De rest hoor je als ik weer terug ben.'

Mijn moeder zuchtte. 'Ik heb er geen goed gevoel over. Stel dat hij niet integer is? Dat hij iets anders van je wil?'

'Maak je geen zorgen, moeder, ik heb alles onder controle. En Carinsson is echt gedreven om ons te helpen. Dat zag ik eerst niet in, omdat de manier waarop hij zijn argumenten naar voren bracht nogal bot was. Maar intussen is het contact prettiger geworden. Ik weet zeker dat hij ons graag zal ondersteunen.'

Het liefst had ik te berde gebracht dat ik prins Bertil had ontmoet, maar dat wilde ik voor mijn thuiskomst bewaren. Bovendien had Carinsson me verzocht nog niets van onze strategie prijs te geven.

'Goed dan, doe wat je kunt. We hoeven de bank pas volgende week te laten weten wat we hebben besloten, tot dan hebben we nog wat tijd.'

Drie dagen waren niet veel, maar ik hoopte dat de afspraken bij Carinsson voldoende zouden zijn om een plan uit te werken dat ook de bank over de streep kon halen.

'Hoe gaat het met oma?' vroeg ik.

'Beter, lijkt het. De dokter zei dat het stolsel inmiddels is opgelost. Maar ze moet nog een paar dagen in het ziekenhuis blijven. Ze vroeg naar je.'

'Dat dacht ik wel,' zei ik. 'Ik had haar beloofd zo snel mogelijk op bezoek te komen.'

'Als je pas over drie dagen terugkomt, is ze waarschijnlijk eerder thuis dan jij.' Het verwijt in haar stem was niet te missen.

'Doe haar de groeten van me,' antwoordde ik. 'Mocht ze bij mijn terugkeer nog niet zijn ontslagen, dan ga ik onmiddellijk bij haar op bezoek. Of ik haal haar af bij het ziekenhuis.'

'Goed,' zei mijn moeder, die nu vreselijk moe klonk. Ik kon me vaag voorstellen welke zware last ze momenteel op haar schouders voelde. 'Hoor eens, pas goed op jezelf. En ga niet in op zaken met Carinsson zonder het me te vragen.'

'Moeder,' zei ik. 'Voor zover ik weet is oma nog steeds de eigenares van de Leeuwenhof en ben jij de bedrijfsleider. Ik verkeer niet in de positie om wat voor zaken dan ook aan te gaan. Ik wil helpen, dat is alles. En bij die gesprekken gaat het daar ook alleen maar om.' Ik zuchtte diep. 'Heb alsjeblieft vertrouwen in me. Het komt allemaal goed.'

'Dat hoop ik maar. Tot gauw, lieve schat.'

'Tot gauw, moeder.'

Ik hing op en staarde nog even naar het toestel, tot iemand op de ruit klopte en riep: 'Hé, andere mensen willen ook bellen!'

Ik draaide me om en liep de telefooncel uit. Nu had ik behoefte aan een rustig plekje. Het werd tijd om bij Sören op bezoek te gaan.

16

'Meneer Carinsson is zo beschikbaar, gaat u nog even zitten,' zo ontving de secretaresse me de volgende middag, terwijl ze naar een zithoek wees onder een opvallende bonte reproductie.

Ik vroeg me af hoe mijn oma moderne kunst zag, ze had immers indertijd een heel klassieke opleiding gehad. We hadden nooit over moderne kunst gepraat. Misschien moest ik daar eens over beginnen als ze weer thuis was.

Ik ging zitten en liet mijn blik door het raam naar buiten dwalen. Na het bezoek aan Sörens graf was ik heel kalm geweest, maar nu voelde ik de spanning stijgen als de zee na eb. Op de achtergrond hoorde ik stemmen, maar ik kon niet horen waar het over ging. Waarschijnlijk was Carinsson nog met een andere cliënt bezig. Het duurde en duurde. De secretaresse nam een telefoontje aan, van iemand die dringend een afspraak wilde. Het leek een vermoeiende cliënt te zijn, want ze draaide met haar ogen.

Vlak nadat ze had opgehangen, ging de deur van Carinssons kantoor open. Het geklikklak van hoge hakken klonk door het vertrek. De vrouw die samen met een man naar buiten kwam, droeg een elegante kokerjurk die prachtig bij haar stroblonde haar paste. Ook verder zag ze eruit alsof ze op het punt stond naar een party te gaan. Zo elegant als zij zou ik me waarschijnlijk nooit op zulke hoge hakken kunnen voortbewegen.

'Het was me een genoegen, juffrouw Eklund. Meneer Viström.' Hij reikte de man de hand en kuste daarna de vrouw.

Even keek Carinsson hen na, toen wendde hij zich tot mij. 'Ah, u bent er al!' zei hij en hij liep naar me toe.

Al? Ik keek op de klok. Het was tien over twee. Was hij soms gewend dat cliënten niet op tijd kwamen?

'Het doet me genoegen u weer te zien, juffrouw Lejongård.' Nu wekte hij een veel formelere indruk dan de vorige dag.

'Het genoegen is geheel mijnerzijds' antwoordde ik, waarbij ik merkte dat de secretaresse ons nadrukkelijk opnam.

'Laten we dan maar eens gaan kijken wat we kunnen doen.' Hij nam me mee zijn kantoor in en bood me een plaats op de bank aan. Daar stond nog het dienblad van de cliënten van daarnet.

'Excuses dat het wat later is geworden,' zei hij terwijl hij het dienblaadje opzijschoof. 'Juffrouw Eklund is mannequin en moet het nieuwe gezicht van een bekend cosmeticaconcern worden. Helaas praat haar agent meer dan nodig is en ik vrees dat de dame het de fotografen niet makkelijk zal maken. Maar haar look is hot. De mensen denken dat een typische Zweedse er net zo uitziet als zij.'

'Ach jeetje,' ontglipte me. 'Denken de mensen dat echt?'

'Ja, stroblond haar, blauwe ogen, brede glimlach. Dat is het beeld dat men in de wereld van ons heeft. U zou daar overigens ook goed in passen.'

'Ik ben geen mannequin,' wierp ik tegen, 'en ik ben eerder goudblond.'

'Maar nog altijd blond genoeg voor het beeld van de typische Zweedse. In elk geval wat de marketing betreft. Wilt u me even verontschuldigen?' Hij bracht het dienblad naar buiten en kwam niet veel later terug.

'Sybilla komt ons zo verse koffie brengen.' Hij haalde diep adem, toen pakte hij een map van zijn bureau. 'Laten we ons nu op u en de Leeuwenhof richten.'

'Hebt u een dossier over ons aangelegd?' vroeg ik toen ik het opschrift zag. Wanneer had hij dat gedaan? Afgelopen nacht? Of al eerder?

'Natuurlijk, dat doe ik bij alle cliënten. Iedere klant levert nieuwe kennis en nieuwe ervaringen op. Ik hou dat allemaal graag bij, om later te kunnen beoordelen wat er goed of slecht ging.' Hij sloeg de map open, waarin inderdaad al een paar blaadjes zaten. 'U zou zoiets ook voor uw klanten moeten bijhouden.'

'Dat doen we al,' antwoordde ik. 'Het kantoor van mijn ouders staat vol met ordners over het klantenbestand van de afgelopen jaren.'

'Hoe oud is het oudste dossier?' vroeg hij.

'Dat moeten de grootboeken van mijn overgrootvader zijn.'

'Ha!' zei hij daarop. 'Dat dacht ik al. Ik zou zeggen: ontdoe u van die oude troep, die werkt alleen maar belemmerend.'

'De dossiers van mijn overgrootvader zijn historisch!' protesteerde ik.

'Ja, precies! En daarom horen ze eerder thuis in een archief of een museum, maar niet in de werkkamer. Daar zouden alleen de dossiers van de afgelopen tien jaar te vinden moeten zijn. Meer niet. Anders verstikt de geschiedenis u op een gegeven moment.'

Een paar weken terug zou ik hevig geprotesteerd hebben. Maar als ik meneer Carinssons kantoor bekeek, moest ik hem gelijk geven. De werkkamer in het landhuis zag er somber en volgepropt uit, het zijne oogde daarentegen fris en prettig. Het was voorstelbaar dat je hier op veel betere ideeën kwam.

'Ik zal het aan mijn moeder doorgeven,' zei ik, waarop Carinsson verbaasd zijn wenkbrauwen optrok.

'Geen protest?' vroeg hij. 'Ik geloof dat ik dat met rood op mijn kalender moet aangeven.'

'Ik ben leergierig,' zei ik. 'Vanmorgen heb ik u tegenover mijn moeder al fel verdedigd.'

'Was dat nodig dan? We hebben elkaar maar één keer gezien.'

'Ik heb haar indertijd verteld wat u had gezegd. Daar was ze niet zo van gediend.'

'Nou, dan is de appel niet ver van de boom gevallen, hè?' zei hij lachend. 'Maar als u erg op uw moeder lijkt, heb ik goede hoop dat ik haar ook kan overtuigen.'

Terwijl hij zich op het dossier richtte, observeerde ik hem. Hij leek me de opmerking over mijn moeder niet kwalijk te nemen. Hij scheen er zich toch al niet veel van aan te trekken als men niet zo van zijn ideeën gediend was. Blijkbaar was hij van mening dat hij dan andere wegen moest inslaan om zijn doel te bereiken.

'Ik heb mijn oor een beetje te luisteren gelegd, heel discreet uiteraard,' zei hij ten slotte toen hij opkeek. 'Bij een groot deel van de mensen staat u heel goed bekend. Maar niemand wist wat hij met de Leeuwenhof aan moest. De schade aan het imago moet al ver voor het verlies van de contracten met het koningshuis zijn ingetreden. Men hoorde niets over het landgoed en daardoor is het in vergetelheid geraakt.'

Ik vroeg me af waar het dan precies verkeerd was gegaan.

'Maar dat is geen reden om zo triest te kijken,' zei Carinsson toen hij zag wat voor gezicht ik trok. 'Als ze niet van uw bestaan weten, kunnen ze ook geen negatieve verhalen vertellen. Ik zou zeggen dat dat geen slecht uitgangspunt is voor een nieuwe start.'

'Zakenmensen zullen het indertijd niet gewaardeerd hebben dat het landgoed door een vrouw werd geleid,' zei ik. 'Er is mijn grootmoeder nooit veel in de weg gelegd, in elk geval niet openlijk. Maar op de achtergrond speelde er vast het een en ander. Dingen waarvan ze niets wist. Mijn moeder zei eens dat de leiding over het landgoed een beetje te veel van haar vergde.'

'Dat is goed mogelijk,' zei Carinsson. 'Mensen zeggen niet altijd wat ze werkelijk denken. Die mensen steken je geen mes in de rug, maar ze brengen je kleine steekwonden toe die blijven bloeden. Op een gegeven moment val je dan om door het bloedverlies. Vergeef me mijn beeldende vergelijking, maar zo zou het bij uw grootmoeder gegaan kunnen zijn. Eerst zijn het slechts geruchten, dan ben je bij bepaalde inschrijvingsprocedures blijkbaar te laat, of wordt er keer op keer iemand anders voorgetrokken. Altijd zijn er schijnbaar logische verklaringen. Je bent gewoon niet goed genoeg, of een ander is beter. Hoe je ook je best doet, je komt niet meer verder. Je vraagt je af wat je verkeerd doet, maar eigenlijk komt het door de anderen, die ervoor zorgen dat je niet meer verder komt. Op een gegeven moment berust je erin en word je onverschillig.'

'Het landgoed laat mijn grootmoeder niet onverschillig,' wierp ik tegen.

'Vast niet, maar zij en ook uw moeder lijken ervan overtuigd te zijn dat er niets aan de situatie te doen valt. We moeten hen uit dat denkpatroon zien te halen.'

De volgende uren maakten we een grondige analyse van wat tot de neergang van de Leeuwenhof kon hebben geleid. Het resultaat was zo schrikbarend dat ik spontaan in huilen uitbarstte. Met een goede adviseur had mijn oma de schade kunnen voorkomen, maar die had ze niet gehad. In plaats daarvan had ze strijd met haar eigen moeder moeten leveren en had ze steeds meer het zicht op de toekomst verloren.

'Dat kunnen we niet tegen haar zeggen,' zei ik terwijl ik mijn tranen droogde. 'Dan krijgt ze misschien nog een hartinfarct.'

'Maakt u zich niet ongerust, ik ben discreet,' beloofde Carinsson. 'Maar we moeten wel uw moeder erop wijzen. Het is niet voldoende om de boekhouding van de Leeuwenhof bij te houden. De marketing is al lange tijd verwaarloosd. Ook in de jaren dertig en veertig bestond er reclame.'

'U vergeet de oorlog.'

'Denkt u echt dat de oorlog alles heeft lamgelegd?' Hij schudde zijn hoofd. 'Afgezien van het feit dat er op Zweeds grondgebied geen gevechtshandelingen hebben plaatsgevonden, ging het leven door. Zeker, er was rantsoenering en de import uit de oorlogvoerende landen was nihil. Toch gingen de zaken door. Het merendeel van de bestaande bedrijven had van de oorlog niet bijzonder veel te lijden. De grootste verschrikking van de oorlog zat in het hoofd van de mensen, die dachten dat het onheil elk moment over ze kon uitbarsten. U moest eens weten wat voor verhalen mijn moeder me vertelde. Geen suiker kunnen krijgen was voor haar het ergste wat er bestond.' Hij schudde zijn hoofd.

'De Leeuwenhof heeft Noorse vluchtelingen opgenomen,' zei ik. 'Daardoor is mijn moeder mijn vader weer tegengekomen.'

'Is hij een Noor?'

Ik schudde mijn hoofd. 'Nee, een Zweed. Maar hij was naar Noorwegen gegaan om daar een meubelmakersbedrijf op te zetten. De oorlog heeft hem alles ontnomen, ook zijn eerste vrouw.'

'Dat spijt me,' zei Carinsson en hij zweeg even discreet. 'Als je de zorg voor vluchtelingen hebt, raakt de bedrijfsvoering natuurlijk op de achtergrond. Maar ik begrijp niet waarom uw moeder in de jaren vijftig niet is begonnen reclame voor de hoeve te maken.'

'In de jaren vijftig was de verkoop nog goed, omdat er aan de andere kant van de Oostzee paarden nodig waren. Daarna hebben de stoeterijen daar hun werk weer hervat.'

Carinsson knikte en maakte een notitie.

'Prima,' zei hij toen. 'Ik denk dat ik nu een goed beeld heb van beide landgoederen. Ekberg staat er goed voor en zou zonder meer in het levensonderhoud van uw familie kunnen voorzien. De Leeuwenhof, die zichzelf absoluut niet kan bedruipen, is echter het hart van de familie. En welke goede arts zou het hart van een patiënt eruit snijden?'

'U lijkt een zwak voor medische vergelijkingen te hebben,' zei ik.

'Mijn vader was dokter,' zei hij. 'Misschien komt het daarvandaan. Hij hoopte altijd dat ik in zijn voetsporen zou treden. Helaas ontwikkelde ik een fascinatie voor reclame.'

'Als kind al?' vroeg ik.

'Hoe zat dat dan met u?' was zijn wedervraag. 'Wanneer wist u dat u dierenarts wilde worden?'

'Misschien toen ik elf of twaalf was. Ik hield altijd al veel van paarden, maar dat brengt mijn afkomst ook met zich mee.'

'En wat gaf de doorslag? Alleen liefde voor paarden, of ook nog iets anders?'

Ineens stond me een herfstmiddag voor de geest. Even eerder was een staljongen opgewonden naar het huis gekomen om iets tegen mijn moeder te zeggen. Die rende daarop meteen weg. Ik was haar nieuwsgierig gevolgd. De bladeren aan de bomen glansden geel en rood in het zonlicht, over de weiden hing een lichte nevel. Mijn moeder was al in de stal verdwenen toen ik behoedzaam bij de openstaande deur ging staan. Het geluid dat ik even later hoorde, was verschrikkelijk.

'Een van de paarden had een darmobstructie,' vervolgde ik mijn gedachten hardop. 'De verzorgers hadden dat niet gemerkt. Het dier leed vreselijk veel pijn en gilde. Zo'n geluid had ik nooit eerder gehoord. Niemand kon iets doen, en het duurde bijna een uur voor de veearts uit Kristianstad er was. Toen was het te laat. We moesten het paard laten inslapen. Het was een van onze beste merries, die bovendien een veulen had. Ik heb de hele nacht geen oog dichtgedaan. Een paar dagen later wist ik wat ik kon doen om ervoor te zorgen dat zoiets nooit meer zou gebeuren.'

'U wilde als dierenarts op het landgoed aanwezig zijn als er weer zoiets zou voorvallen.'

'Ja,' antwoordde ik. 'Natuurlijk besefte ik dat het nog een aantal jaren zou duren voor ik als dierenarts zou kunnen gaan werken.'

'Maar de droom is gebleven.'

Ik knikte. 'En zoals u ziet, is het me gelukt.'

Ik moest ook weer denken aan de dag dat ik in de stal van een boer een merrie had geholpen. De dag waarop ik besefte dat ik door wilde gaan met mijn studie. Maar dat hield ik voor me, want daardoor zou het gesprek weer op Sören zijn gekomen. Het was al genoeg dat ik Carinsson de vorige dag over hem had verteld.

Hij knikte naar me. 'Dat is een heel schrijnend verhaal.'

'En hoe zit het met u?' vroeg ik. 'U hebt me nog niet verteld waarom u zo in reclame geïnteresseerd was.'

'Nou, dat verhaal is niet zo dramatisch als het uwe. Mijn vader had een zwak voor antiek. Om die hobby aan zijn zoon door te geven nam hij me in het weekend steeds mee naar van die bizarre winkels. Soms gingen we ook naar vlooienmarkten. Op een dag ontdekte ik in een winkel een doos vol met oude blikken schilden. Het waren reclameborden voor van alles en nog wat, mondwater, pommade, baardkammen, opwekkende drankjes, jam. Alles wat een mens zoal nodig heeft. Ik was gefascineerd door die bontgekleurde schilden, die zo veel uitdrukten op zo'n kleine oppervlakte. De afbeeldingen prikkelden mijn fantasie, zetten me aan het denken over hoe ze tot stand gekomen waren en welk effect ze op mensen hadden. Op een gegeven moment ben ik ze gaan verzamelen en heb ik besloten er zelf een paar te maken.'

'Hoe oud was u toen?'

'Acht of negen.'

'U maakt een grapje.'

'Nee, absoluut niet,' antwoordde Carinsson. Toen liep hij naar zijn bureau en trok een grote la open. 'Ik was nog heel klein toen ik wist dat ik niet mijn vaders beroep zou gaan uitoefenen. Geneeskunde vond ik altijd een beetje eng. Kom maar eens kijken.'

Ik stond op en liep naar hem toe. Het was een lade met hangmappen. Uit een daarvan trok Carinsson een blikken schild. De achtergrond was donkergroen en op de voorgrond stond een vrouw in een witte jasschort met een pakje wasmiddel. Haar glimlach leek op die van een filmster uit een stomme film.

'Dit is het eerste bord dat ik van mijn zakgeld op een vlooienmarkt heb gekocht. De vrouw erop ziet er vrolijk uit, hoewel de was doen bepaald geen licht werk is.'

'Zag uw moeder er ook zo uit bij het wassen?'

'Nee, wij hadden dienstmeisjes die de was deden. Mijn moeder was vooral bezig te herstellen van haar migraine.'

'Dat klinkt alsof u haar niet mag.'

'Mijn moeder was zoals ze was. Ik kan haar niets verwijten. Bovendien, van de doden niets dan goeds.'

'O, is uw moeder...' Ik stokte.

'Mijn ouders zijn allebei vijf jaar geleden overleden,' antwoordde hij. 'Een bootongeluk. Ze waren op weg naar een zeilregatta in Denemarken toen ze in een storm terechtkwamen. De boot is omgeslagen. Dagen later zijn ze aangespoeld op de Deense kust.'

'Dat is verschrikkelijk,' zei ik en ik huiverde. 'Wat een vreselijke dood.'

'Zeker. Ik was volkomen kapot toen ik het hoorde. Ik studeerde toen nog en had het gevoel dat mijn wereld instortte.'

'Dat kan ik begrijpen. Na Sörens dood voelde ik me net zo.' Ik keek hem aan en constateerde dat ik hem nu toch over mijn verloofde vertelde. Ik had geen idee waardoor het kwam, maar op de een of andere manier lukte het hem mijn vertrouwen te winnen.

'Wat hebt u toen gedaan?' vroeg ik. 'Ik bedoel, daarna.'

'Nadat ik me een tijd in mezelf had teruggetrokken, besefte ik dat niets hen kon terugbrengen. Er zat niets anders op: ik moest doorgaan en proberen hun herinnering waardig te zijn. Ook al was het op een gebied dat mijn vader afkeurde.' Hij spreidde zijn armen. 'Zoals u ziet, is me dat enigszins gelukt.'

'Ik zou zeggen dat het u heel goed is gelukt!'

'Dank u. Ik weet zeker dat het u ook zal lukken,' zei hij. 'En ik weet zeker dat uw verloofde trots op u zou zijn geweest.'

'Helaas kan hij dat niet meer meemaken.'

'Is dat dan belangrijk?' vroeg Carinsson. 'Wat telt is toch hoe het met u gaat en of u trots op uzelf kunt zijn. U bent inmiddels dierenarts en u bent op weg de Leeuwenhof een nieuw tijdperk in te leiden.'

'U bedoelt, mijn moeder.'

'Nee, u,' wierp hij tegen. 'Laten we gaan uitwerken hoe we dat kunnen realiseren.'

17

De ochtend na de laatste afspraak wilde ik eigenlijk op weg gaan naar het station. Maar Carinsson stond me voor het studentenhuis op te wachten. Nonchalant leunde hij tegen zijn auto. 'Goedemorgen, juffrouw Lejongård.'

'Wat komt u hier nou doen?' vroeg ik verbaasd.

'U afhalen, wat anders?'

We hadden afgesproken vanwege de dreigende aflossingstermijn direct naar de Leeuwenhof te gaan om mijn ouders het plan voor te leggen. Ik was er niet zeker van of het bijval zou krijgen, want op één punt was het nogal radicaal. Maar er was geen sprake van geweest dat we elkaar van tevoren zouden treffen. Ik ging ervan uit dat ik eerder zou gaan, om mijn moeder te kunnen voorbereiden.

'Wilt u me naar het station brengen?'

'Nee, naar de Leeuwenhof. Waarom, denkt u, heb ik anders mijn tank volgegooid?'

'Ik ga liever met de trein,' antwoordde ik, maar Carinsson schudde zijn hoofd.

'Ga toch mee! Ik ben een uitstekende chauffeur, er ligt nergens sneeuw en ik denk niet dat u zich zult vervelen.' Hij haalde diep adem. 'Ik weet wel dat de laatste keer dat u die rit met een man hebt ondernomen, vreselijk was. Maar zo hoeft het niet elke keer te gaan.'

Er schoot paniek door me heen. 'Eerlijk gezegd ben ik bang om met u mee te rijden,' zei ik zonder omwegen.

'Nou, dat zou u dan ook met de trein moeten hebben. Treinen kunnen ontsporen, en dan wordt u met vijftig andere reizigers en hun koffers in een wagon door elkaar geschud.'

'Bedankt dat u ook het reizen met de trein voor me vergalt,' mopperde ik, waarop hij lachte.

'Nee, dat is niet mijn bedoeling. Maar zou het niet een mooi bewijs van vertrouwen zijn als ik u heelhuids thuisbracht? U zou een stukje van uw vroegere, zorgeloze leven terugveroveren.'

Dacht hij soms dat ik dat nodig had? Leek ik zo beschadigd? Ik wrong mijn handen. Ze waren nog steeds ijskoud en ook het bange gerommel in mijn maag was er nog. Tegelijkertijd ergerde ik me dat ik bang was als een oud vrouwtje. Er was toch niets op tegen om bij Carinsson in de auto te stappen. Ik was vaker met hem meegereden. Maar toen waren we in de stad...

'Kom nu maar. Geef me uw tas en ik garandeer dat het een plezierige rit wordt. Ik heb een autoradio, u kunt naar muziek luisteren als u mijn geklets niet meer kunt verdragen.'

Vooruit, wees geen angsthaas, zei ik tegen mezelf. Zet je eroverheen. 'Goed dan,' hoorde ik mezelf zeggen.

'Echt?'

Ik knikte.

'Uitstekend!' Carinsson pakte mijn tas van me af. Ik keek achterom naar het studentenhuis en zag dat Kitty met haar neus tegen de ruit gedrukt stond. Toen ze zag dat ik keek, stak ze haar duimen op. Ik zwaaide naar haar.

'Wie is dat?' vroeg Carinsson.

'Mijn medebewoonster.'

'Ah, dat knappe meisje aan wie ik mijn kaartje heb gegeven.'

'Precies.'

'Ze zal wel denken dat u een aanbidder hebt.'

'Ik heb haar van u verteld,' gaf ik te kennen. 'Ze was teleurgesteld omdat ze ons al als het volgende ideale paar zag.'

'Ze schijnt nogal romantische ideeën te hebben.'

'Dat heeft ze zeker, en ze vindt vooral dat ik een nieuwe man moet hebben.'

'Nou, een vrouw als u... Ik vraag me af waarom de mannen niet voor u in de rij staan.'

'Omdat ik dat niet wil,' antwoordde ik terwijl ik op de passagiersplaats ging zitten. 'En nu moeten we gaan, anders bedenk ik me nog en laat ik me bij het station afzetten.'

'Vergeet het maar,' zei hij, en hij stapte in en startte de motor.

Hoewel ik tijdens de hele rit licht gespannen was, moest ik erkennen dat het helemaal niet zo erg was. Carinsson zei niet veel, hij liet de radio de leemte opvullen. Bovendien had ik het gevoel dat hij langzamer reed dan anders, om rekening met mij te houden.

Toen we tegen de middag Kristianstad achter ons hadden gelaten, voelde ik me enigszins opgelucht. We waren voorbij de plaats van het ongeluk en nu stroomde het bloed terug naar mijn ijskoude handen. Carinsson had gelijk gehad, er was niets ernstigs gebeurd.

'Als u wilt, rij ik het laatste stukje,' zei ik toen ik zag dat Carinsson gaapte.

'Hebt u uw rijbewijs?' vroeg hij.

'Natuurlijk!' antwoordde ik.

'En waarom hebt u dan geen auto?'

'Mijn familie heeft er een. In Stockholm heb ik geen auto nodig, daar zijn genoeg bussen. En voor lange afstanden neem ik altijd de trein.' Ik zweeg even, toen voegde ik eraan toe: 'Bovendien heb ik daar geen geld voor. Maar ik kan rijden. Thuis rij ik soms zelfs in mijn vaders bestelbus.'

'Goed. Carinsson stopte langs de kant van de weg. 'Laten we dan van plaats ruilen. Maar voorzichtig, deze auto is anders dan een bestelbusje.'

We wisselden van plaats.

'Dank voor het vertrouwen,' zei ik toen ik hem in de versnelling zette. De cabriolet reageerde inderdaad heel anders dan de bestelbus of onze oude auto. Toen hij onder woest gebrom vooruitschoot, begon ik te juichen.

'Kalm aan,' zei Carinsson, die wat bleekjes om de neus was geworden.

‘Ik moet gevoel voor de auto krijgen, dat is alles.’ Mijn hart bonsde, maar niet van angst. Eerder van opwinding. Dat verbaasde me, want ik had lang niet meer gereden, en eigenlijk werd ik op deze weg altijd door herinneringen overvallen. Het donkere gebied in mijn herinnering zat vol gedachten en voorstellingen over de toedracht van het ongeluk. Maar nu merkte ik daar niets van. Alleen vreugde toen ik gevoel voor het voertuig begon te krijgen.

Toen de oprit naar het landgoed in zicht kwam, minderde ik vaart, zette de richtingaanwijzer aan en keek naar Carinsson. Die had weer wat kleur gekregen, maar leek nog steeds gespannen.

‘U rijdt als een maniak,’ zei hij. ‘Ik had er niet op gerekend dat u zo veel gas zou geven.’

‘Deed ik dat dan?’ vroeg ik.

‘Jazeker.’ Toen glimlachte hij. ‘Maar het is erg fascinerend om u zo te zien.’

‘Hoe dan?’ vroeg ik.

‘Onverschrokken. Toen we elkaar voor het eerst ontmoetten, was u weliswaar bijzonder trots, maar tegelijkertijd hing er zoiets als angst om u heen.’

‘Angst?’

‘Angst voor veranderingen. Voor nieuwe dingen. Nu hebt u iets nieuws gedaan: een auto met tweehonderd pk bestuurd. En u hebt ook een beetje geracet.’

Dat was waar. Wat hij niet wist, was hoe goed ik me daarbij voelde. Het was alsof er een korst om me heen was afgebrokkeld.

Ik reed over de oprijlaan naar de rotonde voor het huis. De middagzon straalde aan de hemel en de geur van gemaaid gras en stro hing in de lucht. Dat had ik al lang niet meer tot me laten doordringen. Ik zette de wagen stil en wist zeker dat mijn moeder meteen zou verschijnen. Het leeuwachtige gebrul van de cabriolet was niet te missen. En ik vergiste me niet.

Mijn moeder droeg een roestrood mantelpakje met een witte blouse. Het leek of ze net terug was van een afspraak.

‘Ha, mama!’ riep ik terwijl ik de trap opklom. ‘Ik ben er weer!’

‘Dat zie ik,’ zei ze met een licht verwarde uitdrukking in haar ogen. Toen sloot ze me in haar armen. 'Wat fijn dat je er bent. En je hebt meteen maar bezoek meegebracht.'

'Hij was zo aardig me mee te nemen. Het was een geweldige rit!'

Ik maakte me van haar los en draaide me om. Carinsson stak haar zijn hand toe. 'Het doet me genoegen u weer te zien, mevrouw Lejongård.'

'Het genoegen is geheel mijnerzijds,' antwoordde mijn moeder beleefd, maar het ontging me niet dat ze enigszins gereserveerd was. Toen ik haar de vorige dag belde om Carinssons bezoek aan te kondigen was ze niet bepaald blij geweest. 'Denk je niet dat we het zelf wel voor elkaar krijgen met het landgoed?' had ze gevraagd. Maar het was me gelukt haar ervan te overtuigen dat het de moeite waard was hem aan te horen.

'Jullie zijn vroeger dan we hadden verwacht,' zei mijn moeder, en ze nodigde Carinsson uit om binnen te komen.

'Dat komt doordat uw dochter een hardrijdster is,' verklaarde Carinsson glimlachend en hij keek naar mij. 'Ik had voor het stuk tussen Kristianstad en hier beslist meer dan twintig minuten nodig gehad.'

'Zo hard heb ik nou ook weer niet gereden,' wierp ik tegen, want ik wilde niet dat mijn moeder zich achteraf zorgen ging maken.

Terwijl Carinsson zich in zijn kamer installeerde – ik had gevraagd hem de kamer met het schilderij met de kreeft te geven – praatte ik met mijn moeder.

'Waar is vader?' vroeg ik verbaasd. 'Is hij bij oma op bezoek?'

Moeder schudde haar hoofd. 'Nee, hij is op Ekberg. Daar zijn problemen met de oogstmachines. Hij moet met de garage praten en nog een paar andere dingen regelen.'

'En hoe gaat het met oma?'

'Ze maakte zich een beetje ongerust over jou, maar verder is gelukkig alles in orde.'

Ik merkte dat ze heel nerveus was. 'Wat is er, mama? Je lijkt nogal van streek.'

'Niets,' antwoordde ze. 'Het is alleen... Ik ben net terug van een afspraak.'

'Was die dan onaangenaam?'

'Nee... Ik weet alleen niet of het nog nodig is van de diensten van meneer Carinsson gebruik te maken.'

Ik trok mijn wenkbrauwen op. 'Hoezo?'

'Ach ja.' Ze wrong nerveus haar handen. 'Eigenlijk wilde ik er pas ruchtbaarheid aan geven wanneer je vader weer terug is, maar dat kan nog wel een paar dagen duren. Ik wil niet dat we de tijd van onze gast onnodig in beslag nemen.'

Ik schudde mijn hoofd. 'Dat klinkt een beetje vreemd, moeder. Wat is er aan de hand?'

'Laten we dat straks met meneer Carinsson bespreken,' stelde ze voor. 'Als hij ziet dat we hem niet nodig hebben, kan hij morgen meteen weer teruggaan.'

'Sinds wanneer zijn we zo ongastvrij?' vroeg ik verbaasd. 'Eigenlijk zouden we wat er te bespreken valt ook morgen kunnen afhandelen.'

'Nou, ik vrees dat we daar niet de tijd voor hebben. Over het aanbod dat ik gekregen heb, moet ik snel beslissen. Eigenlijk had ik vandaag al moeten tekenen, maar ik moet het nog aan oma vragen.'

'Wat voor aanbod is dat dan? Je lijkt er niet erg gelukkig mee te zijn.'

'Dat vertel ik straks wel,' antwoordde moeder gejaagd. 'Ik moet mezelf eerst een beetje bij elkaar rapen.'

Ik zuchtte. Wat was er met moeder aan de hand? Wat had ze zich op de hals gehaald?

'Ga maar rustig je spullen uitpakken, dan zien we elkaar in de werkkamer, goed?' zei ze en ze draaide zich om.

Ik keek haar na. Wat stond er te gebeuren? Een akelig vermoeden bekroop me.

Een half uur later begaven we ons naar de werkkamer. Mijn moeder leek nog zenuwachtiger te zijn geworden. Ze wekte de indruk dat ze iets had gedaan wat me niet zou bevallen.

We gingen op de oude leren bank zitten en mijn moeder schonk koffie voor ons in. Het gebak erbij rook heerlijk, maar ik had geen trek. Verontrust vroeg ik me af wat mijn moeder te melden had. Ik ergerde me ook een beetje. Ze wist dat ik aan een oplossing werkte. Waarom had ze niet gewacht?

'Ik heb net een aanbod van een hotelketen gekregen,' deelde ze mee. 'De eigenaar wil van het landgoed een ruiterboerderij maken. De meeste paarden kunnen blijven, de rest nemen we mee naar Ekberg.'

Ik staarde mijn moeder gechoqueerd aan. Dus dat was het grote geheim? Een hotel? En ik had moeder toch over Agneta's wens verteld.

'Dat kun je niet maken!' voer ik tegen haar uit. 'Moet de Leeuwenhof een hotel worden? Geen sprake van.'

'Solveig, begrijp het dan. Een andere mogelijkheid is er niet.'

'Jawel, er zijn andere mogelijkheden,' wierp ik tegen. 'Meneer Carinsson en ik zijn de afgelopen drie dagen bezig geweest om een oplossing te vinden. En dan ga jij je huis aan een hotelketen verpatsen! Oma zal daar nooit toestemming voor geven.'

Mijn moeder perste haar lippen op elkaar. Ik keek naar Carinsson. Die leek een beetje beduusd door mijn uitbarsting. Of was hij teleurgesteld omdat mijn moeder niet had kunnen wachten?

'En waarom zou je dat aanbod meteen moeten accepteren?' vroeg ik door. 'Weet je wel zeker dat die lui eerlijke bedoelingen hebben? Zo'n belangrijke beslissing kun je toch niet na een enkel gesprek nemen? Ik zeg je dat het oplichters zijn!'

'Mag ik eens naar dat aanbod kijken?' nam Carinsson het woord. Hij leek uiterlijk heel rustig, wat me verbaasde.

Mijn moeder keek hem verwonderd aan, maar overhandigde hem het dunne stapeltje papieren waar ook het verkoopcontract tussen zat.

Carinsson bedankte haar beleefd en begon alles grondig te bestuderen. Inwendig kookte ik van woede. Mijn moeder had eigenlijk altijd alles met me besproken. En nu dit! Ze had gisteren aan de telefoon iets kunnen zeggen, en dan had ik misschien de gelegenheid gehad het haar uit haar hoofd te praten.

En Carinsson dan? Die had al die moeite gedaan, alleen maar om met zo'n eigenmachtig optreden geconfronteerd te worden!

Ik keek haar aan en probeerde mijn emoties in bedwang te houden.

Na een tijdje legde meneer Carinsson de papieren op het tafeltje voor hem en dacht even na. Toen keek hij op. 'Excuseert u mij dat ik het zo onomwonden zeg, maar dit aanbod is complete onzin.'

'Onzin?' vroeg mijn moeder stomverbaasd.

'Zie je nou wel?' flapte ik eruit. 'Ik zei toch dat er een luchtje aan zit!'

'Ze proberen duidelijk misbruik van de situatie te maken. U hebt hun verteld hoe het landgoed ervoor staat, nietwaar?'

Mijn moeder knikte.

'Dat verklaart waarom men u een pistool op de borst zet en meteen ondertekening eist. Die lui weten dat u het geld hard nodig hebt. De koopsom mag dan de restschuld dekken die u moet aflossen, maar daarna zult u alleen maar spijt hebben als u constateert dat er een andere uitweg was geweest.'

Mijn moeder trok het papier naar zich toe en keek ernaar alsof de bedragen in de afgelopen minuten veranderd waren.

'We hebben geen keus,' zei ze toen. 'De Leeuwenhof is failliet, er is geen redden aan.'

'Jawel, de hoeve kan worden gered. Daarom ben ik ook hier.' Hij zweeg even, toen voegde hij eraan toe: 'Maar voor we daarmee beginnen, zal ik u nog eens duidelijk maken wat er precies niet deugt aan het aanbod, zodat u niet denkt dat ik op mijn eigen voordeel uit ben en daarom een goede mogelijkheid afkraak.'

Hij pakte de papieren terug en haalde toen een balpen tevoorschijn. Daarmee schreef hij iets op het bovenste blaadje.

'Die hotelmagnaat is een sluwe vos,' was zijn commentaar. 'Hij wil u betalen voor het landhuis, maar er horen bij de Leeuwenhof vele hectaren akkerland. Die zijn zonder het landgoed nutteloos. De boeren in de buurt zouden ze kunnen gebruiken, maar alleen als het land in kleine percelen aan hen wordt verkocht. Ik heb het vermoeden dat de hotelmagnaat dat van plan is.' Hij liet mijn moeder de nieuwe berekening zien. 'Dat zou de prijs zijn die u echt van hem zou kunnen vragen.'

Mijn moeder hapte naar adem. 'Het is ondenkbaar dat hij dat ervoor geeft!'

'Dat weet ik. Maar ik wilde u laten zien dat u onder de waarde zou verkopen.'

'En hoe moet ik dan een koper vinden die dat bedrag betaalt?'

'Dat hoeft u niet,' antwoordde Carinsson. 'In plaats daarvan moet u van het krediet zien af te komen en het landgoed houden.'

'En hoe zou dat dan moeten?'

'Door het akkerland dat bij de Leeuwenhof hoort af te stoten. Voor de paardenfokkerij is het niet relevant, want voer kunt u van Ekberg laten komen. We moeten het bedrijf hier zo veel mogelijk afslanken.'

Weer pakte hij het blaadje. Ditmaal keerde hij het om. 'Dat zou de verkoop van het land naar verwachting opleveren. Daarmee zou u geld voor een renovatie kunnen genereren. Het enige wat u nodig hebt is een beetje moed en vertrouwen in uw dochter.'

Moeder keek me aan. Het leek of ze elk moment kon gaan huilen, maar niet van geluk. Eerder van kwaadheid. Ik was er echter niet zeker van dat ze kwaad was op Carinsson, op de hotelmagnaat of op mij.

'Om aan nog wat meer geld te komen en misschien uitgebreider te kunnen renoveren zou het ook denkbaar zijn een deel van de akkerlanden van landgoed Ekberg te verkopen.'

Mijn moeder keek hem aan alsof ze een klap in haar gezicht had gekregen. 'Ekberg voorziet in ons levensonderhoud!'

'Met een paar hectare minder is dat heus ook nog het geval.'

'Maar daardoor wordt de opbrengst kleiner.'

'Dat is juist,' beaamde Carinsson. 'U zou erover kunnen denken om van de Leeuwenhof een internationale naam in de paardensport en de paardenfokkerij te maken. Tegenwoordig worden toppaarden voor bedragen met vijf tot zes nullen verkocht.' Hij gaf mijn moeder even de tijd om dat tot zich te laten doordringen, toen voegde hij eraan toe: 'De afgelopen dagen hebben we een paar belangrijke stappen gezet wat de naamsbekendheid van de Leeuwenhof betreft.'

'Belangrijke stappen?' Mijn moeder keek ontstemd naar mij.

'We zijn naar een paardensportgala geweest,' zei ik. 'Ik heb kennisgemaakt met functionarissen en topruiters, die in principe geïnteresseerd zijn om naar onze paarden te komen kijken en ze misschien ook te kopen.'

Er verscheen een rimpel tussen haar wenkbrauwen.

'Ik weet wat er nu door je hoofd gaat,' zei ik. Nog steeds was ik kwaad op haar, maar door de rustige woorden van Carinsson was mijn woede naar de achtergrond verdrongen. 'Wil je echt de Leeuwenhof aan een hotelmagnaat verkopen? Dat verdienen onze voorouders niet. Oma zou zich daar niet prettig bij voelen. Integendeel, verkopen zou haar dood zijn. Je weet toch wat ze me heeft laten beloven.'

'Ja, een belofte die je niet kunt vervullen.'

'Als u wat land verkoopt, zou dat kunnen,' mengde Carinsson zich in het gesprek. 'Dat zal niet makkelijk zijn, want er moeten eerst kopers worden gevonden. Maar ik heb kennissen die alles weten van de verkoop van onroerend goed. Misschien is er wel een graanproducent die een tweede bedrijf in Skåne wil beginnen.'

'We zouden ook een paardenkliniek kunnen openen,' opperde ik, want ik droomde al lang van een eigen praktijk op het landgoed. Waarom niet meteen grootse plannen maken? Carinsson had toch gezegd dat we groots moesten denken. 'Dan komen paardenbezitters uit de streek wellicht naar ons,' vervolgde ik en ik zag dat Carinsson kinkte. 'Of beter nog, zieke dieren uit heel Skåne. Het zou een heel bekende kliniek kunnen worden.'

'Dat lijkt me een goed idee, juffrouw Lejongård,' zei Carinsson. 'Een paardenkliniek zou de opbrengsten en ook de naamsbekendheid van uw landgoed ten goede komen.'

'Maar we zijn een stoeterij,' bracht moeder te berde.

'Zakendoen op het gebied van paarden is tegenwoordig niet alleen een kwestie van fokken, maar ook van nevenactiviteiten,' verklaarde Carinsson. 'Een paardenkliniek kan uw expertise accentueren. Het Zweedse Olympisch Comité zoekt zijn partners uit op basis van de innovaties die ze bieden, waarmee de buitenlandse concurrentie kan worden overtroefd.'

'Een kliniek zou zo'n nevenactiviteit kunnen zijn,' zei ik. 'En misschien kan op een gegeven moment ook een van onze paarden op wedstrijden uitkomen.'

'Je weet dat ik niets van die ellendige paardenrennen moet hebben,' wierp mijn moeder tegen.

'Ik heb het niet over paardenrennen. Ik bedoel dressuurwedstrijden, springtoernooien.'

Mijn moeder schudde haar hoofd. 'Dat is me allemaal veel te onzeker.' Ze legde haar hand op het aanbod van de hotelmagnaat. Na de toelichting van Carinsson kon ze toch niet serieus overwegen dat te accepteren!

'Ik kan begrijpen dat u bedenkingen hebt. Maar u moet beseffen dat die onzekerheid zich binnen een paar jaar en op de lange termijn zal uitbetalen.' Carinsson wees op het stapeltje papieren. 'U zult hier en daar een paar veren moeten laten, maar ik denk dat u stralender dan ooit zult verrijzen. En het idee van uw dochter om een paardenkliniek te openen is gewoonweg geniaal.'

'Ik weet het niet.' Het zag ernaar uit dat het mijn moeder een beetje te veel werd. 'Ik... Het is allemaal zo ingewikkeld. Het is moeilijk om iemand te vinden die de beheerder kan vervangen. Ekberg zal me de komende tijd volledig in beslag nemen...'

Ik keek haar verrast aan. Over het ontslag van de beheerder de afgelopen maand had ze het weliswaar even gehad, maar dat ze geen vervanger kon vinden wist ik niet. 'Draag dan de leiding van het landgoed aan mij over,' zei ik kordaat.

Mijn moeder keek me verschrikt aan. 'Jij bent dierenarts, geen bedrijfsleider!'

'Maar ooit zal ik het landgoed toch gaan bestieren. Waarom dan niet nu al?'

'Veel eigenaren van stoeterijen hebben een heel andere opleiding gevolgd, viel Carinsson me bij. 'Ik ken iemand die een expeditiebedrijf heeft en daarnaast paarden fokt. Sommigen zijn ook afgestudeerd als dierenarts. Ik zie geen bezwaren. Uw dochter is met het landgoed opgegroeid, ze maakt er deel van uit. Geef haar een kans.'

Moeder keek me aan. Rond haar mondhoeken trilde het verraderlijk. Ze stond op het punt in tranen uit te barsten.

'Misschien moeten we even pauzeren,' stelde ik voor, want ik voelde dat ze wat tijd nodig had.

'Goed,' zei Carinsson. 'Als u wilt, ga ik een stukje wandelen, dan kunt u met elkaar praten.'

'Dat is een goed idee. Wij gaan ook een rondje lopen. Maar het park is groot, dat weet u.'

'O ja, ik kan me uw rondleiding nog levendig herinneren.' Met die woorden liep hij breed glimlachend de kamer uit.

Wij volgden even later.

In de tuin zongen de vogels, en een zacht briesje liet de bladeren aan de bomen ritselen. Intussen zakte de zon naar de einder. Hij stond nog hoog genoeg om voor licht te zorgen, maar over een paar uur zou de avond invallen. De verkoeling deed me goed. Mijn hele lichaam trilde. De verkoopplannen hadden me behoorlijk schrik aangejaagd.

'Waarom heb je je tot die vent gewend?' vroeg mijn moeder me toen we een eindje in de richting van het paviljoen waren gelopen. Ze leek nu wat rustiger, maar ze zag nog bleek om de neus.

'Hij nam contact met mij op,' zei ik. 'Een paar maanden geleden. Dat heb ik je verteld.'

'Ja, en je hebt ook verteld hoe slecht zijn voorstellen je waren bevallen.'

'Ik denk dat ik wat hij zei destijds verkeerd heb ingeschat. Ik voelde me persoonlijk aangevallen. Maar nu... Ik zag in dat we iets moesten doen. En dat hij misschien gelijk had.'

'Dat kun je nu nog niet zeggen,' wierp moeder tegen. 'Er moet eerst een koper voor het land worden gevonden.'

'Die zullen we vinden. Het is beter om het land weg te doen dan ons familiedomein in handen van een hotelmagnaat te geven. Wat zou die ervan maken? Een ponypark voor gestreste stadsmensen?' Ik hield mijn pas even in, plukte een grashalm af en voegde eraan toe: 'En wat zou er dan van onze paarden worden? Die zijn heel waardevol, maar ziet een nieuwe eigenaar dat? Worden ze misschien aan een circus verkocht of aan toeristen verhuurd?' Alleen al bij de gedachte draaide mijn maag om. 'Als je het mij vraagt, hebben onze paarden, die toch in het Zweedse hengstenstamboek vermeld staan, dat niet verdiend.'

Moeder trok haar omslagdoek strakker om haar schouders. 'Nee, dat verdienen ze niet. Maar we hebben geen keus.'

'Die keuze is er wel. Het land zal een goede prijs opleveren. En dan kunnen we beide landgoederen houden!'

Daar zei mijn moeder niets op, ze bleef een poosje zwijgend naast me lopen.

'Dus je hebt prins Bertil gesproken?' vroeg ze.

Ik keek haar verbaasd aan. Hoe kwam ze daar nou op? 'Ja, dat heb ik.'

'Hij was zeker geschrokken dat hij een Lejongård voor zich zag.'

'Hij leek een beetje verrast,' antwoordde ik.

'Als je bedenkt dat hij hier vroeger op bezoek kwam... Von Rosen heeft hier echt grote schade aangericht.'

'Ik heb zijn kleindochter gesproken.'

'Heeft Bertil dan een kleindochter?'

'Nee, Von Rosen. Ze heet Maud, en het gerucht gaat dat ze tot het olympische kader van Zweden behoort. Als dressuurruiter.'

'Ja, mensen zoals zij komen altijd weer op hun pootjes terecht. We hadden indertijd de koning ervan moeten overtuigen dat wij niets verkeerd deden.'

'Jullie hadden wel wat anders te doen,' merkte ik op. 'Jullie moesten voor die vluchtelingen zorgen. En de koning had al van de vorige oorlog moeten weten dat de Lejongårds geen oorlogspartijen ondersteunden. Gustaaf v pochte altijd over de neutraliteit van Zweden!'

'Ik zou willen dat het koningshuis ons niet volkomen was vergeten.' Ze begon triest te lachen. 'Wel vreemd, hè? Toen gaf ik er niets om dat we met het Koninklijk Huis bevriend waren. En nu vraag ik me af of het voor ons anders zou zijn gelopen als we nog bij het koningshuis in de gratie waren geweest.'

'Moeder, we leven niet meer in de negentiende eeuw,' gaf ik te kennen. 'We hebben de gunst van de koning niet meer nodig. We moeten vooruitkijken, ons aan iets nieuws wagen.'

'Zoiets als wat meneer Carinsson voorstelt?'

'Wat ik voorstel. Draag de leiding aan mij over.'

'Jij hebt geen opleiding tot bedrijfsleider gevolgd.'

'Dat had oma ook niet!' wierp ik tegen. 'Bovendien kan ik het leren. Van jou. Voor mijn part ook op de avondschool.' Ik zou zelfs bereid zijn daarvoor mijn promotie op te offeren.

'Daardoor zou je een andere weg moeten inslaan dan die je oorspronkelijk wilde volgen.'

'Dat zie ik anders. Ik ga een paardenkliniek opzetten. Ik kan andere veeartsen benaderen om voor ons te werken. Dan zou ik nog tijd overhouden om me om het bedrijf te bekommeren. Het landgoed zou nieuw leven worden ingeblazen.' Ik wachtte even, toen voegde ik eraan toe: 'Dat gaat me lukken. Ik zweer het.'

Mijn moeder keek me aan, toen glimlachte ze. 'Je hebt gelijk. Het wordt tijd dat de Lejongårds zelfstandig worden en niet blijven wachten op het koningshuis.'

'Betekent dat dat je de leiding aan mij overdraagt?'

'Het is niet aan mij, maar aan je grootmoeder om dat te doen. Maar als je het beslist wilt, zal ik het haar aanraden.'

'Het is wat ik wil,' antwoordde ik lichtelijk opgewonden.

’s Avonds kwam mijn vader eerder dan verwacht terug, en hij verbaasde zich een beetje over de aanwezigheid van onze gast. Moeder bracht hem vlug op de hoogte, maar verzweeg in eerste instantie dat ze van plan was geweest het landhuis te verkopen. We aten buiten en keuvelden nog een beetje. Carinsson gaf een paar anekdotes uit de reclamebranche ten beste, die uit een andere wereld leken te komen. Mij werd weer eens duidelijk hoe erg we in de versukkeling waren geraakt, hoe ver we van het moderne leven af stonden.

De volgende ochtend maakte Carinsson zich klaar om te vertrekken. Mijn voorstel om nog tot na het ontbijt te blijven sloeg hij af met als reden dat hij vroeg in de middag een belangrijke afspraak had. 'Het was toch een behoorlijk succes, nietwaar?' zei hij tegen mij toen hij zijn tas naar zijn auto bracht. 'Uw ouders zijn fantastische mensen. Ik ben erg blij dat we hen hebben kunnen overtuigen. Dat idee van een dierenkliniek is geweldig.'

'Ik heb me door u laten inspireren.'

Het volgende ogenblik verscheen mijn moeder met een pakketje in haar hand. 'Omdat u niet kon blijven ontbijten, heeft onze kokkin wat proviand voor onderweg ingepakt,' zei ze.

'Dat is erg aardig, hartelijk dank!' antwoordde Carinsson terwijl hij het pakketje in ontvangst nam.

'U zou hier moeten zijn als de eigenares van het landgoed uit het ziekenhuis komt,' zei mijn moeder. 'Over een paar dagen is het zover. Wilt u dan misschien weer onze gast zijn?'

'Heel graag zelfs. Het is nu ook weer niet zo ver hierheen, en zoals ik van uw dochter weet, is er een goede treinverbinding met Kristianstad. Als u me laat weten wanneer de matriarch van de familie weer thuis is, kom ik graag een keer terug.'

'Mijn dochter zal contact met u opnemen,' antwoordde mijn moeder en ze schudde hem de hand. 'Het beste. Ik verheug me erop weer van u te horen.'

'Tja, dan moest ik maar eens gaan,' zei hij tegen mij nadat hij het pakketje naast zich op de passagiersstoel had gelegd. 'Het was me een waar genoegen. En ik hoop dat we elkaar gauw weer zien.'

'Dat hoop ik ook,' antwoordde ik. We schudden handen en keken elkaar een hele tijd aan. Toen stapte Carinsson in, en toen ik hem nakeek terwijl hij naar de poort reed, voelde ik verlangen opkomen, een gevoel dat ik me al bijna niet meer kon herinneren.

18

Een paar dagen later was het zover: we konden oma afhalen bij het ziekenhuis. We hadden haar er al voorzichtig op voorbereid dat er op de Leeuwenhof het een en ander zou veranderen. Moeder had daarbij min of meer verzwegen dat ze het landgoed had willen verkopen. Toen ik haar over de paardenkliniek vertelde, hadden haar ogen gestraald en had ze mijn hand vastgepakt.

'Ik wist wel dat je iets zou bedenken,' had ze tegen me gefluisterd.

Toch zag ik haar ontmoeting met Carinsson met bonzend hart tegemoet. Zou ze hem mogen? En waarom was dat voor mij zo belangrijk?

Vlak voordat we naar Kristianstad vertrokken, belde ik hem.

'Nu komt het erop aan,' zei ik. 'Zorgt u maar voor genoeg munitie, het zou wel eens een harde confrontatie met mijn grootmoeder kunnen worden.'

'Harder dan met uw moeder?' vroeg hij terwijl ik bij hem op de achtergrond zacht het gekletter van vaatwerk hoorde. Waarschijnlijk was zijn secretaresse bezig het koffieservies af te ruimen.

'Mijn grootmoeder kan heel eigenzinnig zijn. Ze zal instemmen met het behoud van het landgoed, maar de rest zult u tot in detail aan haar moeten voorleggen.'

'Nou, het overdragen van de leiding over het landgoed aan haar kleindochter zal haar niet zwaar vallen.'

Ik glimlachte bij mezelf. Nee, dat zou haar zeker niet zwaar vallen. Toen we haar over dat plan vertelden en haar om toestemming vroegen, had ze zonder grote aarzeling toegestemd.

'Tot overmorgen dus? Dan heb ik nog genoeg tijd om uw kamer in orde te maken.'

'Krijg ik dan weer die met het schilderij met de kreeft? Dat was inderdaad heel eetlustopwekkend.'

'Als u dat wilt.'

'Dat wil ik wel,' antwoordde hij.

'Goed, dan krijgt u die,' zei ik en nadat ik had opgehangen betrapte ik mezelf erop dat ik breed grijnsde.

Op de ochtend van de dag dat Carinsson zou aankomen, kon ik mijn ogen nauwelijks openkrijgen. Ik had de hele nacht liggen woelen en het mogelijke verloop van het gesprek in gedachten doorgelopen. Dat wreekte zich nu doordat mijn hoofd vol watten leek te zitten.

Om mijn hoofd leeg te maken reed ik na het ontbijt naar het dorp. Een paar kraaien zaten in de bomen te krassen alsof ze de herfst uitnodigden te komen. Het loof was nog groen, maar begon hier en daar al te verbleken. De struiken hingen vol spinnenwebben die glinsterden van de dauw.

Bij het kerkhof bond ik mijn paard vast en ik liep de poort door. Het gescheld van een lijster klonk, hij vloog verontwaardigd voorbij. Waar zou ik hem bij gestoord hebben?

Ik liep langs de graven naar de grafkelder van onze familie. Als kind had ik een bezoek daaraan vreselijk saai gevonden. Ik wilde liever tussen de rijen graven rondhollen, maar de strenge blik van mijn moeder had me daarvan weerhouden. Terwijl mijn moeder en oma in de crypte verdwenen om er verse bloemen neer te leggen, was ik weggeslopen om naar de grafstenen te kijken. De dood was toen voor mij nog heel abstract. Ik kon me niet goed voorstellen dat er mensen onder die grafheuvels lagen. Maar die tijd was allang voorbij.

Bij de grafkelder aangekomen haalde ik de sleutel uit het verstopplekje onder een steen en maakte ik het hek open. Binnen was geen elektrisch licht, maar er waren wel een zaklamp en een lantaren. Ik pakte de zaklamp en scheen daarmee door de voorste ruimte. De bloemen in de vazen waren verwelkt en de wind had bladeren onder het hek door naar binnen gewaaid.

De lucht hierbeneden was ijskoud, maar dat was niet het enige waardoor me een rilling over de rug liep. Ook in het landhuis werd ik omringd door de geschiedenis en de verhalen over mijn voorouders, maar hier voelde ik hun aanwezigheid nog duidelijker. Een deel van de beenderen in de graven was meer dan driehonderd jaar oud. En de sfeer die hier heerste gaf me het gevoel dat er honderd paar ogen op me neerkeken.

Ik liep met de zaklamp nog wat verder naar voren tot aan Ingmars graf.

'Hallo,' zei ik. Mijn stem weergalmde dof van de muren. 'Ik weet dat ik hier lang niet ben geweest, en eigenlijk kennen jullie me ook niet, maar... Ik wilde tegen jullie zeggen dat ik op het punt sta in jullie voetsporen te treden. Als er zoiets als een hemel bestaat, zou het fijn zijn als jullie me een beetje konden steunen. Dat hebben we allemaal hard nodig.'

Ik draaide me om. Een antwoord zou ik niet krijgen, maar wie weet... Mijn bezoekjes aan Sören hadden me ook erg geholpen. Ik had altijd het gevoel gehad dat hij bij me was. Zelfs bij mijn laatste examen.

Ik bleef nog een poosje en deed zachtjes verslag van de afgelopen maanden, van oma's ziekte en het dreigende faillissement van de hoeve. Uiteindelijk nam ik afscheid en liep ik naar de deur. Bij het naar buiten gaan nam ik de verwelkte bloemen mee. Buiten fladderde een duif op die me bijna raakte. Luid klapwiekend verdween hij in het dichte gebladerte van de bomen.

Was dat een teken? Dat wilde ik niet geloven. Maar met mijn bezoek had ik in elk geval iets bereikt: de donkere wolk in mijn hoofd was verdwenen.

Bij mijn terugkeer kwam een taxi me tegemoet. In eerste instantie vroeg ik me af wie dat kon zijn, maar toen besefte ik dat Carinsson met het vliegtuig moest zijn gekomen en vanaf Kristianstad een taxi had genomen. Zoiets had hij aangekondigd. Ik zag hem niet meer toen ik de rotonde opreed. Blijkbaar had moeder hem al verwelkomd. Er stroomde een warm gevoel door me heen toen ik aan hem dacht. Mijn maag kriebelde van vreugdevolle verwachting. Ik stormde de trap op en liep haastig de hal door. Moeder had hem vast eerst in de salon ontvangen.

Tot mijn verrassing klonken er echter stemmen uit de eetkamer. Blijkbaar dacht moeder dat hij nog niet had ontbeten nu hij zo vroeg vanuit Stockholm was komen vliegen. Inderdaad trof ik hem aan bij een gedekte koffietafel, omgeven door broodmandjes, schaaltjes met jam en boter, en ook taart.

'Goedemorgen, ik hoop dat het u smaakt,' zei ik terwijl ik binnenkwam. 'U bent behoorlijk vroeg.'

'Juffrouw Lejongård,' zei meneer Carinsson, en hij nam zijn servet van zijn schoot en stond op. In zijn lichtgrijze pak zag hij er gewoon fantastisch uit. 'Ik heb de eerste vlucht van Stockholm naar Kristianstad genomen. Uw moeder zei dat u een eindje was gaan rijden.'

'Ik ben op het kerkhof geweest en heb mijn voorouders om ondersteuning gevraagd,' antwoordde ik.

'Dan moet ik wel mijn uiterste best doen.'

'Dat doet u toch altijd,' zei ik. 'Geniet van uw ontbijt, ik ben zo weer terug.'

Ik stormde naar boven naar mijn kamer. Op de een of andere manier had ik zin om iets bijzonders aan te trekken. Ik trok de kledingkast open en bekeek mijn jurken. Het was een warme, niet al te hete dag. Ik koos een groene jurk met korte mouwen en een rok tot op de knie. De stof had een patroon van tere bloemenranken. Die jurk had ik bij de diploma-uitreiking gedragen. Ik wist zeker dat Sören hem mooi zou hebben gevonden.

Toen ging ik terug naar beneden. Carinsson was nog steeds in de eetkamer. Ik liep naar mijn oma in de salon.

'Je vriend is er,' merkte ze op.

'Moeder heeft hem uitgenodigd om eerst maar eens te ontbijten,' zei ik.

'Dat zal hij nodig hebben.' Ze stond op van haar bank. 'Misschien moet ik me maar eens een wandelstok aanschaffen. Sinds het ziekenhuis heb ik het gevoel dat de zwaartekracht harder aan me trekt.'

'U bent nog uitgeput van uw verblijf daar,' wierp ik tegen. 'Dat komt weer goed. Een stok hebt u nog niet nodig.'

'Dat kun je op jouw leeftijd makkelijk zeggen. Maar als je ooit zo oud bent als ik, zul je ook wensen dat je iets hebt om op te steunen.'

'Pak dan mijn arm. Ik steun u graag, mormor.'

Ze keek naar me, waarbij ze me van top tot teen opnam. 'Je hebt je behoorlijk opgedoft. Die man lijkt belangrijk voor je te zijn.'

'Hij is belangrijk voor de hoeve.'

'Aha,' zei oma. 'Goed dan, breng me maar naar onze redder.'

We verlieten de salon en liepen naar de eetkamer. Carinsson voerde een levendige discussie met mijn vader over meubels en de reclamestrategie van IKEA.

'Ah, Agneta, fijn dat u erbij komt!' zei mijn moeder, en ze sprong op alsof ze door de bel werd gered. Als vader op IKEA foeterde, wilde ze altijd alleen maar weg.

'Meneer Carinsson, mijn adoptiefmoeder kent u al.'

Carinsson stond op, knoopte zijn jasje dicht en stapte naar oma toe. Hij maakte een lichte buiging en gaf haar een handkus. 'Het doet me groot genoegen u weer te zien.'

'U was die jongeman die meekwam met die Amerikaan die vorig jaar paarden bij ons heeft gekocht,' zei ze.

'Dat klopt.'

'Hoe gaat het met uw vriend? Roscoe heette hij, als ik me niet vergis.'

'Het gaat goed met hem, dank u. De paarden voelen zich heel goed bij hem. Een van de merries heeft zelfs al voor een nakomeling gezorgd.'

'Paarden van de Leeuwenhof in Amerika,' zei oma. 'Daar droomde mijn vader van, maar hem is het helaas niet gelukt paarden naar overzee te verkopen. Nou, het doet me plezier dat u er bent. Mathilda en Solveig hebben me al veel over de nieuwe plannen verteld, maar ik brand van verlangen om uit uw mond te horen wat voor mogelijkheden er zijn.' Er gleed een glimlach over haar gezicht. 'Weet u, de eerste keer is het me niet opgevallen, maar als ik u nu zo zie, doet u me denken aan iemand uit mijn jeugd.'

'O, hebt u misschien toevallig mijn vader gekend?'

'Dat hangt ervan af wie uw vader is.'

'Hij was arts in Stockholm.'

Mijn oma stak haar onderlip naar voren en hield haar hoofd een beetje schuin. 'Nee, dan denk ik niet dat ik hem ken. Maar u lijkt op een... vriend die ik ooit heb gehad. Het is al heel lang geleden...' Ze verzonk even in gedachten, toen schudde ze haar hoofd. 'Zo gaat dat met oude mensen, we hebben in ons leven zo veel gezichten gezien dat we overal een gelijkenis vermoeden. Laat u daardoor niet in verwarring brengen.'

'Dat zal niet gebeuren,' beloofde Carinsson. 'Ik hoop alleen dat u goede herinneringen hebt aan de persoon op wie ik lijk.'

'Heel goede. Maar ook trieste. Maar u bent niet diezelfde man, dus heb ik hoop.'

De volgende uren wogen we met zijn allen de voors en tegens van onze plannen af. Je kon duidelijk merken dat Carinsson in de reclamebranche werkte, want het enthousiasme waarmee hij de veranderingen beschreef, deed me denken aan reclamespots op de televisie. Het ontbrak er maar aan dat hij met een jasschort aan blij op een wasbord stond te schrobben.

Oma luisterde vol interesse naar hem, en het was haar niet aan te zien dat ze zo ziek was geweest. Ze stelde belangstellend vragen en vertelde af en toe een anekdote uit haar tijd, 'toen reclame zich meer bezighield met mondwater en pommade dan met stoeterijen'.

Maar tegen de middag merkte ik dat haar energie opraakte. Ze verontschuldigde zich en trok zich terug.

'Ik denk dat wij ook een pauze moeten inlassen,' constateerde mijn moeder met een blik op haar horloge.

We liepen naar de tuin om daar de middagmaaltijd te gebruiken. Oma liet zich daarbij jammer genoeg niet zien. Zou het niet goed met haar gaan?

'Ik ga even bij oma kijken,' zei ik en ik merkte dat Carinsson me met zijn blik volgde. Op de een of andere manier was ik blij met die aandacht. Sinds de dood van Sören had ik dat niet meer meegemaakt.

Bij de kamer van Agneta Lejongård was het rustig. Sliep ze misschien? Ik kon me voorstellen dat Carinssons voorstel haar behoorlijk had geënerveerd. Ik klopte, en toen er geen antwoord kwam, deed ik de deur op een kiertje open. 'Oma?' vroeg ik in de licht verduisterde kamer. 'Wilt u niet samen met ons eten?'

'Nee, ik heb geen trek,' antwoordde ze. Ik hoorde het bed piepen, en daarna voetstappen. Even later schoof mijn oma het gordijn voor het raam weg. Een stralende middagzon scheen de kamer in. 'Ik ben alleen maar even gaan liggen,' verklaarde ze. 'Het is vermoeiend om nieuwe mensen in huis te hebben.'

'Dan kwam het dus niet zozeer door wat meneer Carinsson zei?' Dat ze helemaal niets wilde eten baarde me zorgen.

'Die Carinsson lijkt me een prima kerel,' antwoordde oma. 'Het idee om land te verkopen is niet verkeerd, ik vond Ekberg al een hele tijd te groot om door één familie te worden beheerd. En de Leeuwenhof... eerlijk gezegd heeft die dat akkerland niet nodig.'

'Dan zijn we het dus eens.'

'In wezen draaide het bij ons altijd om de paardenfokkerij. Mijn vader beheerde de velden alleen maar omdat hij ze niet wilde verkopen. En toen waren het andere tijden, we waren zelfvoorzienend.'

Ze keek me even aan, toen zei ze: 'Het idee om een paardenkliniek te beginnen vind ik geweldig. En ook dat van de ruitersport. Ik heb het gevoel dat we op het juiste spoor zitten. Jammer dat ik er niet zelf op gekomen ben. Misschien ben ik altijd stiekem op de gunst van het Koninklijk Huis blijven wachten.'

'We hebben de Bernadottes niet nodig. We kunnen het wel alleen redden. Ik zal daar al het mogelijke voor doen.'

Ze pakte mijn hand. 'Dat weet ik, kindje.' Even keek ze me aan, toen zei ze: 'Je kunt beter teruggaan. Als nieuwe bedrijfsleider moet je weten wat er gezegd wordt.'

'Ik wilde alleen maar even kijken hoe het met u gaat. We hebben nu pauze.'

'Ach, wat kan er met mij nou gebeuren? Ja, ik ben een oude vrouw, maar de dood heb ik voorlopig verjaagd. Agneta Lejongård krijgt hij niet zo makkelijk klein.'

Ik glimlachte. Oma had al vaak met de dood te maken gehad, en soms had hij haar de duisternis in gevoerd. Maar ze had gelijk, ook met het hartinfarct had hij haar niet kleingekregen.

Ze keek me recht in de ogen. "Ik ben blij dat je je zo voor het landgoed inzet.'

'Het is mijn ouderlijk huis,' antwoordde ik. 'En ik heb het u beloofd.'

'Als je denkt dat de dood je op de hielen zit, wil je van alles.'

'Ik denk niet dat uw verlangen alleen uit doodsangst is geboren. U wenst met heel uw hart dat het landgoed niet verkocht wordt. En daar zal ik voor zorgen.' Ik omhelsde mijn oma en gaf haar een kus op haar wang.

'Ga nou maar, ik kom ook zo. Alleen nog een beetje bijkomen, dan ben ik klaar voor het middageten.'

Ik knikte en maakte me toen van haar los. 'Maar u komt echt, belooft u dat? Ik zou niet willen dat uw bloedsuikerspiegel daalt en dat u tijdens de bespreking omvalt.'

'Maak je niet ongerust, ik ben zo sterk als een paard.'

Haar lach, die helemaal niet klonk als die van een oude vrouw, volgde me door de gang.

Tegen de avond maakte ik met Carinsson nog een rondje over de hoeve. De zon dompelde alles in een stralend rood licht.

'Het waren enerverende dagen, nietwaar?' vroeg hij. 'Eerst die toestand met die verkoop aan die hotelmagnaat en nu het opsplitsen van het terrein. Ik merkte dat het uw moeder erg aan het hart ging om te beslissen welk deel van Ekberg zou moeten worden verkocht.'

‘Ekberg is haar erfdeel,’ antwoordde ik. ‘Eigenlijk had ze het samen met haar neef Ingmar moeten beheren, maar hij is in de oorlog omgekomen.’

‘Zat hij in Duitsland?’

Ik schudde mijn hoofd. ‘Nee, in Noorwegen. Hij is met zijn vliegtuig neergestort.’

‘Dat spijt me.’

Ik maakte een afwerend gebaar. ‘Dat is lang geleden. Ook al houdt oma de herinnering aan hem levend. Zijn kamer is nog altijd onveranderd.’

‘Bedoelt u dat een kamer in het huis al ruim twintig jaar onbewoond is?’

‘Zevenentwintig jaar zelfs. Mijn grootmoeder hield buitensporig veel van haar zoon. Soms zit ze daar om herinneringen op te halen. Daar heeft ze behoefte aan, begrijpt u.’

Carinsson dacht even na. ‘Het is toch eigenaardig wat het verlies van een dierbare met je doet, nietwaar?’

‘Zeker,’ antwoordde ik.

‘We houden het beeld dat we van de overledene hebben vast. We houden de liefde voor de betrokkene vast. Maar uiteindelijk verdwijnt die liefde in het niets. We blijven maar liefhebben, maar weten dat die liefde nergens toe leidt.’

‘Gelooft u niet in de hemel?’

‘Niet in een hemel hierboven,’ antwoordde hij. ‘Ik geloof dat de mensen zelf hun hemel moeten creëren, in het hier en nu. Het is zinloos om te gaan zitten wachten tot je wordt verenigd met een dierbare die je hebt verloren.’

‘Dat is eigenlijk een heel deprimerend idee.’

‘Maar het is de realiteit. Het is gewoon verkeerd om je ogen daarvoor te sluiten.’

‘Mij lijkt het echter zinvol om de herinnering te bewaren. Ook al vind ik dat van die kamer maar niets.’

‘Die kamer zorgt ervoor dat uw grootmoeder nooit over het verlies heen zal komen. In mijn ogen heeft ze een fantastische adoptiefdochter en schoonzoon en een volmaakte kleindochter.

Dat is meer dan menig ander het zijne kan noemen. Die kamer kost haar alleen maar energie. Maar waarschijnlijk wil ze daar niets over horen.'

Ik schudde mijn hoofd. 'Die kamer is taboe. Daar hebben we het niet over, we laten haar haar gang gaan.'

Aan de rand van het park bleven we staan. De hemel boven het bos schitterde in diverse rode en paarse tinten. Daarboven, in het blauw, twinkelden de eerste sterren. 'Het is hier prachtig,' merkte Carinsson op. 'Als ik eraan denk dat je in Stockholm alleen wordt omgeven door gevels, waar een aanzienlijk deel van de hemel achter schuilgaat...'

'Nou, door het bos kun je hier ook niet tot aan de horizon kijken. Maar u hebt gelijk, de hemel voelt hier anders aan. Weidser.'

Carinsson legde zijn hand op mijn arm. Ik voelde zijn warmte en keerde me naar hem toe. We keken elkaar aan, in het schijnsel van het zachte licht, en ineens was het alsof er tussen ons iets opvlamde. Zijn blik leek op mijn huid te branden. Ik had het gevoel dat hij diep in mijn ziel kon kijken. Zijn hand pakte teder de mijne en alles in me schreeuwde erom me tegen hem aan te vlijen. Me door hem vast te laten houden.

'Juffrouw Lejongård, ik...' zei hij, maar voor hij verder kon gaan schoot de herinnering aan Sören als een flits door mijn hoofd. Ik zag zijn gezicht voor me, meende hem te horen lachen.

Ik schrok terug en trok mijn hand uit de zijne. Het volgende moment sloeg mijn hart over, en ik had het gevoel dat ik een paniekaanval kreeg.

'Is alles in orde?' vroeg Carinsson bezorgd. 'Scheelt u iets? U ziet zo bleek.'

'Nee, ik...' Ik kon niet toegeven dat ik op dat moment aan Sören had gedacht. 'Ik ben alleen een beetje duizelig, dat is alles.'

'Heb ik te veel van u gevergd?'

'Nee, het is gewoon een lange dag geweest. Misschien moesten we maar eens teruggaan.'

'Oké,' zei Carinsson een beetje beduusd. 'Maar u zegt het me wel als ik u te na kom, toch?'

'U bent me niet te na gekomen,' antwoordde ik, 'het is alleen... mijn gedachten spelen af en toe een spelletje met me.'

'In hoeverre?'

'Dat zeg ik liever niet. Nog niet. In elk geval ben ik u heel dankbaar voor alles en ik verheug me op onze samenwerking.'

Ik kon aan hem zien dat hij meer dan samenwerking met me wenste. Ook al had ik sinds Sören geen vriend meer gehad, ik wist wanneer een man iets van me wilde. Maar ik kon het niet. Mijn lichaam en geest hadden me daarnet duidelijk te kennen gegeven dat het geen goed idee zou zijn om Carinsson nog dichterbij te laten komen. Als vriend, ja, maar niet op de manier die hij in gedachten had.

'Goed,' zei hij terwijl hij een beetje hulpeloos naar de punten van zijn schoenen keek. 'Maar u moet weten dat ik er voor u ben. Altijd.'

'Dank u, daar ben ik ook heel blij om,' antwoordde ik. 'We zijn vrienden, hè?'

'Wij zijn vrienden,' zei hij, en hij glimlachte.

Deel 3

1969

19

Het begin van 1969 luidde de ommekeer op de Leeuwenhof in. De bank had het saneringsplan voor de Leeuwenhof goedgekeurd, wat voor ons allemaal een pak van ons hart was. Het was weliswaar niet makkelijk geweest om kopers voor het land te vinden, maar vlak voor het Luciafeest slaagde meneer Carinsson erin een ondernemer enthousiast te maken, die er een klein hotel wilde bouwen. Het overtollige land van Ekberg ging naar een buurman, waar mijn moeder heel blij om was. Een van de herenboeren, met wie ze een goede relatie had, wilde zijn akkerland uitbreiden. Daarmee was er aan het begin van het jaar genoeg geld in kas om met de verbouwing te beginnen.

Al dat verheugende nieuws leidde ertoe dat de stemming in het landhuis veranderde. In het dorp waren de mensen weliswaar in eerste instantie verbijsterd omdat we het bedrijven van landbouw grotendeels opgaven, maar die verbijstering sloeg om in vreugde toen we bij een bedrijfsbijeenkomst te kennen gaven dat alle arbeidsplaatsen in de stallen voorlopig veiliggesteld waren. Veel families in het dorp hadden een vader of zoon bij ons in dienst.

Met de aanvang van dat jaar werd ik de nieuwe bedrijfsleider. Dat vierden we met een fles champagne en een heerlijk diner dat mevrouw Johannsen ons voortoverde. Intussen had ik me op de avondschool ingeschreven voor een cursus boekhouden. Mijn plan om te promoveren had ik voor onbepaalde tijd opgeschort. Dat zou ik gaan doen als de Leeuwenhof veilig was, als het allemaal liep zoals de bedoeling was.

We verkochten weer paarden, en ook de inzet van onze dekhengsten was toegenomen. De inspanningen van Jonas Carinsson om ons in contact te brengen met sportmensen wierpen eveneens vrucht af. Het waren geen grote namen die bij ons aanklopten, maar er waren rijstallen die jong talent wilden bevorderen en daarom paarden bij ons kochten.

Een hoogtepunt was ook Kitty's huwelijk met Marten Ingersson. Bij het opdoen van de sluier bekende ze me dat ze drie maanden zwanger was. Sinds een paar maanden werkte ze in een dierenartsenpraktijk. Van haar droom om een eigen praktijk te beginnen was ze nog ver verwijderd, maar dat leek haar niet te kunnen schelen. De eerste tijd zou ze toch voor het kindje moeten zorgen. Ze zag er zo stralend uit, dat het niet beter had kunnen uitpakken.

Ik had altijd geweten dat het lot mijn vriendin gunstig gezind zou zijn, en ik gunde haar haar geluk van ganser harte. Maar toen ze naar het altaar liep, waar ik haar als bruidsmeisje opwachtte, brak mijn hart bijna bij de gedachte dat Sören er niet meer was. Ik moest weer denken aan de droom over mijn eigen huwelijk, de droom die door het vreselijke ongeluk in rook was opgegaan. Ik had Sören nu zo graag bij me gehad!

Maar mijn tranen waren vooral vreugdetranen, want Kitty straalde zo, dat mijn verdriet naar de achtergrond verdween. Het was een vrolijk, kleurrijk feest, waarop Kitty me aan het eind beloofde dat ik peetmoeder van haar kind zou worden. Bij het afscheid had ik haar het liefst niet meer losgelaten. Ik vermoedde dat we elkaar vanaf dat moment steeds minder vaak zouden zien, ook al beloofden we het tegendeel. Maar misschien zou het ons toch lukken onze vriendschap aan te houden.

In de zomer, een maand na het grote midzomerfeest, dat we als altijd met de buren en de dorpsbewoners vierden, vroeg ik mijn oma om de maanlanding op de televisie te mogen zien. De televisie hadden we op haar kamer geïnstalleerd, zodat ze een beetje afleiding had als ze 's avonds wakker lag of 's middags wilde uitrusten.

Ze maakte niet vaak gebruik van het toestel, maar af en toe betrapte ik haar erop dat ze naar een uitzending of zelfs een film keek.

'Moet dat nou?' mopperde oma. 'Midden in de nacht! Je kunt het toch ook op de radio volgen. Misschien bij de BBC, die berichtgeving is veel uitvoeriger.'

'Hoe weet u dat?' vroeg ik.

'Dat heb ik in de krant gelezen.'

'Bericht onze krant dan over de BBC?' Ik merkte duidelijk dat mijn oma jokte. Ze wilde gewoon rust hebben, maar ik wilde de landing zien en niet alleen maar horen.

'Maar oma, een maanlanding is toch iets geweldigs! Er is nog nooit een mens op de maan geweest! Ik wil zien hoe de astronauten uitstappen en rondlopen. Luisteren alleen is maar half zo leuk. Bovendien wil ik erom wedden dat u nog nooit zoiets indrukwekkends hebt gezien.'

'Ik heb al eens astronauten gezien – op het nieuws.' Oma zuchtte. 'Maar goed, als je het zo graag wilt... Slapen kan ik ook nog als ik dood ben.'

'Dat moet u niet zeggen! U zult vast nog meer maanlandingen meemaken. Maar de eerste is iets bijzonders. Daar kunt u uw vriendin Marit over schrijven.'

'Die zal zelf wel kijken. Het bejaardentehuis waar ze woont heeft ook een televisietoestel aangeschaft.'

Ik pakte haar hand. 'U zult er geen spijt van hebben,' zei ik. 'Zoiets is een eenmalige belevenis. Iets waarvan mensen vroeger alleen maar konden dromen.'

'Dat klopt, dat mensen naar de maan zouden gaan, kon niemand echt geloven. Men las de fantasieën van schrijvers, maar dacht nooit dat ze ooit werkelijkheid konden worden.'

'Goed, dan zien we elkaar morgennacht op uw kamer.'

'Oké,' zei ze. 'Maar waag het niet om in slaap te vallen!'

'Dat zal ik zeker niet!'

Opgewonden alsof ik een afspraakje had stond ik twee dagen later even na twee uur 's nachts op en sloop naar oma's kamer. Naar het zich liet aanzien had ze nog geen oog dichtgedaan.

'Daar komt onze maanreizigster,' begroette ze me.

'Het zou mooi zijn als ik zelf in de ruimte kon reizen, maar ik denk dat dat er niet in zit.'

'Waarom niet?' vroeg oma, die een paar kussens achter haar rug had gelegd om beter te kunnen zitten.

'Omdat je daar een lange training voor moet volgen. Bovendien sturen ze er alleen mannen heen.'

'Dat klopt niet helemaal. En die Russin dan? Valentina-nog-wat.'

Ik trok mijn wenkbrauwen op. 'Sinds wanneer interesseert u zich voor de ruimtevaart?'

'Ik lees de krant, weet je wel? Ik vind het een schande dat de mensen de krant niet meer echt waarderen en er alleen maar hier en daar een artikel uit pikken. Ik lees alles.'

Dat klopte: wat de krant betreft was oma heel precies. Als ze niets anders te doen had, kon ze urenlang zitten lezen.

'Blijkbaar kunt u ook nauwelijks wachten,' zei ik, en ik zette het toestel aan. Het duurde even voor de buis warm was.

'Op mijn leeftijd word je door zo veel gedachten geplaagd, dat je niet meer kunt slapen. Waarom zou ik dan doen alsof?'

'Ligt u dan 's nachts vaak wakker?'

'Soms. Maar daarna slaap ik ook weer als een marmot. Het gaat op en af.'

De televisie was nu warm en er was beeld te zien, maar dat was slechts een testbeeld, dat vergezeld ging van bloedstollend gepiep. Ik zette het geluid zacht.

'Zie je nou wel, ze zenden het helemaal niet uit,' riep oma.

'Heb geduld, ik vind gegarandeerd een zender die het wel laat zien.'

Ik drukte een poosje op de zoekknop, maar het zag er niet naar uit dat er iets werd uitgezonden. Er werd indertijd aan de universiteit druk over de ruimtevaart gedebatteerd, omdat er voor de mens apen en honden het heelal in waren gestuurd.

Uiteindelijk lukte het me toch.

'De ontvangst is waardeloos,' mopperde Agneta. 'Met al die sneeuw kun je wel geloven dat ze live vanuit het heelal uitzenden.'

Het beeld was inderdaad heel slecht, en het zou vast ook nog een tijdje duren voor er echt iets gebeurde. Een wat vermoeid ogende presentator zei iets. Ik zette het geluid harder, maar er klonk alleen ruis.

'Ik zal proberen een betere ontvangst te krijgen,' zei ik terwijl ik aan de antenne trok. Maar hoe ik hem ook draaide, het beeld werd maar een heel klein beetje duidelijker. Het sneeuwen en ruisen bleef.

'Als we het toestel nou eens in een andere kamer zetten?' vroeg oma.

'Daar is het te zwaar voor. We hadden het op een roltafel moeten zetten.'

'Dat krijg je er nou van als je achter de maan woont,' bromde oma. 'Ik vraag me af of de ontvangst in Kristianstad ook zo slecht is.'

'Dat weet ik niet,' zei ik. 'Misschien moeten we ook nog een antenne op het dak zetten.'

'Zodat onze hersenen verweken?'

'Denkt u dat het met een kamerantenne beter is? Als ooit zou blijken dat radiogolven schadelijk voor de hersenen zijn, ziet het er slecht voor ons uit, want we luisteren al tientallen jaren naar de radio.' Ik gaf het toestel een klap, waarop het beeld opeens helder werd.

'Wat deed je nou?' klonk oma's stem.

'Geen idee.' Verschrikt stak ik mijn handen omhoog. 'Maar kijk, nu is het ineens goed.'

'Kom dan voorzichtig hierheen, je weet niet of een volgende schok weer sneeuw en ruis zal veroorzaken.'

Ik had geen idee of klappen echt invloed op de beeldkwaliteit konden hebben, maar ik was blij dat het beeld en ook het geluid zo bleven toen ik naast oma in het grote hemelbed klom. 'Zal ik wat koekjes halen?' vroeg ik 'Op het moment lijkt er niet veel te gebeuren.'

'Als jij weggaat, wordt de ontvangst weer slechter.'

'Dan geef ik het apparaat weer een klap.' Ik stond op en sloop voorzichtig de slaapkamer uit.

Ik wenste een beetje dat mijn ouders thuis waren, maar die waren naar Ekberg gegaan om een paar dingen te regelen. Op Ekberg hadden we geen televisie, maar er was wel een radio. Een gebeurtenis als deze zouden mijn ouders zeker niet missen!

Toen ik terugkwam, bespraken een paar mannen in de studio wat het betekende dat een mens voet zette op de maan. Tussendoor werd er telkens overgeschakeld naar een camera die vanuit het ruimteschip op het maanoppervlak gericht was. Het zag er allemaal heel onwerkelijk uit. Je vroeg je meteen af wat mensen daar te zoeken hadden. Maar je kon het nooit weten: misschien werden de steden op Mars in sommige films ooit werkelijkheid.

Veel gebeurde er niet. Omdat blijkbaar niet duidelijk was wanneer de astronauten zouden landen, werden afwisselend archiefbeelden en het controlecentrum getoond.

'Je oom Ingmar zou die opnamen van de maan geweldig hebben gevonden,' zei oma zachtjes. 'Hij was enthousiast over elke vorm van vooruitgang. Waarschijnlijk zou hij het zich in zijn hoofd hebben gehaald ook in zo'n ruimteschip te gaan vliegen.'

'Hij zou nu vierenvijftig zijn geweest, hè?'

'Ja. En er gaat geen dag voorbij waarop ik hem niet mis.'

Ik sloeg mijn arm om oma heen. 'Dat weet ik.'

'Als ik er niet meer ben, zullen jullie er dan voor zorgen dat de herinnering aan hem bewaard blijft?'

Bedoelde ze zijn kamer? Hoe kwam ze daar juist nu op?

'Natuurlijk zullen we dat doen,' antwoordde ik.

Oma knikte en bleef nog even mijmeren.

'Kijk eens, ze gaan eindelijk landen!' zei ik ten slotte. De presentatoren vertaalden nu weer het radioverkeer, terwijl wij zagen hoe een metalen poot op de stoffige bodem neerkwam.

Eigenlijk was daar niets opwindends aan, en toch was het het ongelofelijkste wat ik ooit had gezien. Het idee alleen al dat er daarboven op de maan mensen waren! Als kind dacht ik altijd dat de maan een grote lantaren was die aan het hemelgewelf werd gehangen, zodat het 's nachts niet zo donker was.

'Er is bijna niets te zien,' zei oma terwijl de spreker het radioverkeer tussen Houston en de astronauten vertaalde.

'Wat verwacht u dan van een camera in een ruimtecapsule? Het is toch al een wonder dat er daarvandaan beelden kunnen worden doorgestuurd!'

'Toch zou ik willen dat we meer zagen,' mopperde oma.

'Misschien verandert het beeld nog. Als de astronauten uitstappen, zullen ze vast ook gaan filmen.'

'Dan moeten ze maken dat ze naar buiten komen. Een oude vrouw als ik heeft niet veel tijd.'

Ik gniffelde. 'Oma, die mannen bevinden zich in de ruimte, in het luchtledige. Ze weten niet wat hun te wachten staat. Misschien blijven ze in het heelal zweven, omdat er geen zwaartekracht is. Bovendien moeten ze zich aan de instructies vanaf de aarde houden.'

Ik voelde me een beetje als Neil Armstrong en zijn collega's. Ook wij zetten met de Leeuwenhof voet op nieuwe bodem. Ook wij wisten niet wat ons te wachten stond. En of het zou slagen. Slechts één ding was zeker: wij hadden de aardbodem onder onze voeten. Wij zouden niet zomaar het heelal in gesleurd worden. Daar konden de astronauten niet zeker van zijn.

'Ah, nu gebeurt er eindelijk iets,' zei oma. 'Het ziet er wel uit alsof ik grijze staar heb, maar er beweegt iets.'

Ik kneep mijn ogen tot spleetjes. 'Dat moet een van de astronauten zijn. Hij komt eruit!'

We zagen hoe het bleke silhouet de trap af kwam. De presentatoren praatten onophoudelijk, je kon duidelijk merken dat ze opgewonden waren. Hoe zouden ze reageren als er iets misging?

Na een tijdje bleef de astronaut staan en klom hij de trap weer op.

'Heeft hij zich bedacht?'

Uiteindelijk kwam hij toch terug, aarzelde even en zette voet op de bodem. Boven al het geruis heen zei Neil Armstrong iets over een 'small step for man' en toen iets van 'mankind', wat echter onverstaanbaar was omdat de presentator weer zat te kletsen.

'Nou, ziet u wel? Hij staat op de bodem,' zei ik. 'En hij is niet het heelal in gezogen.' Ik vroeg me af hoe hij zich op dat moment voelde.

'En waar zijn de anderen?' vroeg oma.

'Die zitten nog in het ruimteschip te wachten. Voor het geval dat het gevaarlijk wordt, denk ik.'

'Ze laten hem dus voorgaan?'

'Iemand moet de eerste stap zetten, nietwaar? Ik denk dat ze erom hebben geloot wie de eerste zou zijn.'

'Nou, dan weet ik niet of ik die jongens daar moet benijden of dat ik medelijden met ze moet hebben,' antwoordde ze. 'Het zou zijn dood kunnen zijn.'

De beelden waren erg vaag en het camerastandpunt veranderde niet. Toch zaten we gefascineerd en verwachtingsvol te staren naar de opname, die via de radio van commentaar werd voorzien.

'Ik vind het fijn dat je met de hoeve een nieuwe weg wilt inslaan,' zei oma terwijl ze mijn hand vastpakte. 'Ik heb lang gedacht dat verandering riskant was. Hoewel ik in mijn jonge jaren naar niets anders verlangde. Je probeert zekerheid te vinden, maar merkt niet dat je jezelf inmetselt.' Ze zweeg even en keek me aan. 'Jij bent onze toekomst, onze nieuwe zon. De Leeuwenhof zal nog bestaan wanneer je zelf ook grootmoeder bent.'

Zou ik ooit oma worden? Op het moment zag het er niet naar uit dat ik ooit nog zou trouwen. Maar er zou altijd een nieuwe generatie zijn, hoe dan ook.

We zaten nog tot het ochtendgloren voor de televisie toe te kijken hoe de astronauten op de maan rondliepen. Op een gegeven moment vielen mijn ogen dicht, en toen ik weer wakker werd was oma's slaapkamer overspoeld met licht.

Oma leek al lang weer in touw te zijn. Terwijl ik nog probeerde mijn ogen open te krijgen, liep ze volledig aangekleed om het bed heen. ‘Mooi, je bent wakker,’ zei ze. ‘Er is telefoon voor je.’

‘Telefoon?’ vroeg ik versuft. ‘Hoe laat is het?’

‘Het is bijna twaalf uur.’

‘Twaalf uur?’ Ik schoot overeind. Mijn ogen leken dichtgeplakt en mijn botten voelden zwaar.

‘Waarom hebt u me niet wakker gemaakt?’ riep ik en ik trappelde de dekens van me af. ‘De halve dag is al om.’

‘Ja, maar vergeet niet dat we naar de maanlanding hebben gekeken.’

Ik hengelde met mijn voeten naar mijn pantoffels. ‘Wie is er dan aan de telefoon?’

‘Meneer Carinsson. Hij zei dat hij je dringend moest spreken.’

‘Dringend?’ Dat klonk niet goed. Was er misschien iets mis? Of had hij iets gehoord wat onze plannen kon doorkruisen? ‘Hoe klonk hij?’

‘Geen idee, heel neutraal, denk ik.’

Blijkbaar had het geen zin iets uit mijn oma proberen te krijgen. Haastig liep ik naar de werkkamer.

‘Hallo?’ zei ik en ik hoopte maar dat hij intussen niet had opgehangen.

‘Hallo, juffrouw Lejongård,’ zei Jonas op een toon waaruit bleek dat hij glimlachte. ‘Hoe gaat het met u? U klinkt een beetje slaperig.’

‘Neil Armstrong heeft me wakker gehouden,’ verklaarde ik, een gaap onderdrukkend.

‘Hebt u naar de maanlanding gekeken?’

‘Natuurlijk! Zoiets laat de Leeuwenhof zich niet ontgaan!’

‘U lijkt dus toch in de moderne tijd geïnteresseerd te zijn,’ zei hij plagend. Maar inmiddels wist ik hoe hij dat bedoelde.

‘Hebt u dat dan niet gemerkt? We zijn bezig alles op zijn kop te zetten. In feite onze eigen maanlanding te ensceneren.’

‘Die vergelijking is nog niet bij me opgekomen,’ zei hij. ‘Maar het is een mooie overgang naar wat ik u wilde zeggen. Ik ben in de staf van het olympisch team benoemd.’

‘Voor welke sport?’ vroeg ik.

'De moeilijkste, marketing genaamd. Ik heb vandaag opdracht gekregen om voor positieve publiciteit te zorgen. Daarom ben ik weer voor een party uitgenodigd. Komende vrijdag.'

'Om daar verslag van uit te brengen?'

'Nee, om mensen te ontmoeten.'

'Nou, gefeliciteerd dan!' zei ik.

'Dank u. Ik bel niet alleen om dat te vertellen, maar ook omdat ik u wil vragen of u weer mee wilt gaan.'

'Denkt u niet dat dat opvalt?'

'Waarom zou het?'

'Nou ja... de mensen zouden kunnen denken dat we een stel zijn.'

Er volgde een stilte. Had ik Carinsson ermee overvallen?

'Zou u dat pijnlijk vinden?' vroeg hij uiteindelijk.

'Nee, geenszins... Het spijt me als dat zo klonk, maar ik...'

'Het zal een grootse aangelegenheid zijn, dus u moet de familiejuwelen maar eens van stal halen.'

'Die hebben we niet eens. En zo ja, dan liggen ze in de kleedkamer te verstoffen. Mijn overgrootmoeder had wel wat sieraden, maar mijn grootmoeder noch mijn moeder draagt ze.'

'Nou, als dat zo is, moet u ze dragen. Dat wil zeggen, als ze nog niet te erg afgesleten zijn.'

'Bij ons verliest niets zijn glans,' diende ik hem van repliek. 'Soms moet je het alleen een beetje afstoffen.'

'Die zal ik onthouden, dat is een mooie uitspraak. Dus, bent u van de partij?'

'Ik kom er niet onderuit, of wel soms?' vroeg ik. 'Maar de sieraden laat ik hier.'

'Nee, neem ze mee! U bent toch een Lejongård! Dat moeten ze ook kunnen zien.'

'Goed, ik zal de grafelijke kroon afstoffen.'

Daarmee bracht ik Carinsson even tot zwijgen.

'Hebt u dan zoiets?' vroeg hij toen. 'Ik denk dat u me eens in de gewelven onder jullie huis moet rondleiden. Ik zou graag weten wat u zoal aan geheimen bewaart.'

'Die bewaren we niet in de kelders, daar is het er te vochtig voor. Maar op zolder is het een en ander te vinden.' Ik betrapte me erop dat ik daarbij zo breed grijnsde dat mijn wangen pijn deden. Toen kwam ik op een idee. 'U krijgt van mij een tegenuitnodiging,' zei ik.

'O, waarvoor?' vroeg Carinsson verrast. 'Gaat u het inwijden van de nieuwe gebouwen al vieren?'

'Nee, hoe kunt u dat denken! De werklieden zijn toch pas in het voorjaar begonnen?' Ik haalde diep adem. Zou hij eigenlijk wel belangstelling hebben voor zo'n naar verhouding bescheiden feest? 'Ik wil u graag uitnodigen voor ons jaarlijkse kreeftfestijn.'

'Kreeftfestijn?' vroeg hij verbaasd.

'Ja. Hebt u daar nog nooit van gehoord?'

'Jawel, natuurlijk. Maar het verbaast me dat de Leeuwenhof een kreeftgelag aanricht. Er is voor zover ik weet geen rivier in de buurt.'

'Een meer,' zei ik. 'Daar zijn wel geen kreeften, maar wat maakt het uit. Het is een relatief nieuwe traditie, die door mijn moeder in het leven is geroepen. Omdat we geen jachtpartijen meer organiseren, nodigen we tegen half, eind augustus mensen uit om kreeft te komen eten. Dus, wat zegt u daarop?'

'Zullen daar veel prominenten zijn?'

'Nou, de directeur van het ziekenhuis in Kristianstad, zakenrelaties, vrienden en het hele dorp, inclusief de dominee.'

'Nou, als de dominee van jullie dorp komt, kan ik natuurlijk geen nee zeggen.'

'Betekent dat dat u komt?' vroeg ik. 'Ook al laten de koning en de kroonprins zich daar niet zien?'

'Dan moet ik er toch nog eens over nadenken,' zei hij, en hij zweeg even, toen lachte hij. 'Natuurlijk kom ik! Het is me een genoegen. Tot dusver heb ik alleen het huis en de stallen gezien. Misschien kunt u me dan ook iets van de omgeving laten zien.'

'Dat zal ik graag doen!'

'Afgesproken dan. We zien elkaar vrijdag in Stockholm, en eind augustus bij het kreeftfestijn.'

'Ik zal een uitnodiging meebrengen. Mijn ouders en mijn grootmoeder zullen blij zijn u weer te zien.'

We namen afscheid en ik legde de hoorn weer op de haak. Even zat ik nog voor me uit te staren. Ik had nog steeds een glimlach op mijn gezicht en ik was vervuld van een ongelofelijke warmte.

De eerste keer had Carinsson me met het bezoek aan het galafeest overvallen. Ik had het gevoel dat ik er toen niet klaar voor was geweest. Maar nu kon ik me erop voorbereiden. Dat was echter niet waar ik blij om was. Mijn hart maakte een sprongetje omdat hij aan me gedacht had. Omdat hij me weer mee wilde nemen. Ik had geen idee waarom, maar het betekende veel voor me.

Toen ik de werkkamer uit kwam, liep ik oma tegen het lijf.

'Wat loop je te stralen,' merkte ze op. 'Dat moet een heel prettig telefoontje zijn geweest.'

Ik kuchte verlegen. 'Dat was het ook. Meneer Carinsson wil me de komende week meenemen naar een party. Het gaat om de Olympische Spelen. Hij is aangesteld om een reclamecampagne voor de ruiterploeg op te zetten.'

'Moet er reclame worden gemaakt voor de Olympische Spelen?' vroeg mijn oma verbaasd. 'En wat moet jij daar? Wil hij jou als covergirl?'

Ik giechelde als een schoolmeisje. 'Nee, dat niet. Maar er zullen weer topruiters aanwezig zijn. En naast prins Bertil ook andere functionarissen. Het kan misschien voor de Leeuwenhof iets opleveren.'

'Opleveren,' herhaalde oma licht verontwaardigd. 'Je praat als een bankier.'

'Dat komt door de boekhoudcursus,' zei ik lachend. 'Wacht maar af, komend jaar troef ik mama nog af wat terminologie betreft.'

'O nee, alsjeblieft! Als ze bezig is met de balans slaat ze je met allerlei termen om de oren!'

Ik schoot in de lach, en toen bedacht ik iets. 'Hebt u er bezwaar tegen als ik iets van de familiejuwelen leen? Ik weet dat u ze niet graag draagt, maar voor deze ene keer...'

Mijn oma keek me aan. 'Je weet dat die sieraden van je betovergrootmoeder waren.'

'Natuurlijk weet ik dat,' zei ik. 'Het is niet zo dat ik de geschiedenis ervan niet ken. Maar meneer Carinsson zei dat ik me als een Lejongård moest presenteren.'

'Alsof hij er enig idee van heeft hoe het is om een Lejongård te zijn,' merkte oma op. 'We staan er niet om bekend dat we ons volhangen als kerstbomen!'

'Maar een beetje glamour mag toch wel, nietwaar? Ik hoef niet zo te schitteren als overgrootmoeder Stella op het schilderij beneden. Ik zou alleen gewoon op een complimentje over mijn sieraden willen kunnen zeggen: "Het is een erfstuk van mijn overgrootmoeder." Dat klinkt toch heel wat beter dan: "Die ketting heb ik in het warenhuis gekocht."'

'Daar heb je gelijk in.' Oma zuchtte, alsof ik haar dwong de deur naar een kamer open te maken die ze nooit meer wilde binnengaan. 'Dan kunnen we dat het best maar meteen afhandelen, hè?'

'Meteen?' zei ik verwonderd. Mijn maag liet luid van zich horen. Ze merkte het en knikte naar me.

'Oké, na het eten.'

'Bedankt, oma, heel erg bedankt!' zei ik enthousiast en ik gaf haar een kus op haar wang.

De zolder was stoffiger dan ik me kon herinneren. Vroeger hadden de dienstmeisjes alles hierboven in orde gehouden voor het geval dat iets van wat er was opgeslagen weer nodig was. Nu waren er geen dienstmeisjes meer en niemand van ons had tijd om eens goed op te ruimen.

'Moeten we niet een keer afstand doen van een aantal spullen?' vroeg ik me hardop af terwijl ik rondkeek. 'Voor veel dingen zouden we een goede prijs kunnen krijgen op de antiekmarkt.'

'Als je tijd hebt om er handelaren voor te vinden, graag,' zei oma. 'Maar volgens mijn laatste informatie volg je al een boekhoudcursus en ben je bezig met de verbouwing van een landgoed.'

'Dat is zo,' erkende ik. 'Maar ik zou daar echt voor kunnen zorgen. Veel van die spullen zijn misschien goed genoeg om te veilen.'

Mijn oma liet een trieste blik over de spullen gaan. 'Dat zijn ze zeker. Maar er zijn vaak ook herinneringen aan verbonden. Sommige dingen waren al oud toen ik nog klein was. Mijn broer en ik hebben hier op zolder veel tijd doorgebracht en dan vertelden we elkaar verhalen. Toen was het hierboven nog niet zo vol.'

'Dat u er veel herinneringen bij hebt, is begrijpelijk. Toch zouden we het een en ander moeten verkopen. Dingen die we beneden niet meer nodig hebben. Ik geloof niet dat de tijden nog zodanig zullen veranderen dat stoelen in Lodewijk XIV-stijl weer modern worden. Maar musea zullen er blij mee zijn. Die kunnen ze ook beter restaureren dan wij. En het is niet zo dat ik daarmee uw stoel onder u vandaan trek.'

'Ik zal erover denken.' Mijn oma liep naar een oud dressoir en trok een la uit. Daarin bevond zich een kistje dat er zeker al meer dan honderd jaar op had zitten. Het was van zilver, maar het was aangeslagen en bijna zwart. Oma blies een dun laagje stof van het deksel.

'Is dat van uw moeder?' vroeg ik, waarop ze knikte.

'Ja,' antwoordde ze. 'Mijn moeder had een zwakte voor kistjes en doosjes. Waarschijnlijk omdat je er zo goed geheimen in kunt bewaren.'

'En zitten de sieraden daarin?' vroeg ik verbaasd. 'Waarom bergt u ze niet beneden op? Of in een kluis?'

'Omdat het met die sieraden net zo is als met de meubels. Het zijn prachtige spullen die je niet kunt gebruiken. Het zijn nu eenmaal geen kroonjuwelen, zoals die van de Engelse koningin, ze behoeven geen speciale bescherming. De vergetelheid beschermt ze.'

Ze zette het kistje voor zich neer en maakte het open. Op het eerste gezicht zat er niet meer in dan een rommeltje van kettingen, hangers en ringen. In tegenstelling tot het kistje waren die echter nog in goede staat. Een ketting die bovenop lag, wekte mijn interesse.

'Hoe zit het met dit medaillon?' vroeg ik en ik pakte het sieraad op.

'O nee!' riep ze meteen. Razendsnel pakte ze het uit mijn hand. 'Dat medaillon was een van haar dierbaarste sieraden.'

'En wat zit erin?'

Mijn oma sloot haar hand strakker om het medaillon, alsof ze vreesde dat ik het zou afpakken. 'Niets,' antwoordde ze.

'Niets? Daar lijkt u veel te geagiteerd voor. Kom nou, oma, overgrootmoeder zou er vast niets op tegen hebben als ik er eens naar kijk.'

'Het was voor haar iets onaangenaams. Ik wil niet dat je het ziet. Het zou je maar van je stuk brengen.'

'Ach, oma,' zei ik. 'Wat kan dat nou zijn?'

Maar Agneta bleef onverbiddelijk. 'We zijn hier om naar sieraden te kijken,' zei ze knorrig, terwijl ze het medaillon in de zak van haar rok liet verdwijnen. 'Zoek iets uit, maar vraag me hier niet meer naar. Het had hier eigenlijk ook helemaal niet moeten zijn.'

Ik keek mijn oma verbaasd aan. Het gebeurde zelden dat ze een wens van mij afwees. Dat ze het nu zo beslist deed, maakte me een beetje aan het schrikken. Wat zou er in dat medaillon zitten? Het portret van een voorbije liefde? Van een kind waar niemand iets van mocht weten? Het was beter er niet meer over te beginnen.

'Goed,' zei ik en ik kuchte. Op de een of andere manier was de situatie onaangenaam geworden. 'Misschien kunt u me helpen iets geschikts uit te zoeken.'

Oma bleef nog even met gebogen hoofd zitten, toen slaakte ze een diepe zucht.

'Mormor, alstublieft,' zei ik terwijl ik mijn hand op haar arm legde. 'Het spijt me dat ik zo heb aangedrongen.'

'Het is al goed,' antwoordde ze met licht schorre stem. 'Je kon het niet weten.' Oma rommelde een beetje in het kistje en haalde uiteindelijk een muisgrijs fluwelen zakje tevoorschijn.

'Maak maar open,' zei ze. 'Mijn moeder heeft dit van je overgrootvader gekregen, maar erg dol was ze er niet op.'

Ik fronste mijn voorhoofd. 'Geeft u me een sieraad dat mijn overgrootmoeder niet beviel?'

'Maak maar open, dan zie je wel waarom.'

Er zat een antieke zilveren ketting in met groene stenen.

'Maar die is prachtig,' zei ik verbaasd, terwijl ik de ketting voorzichtig door mijn vingers liet glijden. De schakels van de ketting leken bij nadere beschouwing in elkaar verstrengelde bladeren, de stenen ertussen leken net groene bloemknoppen die op het punt stonden open te barsten. 'Zijn de stenen echt?'

'Jazeker. Het is peridoot, als je de juwelier mag geloven. Mijn vader bracht hem mee na een ontmoeting met een bevriende zakenman. Die had paarden van ons gekocht en mijn vader als dank die ketting geschonken voor zijn echtgenote. Maar de man wist niet dat mijn moeder blauwe ogen had, en geen groene.'

'Vond uw moeder het sieraad niet mooi omdat het niet bij de kleur van haar ogen paste?'

'Ja, zo was het. Ze droeg graag witte stenen en blauwe, soms ook zwarte, omdat die beter bij haar kleding pasten. Maar groen beviel haar niet zo. Vooral deze kleur groen niet. Ze vond dat het eruitzag als goedkoop glas.'

'Dat klinkt nogal onaardig wanneer iemand je zo'n waardevol geschenk geeft,' zei ik. Ik kende een aantal verhalen over mijn overgrootmoeder Stella, en dit paste goed bij die gecompliceerde vrouw.

'Mijn vader heeft haar daarna nooit meer een sieraad met groene stenen gegeven.' Oma keek mijmerend naar de ketting, toen vervolgde ze: 'Alles moet zo zijn tijd hebben, zie je. Dit sieraad heeft blijkbaar op jou liggen wachten. Jij bent hier de eerste vrouw met groene ogen, een erfenis die we aan je vader te danken hebben.' Ze knikte me toe. 'Wanneer je ooit begint de rommel hierboven te verkopen, probeer er dan aan te denken wat je kleindochter of kleinzoon ervan zou vinden. Zeker, naar veel spullen zal niemand meer omkijken, maar wees bij de keuze toch voorzichtig. Wat nu waardeloos en overbodig lijkt, kan op zekere dag waardevol blijken.'

'Dat zal ik doen, oma,' zei ik, hoewel ik me niet kon voorstellen dat jonge mensen van nu iets aan die meubels zouden hebben. Dat die ketting, die zo goed bij mijn ogen paste, hier nog lag, kwam waarschijnlijk ook eerder door onachtzaamheid. Maar ik was blij dat ik iets had gevonden waarmee ik me op de party kon vertonen. En bij de ketting hoorde een behoorlijk goed verhaal dat ik zou kunnen vertellen.

20

Vrijdagavond stond ik nerveus te draaien voor de spiegel in mijn hotelkamer. Ik had een groene, vrijwel schouderloze japon aan met een wijde tulen rok die aan de zoom met pailletjes bezet was. De kleur paste volmaakt bij mijn ogen. Mijn moeder had mijn haar opgestoken zoals ze het jaren geleden van het kamermeisje van mijn oma had geleerd. Dat mijn oma een kamermeisje had gehad, net als een koningin, kwam me nog altijd vreemd voor, als iets uit een sprookje.

'Je ziet er beeldschoon uit,' zei mijn moeder tegen me terwijl ze het zakje openmaakte. Ze deed het sieraad om mijn hals. De stenen glinsterden in het licht van de plafondlamp.

Het was een beetje een raar idee dat ik mijn moeder naar Stockholm had meegenomen. Zo leek het of ze mijn chaperonne was. Omdat ik geen kamer in het studentenhuis meer had, moest ik ergens anders onderdak hebben. Mijn moeder had erop gestaan dat we in het Grand Hôtel zouden verblijven, waar ze een aantal jaren assistent-bedrijfsleider was geweest.

Wat hadden haar ogen geschitterd toen we de deur door gingen! Inmiddels werkte er ander personeel dan vroeger, maar mijn moeder had er plezier in me het hele gebouw te laten zien en anekdotes te vertellen.

'Dit moet je ook meenemen, voor het geval dat het koud wordt,' zei ze en ze gaf me een grote groene wollen stola aan. Die had ik haar misschien twee of drie keer zien dragen. Eigenlijk hield ze niet van sjaals en stola's.

'Vind je niet dat die een beetje te boers is voor bij die jurk?' vroeg ik.

'Dat is zo, maar als het koud wordt zul je blij zijn dat je hem bij je hebt. De Lejongårds zijn landadel, wij hebben geen zijden capes. Niet meer, tenminste.'

'Goed, ik zal hem meenemen,' zei ik, maar ik hoopte dat ik hem niet nodig zou hebben. 'Maak er een fijne avond van, mama.' Ik omhelsde haar en gaf haar een kus op haar wang.

'Jij ook, kind.'

Ik ging met de lift naar beneden en was verrast Jonas Carinsson in een stoel in de lobby te ontdekken, met zijn neus in een krant. Wat deed hij nu al hier?

Ik liep zachtjes naar hem toe. Hij was zo in zijn lectuur verdiept dat hij me eerst niet opmerkte. Pas toen ik kuchte, keek hij op.

'Goedenavond, meneer Carinsson,' zei ik. 'Ik hoop dat u uw krant met genoegen hebt gelezen.'

'Niet met zo veel genoegen als ik aan uw aanblik beleef.' Hij stond op en kuste mijn hand. 'U ziet er betoverend uit, juffrouw Lejongård.'

'Wacht maar tot u de stola ziet die mijn moeder me heeft meegegeven.'

'Is uw moeder dan meegekomen als chaperonne?' vroeg hij.

'Nee, ze heeft vandaag zo haar eigen plannen. Ze wil met een oude vriendin uitgaan. Ze komt waarschijnlijk later terug dan ik.'

'Nou, dan mogen we geen tijd verliezen en gaan we ons in het feestgewoel storten. Ik weet zeker dat alleen al de plaats waar het feest gehouden wordt iets in u zal oproepen.'

'Dat klinkt nogal vaag,' antwoordde ik. 'Waar gaan we dan heen?'

Toen hij me uitnodigde, had Carinsson niet gezegd waar het feest was.

We reden een tijdje rond door de stad, tot we een straat insloegen met adelshuizen – zo zagen ze er tenminste uit. 'Hier in de buurt staat het stamslot van de Von Rosens,' verklaarde hij. 'Hun voormalige stamslot althans.'

'Wordt de party daar gehouden?' vroeg ik. Er liep een rilling over mijn rug.

'Nee, maakt u zich niet ongerust. Maar het ligt aan deze weg, en ik wil graag dat u het ziet. Ter stichting.'

'Ter stichting?' vroeg ik. 'Hoe kan dat dan stichtelijk zijn?'

'Ik zal u er iets over vertellen, en daar kunt u al dan niet lering uit trekken.'

'Zouden we niet al lang op de party moeten zijn?' vroeg ik.

'Wees maar niet bang. De geest van die oude Clarence zal ons echt niet achtervolgen.'

We stopten voor een van de huizen. Het was heel groot, had vijf verdiepingen en een zolder. Twee etages hadden balkons, de ramen van de andere waren rijkversierd. Bij een van de ramen ontdekte ik het wapenschild van de Von Rosens: drie rozen op een schild.

'Het is behoorlijk imposant,' zei ik.

'En dat is nog maar één van de gevels,' zei Carinsson. 'Aan de andere kant van de straat ziet het er heel anders uit. 'Een pronkstuk, vindt u niet? Zelfs Von Rosens kostbare rijpaarden waren hier ondergebracht. Het personeel had toegang via de parallelweg.'

'Ongelofelijk.'

'En nu komt het: Von Rosen moest dit huis in 1905 vanwege geldproblemen verkopen.'

Dat verraste me. 'Echt waar?'

Carinsson knikte. 'Ja, hij heeft het toen aan zijn broer verkocht. De belastingen voor dit slot bedroegen alleen al vijfhonderdvijftigduizend kroon.'

'Een vermogen,' fluisterde ik terwijl ik de ramen, die er op de een of andere manier allemaal anders uitzagen, een voor een bekeek.

'Ja, de hoge belastingen in dit land zijn geen uitvinding van deze tijd,' zei Carinsson lachend. 'Von Rosen kon die belastingen niet opbrengen. In 1940 is het verbouwd en sindsdien zijn er huurappartementen in gevestigd.'

Ik schudde ongelovig mijn hoofd. 'Niet te geloven dat Von Rosen financiële problemen had.'

Ik denk dat iedere succesvolle zakenman die ooit wel heeft,' merkte Carinsson op. 'U moet één ding voor ogen houden: Von Rosen heeft zijn stamslot verloren. Maar de Leeuwenhof bestaat nog steeds, en is nog altijd in handen van uw familie. Dat hebben jullie op Von Rosen voor. U hebt de mogelijkheid om iets te veranderen. U bent nog de eigenares van het landhuis. Als we nu de feestzaal ingaan, waar Maud ook zal zijn, zult u binnenschrijden als een koningin, want u vertegenwoordigt uw huis, en dat is nooit vanwege belastingproblemen verkocht. Daar kunt u trots op zijn.'

Ik liet mijn blik nog even op de gevel van het slot van de Von Rosens rusten. Hoe zou het er voor de verbouwing binnen hebben uitgezien?

Als ik eraan dacht dat er voor ons landhuis net zo'n lot had gedreigd... Had dan alleen nog een wapen, of in ons geval de leeuwenkoppen, eraan herinnerd dat het ooit het eigendom van de Lejongårds was geweest?

'Bedankt dat u me hier hebt gebracht,' zei ik. 'Ik heb het slot van Von Rosen nooit eerder gezien. Zelfs mijn grootmoeder kent die geschiedenis niet, voor zover ik weet.'

'Ik hoop dat de aanblik u nog een poosje bijblijft. Het echec van een vijand zien kan soms heel stimulerend zijn om je er niet onder te laten krijgen. Maar nu moeten we echt verder, anders wordt het buffet zonder ons geopend.'

Een paar straten verder stopten we voor een hotel dat te oordelen naar de gevel nauwelijks jonger was dan het slot van Von Rosen. Het geluid van muziek vermengd met stemmen van gasten en af en toe gelach drong naar buiten door. In de lobby werden we ontvangen door een heer in een chic pak. Hij zocht onze namen op de gastenlijst op en nodigde ons daarna uit naar de zaal te gaan.

Bij de garderobe was het absoluut niet druk, want de meeste gasten waren zonder jas en dergelijke gekomen. Ik dacht aan mijn wollen omslagdoek, die ik op de achterbank van de cabriolet had laten liggen. Het was maar goed dat ik hem niet bij me had, want het was binnen al behoorlijk warm.

De zaal was prachtig versierd met gele rozen en blauwe linten op de tafels. De nationale kleuren van Zweden. We gingen aan een vierpersoonstafel zitten.

'De Bikelunds zijn onze tafelgenoten. De man is werkzaam in de zadelmakerij en maakt tuig en zadels voor de nationale ploeg. Hij is een heel vrolijk mens, al moet je als hij een paar glaasjes opheeft zijn verhalen niet zo nauw nemen.'

'U kent hem?'

'Hij heeft me ooit een reclameopdracht gegeven voor zijn bedrijf.'

'Blijkbaar zijn bij het Olympisch Comité relaties belangrijk.'

'Die zijn in onze wereld het zout in de pap,' antwoordde Carinsson.

Langzaamaan stroomden de genodigden de zaal binnen. Onze tafelgenoten verschenen aan de late kant, maar toen ze er waren kon ik me ervan overtuigen dat meneer Bikelund inderdaad een vrolijke man was.

'Carinsson, kerel, hoe gaat het met u?'

'Heel goed, en met u, meneer Bikelund? Uw dierbare echtgenote lijkt elk jaar jonger te worden!'

De vrouw voelde gevleid aan haar gepermanente haar. Ze deed me een beetje denken aan mijn wiskundelerares op school, hoewel die altijd veel strenger had gekeken. Of ze er echt jonger uitzag kon ik natuurlijk niet beoordelen, maar blijkbaar had Carinsson de juiste toon getroffen.

'En u, Carinsson, bent u eindelijk onder de pannen?'

'Wat dat betreft moet ik u helaas teleurstellen,' antwoordde hij. 'Dit is Solveig Lejongård, de kleindochter van gravin Agneta Lejongård.'

'Nooit van gehoord,' flapte de man er onverbloemd uit. 'Maar dat betekent niet dat u geen uitermate charmante dame bent. Aangenaam kennis met u te maken.'

'Insgelijks,' antwoordde ik.

'Dus u bent de dochter van een gravin,' vervolgde Bikelund. 'Nou, dan moeten ze nog eens zeggen dat de adel degenereert. U zou aan het hof beslist de afgunst van alle vrouwen wekken.'

Dat gevlei in het bijzijn van zijn vrouw maakte me een beetje verlegen. Terwijl het bloed me naar de wangen steeg, merkte ik dat Carinsson zat te grijnzen.

'Dank u, maar ik denk dat de dames aan het hof boos op u zouden zijn als ze dat hoorden,' antwoordde ik, en ik hoopte zeer dat het niet de hele avond zo door zou gaan.

Gelukkig viel mevrouw Bikelund me bij. 'Harald, kijk nou eens, je brengt de jongedame in verlegenheid.'

'O, dat was zeker niet mijn bedoeling,' zei hij vlug. 'Het is alleen zo lang geleden dat ik met een jonge gravin aan tafel mocht zitten.'

Ik keek naar Carinsson. Waarschijnlijk had hij geen invloed op de tafelschikking gehad, maar ik wilde dat we wat minder praatgraag gezelschap hadden gekregen.

Bikelund begon meteen Carinsson op de hoogte te brengen van de laatste stand van zaken. 'Ik heb gehoord dat er in Amerika nieuwe halsters worden ontwikkeld. Ik geloof dat ik er maar eens een spion naartoe moet sturen, zodat de fabrikanten daar me niet het brood uit de mond stoten.' Hij begon te lachen, en ik zag duidelijk dat zijn vrouw het een beetje gênant vond. Ze glimlachte weliswaar, maar met haar blik leek ze haar echtgenoot te smeken zich een beetje in te houden.

Ten slotte waren alle gasten er, en op een podium dat eveneens in de Zweedse nationale kleuren was gedecoreerd, verscheen prins Bertil, in rok met buikband en een blauw met gele sjerp. Hij was een imposante verschijning, en het was de eerste keer dat ik hem in een officiële positie meemaakte.

'Dames en heren, het is me een genoegen u namens het Zweedse Olympisch Comité te mogen verwelkomen,' begon hij zijn toespraak. 'Zoals u weet, ligt er een grote taak in het verschiet.'

Hij begon nu over de olympiade in Duitsland te spreken, maar ook over andere concoursen die de komende jaren zouden plaatsvinden. Ik begon te dromen. Als er op zekere dag een paard en ruiter van de Leeuwenhof medailles voor Zweden zouden kunnen behalen... Waarom had mijn moeder die droom nooit gekoesterd? 'In deze context willen we in het bijzonder onze oude vriend Carl Clarence von Rosen noemen.'

Die zin haalde me uit mijn gedachten. De prins zweeg even dramatisch, alsof hij een reactie verwachtte. Ik huiverde. Clarence von Rosen.

'Inmiddels is het veertien jaar geleden dat hij overleed, maar zijn werk wordt voortgezet met onze uitstekende ruiters. Als we over drie jaar de beste combinaties naar München sturen, zal hij er in ons hart bij zijn. Aan hem hebben we het te danken dat de Zweedse paardensport nu tot de wereldtop behoort.'

'Hij had het vast geweldig gevonden om naar Duitsland terug te gaan,' fluisterde Carinsson naast me. 'Hij was immers zo enthousiast over Neurenberg.'

Ik fronste mijn voorhoofd. 'Neurenberg?' vroeg ik.

Hij schudde zijn hoofd. 'Niet nu. Dat vertel ik u later wel.'

Prins Bertil vervolgde zijn lofrede op Von Rosens verdiensten. Die had inderdaad als lid van het nationale Olympisch Comité veel voor de ruitersport gedaan. Hij had ervaring opgedaan bij de Spaanse Rijschool in Wenen en geprobeerd deze op Zweedse renpaarden toe te passen. Hij had de paardensport in Zweden opgebouwd.

Toen het buffet werd geopend, stonden de Bikelunds op en zetten koers naar de lange tafels, waar langzaamaan een rij ontstond.

'Een fraaie toespraak, nietwaar?' zei Carinsson sarcastisch.

'Ik moet toegeven dat Von Rosen veel voor de paardensport heeft gedaan. Maar daarom hoef ik hem nog niet te mogen.'

'Dat is uw goed recht,' antwoordde Carinsson. 'Kom, laten we wat hapjes gaan halen bij het buffet.'

'Graag, maar misschien kunt u me eerst vertellen wat u met Neurenberg bedoelde.'

'Ik denk dat we ons daarvoor een beetje van de anderen moeten afzonderen. Wat ik daarover te zeggen heb, is alleen voor uw oren bestemd.'

We liepen de balzaal uit en trokken ons terug in de foyer. De garderobejuffrouw leek net pauze te hebben, in elk geval was er niemand.

'Ik heb wat naspeuringen gedaan,' begon Carinsson toen hij er zeker van was dat er niemand meeluisterde. 'Het was tamelijk lastig om aan informatie te komen, vooral omdat zijn zoon alom gerespecteerd werd en zijn kleindochter bij het Zweedse Olympisch Comité ook in hoog aanzien staat. Maar ik heb zo mijn bronnen en vrienden. En die vertelden me dat hij uw familie vanwege de weigering om paarden aan de nazi's te verkopen in diskrediet heeft gebracht.'

'Dat is wel zeker.'

'Naar het zich laat aanzien was er meer dat hem met de nazi's verbond. Na de Olympische Spelen van 1936 in Berlijn schijnt hij te gast te zijn geweest op de *Reichsparteitag* in Neurenberg. Hij moet het geweldig met de nazi's hebben kunnen vinden. Bovendien zou hij het oprichten van een Zweedse nationaalsocialistische partij hebben gesteund.'

Bij die informatie moest ik even diep ademhalen.

'En stel dat dat in de openbaarheid zou worden gebracht?' hoorde ik mezelf zeggen.

Carinsson schudde zijn hoofd. 'Dat lijkt me geen goed idee. Von Rosen staat in hoog aanzien en zijn familie zal er alles aan doen om de reputatie van haar oude patriarch te beschermen. Ze bewaren alle documentatie achter slot en grendel. Het was eigenlijk een wonder dat mijn vriend nog iets kon ontdekken. Ik ben ervan overtuigd dat veel mensen in de zaal ervan weten, maar dat niet zouden toegeven. De loyaliteit jegens hem stijgt boven het graf uit, omdat men op voordeeltjes van zijn familie rekent.'

'Nou, wij behoren wat dat betreft niet tot de begunstigden,' merkte ik op. Als ik oma vertelde hoe die man hier geprezen werd, zou ze razend worden.

'Momenteel bent u bezig zich langzaamaan weer in deze kringen te gaan bewegen,' vervolgde Carinsson. 'Uw positie is nog lang niet gevestigd, en de Von Rosens hebben veel vrienden. Vrienden die zich uw familie misschien niet meer herinneren, maar die u grote problemen kunnen bezorgen. Ze zullen u eerder in diskrediet brengen dan toegeven dat de held van de Zweedse ruitersport een ideologie was toegedaan die aan zo veel mensen het leven heeft gekost en zo veel leed over Europa heeft gebracht.'

Het leek me zo laf om te zwijgen. Ik keek de zaal in, naar de mannen in hun zwarte pakken en de vrouwen met hun glinsterende juwelen. Ik had absoluut niet het gevoel bij hen te horen, ook al waren sommigen van hen net als ik afkomstig uit adellijke families of zelfs van een nog hogere stand. Wat ik zojuist had gehoord, maakte dat gevoel alleen maar sterker.

Carinsson pakte mijn hand. 'Wat gaat er door u heen?' vroeg hij.

'Ik denk eraan dat je in deze wereld met eerlijkheid niet altijd verder komt.'

'Ja, dat lijkt soms zo. Maar geloof me, niemand die onrecht begaat kan daar eeuwig mee doorgaan. Ooit maakt hij een fout. En dan worden degenen die onder hem te lijden hadden gerehabiliteerd. Maar laten we nu weer naar binnen gaan, voor de Bikelunds nog gaan denken dat we samen een kamer hebben genomen.' Hij knipoogde naar me.

Toen we terugkwamen zaten de Bikelunds weer aan de tafel. Meneer Bikelund had zich niet de kans laten ontlopen van alle gerechten van het buffet iets te nemen.

'Daar zijn jullie weer!' begroette hij ons. 'De jongedame is toch niet onwel geworden?'

'Nee, ik had het alleen een beetje warm,' zei Carinsson om de aandacht op zichzelf te vestigen. 'Ik heb geprobeerd discreet van mijn jasje af te komen, maar de garderobejuffrouw was er helaas niet.'

'Waarschijnlijk had ze rookpauze,' merkte Bikelund op en hij begon zijn eten verder naar binnen te werken.

De rest van de avond brachten we door met van tafel naar tafel wandelen en praatjes maken met de belangrijkste functionarissen van het Zweedse Olympisch Comité. Ik glimlachte en gedroeg me voorkomend, maar de hele tijd door wilde het maar niet uit mijn hoofd dat al die mensen hier deel uitmaakten van een web met Clarence von Rosen als dikke spin in het midden.

Prins Bertil nam helaas al vrij snel afscheid, omdat hij de volgende dag naar Duitsland zou vertrekken. We kregen geen gelegenheid hem te spreken. Misschien was dat maar goed ook, want ik wist niet of ik met al mijn nieuwe kennis over Von Rosen mijn mond had kunnen houden.

Naarmate de avond vorderde, raakten de genodigden genoeg onder invloed om zich op de dansvloer te wagen. Ook Carinsson vroeg me ten dans.

'Ik moet u waarschuwen,' zei ik toen we ons opstelden. Carinsson legde zijn hand licht op mijn taille en pakte de mijne heel voorzichtig vast. 'Ik ben waarschijnlijk nog slechter in dansen dan mijn moeder. Mijn vader heeft er altijd problemen mee haar te leiden.'

'Dat komt doordat uw moeder een sterke vrouw is.'

'En waarschijnlijk ook doordat we de afgelopen jaren niet veel oefening hebben gehad. Natuurlijk houden we feesten op de Leeuwenhof, maar de tijd van de grote bals is voorbij.'

'Dat klinkt alsof u ze mist,' zei hij terwijl we de eerste passen deden. Gelukkig was het een heel eenvoudige dans, waarbij het makkelijk was te volgen. Maar ik betwijfelde dat je hier kon twisten.

'Die tijd heb ik niet meegemaakt,' zei ik. 'Die ken ik alleen uit de verhalen. Als kind sloop ik 's nachts soms naar de balzaal en dan stelde ik me voor hoe het vroeger moest zijn geweest.'

Carinsson dacht even na, toen zei hij: 'U weet wel dat ik een grote fan van toekomstmuziek ben. Misschien moeten we de baltraditie in jullie landhuis weer nieuw leven inblazen.'

'Ter gelegenheid waarvan dan?'

'Nou, van een ruitersportgala. Ik ben ervan overtuigd dat een uitstapje naar het platteland een welkome afwisseling zou zijn.'

'Dat is een geweldig idee!'

Carinsson glimlachte.

'Wat is er?' vroeg ik.

'U bent echt ten goede veranderd,' zei hij. 'Ik kan me de tijd nog herinneren dat u mijn voorstel categorisch zou hebben afgewezen.'

'U vergeet dat ik nu de bedrijfsleider van de Leeuwenhof ben.'

Hij nam me even aandachtig op, toen stak hij zijn hand omhoog om een losgeraakte haarlok weg te strijken. Daarbij raakte hij mijn gezicht heel voorzichtig aan.

Mijn hart begon te bonzen en mijn handen trilden een beetje. Tegelijkertijd had ik het gevoel dat iedereen naar ons keek. 'Zullen we ergens heen gaan waar we onder ons zijn?' vroeg ik. 'Eerlijk gezegd ben ik aan een korte pauze toe.'

Hij knikte. 'Hopelijk heb ik niet...'

'Nee, nee, het ligt niet aan u. Ik wil graag even uitrusten van het dansen en wat praten. Wat denkt u?'

Jonas bood mij zijn arm en leidde me de dansvloer af.

We liepen naar een balkon, waarvandaan je een fantastisch uitzicht over de stad had.

'U herinnert zich hopelijk dat u nu aan de beurt bent en naar de kreeftmaaltijd moet komen,' begon ik.

'Dat ben ik niet vergeten,' antwoordde hij zachtjes.

'Dan kunt u het best eenvoudige kleding aantrekken, boter maakt vlekken.'

'Dat is absoluut geen probleem, er is een wassalon vlak bij mijn huis. Het wasmiddel daar is zo krachtig, dat zelfs verstopte waterleidingen weer schoon worden.'

'Hebt u dat uitgeprobeerd?'

Hij begon te lachen. 'Nee, natuurlijk niet. Maar in de wassalon functioneert de afvoer uitstekend.' Hij zweeg even, toen voegde hij eraan toe: 'Maar ik zal u voor uw vrienden niet voor schut zetten en een voorbeeldige boer zijn.'

'Wil dat zeggen dat u in een tuinbroek en laarzen verschijnt?'

'Alleen als u een jasschort en een hoofddoek draagt.'

'Het spijt me, dat zal niet gaan,' wierp ik tegen. 'Goed dan, kom maar zoals u wilt. De hoofdzaak is dat u komt.'

'Daar kunt u op rekenen!'

Hij keek me nog een poosje aan, toen sloeg hij teder zijn arm om me heen en trok me tegen zich aan. Mijn hart bonsde en mijn lichaam tintelde, en eigenlijk was er geen reden hem niet te laten begaan. De afgelopen maanden was hij meer dan een vriend geworden. Maar op het moment dat zijn lippen de mijne aanraakten, deinsde ik terug.

Carinsson keek me verbaasd aan. 'Heb ik iets verkeerds gedaan?'

'Nee, dat niet, maar...'

Hoe moest ik hem zeggen dat het weer de herinnering aan Sören was die me ervan weerhield hem te kussen?

'Pardon, ik wist niet... Ik wilde u niet...'

'Het heeft niets met u te maken,' zei ik terwijl de tranen me in de ogen sprongen. Verdorie, waarom gebeurde dit nou weer? Waar verzette ik me tegen? 'Ik... ik kan het gewoon niet. Nog niet...' Maar wanneer dan wel? vroeg een stemmetje in mijn achterhoofd. Wanneer zul je weer een man toestaan dichtbij te komen?

Ik keek Carinsson door een mist van tranen aan. Hij leek gekwetst, en dat kon ik hem niet eens kwalijk nemen. Weer wees ik hem af, en dat terwijl mijn hart naar hem uitging.

'Misschien kan ik u beter terugbrengen naar uw hotel,' zei hij. 'Het is al laat...'

Ik knikte en veegde de tranen van mijn wangen. Het was stom om te huilen, vooral omdat ik mijn ogen had opgemaakt en alles nu uitliep. Maar ik kon het niet helpen. Ik schaamde me zo. Carinsson had zo veel voor me gedaan. En het was me al sinds lang duidelijk dat hij gevoelens voor me had. Nog erger was, dat ik op mijn beurt gevoelens voor hem had, maar niet in staat was die hem te tonen.

We verlieten het hotel en liepen zwijgend naar zijn auto. Ook tijdens de rit zeiden we geen van tweeën een woord.

'Het spijt me echt,' begon Carinsson nadat hij de cabriolet voor het hotel tot stilstand had gebracht.

'Nee, het spijt míj,' wierp ik tegen. 'Ik had niet zo moeten reageren.'

'U wilde me niet kussen. Dat had ik moeten inzien.'

'Nee, zo zit het niet, het is alleen...' Ik verkrampte.

'U houdt nog steeds van uw verloofde, nietwaar?' vroeg hij. Toen knikte hij. 'Goed, dat zal ik accepteren.' Hij perste zijn lippen op elkaar en keek omlaag. 'Goedenacht, juffrouw Lejongård, dank u wel dat u met me mee bent gegaan.'

De formele toon brak mijn hart. Waarom tutoyeerden we elkaar niet al lang? Waarom deden we nog steeds alsof we alleen maar een zakelijke relatie hadden?

'Goedenacht, en bedankt voor alles,' fluisterde ik, waarna ik uitstapte.

Carinsson zette de motor aan en reed zonder nog een woord te zeggen weg.

Even later zat ik verward op de rand van het hotelbed naar de foto in mijn hand te kijken. Sören in zwembroek, een afdruk uit een zomer van lang geleden. Een liefde van lang geleden. Waarom hield die me nog zo bezig?

Mijn tranen waren inmiddels opgedroogd en mijn schaamte had plaatsgemaakt voor overpeinzingen. Jonas Carinsson was niet alleen een goede vriend geworden, hij was veel meer dan dat. En toch weerhield Sören me er nog altijd van hem naderbij te laten komen. Was het tijd om voorgoed afscheid van hem te nemen?

Toen de deur openging, kromp ik in elkaar. Mijn moeder kwam binnen en leek verrast me te zien.

'Solveig, wat is er?' vroeg ze. De sporen van het huilen waren nog op mijn gezicht te zien. 'Is er iets gebeurd?'

Ik schudde mijn hoofd. 'Nee, maar...' Moest ik het haar uitleggen? Misschien zou ze denken dat Carinsson een bruut was.

'Wat is er dan?' vroeg ze terwijl ze naast me kwam zitten. Toen ze zag dat ik de foto in mijn hand had streelde ze zachtjes over mijn haar.

'Nog steeds?' vroeg ze. 'Er is meer dan twee jaar voorbij.'

'Maar ik kan hem gewoon niet loslaten. Daarnet... Daarnet wilde Carinsson me kussen. En ik deinsde terug. Alweer.'

'Wilde Carinsson je kussen?' Mijn moeder fronste bezorgd haar voorhoofd. 'Tegen je zin?'

'Nee, het zou niet tegen mijn zin zijn geweest. Ik mag hem zelfs graag. En toch stel ik me zo aan... Ik heb ergens het gevoel dat ik Sören ontrouw ben. Maar hij zou toch willen dat ik gelukkig ben?'

Moeder zweeg even, toen pakte ze voorzichtig de foto uit mijn hand. 'Een leuke foto,' zei ze. 'Hoe kom je daaraan?'

'Vlak nadat ik naar de universiteit was teruggegaan heeft mevrouw Lundgren me wat studieboeken van Sören gebracht. Op de eerste dag heb ik de boeken nagevlooid, op notities die hij had gemaakt. Ik wilde zo graag een spoor van hem vinden. En toen vond ik die foto. Hij zat tussen de bladzijden.'

Mijn vingers jeukten terwijl mijn moeder de foto vasthield. Ik voelde me net een junk van wie ze net haar drugs hadden afgepakt.

'Dat was een aardige geste van Sörens moeder,' zei mama. 'Maar ik vrees dat ze je daarmee geen dienst heeft bewezen.' Mijn moeder zuchtte diep en legde de foto op de sprei. Als vanzelf gristen mijn handen hem weg. Ja, ik was verslaafd. Nog erger dan Jim Morrison van The Doors.

'Ik begrijp wat die foto voor je betekent,' vervolgde moeder zachtjes. 'Maar misschien wordt het tijd om Sören los te laten. De afgelopen maanden hebben we zo veel nieuwe dingen aangepakt. Je zei tegen me dat we de nieuwe tijd moesten toelaten. Ik vind dat dat ook voor jou geldt. Sören was een geweldige vent en een goede partner voor jou. Maar hij is dood. Niets wat je doet kan hem weer tot leven wekken. Je kunt het verleden niet vasthouden, en het zou ook niet goed zijn om erin te blijven leven. Laat Sören los. Laat hem gaan. Als je echt gevoelens voor meneer Carinsson hebt, laat ze dan toe. Hou die foto niet meer bij je. Leg hem ergens neer waar hij kan rusten.'

Mijn moeder had gelijk, maar ik voelde innerlijke weerstand. Ik had die foto van Sören bij alle belangrijke beslissingen bij me gehad. Hij was mijn steun en toeverlaat geweest. Als ik er afstand van deed...

‘Ik zal erover denken,’ antwoordde ik en ik streelde met mijn duimen over Sörens gezicht.

‘Prima,’ zei mama, want ze voelde aan dat aandringen niet zou helpen. Ze gaf me een kus op mijn slaap en stond op.

21

Door het organiseren van het kreeftfestijn raakten mijn zorgen om Carinsson enigszins op de achergrond. Tegelijkertijd kon ik er alleen maar aan denken of hij zijn belofte wel zou inlossen en zou komen. Ik verlangde ernaar hem terug te zien. Sinds de party heerste er radiostilte tussen ons. Carinsson belde me niet en ik durfde geen contact met hem op te nemen.

Dagenlang had ik gepiekerd over moeders raad om de foto van Sören weg te stoppen. Maar ik kon me er niet toe zetten. In het beste geval lukte het me hem voor een paar uur in een la te leggen, meestal wanneer ik boven mijn boeken gebogen zat. Maar zodra ik klaar was, haalde ik hem weer tevoorschijn om ernaar te kijken.

Gelukkig boden de voorbereidingen voor het banket een beetje afleiding. Er moesten uitnodigingen worden verstuurd en leveranciers gebeld. We moesten kreeften hebben en een heleboel andere dingen, zoals stoelen en tafels.

Mijn oma, die er eerst niet aan had moeten denken spullen van zolder weg te doen, stelde voor een vlooienmarkt te houden en misschien wat spullen bij een tombola te verloten. 'Je zei toch dat we die rommel moesten verkopen?'

'Ja, maar denkt u dat het kreeftfestijn daarvoor een goede gelegenheid is?'

'Waarom niet? Waar komen anders zo veel mensen? En misschien zijn de gasten wel dankbaar voor een beetje afwisseling als ze hun buik vol hebben gegeten.'

'Goed, oma. Dan zal ik de spullen uitzoeken en kunt u daarna beslissen wat u wilt bewaren en wat niet.'

Eigenlijk was ik blij dat ze me die opdracht had gegeven, maar toen ik op de zolder rondkeek kwamen de gedachten aan Carinsson weer terug. Ik vroeg me af wat hij deed en of hij aan me dacht.

Ik voelde me vreselijk terneergeslagen. Toen ik tegen de avond klaar was, was ik doodop. Met de foto van Sören naast mijn bed sliep ik in en ik droomde dat ik hem voor de tweede keer begroef. Ditmaal was de kist niet dicht, maar open. Sören zag er net zo uit als toen ik hem voor het laatst had gezien. Hij droeg de kleding die hij op de dag van onze verloving aanhad. In zijn handen hield hij een boeketje veldbloemen. Ik wilde de lijkdragers ervan weerhouden hem zo in de kuil te laten zakken en toen deed hij zijn ogen open. 'Laat ze begaan,' zei hij, 'het is goed.'

Ik sprak hem tegen. 'Dat gaat niet. Dan ben je totaal onbeschermd!'

'Het is goed. Laat me gaan,' zei hij zachtjes en hij glimlachte. Daarop lieten de mannen de open kist zakken.

Geschrokken kwam ik overeind en ik keek om me heen. Het kerkhof was verdwenen, er was alleen de stilte van het huis om me heen. Hijgend zakte ik terug in de kussens. Hij was niet hier. Het graf was al jaren dicht, zijn as rustte in een urn. En wat hij tegen me gezegd had...

Laat me gaan.

Was het mogelijk dat ik zijn geest onbewust hier in deze wereld vasthield? Of wilde mijn brein me vertellen dat het tijd was?

Op de ochtend van het kreeftbanket zag het er in de keuken uit alsof het de grote wasdag was. In de waskeuken stonden zinken teilen opgesteld voor de kreeften, die een visser uit de omgeving zou komen brengen. Die ving hij in rivieren in de buurt, we hoefden ze alleen nog klaar te maken.

'Jammer dat we hier geen rivier hebben,' zei mevrouw Johannsen tegen me toen ik kwam kijken of alles in orde was. 'Mijn moeder komt uit Småland en daar ving ze de kreeften altijd zelf.'

'Ik denk dat ik daar geen zin in zou hebben,' zei ik. 'Als de kreeften zich verweren, kunnen ze je met hun scharen behoorlijk pijn doen.'

'Dat is een kwestie van techniek,' zei de kokkin. 'Je moet ze op de juiste manier vastpakken, dan kunnen ze er niet mee knijpen.'

Een paar uur later verscheen de visser met zijn blauwe bestelbus. Op het dekzeil stond een groot blauw anker. Meneer Nyehus was er trots op dat zijn vader vroeger ooit echt op zee had gevaren. Hij bezat zelf ook een kotter, maar hij was daarmee nooit verder geweest dan de Oostzee. Het anker was voor hem zoiets als een familiewapen.

Ik begroette hem en bracht hem naar de keuken. Hij was verbaasd over het aantal teilen. 'Ik denk dat u ze niet allemaal nodig zult hebben.'

'De beesten moeten het goed hebben,' verklaarde ik.

'Waarom? Ze worden toch binnenkort opgegeten. Mijn moeder heeft overigens een geweldig recept voor rivierkreeft. Als u wilt, kan ik het u geven.'

Mevrouw Johannsen zette haar handen in haar zij. Maar voor ze iets kon zeggen, zei ik vlug: 'Het recept van uw moeder is vast uitstekend, maar wij hebben hier onze eigen bereidingswijze. Traditie, begrijpt u.'

De visser knikte, bromde in zijn baard en liep weer naar buiten.

'De brutaliteit!' mopperde mevrouw Johannsen. 'Alsof ik geen kreeft zou kunnen klaarmaken!'

'Natuurlijk kunt u dat,' zei ik sussend. 'Hij bedoelde het niet kwaad. U weet toch hoe trots hij is op zijn familie.'

'En ik ben trots op de mijne!' was haar weerwoord. 'Mijn moeder maakte de lekkerste kreeft van Småland, en ik heb haar recept!'

'Ik ben ervan overtuigd dat de gasten verrukt zullen zijn.'

Even later verscheen meneer Nyehus weer, met emmers vol kreeften, die hij in de teilen overgoot.

Terwijl tussen hem en mevrouw Johannsen een discussie ontstond over de juiste manier om kreeft te bereiden, zag ik toe op de vlooienmarkt, die we naast het huis hadden opgezet. Omdat niemand van ons de spullen in de gaten kon houden, hadden we twee meisjes uit het dorp gevraagd de verkoop op zich te nemen. Als beloning mochten ze een sieraad uitzoeken. Ik was benieuwd of het zou lopen. We hadden alle kleine dingen op tafels uitgestald. Er waren tafels met mooie doosjes, sieraden, linten en schilderijtjes, voor de mannen dasspelden en oud speelgoed. De mooiste spullen hadden we gehouden om ze ooit te laten veilen. Toch was het een geweldige verzameling.

Mijn moeder kwam bij me staan. 'Het wordt echt tijd dat die dingen het huis uitgaan, hè?'

'Ja,' antwoordde ik. 'Zo maken we plaats voor iets nieuws.'

'En we scheppen ruimte in huis. Ik denk dat het de oude muren goeddoet weer eens te kunnen doorademen.' Moeder keek me aan. 'Hoe gaat het met je?' vroeg ze toen ineens.

'Hoe zou het moeten gaan?' vroeg ik op mijn beurt. 'Het gaat eigenlijk heel goed.'

'Eigenlijk?'

Ik plukte aan de mouwen van mijn jurk. 'Ik ben bang dat hij niet komt,' zei ik.

'Heeft hij dan niets laten horen?'

Ik schudde mijn hoofd. 'Nee. En ik denk dat hij genoeg van me heeft.'

'Alleen omdat je je een keer niet hebt laten kussen?' vroeg mijn moeder, en ze schudde haar hoofd. 'Als hij serieuze bedoelingen heeft, zal hij het je vergeven.'

'Dat denk ik niet. Hij zag er zo gekwetst uit. En het was niet de eerste keer dat ik hem afhield. Misschien ziet hij in dat het niets kan worden.'

'Of hij wacht op een teken van jou. Waarom bel je hem niet?'

'Omdat ik bang ben dat hij me duidelijk zal maken dat hij niet meer in me geïnteresseerd is.'

'Ach, Solveig.' Mama sloot me in haar armen. 'Ik weet zeker dat je ooit een nieuwe liefde vindt.'

'Ik hoop het,' zei ik, maar eigenlijk hoopte ik dat Jonas Carinsson die nieuwe liefde zou worden.

'Heb je die foto al weggedaan?' vroeg ze toen.

Ik schudde mijn hoofd. 'Nee, dat kon ik nog niet. Maar ik zweer dat ik het zal doen als Carinsson zich hier laat zien.'

'Zweer maar liever niet. En maak het wegdoen van die foto niet ergens afhankelijk van. Je moet er een goed gevoel bij hebben.' Ze voegde eraan toe: 'Ik heb ook ooit een voorwerp gehad dat me hielp.'

'Je bedoelt die oude aansteker?'

Moeder knikte. 'Ik heb hem al in geen jaren aangeraakt. Ik bewaar hem nog steeds, want het is de enige herinnering aan de man die er twaalf jaar van mijn leven voor me was. Maar na een tijdje besefte ik dat ik die aansteker niet nodig had. Ik kon ook zonder mijn weg in het leven vinden.' Ze keek me onderzoekend aan. 'Doe die foto weg als de tijd rijp is. Laat het los. Maar alleen als je het wilt, en niet omdat je er iets van verwacht. Dat verdient Sören niet.'

'Je hebt gelijk,' zei ik, ook al was wat ze zei niet wat ik had verwacht.

's Middags was het afgelopen met het levendige gespartel van de kreeften. De ene kreeft na de andere belandde volgens haar moeders recept in de pan van mevrouw Johannsen, terwijl wij ons instelden op de komst van de eerste gasten.

Ik was gespannen, hoewel het niet de eerste keer was dat we een feest gaven en ik een praatje moest houden. Bij het midzomerfeest had ik de aanwezigen al als nieuwe bedrijfsleider verwelkomd. Toch had ik net zo'n gevoel als toen ik examen moest doen aan de universiteit.

De genodigden kwamen binnendruppelen. We heetten hen hartelijk welkom en brachten hen naar de tuin. De enige die niet verscheen was Carinsson. Verontrust keek ik op mijn horloge. Zou mijn vermoeden dat hij niet kwam juist blijken te zijn?

'Je lijkt een beetje onrustig,' constateerde oma toen ze me voor de deur zag staan. Ik kon me er niet toe zetten het feest te openen. Een paar minuten had ik nog wel.

'Het is raar, maar ik heb het gevoel dat ik opnieuw mijn laatste examen moet doen,' zei ik. Ik had haar nog niet toevertrouwd dat ik gevoelens voor Jonas Carinsson had.

'Je hebt toch wel vaker voor publiek gesproken,' zei oma.

'Ik weet het, en toch heb ik plankenkoorts.'

'Waarom? Vanwege mensen die je al sinds je kinderjaren kent? Zeg gewoon: "Tast toe!" Dat zullen ze prachtig vinden. Het koningshuis is er toch niet bij!'

Op haar woorden volgde het geronk van een motor. Ik draaide me vlug om.

Maar het was niet de cabriolet van Carinsson. Er verscheen een grote zwarte auto, gevolgd door een tweede. Het leek erop dat we bezoek kregen van rechercheurs van de politie. Ik kreeg kramp in mijn maag. Wat had dat te betekenen? Ik stormde de deur uit en zag een paar mannen uitstappen. Een van hen was Jonas Carinsson.

'Wie heeft hij toch bij zich?' vroeg oma, die inmiddels achter me was gaan staan, en ze kneep haar ogen tot spleetjes.

Ik pakte haar hand vast. 'Dat is prins Bertil!' En ze had nog wel gezegd dat er toch niemand van het koningshuis was!

'Echt waar?' vroeg mijn moeder, die ook naar ons toe was gekomen, en ze sloeg haar hand voor haar mond. 'Ja, inderdaad, het is prins Bertil! Wat komt die hier doen?'

'Misschien is hij de tafelheer van je vriend,' opperde oma spottend.

Ik merkte dat ik vanbinnen verstijfde. Carinsson had prins Bertil meegenomen naar ons kreeftgelag! Ik wist niet wat ik pijnlijker vond: dat het maar een eenvoudig feest was of dat we zelf de prins niet uitgenodigd hadden. Maar bij dit soort feesten was dat eigenlijk niet gebruikelijk, en toen het Koninklijk Huis destijds telkens afzegde hadden we het op een gegeven moment maar gelaten.

'Wat gaan we nu doen?' vroeg ik en ik keek in paniek om me heen. Carinsson en de prins kwamen de buitentrap al op.

'Hen verwelkomen, wat anders,' zei oma en ze rechtte haar rug en begon voor ons uit te lopen. De pailletten op haar japon schitterden toen ze in het zonlicht kwam. Vanaf de velden waaide de geur van drogend hooi naar het huis.

'Net als vroeger,' mompelde mijn moeder ontroerd. 'Ik kan me nog goed herinneren hoe het was toen we de jaarlijkse jachtpartij nog organiseerden. Dat was in de herfst, en de aankomst van de koning was een bijzondere gebeurtenis. Al was ik toen te jong om te beseffen wat het betekende.'

We liepen achter oma aan naar buiten. De prins en Jonas Carinsson waren bijna bij de bovenste treden aangekomen. Toen onze blikken elkaar ontmoetten, glimlachte hij even, maar daarna zette hij weer een waardig gezicht.

'Hartelijk welkom in ons huis,' zei oma.

'Het doet me genoegen u weer te zien, mevrouw Lejongård,' antwoordde Carinsson. Hij maakte een buiging en gaf mijn grootmoeder een handkus. Ik bewonderde haar dat ze geen spier vertrok, terwijl ze moest vergaan van de opwinding. 'Vergeeft u me alstublieft dat ik nog een gast heb meegebracht, maar toen Zijne Koninklijke Hoogheid hoorde dat u een van uw beroemde feesten hield, wenste hij me te vergezellen. Aan die wens heb ik met genoegen gehoor gegeven en ik hoop dat het voor u niets uitmaakt.'

'Leden van het Koninklijk Huis zijn altijd welkom,' zei ze. Ze reikte prins Bertil de hand en maakte de elegantste reverence die ik ooit had gezien. 'Het is fijn u na zo lange tijd terug te zien, hoogheid.'

De prins leek een beetje verlegen, wat mijn twijfel voedde of het wel zijn idee was geweest om bij ons op bezoek te gaan. Maar ik wist zelf hoe overtuigend Carinsson kon zijn. 'U bent te goed, mevrouw Lejongård. Het doet mij ook plezier terug te zijn op een plaats uit mijn jeugd. Voor zover ik weet vierde u vroeger altijd het midzomerfeest en ging mijn vader ook wel bij u jagen.'

'De jacht organiseren we niet meer, vanwege de natuurbescherming zien we daarvan af,' antwoordde oma. 'In plaats daarvan hebben we jaren geleden dit festijn in het leven geroepen. Ik hoop dat u er ondanks de eenvoud plezier aan beleeft.'

'Daar twijfel ik niet aan,' antwoordde de prins, die nu wat meer op zijn gemak leek. Hij wendde zich tot mijn ouders en sprak een paar woorden met hen, daarna richtte hij zijn blik op mij. 'Wij hadden al eens het genoegen, nietwaar?'

Ik knikte. 'Ja, koninklijke hoogheid, en het doet me genoegen dat u ons met een bezoek vereert. Voor zover ik weet, was koninklijk bezoek op ons landgoed altijd een belangrijke gebeurtenis.'

De prins boog gevleid zijn hoofd. Dat bracht me ertoe een vermetele poging te wagen. 'Als ons bescheiden feest u bevalt, zou het me genoegen doen u ook voor onze andere feesten uit te mogen nodigen. Het is heel spijtig dat die mooie traditie in vergetelheid is geraakt.'

Ik zag mijn moeders verschrikte blik, maar ik bleef de prins glimlachend aankijken.

'Dat zou me een genoegen zijn,' antwoordde de prins. 'Het wordt tijd dat de banden tussen onze families weer worden aangehaald, vindt u niet?'

'Dat ben ik geheel met u eens, hoogheid.'

Even keken we elkaar nog aan, en ik merkte dat zijn pantser een beetje openbrak en de hartelijke Bertil die de hele wereld kende, tevoorschijn liet komen.

Nu wendde ik me tot Carinsson. 'Fijn dat u gekomen bent,' zei ik en ik stak hem mijn hand toe. Hij pakte hem aan en glimlachte.

'Dat had ik toch beloofd.'

Dat we in het gezelschap van de prins de tuin in liepen wekte bij de aanwezigen enige verbazing. Toen de nieuwe gasten plaats hadden genomen, kwam mijn moeder naar me toe. 'Solveig, wil je alsjeblieft even meekomen naar de keuken?'

Ik keek naar Carinsson, die me geen moment uit het oog verloor. Ik knikte naar hem en glimlachte. Hij wist waarschijnlijk niet dat zijn komst me nog meer plezier deed dan die van de prins.

'Ja, natuurlijk,' zei ik en ik liep achter mijn moeder aan naar binnen.

'Die Carinsson zorgt telkens weer voor verrassingen,' zei ze toen we buiten gehoorsafstand van de gasten waren.

'Dat klopt,' antwoordde ik.

'En jij wist nergens van?'

'Nee, hoezo? We hebben elkaar sinds Stockholm niet meer gesproken.'

Mama mompelde iets wat ik niet verstond, en toen liepen we de keuken in. De kokkin had de gerechten neergezet op de grote tafel waaraan vroeger de dienstmeisjes hadden gegeten. Daarop stonden schotels met kreeft, aardappelen, salade en brood. Buiten stonden op een schaduwrijke plek de vaten bier al klaar.

'Wat heeft dit allemaal te betekenen?' vroeg mijn moeder nadat ze even nerveus met een servetje had zitten spelen.

'Dat die beste meneer Carinsson altijd een troef achter de hand heeft,' zei ik. 'Waarschijnlijk hoopt hij dat de aanwezigheid van de prins goede publiciteit oplevert. Wellicht zitten de fotografen al in de bosjes en hebben we ze alleen nog niet opgemerkt. Misschien wil Carinsson hem ook de vooruitgang op de hoeve laten zien.'

'Dan mogen we blij zijn dat het allemaal aardig opschiet.' Mijn moeder veegde nerveus over haar voorhoofd. 'Ik had met alles rekening gehouden, maar niet hiermee. En dan hebben we ook nog die vlooienmarkt!'

'Ik geloof niet dat prins Bertil zich daaraan zal storen. Misschien ontdekt hij nog iets wat hij wil hebben.'

'O God, en dan wil hij er misschien ook nog voor betalen!'

Ik pakte moeders hand. 'Het komt allemaal goed, geloof me. De prins zal heus niet op de vlucht slaan vanwege niet bij elkaar passende borden of een rommelmarkt. Hij is vermoedelijk gekomen omdat hij hier net als vroeger weer eens een paar onbezorgde uurtjes wil doorbrengen.'

'Waarschijnlijk heb je gelijk.' Moeder haalde diep adem.

'Ik moest de feestelijkheden maar eens gaan openen, denk je niet?' vroeg ik.

'Natuurlijk,' zei mama, 'ga maar vast, ik kom ook zo.'

Buiten bleef ik even staan om naar de gasten te kijken. Ze konden haast niet meer van elkaar verschillen, maar ze zaten allemaal samen aan een lange tafel. Oma had hun verzocht een beetje op te schuiven, zodat er ook plaats was voor de prins en zijn lijfwachten. Het was alsof ik heel Zweden voor mijn neus had.

De toespraak kwam verrassend goed over mijn lippen. Ik had nauwelijks last van plankenkoorts en terwijl ik eerder nog een knoop in mijn maag had gehad, voelde ik me nu vol warmte en vertrouwen. Jonas was gekomen! Natuurlijk was dat geen garantie dat hij me mijn gedrag op de party niet meer kwalijk nam, maar hij was hier, glimlachend en wel. Meer had ik op dat moment niet nodig.

De prins leek zich aan de tafel in elk geval op zijn gemak te voelen en wekte een veel meer ontspannen indruk dan indertijd op de party. Hij praatte vrolijk met zijn tafelgenoten. Ik keek naar Carinsson. Hij was echt een tovenaar.

'Wat zou u ervan vinden als ruiters van de olympische ploeg hier komend jaar zouden gaan trainen?' vroeg prins Bertil toen we de eerste kreeften, die mevrouw Johannsen voortreffelijk had klaargemaakt, hadden geproefd.

Mijn moeder verslikte zich. Terwijl zij probeerde de hoestreflex te bedwingen, vroeg ik: 'Denkt u daar werkelijk over?'

'Ja. Voor zover ik kan zien, is de Leeuwenhof bezig zich aan de moderne tijd aan te passen, maar in principe is het hier nog hetzelfde als vroeger. Hier zouden de ruiters zonder de aandacht van de wereldpers te trekken hun paarden kunnen trainen. De tijd tot de olympiade zal heel inspannend zijn en hier zouden ze in een enigszins ontspannen sfeer kunnen werken.'

Mijn moeder keek naar mijn oma, ik keek naar Carinsson, die tegenover me zat. Die deed alsof hij van niets wist, maar ik vermoedde dat het idee van hem afkomstig was. Dat moest ook de aanleiding voor het bezoek zijn geweest.

'Aan welke olympiërs denkt u dan?' vroeg ik. 'Er zijn immers veel categorieën in de paardensport.'

'Ik denk dat de Leeuwenhof geschikt zou zijn voor de dressuurploeg. Voor springen is een parcours nodig, dat u helaas niet hebt, maar de nieuwe grote buitenbak lijkt geschapen voor de dressuur. Bovendien kan ik me ook voorstellen dat militaryruiters hier goede trainingsmogelijkheden hebben.'

Ik keek naar mijn moeder en grootmoeder. Ze leken een beetje sceptisch, maar ik besefte welk cadeau ons hier werd aangeboden.

'Dat hebt u heel goed gezien, hoogheid. De buitenbak is bedoeld voor het inrijden, maar biedt inderdaad veel ruimte. En de militaryruiters zullen baat hebben bij de prachtige omgeving. Uw voorstel maakt me bijzonder enthousiast!'

Bertil glimlachte. 'Dat doet me groot plezier. En wat zeggen de andere dames ervan?'

Ik keek moeder aan. Zo'n aanbod konden we niet afslaan, ook al betekende het dat we twee keer zoveel werk kregen.

'Mijn kleindochter heeft gelijk,' nam oma het woord. 'Het is een geweldige kans, waar we graag gebruik van maken. Als de olympiërs er niets op tegen hebben...'

'Dat zal beslist niet het geval zijn!' Bertil klapte in zijn handen. 'Uitstekend!' Ik zal bij thuiskomst meteen contact met u opnemen. Sinds uw kleindochter bij de sportgala's is verschenen, hebben velen het over de Leeuwenhof en ze kunnen blijkbaar niet wachten om het landgoed met eigen ogen te zien.'

Ik voelde mijn moeders blik op me rusten. Toen ik die beantwoordde, zag ik trots in haar ogen. 'Houd ons alstublieft op de hoogte als u meer weet, hoogheid,' zei mijn moeder ten slotte. 'We zullen alles tot tevredenheid van uw ruiters regelen.'

'Daar ben ik van overtuigd,' zei Bertil en hij hief zijn glas aquavit. 'Op de Leeuwenhof en de familie Lejongård!'

'Op de Leeuwenhof,' klonk het van alle kanten.

Toen het feest al aardig op gang was en het begon te schemeren, zonderde ik me af om een wandelingetje te maken. Mijn hoofd liep om. Vanmorgen was ik er nog van uitgegaan dat het een eenvoudig, vrolijk feest zou worden en dat ik Jonas Carinsson, als hij kwam, eens iets anders kon laten zien dan die party's van hem. En nu stonden we ineens op het punt een trainingsoord voor olympiërs te worden.

'Hier zit u dus!' zei een stem die vergezeld ging van het gekraak van takken.

Ik bleef staan en keek opzij. Carinsson wrong zich door de struiken, blijkbaar had hij geprobeerd een kortere route te nemen. 'Pas op dat u uw overhemd niet scheurt,' waarschuwde ik hem. 'Buiten de paden loopt u dat risico.'

'Denkt u? Nou, dan ben ik blij dat ik u gevonden heb. U bent hier vast bekend, toch?'

'Een beetje,' antwoordde ik, toen begon ik te glimlachen. 'U hebt ons een enorme verrassing bezorgd. Hartelijk dank.'

'Ach.' Carinsson maakte een afwijzend gebaar. 'Dat stelde niet veel voor. De prins had behoefte aan een beetje afwisseling en dat kon ik hem bieden.'

'Een beetje afwisseling?' vroeg ik. 'Hoe zit het dan met zijn voorstel om de olympiërs hier te laten trainen? Ik denk niet dat prins Bertil hier is gekomen voor een beetje afwisseling.'

'Om precies te zijn wel,' zei Carinsson. 'Olympiërs hierheen sturen is toch ook een soort afwisseling.'

'Dat was niet zijn idee, hè?'

'Officieel wel. Maar ik moet toegeven dat ik daar een kleine bijdrage toe heb geleverd.'

'Dat wist ik wel!' zei ik.

'Maar het klopt wat de prins zei. U hebt bij de twee evenementen waarbij u me vergezelde echt een heel goede indruk achtergelaten. De mensen zijn onder de indruk van u en uw plannen.' Hij zweeg even, toen voegde hij eraan toe: 'Ooit zult u de vrouwe van de Leeuwenhof worden. En inmiddels denk ik dat dit landgoed binnenkort uit de rode cijfers zal zijn.'

'Omdat ik naar u geluisterd heb?'

'Nee, omdat u de moed had om naar me toe te komen.' Carinsson nam me even aandachtig op, toen vroeg hij: 'Juffrouw Lejongård, we werken nu al een hele tijd samen, en ik geloof dat we het heel goed met elkaar kunnen vinden.'

'Zeker,' antwoordde ik, en ik voelde het vanbinnen vreemd kriebelen. Carinsson had altijd veel woorden nodig, maar dat beviel me ergens wel.

'Staat u me toe u Solveig te noemen? Als tegenprestatie kan ik u aanbieden mij Jonas te noemen.'

'Net als die man in de walvis?'

'Ik weet niet of mijn moeder aan de Bijbel dacht toen ze in de verloskamer lag. Maar mijn voornaam bevalt me eigenlijk wel.'

Mijn wangen begonnen te gloeien, alsof ik te veel aquavit had gedronken.

'Meneer Carinsson... ik bedoel, Jonas,' zei ik aarzelend. Nog sterker dan toen op het balkon van het hotel voelde ik zijn verlangen toenadering te zoeken.

'Ja?' zei hij vragend, 'ben ik misschien te vrijpostig?'

'Nee, ik... Het is alleen...' Waarom aarzelde ik nou? Sören was al ruim twee jaar dood! Hoewel ik zijn foto telkens weer bekeek, merkte ik dat mijn verdriet lang niet zo hevig meer was als indertijd. Ik hield mijn ouders en mijn oma steeds voor dat we vooruit moesten kijken en een nieuwe bestemming moesten vinden, en nu stond ik hier met een man die begaan was met mijn welzijn en dat van mijn familie. En dan kon ik niet eens op zijn aanbod om elkaar te tutoyeren ingaan?

'Weet u, u hoeft het niet te doen,' zei Carinsson enigszins gepikeerd. 'We kunnen ook u tegen elkaar blijven zeggen. Per slot van rekening hebben we een zakelijke relatie, nietwaar?'

'Nee, Jonas, ik... Je kunt me gerust tutoyeren. Ik bedoel, we kennen elkaar toch al een tijdje.'

'Heus?' Zijn gezicht klaarde een beetje op. 'Vind je het echt oké, of zeg je het alleen om me niet teleur te stellen?'

'Ik vind het echt oké, mijn aarzeling was alleen vanwege mijn verloofde.' Het voelde wat vreemd aan om dat zo te zeggen. En het volgende moment besefte ik welk effect die woorden op Jonas konden hebben. 'Vanwege mijn overleden verloofde,' voegde ik eraan toe. 'Ik heb u... je die geschiedenis verteld. Dus goed dan, en noem me Solveig.'

'Zeker weten? Geen mitsen en maren?'

'Nee, deze keer ben ik behoorlijk zeker van mijn zaak.'

We glimlachten naar elkaar, toen pakte hij mijn hand vast. 'Ik hoop maar dat uw overleden verloofde u wist te waarderen. Zulke trouw over de dood heen ben ik zelden tegengekomen. Ik denk dat mijn moeder mijn vader net zo trouw zou zijn gebleven, maar verder kan ik niemand bedenken.'

Hij hield mijn hand nog een poosje vast en keek me aan. Zijn warmte bracht me in verwarring. Ik kreeg kriebels in mijn buik, ditmaal nog erger dan toen op het balkon. 'Eigenlijk is het gebruikelijk,' zei hij toen, 'om dat met een kus te bezegelen, of niet soms?'

'Als je erop klinkt, zeker.'

'Nou, ik heb eigenlijk wel genoeg aquavit op en wil graag meteen tot de kus overgaan.' Hij glimlachte, en misschien kwam het doordat ik ook aardig wat aquavit had gedronken dat ik me naar hem toe bewoog. Toen hij dat merkte, trok hij me teder tegen zich aan. Onze lippen ontmoetten elkaar, niet heel hartstochtelijk, eerder kuis, en toch was die aanraking zinnenprikkelend en voelde ik mijn hele lichaam tintelen.

Ik stond tegen zijn borst geleund, zijn armen lagen om me heen. Onze kus werd inniger en hartstochtelijker. Eigenlijk wachtte ik nog op een reactie van mijn brein, maar Sören bleef weg. Op dat moment was ik daar blij om.

'Als ik had geweten dat ik een prins mee moest brengen om ervoor te zorgen dat jij me kust...' begon hij toen we ons weer van elkaar losmaakten.

'Ik zou je vast en zeker ook zonder prins hebben gekust.'

Mijn wangen gloeiden en mijn knieën werden slap. Ik was blij dat hij me vast bleef houden. 'Vergeef me alsjeblieft dat ik aarzelde. Ik... Het viel me zo zwaar hem los te laten. Hij was mijn eerste grote liefde.'

Jonas trok me tegen zich aan. 'Dat kan ik wel begrijpen. Zoiets zit heel diep.' Hij kuste me opnieuw en streelde mijn wangen. 'Je bent een fantastische vrouw, weet je dat? Zulke trouw aan een man is opmerkelijk. Ik hoop dat ik die ooit net zo waard ben als...'

'Sören. Hij heette Sören.' Het was vreemd om zijn naam uit te spreken, maar het voelde goed. Het was alsof ik aan zijn verzoek uit de droom voldeed. 'Dat ben je ook. Ik wist het al een tijdje, maar ik moest er klaar voor zijn om me van hem los te maken.'

Jonas knikte en bleef me vasthouden.

'En, wat vind je, zullen we arm in arm naar het feest teruggaan?' vroeg hij met een schelms lachje.

'Laten we het kalm aan doen. Mijn moeder is nog steeds gechoqueerd door de aanwezigheid van de prins, het is beter haar nog meer opwinding te besparen.' Ik streelde hem over zijn borst.

'Prima,' zei hij, 'we nemen de tijd.'

Weer kuste hij me, en ik voelde zijn begeerte duidelijk. Zelf voelde ik die ook, en mijn hart begon tekeer te gaan. Het liefst was ik met hem in het gras gaan liggen.

'Gaan we terug of maken we nog een wandelingetje?' vroeg hij.

Ik pakte zijn hand. 'Laten we nog een eindje lopen.'

'En als iemand ons ziet?'

'Elkaars hand vasthouden is toch niet verboden, of wel soms?' Glimlachend trok ik hem mee.

Die avond nam ik hem mee naar mijn kamer. Op onze tenen slopen we over het tapijt in de gang en verdwenen daarna naar binnen. Voor het bekendmaken van onze relatie zouden we de tijd nemen, maar wat de brandende lichamelijke begeerte betreft was er geen reden daar niet meteen aan toe te geven.

We kleedden elkaar uit, verkenden elkaar behoedzaam en speels, en toen we ons ten slotte verenigden was het voor mij alsof de muur die ik om me heen had opgetrokken in gruzelementen viel. Ik gaf me helemaal aan hem over, en hij beminde me voorzichtig, hoewel er geen enkele reden was om voorzichtig te zijn. Ik wilde hem met heel mijn hart, dat was me nu duidelijk, en toen we vlak na elkaar tot een hoogtepunt kwamen wist ik dat die nacht altijd in mijn geheugen gegrift zou blijven.

Daarna bleven we dicht tegen elkaar aan gevlijd liggen en bekeken we het vertrek vanuit dat nieuwe perspectief.

'Die wanddecoratie is heel interessant,' merkte Jonas op terwijl hij met zijn duim kringetjes maakte rond mijn navel. 'Hebben jullie dat zo laten schilderen?'

'Een van de vluchtelingen uit Noorwegen had motiefrollers in zijn bagage,' vertelde ik. 'Uit dankbaarheid dat wij hem hadden opgenomen heeft hij deze kamer gedecoreerd.'

'Erg mooi,' zei Jonas. 'Jammer dat die manier van decoreren in vergetelheid is geraakt.'

'Vind je? Terwijl jij toch zo gesteld bent op alles wat modern is.'

'Dat klopt, maar ik heb een zwak voor kunst. Als het zover is, zal ik iemand voor je vinden die je kamer weer in een sprookjesbos verandert. De muren doen me een beetje denken aan de rozenhagen in Doornroosje.'

Zo had ik er nooit tegenaan gekeken. 'Heus?' vroeg ik. 'Ik dacht altijd dat het bloemenranken waren.'

'Het zijn ook bloemenranken. Maar als je goed kijkt, zie je de doornen ertussen. Het is een kunstwerk op zich.'

Ik keek hem aan. 'Dan ben ik blij dat je gekomen bent en me wakker hebt gekust. In allerlei opzichten.'

'En ik ben blij dat ik besloten heb met Roscoe mee te komen. Eigenlijk had ik daar helemaal geen zin in, maar ik kon het een oude vriend niet weigeren.' Hij sloeg zijn arm om mijn middel en trok me tegen zich aan.

'Goed dat je met hem mee bent gegaan, ook al kon ik je in eerste instantie niet uitstaan. Ik denk dat ik toen nog niet aan de waarheid toe was.'

'Ik erken dat ik aardiger had kunnen zijn. Ik wist toen nog niet...' Hij hield op.

'... dat het zo tussen ons zou gaan?' Dat klonk vreemd. Wat was er met ons gebeurd? We hadden gezoend en met elkaar geslapen. Als je de studenten mocht geloven die overal de straat op gingen om te demonstreren, had dat niets te betekenen.

'Ja. Ik had nooit gedacht je hart te kunnen winnen.'

Had hij mijn hart gewonnen? Ik wist het niet. Ik wist alleen dat het goed voelde om bij hem te liggen. Dat het goed voelde hem te kussen en te beminnen.

22

De volgende maanden liep ik op wolken. Er fladderden honderden vlinders in mijn buik, vooral als Jonas belde. Doordeweeks telefoneerden we vaak en we zagen elkaar minstens twee of drie weekends per maand. Toch was het elke keer dat ik zijn stem hoorde alsof het voor het eerst was. Daarbovenop was ik druk bezig met de voorbereidingen voor de trainingen voor de olympiade. Er moest nog veel gebeuren voor de ruiters naar ons toe konden komen, maar we waren ervan overtuigd dat we dat voor elkaar zouden krijgen.

In het voorjaar van 1970 kreeg ik van Kitty een uitnodiging voor de doop van mijn petekind. Haar werk had ze voorlopig opgegeven, maar dat leek haar niet al te veel verdriet te doen. Toen ze me belde, klaagde ze er alleen maar over dat de zwangerschap haar figuur had geruïneerd en haar bovendien olifantenvoeten had bezorgd. Maar dat was allemaal vergeten toen ik haar en Marten en de kleine Frieda bezocht. De doop vond in de familiekring plaats en was een geweldige belevenis. Natuurlijk vroeg Kitty me wanneer het bij mij zover zou zijn. Toen ze van Jonas hoorde, pakte ze mijn handen vast en kneep er stevig in. 'Deze keer gaat het goed,' zei ze. 'Dat voel ik. Jij zult het geluk vinden!'

Mijn optimisme leek ook mijn oma te inspireren. Vol enthousiasme bande ze het verleden uit. Tot mijn verrassing begon ze oom Ingmars kamer leeg te ruimen en zijn spullen in kisten op te bergen. Ze zocht uit wat naar zolder moest en wat we eventueel konden verkopen. Ingmar was niet iemand geweest die aan luxe hechtte. Maar hij had veel geïllustreerde boeken over vliegen gehad. De modelvliegtuigjes die hij had gebouwd waren stuk voor stuk kunstwerkjes. Een ervan, het eerste dat hij had gemaakt, kreeg een plaatsje in de bibliotheek, maar meer wilde Agneta niet in het woongedeelte hebben.

Het behang dat ze voor de kamer koos, was verrassend modern en fleurig. We haalden haar oude schildersezel van de zolder naar beneden en ik liet uit Kristianstad verf en linnen komen. Misschien zou mijn oma in gedachten bij Ingmar zijn als ze in die kamer was, maar ze zou ondertussen bezig zijn met iets wat ze graag deed in plaats van voortdurend aan het verleden te denken.

Met de herinrichting van de kamer leek er ook in de rest van het huis iets te veranderen. Het leek of de donkere sluier die over de Leeuwenhof had gehangen eindelijk was verdwenen. Nu kon het geluk hier zijn intrek nemen.

Op de dag van de aankomst van de olympiërs eind juni was ons huishouden in rep en roer. De meisjes die we als tijdelijke hulpen in dienst hadden genomen gedroegen zich alsof de koning in eigen persoon zou verschijnen. Ze staken voortdurend de koppen bij elkaar om te smiespelen. Een keer ving ik op dat ze het over het uiterlijk van de meereizende mannen hadden. Wisten ze soms niet dat er voornamelijk vrouwen zouden komen? De dressuurploeg bestond zelfs uitsluitend uit vrouwen, met Maud von Rosen als belangrijkste deelneemster.

Oma had duidelijk bedenkingen gehad toen ik haar over mijn ontmoeting met Maud op de party vertelde. Maar ik was hoopvol gestemd. Maud was een aardige vrouw, heel anders dan haar grootvader. Ik was benieuwd hoe haar verblijf bij ons zou verlopen.

Omdat mijn oma nogal last had van de warmte bleef ze vaak in de salon, waar de temperatuur heel aangenaam was. Ze lag tussen de reusachtige planten op haar chaise longue, die vader met de hulp van staljongens naar beneden had gedragen. In haar halflange blauwgroene japon leek ze net een koningin.

'Nou, zijn onze gasten al gearriveerd?' vroeg ze.

'Nog niet, maar ik denk dat het elk moment zover kan zijn.'

'Je hebt het het afgelopen jaar ver geschopt.'

'Zonder de hulp van Jonas was dat niet gelukt.'

'Zo te zien doet die knaap je echt goed.'

'Ach, mormor,' probeerde ik haar af te wimpelen, maar haar kon ik niets wijsmaken. Ze wist dat onze relatie steeds inniger werd. We waren ten slotte al bijna een jaar samen.

'Ik zie toch dat je loopt te stralen.'

'Wij... ik...' stamelde ik, 'het gaat heel goed tussen ons.'

'Goed genoeg om binnenkort te gaan trouwen?'

Ik merkte dat ik rood werd. 'Daar hebben we nog niet over nagedacht. We genieten gewoon van elkaar en zien wel wat ervan komt.'

'Dat is fijn,' zei oma en ze pakte mijn hand. 'Maar wees desondanks voorzichtig.'

'Waarom?'

'Omdat soms achter de beste man een geheim schuilgaat dat je leven helemaal in de war kan sturen. Zorg er maar voor dat jullie elkaar goed leren kennen.'

Ik fronste verbaasd mijn voorhoofd. 'Hoe bedoelt u dat?'

'Nou, in mijn leven zijn er twee mannen geweest van wie ik ook geloofde dat ze de liefde van mijn leven waren. Ik dacht aan trouwen. De een heeft me laten vallen, en de ander... Die was niet degene die hij voorgaf te zijn. En hij heeft ook op een andere manier nog invloed op mijn leven gehad, zoals je weet.'

Ik knikte. Mijn moeder had me ooit verteld dat Magnus en Ingmar niet de kinderen van Lennard waren geweest. En dat dat de reden was waarom Magnus zijn moeder niet meer wilde zien.

We werden onderbroken door het getoeter van een vrachtwagen. 'Dat zullen ze zijn!' zei ik. 'Ik ga maar eens naar buiten om ze te verwelkomen.'

'In die broek?' vroeg oma, en ze wees op de spijkerbroek die Kitty me tijdens een reis vanuit Amerika had gestuurd.

'De gasten kunnen dat wel hebben. Ze moeten ons toch modern vinden?' Ik gaf haar een kus op haar voorhoofd en liep haastig weg.

De eerste olympiër was Ulla Håkansson met haar welhaast legendarische liefde voor haar paard Ajax. Toen de vrachtwagen tot stilstand was gekomen, liep ik de trap af.

Ulla Håkansson stapte uit de cabine van de vrachtwagen, wat ik een beetje apart vond. Ze droeg plompe laarzen, een tuinbroek en een grof overhemd. Haar haar had ze onder een bonte hoofddoek weggestopt. Het paste bij de verhalen dat ze haar paard niet graag alleen liet.

'Het doet me genoegen u te kunnen verwelkomen, mevrouw Håkansson,' zei ik en ik gaf haar een hand. 'Ik hoop dat u een goede reis hebt gehad.'

'Dank u, er was weinig verkeer, maar het was wel een behoorlijke afstand. Het doet me plezier hier te zijn, uw landgoed is echt idyllisch.'

'Aardig dat u dat zegt. We hopen dat u alles aantreft wat u voor het trainen met uw paard nodig hebt. Ik heb al zo veel over Ajax gehoord.' Jonas had me de tip gegeven het veel over haar paard te hebben. Of ze iemand sympathiek vond, hing af van diens belangstelling voor haar lievelingshengst.

'Dan wordt het tijd om hem aan u voor te stellen. Ze draaide zich om en gaf de chauffeur een seintje. De man stapte uit, liet zich kort door mij begroeten en liep achter ons aan naar de laadklep. Toen hij de deuren opendeed, kwam de geur van hooi en paarden ons tegemoet.

Ajax was een zuivere Zweedse warmbloed met een donkerbruine vacht, een witte tekening op zijn benen en een brede bles. Zijn spieren tekenden zich onmiskenbaar af onder zijn glanzende vel. Qua verschijning kon hij het zelfs tegen onze Zonnekoning opnemen.

Behalve Ajax had Ulla een tweede paard bij zich. Als Ajax iets zou overkomen wat deelname aan een wedstrijd verhinderde, zou het andere paard moeten inspringen. 'Maar alleen in uiterste nood,' zei Ulla nadrukkelijk terwijl ze Ajax op zijn hals klopte.

'Zullen we naar de stal gaan kijken?' vroeg ik, waarop ze knikte. Trots bracht ik haar naar de nieuwbouw, die beter geventileerd was dan de oude stallen. Toch leek Ulla een beetje teleurgesteld.

'Ik dacht dat we de paarden in de oude stallen zouden onderbrengen. Die zien er zo romantisch uit. Je zou bijna denken dat daar de staljongens op de hooizolder ronddartelen.'

'We hebben voor de nieuwe stallen gekozen omdat we jullie paarden het beste klimaat willen bieden. De oude stallen zijn inderdaad romantisch, maar de luchtkwaliteit is hier veel beter. Onze eigen paarden zijn het gewend, maar die hoeven voorlopig ook geen topprestaties te leveren'.

'Maar ik wil daar wel even binnen kijken, als het mag.'

'Natuurlijk. Ik zal u de stallen graag laten zien. U kunt bovendien op het landgoed vrij rondlopen en overal kijken waar maar een deur openstaat.'

Even later verschenen de dressuurrijdsters, van wie Maud von Rosen haar rijkleding al aanhad, alsof ze meteen met de training wilde beginnen. Maar ik merkte dat haar outfit een ander doel diende. Ze wilde laten zien dat zij de ster was. Bescheidenheid was nooit de sterkste kant van de Von Rosens geweest. De klinkende naam van haar paard was Lucky Boy.

Ninna Swaab volgde even later. Eigenlijk was ze in Kopenhagen geboren, maar ze woonde al een hele tijd in Zweden en reed in onze nationale ploeg. Ze was wat losser en niet zo duidelijk op winnen gebrand. Haar paard heette Casanova en haar reservepaard Caspar. Verder had ze twee mannen meegebracht, die ze als 'stalruiters' voorstelde en die de paarden voor de dressuur moesten inrijden.

Dat had ik niet geweten en ik had altijd gedacht dat de paarden door de dressuurrijdsters zelf warm werden gereden. De mannen wekten een sympathieke indruk en ik was ervan overtuigd dat ze ook bij onze meisjes in de smaak zouden vallen.

Terwijl de paarden werden uitgeladen, kwam Maud naar me toe. 'Ik zou graag uw grootmoeder spreken,' zei ze. Ze leek behoorlijk nerveus. 'Het is voor mij heel belangrijk.'

'Maar natuurlijk,' antwoordde ik, 'ik zal het haar meteen vragen. Omdat ze wat problemen met haar gezondheid heeft, komt ze momenteel het huis niet vaak uit, maar het zal haar plezier doen kennis met u te maken.'

'Dank u.'

Ik gebaarde haar mee te komen en was nieuwsgierig hoe die ontmoeting zou verlopen. Voor de salon verzocht ik Maud even te wachten.

Behoedzaam maakte ik de deur van de salon open en liep naar de chaise longue. Oma was bezig een pakje kaarten te sorteren. Vroeger had ze weinig opgehad met 'gokspelletjes', zoals zij het noemde. Dat was iets van de mannelijke bewoners geweest, een traditie die niet was voortgezet nadat zij de leiding over de hoeve op zich had genomen. Maar sinds haar ziekenhuisopname betrapte ik haar af en toe met een pakje kaarten. Wat ze er precies mee deed wist ik niet. Meestal zag ik haar sorteren, op waarde en kleur.

'Oma, hebt u even tijd?' vroeg ik terwijl ik naast haar op de chaise longue ging zitten, waarvan de bekleding een beetje knarste onder mijn gewicht.

'Voor jou altijd, lieve schat,' antwoordde ze en ze raapte de kaarten bij elkaar, bijna een beetje beschaamd, alsof ik haar bij een intieme handeling had gestoord.

'Maud von Rosen is aangekomen. Ze wil u graag spreken.' Oma keek me aan zonder een spier te vertrekken en zei niets. Dat maakte me enigszins onzeker, dus ik kletste door. 'Ik weet niet wat ze wil, maar het leek belangrijk voor haar te zijn.'

'Het is eigenlijk al aardig genoeg van mij dat ik haar hier onderdak verleen, nadat haar grootvader ervoor heeft gezorgd dat we al die ellende over ons heen kregen.'

'Mormor, dat kunt u niet zo zeggen. Het komt niet alleen door de opgezegde overeenkomsten voor het leveren van paarden dat het met de hoeve bergafwaarts is gegaan. We hadden veel eerder moeten moderniseren en contacten moeten leggen met de ruitersport. De tijd van de paarden voor de cavalerie was allang voorbij.'

Oma perste haar lippen op elkaar.

‘Hoor eens, mormor,’ zei ik zachtjes en ik pakte haar handen vast. ‘Het is maar een gesprek. Wie weet, misschien wil ze rechtzetten wat er tussen onze families mis is gegaan. Doe me een plezier en praat met haar.’

Oma dacht even na, toen knikte ze. ‘Misschien is het goed aan het einde van je leven nog een paar kwesties uit de weg te ruimen,’ zei ze toen.

‘Ach mormor, het einde van uw leven is nog lang niet in zicht.’

‘Dat is te hopen,’ antwoordde ze met een fijn lachje. ‘Maar toch lijkt het me goed kwesties de wereld uit te helpen voor die dag komt. Je hebt gelijk, ik moet het gesprek met haar aangaan. Wie weet of ik ooit nog eens de kans krijg met een Von Rosen te praten.’

Ik knikte en stond op. ‘Ik zal het haar zeggen.’

Toen ik terugkwam met Maud von Rosen, stond mijn oma voor de chaise longue. Ze zag er gespannen uit en haar ogen flikkerden. Ze deed geen moeite om vriendelijk of onderdanig over te komen. Ze wilde Maud laten zien dat ze met iemand van gelijke rang te maken had.

‘Mevrouw Lejongård,’ zei Maud en ze maakte een knicksje.

Dat had ze niet hoeven doen. Dat was alleen gebruikelijk tegenover de koning.

‘Juffrouw Von Rosen,’ zei mijn oma, ze boog licht en stak Maud haar hand toe. ‘Mijn kleindochter zei dat u me wilde spreken.’

‘Dat is zo en ik ben blij dat u me daartoe de gelegenheid biedt.’

‘Hebt u er bezwaar tegen als Solveig bij het gesprek aanwezig is?’

‘O, maar ik kan ook buiten wachten,’ zei ik, want ik wilde geen getuige zijn van een ruzie.

‘Nee, dat hoeft niet, u mag net zo goed horen wat ik te zeggen heb,’ zei Maud.

‘Gaat u zitten, alstublieft,’ zei oma en ze wees naar de stoelen aan weerszijden van de tafel, terwijl ze zelf weer op de chaise longue plaatsnam. ‘Hebt u een goede reis gehad?’

'Ja, heel goed. En ik ben erg blij dat ik op deze bijzondere plek mag zijn. Ik heb er veel over gehoord.'

'Uw grootvader heeft vast verteld over de jachtpartijen waaraan hij heeft meegedaan.' Bij die woorden van mijn oma kreeg ik kriebels in mijn buik. Zou het op een conflict uitlopen?

'Jazeker.' Maud von Rosen zweeg even, toen vervolgde ze: 'We hebben allemaal zo onze eigen geschiedenis, nietwaar? En helaas is het niet altijd zo gegaan als iedereen had gewild.'

Ik merkte dat oma nog meer gespannen raakte. Haar blik was nu onafgebroken op Mauds gezicht gericht.

'Ik weet dat mijn grootvader u schade heeft berokkend. Zijn... ideologie...'

'U bedoelt zijn sympathie voor de nazi's,' zei oma, die duidelijk moeite had rustig te blijven.

Maud boog haar hoofd. 'Ja, als u het zo wilt noemen. Ja, zijn sympathie voor de nationaalsocialistische ideeën heeft bij hem tot het standpunt geleid dat het een teken van zwakte was om Hitler niet te steunen. Zo dacht hij ook over de koning, toen deze weigerde aan de oorlog mee te doen.'

'Alleen heeft hij dat niet tegen de koning gezegd, nietwaar? En hij heeft er ook niet voor gezorgd dat hij van de troon werd gestoten.'

'Nee, natuurlijk niet,' antwoordde Maud. 'Ik weet waar u naartoe wilt. En u hebt gelijk. Mijn grootvader geloofde dat de Leeuwenhof niet opgewassen was tegen de eisen van een nieuwe wereld.'

'Een wereld die hij had bedacht, en die gelukkig nooit heeft bestaan.'

'Dat is juist,' zei Maud von Rosen. 'En gelooft u mij, ik ben blij dat zijn opvattingen in Zweden nooit gemeengoed zijn geworden. Desondanks is daardoor schade ontstaan die niet zo makkelijk meer gecompenseerd kan worden.'

'Beter gezegd, niemand heeft moeite gedaan die na de dood van uw grootvader te compenseren.'

Maud knikte berouwvol. 'Ja, dat is zo. Na de oorlog gingen de ontwikkelingen zo snel, en na de dood van de koning...'

'... is men ons vergeten. Uw familie leverde niet langer de hofstalmeester, maar de nieuwe functionaris op die post wist niets van de Lejongårds en de eeuwenlange band tussen de Bernadottes en ons.'

Maud zweeg bedrukt. Zij had geen schuld aan wat haar grootvader had gedaan. En aan wat hij daarmee had veroorzaakt.

'Het spijt me uit de grond van mijn hart,' zei ze uiteindelijk. 'En ik wil graag mijn verontschuldigingen aanbieden voor wat mijn familie de uwe heeft aangedaan.'

Oma nam even de tijd voor een antwoord. Niet omdat ze daar plezier in had, maar omdat een paar woorden wellicht niet volstonden om de ergernis van de afgelopen decennia ongedaan te maken.

'Het is heel netjes van u om naar me toe te komen,' begon ze uiteindelijk. 'Al die jaren heb ik me afgevraagd wanneer men de fout die er was gemaakt zou inzien. Nu sta ik aan het einde van mijn leven.' Ze keek Maud lang aan, toen ging ze verder. 'Aan wat er is gebeurd kan ik niets veranderen, maar sinds een paar maanden zijn het Koninklijk Huis en wij weer begonnen de banden aan te halen. U maakt daar deel van uit, want prins Bertil wenste dat u en uw collega's hier mochten komen trainen. We vervullen die wens met plezier. En ik aanvaard uw excuses.'

Maud haalde opgelucht adem. 'Dank u wel.'

Ik verwachtte eigenlijk dat mijn oma een voorwaarde aan haar pardon zou verbinden. Maar wat moest ze dan eisen? Dat de Von Rosens zich niet met onze zaken zouden bemoeien? Misschien zouden we via hen aan nieuwe zakenrelaties kunnen komen. Dat leek mijn oma ook te denken, en daarom zweeg ze.

'Ik zou willen dat ik u de leveringscontracten kon terugbezorgen,' zei Maud een beetje beschroomd. 'Maar ik ben een eenvoudige dressuurrijdster. De invloed van mijn familie reikt niet meer zover.'

'Ik zou liegen als ik zou beweren dat die leveringscontracten niet belangrijk waren,' antwoordde mijn oma. 'Maar zoals mijn kleindochter duidelijk heeft gemaakt, is het tegenwoordig raadzaam nieuwe wegen in te slaan. Ik hoop dat u hier een goede tijd hebt. Vroeger hadden we de koninklijke familie te gast, nu is het een genoegen om u en uw collega's te herbergen. Laat het ons weten als u iets nodig hebt.'

Met die woorden stond oma op. Ik kon aan haar zien dat het gesprek veel van haar had gevergd. Toch gaf ze Maud met ferme blik een hand en maakte ze op die manier duidelijk dat ze nu alleen wilde zijn.

'Ik dank u, mevrouw,' zei Maud. 'Het zou me genoegen doen nog eens met u te kunnen praten.'

'Dat zullen we zeker doen. U blijft nog wel even, neem ik aan.'

'Uiteraard.'

Ze glimlachten naar elkaar, toen liep ik met Maud mee naar de deur.

'Bedankt,' zei ik. 'Die kwestie met uw grootvader was voor mijn grootmoeder heel belangrijk.'

'Dat weet ik. En ik kan me de ergernis die hij bij haar heeft veroorzaakt goed voorstellen. Mijn grootvader sprak zelden over zijn tijd als opperstalmeester. Hij was er echter trots op ervoor gezorgd te hebben dat de Lejongårds bij het koningshuis uit de gratie raakten. Hij was van mening dat het landgoed nooit onder de leiding van een vrouw had moeten komen en dat uw grootvader een zwakkeling was.'

Hoewel ze daarmee alleen de mening van de oude Von Rosen weergaf, merkte ik dat ik vreselijk kwaad werd. Hoe durfde hij!

'Net als ieder kind hield ik van mijn opa,' vervolgde Maud, 'maar met sommige van zijn visies kan ik het absoluut niet eens zijn. Daartoe behoort ook zijn mening over uw familie.'

'Wie heeft het leveringscontract eigenlijk gekregen?' vroeg ik.

'Een van zijn vrienden natuurlijk. Daarom is de hele zaak extra verwerpelijk. En dat de koning er niets van zei, toont aan dat mijn grootvader zich niet in hem vergiste. Gustaaf was zwak. Een voormalige bondgenoot laten vallen getuigt niet bepaald van karakter.'

'Wij dachten dat uw grootvader eigenmachtig had gehandeld.'

Maud schudde haar hoofd. 'Nee, dat was niet het geval, en de koning heeft zich deels door het ideologische geklets van mijn grootvader laten aansteken. Gelukkig is die onzalige oorlog op tijd opgehouden. Als hij nog langer had geduurd, wie weet waren wij dan ook in het oorlogstoneel betrokken.'

Mauds woorden bleven me bezighouden toen ik haar naar haar onderkomen bracht.

'We zijn er,' zei ik toen we in de oostelijke vleugel van het huis waren aangekomen. 'Deze vertrekken werden vroeger als logeerkamer gebruikt.' Ik maakte de deur open. De kamer ademde een ouderwetse sfeer, maar we hadden voor modern beddengoed gezorgd, zodat de gasten niet het gevoel hadden in een museum te verblijven.

'Heeft mijn grootvader hier overnacht?' vroeg ze terwijl ze rondkeek. We hadden een deel van het oude schilderwerk zo gelaten, zodat je een idee kreeg hoe het er vroeger had uitgezien.

'Nee, niet in deze kamer althans, als mijn grootmoeder het zich goed herinnert. Maar hier hebben heel wat hoge heren hun hoofd op de kussens laten rusten.'

'Van spoken hebt u hopelijk geen last.' Maud trok een wenkbrauw op.

'Nou, af en toe spoken er een paar Skånse opstandelingen uit de zeventiende eeuw rond die het huis onder schot nemen, maar verder is het hier rustig.'

We keken elkaar aan en barstten in lachen uit.

De volgende uren verschenen ook de militaryruiters, onder wie Jan Jönsson, een lange, bijzonder aantrekkelijke man met markante gelaatstrekken, die de dienstmeisjes vast heel wat gespreksstof zou opleveren. Ook ik moest erkennen dat hij erg aantrekkelijk was. Als hij voor Jonas in mijn leven was gekomen, wie weet...

Ik verwelkomde de mannen en liet hen door de dienstmeisjes naar hun kamers brengen. Even later kwam een van de trainers naar me toe. 'We hebben een geschikt crosscountryparcours nodig, wilt u zo vriendelijk zijn me de omgeving te laten zien?'

'Met alle genoegen,' antwoordde ik.

Nadat ik me ervan vergewist had dat ook de mannen goed waren ondergebracht ging ik met de trainer op pad. Daarvoor namen we paarden uit onze stal, en mijn metgezel bleek erg onder de indruk.

'Het is echt zonde dat tot nog toe geen van die prachtpaarden op een toernooi te zien is geweest. Ze zijn uitstekend gefokt, heel wendbaar en sterk. Precies wat we voor ons equipe moeten hebben.'

'Helaas zijn onze paarden niet getraind voor wat u nodig hebt,' zei ik.

'Dat is geen punt. Dat kunnen ze leren. De wendbaarheid op het terrein is in elk geval hoopgevend. Ik zal meneer Jönsson vragen of hij eens een trainingsparcours met een van uw paarden wil afleggen. Hij is onze beste ruiter, en het is wellicht een mooie uitdaging voor hem. Bovendien kan hij er zo achter komen of hij zelf een van uw paarden zou kunnen gebruiken.'

Bij die woorden begon ik vanbinnen te trillen. Als Jönsson een van onze paarden kocht, zou dat een grote stap voorwaarts zijn. Dan zouden andere ruiters van ons horen. Andere trainers ook, en mogelijk de pers. Het zou natuurlijk even duren voor het paard voldoende getraind was, maar dan zou hij het misschien op zekere dag naar kampioenschappen meenemen. Of naar de Olympische Spelen.

'Juffrouw Lejongård?' haalde de stem van de trainer me uit mijn droom.

'Ja, pardon, ik zat te denken welk paard voor meneer Jönsson het geschiktst zou zijn.'

'Dat kunnen we wel aan hem overlaten. Hij heeft er oog voor. Het paard waarop ik nu zit...'

'Windbruid,' noemde ik de naam van de merrie.

'... heeft uitstekende gangen en is sterk. Ik zal haar hem aanbevelen, maar misschien wil hij graag een hengst.'

'Ik ben ervan overtuigd dat hij in onze weiden iets geschikts kan vinden. En dat zou voor ons een grote eer zijn.'

We reden een poos over het terrein, tot we bij een sloot kwamen die gebruikt werd om de velden bij overvloedige regenval af te wateren.

'Die lijkt me heel geschikt voor het parcours.'

'Maar hij is wel gevaarlijk,' gaf ik hem ter overweging. Mijn moeder had me verteld dat oom Ingmar met zijn paard gevallen was toen hij eroverheen wilde springen. Bij de gedachte alleen al liep er een rilling over mijn rug. 'Kijkt u eens hoe diep hij is. Als daar een ruiter valt?'

De trainer lachte. 'Bij wedstrijden zijn er soms veel diepere sloten en ook hogere hindernissen. Een combinatie van de heg daar verderop en deze sloot lijkt me wel wat. De heren moeten wel een beetje moeite doen.'

Aan het eind van de middag kwamen we allemaal bij elkaar in de tuin. We zaten aan een grote tafel terwijl het avond werd. Het was bijna alsof we voor de tweede keer midzomer vierden. De stemming onder de ruiters was goed, er werd veel gelachen en met het verstrijken van de tijd ontdooiden ook de wat meer terughoudende figuren.

'Mijn man ziet meer in de Nederlandse ploeg,' zei Ninna Swaab, die me aanvankelijk eerder rustig en bedeesd had geleken, spraakzaam. 'Hij gelooft niet dat de Zweedse ploeg in staat is medailles te behalen.' Ze keek naar haar ploeggenotes. 'We zullen hem laten zien dat hij zich vergist, of niet soms?'

'Ach, dat uw man zo denkt is begrijpelijk,' verklaarde Jan Jönsson. 'Bij de Nederlandse ploeg heb je meer kans om carrière te maken.'

'En waarom zit je dan hier aan tafel?' vroeg Maud von Rosen provocerend.

'Omdat ik ervan uitga dat ik een van de beste ruiters van Zweden ben. En ik zou mijn land nooit verraden.' Hij pakte zijn glas en proostte Maud toe.

'Ik heb me voorgenomen mijn man bij de wedstrijden een poepje te laten ruiken,' voegde Ninna eraan toe.' Dan heb ik iets om hem onder de neus te wrijven als hij het weer beter denkt te weten dan ik.'

Na het eten kwam Jönsson naar me toe. 'Nils heeft me verteld dat hij denkt dat uw paarden geschikt zijn voor terreinrijden. Kan ik misschien morgen uw stallen bezichtigen?'

'Zeker,' antwoordde ik. 'Maar een groot deel van de kudde staat 's zomers in de wei. Alleen de rijpaarden en drachtige merries die elk moment kunnen veulenen bevinden zich in de stallen.'

'Ik zou graag alle dieren zien. Tenzij ze niet te koop zijn.'

'Veel zijn dat wel. Maar u moet eerst uitproberen of de paarden geschikt zijn voor uw doeleinden. Wanneer wij erop rijden vinden we ze uitstekend, maar iemand als u stelt natuurlijk heel andere eisen.'

Jönsson glimlachte. 'Dat is waar. Maar ik weet zeker dat we een pareltje zullen vinden. Hij keek me even aan, toen vroeg hij: 'Is het een idee om samen een korte buitenrit te maken?'

'Morgen na het ontbijt?' was mijn wedervraag.

'Afgesproken,' zei Jönsson. 'Ik kijk ernaar uit!'

'We treffen elkaar in de hal. Welterusten!'

Toen ik in mijn kamer was, ging mijn hart hevig tekeer. Al die tijd had ik me voor toenaderingspogingen van mannen afgesloten. Alsof ze dat merkten, had niemand het gewaagd moeite voor me te doen. Eindelijk was ik een relatie begonnen met Jonas, en nu bracht Jönsson me ineens in verwarring. Wat was er met me aan de hand?

Ik zakte neer op de rand van mijn bed. Mijn blik dwaalde naar de la van mijn nachtkastje waarin ik de foto van Sören wist. Die wilde ik niet aanraken. Een foto van Jonas had ik niet. Ik had niets waaraan ik me kon vasthouden als we van elkaar gescheiden waren. Maar had ik dat dan nodig? Alles hier ademde zijn geest, zijn ideeën. Zonder hem was ik nooit zover gekomen.

Gedecideerd stond ik op en ging voor de spiegel staan. De vrouw die me aankeek was niet meer de jonge studente die zich door mannen liet imponeren. Ze was de vrouwe van het landgoed. Zij was hier degene die de beslissingen nam. Zij bepaalde ook welke man ze toeliet en welke niet. Jönsson was een tijdelijke gast, meer niet. Ik ging voor hem mijn relatie met Jonas niet op het spel zetten.

Luid vogelgekwetter klonk over de hoeve en begeleidde mijn voetstappen op het knarsende grind. Ik was al heel vroeg wakker geworden nadat mijn gedachten me tot in mijn slaap hadden achtervolgd. Maar nu voelde ik me klaarwakker. En trots toen ik naar de vrachtwagens keek die naast de nieuwe stallen geparkeerd stonden. Het zag er allemaal zo groot en ruim en vooral modern uit. En het zou de komende jaren nog veel mooier worden.

De paardenkliniek was nog steeds een droom, maar als ik mijn blik over het terrein liet gaan, wist ik precies waar ik die zou bouwen. Die plek had ik op de tekeningen vrijgelaten. Terwijl ik ernaar keek, zag ik een gebouw met twee verdiepingen voor me met een bouwstijl die tussen modern en traditioneel in lag. Misschien kon er op de bovenste verdieping zelfs een appartement worden ingericht voor het geval dat een extra dierenarts noodzakelijk was. Ook kon er woonruimte voor verzorgers worden gebouwd, want in een dierenkliniek kon je niet zonder personeel.

Ik glimlachte mijmerend in mezelf, toen liep ik onze oude stal in, waar de rijpaarden stonden. De staljongens hadden alles goed op orde gebracht, maar het was duidelijk dat we deze stal ooit alleen nog zouden kunnen gebruiken om paarden af te zonderen die na een ziekte moesten herstellen. Het nieuwe complex, waarin momenteel de paarden voor de gasten stonden, zou ook vanwege de betere veiligheidsmaatregelen veel beter geschikt zijn om onze kostbare dieren te herbergen. Ik had bijvoorbeeld een mechanisme laten inbouwen dat ervoor zorgde dat bij gevaar niet alleen de buitendeur openging maar ook de boxen ontgrendeld werden, zodat de paarden konden vluchten. Het was een heel nieuw concept, waar Jonas ook enthousiast over was.

Ik dacht er even over na op welk paard ik vandaag de buitenrit zou gaan maken en koos voor een izabelkleurige hengst die ik tot dusver zelden had bereden, maar die fantastische gangen had.

'En ik dacht nog wel dat ik te vroeg was,' zei Jönsson achter me. Ik draaide me om en zag hem bij de stalpoort staan.

'Bent u al wakker?' vroeg ik.

'In een andere omgeving duurt het een tijdje voordat ik goed door kan slapen,' antwoordde hij terwijl hij dichterbij kwam. 'In het olympisch dorp zal het waarschijnlijk net zo gaan.'

'Ik kan me voorstellen dat dat niet erg bevorderlijk is voor het trainen.'

'Dat is het ook niet, en de teamarts zal heel ontevreden over me zijn.' Hij liet zijn blik over de boxen gaan. 'U hebt fantastische paarden.'

'Dit zijn de rij- en fokpaarden waarmee we de komende dagen en weken denken te gaan werken,' antwoordde ik, blij dat hij over paarden wilde praten en niet over bedden. Eigenlijk had hij niets onfatsoenlijks gezegd, maar de gedachte aan hem in bed maakte me op de een of andere manier nerveus. 'De andere paarden staan allemaal in de wei.'

'De minder waardevolle dieren?' wilde hij weten.

'De werkpaarden en een paar oudere dieren, waarvan we weten dat we er geen koper meer voor zullen vinden.'

'Komen deze paarden dan niet buiten?' vroeg hij door.

'Jawel, maar in een aparte wei. Bovendien houden we de hengsten gescheiden van de merries om het fokken goed in de hand te kunnen houden.'

'Dat wil zeggen dat de paarden in de wei ongehinderd mogen paren.' Hij wierp me een blik toe die het gekriebel in mijn onderlijf versterkte.

'Dat mogen ze, maar ook niet onbeperkt. Anders hebben we in een jaar tientallen veulens en moeten we bijbouwen.'

Ik zorgde voor meer afstand tussen ons door de deur van de box te openen. 'Kijkt u eens, dit is Miracle. Hij is een van onze beste fokproducten.'

'Ik hoop dat hij zijn naam eer aandoet.'

'We zullen het zien,' zei ik terug.

'Ik ben een heel bedreven ruiter,' zei hij en hij kwam weer wat dichterbij. 'En een heel liefdevolle.'

Hij legde zijn hand op de mijne. Ik bleef even staan waar ik stond, toen haalde ik diep adem. Ik was zakenvrouw en was er niet voor het plezier van de gasten. Hoewel ik moest toegeven dat ik Jönsson heel aantrekkelijk vond, was zijn gedrag onbehoorlijk.

'Hoor eens,' zei ik, en ik trok mijn hand weg. 'U bent een aantrekkelijke man, maar mijn hart is helaas al vergeven en ik ben niet van plan daar iets aan te veranderen.'

Jönsson lachte betrapt. 'Was het dan zo duidelijk?' vroeg hij toen.

'Overduidelijk,' antwoordde ik. 'En ik voel me zeer gevleid, maar ik ben niet iemand die op zulke avontuurtjes ingaat. Ik kan prima zaken met u doen. En misschien kunnen we vriendschap sluiten. Dat hangt ervan af hoe deze week verder verloopt.'

'Ik wilde u niet krenken...' begon hij.

'Dat hebt u niet gedaan,' antwoordde ik iets milder. 'Maar ik heb ook het recht duidelijk te zeggen hoe ik het ervaar. Ik ben zakenvrouw en ik ben niet op zoek naar een echtgenoot. Ik heb u voorgesteld een buitenrit te maken omdat ik u een mogelijk parcours en mijn paarden wil laten zien, meer niet. Ik hoop dat u dat kunt accepteren.'

Ik keek hem recht in de ogen. Hij leek verward en ook een beetje geschrokken, maar ik had het gevoel dat ik het goed had aangepakt. Een man als hij kon dan wel gewend zijn dat de vrouwen aan zijn voeten lagen, maar ik wilde alleen Jonas. En mijn relatie met hem ging ik niet op het spel zetten.

'Dan zit er dus niets anders op?' vroeg Jönsson een beetje spijtig.

'Inderdaad. Zien we elkaar na het ontbijt?'

Jönsson knikte en draaide zich om. Toen hij weg was, haalde ik diep adem. Miracle stak zijn hoofd naar me uit en raakte mijn schouder aan, alsof hij merkte dat ik van streek was, Ik klopte hem zachtjes op zijn hals en deed toen de deur van de box weer dicht.

Na ons gesprek rekende ik er eigenlijk niet meer op dat Jönsson zou verschijnen. Hij had wellicht gedacht dat we de buitenrit met een herdersuurtje zouden bekronen, maar die kans had ik hem ontnomen.

Toch ging ik naar de stal en haalde Miracle uit zijn box. Het was echt een prachtig dier. Als Jönsson niet in hem geïnteresseerd was, zou ik ervoor zorgen dat andere ruiters hem opmerkten. Zo'n ruwe diamant kreeg je niet elke dag. Ik zadelde hem en tuigde hem heel zorgvuldig op.

Toen ik klaar was, hoorde ik het geknars van voetstappen. Het was Jönsson, in rijkleding. Op gepaste afstand bleef hij staan. Ik onderdrukte een glimlach.

'Waar is uw paard?' vroeg ik.

'Ik dacht dat ik wel een van uw paarden zou kunnen lenen. 'Misschien dit prachtexemplaar.'

'Met alle genoegen,' zei ik en ik gaf hem de teugels aan. 'Maken jullie maar even kennis, dan haal ik een ander paard.' Ik draaide me om en liep de stal weer in om een andere hengst te halen, want Mira, mijn oude merrie, zou haar zoon Miracle niet bij kunnen houden.

Toen ik mijn paard gezadeld had, bracht ik het naar buiten. Ik zag dat Miracle gewillig zijn neus in Jönssons hand duwde. Dat was een goed teken en toonde aan dat Jönsson goed met paarden kon omgaan en iemand was die er verstand van had.

'Ik zie dat u een vriend hebt gevonden,' zei ik.

'Ja, hij is heel mak. Eens kijken of dat zo blijft als ik op zijn rug zit.' Jönsson zwaaide zich in het zadel.

De rit verliep aangenamer dan ik in eerste instantie had verwacht. Jönsson was me wat rijtechniek betreft verre de baas. Hij reed zo gemakkelijk met Miracle over het terrein dat het leek of ze al eeuwen met elkaar hadden getraind. Toen we bij de grote paardenwei kwamen, waarop zo'n honderd paarden graasden of in de schaduw van de bomen lagen, toonde hij zich onder de indruk.

'Vroeger waren het er nog veel meer,' verklaarde ik. 'In de tijd van mijn grootvader waren de kuddes twee keer zo groot. Maar in het dagelijks leven zijn paarden niet meer zo nodig als destijds. We zijn gedwongen om ons te specialiseren.'

‘Ik denk dat uw paarden uitstekende kansen hebben om het goed te doen in de sport. Jammer dat ik niet eerder van uw landgoed heb gehoord.’

‘Liever laat dan nooit, nietwaar?’ zei ik.

Jönsson keek me aan. ‘Ik benijd de man aan wie u uw hart hebt geschonken oprecht.’

‘Maar toch niet alleen vanwege de paarden.’ Probeerde hij weer met me te flirten?

‘Nee, vanwege de manier waarop u de dingen aanpakt. Wilskrachtige vrouwen fascineren me. Dat u er een bent, zag ik al meteen.’

‘Dank u, dat doet me plezier.’

‘Mij zou het plezier doen als u Miracle aan me zou willen toevertrouwen. Voor wedstrijden is hij natuurlijk nog niet inzetbaar, hij moet eerst getraind worden. Maar ik kan me voorstellen dat hij over een paar jaar furore maakt.’

‘Dat klinkt heel goed,’ antwoordde ik. ‘Laten we het daar na onze terugkeer over hebben – als uw trainer u niet al te zeer in beslag neemt.’

‘O, dat zal hij zeker doen, maar ik vind er wel tijd voor.’ Hij zweeg even, toen zei hij: ‘Vergeef me dat van vanmorgen alstublieft. Ik was mezelf niet.’

Ik keek hem aan. ‘Er is niets gebeurd wat ik u zou moeten vergeven,’ merkte ik op. ‘We hebben het uitgepraat en daarmee is voor mij de kous af.’

23

De dagen met de ruiters vlogen voorbij. We hadden er op de achtergrond onze handen aan vol te regelen dat alles soepel verliep en daarnaast de fotografen weg te houden, die telkens weer probeerden plaatjes te schieten van de trainingen. Maar daar merkten de ruiters niets van. Ze gingen helemaal op in hun eigen wereld, die draaide om hun trainingen en de hoop op een medaille.

Gelukkig deed Jönsson geen nieuwe pogingen om contact te zoeken. Ik voelde zijn blikken wel en wist dat hij zich nog niet helemaal had neergelegd bij mijn aanbod zaken te doen met een mogelijke vriendschap in het vooruitzicht. Maar voor een gesprek onder vier ogen was nauwelijks gelegenheid en aan tafel waren we meestal in gezelschap van de andere gasten. Wat Miracle betrof was hij er in elk geval vast van overtuigd dat hij hem tot de ster van toekomstige toernooien kon maken. Zijn trainer deelde zijn mening en ik had er dan ook het volste vertrouwen in dat de deal rond zou komen.

Mijn moeder en mijn vader waren inmiddels alweer afgereisd naar Ekberg om daar orde op zaken te stellen, dus kwam er nog meer werk op me af. Maar als ik tussendoor even tijd had, ging ik bij de dressuurrijdsters kijken. De 'dans' die de dieren uitvoerden fascineerde me. Ik had gedacht verstand van paarden te hebben, en dat ze heel intelligent en leergierig waren wist ik ook. Toch stond ik er versteld van hoe de paarden als uit zichzelf van pas wisselden, appuyeerden en pirouettes en piaffes uitvoerden.

Vlak voor het einde van de training kwam Jonas naar de hoeve.

Zijn rode cabrio veroorzaakte bij de dienstmeisjes het nodige gesmoes.

'Ik moet je bedanken,' zei ik nadat ik hem had begroet.

'Waarvoor?' vroeg hij.

'Je hebt me weer reden tot dromen gegeven.'

'O ja? En dat terwijl je mijn echt interessante kanten nog niet eens hebt gezien.' Door zijn ongegeneerde glimlach begreep ik wat hij bedoelde.

'Ik heb het over de paarden,' zei ik. 'Stel je voor, Jönsson speelt met de gedachte een of twee van onze dieren te kopen. De trainer heeft geconstateerd dat ze het goed doen in het veld en denkt dat ze over een paar jaar al op toernooien kunnen starten.'

'Maar dat is fantastisch!' zei Jonas en hij trok me in zijn armen. 'Je moet trouwens wel uitkijken voor Jönsson. Hij is een vrouwenversierder.'

'Dat heb ik al gemerkt,' antwoordde ik.

'Hoezo, heeft hij iets bij je geprobeerd?'

'Hij heeft geprobeerd avances te maken,' zei ik. 'Maar ik heb hem direct op zijn plaats gezet en hem laten weten dat ik mijn hart al heb vergeven. En zoals je weet, geef ik mijn hart niet zomaar weg.'

'Dat weet ik maar al te goed.' Hij kuste me. 'Je hebt geen idee hoe blij ik daarom ben.'

Die avond kwamen er onweerswolken opzetten. Geen wonder na de langdurige hitte die we de dagen ervoor hadden meegemaakt.

Ik deed nog een laatste ronde over het terrein en ging terug naar huis. Boven lag Jonas al in bed op me te wachten. Officieel was hij ondergebracht in de logeerkamer met het schilderij met de kreeft, want ook al wisten mijn ouders en grootmoeder dat we een stel waren, we wilden bij hen geen onfatsoenlijke indruk wekken. Maar in werkelijkheid bracht Jonas de nachten bij mij door.

'Kijk eens aan, herenbezoek,' zei ik en ik sloot de deur achter me. 'U weet toch hopelijk wel dat het tegen de fatsoensregels is om ongekleed in het bed van een dame te wachten?'

'Wie zegt dat ik naakt ben?' vroeg hij met een glimlach. Toen pakte hij een klein zakje van het nachtkastje.

'Heb je condooms bij je?' vroeg ik terwijl ik mijn blouse losknoopte.

'Uiteraard! Ik ben een man die zich bewust is van zijn verantwoordelijkheden!'

'Maar ik ben sinds kort toch aan de pil?'

Ik had dat niet aan mijn moeder verteld, want ik wist hoe ze erover dacht. Maar dit nieuwe medicament verleende ons vrouwen een vrijheid die eerdere generaties niet kenden. Ik trok mijn broek uit en schopte hem weg.

'Weet je dat je me enorm opwindt?' vroeg Jonas en hij sloeg de deken terug.

Ik trok mijn wenkbrauwen op. Ik moest inderdaad een flinke uitwerking op hem hebben. Ik ging naar hem toe en ging schrijlings op zijn dijen zitten. Hij kwam overeind, omhelsde me en kuste me hartstochtelijk. Ik voelde hem trillen van opwinding. Zijn handen gleden omlaag, hij streelde me en toen ik hem in me liet binnendringen bewogen we ons in gezamenlijke harmonie, hielden elkaar vast, kusten en genoten van elkaar. Ik kreunde en voelde mijn orgasme al aankomen, maar ik slaagde erin me nog even te beheersen. Ik bereed hem langzaam en kon mijn blik daarbij niet van hem afhouden. Het was zo heerlijk hem hier te hebben, zo heerlijk hem te voelen.

Toen we bijna gelijktijdig ons hoogtepunt bereikten, vlijde ik me tegen hem aan en kuste hem.

Even later werd er geklopt en ik kwam geschrokken overeind. 'Een ogenblikje!' riep ik en ik trok snel mijn ochtendjas aan. Toen ik de deur opendeed keek ik recht in het gezicht van een van de staljongens die in het voormalige bediendenverblijf woonden. Toen hij merkte dat ik een ochtendjas droeg, werd hij rood tot over zijn oren.

'Neemt u me niet kwalijk dat ik stoor, maar we hebben een probleem.'

'Wat voor probleem?' vroeg ik.

'Er zijn paarden losgebroken!'

'Welke paarden?' vroeg ik terwijl de paniek door mijn lichaam schoot.

'Die van de wedstrijdruiters. Ik... ik heb geen idee hoe het heeft kunnen gebeuren. Ze zijn gewoon door de deur naar buiten gerend nadat er een boomtak op het dak van hun stal was geknald.'

Een boomtak? ging het door mijn hoofd. De veiligheidsdeuren! was mijn volgende gedachte. Die hadden we laten installeren zodat de paarden bij een eventuele brand zouden kunnen vluchten. Ze waren voorzien van een schakelaar die je van buitenaf kon bedienen. Had iemand de paarden eruit gelaten? Of was er iets mis met de schakelaar?

'Goeie hemel!' wist ik uit te brengen. 'Moment, ik kom eraan.'

De staljongen knikte en liep naar beneden. Ik ging de slaapkamer weer in en trok de deuren van de kledingkast open.

'Wat is er gebeurd?' vroeg Jonas terwijl hij overeind kwam.

'Er zijn paarden uit de nieuwe stal ontsnapt. De veiligheidsdeuren moeten ergens door zijn opengegaan.' Haastig trok ik een broek en een trui aan. Dat het een kriebeltrui was negeerde ik. Mijn hart ging als een razende tekeer en alle consequenties die ons te wachten stonden als de kostbare dieren iets zou overkomen, schoten me door het hoofd. Het zou het einde van het landgoed betekenen!

'Ik kom meehelpen met zoeken,' zei Jonas en hij stapte uit bed. Ik was al bij de deur.

'Maar je kunt niet eens paardrijden.'

'Ik heb mijn auto!' Snel griste hij zijn kleren bij elkaar en kleedde zich aan. 'Ga maar vast, ik kom eraan.'

'Ik ben bang,' bekende ik en ik keek nog even om naar Jonas.

'Dat weet ik,' antwoordde hij. 'Maar je redt het wel. Ik ben zo bij je!'

Door het raam zag ik dat alle staljongens en medewerkers van de ruiters zich beneden op de rotonde hadden verzameld. De meesten hadden al paarden bij zich.

In de hal kwam ik Maud von Rosen en Ninna Swaab tegen. Ulla

Håkansson en Jan Jönsson waren nergens te bekennen, maar ook zij zouden zo wel verschijnen. De amazones zagen krijtwit.

'Wat is er met de paarden?' vroeg Maud, die kennelijk al iets had gehoord. 'Om welke stal gaat het? We hoorden een enorme knal.'

Ik schudde mijn hoofd. 'Ik ga meteen kijken wat er precies is gebeurd,' beloofde ik. 'Blijf kalm, jullie kunnen het best hier wachten. Ik wil niet dat jullie iets overkomt.'

De twee vrouwen knikten en ik liep de regen in. Bliksemschichten trokken langs de hemel en donderslagen weergalmden luid tegen de muren van het landhuis.

'We moeten de paarden gaan zoeken!' riep ik de mannen toe. 'Ze zijn waarschijnlijk de weiden op gerend, misschien ook de velden in. Rij er met de paardentrailers naartoe, zo dichtbij mogelijk, zodat de paarden bijeen kunnen worden gedreven. Maar kijk wel goed uit voor paarden op de weg! Meneer Bergmann zal de actie leiden. Ik kom er ook zo aan.'

De mannen knikten en de stalmeester nam de leiding over. Hij deelde de ploegen in, die algauw met de zoektocht begonnen. Ik liep intussen naar de stallen. Om de mannen te kunnen volgen had ik een paard nodig. De wind trok aan mijn kleding en de regen striemde tegen mijn gezicht. Nog steeds vlogen er bladeren en takjes in het rond. Op weg naar onze oude stal kwam ik ook langs de nieuwbouw.

Het moest een zware windvlaag zijn geweest die de grote tak van een van de bomen had gerukt en hem had meegesleurd tot op het dak van de stal. In het schijnsel van de buitenlampen kon ik zien dat hij het voorste deel van het dak had geraakt. Ik liep naar binnen. De lampen schommelden enigszins door de tocht, maar hierbinnen was zo te zien geen schade. De stal was echter niet helemaal leeg. Twee paarden stonden nog in hun box, Lucky Boy en Ajax. Om de een of andere reden waren de deuren van hun boxen niet door het mechanisme geopend. Zo blij als ik daar aanvankelijk om was, zo kwaad was ik op de techniek. Als er brand was uitgebroken, hadden deze dieren het niet gered. Wel was ik opgelucht dat de beste paarden van Maud en Ulla er nog stonden. Ik aaide ze allebei over hun hoofd en liep de stal weer uit.

In onze oude stallen hadden sommige paarden de boxdeuren beschadigd. Het zou zeker zinvol zijn om veiligheidsmaatregelen te treffen zoals die in de stal ernaast. Maar die gedachte zette ik nu even uit mijn hoofd. Er waren vijfentwintig paarden ontsnapt, die over de hele omgeving verspreid konden zijn. De landerijen van het landgoed waren weliswaar omheind, maar paarden in paniek konden makkelijk over zulke hindernissen heen springen.

'Hier ben je dus!' hoorde ik Jonas zeggen. 'De mannen zijn al weg.'

'Ze kennen de dieren en weten waar ze moeten zoeken.' Ik keek hem aan. 'Kun jij blijven zitten als je achter me op het zadel zit?'

'Nee, maar ik kan je wel aanbieden met de auto te gaan.'

'En als er dan een paard voor de auto opdoemt? Trouwens, je cabrio redt het niet op zulk onbegaanbaar terrein!'

'Dat zullen we wel zien. We zijn in elk geval sneller ter plaatse als dat nodig is. En ik zal goed uitkijken voor de paarden.' Hij pakte mijn hand. 'Kom op, het gaat ons lukken!'

Even later reden we weg van de hoeve.

Het onweer rommelde nog steeds en af en toe schoot er een bliksemschicht langs de hemel, die het landschap in een schril licht zette. De koplampen van de auto verdreven het duister en ik probeerde uit te kijken naar lichtjes waaraan ik mijn mensen kon herkennen. Na een poosje zagen we de eerste ploeg zoekers. Ze hadden enkele paarden omsingeld en probeerden ze nu te vangen.

'Dat gaat wel lukken,' zei Jonas, toen we even waren blijven staan. 'Laat ze hun werk maar doen.'

We reden door tot we bij een zijpaadje kwamen dat rechts van het veld afboog. Aan de vaantjes kon ik zien dat het hoorde bij het oefentraject van de militaryruiters. We volgden het een poosje, heel langzaam, want het was mogelijk dat een van de verschrikte dieren het struikgewas uit zou stormen.

'Daar voor ons!' riep Jonas uiteindelijk. Ik dacht eerst dat hij een paard had gezien, maar toen ontwaarde ik onze mannen. We stopten en een van hen kwam opgewonden zwaaiend op me af.

Jonas zette de auto aan de kant en ik sprong eruit.

'Een van de paarden is in de sloot gevallen,' meldde de staljongen van Jönsson. 'We hebben een veearts nodig. En de brandweer.'

'Ik ben dierenarts,' antwoordde ik.

De mannen stonden aan weerszijden van de sloot en lieten hun licht erop schijnen. Ik hoorde het hulpeloze gehinnik van het dier, dat geen kant op kon.

Jonas volgde me naar de sloot, die ongeveer halfvol was.

Daar lag een van de reservepaarden van Ninna Swaab, ik herkende de hengst duidelijk aan zijn grijze kleur. In mijn wanhoop was ik bijna in huilen uitgebarsten. Maar ik moest mijn hoofd er nu bij houden.

'Licht me even bij!' riep ik naar de mannen.

Ik klom de sloot in en waadde langzaam naar het paard. Het water was ijskoud en onaangenaam, mijn kleren zogen zich er snel mee vol. Maar dat deed me niets. Mijn angst overheerste, die bezorgde me buikpijn en joeg mijn hart op hol. Het hoofd en de hals van het dier kwamen gelukkig nog ruimschoots boven het water uit, maar als de sloot verder volliep, zou het kunnen verdrinken. Hij moest er onmiddellijk uit!

Ik hoorde hem duidelijk ademen. Hij snoof nerveus. Toen ik hem aanraakte, deinsde hij terug. Hij probeerde zijn benen te bewegen, maar daarvoor was de sloot te smal. Hij hinnikte angstig.

'We hebben touwen nodig en iets zachts om ertussen te stoppen!' riep ik. 'We moeten hem voorzichtig uit de sloot hijsen.'

De mannen kwamen onmiddellijk in beweging. Twee van hen reden weg om het benodigde te halen. Ik probeerde intussen het paard te kalmeren. Mijn hersens werkten op volle toeren. Stel dat zijn benen waren gebroken of dat hij inwendig letsel had opgelopen... Wat moest ik dan doen? Maar onze grootste zorg was het dier uit de sloot te helpen. Ik probeerde mijn tranen te bedwingen. Wat een ellende!

Het onweer rommelde nog steeds. Het leek weg te trekken, maar het waaide nog steeds stevig. Van de striemende regen was alleen nog motregen over, die vervelend prikte in onze huid. Mijn voeten jeukten en mijn lichaam verlangde ernaar dit natte gat te ontvluchten. Maar ik voelde dat mijn nabijheid het paard goeddeed.

'Is alles goed bij jou?' vroeg Jonas van bovenaf. 'Moet ik naar je toe komen?'

'Nee, blijf daar maar,' antwoordde ik. 'Het paard is totaal van streek.'

'Kun je zien of het gewond is?'

'Nee, dat lukt pas als we hem eruit hebben.' Ik merkte dat Jonas zich hulpeloos voelde. Ik voelde me net zo. Maar op dat moment konden we alleen maar afwachten.

Na wat wel een eeuwigheid leek, kwamen de mannen eindelijk terug. Ze hadden een halster, dekens, riemen en de gevraagde touwen bij zich.

'Maak die riemen aan de touwen vast, dan leggen we ze onder de buik van het paard,' instrueerde ik ze en toen vroeg ik: 'Met hoeveel zijn jullie daarboven?'

'Met tien man!' klonk het antwoord boven een donderslag uit.

'Dat is te weinig,' riep ik terug. 'We hebben meer mensen nodig, hij is zwaar.'

'We kunnen de paarden gebruiken!' stelde een van de stalruiters voor. 'Die kunnen meer gewicht trekken dan wij.'

'Oké, breng ze maar in stelling en de mannen ook.'

Ik richtte mijn aandacht weer op de hengst en deed hem de halster om. 'Je bent er zo uit, dat beloof ik je,' fluisterde ik hem toe. Ik wist wel dat hij me niet verstond, maar hij was hierbeneden in elk geval niet alleen.

'Juffrouw Lejongård, komt u maar uit het water,' riep de stalmeester, die nu ook was aangekomen en aan de rand van de sloot stond. 'Dan klim ik erin.'

'Hoe zit het met de andere paarden?'

'De paarden die naar het dorp zijn gerend hebben we gevonden. En nog een paar andere. Ze waren op onze weiden, alsof ze wisten dat hun soortgenoten daar waren.'

'Ze zijn dus in veiligheid.'

'Jazeker. Van de andere ploeg heb ik nog niets gehoord, maar ik denk dat dit belangrijker is. Zal ik u eruit helpen?'

'Nog niet,' zei ik. 'Het paard vertrouwt me. Ik leg de riemen aan, dan kom ik eruit.'

Toen ik de riemen om de buik van de hengst had aangebracht klom ik uit de sloot. Jonas en meneer Bergmann hielpen me eruit. De windvlagen die door mijn natte kleren trokken deden me klappertanden. Maar ik vermande me.

De mannen stelden zich allemaal langs de touwen op terwijl ik aan de rand van de sloot ging staan, zodat ik het paard direct kon opvangen. De stalmeester gaf de mannen het commando te trekken. De touwen kreunden onder de last en het paard in de sloot snoof verontrust. Het zou beter zijn geweest hem een kalmerend middel toe te dienen, maar dat had ik niet bij de hand.

Het paard hinnikte angstig toen het werd opgetild. Er klonk van onderaf een soppend geluid. Even later zagen we het hoofd van de hengst opduiken. De mannen bleven trekken, boven hen rolden de donderslagen. Aan de horizon weerlichtte het fel en de bomen en struiken ruisten in de storm. Er klonk gekreun, dan weer gesnuif en gehinnik. De stalmeester hield nu persoonlijk de touwen vast om te zorgen dat het hoofd hoog bleef.

Minuten later kwam ook de rest van het lijf tevoorschijn. De voordien grijze vacht van de hengst was nu donker van de modder. Het water droop van hem af en nu was te zien dat hij rilde van uitputting. Ik liep naar hem toe, behoedzaam, maar het paard bleef liggen en ademde zwaar. Een nare verdenking kwam in me op. Was zijn ruggengraat beschadigd?

Langzaam knielde ik neer bij zijn hoofd. 'Rustig maar,' praatte ik zachtjes op hem in. 'Rust maar even uit. Het komt allemaal goed.' Zo zacht mogelijk betastte ik zijn hals. In het licht van de koplampen van Jonas' auto kon ik niet veel onderscheiden, maar het zag er niet naar uit dat er iets niet in orde was met zijn nek. De hengst produceerde een laag, bijna grommend geluid. Toen maakte hij opeens aanstalten om op te staan. Ik week terug toen hij zijn hoofd schudde. Ik voelde me enigszins opgelucht, maar dat het dier zich oprichtte betekende nog lang niet dat ook zijn benen in orde waren.

'Rustig, rustig maar,' praatte ik op de hengst in en ik streelde zijn hals. Om zijn hoofd zat nog steeds de halster die ik hem had omgedaan.

'Meneer Bergmann, wilt u hem alstublieft aan zijn halster vasthouden?' vroeg ik terwijl ik langzaam overeind kwam. 'Als hij opstaat, wil ik hem proberen te onderzoeken.'

De stalmeester knikte. Terwijl hij het touw overnam, stond ik op. 'Hij kan iets gebroken hebben,' zei hij. 'Die sloot is erg diep.'

'We zullen zien,' antwoordde ik, want ik wilde het noodlot niet tarten.

Er gingen minuten voorbij. Het paard lag te hijgen. Om ons heen leek iedereen zijn adem in te houden. Ik keek naar Jonas, die tussen de andere mannen stond. Het kon aan het licht liggen, maar hij zag er nogal bleek uit.

Na enige tijd trok er een heftige beweging door het paardenlijf. We stapten achteruit toen het dier weer op zijn benen ging staan. Die trilden nog enigszins, maar leken stabiel. Ik stapte voorzichtig op de hengst af, streelde zijn vacht en tastte vervolgens behoedzaam zijn benen af. De botten voelden normaal aan, in geval van een breuk had het er anders uitgezien. De pezen stonden strak gespannen en het paard trok zijn benen iets terug bij mijn aanraking.

'Laat hem even een stukje lopen alstublieft,' instrueerde ik de stalmeester. Toen hij dat deed, slaakte ik een zucht van verlichting. Er leken geen ernstige verwondingen aan de benen te zijn, want de hengst liep alsof er niets was gebeurd. Hier en daar vertoonde zijn huid schrammen en hij zou zeker kneuzingen hebben opgelopen. Maar hij had vermoedelijk niets wat een einde aan zijn loopbaan zou maken.

'Breng hem maar terug naar de stal,' zei ik tegen de stalmeester. 'En wrijf hem droog voordat zijn eigenares hem ziet.'

'Vanzelfsprekend,' antwoordde Bergmann en hij leidde hem naar de paardentrailer die even verderop klaarstond.

Toen ik naar Jonas liep werd ik door vermoeidheid overmand. De andere mannen hielden zich alweer met de paarden bezig. 'We moesten deze sloot maar dicht laten gooien,' zei ik tegen Jonas. Ik voelde me slap en mijn kleren plakten aan mijn lijf. De wind was weliswaar niet koud, maar toch rilde ik over mijn hele lichaam, van de kou, van wanhoop, van uitputting. Zo'n ongeluk was sinds 1913 niet meer voorgekomen. 'Moeder heeft me verteld dat mijn oom Ingmar in die sloot is gevallen toen hij probeerde eroverheen te springen. Hij is veel te breed voor een paard en ook te diep.'

Jonas legde zijn arm om me heen. 'Daar kun je morgen ook nog over nadenken. Laten we nu terug naar huis gaan, je bent volkomen onderkoeld.'

'Wil je iets voor me doen?' vroeg ik.

'Zeg het maar.'

'Zou je naar Kristianstad willen rijden en de veearts uit bed willen bellen? Ik heb zo op het oog niets ernstigs bij het paard kunnen constateren, maar Ninna zal zeker een röntgenfoto willen laten maken. Vraag hem of hij met zijn mobiele röntgenapparaat mee wil komen.'

'Dat doe ik, als je me vertelt hoe hij heet.'

'Dat is dokter Borlind, ik schrijf zijn adres voor je op.' Ik vlijde me tegen hem aan. 'Het zag er zo goed voor ons uit en nu dit. Wie weet of de andere ploeg alle paarden heeft weten te vangen.'

'Ik ben ervan overtuigd dat het ze is gelukt. Of nog zal lukken. Kijk, het onweer is weggetrokken en de wind gaat liggen. De paarden worden vast snel weer rustig. Morgenochtend ziet alles er weer beter uit.'

Ik wilde hem graag geloven, maar ik vreesde de reactie van de ruiters. Het kon gebeuren dat paarden uitbraken, maar dat mocht niet gebeuren als ze te gast waren.

'Zullen we even kijken hoe het de anderen vergaat?' vroeg Jonas en hij kuste me.

'Nee, jij kunt beter naar de veearts gaan.'

'Maar eerst zet ik je thuis af. Je kunt niet zo blijven rondlopen.'

Hij wees op mijn kleren, die intussen wel enigszins waren opgedroogd, maar toch nog klam aanvoelden.

'Prima,' zei ik. Ik gaf de mannen nog een paar instructies en volgde hem toen naar de auto.

Nadat Jonas me bij de hoeve had afgezet, ging hij op weg. Ik zwaaide hem na en liep toen moeizaam de trap op. Inwendig wapende ik me tegen de verwijten van de ruiters. Hun paarden waren in gevaar gekomen en de verantwoordelijkheid lag bij mij. In het ergste geval waren we hierdoor weer terug bij af. Of nee, nog erger: voorheen hadden we geen reputatie te verliezen, maar als we nu een slechte naam kregen, zou het allemaal weer moeilijker worden.

In de hal wachtten de dressuurrijdsters me op. Jönsson stond iets verderop bij de eersten van zijn mensen die weer terug waren. Met hem zou ik later wel praten. De vrouwen droegen een broek en een trui, hun haar zat in de war. Toen ze me zagen, stormden ze op me af. 'Hoe is het met de paarden?' vroegen ze als uit één mond. 'Zijn ze in veiligheid?'

'Ja, maar een van uw paarden, mevrouw Swaab, is in een sloot gevallen.'

Ninna sloeg verschrikt haar hand voor haar mond. 'Welk paard?' vroeg ze angstig. 'Is het Casanova?'

'Nee, een grijze hengst.'

'Caspar!' riep ze uit.

'We hebben hem voorzichtig uit het water gehaald en bij mijn eerste onderzoek kon ik geen zware verwondingen ontdekken. Een paar schrammetjes en schaafwonden, meer niet. Er zat water in de sloot, dat heeft zijn val gebroken.'

'Lieve hemel!' riep ze uit en ze barstte in snikken uit. 'Hij had wel kunnen verdrinken!'

'Afgezien van een lichte shock gaat het goed met hem,' zei ik. 'Meneer Carinsson is mijn collega uit Kristianstad gaan halen. Die heeft een mobiel röntgenapparaat. Zo kunnen we het zekere voor het onzekere nemen. Maar ik heb goede hoop dat hij geen ernstig letsel heeft.'

Ninna kromp in elkaar en begon nerveus te ijsberen. Ik vertelde ondertussen dat de andere paarden op weg naar huis waren. Mijn staljongens en het personeel van de ruiters brachten de dieren terug naar de stal.

'Maakt u zich geen zorgen, het komt allemaal goed,' wendde ik me nogmaals tot Ninna. 'Caspar heeft geluk bij een ongeluk gehad.'

Ninna bleef staan en keek me woedend aan. 'Hoe kon dat nou gebeuren? Ik dacht dat uw stallen veilig waren!'

'Dat zijn ze ook,' zei ik. Ik voelde hoe kwaad ze was. Haar ogen schoten vuur.

'Ik ben bang dat het mijn schuld is,' nam Ulla Håkansson het woord. 'Ik wilde nog even bij Ajax kijken voordat ik naar bed ging. Toen heb ik de deur misschien niet goed in het slot laten vallen.'

'Ik denk niet dat het uw schuld was,' zei ik. 'De deuren van onze stallen hebben een speciaal beveiligingsmechanisme. In geval van brand kunnen we de boxen van buitenaf ontsluiten en de paarden zo in staat stellen te vluchten. De schakelaar moet op de een of andere manier zijn omgezet. Misschien heeft de tak die op het dak is neergekomen ook iets aan het mechanisme beschadigd. De deuren zijn opengesprongen en de dieren, die toch al onrustig waren door het onweer en de knal, zijn ervandoor gegaan.'

Ik zweeg even, wendde me toen tot Ninna Swaab en voegde eraan toe: 'Ik zal onze verzekering bellen. Die vergoedt de schade aan uw paard. Maar ik ga ervan uit dat het niets heeft opgelopen wat afbreuk zal doen aan zijn prestaties.' Ik voelde me opeens dodelijk vermoeid. Wat een nacht! 'Overigens zijn Lucky Boy en Ajax niet weggelopen,' ging ik verder. 'Ze stonden allebei nog doodgemoedereerd in de stal.' Ik verzweeg dat hun deuren niet waren opengegaan, wat wel had gemoeten. Dat probleem zouden we oplossen. Het hele veiligheidsconcept moest bovendien nog eens nader worden bekeken.

Maud en Ulla keken elkaar verbaasd aan, maar toen gleed er een glimlach over hun gezicht. 'Het lijkt erop dat ze weten wat ze aan ons hebben,' zei Ulla. 'Mag ik naar hem toe? En naar de andere paarden?'

'Ja, natuurlijk.' Ik wendde me tot Ninna. 'Caspar is inmiddels ook terug, kom, laten we naar hem gaan kijken.'

Op weg naar buiten sprak ik Jönsson aan, maar hij was door zijn mannen helemaal ingeseind en nam het gelukkig met humor op. Bijna alle paarden waren inmiddels terug op het landgoed. Toen we naar de stal liepen werd net de laatste paardentrailer uitgeladen. Ninna's hengst stond weer op zijn plaats. De staljongens hadden hem grondig afgewreven, zodat het leek of er niets was gebeurd.

Ninna liep naar hem toe, verborg haar gezicht in zijn hals en streelde hem. 'Wat heb je nou toch uitgehaald?' vroeg ze zachtjes.

Ook Maud en Ulla gingen naar hun paarden. Ik was blij de paarden gezond en wel aan te treffen. Als ze al wat verfomfaaid waren geweest door hun uitstapje, hadden de staljongens er meteen voor gezorgd dat ze pico bello in de stal waren teruggekomen. Ik was trots op mijn mensen.

Maud en Ulla zochten ten slotte hun bed op, terwijl ik met Ninna bleef wachten op Jonas en mijn collega met zijn röntgenapparaat. We zaten in het voormalige personeelsverblijf, waar vroeger de koetsiers en chauffeurs woonden, en probeerden met behulp van koffie wakker te blijven. We zeiden niet veel. Misschien liet Ninna haar gedachten gaan over alles wat er had kunnen gebeuren.

'Ik ga hier te zijner tijd mijn eigen kliniek openen,' zei ik om de bezorgde amazone een beetje af te leiden. 'Dan hebben we onze eigen röntgenapparatuur. We zijn bezig het landgoed te hervormen en ik zou willen dat het sneller ging.'

Ninna knikte. 'Een goed idee, zo'n eigen kliniek,' zei ze enigszins kortaf.

Ik zuchtte en draaide mijn beker rond in mijn hand. De sterke koffie verdreef de vermoeidheid uit mijn hoofd, maar niet uit mijn lijf. 'Ik reken het mezelf zwaar aan,' gaf ik toe. 'De staldeuren hadden nooit open mogen gaan.'

'Dat onweer was overmacht,' zei Ninna. 'Een systeem dat paarden de vrijheid geeft bij brand of een ander ongeluk is juist heel goed.'

'Het blijkt alleen gevoelig te zijn voor storing, zoals we hebben gezien.' Ik zuchtte diep. 'Ik beloof u dat zoiets nooit meer zal voorkomen.'

Ninna pakte me meteen bij mijn handen. 'U hebt het prima opgelost,' zei ze. 'In mijn eigen stal gebeurt ook wel eens iets wat niemand had zien aankomen. Dan pak je zo'n situatie aan of niet. De paarden zijn allemaal weer terug. En al ben ik nog een beetje bezorgd om Caspar, ik ben blij dat er niets ergers is gebeurd.'

'Dank u, dat u dat zegt,' antwoordde ik. 'We leren van elke ervaring, hè?'

Ninna knikte. 'Inderdaad. En zelfs slechte ervaringen hebben hun waarde.'

Het volgende moment hoorde ik een auto naderen. Jonas kwam de oprit op, naast hem zat de veearts uit Kristianstad.

'Het lijkt erop dat we niet langer hoeven te wachten,' zei ik tegen Ninna. 'Laten we eens zien wat mijn collega ervan zegt.'

Dokter Borlind leek enigszins geïrriteerd, wat ik maar al te goed begreep. 'Aha, daar hebben we de eigenares van het spul. Wat een lef, om me op dit uur uit mijn bed te halen!'

'Mijn welgemeende excuses, dokter Borlind. De heer Carinsson heeft u vast wel verteld wat zich hier op het landgoed heeft afgespeeld.'

'Inderdaad. Hij was ook behoorlijk... onverzettelijk.' Hij wierp Jonas een boze blik toe. Ik zag wel voor me dat Jonas net zo lang had aangedrongen tot de arts aangekleed en wel in de deuropening was verschenen.

'Mijn excuses, maar we hadden geen andere keus. Een van de paarden is in een sloot gevallen, en hoewel ik het dier direct heb onderzocht, lijkt het me beter om een röntgenfoto te maken. Dat zouden we immers ook doen als het om een mens ging.'

'Dat is waar. Ik vergat even dat u praktisch een collega bent,' bromde Borlind.

'Ja, maar een zonder de benodigde apparatuur. En ik heb helaas geen röntgenogen, zoals superhelden uit stripverhalen.'

'Goed, laten we dan maar eens naar de patiënt gaan kijken.'

Ninna en ik namen Borlind mee naar de stal waar Caspar stond. Ik vertelde hem kort wat ik onderzocht wilde hebben en vroeg hem om een second opinion.

Terwijl Ninna op de foto's bleef wachten, liep ik naar boven. Ik had nog steeds geen tijd gehad om me om te kleden. De modder was opgedroogd op mijn huid en ik kon wel een warme douche gebruiken. Halverwege kwam ik mijn oma tegen. Ze was geheel gekleed, want het paste een Lejongård niet om zich in een ochtendjas onder de mensen te begeven.

'Wat is er aan de hand?' vroeg ze. 'Jullie waren allemaal weg. De vrouwen beneden zeiden dat de paarden waren losgebroken.'

'Klopt, ze waren losgebroken, maar we hebben ze weer gevangen.'

'En hoe gaat het met ze? Zijn er dieren geblesseerd?'

'Een van Ninna Swaabs paarden is in de sloot langs het veld gevallen. Maar het valt wel mee, ik heb het onderzocht. Een paar schaafwonden, misschien wat kneuzingen. De veearts uit Kristianstad is nu hier en maakt voor de zekerheid röntgenfoto's.' Ik haalde diep adem. 'We moeten overwegen die sloot dicht te gooien of er op een andere manier iets aan doen.'

'Eigenlijk valt er nooit iemand in,' wierp oma tegen.

'Behalve Ingmar, weet u dat niet meer? Mama heeft me dat verhaal verteld.'

'Dat is waar. Maar dat was overmoed.'

'Het paard heeft de sloot in het donker over het hoofd gezien. Ik hoop natuurlijk nooit meer zo'n uitbraak mee te maken, maar we moeten toch maatregelen nemen.'

Oma knikte. 'Je hebt gelijk. We verzinnen er wel wat op. Is met jou alles in orde?'

Ik strekte mijn armen uit. 'Zie ik er soms uit alsof ik zo meteen een dansje ga maken op een sprookjesbal?'

Oma lachte fijntjes. 'Ga je maar douchen en omkleden. Zodra mevrouw Johannsen er is, zal ik haar helpen het ontbijt klaar te maken.'

'U kunt beter nog even naar bed gaan, mormor. Ik denk dat iedereen nu eerst behoefte heeft aan een flinke dosis slaap.'

'Ik ben bang dat ik na vannacht niet meer in slaap kom. Maar goed, als je erop staat zal ik nog even gaan liggen.'

Ik kuste oma op haar wangen.

'De natuur is soms onze grootste vijand,' zei ze peinzend. 'Ik was even bang dat er brand was.'

'Gelukkig was het geen brand en ook geen blikseminslag. Het was een grote boomtak, die hard op het dak is neergekomen.'

Oma pakte mijn hand en kneep erin. 'Tot straks, Solveig,' zei ze en in haar ogen zag ik tranen glinsteren. Ik wist dat ze terugdacht aan de brand waardoor haar vader en haar broer om het leven waren gekomen. Ook na zo veel jaren raakte je je angsten blijkbaar niet kwijt.

'Tot straks, mormor. En maakt u zich geen zorgen, het komt allemaal goed.'

'Ik was eigenlijk degene die dat vroeger tegen jou zei, als je bang was voor onweer,' merkte ze glimlachend op, toen draaide ze zich om.

Het deed me goed om onder de waterstraal te staan en te voelen hoe de modder van mijn huid werd gespoeld. Even voelde ik me losgeweekt van alle zorgelijke gedachten. Maar ze kwamen terug toen ik, eenmaal weer aangekleed, de trap af liep. De röntgenfoto's zouden zo langzamerhand wel klaar zijn.

Toen ik de stal binnenkwam, zag ik dat dokter Borlind bezig was zijn apparatuur in te pakken.

'Die knaap heeft enorm geluk gehad,' verklaarde hij. 'Geen breuken of gescheurde pezen. Ik zou hem nog twee, drie dagen rust gunnen, want paarden zijn slim en vergeten zo'n schrik niet zo snel. Maar ik zie geen reden om hem daarna niet weer normaal te berijden.'

Ninna slaakte een zucht van verlichting. Ook ik voelde me wat rustiger. Nu kwam het erop aan wat de ruiters over onze stoeterij naar buiten zouden brengen. Ze konden of kritiek hebben op het feit dat onze stallen niet in orde waren, of ons prijzen om ons snelle ingrijpen. Wat het werd, moest nog blijken.

Opgelucht liet ik mijn collega vertrekken. Toen wenste ik Ninna goedenacht, hoewel er niet veel meer van de nacht restte, en ik maakte me op voor een laatste ronde langs de stoeterij. Jonas kwam met me mee.

‘Dat was heel indrukwekkend,’ zei hij.

‘Wat?’ vroeg ik.

‘Jij. Hoe je de zaak hebt aangepakt.’

‘Laten we het daar nog eens over hebben als we weten hoe de ruiters het allemaal opvatten.’ Ik haalde diep adem. ‘Ik bedoel, we hebben de Zweedse deelnemers aan de Olympische Spelen in huis en de paarden breken uit. Dat is een ramp!’

‘Waar jullie heel snel vat op hadden.’

‘Maar een van de paarden is in een sloot gevallen!’

‘Dat had evengoed ergens anders kunnen gebeuren. Ik denk niet dat het jullie de das om zal doen.’

‘Ik hoop dat je gelijk hebt,’ zei ik en ik vlijde me tegen hem aan. Jonas omhelsde me en legde mijn hoofd tegen zijn schouder. ‘Het had veel erger kunnen aflopen.’

‘Zeker. Maar er is niks gebeurd. Het sluitingssysteem op de deuren heeft bewezen te functioneren. Als er brand was uitgebroken hadden alle paarden gered kunnen worden.’

‘Op twee na,’ wierp ik tegen. ‘Er zijn twee deuren niet opengegaan. Als er werkelijk brand was ontstaan, waren Mauds Lucky Boy en Ulla’s Ajax in de vlammen omgekomen.’ Er liep een rilling over mijn rug. ‘Ik moet er niet aan denken.’

‘Er is geen brand uitgebroken,’ zei Jonas en hij streelde mijn haar. ‘Denk niet aan dingen die niet gebeurd zijn. Wees blij dat alles met een sisser is afgelopen.’

Ik drukte me nog steviger tegen hem aan. Zijn warmte doorstroomde me en ik wilde op dit moment niets anders dan in zijn armen liggen dromen.

Hij kuste me op mijn kruin. ‘Gun jezelf nog wat rust voor de dag weer echt begint. Ik breng meneer Borlind terug naar Kristianstad.’

'Ik hoop dat hij nu wat aardiger zal zijn.'

'Ach, dat was hij eerst ook al. Hij mag dan grote woorden gebruiken, eigenlijk vindt hij het maar wat fijn als je hem nodig hebt. Hij zal er heel wat meer moeite mee hebben dat jij hier straks je eigen paardenkliniek begint.'

'Hij mag altijd bij me komen werken,' zei ik. 'Dan zou ik ook geen eigen röntgenapparaat hoeven te kopen.'

We kusten elkaar vlug en toen verdween Jonas met de knorrige veearts. Ik zocht mijn slaapkamer op, ging op bed liggen en was binnen enkele ogenblikken in dromenland.

Die ochtend troffen we elkaar in de hal om afscheid te nemen. Mijn oma maakte geen erg uitgeslapen indruk, maar ze leek frisser dan de rest. De nacht zat ons nog in de botten, maar het afscheid verliep verrassend hartelijk.

'Dank u voor de heerlijke tijd,' zei Ulla Håkansson, die kennelijk door de andere ruiters was uitverkoren als woordvoerder. 'We hebben ons erg op ons gemak gevoeld op uw landgoed. Als u het goedvindt, zullen we u over een paar weken of maanden nog eens benaderen voor een trainingsperiode.'

Dat verraste me eerst wel na alle opschudding, maar toen besefte ik dat we inderdaad hadden laten zien wat we in huis hadden – zelfs in een uitzonderlijke situatie.

Voordat ze begonnen met het inladen van de paarden had Maud von Rosen nog een onderonsje met mijn oma. Ik was er deze keer niet bij, maar ik had het gevoel dat ze heel ontspannen met elkaar omgingen.

'Hoe gaat het met Caspar?' vroeg ik aan Ninna Swaab, die als eerste klaar was met inpakken.

'Naar omstandigheden goed,' antwoordde ze, nog altijd een beetje terughoudend.

'Het spijt me echt dat hij dit heeft moeten meemaken.'

'Ook dressuurpaarden volgen af en toe hun aard. Maar hij komt er wel overheen.' Ze deed haar best te glimlachen.

We keken elkaar even aan en toen vroeg ik: 'Mag ik u een verzoek doen?'

Ninna trok haar wenkbrauwen op. 'Waar gaat het om?'

'Dat u direct contact met mij opneemt als u toch aanleiding ziet voor een schadeclaim,' zei ik. 'Mijn landgoed kan geen slechte publiciteit gebruiken. Als ik u iets moet vergoeden, doe ik dat graag.'

Ninna keek me een tijdje nadenkend aan. Toen zei ze: 'Ik moet toegeven dat ik wel even boos op u was toen ik hoorde van Caspars val. Als hij zijn benen had gebroken, had ik mogelijk een eis tot schadevergoeding ingediend. Maar u hebt zich zo goed voor hem en de andere paarden ingezet. En het is uiteindelijk goed afgelopen. Daarom heb ik geen reden wrok tegen u te koesteren. U hebt een prachtig landgoed en geweldige mensen die voor u werken. Ik wil u daarbij zeker niet dwarszitten. Beschouwt u de kwestie als afgedaan.'

'Dat is heel ruimdenkend van u!'

'Weet u wat het beste aan ons verblijf hier was?' ging ze verder. 'Ik heb het gevoel dat Casanova hier grote vorderingen heeft gemaakt.'

Ik zag de lichtbruine hengst voor me. Ook zonder enige kennis van de dressuursport was ik onder de indruk geweest van zijn elegantie.

Ze keek naar de andere ruiters, die zich weer voor het huis hadden verzameld. 'Ik zou het leuk vinden u terug te zien bij de Olympische Spelen in München. Na onze overwinning.'

'Ik zal in elk geval proberen te komen. En als dat niet lukt, ben ik via het televisiescherm bij jullie.' We omhelsden elkaar. 'Het ga jullie goed!'

'U ook,' antwoordde Ninna en toen liep ze naar de anderen.

Even later verlieten de paardentrailers het terrein. De amazones en hun staf volgden. Als laatste reed Jönsson weg van de Leeuwenhof, maar niet voordat hij me zijn visitekaartje had gegeven. 'Voor het geval dat u zich in Stockholm een beetje eenzaam voelt en om gezelschap verlegen zit,' zei hij erbij. Ik bedankte hem, wetend dat ik zijn aanbod niet zou aannemen. Mijn hart behoorde Jonas toe.

Toen de rust op de Leeuwenhof was weergekeerd liep ik naar de buitenbak en leunde tegen de afzetting. Ik riep het beeld op van Ulla Håkansson op haar Ajax, die pirouettes en piaffes uitvoerde zonder dat je iets merkte van haar aanwijzingen. Ulla was een fascinerende vrouw en je geloofde haar meteen als ze zei dat Ajax de dressuurproeven uit liefde voor haar uitvoerde. Maud liet haar paard van tevoren inrijden door een stalruiter, maar dat was niets voor Ulla. Ajax en zij waren één naar lichaam en ziel.

Bij het kijken naar de amazones had ik me telkens weer afgevraagd wat ervoor nodig was om zo goed met paarden te kunnen omgaan. Zou een paard van de Leeuwenhof er ooit in slagen zich zo gracieus te bewegen? Konden wij een ruiter, man of vrouw, binnenhalen die ons zou vertegenwoordigen op internationale toernooien?

In elk geval leek Jönsson behalve Miracle voor de military nog een paar van onze paarden te willen kopen. Dat was een groot succes voor ons, maar toch niet hetzelfde als de verkoop van paarden voor de fijnzinnige dressuur.

'Nu hebben we het huis weer voor onszelf,' hoorde ik oma achter me zeggen. Ik draaide me om. 'Eigenaardig, hè? Toen de ruiters hier waren, leek het een stuk levendiger.'

'Ja,' antwoordde ik. 'Maar toch ben ik dankbaar dat er even rust heerst.'

'Nou, dat zal misschien niet lang zo blijven.'

'Wat bedoelt u daarmee?'

'Ik heb Maud gesproken. Ze was erg enthousiast over ons en heeft beloofd ons aan te bevelen. Niet alleen bij Zweedse, maar ook bij buitenlandse ruiters. Er zijn een paar Engelsen die wel eens ergens anders naartoe willen.'

'Dat zou geweldig zijn,' zei ik. 'Maar we moeten afwachten of ze zich die belofte nog herinnert als ze eenmaal terug is in Stockholm.'

'Vast wel.' Er verscheen een fijn glimlachje op oma's gezicht. 'Ze lijkt gelukkig alleen uiterlijk op haar grootvader.'

Ik knikte. Ik had Clarence von Rosen nooit persoonlijk ontmoet. Als ik de verhalen echter moest geloven, klopte het wel wat oma had gezegd. Maud was iemand met een sterke wil, maar ze was ook heel oprecht en vriendelijk. Dat zag je vooral aan de manier waarop ze met de paarden omging.

'Ik vraag me af of we ooit aan toernooien kunnen deelnemen,' zei ik ten slotte. 'Bij de dressuur, bedoel ik. Denkt u dat onze paarden daarvoor geschikt zouden zijn?'

'Waarom niet? Omdat ze afstammen van een bloedlijn van cavaleriepaarden?'

'Jönsson vond dat onze paarden geknipt waren voor de military.'

'Dat zijn ze ook. Maar alleen als je ze die taak stelt,' zei oma. 'Ik ben zeker niet de paardenkenner van de familie, mijn vader en mijn broer hadden in dat opzicht aanzienlijk meer talent. Maar volgens mijn inschatting zou je onze paarden overal kunnen inzetten. Ze zijn zo plooibaar, dressuur zou geen probleem moeten zijn.'

Ik keek naar de sporen van de paardenhoeven in het zand voor me. De paarden van de Leeuwenhof op toernooien. Het zou een lange weg worden, want je werd niet van de ene op de andere dag een bekende dressuurstal. Maar het zou ons kunnen lukken.

'Waarom waren jullie eigenlijk nooit geïnteresseerd in de paardensport?' vroeg ik. 'De Olympische Spelen bestonden toen immers ook al? En je had toernooien.'

Oma slaakte een zucht. 'We zagen de mogelijkheden niet. We waren altijd alleen maar paardenfokkers die paarden verkochten. Een paar daarvan hebben ook wel meegedaan aan wedstrijden. Bij de paardenrennen of bij het springen. Maar het waren geen bekende ruiters bij wie de dieren terechtkwamen. We vonden het... niet zo belangrijk. Dat was verkeerd, ik weet het. En toen het bergafwaarts ging met de Leeuwenhof, hadden we het te druk met het dichten van het ene gat na het andere.' Ze keek me aan. 'Je moeder heeft een goed zakelijk inzicht, maar ze heeft geen echte affiniteit met paarden. Als ze op de Leeuwenhof was grootgebracht, zou ze in haar rol zijn gegroeid en zou het er anders voor staan. Je moeders wereld is er een van getallen. Maar jij bent anders. Jij bent van hier, je kent de paarden en houdt van ze. Ik ben ervan overtuigd dat jou zal lukken wat Mathilda en mij niet is gelukt.'

'Ik hoop het,' zei ik.

'Nee, het gaat je lukken,' zei oma en ze legde haar hand op mijn arm. 'Ik weet het zeker. En misschien maak je van ons landgoed wel iets wat nog geen enkele Lejongård voor jou is gelukt.'

's Middags moest ik ook van Jonas afscheid nemen. Ik had hem het liefst niet laten gaan, maar zijn kantoor en zijn agenda vereisten zijn aanwezigheid. Ik vroeg me af hoe lang we dit zouden volhouden. Soms werd ik er een beetje treurig van dat we zo weinig samen konden zijn. Als ik echter weer in zijn armen lag leek alles zo geweldig dat ik vond dat ik me niet zulke zorgen moest maken. Maar ik wist dat deze kwestie eens aan de orde zou komen. Misschien moest een van ons tweeën binnenkort al een besluit nemen.

24

Gedurende het hele jaar zagen we hoe de nieuwe Leeuwenhof gestalte kreeg. In april 1971 werden we aangeschreven door een journalist die een artikel over ons wilde publiceren in een gerenommeerd tijdschrift voor de ruitersport.

'Ik wist niet dat dat mogelijk was,' zei oma verbaasd toen ik haar de brief voorlas. Ze zat weer aan haar schildersezel in de vroegere kamer van Ingmar, met een schilderij van bleekblauwe lelies voor zich. De laatste tijd had ze een voorliefde voor bloemen en stuurde ze me er af en toe op uit om nieuwe voorbeelden te halen.

'Blijkbaar wel,' antwoordde ik. 'Onze noeste arbeid begint vrucht af te werpen. Als we eenmaal in dat tijdschrift staan, zullen we in het hele land bekend zijn. Nou ja, bij degenen die zich interesseren voor de paardensport. Maar dat is al heel wat, vindt u niet?'

Oma knikte en liet haar vingers bijna liefdevol over de brief gaan. 'We moeten zorgen dat alles er tiptop uitziet als die man komt,' zei ze. 'We moeten ons van onze beste kant laten zien.'

'Dat doen we toch altijd.' Ik legde mijn arm om haar heen. Het ging de laatste weken niet zo goed met haar. Haar lichaam leek steeds brozer te worden, alsof het versleten was. Als ze al liep, dan alleen nog heel voorzichtig en met een stok, want ze was erg bang om te vallen en haar heup te breken. Op sommige dagen lukte het haar niet de trap af te komen.

Ik vroeg me wel eens af of ze het paardrijden niet miste. Als jonge vrouw was ze er vaak te paard op uitgegaan. Ik herinnerde me uit mijn jeugd dat ze toen nog reed. Maar later was ze ermee opgehouden. Toch bespeurde ik nog altijd een zeker verlangen in haar blik als ze naar de paardenweiden keek. Zou ze wensen nog eenmaal jong te zijn? Wat had ik haar wens graag willen vervullen!

De journalist kwam een paar dagen later langs en maakte foto's van het hele complex. Ook van de bouwplaats. Toen hij zei eraan te twijfelen of een paardenkliniek midden op het platteland rendabel zou zijn, antwoordde ik: 'Waar anders? In de stad zijn al heel veel dierenartsen en hier hebben we de mogelijkheid tot specialisatie. U hebt geen idee hoeveel problemen de boerenbedrijven hier in de regio met hun dieren hebben. Onze focus zal weliswaar op paarden liggen, maar we gaan ook rundvee, schapen en andere boerderijdieren behandelen.'

Na een interview waarbij er drie kannen koffie doorheen gingen, reed hij weer weg met de belofte dat hij me een exemplaar van het tijdschrift zou laten sturen. Ik was heel benieuwd. Wat zouden de lezers ervan vinden?

Ik belde Jonas om hem erover te vertellen. Nu de voorbereidingen voor de deelname van de Zweedse ploeg aan de Olympische Spelen in volle gang waren, zagen we elkaar maar zelden. Onze regelmatige telefoongesprekken konden niet op tegen zijn fysieke aanwezigheid. Als mijn verlangen al te hevig werd, reed ik naar Stockholm, zodat ik ten minste een paar uurtjes of een weekend met hem kon doorbrengen.

'Soms had ik het gevoel,' vertelde ik hem nu, 'dat die verslaggever niet wilde geloven dat een vrouw in staat is het landgoed tot een succes te maken. Vreemd dat sommige mannen nog steeds zo denken. Mijn oma maakte dit soort gesprekken al mee.'

'Sommige mensen hebben moeite om te veranderen,' zei Jonas zuchtend. 'Vaders geven hun meningen door aan hun zoons en die weer aan de hunne. Wat kun je eraan doen?'

'Dan heb ik geluk dat jij mij er wel toe in staat acht.'

'Ik heb een rotsvast vertrouwen in je kunnen,' zei hij en toen vroeg hij: 'Wanneer zien we elkaar weer?'

'Dat wordt helaas volgende week.'

'Dan pas? Ik dacht dat we je succes misschien een beetje konden vieren.'

'Ik heb vrijdag een belangrijke afspraak.' Ik zuchtte. Wat had ik hem graag weer bij me gehad.

'En als ik naar jou toe kom? Je hebt toch een leuk huisje aan zee? Dat zou ik heel graag eens zien.'

'En ik zou het je ook graag laten zien,' zei ik en ik kreeg een warm gevoel vanbinnen. 'Maar mijn ouders zijn een weekje weg en ik wil oma niet graag alleen laten. De week na mijn verjaardag misschien? Dan maken we er samen een feestje van.'

'Ach ja, ik wist dat er iets was,' grapte Jonas. 'Ik zal helaas niet op de dag zelf kunnen komen, omdat ik naar Londen moet, maar de week erna klinkt prima.'

'Daar ben ik blij om. Al ben ik een beetje verdrietig dat je dan niet hier kunt zijn.' Tot nog toe was hij elk jaar op mijn verjaardag naar de Leeuwenhof gekomen. Dan gingen we samen feestelijk uit eten in Kristianstad, waarna we de avond met hartstochtelijke omhelzingen en kussen hadden uitgeluid. Hij gaf me dan altijd een cadeautje, het afgelopen jaar waren het diamanten oorknopjes geweest.

Dat hij dit jaar niet kon komen had er wel in gezeten, want hij was de laatste tijd heel vaak op pad, ook in opdracht van het Zweedse Olympisch Comité. Ik miste hem vreselijk.

'Ik maak het weer goed, dat beloof ik,' zei hij. 'Ik bedenk iets heel moois voor je. En dan vertel ik je alles over Londen en de modezaak waarvoor ik een reclamecampagne moet opzetten. Een jong stel, allebei modeontwerper, wil een nieuw label in de markt zetten. Ik moet ze op weg helpen.'

'Misschien hebben ze wel een paar samples voor je.'

'Daar laat ik me nog niet over uit.'

'Dus je gaat wel proberen iets voor mij mee te krijgen?'

'Ja, maar ik kan niets beloven. Bovendien heeft de vrouw die de Leeuwenhof leidt toch zeker een kast vol kleren.'

'Een vrouw heeft nooit genoeg kleren,' antwoordde ik. 'En dat is geen uitspraak van mijn oma.'

‘Maar wel een mooie spreuk voor een reclamecampagne. Mag ik hem gebruiken?’

‘Als ik er goed voor word betaald,’ grapte ik. Ach, kon hij maar hier zijn – of ik bij hem!

‘Ik merk dat je inmiddels hebt begrepen hoe je zaken moet doen, gefeliciteerd!’

‘Ik sta op het punt de avondschool af te ronden, dus steek maar niet de draak met me!’

‘Dat zou ik niet durven.’ Hij liet een korte stilte vallen en zei toen: ‘Weet je eigenlijk hoeveel ik van je hou?’

‘Jawel,’ zei ik. ‘Het zou alleen fijn zijn als je weer eens de daad bij het woord kon voegen.’

‘Binnenkort doe ik dat, beloofd. Dan hebben we de tijd helemaal aan onszelf.’

‘En hebben we het strandhuis helemaal voor ons alleen.’ Ik dacht terug aan de vakanties die we daar hadden doorgebracht.

‘Ik verheug me er al op. En het meest op jou. Maar nu moet ik helaas ophangen. Het spijt me.’

‘Geeft niet,’ zei ik. ‘Pas goed op jezelf en bel me als je terug bent.’

‘O, maar ik bel je beslist al veel eerder.’ Hij stuurde me een kus door de hoorn en hing op.

Inderdaad pakte ik ruim een week later mijn koffer voor de vakantie met Jonas in Åhus. Ik verheugde me erop het mooie stadje met zijn oude huizen in fleurige tinten terug te zien. Iemand uit de grote stad zou niet onder de indruk zijn van het gele gemeentehuis en de oude handelskantoren, maar ik stelde me graag voor hoe het hier vroeger was geweest, toen deze huizen werden gebouwd.

In dit jaargetijde stonden de tuinen en de plantjes voor de vensters in volle bloei. Naast de kotters die het hele jaar door uitvoeren op de Oostzee, zouden er talrijke boten, terug uit de winterstalling, liggen te schommelen aan de steigers van het haventje. Ons strandhuis was eenvoudig in vergelijking met de mondaine villa’s die in een lange rij langs de kust stonden, maar het deed er niet voor onder. Mijn hart maakte een sprongetje bij de gedachte dat ik Jonas de plek zou laten zien die me als kind tijdens onze zomervakanties zo dierbaar was geworden.

Gedurende mijn afwezigheid zouden mijn ouders de zaken op het landgoed waarnemen.

'Geniet van jullie vrije tijd,' zei mijn vader. 'En probeer niet aan het landgoed te denken. Hier gaat alles zijn gangetje. Als er iets bijzonders gebeurt, kunnen we je altijd in het strandhuis bereiken.'

Jonas kwam heel vroeg in de ochtend aan, bij zonsopkomst. Hij moest de avond tevoren al zijn vertrokken. Ik had hem iets later verwacht, maar was blij hem eindelijk te zien en rende naar buiten.

'Ben je al wakker?' vroeg hij verbaasd. 'Ik wilde eigenlijk stiekem bij je in bed kruipen.'

'Mijn ouders zijn hier. Je zou echt niet ongemerkt het huis binnen zijn gekomen.'

'Weet je het zeker?' vroeg hij en hij trok me in zijn armen. 'Ik kan heel zachtjes doen als ik wil.'

Hij kuste me hartstochtelijk en even kwam ik in de verleiding hem mee naar boven te nemen. Mijn familie wist immers van mijn relatie met Jonas. Mijn moeder maakte echter af en toe opmerkingen die erop neerkwamen dat we misschien binnenkort maar eens moesten trouwen. Ik wilde geen olie op het vuur gooien.

'We hebben straks in het strandhuis genoeg tijd samen,' zei ik. 'Je zou me nu even met de proviand kunnen helpen. Mevrouw Johannsen lijkt te denken dat we een maand in Åhus blijven, als je ziet wat ze allemaal heeft klaargemaakt.'

'Goeie genade, dan moet ik een nieuw pak kopen,' lachte Jonas. 'Maar ik help graag mee.'

In de keuken stonden al twee grote manden met fruit klaar, trommels vol koekjes en cake en ook nog een stapel belegde broodjes. Het was alsof we onderweg nog een wagonlading studenten zouden oppikken. Jonas leek hetzelfde te denken, maar hij paste er wel voor op zoiets tegen onze kokkin te zeggen.

'Ik hoop dat het genoeg is,' zei mevrouw Johannsen. 'Jullie zijn veel te mager. Bovendien zal de koelkast in het strandhuis leeg zijn en als je zo'n reis achter de rug hebt, moet je goed eten. Voor zover ik weet is er daar alleen maar een kleine supermarkt.'

Ik hield mijn lachen in. De supermarkten hier waren niet groter en we moesten vrij ver rijden voor onze boodschappen. Het was maar goed dat mijn vader die bestelwagen had.

'We waarderen de moeite die u hebt gedaan enorm,' zei ik en ik duwde Jonas een van de manden in de hand en nam zelf de andere.

'Hiermee kunnen we een hele compagnie te eten geven,' merkte Jonas op toen we naar de auto liepen. 'Of het hele kantoorgebouw waar ik werk.'

'Omrijden via Stockholm zou veel te veel tijd kosten,' zei ik. 'We zullen er wel iets op vinden, het meeste bederft niet zo gauw. Mevrouw Johannsens koekjes zijn na een week nog eetbaar.'

'Ik wilde je eigenlijk mee uit eten nemen. In Åhus zijn vast wel een paar goede restaurants.'

'Dat hangt ervan af,' zei ik. 'Als je het niveau van Stockholm verwacht, wordt het lastig, maar er zijn wel leuke tentjes en er is heel veel vis.'

'Dat lijkt me prima. Ik ben dan misschien verwend, maar eigenlijk hou ik erg van het eenvoudige leven.' Hij boog zich naar me toe en kuste me. 'Bovendien heb ik alleen jou nodig om gelukkig te zijn. Het eten komt op de tweede plaats.'

We laadden de proviand in de auto en Jonas haalde mijn koffer. Hij verbaasde zich dat ik zo weinig had ingepakt. 'Normaal nemen vrouwen toch veel meer mee?'

'Andere vrouwen misschien wel, maar ik weet precies wat ik in het strandhuis nodig heb. Je hebt toch wel een zwembroek bij je?'

Jonas grijnsde. 'Ik dacht het eens in adamskostuum te proberen.'

'Waag het eens!' riep ik uit, hoewel ik wist dat hij een grapje maakte. 'Oma zou me nooit op stap laten gaan met een man die geen zwembroek bij zich heeft!'

'Controleert ze dan eerst mijn koffer?' vroeg hij lachend.

'Wie weet. Ik ga even naar haar toe om te vragen wat ze ervan vindt.' Daarop verdween ik naar binnen.

'Jonas is er dus al?' vroeg moeder, die juist de trap af kwam.

'Ja, hij is net aangekomen.'

'Hebben jullie de proviand gezien?'

'Ja, mevrouw Johannsen denkt dat we een poolexpeditie gaan maken. Ze heeft al bontjassen voor ons klaargelegd.'

'Je maakt een grapje.'

Ik schoot in de lach. Zo gelukkig als op dat moment had ik me lang niet meer gevoeld. 'Natuurlijk, mama, wat dacht je dan?'

Ik liep naar boven en klopte aan bij oma's kamer. 'Mormor, bent u al wakker?'

'Wie is daar?' klonk een slaperige stem van achter de deur. Ik had haar blijkbaar wakker gemaakt.

'Solveig,' antwoordde ik. 'Ik wilde u voor ik vertrek nog even zien.'

'Waar wacht je op, kom toch binnen!'

Toen ik de kamer in liep, ging oma al in bed overeind zitten. Ik vroeg me af waarom ze nooit een ander bed had aangeschaft. Het oude tweepersoonsbed, waarin haar ouders en grootouders nog hadden geslapen, was erg oncomfortabel en hard. Wat had ik graag een moderne matras voor haar gekocht, maar ze weigerde het meubelstuk weg te doen.

'Is je aanbidder er al?'

'Net aangekomen. Ik vind het spannend. Het is voor het eerst dat we een hele week samen doorbrengen.'

'Waarom hebben jullie nog niet eerder een reisje gemaakt? Jullie zijn zo aan elkaar verknocht.'

'Dat weet u toch, vanwege ons werk,' zei ik. 'Ik ben des te blijer dat het er nu van komt.'

'Misschien is dit wel een uitgelezen gelegenheid om eindelijk spijkers met koppen te slaan,' zei ze, na enig nadenken.

'We hebben het nog niet over trouwen gehad,' zei ik. 'We willen rustig aan doen.'

'Hoe lang zijn jullie nu al samen?'

'Bijna twee jaar. Maar in het begin was het niet heel serieus.'

'En nu? Is het nu wel serieus?'

'Dat zou best kunnen.'

'Dan moet je misschien eens luisteren naar wat hij zegt. Toen ik jong was heb ik een hele poos gedacht dat ik het wel zonder man aan mijn zijde zou redden. Maar met Lennard naast me werd mijn leven beter. Ik heb de indruk dat Jonas net zo'n goede man is als Lennard.'

'Die indruk heb ik ook – hoewel ik grootvader nooit heb gekend.'

'Hij was een heel lieve, attente man. Niet mijn grote liefde op het eerste gezicht, maar wel iemand die ik voor altijd in mijn hart heb gesloten. Toen het slecht met me ging, was hij er voor me, hij heeft me altijd gesteund en liefgehad. Kun jij dat van jouw Jonas ook zeggen?'

'Ik denk het wel. Hij heeft ons natuurlijk erg geholpen.'

'Dat heeft hij omwille van jou gedaan. In dat opzicht heeft hij veel weg van je grootvader. Al hebben ze uiterlijk niet veel gemeen.'

Ik kende het portret van mijn grootvader en moest dit beamen.

'Ik denk dat ik me laat verrassen,' zei ik. 'Ik wil het eerst maar eens een poosje gezellig met hem hebben. Zo kunnen we zien of we het langer dan een weekend met elkaar uithouden.'

'Dat zal jullie zeker lukken.' Oma stak haar armen naar me uit. 'Doe voorzichtig.'

'Zodra we zijn aangekomen bel ik naar huis.' Ik kuste oma en maakte me los uit haar omhelzing.

'Dus jullie ontbijten niet mee?' vroeg ze.

'Nee, we gaan zo weg. Mevrouw Johannsen heeft ons genoeg proviand meegegeven, dus we zullen niet verhongeren.'

'Ja, wat zou er van ons worden zonder die goede ziel.'

Ik ging naar beneden. Mijn ouders hadden Jonas ondertussen door de mangel gehaald. Toen hij me zag keek hij opgelucht. Hij was niet meer gewend aan ouderlijke bezorgdheid.

'Heb je afscheid van oma genomen?' vroeg moeder.

'Natuurlijk. Ik heb haar beloofd te bellen zodra we zijn aangekomen.'

'Dat zal ze erg waarderen!'

Daarop liepen we naar buiten. 'Rij voorzichtig,' drukte moeder ons op het hart. Ze omhelsde me en gaf Jonas een hand. Nadat ik ook afscheid van vader had genomen stapte ik in de auto.

Dankzij het vroege uur kwamen we nog voor de spits in Åhus aan. Jonas had de kap van zijn cabrio neergeklapt en zo konden we het ruisen van de zee duidelijk horen. Jonas reed zo dicht mogelijk bij het strand.

'Als je dit zo ziet, zou je wensen een kampeeruitrusting bij je te hebben.'

'Geloof me maar, in het strandhuis is het veel fijner. En het regent niet in, zoals bij een tent.'

'Je bent verwend.'

'Nee, ik hou niet van onhygiënische toestanden,' zei ik en ik vlijde me tegen zijn schouder. Het uitzicht op de golven die traag tegen de oever klotsten werkte rustgevend op mijn ziel en zuiverend op mijn geest.

'Wat zou je ervan denken om over een tijdje een reisje naar Marseille te maken?' vroeg Jonas. 'Je bent toch nog nooit aan de Middellandse Zee geweest?'

'Nee, nog nooit,' antwoordde ik. 'Dat zou geweldig zijn. Ik moet dan wel kijken hoe ik het met de hoeve doe. Ik kan oma niet meer alleen laten en mijn ouders kunnen op Ekberg niet gemist worden.'

'Misschien moet je een assistente aannemen. Of dienstmeisjes, net als vroeger.'

'Dienstmeisjes zijn duur, een assistente ook.'

'Er komt een dag dat je niet meer zonder personeel kunt.'

'Er komt een dag dat de Leeuwenhof weer zo befaamd is dat we ons personeel kunnen veroorloven. Maar nu hebben de bouwplannen prioriteit.'

'Toch zou een assistente beslist een goede investering zijn. Zij zou het bedrijf kunnen waarnemen als jij met mij op een jacht de Middellandse Zee doorkruist.'

'Wacht eerst maar af of je het deze ene week met me uithoudt.'

'O, maar daar twijfel ik niet aan,' zei hij en hij kuste me.

Ik liet het idee van een assistente even tot me doordringen en zei toen: 'Ik zal erover denken. Maar nu gaan we naar het huisje en laten we de zaken voor wat ze zijn. Het is voor het eerst dat we zo'n lange tijd samen hebben.'

'Daar heb je gelijk in,' zei hij en hij startte de motor.

Het strandhuis was sinds ons laatste verblijf nauwelijks veranderd. Een echtpaar uit de buurt hield er toezicht op en als tegenprestatie mochten hun kinderen er hun vakantie doorbrengen. Terwijl ik de ramen openzette om frisse lucht binnen te laten, besefte ik hoe zelden we hier eigenlijk waren. Het idee om een assistente in dienst te nemen begon me steeds beter te bevallen.

Nadat we vlug iets hadden gegeten, pakten we onze koffers uit en installeerden we ons.

'Jullie zouden dit huis heel goed als vakantieverblijf kunnen verhuren,' zei Jonas. 'Ik had niet verwacht dat het zo groot zou zijn.'

'Ik denk niet dat ik daar iets voor voel. Als vrienden of kennissen me vragen of ze hier mogen logeren vind ik dat best, maar ik krijg het niet over mijn hart het te verhuren. Het is het toevluchtsoord van onze familie. Ik weet dat we er veel te weinig gebruik van maken, maar het is fijn te weten dat dit plekje er is.'

'En in welke slaapkamer gaan we de nacht doorbrengen?'

'Ik denk dat we dat even moeten uitproberen,' antwoordde ik. Mijn lichaam begon aangenaam te kriebelen en ik voelde dat Jonas net zo veel zin in mij had als ik in hem. Ik pakte zijn hand en voegde eraan toe: 'Ik weet precies hoe we erachter kunnen komen wat de beste kamer is.' En daarmee trok ik hem mee de trap op.

We bedreven de liefde met op de achtergrond het ruisen van de zee en lagen naderhand dicht tegen elkaar aan op het bed van het uitzicht te genieten.

'Heb je eigenlijk ooit met de gedachte gespeeld te trouwen?' vroeg Jonas, terwijl hij mijn schouder streelde.

'Ik ben verloofd geweest,' antwoordde ik. Ik voelde een lichte naklank van droefheid door me heen gaan, maar die verdween weer snel.

'Dat bedoel ik niet. Ik bedoel of je met de gedachte hebt gespeeld met míj te trouwen,' verduidelijkte hij.

'Jazeker,' biechtte ik op. 'Maar hoe zou dat moeten gaan? Ik woon op de Leeuwenhof en jij in Stockholm. We kunnen geen van beiden ons bedrijf zomaar opgeven.'

'Ach, in de huidige tijd zijn er wel wat mogelijkheden. Ik zou mijn kantoor kunnen verplaatsen naar de Leeuwenhof. Dat zou een heel exclusief vestigingsadres zijn.'

'En je klanten in Stockholm dan?'

'Die zijn dan gewoon wat langer onderweg.'

'En je overzeese klanten? Kristianstad heeft wel een vliegveld, maar er wordt alleen op Stockholm gevlogen.'

'Prima toch!' zei hij. Hij keek me aan. 'Als ik maar bij jou kan zijn neem ik alles voor lief.'

'Dat geldt ook voor mij.' Ik keek naar Jonas. Hij was alles wat ik me kon wensen. Hij zag er goed uit, was verstandig, liet me vrij. Dat we zo ver uit elkaar woonden was een oplosbaar probleem. Waarom dus niet?

Ik kroop tegen hem aan en probeerde me nu even met niets anders bezig te houden dan zijn warmte en het gevoel van zijn huid tegen de mijne. De rest zou wel goedkomen.

Toen ik de volgende ochtend wakker werd, was de plek naast me leeg. Jonas moest al een poosje eerder zijn opgestaan, want het laken voelde koud aan. Ik keek om me heen. De kamer werd verlicht door heldere zonnestralen. Hoe laat zou het zijn? Had ik me verslapen en had Jonas me niet willen wekken? Had hij een wandelingetje willen maken?

Ik draaide me om en legde mijn gezicht op zijn kussen om zijn geur op te snuiven. Toen stond ik op en pakte mijn badjas. 'Jonas?' riep ik van boven aan de trap. Maar ik kreeg geen antwoord. Hij moest inderdaad zijn weggegaan. Misschien had hij een ontbijt in bed gepland? Dan zou het misschien geen gek idee zijn om hem geurend naar rozen te ontvangen.

Ik liep naar de badkamer en nam een douche, bracht daarna

een vleugje van mijn lievelingsparfum met licht rozenaroma aan en ging weer naar de slaapkamer. Nog altijd geen Jonas.

Dat maakte me een beetje onrustig. Hij had eigenlijk allang terug moeten zijn als hij naar de bakker was geweest...

Ik trok mijn witte zomerjurk aan, draaide mijn haar in een knot en liep naar beneden.

Eigenlijk had ik verwacht een dienblad te zien of op zijn minst een gedekte tafel. Maar het tafelblad was leeg. Er lag alleen een witte envelop met het opschrift 'Solveig'.

Ik keek er verbaasd naar en maakte hem toen open. Wat had dit te betekenen?

In de envelop zat een velletje papier. Ik vouwde het open en zag er maar één enkel woord op staan: 'Marina'.

Marina? Het eerste wat bij me opkwam was de vrouwennaam, maar toen ging me een licht op: Jonas bedoelde de aanlegsteigers in de haven.

Ik bleef even kijken naar zijn handschrift, schoof toen het briefje weer in de envelop en liep vlug naar de deur om mijn schoenen aan te schieten. Er was geen twijfel mogelijk, Jonas wilde me in de jachthaven ontmoeten.

Ik ging naar buiten en volgde het weggetje naar het strand. We hadden een paar jaar eerder kleine zwerfkeien langs de randen laten leggen. Ik voelde me een beetje als Dorothy op weg naar de tovenaar van Oz. Alleen, waar waren mijn leeuw, mijn blikken man en de vogelverschrikker?

Snel passeerde ik enkele wandelaars, die blootsvoets door het zand stapten. Ten slotte kwam de haven in zicht. De kruidige geur van zout en vis nam ik slechts terloops waar, want mijn hart bonsde van opwinding. Wat voor verrassing zou Jonas in petto hebben?

Aangekomen bij de jachthaven keek ik reikhalzend naar hem uit, maar hij was nergens te bekennen. Alles zag eruit zoals anders. De boten dobberden eensgezind op het water. Een paar mannen die proviand in een van de grotere motorboten laadden, keken mijn kant op.

Ik liep door over de steiger, bijna wanhopig, omdat Jonas zich nergens liet zien. Opeens bleef ik staan.

Bijna was het me ontgaan dat er achter een klein jacht een met roze rozen versierd bootje lag vastgemeerd.

Ik keek opzij. Was dat het werk van Jonas? Het kon zijn dat nog iemand anders hier een romantisch boottochtje had gepland...

'Ik begon al te denken dat je niet zou komen,' klonk een stem achter me. Ik had geen idee waar Jonas zo opeens vandaan kwam.

Ik draaide me om. 'Hé, achtervolg je me soms?'

'Al een tijdje, ja. Ik wist niet hoe lang je zou uitslapen. Je sliep heel vast.'

'Na gisteravond is dat ook geen wonder.'

Hij kuste me en we keken elkaar even diep in de ogen. 'En, ben je er klaar voor?' vroeg hij.

'Waarvoor?'

'Daarvoor.' Hij wees naar het bootje. 'Ik heb het een oude visser voor vandaag weten af te troggelen. En die aardige vrouw in de bloemenwinkel op het marktplein was zo vriendelijk me alle roze rozen te laten meenemen die ze had.'

'Dan is dat bootje dus van ons?'

'Ja, wie dacht je dat er anders nog op het idee kwam zijn vriendin te verrassen met een romantisch roeitochtje? Ik vond dat we van vandaag iets bijzonders moesten maken.'

Hij hielp me de boot in, stapte toen zelf in en maakte hem los. Met krachtige slagen roeide hij weg.

'Zal ik je straks aflossen?' vroeg ik, maar hij schudde zijn hoofd.

'Nee hoor, dat hoeft niet. Leun lekker achterover en geniet van het tochtje.'

Dat probeerde ik, maar er buitelden alle mogelijke opwindende gedachten door mijn hoofd. Was dit de verlate verrassing voor mijn verjaardag? Tot nu had hij me nog geen cadeau gegeven, dus het zou goed kunnen...

We voeren een tijdje vlak langs de kust. Af en toe kwamen we andere bootjes tegen, waarvan de inzittenden ons enigszins verbaasd bekeken.

'Waarom heb je geen motorbootje gehuurd?' vroeg ik.

'Ik dacht dat je van ouderwets hield,' antwoordde hij glimlachend, waarop ik hem een tik op zijn knie gaf. 'Nee, even serieus,' ging hij verder. 'Ik wilde het zelf graag. Dit is toch veel leuker dan in een sputterende boot te zitten waarin je elkaar niet kunt verstaan. Zo nu en dan weet zelfs ik het oude te waarderen.'

Ik keek naar hem en voelde mijn hart overstromen van geluk. Waarom hadden we niet vaker de gelegenheid zoiets te doen?

We stopten bij een plekje aan de oever dat enigszins uit het zicht lag. Er stonden dichte wilde rozenstruiken, waarvan de knoppen nog niet waren opengegaan. Een wilg liet zijn takken in het water hangen als het haar van een waternimf die op het strand was gaan zitten.

Er stond geen picknickmand in de boot, maar ik had zo'n idee dat Jonas wel iets had geregeld. Hij legde de boot vast aan een van de bomen, trok zijn broekspijpen op en sprong in het ondiepe water.

Ik wilde hem juist volgen toen hij zijn armen om me heen sloeg. 'Geen sprake van!' zei hij. 'Een koningin dient aan land te worden gedragen.'

'Ik ben maar een gravin,' protesteerde ik terwijl hij me optilde en ik mijn armen om zijn hals legde.

'Dat is niet van belang, je bent immers de koningin van mijn hart.' We kusten elkaar en tegen zijn schouder gevlijd liet ik me aan land dragen. Maar toen we weer vaste voet aan de grond hadden, zette hij me nog steeds niet neer. Hij droeg me nog een stuk verder, tot we ten slotte bij een grote plaid aankwamen, die omzoomd was met rozen.

Ik was overweldigd. Al die rozen! En daarnaast stond een grote bruine picknickmand, ook met een boeketje rozen eraan.

'Goeie genade!' Ik blies de adem uit die ik van verbazing had ingehouden. 'Wat een boel rozen!'

'Ik zei toch dat ik de winkel had leeggekocht.'

'En dat heb je allemaal vanochtend voorbereid?'

'Vind je het leuk?' vroeg hij met de glimlach van een man die aanvoelt de juiste snaar te hebben getroffen.

'Ja,' antwoordde ik. 'Ja, het is schitterend! Dit is de mooiste verrassing die ik ooit voor mijn verjaardag heb gekregen.'

Jonas gniffelde. 'Ik had vannacht een droom,' zei hij. 'Het idee stond me wel aan en daarom dacht ik, ik laat hem uitkomen.'

Ik wilde net op de plaid gaan zitten toen hij zei: 'Wacht even.'

Ik trok mijn wenkbrauwen op. 'Heb je soms ook nog met rozen geborduurde zitkussens?'

'Iets veel beters,' was zijn antwoord en hij pakte iets uit zijn broekzak. Het had de vorm van een dobbelsteen. Was dat mijn verjaardagscadeau?

Toen knielde hij voor me neer.

'Solveig Lejongård, liefde van mijn leven. Woorden schieten tekort om je te zeggen hoe gelukkig je me maakt sinds de dag dat je op mijn voorstel bent ingegaan. Mijn eerste en laatste gedachte van elke dag draaien om jou. En heel wat andere gedachten ook. Je hebt zonneschijn in mijn leven gebracht en gevoelens die ik nog niet kende. Daarom vraag ik je: wil je mijn vrouw worden?' Met die woorden klapte hij het doosje open.

Even had ik het gevoel dat de bodem onder mijn voeten begon te golven, maar toen werd ik overspoeld door geluk.

'Ja! Ja, dat wil ik.'

Ik viel op mijn knieën, trok hem in mijn armen en kuste hem. 'Ik hou van je.' Tranen van geluk biggelden over mijn wangen. 'Ik hou zo veel van je.'

'Ik hou ook van jou. En op dit moment is er op de hele wereld geen gelukkiger man dan ik.'

25

Nog dagen na de picknick op de plaid met de rozen was ik in de zevende hemel. Ik gloeide van geluk en als het opeens was gaan regenen, had ik lachend mijn schouders opgehaald. Maar de zon bleef en scheen neer op ons geluk.

We genoten van een vakantie vol liefde, lekker eten en lange strandwandelingen. Zittend op de veranda van het huis smeedden we toekomstplannen zonder nog goed te weten hoe we onze levens moesten samenvoegen. Maar dat zou ons zeker lukken. Ik had mijn verlovingsring aan mijn vinger, ik was de gelukkigste vrouw op aarde en de rest zou wel goedkomen. Trots bekeek ik de sierlijke inscriptie en het schitterende diamantje erop. Ik had nog nooit zo'n mooie ring gezien.

Even had ik overwogen meteen naar huis te bellen om mijn ouders en mormor het goede nieuws te vertellen, maar ik besloot het niet te doen. Er zou in het weekend genoeg tijd zijn om het er uitgebreid over te hebben. Jonas moest zondag weliswaar weer terug naar Stockholm, maar hij had beloofd zaterdag nog te blijven en mijn ouders heel netjes om mijn hand te vragen. Ik wist zeker dat ze blij zouden zijn, want ze mochten hem graag, maar het aanzoek zou hen wel verrassen.

Gedurende de hele reis naar huis bleef mijn hart van spanning sneller kloppen. En het werd alleen maar erger toen we in de buurt van ons landgoed kwamen. Jonas merkte dat natuurlijk.

'Maak je geen zorgen, ik zal me tegenover je ouders als een echte gentleman gedragen,' zei hij. 'Hoewel ik moet zeggen dat ik het zelf ook spannend vind. Het is immers voor het eerst dat ik om de hand van een vrouw vraag. Als het niet helemaal perfect gaat...'

Ik raakte zachtjes zijn arm aan. 'Ik ben ervan overtuigd dat het wel perfect gaat. Maak je niet druk.'

'En dat komt van de vrouw die al urenlang nauwelijks iets zegt en zo bang door de voorruit kijkt dat je zou denken dat we op een storm afstevenen.'

'Ik ben niet bang,' protesteerde ik. 'Ik probeer me gewoon voor te stellen hoe het zal verlopen.'

'Denk je dat je ouders me zouden kunnen afwijzen?'

Ik schudde mijn hoofd. 'Nee, alleen...' Ik dacht even na en zei: 'Nee, niks aan de hand. Ik ben gewoon zenuwachtig. We gaan toch trouwen!'

Jonas pakte mijn hand, bracht hem naar zijn lippen en kuste hem. 'Dat gaan we zeker doen.'

'Je kunt zo reclame maken voor een reisgids,' merkte mijn moeder op toen ze ons bij de deur tegemoetkwam. 'Ik had geen idee dat het zo zonnig was in Åhus.'

'We hebben geboft met het weer.' Ik omhelsde haar. 'We konden dus veel naar buiten.'

'Het strandhuis is echt prachtig,' zei Jonas. Hij gaf moeder een hand.

'Waar zijn vader en oma?' vroeg ik terwijl ik over haar schouder naar binnen keek.

'Binnen. Hoezo?'

'We hebben jullie iets belangrijks te vertellen.'

Moeder trok haar wenkbrauwen op.

'Kunnen we straks misschien even ergens bij elkaar gaan zitten?'

'Natuurlijk.' Het ontging me niet dat moeder enigszins bezorgd klonk. 'Maar het kan ook wel nu meteen. Ik laat het Agneta en Paul even weten.'

'In de salon?' vroeg ik bevend, waarop ze knikte en zich omdraaide.

Mijn knieën begaven het bijna. Paniekerig pakte ik Jonas' hand.

Hij leek ongelofelijk kalm, hoewel hij vast ook zenuwachtig was.

'Het komt wel goed,' zei hij met een opbeurend glimlachje. 'Niet bang zijn, ik ben bij je.'

Ik had moeder graag meteen verteld over het geweldige aanzoek dat hij had gedaan, maar dat moest nog even wachten. Als ouders om de hand van hun dochter moest worden gevraagd, kon je immers niet met de deur in huis vallen en laten weten dat de bruid al 'ja' had gezegd.

Even later kwamen ze binnen: mijn vader en mijn moeder, in gezelschap van mijn oma. Ze zagen er alle drie een beetje ongerust uit. Wat dachten ze dat er stond te gebeuren?

We liepen naar de salon en gingen zitten, alleen Jonas bleef staan. Ik keek hem verwachtingsvol aan.

'Gravin Lejongård, mevrouw en meneer Lejongård,' begon hij. 'Ik moet zeggen dat ik wel wat nerveus ben, ook al is het misschien niet te zien, want dit is een belangrijk moment in mijn leven.' Hij haalde diep adem, schraapte zijn keel en vervolgde: 'Ik hou van uw dochter en zij houdt van mij. We zijn al een tijd samen en we zijn ervan overtuigd dat we ook de rest van ons leven samen willen doorbrengen. Om die reden zou ik u graag om de hand van uw dochter, respectievelijk uw kleindochter, willen vragen.'

Mijn ouders en mormor staarden hem aan. Ze hadden hier kennelijk nog minder rekening mee gehouden dan ik een paar dagen geleden.

'Eindelijk!' riep oma opeens uit.

In de ogen van mijn moeder welden tranen op en mijn vader stond op. 'Ik neem aan dat u mijn dochter al hebt gevraagd?'

Jonas keek me aan.

'Ja, papa,' antwoordde ik. 'Dat heeft hij gedaan. Het was een sprookjesachtig mooi aanzoek.'

'En, wil je met hem trouwen?'

'Ja!' antwoordde ik onmiddellijk. 'Ja, dat wil ik.'

Vader keek naar moeder. Eigenlijk was zij de spraakzaamste van hen beiden, maar ze leek nu met stomheid geslagen. De tranen liepen haar over de wangen, terwijl haar mond breed glimlachte.

‘Dan zou ik zeggen: welkom in de familie!’ Met deze woorden pakte mijn vader Jonas’ hand en trok hem naar zich toe in een stevige omhelzing.

‘Jullie verloving moet officieel bekendgemaakt worden,’ merkte oma op nadat ze ons beiden geluk had gewenst en mij lang in haar armen had gehouden. ‘Daarvan zijn jullie je wel bewust, nietwaar?’

‘Natuurlijk,’ antwoordde ik.

‘En jullie weten ook wel dat je niet zomaar op stel en sprong kunt trouwen.’

‘Bedoelt u dat hij me niet mag schaken?’

Oma glimlachte. ‘We zijn tenslotte een vooraanstaande familie. We zullen voorbereidingen moeten treffen.’

‘Vanzelfsprekend, gravin Lejongård,’ zei Jonas. ‘We gaan overal mee akkoord. En we beloven dat we er niet stiekem vandoor gaan.’

‘Dat stelt me gerust,’ zei oma en ze stond op. ‘We maken er de mooiste bruiloft uit de geschiedenis van de Leeuwenhof van.’ Ze leek wat onvast op haar benen te staan, waarschijnlijk had ze last van reumatiek. Toen ze de kamer uit liep, hernam ze zich en werd haar tred steviger.

Die avond vierden we tot heel laat onze verloving in het Franse restaurantje. Ook de bruiloft kwam aan de orde, het zou een heel groot feest worden, alleen al omdat onze naam in de hele regio bekend was en we bezig waren het landgoed in de oude glorie te herstellen.

’s Nachts waren Jonas en ik eindelijk alleen. Hoewel de dag heel lang was geweest, bedreven we de liefde en lagen we naderhand dromerig naast elkaar. Ik had hem graag verteld dat ik sinds Sörens dood niet meer zo gelukkig was geweest, maar ik wilde het nu niet over mijn vroegere verloofde hebben. Het was nu tijd om vooruit te kijken, al zou ik Sören nooit vergeten.

De volgende ochtend moest ik Jonas na het ontbijt laten gaan. Het werk riep, en Stockholm zou hem nu weer een tijdlang helemaal in beslag nemen.

'Nog even en dan kan niets of niemand ons meer scheiden,' zei hij toen we gearmd naar zijn auto liepen.

'Ook je werk niet?'

'Met mijn werk verdien ik ons levensonderhoud.'

Ik trok mijn wenkbrauwen op. Als ons landgoed zakelijk eenmaal stabiel was, zou dat niet meer nodig zijn. Maar ik wist dat hij aan zijn bedrijf gehecht was en het niet zomaar zou opgeven. Dat hoefde ook niet, want ik wilde dat hij gelukkig was.

'Oké, ik draag bij aan ons levensonderhoud,' corrigeerde hij zichzelf alsof hij mijn gedachten had gelezen. 'Maar ook mijn werk zal me niet al te lang bij jou vandaan kunnen houden.'

'Dat hoop ik van ganser harte.' Ik kuste hem en trok hem stevig tegen me aan. We bleven nog even staan, tot ik hem echt moest loslaten. Het leek of hij een essentieel deel van mijn lichaam en mijn ziel meenam de auto in.

'Ik bel je zodra ik ben aangekomen,' zei hij en hij wierp me nog een kushand toe voordat hij het portier sloot.

Ik keek hem na tot zijn auto uit het zicht was verdwenen en ging naar binnen. Mama was in de eetkamer neuriënd bezig de borden op te stapelen. Blijkbaar was ze net zo blij als ik.

Papa was waarschijnlijk weer aan zijn dagelijkse werkzaamheden gegaan en ook oma was er niet meer. Ik had haar die ochtend wat stilletjes gevonden en daarom ging ik even kijken of ze zich misschien niet goed voelde. Door ons etentje gisteravond hadden we geen gelegenheid gehad elkaar onder vier ogen te spreken.

'Waar is oma?' vroeg ik. Mama hield op met neuriën en keek me glimlachend aan.

'In haar toevluchtsoord, neem ik aan,' antwoordde ze. 'We moeten er straks samen eens voor gaan zitten om het over jullie verlovingsaankondiging te hebben. Ik kan er niet over uit hoe trots ik op jullie ben. Je weet dat ik Sören graag mocht, en hij zou een fijne schoonzoon zijn geweest, maar Jonas is een goede keuze. En hij houdt van je, dat is duidelijk.'

'Ik hou ook van hem. Je had erbij moeten zijn toen hij me zijn aanzoek deed. Overal rozen!'

'Vertel het me straks maar. Ik moet even iets met mevrouw Johannsen bespreken en dan zien we elkaar in de salon, goed?'

'Dat is prima.' Ik gaf mama een kus op haar wang, liep de kamer uit en haastte me de trap op.

Oma was inderdaad in haar atelier. Ze bracht daar zo langzamerhand meer tijd door dan in de salon. Toen ik binnenkwam zat ze naar buiten te kijken. Wat zou er door haar hoofd gaan?

'Goedemorgen, mormor,' zei ik.

Ze maakte moeizaam aanstalten om op te staan, maar ik zei dat ze moest blijven zitten en sloeg mijn armen om haar heen.

'Hij is weer weg, hè?'

Ik knikte. 'Ja, en ik mis hem nu al. Die week met hem was zo heerlijk.'

'Dat geloof ik graag. Maar ik ben blij dat je terug bent, mijn zonnetje. Je ziet er fantastisch uit.'

'Dank u,' zei ik. 'U trouwens ook.'

'Welnee, ik ben een oude vrouw. Niets aan mij ziet er nog fantastisch uit. Maar jij straalt als het ochtendgloren. Zoals het een bruid betaamt.'

'Wat zegt u nou, mormor,' protesteerde ik. 'Een beetje frisse lucht zou u goeddoen, dat is alles. Misschien moet u de volgende keer met me meegaan.'

'Ik vrees dat je daarvoor geen tijd zult hebben.' Ze glimlachte veelbetekenend.

Ik keek haar aan. 'Laten we even een ommetje in de tuin maken. Ik wil u graag vertellen over Jonas' huwelijksaanzoek. En ik heb eigenlijk nog helemaal geen zin om mijn vakantie af te sluiten.' Ik bood oma mijn arm. Ze aarzelde even, maar haakte toen bij me in.

Het warme zomerse weer leek haar goed te doen, want ze liep veel soepeler dan de vorige dag en ook de trap leek geen al te groot probleem te zijn. Beneden kwamen we mijn moeder tegen, die ons verbaasd aankeek.

'Dus vandaag wordt er niet geschilderd?' vroeg ze. 'Ze wilde de hele week met mij de deur niet uit. Maar onze jonge bruid is nog niet terug of...'

‘Ik ben nu eenmaal haar zonnetje,’ zei ik.

‘Tja, ze bleef maar aandringen,’ voegde oma eraan toe. ‘Je dochter is nog erger dan jij!’

‘Maar je bent dol op haar, en dat is het enige wat telt, nietwaar?’ Moeder glimlachte naar mormor en liep weg. Ook over oma’s gezicht gleed een glimlach. Ze keek moeder even na en er verscheen een weemoedige blik in haar ogen. Ten slotte wendde ze zich tot mij.

‘Zo, vertel me dan maar alles over de afgelopen week en je aanbidder. De pikante details mag je voor je houden, maar al het andere wil ik weten.’

We liepen naar het tuinhuisje, dat omringd werd door een zee van wilde bloemen.

‘We hebben het heel fijn gehad in Åhus,’ begon ik, nadat ik een grashalm had geplukt.

‘Geen wonder,’ zei oma. ‘De man van wie je houdt heeft je een aanzoek gedaan. Door zoiets verandert zelfs slecht weer in zonneschijn.’ Ze schoot in de lach en vervolgde: ‘Ik ben zo blij dat je eindelijk iemand hebt gevonden die aandacht voor je heeft.’

‘Ik geloof dat dat wederzijds is. Ik heb ook aandacht voor hem.’

Oma glimlachte en keek naar het grote huis. Waarom leek ze opeens zo ernstig? Gisteren had ze zich zo uitbundig verheugd. ‘Wacht maar niet te lang met de bruiloft,’ zei ze toen. ‘Op mijn leeftijd telt elke dag en ik zou je heel graag nog naar het altaar zien schrijden.’

‘Maakt u zich geen zorgen, mormor, we gaan snel een datum prikken. U weet toch dat er wat voorbereidingen moeten worden getroffen.’

‘Bij mij duurden die voorbereidingen maar een paar weken,’ antwoordde ze met een ondoorgrondelijke glimlach. ‘Maar er was natuurlijk ook geen tijd te verliezen. Als mijn toestand zichtbaar was geworden, was het op een schandaal uitgelopen. Gelukkig zijn de tijden veranderd...’

‘Ja, en daar ben ik blij om. Het maakt het allemaal een stuk makkelijker. Ook al vrees ik dat we voor het feest een flinke greep uit de kas zullen moeten doen.’

'Wees niet krenterig bij je eigen bruiloft,' zei mormor. 'Het is een fantastische belevenis! Je moeder heeft lang moeten wachten op haar happy end. En bij jou komt het zo vlug!'

'Nou, ik hoop dat het niet het einde zal zijn,' grapte ik.

'Nee, het wordt het begin van een geweldige tijd.' Oma zuchtte diep en glimlachte toen. 'Ik kan nauwelijks wachten om mijn achterkleinkinderen te zien.'

'Zover zijn we nog niet!' merkte ik op. 'Eerst gaan we trouwen. Misschien kan ik uw wens van een snelle bruiloft wel vervullen, maar om uw achterkleinkind te zien zult u nog een poosje bij ons moeten blijven.'

'Dat zal ik in elk geval proberen.' Weer dwaalde haar blik af naar het huis. 'Ik had niet verwacht dat het leven me zo rijk zou bedelen. Hou steeds in gedachten: hoe uitzichtloos het soms ook lijkt, het leven heeft altijd nog iets moois voor je in petto. Het kan even duren, maar het komt.' Ze legde haar handen tegen mijn wangen. 'Ik wens je alle geluk van de wereld, mijn lieve Solveig.'

'Dank u, mormor,' zei ik. 'En ik ben ervan overtuigd dat het naar me toe komt. Het is geweldig dat jullie ons allemaal jullie zegen geven.'

Oma lachte fijntjes. 'Wat zouden we dan moeten doen? De liefde vraagt niet om toestemming van de ouderen. Ze leeft in de harten van degenen die liefhebben en hun is het om het even hoe anderen erover denken.'

'Jullie mening is me niet om het even,' protesteerde ik.

'Dat weet ik. Des te beter toch, dat we je jongeman graag mogen?' Ze gaf me een kus op mijn voorhoofd. We bleven nog een tijdje naar de tuin zitten kijken. De wind streek over het gras en de bomen ruisten. Ik had dit moment graag vastgehouden, maar wist dat het onmogelijk was.

26

Die nacht werd ik wakker door heftig geklop op mijn deur. Versuft keek ik naar het raam, in de verwachting dat het al ochtend zou zijn. Maar er heerste nog steeds diepe duisternis.

'Ja,' riep ik en ik probeerde mijn ogen open te houden.

De deur werd opengegooid en er kwam een schaduw de kamer in.

'Solveig, kom vlug!' riep mijn moeder, waarop ze weer verdween, de gang op. Heel even dacht ik dat ik had gedroomd, maar toen besefte ik dat het werkelijkheid was. En dat er iets ergs moest zijn gebeurd. Mijn intuïtie leidde me rechtstreeks naar de slaapkamer van oma. Door een kier bij de deur viel een helder lichtschijnsel. Binnen klonk rumoer. Had ze misschien een terugval gehad?

Toen ik binnenkwam zag ik oma in bed liggen. Haar armen lagen over elkaar op de deken, haar ogen waren gesloten. Op het eerste gezicht leek ze te slapen, maar toen hoorde ik mijn moeder snikken. 'Ik kwam bij haar kijken of alles in orde was,' zei ze. 'En toen merkte ik...' Ze maakte haar zin niet af.

Ik liep om het bed heen en zag toen dat haar borstkas niet meer bewoog. Ik voelde een pijnscheut in mijn hartstreek. 'Mormor,' zei ik en ik pakte haar hand. Die was al heel koud. Geschrokken week ik terug.

'Ze...' Moeder was in tranen. 'Ze moet kort nadat ze in bed was gaan liggen zijn overleden.'

Ik sloeg mijn armen om mijn moeders schouders. Ik kon het nog niet geloven. Oma kon ons toch niet zomaar hebben verlaten!

'We moeten de dokter laten komen,' hoorde ik mezelf zeggen. 'Ik bel hem wel.'

Moeder knikte snikkend. Terwijl ik wegliep voelde ik het langzaam maar zeker tot me doordringen. Oma was gestorven! Zonder laatste woorden had ze de wereld verlaten. In de werkkamer bedwong ik met moeite mijn emoties en draaide toen het nummer. Dokter Hansson nam op en beloofde zo snel mogelijk te komen.

Toen ik de hoorn had neergelegd barstte ik in tranen uit. Oma was er niet meer! Ik had niet eens afscheid kunnen nemen!

Ik liep de werkkamer weer uit en ging terug naar oma's slaapkamer. Vader was er nu ook. Hij hield zich enigszins afzijdig, terwijl moeder naast oma op het bed zat en haar hand vasthield. Huilend liep ik naar haar toe en ging aan de andere kant zitten. Oma lag bleek en stil op het laken en leek steeds meer te krimpen. Het was hartverscheurend haar zo te zien en ik begon luid te snikken en te jammeren. Na een tijdje kwam moeder naar me toe en omhelsde me.

'Ik weet zeker dat ze nu rust heeft,' zei ze. 'En je weet dat ze veel van je hield. Zoals ze ook wist dat jij veel van haar hield.'

Haar woorden vielen op me neer als warme regen, maar de pijn die ik voelde bleef. Het was net als toen, na het bericht dat Sören was overleden. Nee, het was erger. De dood van Sören was voor mij een abstracte mededeling geweest en gebleven, want ik had hem zelf niet meer gezien. Maar hier voor mijn ogen lag oma, van wie alleen nog een omhulsel restte, nadat haar prachtige ziel was weggezweefd. En dat zo kort nadat we het over mijn bruiloft hadden gehad. Ze had me toch naar het altaar willen zien lopen? Waarom had de dood haar nu al gehaald?

Dokter Hansson kwam een kwartier later bij ons aan. Hij condoleerde ons niet meteen, alsof hij zich er eerst van wilde vergewissen dat hij hier niets meer kon doen. Maar voordat hij oma's slaapkamer verliet gaf hij ons een hand.

'Mijn oprechte medeleven met uw verlies.' Hij zweeg even en voegde er toen aan toe: 'Uw grootmoeder is overleden aan acuut hartfalen. Het moet heel snel zijn gegaan.'

Ik snikte.

'Hadden we nog iets kunnen doen?' hoorde ik moeder vragen.

'Nee, het ziet ernaar uit dat de dood plotseling is ingetreden. Uw moeder zal niet eens meer de kans hebben gehad iemand te roepen. Het was heel snel voorbij.'

De woorden van de arts braken mijn hart, al was het een troostrijke gedachte dat oma geen lange doodsstrijd had hoeven doormaken. Met mijn hand tegen mijn mond gedrukt rende ik naar beneden, het huis uit en de buitentrap af. Pas toen ik het tuinhuisje had bereikt bleef ik staan. Ik zag oma voor me zoals ze naast me had gezeten. 'Ik zal het proberen,' had ze gezegd, toen we het erover hadden dat ze haar achterkleinkind nog wilde zien. Die kans had ze niet gekregen. Waarom had ze me niet verteld dat ze zich niet goed voelde? Ze moest toch een voorgevoel hebben gehad...

Huilend sleepte ik me het trapje op, ik ging op het bankje zitten en legde mijn hand op de lege plek naast me. Waarom moest de dood altijd juist dan komen als het leven een goede wending leek te nemen?

De avondschemering viel in zonder dat me van de rest van de dag nog veel was bijgebleven. Ik had erbij gezeten toen mijn moeder met de begrafenisondernemer sprak, maar het leek of ik van grote afstand op mezelf neerkeek.

Tegen achten had ik mezelf weer onder controle. Ik zat aan de keukentafel en keek uit het raam naar de prachtige rood met paarse lucht. Ik voelde me slap en leeg. Achter me klonken voetstappen en ik draaide me om. Moeder kwam de trap af, haar armen hingen langs haar lichaam en ze zag er vermoeid uit. Zonder iets te zeggen ging ze tegenover me zitten.

Ik pakte haar hand. 'Het ziet er niet naar uit dat ze geleden heeft. En ze heeft nog gehoord dat ik ging trouwen.'

Mijn moeder keek me aan, perste haar lippen op elkaar en knikte. Haar ogen glinsterden vochtig. 'Ja. Dat heeft ze toch maar mee kunnen nemen naar de hemel,' zei ze toen. 'Maar ik had gehoopt haar nog even bij ons te kunnen houden. Een paar jaar nog.'

'Dat had ik ook graag gewild. Het is vreselijk, maar er is niets aan te doen.'

'Nee, er is niets aan te doen.'

Ook mijn ogen werden vochtig. Ze brandden al van het vele huilen, maar op dat moment putte ik zelfs troost uit mijn tranen.

'Het lijkt wel of oma op me heeft gewacht,' zei ik terwijl ik de tranen van mijn wangen wreef. 'Stel dat ze was gestorven toen ik weg was...'

'Niets wees erop dat ze zou overlijden,' antwoordde moeder. 'Absoluut niets. Ze was vaker in gedachten verzonken, maar verder was ze niet anders dan anders.'

'Ze zei wel dat we niet te lang moesten wachten met de bruiloft,' zei ik. 'Misschien had ze een voorgevoel. Ook al dacht ze vast niet dat het zo snel zou gaan.'

Moeder schudde haar hoofd. 'Ik denk niet dat ze het voelde aankomen. Het was zo'n mooi moment toen jullie ons vertelden van jullie verloving. Ze leek zo gelukkig...'

Moeizaam stond ik op. 'Ik ga Jonas bellen. Hij moet weten wat er gebeurd is.' Ik liep om de tafel heen en legde mijn hand op moeders schouder. Toen liep ik naar boven.

In de werkkamer zag ik op mijn bureau de brieven liggen die zich tijdens mijn afwezigheid hadden opgestapeld, maar ik had geen zin ze open te maken. Ik ging aan het bureau zitten en pakte de hoorn. Terwijl de telefoon overging dwaalde mijn blik af naar het oude schilderij dat oma had gemaakt. Het was goed dat er iets van haar achterbleef. Met haar schilderijen had ze een deel van haar wezen, van haar ziel bij ons achtergelaten. De telefoon werd niet opgenomen. Jonas was vast nog aan het werk. Misschien was het ook beter om zijn avond niet te bederven. Ik wilde net ophangen toen ik een krakend geluid in de hoorn hoorde.

'Carinsson,' zei hij, enigszins buiten adem. Kennelijk was hij de trap naar zijn woning op gerend.

'Ik ben het, Solveig,' zei ik.

'Schat, wat is er gebeurd?' vroeg hij bezorgd. 'Je klinkt verdrietig.'

Ik moest me even vermannen. 'Oma is vannacht overleden,' zei ik toen. 'We... we hebben haar vanmorgen vroeg gevonden. Ze is zomaar van ons weggegaan.'

Er viel een stilte na mijn woorden. Ik hoorde ruis op de lijn.

'Jonas?' vroeg ik. Het kwam wel eens voor dat een gesprek wegviel.

'Wat vreselijk,' zei hij uiteindelijk. Zijn stem klonk hees. Ik kon maar al te goed begrijpen hoe geschokt hij was. 'Dat moet verschrikkelijk voor je zijn.'

'Dat is het ook. Ik heb gisteravond nog met haar gepraat. Niets wees erop dat er zoiets zou gebeuren.'

Jonas zuchtte. 'Dat is een slechte gewoonte van de dood. Hij komt altijd op ongewenste momenten.'

'Ja.' Ik voelde hete tranen over mijn gezicht stromen. 'Haar hart is er zomaar mee opgehouden. Het lijkt dit keer niet eens een bloedstolsel te zijn geweest.'

'Hoe oud was ze precies?'

'Vierentachtig.'

'Dat is een mooie leeftijd,' antwoordde hij. 'De dood komt natuurlijk altijd te vroeg, maar het was haar tijd.'

Ik trok de la open en zocht naar de papieren zakdoekjes die ik daar bewaarde. 'Ik had het zo fijn gevonden als ze onze bruiloft had kunnen meemaken.'

'Ik ook,' zei hij. 'Gelukkig wist ze wel dat we ons verloofd hadden.'

Ik begon weer te snikken. 'Maar waarom? Waarom is het leven zo wreed? Die bruiloft had haar toch nog wel gegund kunnen worden?'

Jonas zuchtte diep. 'Helaas kunnen we het leven nooit echt doorgronden. En wat je ook doet, het helpt niets, het leven vaart zijn eigen koers. Als ik erg gelovig was, zou ik zeggen dat het Gods wil was haar op dit moment van geluk tot zich te nemen. Maar ik geloof daar niet echt in. Mijn ouders hadden mij ook graag zien trouwen, maar ze zullen er nooit iets van weten.'

'Dat is waar, ze wist het tenminste... Weet je, ze had het nog over achterkleinkinderen. En ze wilde dat we snel zouden trouwen. Ze wilde dat allemaal nog meemaken.'

'En dat gebeurt ook. Want ze leeft voort in ons hart. We kunnen haar niet zien, maar ze zal bij ons zijn. Altijd.'

Ik snoot mijn neus en probeerde mijn ogen droog te houden, maar de tranen bleven stromen.

'Heb je ergens behoefte aan?' vroeg Jonas ten slotte. 'Ik weet het, ik ben ver weg, maar kan ik toch iets voor je doen?'

Het liefst had ik gezegd dat hij moest komen en dat ik hem wilde vasthouden. Maar kon ik dat van hem verlangen? 'Het is al genoeg om je stem te horen,' zei ik dus.

'Echt?' antwoordde hij weifelend.

'Nee, maar ik kan niet verwachten dat je nu binnen komt lopen, hè?'

'Als ik mijn superheldcape aantrek...' zei hij, waarop ik even in de lach schoot. 'Als je iets nodig hebt of gewoon wilt praten: ik ben er voor je,' ging hij verder. 'Ook al is het midden in de nacht. Gewoon bellen, zul je dat doen?'

'Dat zal ik doen,' antwoordde ik.

'Ik hou van je,' zei hij en hij bleef daarna lang aan de lijn, tot ik eraan toe was om op te hangen.

Omdat ik die nacht niet kon slapen, liep ik nog wat rond in huis. Het was fijn als het zo stil was, maar ook wel een beetje beangstigend. Vader en moeder waren bezig met de voorbereidingen voor hun verhuizing naar Ekberg. Als ze daar eenmaal waren, bleef ik helemaal alleen achter. Ik was eigenlijk niet bang voor een overval, maar ik zag wel op tegen de eenzaamheid. Tot mijn huwelijk met Jonas moest ik geduld hebben. Misschien was het ouderwets, maar vanwege de rouwperiode zouden we niet snel kunnen trouwen. Het was wellicht geen slecht idee personeel te zoeken dat bereid was op het landgoed te komen wonen. Of zou ik het landhuis opgeven en een beheerder aanstellen? Nee, dat was uitgesloten. Niet nu we net waren begonnen hier zo veel opnieuw op te bouwen.

Bij de deur van oma's kamer bleef ik staan. Het was bijna alsof ze daar nog was, alsof ik alleen de deur hoefde open te doen om haar in bed te zien liggen. Mijn hand ging als vanzelf naar de deurknop, en ik duwde hem omlaag.

Moeder had samen met mevrouw Johannsen het bed verschoond, daarna hadden we zo goed en zo kwaad als het ging de kamer opgeruimd. Oma's kleren hingen weer aan de knaapjes in de kast, haar schoenen stonden netjes op een rijtje naast de deur. Hoewel de kamer grondig was gelucht, geurde het nog steeds licht naar haar parfum. Ik kreeg een brok in mijn keel bij de aanblik van het lege bed. Ongeloof overviel me. Hoewel ik haar daar had zien liggen, bekroop me toch het gevoel dat ze elk moment kon binnenkomen en me zou vragen wat ik hier deed. Ik liep even rond, legde mijn hand tegen de oude bedstijl, op de sprei en op haar kussens.

De tranen stroomden over mijn gezicht en mijn hart deed pijn, maar ik voelde voor het eerst hoe het oma moest zijn vergaan wanneer ze in de vroegere kamer van Ingmar was. Als ze zijn kleren, zijn spullen aanraakte, moest ze het gevoel hebben gekregen dat hij bij haar was. Uiteindelijk zakte ik neer in de stoel waarin ze overdag vaak naar buiten had zitten kijken. Die was heel oud en stamde wellicht uit de tijd dat haar ouders jong waren. Hier en daar was de bekleding enigszins versleten en verkleurd, maar ze had er altijd graag in gezeten.

Ik keek naar buiten, het nachtelijk duister in. Er was zelfs geen maanlicht om troost uit te putten. Terwijl ik erover nadacht hoe de komende dagen zouden verlopen en de geur van mijn oma me omhulde, werden mijn oogleden zwaar en zonk ik weg in de duisternis.

De volgende ochtend werd ik wakker van motorgeluid. Even was ik verbaasd dat ik in mijn oma's stoel had zitten slapen, maar toen herinnerde ik me mijn nachtelijke wandeling weer. Er was iets aan het gebrom daarbuiten wat me bekend voorkwam, dus stond ik op en liep naar het raam, vanwaar je goed zicht had op de voortuin. Toen ik de rode cabrio zag, stokte mijn adem.

'Dat kan niet waar zijn,' zei ik en ik schudde mijn hoofd in ongeloof. Tegelijkertijd wist ik dat het geen droom was. Jonas was gekomen. Hij moest de hele nacht hebben doorgereden.

Ik zag hem uitstappen. Hij bleef een beetje aarzelend bij de trap staan. Ik liep weg van het raam, de kamer uit. Mijn hart klopte in mijn keel. Hij was hier! En dat terwijl ik hem niet eens had gevraagd te komen!

Ik liep de trap af en rende door de hal naar buiten.

'Jonas!'

Toen hij me zag stoof hij de trap op. Halverwege vielen we elkaar in de armen.

'Je bent er!' snikte ik. 'Je bent gekomen!'

'Wat had ik dan moeten doen?' vroeg hij. 'Ik ben je aanstaande man, dan kan ik je in deze moeilijke tijd toch niet alleen laten!' Hij kuste me en ik kon niet anders dan in tranen uitbarsten van verdriet, maar ook van geluk dat hij deel uitmaakte van mijn leven.

'Het betekent zo veel voor me dat je er bent!' Huilend klampte ik me vast aan zijn jasje.

'Ik ben er voor je,' zei hij terwijl hij me stevig aan zijn borst drukte en me liet uithuilen. 'Ik ben er altijd voor je.'

Toen ik weer bedaard was nam ik Jonas mee naar binnen. Mijn moeder was inmiddels ook op en kwam ons in de hal tegemoet.

'Mijn medeleven, mevrouw Lejongård,' zei hij en hij gaf haar een hand. 'Uw dochter heeft me gisteren gebeld en ik heb al mijn afspraken voor vandaag afgezegd.'

'Dat is erg lief van je,' antwoordde moeder terwijl ze haar zakdoek pakte. De tranen liepen weer over haar wangen. Ook mijn blik werd wazig. 'Kom toch binnen, het ontbijt is vast zo klaar.'

Tijdens het ontbijt werd er niet veel gezegd. Af en toe kwam oma ter sprake, en mama vertelde over haar eerste ontmoeting met haar. Papa zweeg bijna de hele tijd.

'Ik had haar graag beter willen leren kennen,' merkte Jonas op. 'Ik hoopte dat ze me eens wat verhalen uit haar leven zou vertellen.'

Ik legde mijn hand op zijn arm en kneep erin. 'Die zal ik je vertellen, voor zover ik ze ken.'

‘Kan ik misschien iets doen?’ Jonas keek vragend van mijn moeder naar mij en terug.

Mama knikte even nadenkend en zei: ‘Als je eens met Solveig de stad in zou gaan? Er moet nog iemand met de bloemist gaan praten. Ik kan hem bellen, maar met een persoonlijk gesprek is de kans op misverstanden vast kleiner.’

Ik wilde al protesteren, maar besefte toen dat ze Jonas en mij wat tijd samen gunde.

‘Met alle plezier,’ antwoordde hij.

‘Maar mijn werk...,’ begon ik. Moeder schudde haar hoofd.

‘Ik red het wel. Zeg maar tegen de bloemist dat we ook bloemen voor de grafkelder nodig hebben. Rozen. Daar hield ze altijd het meest van.’

Rozen. Wat pasten die bloemen toch bij veel gelegenheden. Nu eens deed een geliefde een huwelijksaanzoek te midden van rozen, dan weer droeg je er een andere dierbare mee ten grave.

‘Prima,’ zei ik en ik keek Jonas aan. ‘Na het ontbijt gaan we.’

’s Middags reden we terug naar de Leeuwenhof. We hadden alles met de bloemist doorgesproken en van de gelegenheid gebruikgemaakt om een wandelingetje door Kristianstad te maken. Ik had Jonas de winkels laten zien waar Agneta graag met me kwam. Het deed me goed over haar te praten en te lopen waar ze altijd samen met mij had gelopen.

‘Hoe lang blijf je?’ vroeg ik toen hij voor het huis stopte.

‘Ik ben bang dat ik straks weer terug moet,’ antwoordde hij. ‘Ik heb morgenochtend een paar belangrijke afspraken en bovendien moet ik overmorgen op zakenreis naar Frankrijk.’

‘Naar Parijs?’

‘Nee, naar een wijndomein in Bretagne. Daarom zal ik ook wel niet bij de rouwplechtigheid voor Agneta kunnen zijn.’ Hij slaakte een diepe zucht. ‘Ik wou dat ik je mee kon nemen.’

‘Dat halen we een andere keer wel in.’ Het stemde me droevig dat hij er niet zou zijn. Hij kuste me en hield me even stevig vast, toen trok ik hem mee.

Het afscheid van Jonas viel me zwaar, maar hij beloofde me de volgende dag meteen te bellen. Ik liet hem met tegenzin vertrekken, maar ik wist dat ik de dagen die volgden nauwelijks tijd zou hebben om naar hem te verlangen. Zakelijke beslommeringen konden me momenteel niets schelen, maar er was heel wat te regelen. Ik wilde dat ik destijds bij Sörens overlijden ook een bijdrage had kunnen leveren aan zijn rouwplechtigheid. En ik besefte dat ik weer eens contact met de Lundgrens moest opnemen. Ons laatste telefoongesprek was alweer twee jaar geleden.

Toen Jonas weg was vroeg moeder me naar de werkkamer te komen. Ze had het grootste deel van de brieven die we aan mormors vrienden en kennissen wilden sturen al klaar.

'Heb je Magnus ook geschreven?' vroeg ik.

'Natuurlijk,' zei ze. Zonder te kijken haalde ze een envelop uit de stapel en gaf hem aan mij. 'Hier. Dezelfde tekst als bij alle anderen.'

'Niets persoonlijks?' vroeg ik.

'Wat zou ik hem dan moeten schrijven? Dat ik het fijn zou vinden hem terug te zien?'

'Dat weet ik ook niet,' zei ik. 'Het is vreselijk lastig.'

'Inderdaad. We hebben nooit een gezellig gesprek gehad. Het is voor mij ondenkbaar dat ik hem zou omhelzen of hem zou uitnodigen. Je kunt je vast wel herinneren hoe zijn bezoekjes aan ons verliepen.'

'Als kind kon ik maar niet geloven dat hij zo slecht was.'

Moeder schudde haar hoofd. 'Hij is geen slecht mens. Hij mist alleen elke empathie. Hij is egoïstisch en weet ik wat nog meer. Zelfs zijn broer begreep hem op het laatst niet meer.'

'Ik zal de brieven morgen posten, dan is iedereen wel op tijd op de hoogte. De rouwplechtigheid is immers pas zaterdag.' Ik legde mijn hand op mijn moeders arm. 'Zou je willen dat de zaken anders lagen tussen Magnus en jou?'

'Absoluut!' zei ze. 'Hij is het enige wat nog aan Ingmar herinnert. Hij was zijn broer, zijn tweelingbroer zelfs. Ik heb vanaf het begin gehoopt dat onze relatie beter zou worden. Maar dat is niet gebeurd. Het is met de jaren alleen maar erger geworden. Ik heb het lang geleden al opgegeven hem de hand te reiken.'

'Misschien verandert er iets door oma's overlijden.'

Moeder schudde haar hoofd. 'Dat zal niet gebeuren. En jij moet er ook niet op hopen. Magnus is nooit zo'n oom geweest als andere mensen hebben. Hij keek altijd naar je alsof je een stuk vuil was. Terwijl hij daar geen enkele reden toe had. Wij zijn niet minder dan hij. We hebben zelfs veel gemeen. Ook hij heeft een buitenechtelijke vader, net als ik. Maar hij dacht altijd dat hij beter was en dat zal niet veranderen. Je moet je voor zover mogelijk verre van hem houden.'

Twee dagen nadat Jonas was vertrokken reed er een zwarte auto de oprijlaan op die op de rotonde tot stilstand kwam. Ik dacht eerst dat het de begrafenisondernemer was, maar toen ik naar buiten keek, stond mijn hart bijna stil. Uit de auto stapten oom Magnus en zijn zoon Finn. Allebei in een zwart pak. Het zag ernaar uit dat ze direct na ontvangst van ons bericht in de auto waren gestapt.

Magnus en Finn kwamen net de trap op toen ik de deur opendeed. 'Goedemorgen,' groette ik.

'Ach, Solveig, neem me niet kwalijk, ik dacht dat je een dienstmeisje was,' zei Magnus spottend.

'Geeft niets,' antwoordde ik met een gespeeld glimlachje. 'Ik ben me ervan bewust dat het zicht bij het klimmen der jaren vaak wat vertroebelt. Wat brengt jullie hier?'

Mijn neef grijnsde schuins naar me. Ik besefte dat hij geen traan had gelaten om de dood van zijn oma, want hij had nooit echt contact met haar gehad.

'Ik had het mijn moeder beloofd,' zei Magnus. Zijn ogen schoten vuur. 'Ik heb tegen haar gezegd dat ik weer op de Leeuwenhof zou komen als zij haar ogen voorgoed sloot. En daar ben ik dan.'

'Wat heb jij hier te zoeken?' vroeg een stem achter me. Ik had moeder niet aan horen komen. 'De rouwplechtigheid is pas overmorgen.'

'Aha, nicht Mathilda, het is altijd een genoegen je weer te zien.'

'Geen wederzijds genoegen, maar dat weet je. We zijn immers altijd heel eerlijk tegen elkaar geweest.'

Magnus' blik versomberde. 'Je verheugt je zeker al op de erfenis die je op slinkse wijze hebt bemachtigd,' klonk het onverhoeds uit zijn mond.

Ik moest toegeven dat ik op zoiets niet verdacht was. Mijn moeder ook niet. Ik zag aan haar dat ze hem het liefst van de trap had geduwd.

'Als je zulke taal uitslaat, kun je meteen weer vertrekken,' snauwde ze hem toe. De spanning tussen hen beiden was tastbaar.

'Waarom zou ik?' antwoordde hij. 'Mijn moeder is overleden. Dan is het toch gepast dat ik als haar enige zoon afscheid van haar wil nemen?'

'Zoals je misschien weet, is de tijd voorbij dat je de overledene thuis opbaart. Als je afscheid wilt nemen, kun je dat net als iedereen vlak voor de rouwplechtigheid doen.'

Magnus keek mijn moeder lang aan. De verhalen die ze over hem had verteld schoten me weer te binnen. Hoe hij haar had vernederd vanwege haar afkomst, niet wetende dat ze de dochter van zijn oom was.

'Kom, vader, laten we gaan,' zei Finn en hij pakte zijn vader bij de arm, maar Magnus trok zich los. Ik wist niet wat ik ervan moest denken. Finn was blijkbaar verstandiger dan zijn vader. 'Ze is het niet waard,' voegde hij er meteen aan toe, waarmee hij mijn illusie verstoorde. Nee, hij was precies zijn vader. Finn was drie jaar jonger dan ik en Magnus' enige kind.

'Goed, laat maar zitten,' zei Magnus zonder aanstalten te maken om te vertrekken. 'Jullie kunnen je Finn vast nog wel herinneren?' Magnus legde zijn arm over Finns schouders. 'Toch fijn dat ik hem de Leeuwenhof weer eens kan laten zien.'

'Je hebt op de Leeuwenhof niets te zoeken,' mompelde moeder.

'Maar het is toch mijn ouderlijk huis!' antwoordde hij gespeeld beledigd. Hij keek om zich heen en het lachje dat op zijn gezicht verscheen beviel me helemaal niet. 'Het lijkt de goede kant op te gaan met de hoeve,' merkte hij op terwijl hij rondkeek. 'Ik zag dat er nieuwe stallen bij zijn gekomen. Ik vraag me af waar jullie het geld vandaan halen, terwijl het verhaal gaat dat jullie niet langer aan het koningshuis leveren.'

'Dat is echt uw probleem niet,' zei ik. 'We hebben andere manieren gevonden om het landgoed in stand te houden.'

'Heb je soms een rijke vent aan de haak geslagen?' vroeg hij. 'Kan ik je feliciteren?'

'U lijkt te vergeten dat de tijden zijn veranderd. Denkt u echt dat vrouwen geen bedrijf kunnen leiden?'

'We zullen zien. Het kan zijn dat er hier de komende tijd het een en ander gaat veranderen.' Hij keek zijn zoon aan. Ik raakte het gevoel niet kwijt dat die blik iets betekende.

'Je moeder heeft je onterfd, dat kun je je hopelijk nog herinneren,' zei mijn moeder. Ik zag haar knokkels wit worden.

'Jawel, dat herinner ik me nog goed. Maar er zijn manieren en middelen. En geloof me maar als ik zeg dat ik er alles aan zal doen om te zorgen dat de Leeuwenhof niet in handen van een bastaard komt.'

Het leek alsof de bodem onder moeders voeten werd weggetrokken. Ik balde woedend mijn vuisten. Hoe kon hij haar beledigen met het woord bastaard? Hij was er zelf ook een, om precies te zijn. En was de tijd waarin ongehuwd zwangere vrouwen werden veroordeeld eigenlijk niet voorbij?

Op dat moment reed mijn vader de rotonde op. Hij was naar het dorp geweest om met de dominee te praten. Waarschijnlijk had hij Magnus en Finn al opgemerkt. Hij stapte uit en kwam met lange passen op ons af. Het deed me plezier te zien dat Magnus een schrikbeweging maakte. Fysiek deed hij duidelijk onder voor mijn vader.

'Zo, Magnus, ik hield er eigenlijk al rekening mee dat je zou opduiken,' zei hij zonder hem te begroeten. Hij plantte zijn handen in zijn zij en wendde zich tot ons: 'Valt hij jullie lastig?'

'Ik zie dat die meubelmaker er ook nog steeds is,' zei Magnus.

'Heb je daar problemen mee?' vroeg mijn vader dreigend. Hij was er de man niet naar om grof geweld te gebruiken, maar Magnus kende hem waarschijnlijk niet goed genoeg om dat te weten. Zijn optreden en de vijandige blik waarmee mijn vader hem opnam, boezemden Magnus kennelijk respect in.

'Nee, geenszins. Nu mijn moeder hier niet meer is, is mijn aanwezigheid overbodig,' antwoordde hij. 'Maar we zullen elkaar zeker snel terugzien. Kom, Finn, we gaan. We komen terug als de sfeer hier beter is.'

'Wat wil je daarmee zeggen?' barstte vader uit, maar ik legde mijn hand op zijn arm. Inwendig trilde ik van woede, maar op dit moment mocht niemand zijn zelfbeheersing verliezen.

Magnus trok zijn zoon mee en even later stapten ze beiden in de auto.

Pas toen Magnus het terrein af reed, week de spanning uit moeders lichaam. 'Dat ontbrak er nog aan,' zei ze. 'Ruzie met Magnus. Al die jaren is het rustig geweest. Ik had moeten weten dat hij het weer zou proberen.'

'Hij wilde gewoon weer onrust zaaien, meer niet,' probeerde ik haar gerust te stellen. 'Dat kennen we toch.'

'Ja, maar dit keer is Agneta er niet om hem op zijn nummer te zetten.'

'Nu doen wij dat,' zei ik. 'Maar bedachtzaam en zonder ons op te winden. Ik had hem wel een draai om zijn oren willen geven vanwege zijn opmerkingen, maar ik vermoed dat hij daar juist op uit was.'

'Precies,' viel mijn vader me bij.

'We hadden hem geen bericht moeten sturen,' zei moeder, maar ik schudde mijn hoofd.

'Het was juist om dat te doen. Fatsoenlijk. Hij hoort bij de familie. Als hij het in de krant had moeten lezen, was het nog erger geweest. Nu kan hij ons nergens van betichten. Hij had vast niet verwacht dat we hem met open armen zouden ontvangen. Maar het is ons gelukt geen stommiteit te begaan. Hij is weer vertrokken. Waarschijnlijk zien we hem pas bij de rouwplechtigheid terug.'

'Ik zou willen dat hij niet kwam,' zei moeder verbitterd.

'Jawel, hij moet komen. Dat is hij zijn moeder verschuldigd. Hij zou zichzelf ermee hebben als hij het niet deed.' Ik zweeg even en keek naar vader, die nog altijd boos leek. 'We redden het wel. Die dag gaat weer voorbij en dan zijn we van hem af.'

'Daar zou ik niets onder durven verwedden,' wierp moeder tegen. 'Maar ik ben het met je eens, we hebben nu even wat beters te doen dan met hem bezig te zijn.'

'Zo is het,' zei ik. 'Laten we weer naar binnen gaan en koffiedrinken. Daarna zien we wel verder.'

27

Somber ochtendlicht verwelkomde de dag waarop Agneta Lejongård ten grave werd gedragen. In lange tijd was het me niet zo somber te moede geweest. Daar kwam nog bij dat ik me opgesloten voelde in mijn zwarte jurk. Ik had zo gehoopt dat ik niet zo gauw weer een rouwdienst hoefde bij te wonen.

Mijn moeder was er niet veel beter aan toe. Ik wist dat ze bang was voor de ontmoeting met Magnus. Zijn optreden bij ons thuis had ervoor gezorgd dat ze urenlang in de salon had zitten piekeren. Het leek of ze elk mogelijk scenario doornam om maar voorbereid te zijn.

Ik keek naar mijn spiegelbeeld. Ter ere van oma droeg ik de ketting die ze me voor het ruitergala had gegeven. Wat ze toen had gezegd klonk me weer in de oren: ik was de eerste Lejongård met groene ogen – dankzij mijn vader, van wie ik die zeldzame kleur had geërfd. Ik had geen idee waarom juist dit bij me opkwam. Er was zo veel, maar ik kon nu alleen hieraan denken. Ik schoof het sieraad recht, streek mijn rok glad en liep mijn kamer uit.

Beneden zat mijn moeder in de eetkamer. Ze keek in gedachten verzonken naar buiten. Ze droeg een zwart mantelpakje, zwarte kousen en pumps. Haar haar zat in haar nek in een strakke knot gedraaid.

Toen ze me opmerkte, liet ze haar gedachten voor wat ze waren. 'Je ziet er mooi uit,' zei ze.

'Jij ook,' antwoordde ik, maar ze maakte een afwerend gebaar.

'Ik ben een oude vrouw.'

'Waarom zou je niet meer mooi kunnen worden genoemd als je op leeftijd bent?' vroeg ik. 'Oma was ook mooi. Tot het laatst.'

'Dat is waar. Maar ik zie er zo vermoeid uit.' Ze slaakte een diepe zucht. 'Was deze dag maar voorbij.'

'Hij gaat vanzelf voorbij,' zei ik en ik omhelsde haar.

'Ja. Ik hoop alleen dat Magnus zich voor één keer in zal houden.'

'Dat doet hij wel, dat weet ik zeker. En als je niet met hem wilt praten, hoeft dat ook niet. Laat dat maar aan mij over.'

'Je bent niet tegen hem opgewassen,' zei mijn moeder bezorgd.

'Ik denk van wel.' Ik gaf moeder een kus op haar wang. Ze rook naar Bergamote & Rose, haar lievelingsparfum. Naast lelietjes-van-dalen was dit de geur die me het meest aan haar deed denken.

'Zijn jullie klaar?' vroeg vader, die in de deuropening was verschenen. Het was vreemd om hem in een zwart pak met een stropdas te zien.

Toen we de Drievuldigheidskerk in Kristianstad in liepen, viel mijn oog op de mooie grafkist van roodbruin hout die we voor oma hadden uitgezocht. De krans erop bestond uit rozen in een kleur die deed denken aan een zonsondergang. De lucht was vervuld van de zware, zoete bloemengeur. Halverwege het gangpad bleven we staan voor een stil gebed, waarna we doorliepen. Tot mijn grote verbazing waren Magnus en zijn vrouw en zoon al aanwezig. Ze waren aan de rechterkant gaan zitten. Moeder dirigeerde ons naar links.

'Dat is typisch iets voor hem,' fluisterde ze en ze wierp hem een boze blik toe.

Hij deed alsof we niet bestonden. Alleen zijn vrouw gaf ons een knikje. Rosa was vroeger heel knap geweest. Agneta noch mijn moeder was destijds uitgenodigd voor hun huwelijk, maar kort daarna was er een brief gekomen met een foto van hem en zijn vrouw. Ik was toen nog heel klein, te klein om me te herinneren hoe oma erop had gereageerd. Toen ik oud genoeg was om de verhoudingen binnen onze familie te begrijpen, had ik de foto wel eens gezien en gevraagd wie dat stel was. Ik dacht in eerste instantie dat de man Ingmar was, van wie we al een foto hadden, maar toen zei oma dat het mijn oom Magnus en zijn vrouw waren.

'Wat bedoel je?' vroeg ik aan moeder toen we eenmaal zaten.

'Hij heeft gekozen voor de rechterkant. Hij weet dat we niet naast hem zouden gaan zitten en dus blijft voor ons alleen de linkerkant over.'

'Wat is daar zo erg aan?' vroeg ik. 'Er zijn daar sowieso maar vier zitplaatsen.'

'Het gaat niet om de zitplaatsen, maar om de plek. Zegt het begrip "ter linkerhand" je iets?'

Dat deed het. Ter linkerhand zaten vroeger de maîtresses. De vrouwen die niet van stand waren. De linkerkant was destijds de slechte kant in de ogen van de mensen. Maar zou Magnus zover gaan dat hij ons op die manier wilde vertellen dat we niet bij deze familie hoorden? Of had hij er helemaal niet bij nagedacht?

Ik keek naar hen. Finn staarde naar de vloer en frommelde aan zijn jasje, alsof dit een vervelende aangelegenheid was die hij snel achter zich wilde laten. Rosa wierp ons steeds steelse blikken toe. Magnus hield zijn blik star gericht op het kruis dat boven het altaar hing. Niets duidde erop dat hij kwade bedoelingen had. Maar ik wist wat mijn moeder ervan zou zeggen. Dat dit precies was wat Magnus beoogde.

Mama raakte mijn arm aan. 'Kijk niet zo vijandig hun kant op. Straks komt hij nog op het idee de rouwplechtigheid met een schandaal op te luisteren.'

'Moeder,' zei ik. 'Waarom zou hij dat doen? Hou je alsjeblieft rustig, ik weet zeker dat er niets zal gebeuren. Negeer hem gewoon.' Ik legde mijn hand op de hare. 'Laat hem dit moment niet voor je bederven. We zullen oma's leven eren. We mogen Magnus dit niet kapot laten maken.'

Moeder knikte. 'Je hebt gelijk,' zei ze, maar ze bleef gespannen. 'We zouden Agneta onrecht doen als we in gedachten met die vent daar bezig waren.'

Even later stroomden de andere gasten binnen. Vanuit mijn

ooghoeken zag ik dat ze even in het gangpad bleven staan. Een paar mannen bogen hun hoofd.

De dienst verliep rustig en waardig. De dominee verhaalde over de belangrijkste momenten uit Agneta's leven en ik raakte opnieuw in de ban van haar interessante levensloop. Toch vroeg ik me af of oma het een en ander niet anders had willen doen. Had ze beter kunnen opkomen voor de rechten van de vrouw als ze schilderes was geworden? Stel dat ze niet met Lennard was getrouwd en haar vrijheid had behouden? Stel dat ze op het idee was gekomen de stoeterij van de Leeuwenhof met de wedstrijdsport samen te brengen?

Maar ik wist dat er iets was waar ze nooit spijt van had gehad: dat ze mijn moeder naar de Leeuwenhof had gehaald, dat ze haar had aangewezen als haar opvolgster en dat ze voor mij zo'n geweldige oma was geweest. Mijn hart stroomde over van liefde voor haar en hoewel de tranen me over de wangen liepen en het verlies veel pijn deed, voelde ik me vanbinnen toch warm.

Toen de plechtigheid voorbij was, werd de kist onder de klanken van het orgel de kerk uit gedragen. We zouden nu naar de begraafplaats in ons dorp rijden.

Ik keek naar Magnus, die opstond. Even dacht ik echt verdriet op zijn gezicht te lezen. Maar die indruk verdween zodra we elkaars blik vingen. Zijn gezicht veranderde direct in een ondoorgrondelijk masker. Hij keek weg en deed alsof ik er niet was.

Toen we de kerk hadden verlaten kwam er een oude vrouw op ons af. Ze zat in een rolstoel die werd voortgeduwd door een verzorgster. Haar handen lagen gevouwen in haar schoot, die was bedekt met een donkere geruite plaid.

Moeder raakte mijn arm aan en ik wapende me al voor een jobstijding, maar toen fluisterde ze in mijn oor: 'Dat bestaat niet,' Meteen daarop was de vrouw al bij ons.

'Mevrouw Andersson?' vroeg mijn moeder enigszins ongelovig. 'U bent toch Marit Andersson?'

De vrouw knikte. 'Dat is althans mijn meisjesnaam. Dat u zich mij nog kunt herinneren...'

Moeder keek me aan en zei: 'Dit is mijn dochter Solveig.'

De vrouw hief bevend haar hand. 'Het doet me genoegen je terug te zien. De laatste keer kroop je rond in de salon en zat je op een houten blokje te kauwen.'

Ik schudde haar de hand. 'Het genoegen is geheel mijnerzijds. U bent toch een vriendin van mijn grootmoeder?'

'Inderdaad, ja,' zei ze. Ze zweeg even en glimlachte toen. 'En dat zal ik altijd blijven. Ik had eigenlijk verwacht dat ik als eerste zou gaan. Maar nu heeft Agneta zich uit de voeten gemaakt en mij achtergelaten. Ik ben er echter van overtuigd dat ik haar snel zal volgen.'

Ik moest haar na deze woorden verschrikt hebben aangekeken, want ze voegde eraan toe: 'Kijk me niet zo aan, lieve kind. Ik weet wel dat je alleen aan het leven denkt en niet aan de dood als je zo jong bent als jij. Maar geloof me, op mijn leeftijd ben je klaar voor de reis naar een andere wereld.'

'Denkt u dan dat u mijn oma daar zult terugzien?'

'Wis en waarachtig! En dan zal ik ook eindelijk dit zieke omhulsel kwijt zijn en kunnen we weer net als vroeger rondhuppelen.'

Ze wendde zich tot Mathilda. 'Weet u, ik ben erg blij dat u me destijds hebt aangehoord en me niet hebt weggestuurd met die brief. U hebt Agneta daarmee een grote dienst bewezen en daar ben ik u dankbaar voor.'

'Had u dan nog steeds contact met haar?' vroeg moeder, lichtelijk verbaasd. Oma had af en toe iets over Marit verteld en ik wist ook dat ze haar wel eens schreef.

Mevrouw Andersson gebaarde naar haar begeleidster, waarop die haar een tasje aanreikte. Het kostte haar wat moeite om de inhoud eruit te halen, maar toen dat uiteindelijk was gelukt, bleek het om een pakje brieven te gaan.

'Dit zijn de laatste die Agneta me heeft gestuurd. De allerlaatste kreeg ik een week geleden. Ik had niet meer de gelegenheid ze te beantwoorden. Maar ik kan u vertellen dat Agneta altijd heel liefdevol over jullie beiden sprak.'

Ze gaf de brieven weer terug aan haar verzorgster.

'Tja, nu zal ik moeten onthouden wat ik aan Agneta had willen schrijven en het haar vertellen als ik haar tegenkom.' Ze gaf ons een knipoog en zei: 'Het was fijn jullie weer eens te zien. Goed te weten dat er hier op aarde iets van Agneta is achtergebleven.'

'Komt u nog mee naar de Leeuwenhof?' vroeg moeder, maar mevrouw Andersson schudde haar hoofd. 'Nee, de reis hierheen was vermoeiend en ik moet nu even alleen zijn. Ik wens jullie alle goeds, vrouwen van de Leeuwenhof.'

'Wij u ook,' zei ik en zo namen we afscheid van haar.

Oma zou het vast fijn hebben gevonden dat het hele dorp op de begraafplaats bijeen was gekomen. Terwijl de dominee zei dat Agneta nu eindelijk weer samen was met haar echtgenoot Lennard, keek ik naar de gezichten van de dorpelingen. Zo veel generaties! Sommigen waren even oud als oma, anderen jonger dan ik. Enkelen droegen hun kind op de arm.

Hoe zou het eruitzien bij mijn overlijden? Zou ik hebben voldaan aan de verwachtingen van de mensen hier? De tijden waren veranderd, zeker, maar toch betekende degene die aan het hoofd van de Leeuwenhof stond veel voor de mensen in de omgeving.

Toen de kist van mijn oma ten slotte de grafkelder in was gedragen en in de voor haar bestemde nis werd geplaatst, liep ik naar moeder toe en omhelsde haar. We hielden elkaar vast en huilden, tot vader erbij kwam en ons allebei in zijn armen nam.

Tijdens de receptie, die na de bijzetting plaatsvond op de Leeuwenhof, keek ik uit naar Magnus, maar ik zag hem gelukkig nergens. 'Zijn Magnus en zijn gezin niet meegekomen naar het dorp?' vroeg ik mijn vader. Hij schudde zijn hoofd.

'Blijkbaar niet. Ik zag hem in Kristianstad in zijn auto stappen. Mathilda had me gevraagd mijn ogen open te houden.' Hij keek me aan en vroeg: 'Heb je hem hier ergens gezien?'

Ik schudde mijn hoofd. 'Nee, nog niet. Moeders grootste angst bleek dus ongegrond.'

'Godzijdank!' zei vader. 'Dat had er nog bij moeten komen.'

Toen de bijeenkomst ten einde liep, bedankten we onze gasten en gingen naar de keuken, waar mevrouw Johannsen een kop sterke koffie voor ons zette.

'Hartelijk dank, mevrouw Johannsen,' zei ik. 'Wilt u de rest van de dag misschien vrij nemen? U bent hier al lang genoeg geweest.'

'Geen probleem,' zei ze. 'Dat is het minste wat ik voor uw grootmoeder kon doen. En voor jullie.'

'En daar zijn we u erg dankbaar voor.' Moeder pakte een envelopje uit haar tas. 'Alstublieft, dit is voor u.'

'Ach nee, dat is niet nodig!' zei de kokkin. 'Ik hoef er niets extra's voor te hebben.'

'Echt niet?' vroeg moeder. 'U bent hier een hele zaterdag geweest.'

'Dat was voor een goed doel. We zien elkaar maandag dan weer.'

'Neem rustig een vrije dag, als u wilt,' zei ik. 'We kunnen zelf iets in elkaar flansen.'

'Geen sprake van, ik ben hier maandag. Ik wens u een prettige avond.'

'Wij u ook, mevrouw Johannsen.'

De kokkin trok haar schort uit en verliet de keuken. We bleven nog een tijdje in onze kopjes zitten staren, toen zei moeder: 'Je zult hier nu een tijdje alleen zijn. Wat denk je, ga je het redden?'

'Moeder,' protesteerde ik. 'Ik ben oud genoeg. Ik kan wel voor mezelf zorgen.'

'Dat weet ik. Maar het huis is zo groot en zo donker bij nacht. Ik vraag me af of je je niet eenzaam zult voelen.'

'De stalmeester en de stalknechten zitten in het pand hiernaast. Er is altijd iemand op het terrein tot wie ik me in geval van nood kan wenden. En er komt een tijd dat we hier ook weer meer personeel hebben.'

Ik zag wel aan moeder dat ze het anders had bedoeld. 'Dat je verloofde is gekomen om je te troosten waardeer ik enorm. Misschien...'

Ik trok mijn wenkbrauwen op. 'Je bedoelt dat Jonas zo snel mogelijk op de Leeuwenhof moet komen wonen?' vroeg ik haar op de man af.

Moeder slaakte een zucht. 'Ik zou het prettiger vinden als ik wist dat er iemand bij je was. Iemand van de familie. Iemand van wie je houdt. Juist nu Agneta er niet meer is.'

Ik strekte mijn arm over de tafel naar haar uit en pakte haar hand. 'Ik red me wel, heus. En jullie zijn er immers nog, op zijn minst tot het openen van het testament.'

'Ja, hoewel ik daar liever niet aan wil denken,' zei moeder. Ze nam een slokje koffie. 'Magnus heeft het voor nu laten rusten, maar dat wil niet zeggen dat hij niet alweer op zijn volgende stap aan het broeden is.'

'Wat zou hij dan kunnen doen?' vroeg ik. 'Hij wil ons bang maken, meer niet. Maar we laten ons er niet onder krijgen.'

'Hij zal proberen zijn erfdeel te krijgen.'

'Maar oma heeft hem onterfd.'

'En toch zal hij het proberen. Hij is heel slim, Solveig. Hoe hij zijn intelligentie gebruikt is een ander verhaal, maar we moeten hem niet onderschatten. Hij komt terug. Hij zal zeker eisen gaan stellen.'

Op de dag dat het testament zou worden geopend was ik nerveuzer dan ooit. Ik verfoeide oom Magnus erom dat hij had weten te bewerkstelligen dat mijn zorgen over zijn aanspraken het verdriet om mijn oma overvleugelden. Stel dat hij het recht aan zijn kant had? Stel dat zijn advocaat iets voor elkaar zou krijgen? Het ging ons in zakelijk opzicht beter, maar door onze bouwplannen hadden we financieel niet veel speelruimte. Als we Magnus moesten uitkopen, zouden we opnieuw gedwongen zijn schulden te maken.

De brieven op mijn bureau schoten me weer te binnen. Er waren intussen nieuwe bij gekomen. Ik zou er zeker een hele dag aan kwijt zijn ze allemaal open te maken en te sorteren. Net toen ik overwoog naar de werkkamer te gaan, werd er geklopt.

'Ben je zover?' vroeg mijn moeder van achter de deur.

'Ja, mama,' antwoordde ik. 'Kom maar binnen.'

Moeder zag eruit alsof ze naar een zakelijke afspraak ging. Haar zwarte mantelpakje leek op het mijne, maar had een nog iets strakkere snit. Ze had zich nauwelijks opgemaakt en haar haar zat in een stijve knot. Ze deed me enigszins denken aan een van de leraressen op het gymnasium.

Ik droeg zelf mijn haar wat losser opgestoken. Enerzijds omdat ik dat leuker vond staan, anderzijds omdat ik het idee had dat ik mijn vingers zou verrekken bij het draaien van zo'n knot.

'Ik zie huizenhoog tegen de afspraak met de notaris op,' zei ze. 'Het is al zo lang geleden dat ik voor het laatst op zijn kantoor was. Maar als ik er was kreeg ik telkens nogal schokkend nieuws.'

Ik wist heel goed hoe haar afspraken bij notarissen waren verlopen. De eerste keer werd Agneta haar voogdes en bij de volgende hoorde ze dat ze eigenlijk Agneta's nichtje was. Door het testament van Lennard werd ze mede-erfgenaam van landgoed Ekberg en dat van Ingmar maakte haar tot de enige erfgenaam van dat landgoed. En de laatste keer werd ze Agneta's dochter. Het waren niet allemaal onaangename verrassingen, maar haar leven nam telkens een andere wending.

'Dat heb je nou eenmaal met testamenten,' zei ik. 'Ik heb geen idee wat me te wachten staat.' Ik pakte mijn tas en haakte bij moeder in. Samen liepen we de kamer uit en de trap af. Vader zat al in de auto te wachten.

In Kristianstad was het druk op straat, waardoor vader nerveus op het stuur begon te trommelen.

'Alles komt heus goed,' zei ik. 'Jullie zullen wel zien, het wordt allemaal opgelost.'

We schoten niet erg op, maar uiteindelijk bereikten we dan toch het notariskantoor. Op de klok gaven de wijzers vijf voor tien aan.

In de wachtkamer zaten we op hete kolen. Magnus was in elk geval niet aanwezig, dat leek mijn ouders enigszins op te luchten. En zelf was ik er ook blij om, want onder deze omstandigheden had ik geen behoefte aan weer een ruzie. Of zat hij al binnen te wachten? Had hij verzocht niet samen met ons te hoeven komen?

Misschien was hij wel weggebleven om zichzelf de vernedering te besparen nog eens te moeten aanhoren dat hij was onterfd.

Even na tienen kwam de notaris binnen. Het was een goed uitziende man van in de veertig met de klinkende naam Daniel Ekengren. Zijn aftershave rook vrij prijzig en met zijn kostuum zou hij zelfs een paar hoge sportofficials jaloers hebben gemaakt. Hij begroette ons met een nonchalant glimlachje en vroeg ons mee te komen naar zijn kantoor, dat in sober zwart-wit was gehouden. Ik vroeg me af hoe oma ertoe was gekomen deze notaris te kiezen.

'Om te beginnen wil ik u mijn welgemeende condoleances aanbieden,' zei hij. 'Ik heb het geluk gehad nog persoonlijk kennis te maken met uw moeder en grootmoeder toen ik het kantoor van de heer Jensen overnam. Nu alle betrokken personen aanwezig zijn, zal ik beginnen met het voorlezen van het testament.'

Hij verbrak het zegel van een grote envelop en haalde de papieren eruit. Het waren twee velletjes.

Ekengren begon met de standaardtekst voor de aanwezige secretaresse, die behelsde dat het testament van Agneta Sophie Lejongård vandaag werd geopend. Daarna las hij voor:

> Lieve Mathilda, lieve Solveig,
>
> Als jullie deze woorden horen, weten jullie al dat ik deze wereld heb verlaten. Het spijt me dat ik jullie daarmee verdriet moest doen, maar ik heb het niet voor het kiezen. Je kunt in het leven veel in de gewenste richting sturen, maar met de dood is het slecht zakendoen. En zo rest me niets anders dan jullie een paar laatste dingen mee te geven.
>
> In de eerste plaats: wat er ook komen mag, geniet van jullie leven en probeer er zo positief mogelijk je weg in te vinden. In de vele decennia van mijn leven heb ik geleerd dat het weinig zin heeft in opstand te komen tegen je lot. Je moet er het beste van maken. Mensen komen en gaan, maar de liefde blijft. Dat moeten jullie altijd voor ogen houden. Door jullie heb ik dit geleerd.

Mathilda, ik heb je in je leven weliswaar onrecht aangedaan, maar je hebt me vergeven en dat moment was een van mijn mooiste ervaringen. Ik zou niet weten wat ik zonder jou had gemoeten. Jij was de dochter die ik nooit heb gekregen en door jou was het verlies van mijn geliefde Ingmar draaglijk. Jouw plaats was altijd op de Leeuwenhof en je hebt een vaste plek in mijn hart. Ik dank je voor de vele mooie jaren die we samen hebben doorgebracht.

Solveig, wist je dat je naam 'de weg van de zon' betekent? Ik weet niet zeker of ik je dat al eens heb verteld. Zo ja, neem het me niet kwalijk dat ik mezelf herhaal, ik ben een oude vrouw en mijn geheugen is niet meer wat het geweest is.

Je bent geboren op de dag dat er vrede kwam in Europa. En je bent de toekomst van de Leeuwenhof. Maar bovenal ben je een van de mensen in deze wereld die ik het meest liefheb. Ik hoop dat de pijn die je hebt moeten lijden je er niet van af zal houden vrolijk te zijn. Ik wens je liefde en tevredenheid toe en hoop dat je een lang leven beschoren is. Als er een hemel is, zal ik proberen over je te waken, mijn zonnetje.

Jullie beiden zijn de belangrijkste mensen uit mijn leven. Pas goed op jezelf en ik verheug me op de verhalen die jullie meebrengen, mochten we elkaar ooit terugzien.

In liefde, Agneta

De notaris was zichtbaar ontroerd toen hij de brief weglegde. Maar hij vermande zich snel. Hij schraapte zijn keel en pakte het volgende vel papier.

In het bezit van mijn volledige geestelijke vermogens verklaar ik Solveig Lejongård tot erfgename van de titel gravin van Lejongård en tot hoofderfgename van mijn vermogen. Alle in de bijlage genoemde eigendommen gaan over in haar bezit, met aftrek van het erfdeel van de andere erfgename.

Dat is mijn adoptiefdochter Mathilda Lejongård, geboren

Wallin. Zij ontvangt uit mijn vermogen een eenmalige som van honderdduizend kroon. Mijn biologische zoon Magnus Thure Lejongård verklaar ik hierbij voor onterfd.

Moeder slaakte geen zucht van verlichting, maar ik kon haar opluchting voelen. Magnus zou dus niets krijgen. Of toch? Gezien de gezichtsuitdrukking van de notaris kon ik er niet omheen ernaar te vragen. 'Betekent dit dat mijn oom geen aanspraak kan maken op een erfdeel?'

Ekengren legde het document op zijn bureau. 'Het spijt me, maar zo eenvoudig ligt het niet.'

'Wat bedoelt u?' vroeg moeder.

'Onterving heeft alleen betrekking op het deel van de erfenis waarop het regelend recht van vererving van toepassing is. Volgens het dwingend recht van vererving kan de onterfde echter aanspraak maken op een legitieme portie.'

'Legitieme portie?' vroeg ik. Ik zag dat het bloed uit moeders gezicht wegtrok. 'Wat houdt dat in?'

'Dat houdt in dat de onterfde volgens de wet aanspraak kan maken op de helft van het aandeel dat hij zou hebben gekregen als de erfenis in gelijke delen was verdeeld. Dit aandeel wordt berekend op basis van de waarde van het bezit van de erflater.'

'Dat kan toch niet waar zijn!' zei moeder woedend. 'Agneta wilde niet dat haar zoon iets zou krijgen. Hebt u enig idee hoe hij zijn moeder heeft behandeld?'

Vader en ik legden bijna tegelijk onze hand op haar arm. Ik was ook geschokt dat Magnus ondanks alles toch aanspraak kon maken. 'U bedoelt dus de waarde van het vermogen van mijn grootmoeder.'

'De huidige waarde, ja. Het kan gebeuren dat een erflater zijn of haar bezit hoger inschat dan het is. In zo'n geval geldt de waarde van de erfenis zoals de belastingdienst die heeft vastgesteld. Ik moet eraan toevoegen dat er binnen een half jaar aanspraak moet worden gemaakt op deze legitieme portie, anders vervalt de aanspraak.'

'En zal hij daarover in kennis worden gesteld?' vroeg ik.

'Ja, hij wordt op de hoogte gebracht van de onterving. Dat is een wettelijke eis. Ook ben ik helaas genoodzaakt hem te wijzen op de periode waarbinnen hij zijn aanspraak moet laten gelden.'

'Dat is toch niet rechtvaardig!' barstte moeder nu dan toch los. 'Die man is de kwelgeest van de familie en nu moeten we hem nog geld geven ook?'

Ekengren haalde diep adem. 'Het spijt me, maar zo ligt het wel. De wet houdt helaas geen rekening met de verhoudingen binnen een familie. Of met karaktereigenschappen. Er wordt alleen gekeken of er niemand benadeeld wordt. Ik ben bang dat uitbetaling onvermijdelijk is als uw familielid aanspraak maakt op zijn legitieme deel.'

Moeder staarde de notaris aan. Het leek of hij de vloer onder haar voeten had weggetrokken. Mijn hart ging wild tekeer, terwijl ik tot me probeerde te laten doordringen wat hiervan voor ons de gevolgen zouden zijn.

Moeders verontwaardiging betrof alleen het feit dat Magnus en zij in een vete verwikkeld waren en dat hij in haar ogen niets van de Leeuwenhof verdiende. Maar mijn invalshoek was anders. Als moeders aandeel al honderdduizend kroon was, had Magnus waarschijnlijk ook een aanzienlijk bedrag tegoed. Dat zou betekenen dat we voorlopig moesten stoppen met een van onze bouwprojecten. Van alle projecten was het de dierenkliniek die daarvoor het eerst in aanmerking zou komen...

De notaris maakte de lezing van het testament af, maar ik was ervan overtuigd dat moeder er even weinig van meekreeg als ik. Op zeker moment namen we afscheid van Ekengren, die ons verzekerde dat hij ons de desbetreffende documenten zo spoedig mogelijk zou toesturen.

Moeder kookte van woede, en het viel haar steeds zwaarder haar uiterlijke kalmte te bewaren. Ze beende de kamer door en zei de secretaresse nauwelijks gedag. Vader wierp de vrouw een verontschuldigende blik toe.

Ik gaf hem een arm. Moeder had het kantoor al verlaten.

'Die schoft weet het gewoon!' tierde ze in de hal, waar weliswaar niemand was, maar die zo galmde dat haar woorden in alle vertrekken te horen moesten zijn. 'Hij wist het al toen hij bij ons was.'

'Het is nou eenmaal de wet,' zei vader op rustige toon. 'We kunnen er niets tegen doen.'

'Hij krijgt niets!' snauwde moeder zonder op zijn woorden in te gaan. 'Hij verdient het gewoon niet!'

Vader keek mij aan.

'Je hebt het gehoord: volgens de wet moet hij zijn deel krijgen als hij binnen een half jaar te kennen geeft dat hij daar aanspraak op maakt,' zei ik. 'Vader heeft gelijk, we hebben geen keus.'

'Maar het is niet rechtvaardig!'

'Mama,' zei ik. 'Alsjeblieft. We weten nog niet eens of hij wel aanspraak maakt.'

'Denk je soms dat Magnus zich dit laat ontgaan?'

'Nee, dat denk ik niet. Maar wij zijn mensen die zich aan de wet houden. We kunnen niet anders.'

Moeder keek me boos aan. Toen legde vader zijn arm om haar heen. 'We hebben het er later nog over. Er komt wel een oplossing.'

Eenmaal thuis verdween moeder direct naar haar slaapkamer. Ze was duidelijk niet in de stemming voor een gesprek. Ook in de auto had ze nauwelijks iets gezegd. Maar ik kon de gedachten die door haar hoofd tolden bijna horen.

En ze had gelijk. De waarde van de Leeuwenhof berustte op het huis en het land dat nog over was, op de paarden en de stallen. Het saldo op de bankrekening was de afgelopen maanden licht gegroeid, maar nog altijd beperkt. Moeder had me al eerder gezegd dat ze voorlopig van uitbetaling van haar erfdeel zou afzien. Maar als Magnus te kennen gaf dat hij aanspraak op zijn legitieme portie maakte, was de bouw van een paardenkliniek voorlopig van de baan.

Ik ging naar de werkkamer en belde Jonas op. Hij leek mijn telefoontje al verwacht te hebben, want hij nam direct op.

'En, hoe ging het?' vroeg hij zonder eerst zijn naam te noemen.

'Hoe wist je dat ik het was?' vroeg ik. 'Het had toch ook iemand anders kunnen zijn?'

'Ik had een vermoeden. De twee cliënten die ik dezelfde vraag stelde waren wel een beetje verbaasd, maar ik kon het misverstand snel uit de weg ruimen.' Hij leek te verwachten dat ik hier iets op zou zeggen, maar daar had ik nu geen zin in. 'Nou?' vroeg hij. 'Wat heeft het opgeleverd?'

'Eigenlijk wel iets goeds, maar helaas met een bijsmaak.'

'In hoeverre?'

'Oma heeft mij de Leeuwenhof nagelaten.'

'Dat is het goede nieuws, neem ik aan.'

'Ja. Het slechte is dat ze Magnus weliswaar inderdaad heeft onterfd, maar dat hij recht heeft op een wettelijk erfdeel. En wat dat betekent, kun je wel raden.'

'Inderdaad,' antwoordde Jonas. 'Dat kan ik helaas maar al te goed raden.' Hij zuchtte en voegde eraan toe: 'Je zult gelden voor hem moeten vrijmaken. Dat zal een bittere tegenslag voor jullie zijn. Misschien zal je moeder nog wat land moeten verkopen.'

'Of ik zie af van de paardenkliniek.'

'Dat zal waarschijnlijk niet voldoende zijn.'

'Moeder zal geen land meer verkopen. Niet voor Magnus.'

'Ook niet voor haar dochter?'

'Geloof me, de haat voor haar neef heeft de overhand. Natuurlijk zou ze proberen me te helpen, maar niet als het Magnus ten goede komt. Zelfs als ze zeker weet dat er geen alternatief is, zal ze er eerder op staan een proces tegen hem aan te spannen.'

'Wat ook hoge kosten met zich meebrengt.'

'Precies.'

Jonas leek er even over na te denken. 'Als je wilt, kan ik een van mijn vrienden bellen,' zei hij toen. 'Hij is advocaat en weet alles van erfrecht.'

'En wat zou dat opleveren?' antwoordde ik zuchtend. 'De notaris heeft ons duidelijk gemaakt dat we geen keus hebben.'

'We krijgen het wel voor elkaar,' hoorde ik hem zeggen. 'Jij hebt nu andere zaken aan je hoofd. Je bent de nieuwe eigenares van de Leeuwenhof. De nieuwe gravin Lejongård. Dat is nogal een verantwoordelijkheid.'

Ook dat vond ik beangstigend. Mormor was altijd het hoofd van de familie geweest. En nu moest ik die rol op me nemen?

'Ja, vroeger kon ik me achter oma verschuilen. Van nu af aan ben ik als enige verantwoordelijk voor het landgoed.'

'Hoe treurig het verlies van je oma ook is, je hebt nu meer speelruimte. Je bent niet langer de bedrijfsleider die verantwoording moet afleggen, ook al gebeurde dat vast gezellig bij een kopje thee. Je bent nu zelf de gravin. Jij beslist wat er gebeurt. Met alles wat er tot nu toe al is gerealiseerd van onze ideeën, kan het alleen maar goed uitpakken.'

'Zo probeer ik het ook te zien,' zei ik. Opeens stond het huilen me weer nader dan het lachen. Niet zozeer vanwege Magnus, maar vanwege de druk van de verantwoordelijkheid. Hoe zou het aflopen? Als ik faalde, zou alles waarvoor mijn voorouders hadden gewerkt en geleefd te gronde gaan. Dat mocht in geen geval gebeuren!

'Luister eens,' zei hij. 'Als je iets nodig hebt, zal ik je helpen en je steunen. Ik zou je een privélening kunnen geven. Of we vinden een andere oplossing. Je hoeft nergens bang voor te zijn.'

'Dank je,' zei ik, maar ondertussen hoopte ik een oplossing te vinden die Jonas niet zou belasten.

28

Om wat afleiding te hebben nam ik de post van de afgelopen week door. Mijn aandacht werd getrokken door een envelop met een familiewapen erop. Het was niet het wapen van het Zweedse koningshuis. De brief kwam uit Denemarken en de afzender was graaf Svaneholm, die een van de grootste Deense stoeterijen bezat. Zijn wapen leek in de verte op dat van onze koningen met de drie kronen. In het midden stond een zwaan. Ik kende de naam Svaneholm van horen zeggen, want Jonas had zich laten informeren over de Deense equipe en hij had zijn naam een keer laten vallen. De brief was in het Engels en bevatte een uitnodiging om naar Kopenhagen te komen. Graaf Svaneholm overwoog zijn stoeterij met onze paarden van vers bloed te voorzien. Hij stelde als voorwaarde dat ik hem een gedetailleerde presentatie zou geven.

Ik schrok even toen ik de datum zag. Ik had uiterlijk begin deze week mijn beslissing moeten laten weten. Ik keek naar het poststempel. De brief was twee dagen na Jonas' huwelijksaanzoek gepost. Ik pakte snel de telefoon en draaide het nummer dat in het briefhoofd stond. De telefoon ging een paar keer over, maar er werd niet opgenomen. 'Verdorie,' schold ik zachtjes toen ik de hoorn weer neerlegde. Ik had veel eerder moeten reageren. Nu zou Svaneholm kunnen denken dat we geen belangstelling hadden.

Ik keek op de klok. Het kon zijn dat zijn secretaris net lunchpauze had. Ik stond op en nam de brief mee om hem aan moeder te laten zien. Maar ik vond haar niet in haar slaapkamer of in de eetkamer en ook niet in de salon. Toen ik uit het raam keek, zag ik een donkere gestalte in het tuinhuisje. Ik liep naar buiten. Moeder zat inderdaad op het smalle bankje en staarde voor zich uit.

'Hier ben je dus,' zei ik, waarna ze opkeek. Ze had een verfrommelde zakdoek in haar handen. Ze moest hebben gehuild, haar ogen waren gezwollen. 'Ik heb net de post doorgenomen en toen vond ik dit.'

'Wat is dat?' vroeg moeder.

'Een uitnodiging om naar Denemarken te komen. Iemand met een stoeterij wil eventueel paarden van ons kopen om zijn bloedlijn te verversen. Maar dan zou ik al eind deze week moeten vertrekken. Als ik zijn secretaris tenminste te pakken krijg.'

Moeder keek me met vochtige ogen aan. Ik zag niet meteen een reactie op mijn woorden. 'Jij bent de nieuwe gravin,' zei ze ten slotte. 'Het is je plicht het huis Lejongård te vertegenwoordigen.'

'En dat zal ik ook doen. Maar is het niet fantastisch? We hebben weer een buitenlandse klant! Een prominente klant ook nog. Als ik het goed aanpak zullen we een paar paarden voor een behoorlijk bedrag kunnen verkopen.' Bij deze woorden voelde ik iets kriebelen in mijn maagstreek. Natuurlijk legde het wat druk op mijn schouders, maar ik verheugde me op de reis. Enthousiasme van mijn moeders kant bleef echter uit. 'Ben je soms boos op me? Of op oma?' vroeg ik terwijl ik naast haar op de bank ging zitten.

Even reageerde ze helemaal niet, toen schudde ze haar hoofd. 'Nee, ik ben boos op het lot,' antwoordde ze. 'Destijds... Het had Magnus moeten zijn die omkwam. Niet Ingmar. Alles was makkelijker geworden als Ingmar niet gestorven was.'

'Omdat jij dan niet de verantwoordelijkheid had gehad?' vroeg ik zacht. Het was eigenlijk niets voor haar om iemand iets naars toe te wensen. Magnus was waarschijnlijk de enige die ze echt haatte.

'Ik heb de verantwoordelijkheid niet, die heb jij,' antwoordde ze. 'Jij moet nu met Magnus tot een vergelijk komen. Het was nooit de bedoeling dat ik een plaats in de erfopvolging zou krijgen.'

'Dat is niet waar. Grootvader heeft Ekberg in gelijke mate aan jou en Ingmar nagelaten.'

'Ekberg, maar niet de Leeuwenhof. Ekberg had niemand ons kunnen betwisten. Maar Magnus zal er altijd zijn. Hij zal ons altijd blijven dwarsbomen.'

'Nou, wat mij betreft krijgt hij alleen zijn legitieme portie, meer niet.'

'En hoe wil je hem die geven? Kijk eens naar de nieuwe gebouwen die in aanbouw zijn.'

'In geval van nood leggen we de bouw voorlopig stil.'

Moeder balde haar vuist om de zakdoek.

'Mama, leg je erbij neer, we staan machteloos in deze kwestie. We kunnen niet winnen. Het recht is wat het is. We kunnen het risico van een rechtszaak nemen, maar dat wordt te duur en er is geen zicht op succes. We zouden alleen maar onnodig een advocaat geld toeschuiven.'

'Dan wil je hem dus uitbetalen?'

Ik knikte. 'Ja. Maar pas nadat de waarde van de Leeuwenhof exact is bepaald. Hij mag zijn deel hebben, maar ik zal het tot op de öre nauwkeurig berekenen. We gaan hem niets cadeau doen.' Moeder knikte en depte haar ogen droog. Ik streelde haar rug. 'Hou jezelf dit voor: als we hem hebben uitbetaald, zal hij ons niet meer dwarszitten. Nooit meer.'

'Denk je echt?' vroeg moeder bitter. 'Magnus is tot alles in staat. Zelfs tot sabotage, als hij niet tevreden is met het bedrag.'

'Ik geloof niet dat hij dat zal doen.'

'Hij heeft ooit zijn eigen vader in elkaar laten slaan!'

'Heb je dat zelf gezien?' vroeg ik. Ik kende het verhaal wel, maar ik wilde niet geloven dat hij met zoiets was weggekomen.

'Hij heeft het zelf verteld. Hij schepte er gewoon over op.'

'Je vergeet dat hij schrijver is. Hij heeft een rijke fantasie. Het zou kunnen dat hij je bang wilde maken, is dat wel eens bij je opgekomen?'

'Neem je hem nu soms in bescherming?'

Ik schudde mijn hoofd. 'Nee, ik wil je alleen laten zien dat hij waarschijnlijk minder gevaarlijk is dan hij zich voordoet. Hij mag je dan slecht hebben behandeld, maar het kan best zijn dat hij een tandeloze hond is die nu eenmaal graag blaft. Het is het beste om af te wachten en ons niet bang te laten maken.'

Die middag kreeg ik eindelijk Svaneholms secretaris te pakken. Hij was eerst verbaasd dat ik me nu pas meldde, maar ik kon hem uitleggen dat mijn grootmoeder was overleden en dat ik daardoor niet eerder de post had kunnen doornemen.

'Ik zal het met de graaf bespreken en bel u dan terug,' zei hij. 'Het kan zijn dat hij op die dag al afspraken heeft staan, maar gezien de omstandigheden is uw late reactie natuurlijk te verontschuldigen.'

'Hartelijk dank,' zei ik. Ik was ervan overtuigd dat de graaf helemaal geen afspraken had. De secretaris wilde me alleen aan het lijntje houden omdat ik zo laat had gereageerd.

De volgende uren bracht ik door in de werkkamer, bang dat ik anders de telefoon niet zou horen. Maar er werd niet gebeld. Ik was ervan overtuigd dat dit een slecht teken was. Ik had de graaf laten wachten en nu deed hij hetzelfde – of hij had geen belangstelling meer. Ik keek op de klok. Het was al zeven uur. Juist toen ik aanstalten maakte de kamer te verlaten, ging de telefoon over.

Het was inderdaad de secretaris van de graaf. Hij deelde me kort en bondig mee dat de graaf een afspraak had gepland over twee dagen, daarna zou hij op zakenreis zijn. Ik bedankte hem, maar voelde direct hoe de nervositeit zich in me samenbalde. Ik had alleen nog de dag van morgen om de ontmoeting voor te bereiden. Maar ik zei niets. Het gesprek met de graaf was te belangrijk.

'Ik ga overmorgen naar Kopenhagen,' zei ik onder het eten tegen mijn moeder.

'Overmorgen?' vroeg ze verbaasd, alsof ze ons gesprek in het tuinhuisje vergeten was.

'Ja, die Deense graaf. Ik heb je vanmiddag toch over hem verteld?'

'O ja, dat is waar ook,' antwoordde ze.

‘Willen jullie me een plezier doen en contact met de hoofdopzichter opnemen over de dierenkliniek? Hij zou eigenlijk overmorgen bij me langskomen om het over het plaatsen van de fundering te hebben. Dat zullen we natuurlijk even moeten uitstellen.’

‘Dat is goed, ik zal het met hem regelen,’ zei mijn vader. ‘Ik zal hem wel uitleggen hoe het er momenteel voor staat.’

‘Dank je wel, papa.’

‘Je zou echt een assistente moeten nemen,’ ging mijn vader verder, ‘nu je alles hier alleen moet regelen.’

‘Ik zal er eens over nadenken als ik terug ben en als we weten hoe we ervoor staan wat Magnus betreft.’

‘Het zou jammer zijn als de opbrengst van de verkoop van de paarden Magnus in de schoot wordt geworpen,’ merkte moeder op.

‘Ik moet ze eerst zien te verkopen, dan zien we wel verder.’

Na de avond te hebben doorgebracht met het zoeken naar geschikte kandidaten in de actuele versie van ons stamboek, hield ik me de volgende ochtend bezig met de offerte die ik de graaf wilde voorleggen. Zijn aanvraag was wel nogal vaag geweest, maar waarom niet meteen spijkers met koppen slaan?

‘Kijk eens aan, onze jonge gravin maakt blijkbaar ook over de grens furore,’ merkte Jonas op toen ik vlak voor mijn vertrek naar Kristianstad er telefonisch over vertelde.

‘Dus jij zit niet achter zijn aanvraag?’ vroeg ik. Anders was het misschien het artikel in het ruitersporttijdschrift geweest. Was dat ook in Denemarken te krijgen?

‘Nee, ik was mijn handen in onschuld. Maar ik zou me kunnen voorstellen dat het iets heeft opgeleverd dat je de beste ruiters van Zweden bij je hebt ondergebracht. Ninna is Deense. Ik zou haar ervan verdenken.’

‘Zelfs nadat haar paard bij ons in een sloot is gevallen?’ vroeg ik. ‘Zou ze de kansen van haar teamgenoten op een olympische medaille kleiner willen maken?’

‘Dat denk ik niet. En ik denk ook niet dat ze haatdragend is.

Haar paard is niets overkomen, ik heb gehoord dat Caspar haar nummer twee bij de Spelen wordt.'

'Daar ben ik blij om,' antwoordde ik. Ook al had Ninna me verzekerd dat ze niet moeilijk zou doen, ik was er toch een beetje bang voor gebleven.

'Misschien willen de Denen bij jullie een trainingskamp organiseren,' haalde Jonas me terug uit mijn gedachten.

'Het gaat om de aankoop van paarden voor de stoeterij, maar wie weet komen we daar ook nog over te spreken.'

Jonas zweeg even en ik vroeg me opeens af wat er aan de hand was. Beviel het hem niet dat ik alleen zou reizen? Of had hij zich voorgesteld dat we in het weekend iets zouden ondernemen?

'Weet je eigenlijk hoe trots ik op je ben?' vroeg hij toen.

'Nee, nog niet,' antwoordde ik schertsend. 'Maar ik heb zo mijn vermoedens.'

'Nou, dan weet je het nu. Ik ben verdomd trots op je! Ook al betekent dit tripje dat ik geen geweldig weekend met je kan doorbrengen.' Voordat ik hierop kon reageren voegde hij er snel aan toe: 'Maar ik wil niet zeuren. Ik was tenslotte degene die je ertoe heeft aangespoord iets van de Leeuwenhof te maken. En nu doe je dat. Je neemt de teugels in handen.'

'Tja, als de nieuwe gravin Lejongård...' Ik haalde diep adem. Ik verbond die grafelijke titel nog steeds met mijn oma.

'Solveig?' vroeg hij zacht. 'Is alles oké?'

'Jawel,' antwoordde ik. 'Alleen... ik mis haar zo. Ik wou dat ze dit nog had kunnen meemaken. Dit en alles wat nog gaat komen.'

'Je oma wist dat de Leeuwenhof in goede handen zou zijn,' zei Jonas. 'Ze wist dat het je zou lukken. In die wetenschap is ze gegaan. En wie weet is haar geest nog ergens in het huis en kijkt ze naar je. Je zult zien, als er een hemel is, zorgt ze ervoor dat jij gelukkig wordt. En hier op aarde zal ík proberen je gelukkig te maken.'

Ik brandde opeens van verlangen. Wat had ik hem nu graag bij me gehad! 'Dat is een van de mooiste dingen die je ooit hebt gezegd.'

Hij schoot in de lach. 'Ik ben reclameman, wat verwacht je dan?'

De volgende dag ging ik op weg en nam ik de trein naar Kopenhagen. Op het station wachtte een zwarte limousine me op, met een knappe chauffeur aan het stuur.

Het landgoed Svaneholm was aanmerkelijk groter dan de Leeuwenhof. Het landhuis was eigenlijk meer een kasteel. De machtige torens verhieven zich stralend wit tegen de blauwe achtergrond van de ochtendhemel. Ik was nerveus. Mijn handen trilden en mijn gezicht gloeide. De tas naast me leek zwaarder dan een paar uur eerder. Het reusachtige, zeer goed onderhouden complex intimideerde me enigszins. De naam Lejongård mocht dan in Zweden ooit iets hebben betekend, Svaneholm leek hier aanzienlijk belangrijker te zijn. En de familie had zich blijkbaar goed weten te redden gedurende de oorlog, waarvan de gevolgen in Denemarken nog ernstiger waren geweest.

De chauffeur reed ook langs de gebouwen met de stallen, die adembenemend waren. Ze leken weliswaar net als het kasteel zelf uit de zeventiende eeuw te stammen, maar alles wekte een hypermoderne indruk. Ook al hadden wij de afgelopen jaren heel wat bereikt, onze stallen zagen er vergeleken met deze armetierig uit. Dat droeg niet bepaald bij tot een gerust gevoel.

De chauffeur bleef voor de hoofdingang staan. Terwijl ik uitstapte verscheen er een man boven aan de trap. In zijn goedgesneden donkere kostuum had je hem voor de graaf kunnen aanzien, maar hij stelde zich voor als diens secretaris. 'Het doet me genoegen kennis met u te maken, gravin Lejongård,' zei hij en hij maakte het begin van een lichte buiging. 'Graaf Svaneholm verwacht u al.'

Hij gebaarde dat ik mee moest komen. Ik probeerde in zijn bijzijn niet te lijken op een hevig geïmponeerd meisje, hoewel ik mijn ogen uitkeek. Alleen al de grote ontvangsthal met het vele stucwerk en goud was verbluffend. Er hingen hier geen portretten van voorvaderen, maar wel landschapsschilderijen van groot formaat.

We liepen de trap op en hielden uiteindelijk stil voor een hoge opensslaande deur. De secretaris klopte kort en verdween toen de kamer in. Even later kwam hij terug en vroeg me naar binnen te gaan.

Graaf Svaneholm kwam achter zijn grote mahoniehouten bureau vandaan om me te begroeten. Hij was niet veel groter dan ik, maar straalde een opmerkelijk gezag uit. Hij had een flinke zilvergrijze haardos, zijn gezicht was hoekig en zijn donkere ogen namen me belangstellend en waakzaam op. Hij was een aantrekkelijke man en leek zich daarvan ook bewust te zijn.

'Hartelijk welkom op slot Svaneholm,' zei hij en hij reikte me de hand. 'Het doet me genoegen dat we elkaar nu dan toch ontmoeten.'

'Het genoegen is geheel mijnerzijds,' antwoordde ik. 'Hartelijk dank dat u tijd voor me hebt vrijgemaakt.'

De graaf nam me mee naar het leren bankstel onder de ramen, vanwaar je uitzicht had op de schitterende baroktuinen.

'Mijn medeleven met uw verlies,' zei de graaf toen we gingen zitten. 'Ik kende uw grootmoeder niet, maar ik kan me indenken welk verdriet het overlijden van een dierbare met zich meebrengt.'

'Hartelijk dank, dat stel ik op prijs. Helaas hebben de voorbereidingen voor haar begrafenis tot gevolg gehad dat ik uw brief pas laat zag.'

'Dat geeft toch niet. Hoewel ik moet toegeven dat ik een beetje teleurgesteld was.' Hij zei het niet, maar ik kon wel zien dat hij niet gewend was dat men hem liet wachten. 'Gaat u toch zitten.'

Hij vroeg of hij me iets te drinken kon aanbieden. Ik vroeg om mineraalwater met citroen, want ik had het gevoel dat mijn tong aan mijn verhemelte plakte.

'Het is ongebruikelijk dat een vrouw als u alleen reist,' begon hij, nadat hij een iriserend kristallen glas voor me had neergezet en zelf ook was gaan zitten.

'Hoezo ongebruikelijk?' vroeg ik terwijl ik het trillen van mijn handen probeerde te onderdrukken toen ik de papieren uit mijn tas haalde. 'Het gaat om mijn bedrijf, daarvoor moet ik immers wel reizen.'

‘Natuurlijk. Ik bedoelde het ook meer met het oog op een assistent. Bijna alle zakenmensen die ik ken hebben iemand die hun afspraken regelt en met hen meegaat.’

Ik bloosde. Was het onprofessioneel om geen assistent te hebben? Ik had tot nog toe prima alleen uit de voeten gekund. ‘Het zal wel komen door de zelfstandigheid die ik tijdens mijn studie heb ontwikkeld,’ antwoordde ik en ik merkte dat ik daarmee precies het juiste had gezegd.

‘U hebt dus gestudeerd?’ vroeg hij. ‘In Stockholm?’

‘Ja, diergeneeskunde.’

Svaneholm lachte even. ‘Dus u bent dierenarts?’

‘Jazeker,’ antwoordde ik. ‘Op mijn landgoed worden paarden gefokt, wat is daar zo vreemd aan?’ Keek hij misschien op me neer omdat ik dierenarts was?

Svaneholm hief bezwerend zijn handen. ‘Niets, begrijpt u me alstublieft niet verkeerd. De meeste jongelui van adellijke afkomst worden vijf jaar naar Amerika gestuurd om daar economie te studeren.’

‘Nu, mijn ouders hebben de keuze aan mij gelaten. Ik heb al van kindsbeen af belangstelling voor paarden en werd ook geconfronteerd met hun ziektes. Bovendien is medische kennis nuttig voor het fokken. Daarom kwam voor mij geen ander vak in aanmerking.’ Ik zweeg even en keek Svaneholm recht aan. Ik had al gemerkt dat hij een nogal hoge dunk had van zijn status. Maar dat hij het grappig zou vinden dat een dochter uit een adellijk geslacht dierenarts was, had ik niet verwacht. ‘Wat de economische kant betreft, kan ik vertrouwen op de hulp van mijn moeder. Zij leidt haar eigen landgoed en heeft me vooral in de beginfase van mijn functie als bedrijfsleider veel nuttige adviezen gegeven.’

Ik voelde dat Svaneholm, die in mij slechts een eenvoudige boerin leek te zien, hierdoor niet van mening veranderde. Gek genoeg groeide daardoor mijn zelfvertrouwen enigszins. Zo hoefde ik me niet anders voor te doen dan ik was.

‘Goed, laat u me eens zien wat uw stoeterij te bieden heeft,’ zei hij ten slotte, waarvoor ik hem heel dankbaar was. Als ikzelf dan geen aanbeveling voor de Leeuwenhof was, dan waren onze paarden dat misschien wel.

In zakelijk opzicht verliep het gesprek met de graaf prettig, ook al voelde ik dat Svaneholm me niet als gelijkwaardig beschouwde. Ik liet hem ons stamboek zien, legde hem de verbeteringen uit die we door het fokken hadden bereikt en merkte terloops op dat een van de beste Zweedse springruiters paarden van ons had gekocht om ze te trainen voor de military. Bovendien noemde ik de paardenkliniek, al was het nog onduidelijk wanneer we die zouden kunnen openen.

Svaneholm leek onder de indruk te zijn, wat voor hem overigens geen reden was zich op stel en sprong vast te leggen. 'Uw dieren zijn werkelijk prachtig, maar ik ben ook in onderhandeling met andere aanbieders,' zei hij ten slotte. 'Dat zult u begrijpen.'

'Natuurlijk,' antwoordde ik terwijl ik mijn teleurstelling probeerde te verbergen. Andere aanbieders? Was dat een tactiek om me aan het lijntje te houden? Hij kon me toch niet helemaal hierheen laten komen om me met een 'misschien' weer weg te sturen?

Ik had de prijs kunnen verlagen, maar dat wilde ik niet. Onze paarden waren waardevol! En al leek de Leeuwenhof in vergelijking met Svaneholm maar een klein landgoed, we hadden onze tradities, onze trots, en konden bogen op onze fokkerservaring. Het enig nare daaraan was dat we er niet veel aan zouden hebben als we geen paarden verkochten.

'Laat uw offerte hier maar achter, dan hoort u van me zodra ik een besluit heb genomen.'

Ook die woorden waren een domper voor me. Het was gebruikelijk om na een bespreking met een zakenrelatie samen iets te eten, maar Svaneholm verontschuldigde zich vanwege een andere afspraak en zei dat zijn chauffeur me weer naar het station zou brengen. Ik vroeg me af of Svaneholm het anders zou hebben aangepakt als ik een man was geweest.

En zo nam ik afscheid in de wetenschap dat ik nog een paar dagen zou moeten wachten. De secretaris liep met me mee naar buiten, waar de chauffeur al klaarstond. Ik had het liefst gevraagd of zijn werkgever altijd zo kortaf was tegenover zijn zakenrelaties, maar dat durfde ik niet. Ik maakte misschien toch al weinig kans, ik wilde niet nog meer op het spel zetten.

29

Het was al nacht toen ik op de Leeuwenhof terugkwam. Ik leegde de brievenbus en nam de post mee naar de werkkamer. Moeder sliep vast al lang, het was immers na twaalven. Ik zou haar morgen begroeten. Eigenlijk was het niet mijn bedoeling om de post meteen door te nemen, maar toen ik de afzenders bekeek, viel me op dat er een brief van notariskantoor Ekengren bij zat. Ik had zijn rekening al betaald, wat zou hij van ons willen? Met een vreemd gevoel in mijn maag maakte ik hem open.

Toen ik de naam Magnus Lejongård zag, sloeg ik mijn hand voor mijn mond.

Inderdaad deelde de notaris ons mee dat mijn oom via zijn advocaat aanspraak maakte op zijn legitieme portie. Precies zoals hij had aangekondigd.

Ik liet me op mijn bureaustoel vallen. Moeder had gelijk gekregen. Ik zat een tijdje voor me uit te staren. Als graaf Svaneholm inderdaad paarden van ons zou kopen, ging de hele winst op aan het bedrag dat Magnus toekwam.

Eigenlijk was ik veel te moe om nu nog iets te doen, maar ik moest mijn gevoel van onmacht kwijt zien te raken. Dus pakte ik de papieren voor onze belastingaangifte. Ik haalde de laatste aanslag tevoorschijn met de berekening van het bedrag dat we aan belasting moesten betalen. Toen ging ik aan het werk.

Het duurde even, maar uiteindelijk kwam ik uit op de waarde van de Leeuwenhof en de hoogte van Magnus' aandeel. Het was een flink bedrag, maar wel iets minder dan ik had verwacht. Toch was het onmogelijk Magnus in één keer uit te betalen. We zouden er bovendien niet aan ontkomen de bouw van de kliniek tot nader order uit te stellen. Als Svaneholm paarden zou kopen, konden we ermee doorgaan zodra de betaling binnen was. Maar ik was optimistisch. Ik keek naar de berekening en stond toen op. Het zou over een paar uur alweer ochtend worden, maar ik moest nu echt nog wat slapen.

Toen ik naar beneden ging om te ontbijten, nam ik mijn berekeningen van de afgelopen nacht mee. Moeder keek me verbaasd aan.

'Wat is dat?' informeerde ze en ze zette voorzichtig mijn koffiekopje naast de papieren neer.

'Dat is mijn berekening van Magnus' legitieme portie, het bedrag dat hem volgens het erfrecht toekomt. Ik ga morgen maar meteen naar hem toe.'

'Wil je het dan persoonlijk regelen?' vroeg moeder.

'Waarom niet?' vroeg ik. 'Hij zal me niet opvreten.'

'Dat zeg jij. Je kent hem niet echt.'

Ik haalde diep adem. 'Mama, overdrijf niet zo. Magnus is mijn oom. Geen leuke oom, maar hij is wel familie. Hij zal me niets aandoen. Misschien ziet hij het zelfs als een verzoeningsgebaar.'

'Ik denk dat hij eerst alles zal opsommen wat er mis is met mij. En met jou.'

'Dat riedeltje ken ik al. Hij doet maar, als hij daar plezier in heeft. Maar het verandert er niets aan: het bedrag blijft hetzelfde en meer dan dat krijgt hij niet.' Ik haalde diep adem.

'Hoe is je gesprek met die Deense graaf eigenlijk verlopen?' Vader veranderde van gespreksonderwerp.

'Niet al te best,' antwoordde ik. 'Nou ja, hij was wel beleefd, althans voor het merendeel.'

'Voor het merendeel?'

'Hij vond het nogal grappig dat ik niet vijf jaar lang economie had gestudeerd in Amerika, zoals andere kinderen uit adellijke families kennelijk doen. Een dierenarts was, geloof ik, in zijn ogen als gesprekspartner beneden zijn stand.'

'Hoe dat zo?' vroeg vader niet-begrijpend. 'Dierenarts is een achtenswaardig beroep! En belangrijk als je paarden houdt en fokt.'

'Dat zien wij hier zo, maar in de kringen waarin iemand als Svaneholm zich beweegt ligt dat kennelijk heel anders.' Ik slaakte een zucht. 'Je had zijn slot moeten zien en die stallen! Daarmee vergeleken zijn wij verarmde landadel.'

'Ach ja, in feite zijn we ook niet meer dan verarmde landadel,' merkte moeder triest op. Toen keek ze me vastberaden aan. 'Maar we hebben goede paarden en we hebben de afgelopen jaren veel bereikt. Jij hebt veel bereikt,' preciseerde ze. 'En,' zei ze, 'niemand heeft het recht zijn neus voor ons op te trekken, alleen omdat we een beetje pech hebben gehad. En niemand lacht mijn dochter uit.'

Ik glimlachte naar haar. 'Dat weet ik. En ik heb toch geprobeerd ons zo goed mogelijk te verkopen. Svaneholm kent ons aanbod en mijn prijs. Misschien was het onderhandelingstactiek, maar ik ben er niet op ingegaan. Economiestudie of niet, als de paarden hem niet bevallen zal hij het aanbod afslaan. En als hij dat vanwege mij doet, heeft hij daar alleen zichzelf mee. Zijn paarden hebben duidelijk een inteeltprobleempje. Hij heeft goed nieuw bloed nodig om dat op te lossen.'

'Ja, anders krijgt hij op een dag veulens met twee hoofden en zonder oren,' zei moeder nijdig. Ik ergerde me weliswaar ook, maar bij die woorden kon ik niet anders dan in de lach schieten.

De volgende ochtend ging ik in alle vroegte op weg naar Stockholm.

'U bent alweer op reis,' zei de conducteur tegen me terwijl hij mijn kaartje controleerde.

'Tja, als je een bedrijf hebt, ben je nu eenmaal altijd bezig,' antwoordde ik, want ik wilde hem in het bijzijn van de andere passagiers niet vertellen dat ik vanwege een familiekwestie onderweg was.

Tijdens de treinreis overdacht ik wat ik tegen mijn oom zou

zeggen. Ik had hem alleen maar meegemaakt als een negatieve en hatelijke man, verder had hij me nooit erg beziggehouden. Maar nu vroeg ik me af of hij echt zo'n enorme hekel aan mijn moeder had.

Bij het station in Stockholm nam ik een taxi. Magnus woonde in een huurhuis in de oude stad, niet ver van de Brännkyrkagatan, waar moeders geboortehuis stond. Het huis van Magnus zag er enigszins verwaarloosd uit, maar had nog steeds de charmante uitstraling van vroegere tijden met zijn raamrozetten en gestucte ornamenten aan de nok. Het deed me een beetje denken aan het voormalige paleis van graaf Von Rosen, hoewel het aanmerkelijk kleiner was.

De voordeur ging open en ik keek in het blozende gezicht van een vrouw. Haar ogen werden groot van verbazing.

'Dag Rosa,' zei ik. 'Ken je me nog? Ik ben de dochter van Mathilda Lejongård.'

'Maar natuurlijk weet ik wie je bent. Ik heb je bij de begrafenis gezien,' antwoordde ze en toen keek ze licht aarzelend over haar schouder.

'Ik zou oom Magnus graag willen spreken. Is dat mogelijk?'

'Ik weet niet of hij daarvoor momenteel in de stemming is,' zei ze en ze friemelde nerveus aan de mouw van haar trui. 'Hij is aan het schrijven en daarbij wil hij eigenlijk niet gestoord worden.'

Daar kon ik geen rekening mee houden. 'Het is belangrijk,' antwoordde ik. 'Het gaat om de nalatenschap van zijn moeder.'

Rosa keek me bijna angstig aan. 'Hij is daar nogal ontstemd over.'

Ik glimlachte haar bemoedigend toe. 'Dan kom ik precies op het juiste moment om hem goed nieuws te brengen. Mag ik bovenkomen?'

Rosa nam me mee de trap op naar de derde verdieping. Ze had zichtbaar moeite met traplopen. Ik vroeg me af waarom Magnus niet zelf ging kijken als de bel ging. Maar waarschijnlijk zou hem dat storen bij zijn creatieve proces.

Bij de voordeur van de woning kon ik de schrijfmachine al horen ratelen. Rosa had de waarheid gesproken, hij zat te schrijven. Ik had nooit zin gehad een van zijn boeken te lezen, maar ik wist dat hij zich had toegelegd op misdaadromans, die onder pseudoniem verschenen. Zou hij bij het schrijven van zijn verhalen wel eens aan ons denken?

Rosa bracht me naar de woonkamer. Die was ingericht met zware houten meubels en wekte een nogal volgestouwde indruk. Naast de radiator onder het raam lagen stapels boeken. In het midden van de kamer stond een enorme blauwe bank. Uit de koffiekan op de glazen tafel ervoor kwam een pittige geur. Op het bont gedessineerde vloerkleed stond een mand met knotten wol en een breiwerk, waaraan je nog niet kon zien wat het moest worden.

Hoe zou Rosa's leven hier zijn? Stond ze alleen maar klaar om zijn wensen te vervullen, terwijl ze verder de tijd verdreef met huishoudelijk werk en breien?

'Een ogenblikje alsjeblieft,' zei ze. 'Ik ga hem zeggen dat je er bent.'

Ze klopte en schoof toen een van de glazen schuifdeuren opzij. Het geratel van de schrijfmachine ging nog even door, maar verstomde toen. Met licht trillende stem vertelde Rosa dat ik er was. Ik had maar wat graag gezien hoe hij daarop reageerde. Even later kwam Rosa terug, gevolgd door haar man.

Magnus liep naar me toe en zette zijn bril af, die een beetje scheef op zijn neus stond. 'Wat kom je hier doen?' vroeg hij zonder me te begroeten. 'Ben je door je moeder gestuurd om me duidelijk te maken dat ik onterfd ben? Dan kun je meteen weer vertrekken, ik sta in mijn recht.'

'Dat weet ik,' antwoordde ik. 'Daarom ben ik juist hier. Ik wil met u over uw aandeel in de erfenis praten.'

Heel even verdween de harde trek om zijn mond. Hij leek zowaar verrast te zijn, en even maakte ik mee dat hij sprakeloos was. 'Goed dan,' zei hij toen. 'Waar is mijn geld?'

'Kunnen we misschien even gaan zitten?' vroeg ik en ik keek om me heen. De bank zag eruit alsof je erin zou wegzinken, maar ik had geen zin om lang te blijven staan.

'Natuurlijk. Ik heb tenslotte wel manieren, nietwaar?' Ik wist dat hij erop zinspeelde dat wij hem niet hadden gevraagd binnen te komen. 'Ga zitten, maar hou het kort. Ik heb het druk.'

Ik ging op de bank zitten en zette mijn handtas op mijn schoot. 'Ik ben gekomen om u te vertellen dat ik ermee akkoord ga u uw wettelijk erfdeel uit te betalen.'

Magnus trok een wenkbrauw op. 'Kijk eens aan! En wat zegt je moeder daarvan?'

'Misschien weet u het niet, maar mijn grootmoeder heeft mij benoemd tot erfgenaam van het landgoed en de titel. Mijn moeder heeft weliswaar een geldelijk aandeel gekregen, maar zij is niet de voornaamste erfgenaam. Daarom ben ik hier en niet zij.'

Een eigenaardig lachje gleed over Magnus' gezicht, terwijl hij naar de armleuning van zijn stoel overhelde en zijn handen over zijn buik vouwde. 'Dan is haar plannetje dus niet gelukt.'

'Welk plannetje?' vroeg ik.

'Om het landgoed in te pikken.'

'Mijn moeder heeft nooit een dergelijk plan gehad. Ze bezit zelf een landgoed.'

'Ja, het landgoed van mijn broer, dat kan ik me nog herinneren. Jammer dat Ingmar in zee is gestort. Dat had ik eerder je moeder gegund.'

Er schoot een hete golf van woede door me heen. Het liefst had ik hem iets passends naar zijn hoofd geslingerd, maar ik dwong mezelf tot kalmte. Als ik voor elkaar wilde krijgen wat ik me had voorgenomen moest ik het hoofd koel houden.

'Het lot heeft beslist, niet mijn moeder,' antwoordde ik zonder mijn blik van hem af te wenden. 'Niemand heeft schuld aan Ingmars dood.'

'Onze moeder heeft hem verdreven door tegen ons te liegen!' barstte hij uit. 'Ze heeft ons in onwetendheid gelaten over wie onze echte vader was! En toen hij terugkwam...'

'Als jullie "vader" niet was teruggekomen, waren jullie nooit iets te weten gekomen!' viel ik hem in de rede. 'Hij heeft jullie moeder in de steek gelaten. Lennard is een goede vader voor jullie geweest.

Waarschijnlijk wilde deze Max of Hans of hoe hij ook heette alles ruïneren met zijn terugkeer. Hebt u ooit geprobeerd het van die kant te bekijken?'

Magnus' ogen spuwden vuur en ik hield er rekening mee dat hij me eruit zou gooien. Rosa stak haar hand uit om hem op de schouder van haar man te leggen, maar voordat ze hem kon aanraken schrok ze terug.

'Ik heb geen idee hoe het destijds echt is gelopen. Ik weet alleen wat mijn oma me heeft verteld,' ging ik verder. 'Volgens haar is Lennard een goede vader voor jullie geweest. De man die u net vader hebt genoemd was iemand die jullie moeder in de steek heeft gelaten. U hebt het recht niet om over uw moeder te oordelen.'

Magnus haalde diep adem. Hij had een wat grauwe gelaatskleur gekregen.

'Maar zoals ik al zei, ben ik hier niet om daarover met u in discussie te gaan. Dat had u met oma moeten doen. Ik denk dat het goed voor jullie was geweest als jullie met elkaar hadden gepraat. Die gelegenheid hebt u nu niet meer. En ik heb niets met uw geschiedenis te maken. Kunnen we het nu over het geld hebben?'

Achter mijn ogen kwam een lichte hoofdpijn opzetten. Moeder had echt niet overdreven wat Magnus betrof. Hij zat zo vast in zijn wereldje vol wrok over alles dat het onmogelijk leek hem eruit te krijgen. Ik kreeg bijna medelijden met hem.

Het duurde even tot hij weer rustig was. Ik had geen idee welk scenario er door zijn hoofd ging. Misschien liet hij me nu wel op gruwelijke wijze om het leven brengen door een van zijn romanpersonages. Toen snoof hij, alsof hij een snik wilde onderdrukken, en zei: 'Goed, zeg het maar.'

Ik probeerde mijn kalmte te herwinnen. Dat viel niet mee, want het zou hem gezien zijn korte uitbarsting vast niet bevallen wat ik te vertellen had.

'Zoals ik al zei, ben ik bereid u uw aandeel van de erfenis uit te betalen,' begon ik. 'Alleen zal ik niet het hele bedrag ineens kunnen overmaken. Dat zou het landgoed ruïneren en daar hebben we uiteindelijk allebei niets aan.'

'Waarom zou mij dat iets kunnen schelen? Mijn moeder heeft me zo vroeg van het landgoed weggestuurd dat het mij om het even is wat ervan terechtkomt.'

'Maar uw eigen toekomst en die van uw familie kunnen u hopelijk wel iets schelen,' antwoordde ik en ik wierp een blik door de woonkamer. Die zag er bijna even ouderwets uit als de vroegere kamer van Ingmar. Maar dan met het verschil dat de bewoner nog in leven was en wel degelijk de mogelijkheid had gehad het verleden achter zich te laten.

'Hoe bedoel je dat?' vroeg hij spottend. 'Denk je echt dat jij tot mijn familie hoort? Je bent de dochter van een bastaard, meer niet.'

Ik moest moeite doen me te beheersen. 'Ik ben de kleindochter van uw oom. Zullen we het nu niet weer gaan hebben over de details van onze afkomst, oom Magnus?' Ik zweeg even en probeerde kalm te blijven. De spieren in mijn gezicht deden al pijn van alle inspanning. 'Met familie bedoelde ik niet mezelf of mijn moeder. Ik bedoel uw vrouw en uw zoon.'

'Wat heeft Finn ermee te maken?' vroeg hij. Rosa leek voor hem niet te bestaan.

'U zou natuurlijk kunnen proberen het hele bedrag juridisch op te eisen. Maar dan zou u geld kwijt zijn aan een advocaat. Omdat ik er niet op tegen ben u uw wettig erfdeel te geven en u alleen vraag betaling in termijnen te accepteren, zal een advocaat niet wezenlijk meer bereiken. Maar hij zal wel zijn honorarium bij u declareren. En dat zou wel eens een deel van uw erfenis kunnen opsouperen dat u goed kunt gebruiken.'

Magnus keek me aan. Er leken allerlei gedachten door zijn hoofd te razen, maar van welke aard ze waren kon ik niet van zijn gezicht aflezen.

'Ik betaal u om te beginnen vijfentwintigduizend kroon uit.' Met die woorden haalde ik de envelop met de cheque tevoorschijn. 'De resterende vijfentwintigduizend krijgt u volgend jaar.'

'Vijftigduizend kroon?' protesteerde Magnus nadat hij alles zwijgend tot zich had laten doordringen. 'Het landgoed is veel meer waard!'

'Ooit wel. Maar de tijden zijn veranderd. Als u met uw moeder had gesproken, had u gehoord dat de zaken er door de oorlog nu anders voor staan. Bovendien geldt in uw geval het dwingend recht van vererving. Dat zegt dat u recht hebt op de helft van het aandeel dat u zou toekomen als u de erfgenaam van uw moeder was geweest. Mijn moeder en ik staan in het testament als erfgenamen genoemd. Als u er als erfgenaam bij had gestaan, zou u een derde van het bedrag toekomen. Omdat u onterfd bent, is het maar een zesde.'

'Dat is toch onzin!' riep Magnus uit. 'Ik weet zeker dat een advocaat het heel anders zal zien!'

'Ik heb deze informatie van een notaris,' antwoordde ik. 'Iedere advocaat zal dit kunnen bevestigen. We hebben land moeten verkopen om het bedrijf te saneren. Om die reden is de waarde voor de vermogensbelasting ook verminderd. En daarop is de berekening gebaseerd.'

'Jullie hebben land verkocht?' vroeg Magnus ongelovig.

'Ja, dat was noodzakelijk.'

'Dat was land dat mijn eigendom was!' snauwde hij me toe. 'Hoe konden jullie dat doen! Ik wist wel dat je moeder geen bedrijf kan leiden.'

'U verdraait de feiten. Het land was niet van u maar van Agneta. Zij heeft toegestemd in de verkoop, omdat het noodzakelijk was.'

'Ze had ze zeker niet meer helemaal op een rijtje!'

'Oom Magnus, alstublieft,' zei ik. Ik hield hem de envelop nog eens voor. 'Dit is een cheque voor vijfentwintigduizend kroon. Volgend jaar, als we overzicht hebben over onze inkomsten, betaal ik u hetzelfde bedrag nogmaals uit. Ik geef u mijn erewoord!'

'Alsof dat iets waard is!' hoonde hij.

'Het is het erewoord van de gravin van Lejongård,' antwoordde ik. 'Als u dat wilt, kunnen we ook een contract opstellen. Daarmee krijgt u het recht beslag te leggen als we in gebreke zouden blijven.' Ik keek hem aan. 'Wat er tussen u en mijn moeder speelt, interesseert me niet. Het gaat niet om mijn moeder, het gaat om mij. Ik ben de nieuwe vrouwe van de Leeuwenhof. En als zodanig behandel ik mijn familieleden fair. Dit hier...' – ik hield hem voor de derde keer de envelop voor – 'dit hier is een fair aanbod. U krijgt uw aandeel, maar wel in twee termijnen. U kunt naar een advocaat stappen, maar daarmee wordt uw aandeel kleiner. Als u het accepteert, krijgt u vijftigduizend kroon in handen. Een mooi bedrag om in uw levensonderhoud te voorzien.'

'En wat willen jullie ervoor terug? Dat ik afstand doe van mijn naam?' beet Magnus me toe, maar ik voelde dat zijn munitie op begon te raken.

'Niets van dien aard. U kunt als gast altijd langskomen op de Leeuwenhof. Dat geldt ook voor uw gezin. Maar laat de gedachte los dat u heer en meester van de Leeuwenhof bent. Het was mijn grootmoeders wil dat ik dat zou worden. Afgezien van uw legitieme portie ben ik u niets verschuldigd. Als u deze cheque accepteert, gaat u akkoord met de overeenkomst.'

Magnus verkeerde zichtbaar in tweestrijd.

Ik keek over zijn schouder naar zijn vrouw. Ze keek me bijna verontschuldigend aan. En ik zag nog iets in haar blik: de wens dat hij mijn aanbod zou aannemen.

Magnus maakte een malende beweging met zijn onderkaak, hief toen zijn hand, pakte de envelop vast en trok hem uit mijn vingers. Hij maakte hem langzaam open en haalde de cheque eruit. Toen hij hem had bekeken vroeg hij: 'Moet ik je een kwitantie geven?'

'Als het u niet uitmaakt.'

Magnus verdween achter de schuifdeuren. Ik merkte dat zijn vrouw opgelucht ademhaalde. Ze leek iets tegen me te willen zeggen, maar toen kwam hij alweer terug.

'Hier,' zei hij en hij gaf me een briefje. Het was voor het eerst dat ik iets zag wat hij had geschreven en ik was verbaasd dat een man als hij zo'n mooi handschrift had.

'Dank u wel,' zei ik en ik liet de kwitantie in mijn handtas verdwijnen.

'Als je volgend jaar om deze tijd niet langskomt, neem ik contact op met mijn advocaat,' voegde hij eraan toe.

'Dat zal niet nodig zijn, de cheque zal op tijd in uw bezit zijn. Vaarwel, oom Magnus.' Ik stond op. 'Tot ziens, tante Rosa, het was me een genoegen.'

'Tot ziens,' antwoordde ze bedeesd.

Met geheven hoofd liep ik de woning uit en de trap af. Voor het geval dat hij me van achter het raam zou nakijken deed ik mijn best rechtop te blijven lopen. Maar voorbij de eerstvolgende hoek van de straat bleef ik staan, leunde tegen de bakstenen huismuur en haalde diep adem. Ik was een beetje duizelig en kon niet geloven dat ik het had gedaan. Ik had Magnus echt zover gekregen dat hij betaling in termijnen had geaccepteerd. Hoewel we veel geld kwijtraakten, konden we er zeker van zijn dat er niets ergs zou gebeuren.

Bij mijn terugkeer op de Leeuwenhof zag ik dat er in de salon nog licht brandde. Jonas was voor twee dagen naar het noorden afgereisd om een klant te spreken, zodat ik had besloten meteen weer terug te rijden. Ik wilde niet alleen in zijn woning zijn.

Moeder was blijkbaar nog wakker, hoewel ze de volgende dag in alle vroegte naar Ekberg zou gaan. Toen ik binnenkwam klonk er op de achtergrond muziek. Het was een heel oud jazznummer dat zachtjes door de grote hal op me afzweefde. Ik deed de deur achter me dicht en bleef even staan luisteren.

Het had iets vreemds om muziek te horen in dit huis. Natuurlijk luisterden we wel naar de radio, maar slechts zelden draaide er iemand een plaat. We hadden niet eens een platenspeler, afgezien van de oude grammofoon die oma had aangeschaft. We durfden nauwelijks de schellakplaten te draaien die in het donkerste, koelste hoekje van de bibliotheek sluimerden.

En nu hoorde ik er een en het leek of alle schilderijen om me heen tot leven kwamen. De mensen die me vanuit de schilderijlijsten aankeken hadden ooit op deze klanken gedanst. Zelfs overgrootmoeder Stella, de 'ijskoningin', leek iets milder en minder onbenaderbaar. Het was alsof haar ziel een beetje rust had gevonden.

Misschien moest ik eens vaker muziek opzetten, zomaar.

Toen het nummer afgelopen was liep ik de salon binnen. Moeder had daar inderdaad de grammofoon neergezet. Op de rotanbank naast haar lag een stapel platen.

'Dag mama,' zei ik. 'Wat ben je nog laat op.'

Moeder keek op. 'Solveig! Alweer terug?' Ze klonk wat sentimenteel. 'Ik dacht, laat ik eens naar die oude platen kijken,' legde ze uit. 'Er zitten er een paar tussen die al zo slecht zijn dat je ze niet meer kunt afspelen.'

Ik zette mijn handtas op het ladekastje bij de deur, iets wat oma niet prettig had gevonden. Toen trok ik mijn trenchcoat uit. 'Wil je ze echt wegdoen?' vroeg ik. 'Er zitten toch herinneringen aan vast?' Even was ik geneigd haar te vertellen van de indruk die ik bij binnenkomst had gekregen.

Maar toen keek ze me aan en vroeg: 'Hoe ging het bij Magnus?'

Ik ging in de rotanstoel tegenover haar zitten. 'Goed,' zei ik, waarop ze verrast haar wenkbrauwen optrok.

'Goed?' Ze schudde haar hoofd. 'Ik kan me geen enkel moment herinneren waarop iets goed met hem verliep.'

'Nou, het was wel lastig. En eigenlijk was het ook interessant. Ik heb nooit eerder wat langer met Magnus gepraat. Als hij hiernaartoe kwam, werd het ruzie en vertrok hij weer. Weet je nog die keer dat Finn de haren van mijn pop had afgeknipt? Zomaar? Magnus was nog geen kwartier met hem hier en toch had hij al iets kapotgemaakt. Maar dit gesprek gaf me de gelegenheid hem iets beter te leren kennen.'

Moeder leek nog altijd haar oren niet te geloven.

'Hij is totaal verbitterd, mama. Ik heb geen idee waarom, maar hij kan zich gewoon niet losmaken van wat er gebeurd is. Hij kan niet vergeven.'

'Hij kan niet vergeven dat ik hier in huis ben opgenomen.'

'Misschien is dat zo. Maar als jij niet hier was opgenomen, was hij vast niet gelukkiger geweest. Hij lijkt alles en iedereen te verafschuwen, zelfs zijn vrouw. Ik denk dat Magnus iemand is die niet in staat is tot enige andere emotie. Hij kan niet aardig zijn. Waarschijnlijk kan hij ook niet echt van iemand houden. Of beter gezegd, hij is niet in staat er uiting aan te geven.'

'Ingmar zei eens dat er in zijn hoofd iets niet in orde moest zijn. Dat hij eens medisch onderzocht moest worden.'

'Dat kan ik niet beoordelen. Ik zie alleen een mens die simpelweg niet gelukkig kan zijn. En als hij het tegen alle verwachtingen in toch is, dan weet hij het heel goed te verbergen.' Ik zweeg even en zag hem opeens voor me zoals hij in de kerk had gezeten. 'Bij oma's begrafenis heb ik iets gezien. Waarschijnlijk heeft verder niemand het gemerkt, maar... heel even waren er ontroering en verdriet op zijn gezicht te zien. Het was zo weer voorbij, toen hij merkte dat ik naar hem keek, maar het was er wel.'

'Je vergist je,' zei mijn moeder hoofdschuddend. 'Je wílde het gewoon zien.'

'Nee, hoor, ik zag het echt,' hield ik vol. 'Ik weet zeker dat hij gevoelens heeft. Maar ik vrees ook dat hij ze nooit zal laten blijken.'

Op mijn woorden volgde zwijgen. Moeder dacht na en ik vroeg me af hoe iemand het volhield om altijd maar zijn misnoegen te uiten. Altijd maar hatelijk te zijn.

'En wat vond hij van het geld? Was hij daar dan tenminste blij mee?'

'Hij heeft tandenknarsend geaccepteerd om het in twee termijnen te ontvangen, toen ik hem duidelijk had gemaakt dat een rechtszaak alleen maar zou leiden tot onnodige juridische kosten.'

'Toch had ik liever gehad dat je hem dat geld niet zomaar had gegeven,' merkte mama bitter op.

'Ik ben wettelijk verplicht hem zijn aandeel uit te betalen,' antwoordde ik. 'Ook al had oma het anders gewild. Ze heeft er niet aan gedacht dat die wet bestaat. Als ze hem flink dwars had willen zitten, had ze hem iets waardeloos moeten laten erven, misschien een akker waarmee hij niets kon beginnen. Maar ze heeft hem onterfd en dan treedt die wet nu eenmaal in werking. Maar ik ben ervan overtuigd dat hij er genoegen mee neemt. Hij zal niet helemaal uit ons leven verdwijnen, maar hij zal ons verder ook niet het leven zuur maken. Of hij moet ons als personages in een van zijn boeken opvoeren.' Ik moest opeens even gniffelen. 'Waarschijnlijk heeft hij ons al meer dan eens en zonder ons medeweten vermoord. Als dat zo is, dan heeft het hem in elk geval niet echt gelukkiger gemaakt.'

'Iemand als Magnus neemt nergens genoegen mee, dat zul je wel zien. Misschien komt hij binnenkort wel weer hier.'

Ik pakte haar handen. Ze waren koel en voelden droog aan door alle kartonnen hoezen waar ze de platen uit had gehaald. 'Ik weet zeker dat dit de juiste gang van zaken is. Alleen zo kunnen we van hem afkomen. Als hij volgend jaar zijn tweede termijnbetaling heeft ontvangen is het over. Dan kan hij nergens meer aanspraak op maken.'

'Ik hoop dat je gelijk hebt,' zei moeder en ze omhelsde me. Ze hield me een poosje vast en zei toen: 'Ga maar, ik ben nog even bezig met de platen. Ik kan nu toch niet goed slapen.'

'Gooi ze alsjeblieft niet allemaal weg. Ik wil de platen die nog goed zijn graag eens beluisteren.'

'Best,' zei moeder. 'Welterusten, lieverd.'

'Welterusten.' Ik draaide me om, pakte mijn jas en tas en ging naar boven.

30

De weken verstreken en de herfst deed zijn intrede. De bouwplaats voor de dierenkliniek lag nog steeds braak. Elke dag stond ik te kijken naar het afgezette stuk grond. Het afbakeningslint schommelde in de wind. Voetafdrukken sierden het zand. De fundering had allang gelegd moeten worden. De aannemer was echter te lang aan het lijntje gehouden en had intussen een andere opdracht aangenomen. Jonas was heel attent en probeerde me op te vrolijken.

Misschien kwam het alleen door het herfstweer, waar ik wat somber van werd, maar ik had het vage gevoel dat het sinds oma's overlijden voor ons weer de verkeerde kant op ging. De bruiloft was nog ver weg, we hadden nog geen overeenstemming over de datum bereikt. Bij het zien van een trouwmagazine dat ik uit de stad had meegebracht, was mama in tranen uitgebarsten. Ze vond dat we het best in de winter konden trouwen, dan was het werk op het land klaar. Maar dat leek me nog zo ver weg.

Wel was ik er ondertussen in geslaagd een assistente te vinden, die me voorlopig halve dagen hielp. Karin Sommer was net twintig en pas afgestudeerd aan de handelsschool. Omdat ze naast haar werk ook de zorg voor haar moeder in Kristianstad had, was ze ermee akkoord gegaan van twaalf uur tot in de avond voor me te werken. In het begin had ze geen flauw idee gehad hoe het er op een landgoed aan toeging, maar ze leerde vlug en ik had veel aan haar.

Op een woensdag, toen ik net terugkwam van de grafkelder, waar ik de bloemen op oma's graf had ververst, kwam Karin in de hal op me af. Haar lichtbruine haar zag er wat warrig uit, alsof ze door een storm was gelopen. 'Juffrouw Lejongård, er is voor u gebeld. De secretaris van ene graaf Svaneholm wilde u spreken.'

Bij die woorden bleef ik stokstijf staan. De eerste tijd na onze afspraak had ik vaak aan de Deense graaf gedacht, maar na een lange periode van stilzwijgen had ik de hoop op een positieve reactie opgegeven. Het was nu drie maanden geleden dat ik Svaneholm op zijn slot had bezocht.

'Heeft hij een bericht achtergelaten?'

'Hij wilde graag teruggebeld worden zodra u weer thuis was. Ik ging net koffie halen toen ik u zag.'

Ik kreeg kramp in mijn maag. Dat de secretaris had gebeld kon van alles betekenen. Misschien wilde hij meer informatie of zou hij me gewoon vertellen dat de graaf voor een andere stoeterij had gekozen. Ik draaide zijn nummer. De telefoon ging driemaal over voordat er werd opgenomen. De secretaris van de graaf meldde zich in het Deens. Toen ik mijn naam noemde, ging hij meteen op Engels over.

'Mijn assistente vertelde me dat u had gebeld,' zei ik.

'Dat klopt, ja. Ik moet u de groeten van de graaf overbrengen. Hij wil volgende week graag bij u langskomen om de paarden die u hebt aangeraden te keuren.'

Volgende week? 'Heeft graaf Svaneholm voor mijn aanbieding gekozen?'

'Nog niet, maar u bent zogezegd door naar de volgende ronde. Hij laat zijn besluit tot aankoop ervan afhangen of de paarden hem in natura aanspreken.'

Door naar de volgende ronde? Ik wist even niet wat ik moest zeggen.

'Denkt u dat het mogelijk is een afspraak te maken voor volgende week?' ging hij verder.

'Natuurlijk,' antwoordde ik. 'Wanneer zou het de graaf schikken?'

'Hij is voor het weekend uitgenodigd bij het Koninklijk Huis, dus een afspraak tussen dinsdag en donderdag zou goed uitkomen.'

Het Koninklijk Huis. Ik voelde wel dat de secretaris hiermee indruk wilde maken. Maar ik kon moeilijk terugzeggen dat prins Bertil wel eens bij ons had gelogeerd.

'Dan zal ik hem woensdag met genoegen hier ontvangen. U hoeft geen hotelkamer te reserveren, we kunnen u op het landgoed onderbrengen. Tenzij u het anders wilt.' Ik ging ervan uit dat de secretaris mee zou komen.

'Dat zal niet nodig zijn. Ik bespreek het met de graaf en bel dan uw assistente terug.'

'Dat is dan geregeld, hartelijk dank!' Ik legde de hoorn op de haak en wendde me tot Karin. 'Hij belt nog terug. Laat me dan even weten wat hij zei en bereid je erop voor dat we volgende week woensdag bezoek krijgen.'

Toen ik mijn moeder die avond over het telefoongesprek vertelde, reageerde ze verbolgen. Svaneholms secretaris had de voorgestelde datum inmiddels bevestigd, zodat ik aan de slag kon.

'Hoe komt hij erbij je op zo korte termijn om een afspraak te vragen?' vroeg ze. 'Na zo lange tijd!'

'Blijkbaar stonden de andere aanbiedingen hem toch niet zo aan, als hij zich nu ineens met ons landgoed wil inlaten.'

'Dat meen je toch zeker niet serieus.'

Ik zuchtte. 'Nee, dat meen ik niet serieus. Natuurlijk weet ik dat we hem een goed aanbod hebben gedaan. Ik heb alleen de pest in dat hij ons zo lang in het ongewisse heeft gelaten en dan op stel en sprong hier wil komen aanzetten.'

'Hij geeft je in elk geval een week de tijd om je voor te bereiden. Heb je iets nodig? Moeten wij je komen helpen?'

'Dank je, maar nee, ik wil dit alleen doen. Met hulp van Karin. Zo kan ze meteen leren hoe wij hier op de Leeuwenhof bezoek ontvangen.' Ik zweeg even. 'Hij verwacht waarschijnlijk huispersoneel.'

'Dat kunnen we niet voor hem regelen. Heeft hij dat zelf dan wel?'

'Jazeker, hij heeft personeel. Heel onopvallend personeel, maar je merkte aan alles dat het er was.'

'Dan moet je maar zorgen dat je het er zo goed mogelijk vanaf brengt. Zeg het maar als je me nodig hebt.'

'Dat zal ik doen,' antwoordde ik en ik wenste haar goedenacht.

Toen de dag van het bezoek naderbij kwam waren de kamers spic en span, de bedden fris opgemaakt, en verschilde ons huis maar weinig van een ouderwets maar goed hotel. Ook mevrouw Johannsen wist van de hoed en de rand en had zich voorbereid. Ik daarentegen voelde me afgemat en kwam bijna in de verleiding mijn moeder te vragen om te komen. Ik wist niet hoe ik het alleen met Karin Sommer zou moeten redden.

Nadat ik mijn hart bij Jonas had uitgestort en hij me had verzekerd dat het me zou lukken, liep ik het huis door.

Ik werd door twijfel overvallen. Wat wilde ik Svaneholm eigenlijk voorspiegelen? Dat ons huis het kon opnemen tegen het zijne? Dat kon het niet, en dat zou hij ook merken. Als ik dienstmeisjes voor die twee dagen inhuurde, zou duidelijk zijn dat ze hier niet in vaste dienst waren. Aan de ruiters had ik dat openlijk kunnen toegeven, maar aan Svaneholm... die had toch al geen hoge dunk van me.

Ik bleef staan voor de portretten van mijn overgrootmoeder en overgrootvader. Het waren imposante figuren, die oma met groot effect op het doek had gezet. Zij zouden hebben geweten hoe je met een man als Svaneholm moest omgaan. Ik daarentegen was een gewone vrouw die zonder strenge adellijke opvoeding was opgegroeid. Ik was de dochter van fatsoenlijke burgers, die een bepaalde vrijheid had gekregen. Maar had ik anders gewild? Nee, beslist niet. Mij waren vrijheden gegund en die zou ik me ook door een gast niet laten afnemen. Dat was begonnen bij mijn studiekeuze en eindigde bij de wijze waarop ik mijn huishouding voerde. Hing er maar niet zo veel af van de onderhandelingen met die

Deense graaf! Ach, oma, was je hier nog maar...

Ik bleef enige tijd voor de portretten staan, alsof ik op een teken van mijn voorouders wachtte. Maar er gebeurde niets. Alleen blies de wind tegen de ramen, waardoor ze zachtjes begonnen te kraken. Ik draaide me om. De dag van morgen zou aanbreken, of ik uitgeslapen was of niet. Ik moest in elk geval proberen van dat gejaagde gevoel af te komen en uit te rusten.

Ik had verwacht dat Svaneholm met een limousine zou aankomen, maar rond tien uur 's ochtends reed er een taxi voor. Ik begroette onze gast op de trap, geflankeerd door Karin, die ik had opgedragen zich een beetje met de secretaris te bemoeien. Ik wilde niet dat hij tijdens onze besprekingen als een hond om zijn baas heen zou draaien.

'Hartelijk welkom op de Leeuwenhof,' zei ik en ik gaf de graaf een hand. 'Ik hoop dat u een aangename reis hebt gehad.'

'Een heel aangename, dank u,' antwoordde hij beleefd. 'En het is interessant uw landgoed eindelijk eens met eigen ogen te bekijken. Echt een kleinood. Rustiek en charmant.'

Kleinood. Rustiek. Hij deed geen moeite te verhullen wat hij echt met deze woorden bedoelde. Natuurlijk was ons landhuis aanzienlijk kleiner dan zijn kasteel, maar daarvan zou hij toch hopelijk zijn beslissing niet laten afhangen...

'Karin zal u uw accommodatie wijzen en het zou me plezier doen als ik u daarna mag uitnodigen voor een kleine fika. U hebt vast wel trek in een kopje koffie met een kaneelbroodje na zo'n reis.'

'Nou en of,' zei de graaf en hij gaf zijn secretaris met een gebaar opdracht zijn tassen naar binnen te dragen.

Terwijl ik hen nakeek kon ik een glimlach niet onderdrukken. De secretaris leek nu wel een kamerdienaar. Zou hij de sokken van de graaf ook klaarleggen en 's avonds zijn colbert afborstelen? We hadden er in elk geval voor gezorgd dat hij niet op het voetenbankje voor het bed van zijn meester hoefde te slapen...

Een half uur later zweefde er een heerlijke koffiegeur door de salon. De etagère op de glazen tafel voor ons stond vol met de zeven soorten gebak die mevrouw Johannsen de vorige dag had gemaakt. Als je bedacht dat ik alleen maar een glas water met citroen had gekregen en daarna meteen weer naar huis was gestuurd...

Zoals Jonas me had geadviseerd, begon ik het gesprek met wat algemene opmerkingen over de komende winter, het weer en de verwachtingen voor het volgende jaar met de Olympische Spelen. Svaneholm leek enigszins uit het veld geslagen. Het zag ernaar uit dat hij erop had gerekend dat ik direct ter zake zou komen. Maar ik wilde niet de indruk wekken dat zijn toezegging belangrijk voor me was.

Uiteindelijk gingen we naar buiten en begonnen we aan onze rondgang over het terrein. Hij zag natuurlijk meteen de zwakke plekken van ons huis.

'Wat is er aan de hand met de oostelijke vleugel?' vroeg hij nadat hij het landhuis nauwkeurig had bekeken. 'Die ziet er in tegenstelling tot de westelijke vleugel een beetje rommelig uit.'

'Tja, tijdens de oorlog moesten we veel noodzakelijke werkzaamheden uitstellen,' zei ik. 'Er waren andere prioriteiten. Renoveren was niet zomaar mogelijk.'

'Ik heb altijd gedacht dat de Tweede Wereldoorlog Zweden niet zo heel zwaar had getroffen.'

'Dat is ook zo. Althans niet in die mate als uw land. Maar wij hebben de gevolgen ook gemerkt. Gebrek aan materiaal, jonge mannen in het leger of in afwachting van mobilisatie. We hebben geweigerd aan de oorlog te verdienen en het ontbrak ons daarom aan middelen om het huis behoorlijk te onderhouden.'

'Had u zakelijke problemen?'

'O ja, zeker! We hadden de fondsen nodig voor de stallen. Daarnaast hebben we geprobeerd zo veel mogelijk te helpen. We hebben een tijdlang Noorse burgers in huis genomen die voor de Duitse invasie waren gevlucht.'

'Dat was heel grootmoedig van u.'

'Mijn oom zat in het Noorse verzet,' vervolgde ik. 'Hij is bij een actie om het leven gekomen.'

Svaneholm keek me verrast aan. 'Zoiets had ik niet verwacht. Dat moet zwaar zijn geweest voor uw familie.'

'Iemand zei ooit tegen me dat wie ook tegenslag heeft meegemaakt en die te boven is gekomen als zakenman het succesvolst is.'

'Dat gezegde ken ik niet, maar het klinkt wijs.' Svaneholm keek me onderzoekend aan. 'Maar dat moet toch voor uw tijd zijn gebeurd? U lijkt me te jong om dat allemaal zelf te hebben meegemaakt.'

'Ik ben geboren op de dag van de Duitse capitulatie,' antwoordde ik. 'Maar mijn moeder heeft me erover verteld en me foto's laten zien. Er is bij ons altijd veel waarde aan gehecht dat de volgende generatie op de hoogte was van de familiegeschiedenis. En dat we een grote liefde voor paarden ontwikkelen.' Ik wees naar de stallen. 'Zullen we?'

De paarden draaiden hun hoofd naar ons toe toen we binnenkwamen. Ik hoorde de hengsten diep snuiven door hun opengesperde neusgaten, alsof ze er door te ruiken achter wilden komen wat we kwamen doen.

'U hebt prachtige dieren,' zei Svaneholm toen hij had rondgekeken.

'Ze zijn niet allemaal voor de verkoop, alleen de paarden hier vooraan,' zei ik tegen hem terwijl ik naar de boxen aan de rechterkant wees. 'In deze stal zijn ook de dekhengsten ondergebracht.' Ik keek Svaneholm aan. 'Nu we onder ons zijn: u zei dat u een inteeltprobleem hebt bij uw dieren. Kunt u specifieker zijn?'

'Ik zou niet weten wat dat met onze onderhandelingen te maken heeft,' antwoordde hij lichtelijk geïrriteerd. Hij vond het blijkbaar pijnlijk dat er op zijn stoeterij fouten waren gemaakt.

'Nou, zoals u weet ben ik dierenarts. Als ik weet wat de genetische fout teweegbrengt bij uw fokpaarden, kan ik u adviseren hoe u met mijn dieren tegengas zou kunnen geven. Zijn het organische afwijkingen, bijvoorbeeld aan de longen?'

'Mijn paarden hebben uitgesproken zwakke gewrichtsbanden,' zei hij ten slotte, terwijl hij me met sombere, onderzoekende blik aankeek. 'We hebben geprobeerd hun uithoudingsvermogen te verbeteren door doelgericht te fokken met paarden die in de eerste graad verwant waren, maar er is toen iets misgegaan wat in eerste instantie niet zichtbaar was. Inmiddels wordt het echter steeds duidelijker en dat zou ertoe kunnen leiden dat we binnenkort al niet meer kunnen meedoen aan toernooien.'

'Waarom hebt u niet al eerder maatregelen genomen?'

'Omdat hun uithoudingsvermogen inderdaad is verbeterd,' zei Svaneholm.

'En daar hebt u succes mee behaald.' Eigenlijk was het onverantwoord om op die manier te fokken. Grote stoeterijen hielden juist fokregisters en stambomen bij om zoiets als dit te voorkomen. Maar ik wist dat sommige fokkers doelgericht inzetten op inteelt om gewenste eigenschappen te bevorderen. Daarbij traden dus echter soms wel ongewenste neveneffecten op.

'Ja, inderdaad. Tot een van onze renpaarden midden in een race zijn pezen scheurde.'

Ik trok een grimas, want ik wist precies hoe dat eruitzag.

'Tja, als dierenarts zou ik u adviseren de dragers van de zwakste pezen uit uw fokprogramma te halen. Wij letten er bij het fokken van onze paarden altijd op dat ze niet te nauw verwant zijn. En we hebben meer gefokt op karakter, dat deden we al toen mijn voorouders nog paarden aan de cavalerie leverden. Een dappere hengst en een merrie die zich van lawaai niets aantrok brachten het ideale paard voor veldslagen voort. Sinds onze paarden niet langer worden verkocht om ze in te zetten in oorlogssituaties, letten we op andere eigenschappen. Maar de gang van zaken is gelijk gebleven.'

'U lijkt een enorme keuze te hebben aan paarden die geschikt zijn om mee te fokken.'

'We hebben nooit veel waarde aan kleur gehecht, maar er meer op gelet dat ze fysiek sterk bleven. Al onze paarden zouden op termijn de zwakke pezen van uw paarden kunnen uitbannen, vooropgesteld dat u een einde maakt aan de inteelt. Anders zullen de nakomelingen van mijn paarden precies dezelfde problemen ontwikkelen als uw veulens nu hebben.'

Svaneholm leek zijn arrogante houding opeens te laten varen.

Maar dat veranderde toen hij onze beste hengst in het oog kreeg.

'Wat een prachtexemplaar,' zei hij zonder verder op mijn advies in te gaan.

'Dat is Zonnekoning,' antwoordde ik. 'Hij is de vader van veel door ons verkochte paarden. Maar hij is zelf niet te koop.'

Svaneholm liep naar hem toe en stak zijn hand uit naar de koten van het paard. Aan de manier waarop hij met de hengst omging was wel duidelijk dat hij ervaring met paarden had. 'Hij lijkt me heel sterke pezen te hebben.'

Svaneholm kwam weer overeind. De blik waarmee hij Zonnekoning monsterde leek bijna koortsachtig gretig.

'Kom, dan laat ik u de merries zien,' zei ik om zijn aandacht van de hengst af te leiden. Hij kon maar beter niet zijn zinnen op hem zetten, want die wens zou ik niet vervullen.

Niet veel later liepen we de naastgelegen stal binnen. De veiligheidsmaatregelen waren inmiddels verscherpt en de gewraakte schakelaar werd nu door tralies beschermd tegen onopzettelijke inwerkingstelling. Ik hoopte dat het Svaneholm zou opvallen, maar hij had alleen oog voor de merries. Een ervan was drachtig.

'Is dit veulen er een van Zonnekoning?' vroeg de graaf met begerige blik.

'Nee, van Neptunus, een andere dekhengst. We proberen het erfgoed zo divers mogelijk te combineren.'

Svaneholm keek nog eens rond. 'Ik wil Zonnekoning hebben,' zei hij toen tegen me. 'En nog vijftig andere paarden. Tien hengsten, veertig merries.'

Tot dusver was er nog niet over aantallen gesproken. Ik stond te kijken van de hoeveelheid paarden, hoewel het geen wonder was. Als hij inteeltproblemen had, zou hij zijn stoeterij geheel moeten vernieuwen. Maar meer nog dan over het aantal dieren was ik verbaasd dat de graaf blijkbaar niet had geluisterd.

'Het spijt me, maar zoals ik al zei is Zonnekoning niet te koop,' zei ik en ik dacht weer terug aan de Amerikaan via wie ik Jonas had leren kennen. 'Hij is de basis van onze stoeterij. Ik vind het prima als u merries door hem wilt laten dekken, maar hij blijft in het bezit van onze stoeterij.'

‘En als ik het als voorwaarde stel om zaken met u te doen?’

Mijn hartslag versnelde. Dacht hij echt dat ik zomaar ons beste paard aan hem zou overdoen?

‘Dat zou een erg onverstandig besluit zijn,’ zei ik. ‘Dan zouden u vijftig van onze beste paarden en daarmee de basis van een nieuw fokprogramma ontgaan. Ik zou zelfs bereid zijn u Dauphin te verkopen. Hij is een zoon van Zonnekoning en doet niet voor hem onder. Bovendien is hij jonger en zou hij uw stal veel goeds brengen.’

‘Maar hij is slechts de zoon van die geweldige hengst.’

‘Als hij de juiste merries krijgt, kunnen daar geweldige paarden van komen. Toernooiwinnaars.’ Ik liet een korte stilte vallen en vervolgde: ‘Ik mag dan geen economie hebben gestudeerd, maar rekenen kan ik wel, graaf Svaneholm. Als we Zonnekoning zouden kwijtraken, zou dat ons landgoed veel kosten. U zou zelf ook een hengst als deze niet verkopen. Ik vind dat we fair met elkaar moeten omgaan. U krijgt vijftig paarden en een opkomende dekhengst, ik hou het vlaggenschip van onze stoeterij en ben bereid uw merries tegen een redelijk tarief te laten dekken. En als u wilt, kunt u uw ruiters ook bij ons op trainingskamp laten komen, voor zover u toernooiambities hebt.’

Svaneholm keek me onbewogen aan en leek te hopen dat ik mijn blik zou afwenden, maar ik bleef hem recht aankijken. Hij had niet met een klein meisje te maken, maar met gravin Lejongård. Ik wist zeker dat oma het niet anders had gedaan.

‘Laat ons dit toch tijdens het diner bespreken,’ zei hij ten slotte.

‘Dat is een geweldig idee,’ antwoordde ik. ‘Ik zal de kokkin vragen ons iets bijzonders voor te toveren.’

‘O, ik dacht dat we in de stad zouden gaan eten,’ zei hij. ‘Is dat niet te veel moeite? Ik heb tot nog toe geen personeel gezien.’

Zijn woorden voelden aan als een stomp in mijn maag. Dacht hij dat hij hier niets fatsoenlijks te eten zou krijgen, alleen omdat ik geen personeel had?

‘Maakt u zich geen zorgen, we zijn uitstekend voorbereid,’ antwoordde ik terwijl ik mijn ergernis met een glimlach probeerde te verbloemen. 'Misschien gaat het hier allemaal iets anders toe dan bij u, maar we hebben wel een zeker niveau. Het zou me plezier doen als u me de eer bewijst vanavond hier mijn gast te zijn.'

Het leek Svaneholm niet te bevallen, maar hij wilde ook niet onbeleefd zijn en daarom knikte hij. 'Met genoegen, juffrouw Lejongård.'

'Wat een rotzak,' bromde ik toen ik in de werkkamer terugkwam. 'Steeds maar uitstellen en uitstellen...'

'Wat is er gebeurd?' vroeg Karin. 'Is het gesprek niet goed verlopen?'

'Hij wil Zonnekoning, maar die krijgt hij niet. Hij neemt de paarden die ik hem heb aangeboden, en anders gaat de koop niet door.'

Ik had graag willen zeggen dat ik zijn geld niet nodig had, maar dat was bezijden de waarheid. Ik had het wel degelijk nodig, want de dierenkliniek kwam er niet vanzelf. En een andere klant van dit formaat was voorlopig niet in zicht.

'En wat bent u nu van plan?'

'Vanavond met hem te dineren. En ik zou het prettig vinden als jij ook hier blijft voor het geval dat hij op rare gedachten komt.' Ik keek haar aan. 'Is dat mogelijk? Ik weet dat er iemand bij je moeder moet zijn, maar kan je zus misschien inspringen?'

Ik merkte dat ze even schrok van de vraag, maar toen knikte ze. 'Ja, dat lukt wel.'

'Hartelijk dank, dat doet me groot plezier! Misschien kun je die stijve secretaris van hem een beetje laten ontdooien.' Ik gaf haar een knipoog en liep toen naar beneden de keuken in. Ik had mevrouw Johannsen al laten weten dat er vanavond gasten zouden zijn. Maar inmiddels zou een gewone avondmaaltijd niet voldoende zijn – we moesten Svaneholm perplex laten staan.

Een diner organiseren zoals dat in de tijd van mijn overgrootouders plaatsvond was zonder personeel niet zomaar mogelijk, maar mevrouw Johannsen nam de uitdaging aan.

'Het zou fijn zijn als u dienstmeisjes had om te bedienen,' zei ze zuchtend toen ik kwam kijken hoever ze opschoot met haar werk. 'Mijn oma vertelde ooit dat er in voorname huizen soms wel vier of vijf bedienden nodig waren om uit te serveren. Deze graaf is vast gewend bediend te worden. En als u dan het eten binnenbrengt...'

'Ik weet het,' antwoordde ik en ik had er spijt van dat ik de meisjes die ons hier hadden geholpen toen de ruiters er waren, toch niet had ingehuurd. Maar opeens begon er diep in mijn herinnering een lampje te branden. Ik kon het niet direct plaatsen, pas toen ik weer naar de werkkamer liep schoot het me te binnen. Een stalruiter die ik een paar weken geleden in dienst had genomen, had me verteld over een periode uit zijn leven die ons misschien te pas kon komen.

'Thomas, jij hebt toch als kelner gewerkt voordat je het boerenbedrijf inging?' begon ik toen de ruiter de werkkamer binnenstapte. Thomas Haraldsson, die verantwoordelijk was voor het afrijden van de paarden, keek me verbaasd aan.

'Dat klopt, ja. Ik ben daarvoor in Stockholm in de leer geweest.'

'Zou je in staat zijn vanavond het diner te serveren?' vroeg ik. 'Ik weet dat je vanavond vrij hebt, maar onze gast is een beetje... apart.'

'Die graaf die in de stallen was?' vroeg hij, waarop ik knikte. 'Dat is een vlerk.'

'Thomas!' vermaande ik hem. 'Zo praten we niet over potentiële betalende klanten. Zelfs niet als het volkomen waar is.'

De ruiter grijnsde me toe.

'Ik zou graag willen dat je vanavond doet alsof je in het Grand Hôtel bedient. Krijg je dat voor elkaar?'

'Ik kan het proberen.'

'Dan betaal ik je voor deze avond ook het salaris van een kelner in het Grand Hôtel – op voorwaarde dat alles soepel verloopt.'

'Dat zal geen probleem zijn. Ik weet nog heel goed hoe dat moet. U moet alleen zorgen dat ik iets heb om aan te trekken.' Hij keek omlaag, naar zijn werkbroek en houthakkershemd.

'Ik denk dat we nog wel iets geschikts hebben. Er hangen in de garderobekamer vast nog een paar kostuums van onze vroegere bedienden.'

Ik was blij dat mijn moeder op mijn verzoek was ingegaan en de grammofoonplaten nog niet had weggedaan. De speelduur was heel kort, maar zo kon ik de graaf op zijn minst een bijzondere ontvangst in de eetkamer bereiden. Na een aperitief gingen we aan tafel. Ook daar kwamen we niet tot zaken.

Ik werd gek van ongeduld, maar dwong mezelf tot kalmte. Zoals ik Svaneholm had leren kennen, zou hij niet zo goed zijn me aan tafel te vertellen wat hij besloten had. Hij zou me nog even laten spartelen. Het was daarom misschien beter te doen alsof het allemaal niet zo belangrijk was.

Thomas sloeg een uitstekend figuur in zijn kostuum uit de kledingvoorraad van de Leeuwenhof en ik stond ervan versteld hoe goed hij het deed als huisdienaar. Hij ging met het servies om met dezelfde fijngevoeligheid als waarmee hij de paarden bejegende.

Svaneholm was natuurlijk niet onder de indruk, hij werd altijd bediend. Ik dacht aan de vrouw op het portret in de hal en probeerde me net zo te gedragen als Stella Lejongård. Alsof dit voor mij ook allemaal normaal was.

Ik probeerde de conversatie op algemene thema's te brengen, maar Svaneholm had blijkbaar een paar prangende vragen.

'Zou u met een landgoed als het uwe eigenlijk niet aanmerkelijk meer land moeten bezitten?' vroeg hij nadat hij een hapje van de lamsbout had genomen.

Ik probeerde mijn schrik te verbergen. Was hij op de een of andere manier te weten gekomen dat we land hadden verkocht?

'We hadden vroeger meer land,' erkende ik, 'maar we hebben al een tijd geleden besloten ons te concentreren op het fokken van paarden. Vroeger was het land in gebruik voor de productie van paardenvoer, maar dat is niet langer nodig. Dat halen we ergens anders vandaan. Er is nog voldoende grond aanwezig om de paarden te houden en ruiters een oefenterrein te kunnen bieden.' Ik keek hem aan. Aan zijn ogen zag ik weer dat hij lichtelijk geamuseerd was dat wij alles zo anders deden dan hij. Zo verkeerd. 'De Zweedse olympische ploeg was van de zomer hier en naar ik heb gehoord waren ze heel tevreden met de resultaten van hun training.' Ik besloot nog een stapje verder te gaan. 'Kent u Ninna Swaab?'

Er verscheen een smalende uitdrukking op zijn gezicht. 'Mevrouw Swaab had beter het voorbeeld van haar man kunnen volgen en voor Nederland starten.'

'Hoezo?' vroeg ik. 'Denkt u dat de Zweedse ruitersport geen kansen biedt?'

'Dat heb ik niet gezegd.'

'De afgelopen decennia hebben Zweedse ruiters niet alleen tijdens de Olympische Spelen furore gemaakt, ze hebben ook met succes aan andere toernooien meegedaan,' merkte ik op, waarna ik enkele successen opnoemde.

Dat bracht Svaneholm ertoe gas terug te nemen. 'Neemt u me niet kwalijk, zo bedoelde ik het niet. De successen van de Zweedse ploeg zijn natuurlijk onomstreden.'

'Ninna Swaab is er vast van overtuigd dat ze haar echtgenoot zal overtroeven,' voegde ik eraan toe. 'En naar wat ik van haar paarden heb gezien, moet dat mogelijk zijn. Ook de andere ruiters zijn uitstekend in vorm.'

'Maar de Duitsers zijn erg sterk. Liselott Linsenhoff geldt als onoverwinnelijk.'

'Dat moeten we nog zien,' zei ik en ik nam een slokje wijn. Toen vroeg ik: 'Staat u in contact met de Deense olympische ruiterploeg?'

'Ja, maar ik ben dit keer helaas niet zo gelukkig dat ik paarden aan hen mag leveren.' Hij keek me peinzend aan. 'Ik hoop dat daar verandering in komt als ik nieuwe fokpaarden heb gevonden.'

Ik hief mijn glas. 'Laten we erop drinken dat de zaken van onze stoeterijen steeds de beste wending nemen.'

Svaneholm knikte en proostte me toe.

Toen de graaf en zijn secretaris zich ten slotte terugtrokken voor de nacht, leken ze vermoeid maar tevreden. Meer kon ik op dat moment niet wensen.

'Het is ons gelukt,' zei ik tegen Karin, die met opgestoken haar en gekleed in een van mijn jurken goed voor de dag was gekomen.

'Inderdaad. En de graaf lijkt het naar zijn zin te hebben gehad.'

'We hebben ons best gedaan. Het is aan hem of we zaken kunnen doen.'

De volgende ochtend nam ik afscheid van Svaneholm. Hij was als altijd hoffelijk en rustig en niets aan hem verried of hij een besluit had genomen. Wat Jonas had gezegd schoot me weer te binnen en ik probeerde niets te laten merken.

'U bent dus te gast bij het Koninklijk Huis,' zei ik terwijl ik met hem meeliep naar zijn taxi.

'Ja, de koningin heeft een herfstfeest georganiseerd. We kennen de familie heel goed, het is traditie dat we voor alle feesten worden uitgenodigd.'

'Ach, dan verkeert u in ongeveer dezelfde positie als ik,' zei ik. 'Onze connectie met het koningshuis gaat terug tot de zeventiende eeuw.'

'Ja, ik heb de portretten van uw voorouders mogen bewonderen.'

'We hebben het landgoed gekregen na de Skånse Oorlog, niet bepaald een hoogtepunt in de betrekkingen tussen Zweden en Denemarken, moet ik toegeven. Maar elke familiegeschiedenis heeft haar schaduwkanten en we doen ons best om altijd zorgvuldig om te gaan met het ons overgedragen bezit en met de mensen die hier wonen. Het is traditie dat de koninklijke familie hier een deel van de zomer doorbrengt. Ze houden van de "rustieke charme", zoals u het noemt.' Het was grootspraak, maar ik ging ervan uit dat hij niet op de hoogte was van de leveringscontracten en de privébesognes van de Zweedse koningen, ook al bestonden er nog zulke nauwe betrekkingen tussen beide families. 'Nog maar kortgeleden mochten we Zijne Koninklijke Hoogheid prins Bertil hier verwelkomen voor een kreeftgelag. Ik kan me goed verplaatsen in de verplichtingen die u hebt.' Dat was geen grootspraak.

Graaf Svaneholm keek me aan alsof hij door de bliksem was getroffen. Vanuit mijn ooghoeken constateerde ik dat ook de secretaris zichtbaar verbaasd was.

'Dan hebben we dus meer gemeen dan ik had verwacht.' Svaneholm gaf me een hand. 'U hoort van me zodra ik weer in Kopenhagen ben.'

'Daar reken ik op,' antwoordde ik. 'Een goede terugreis.'

Toen de taxi wegstoof, haalde ik diep adem.

Kort na het vertrek van Svaneholm belde Jonas. 'En, hoe is het gegaan?' vroeg hij. 'Ik hoopte gisteren al van je te horen. Ik begon me zorgen te maken.'

'We hadden onze handen vol aan graaf Svaneholm,' zei ik. 'Stel je voor, onze stalruiter bleek een bekwame ober.'

'Wat zeg je nou?' vroeg Jonas.

'We hebben de graaf uitgenodigd voor het diner. Ik wilde me niet laten kennen, dus heb ik een butler uit mijn hoge hoed getoverd. Svaneholm wilde me ook nog Zonnekoning aftroggelen. Kun je je herinneren dat jouw vriend Roscoe ook al een oogje op mijn hengst had?'

'Zeker, en volgens mij betreurt hij het nog steeds dat hij hem niet heeft kunnen krijgen.'

'Nou, dan bevindt hij zich nu in goed gezelschap. Ook Svaneholm krijgt hem niet. Vervolgens deed hij natuurlijk alsof hij beledigd was en heeft hij zijn beslissing weer uitgesteld. Ik heb de indruk dat hij er plezier in heeft mensen aan het lijntje te houden.'

'Dat is blijkbaar een hobby van de adel.'

'Van de Deense adel dan,' corrigeerde ik. 'Wij hebben degenen met wie we zakendoen altijd fair behandeld en ze nooit lang laten wachten als het om belangrijke beslissingen ging.'

'Maar jullie zijn dan ook Zweedse adel. Die staat bekend om zijn correcte gedrag.'

'Je neemt me in de maling!' zei ik, waarop hij in de lach schoot.

'Zodra ik de kans krijg. Vooral als je bij me bent.' Hij maakte een kusgeluid en zei: 'Ik ben ervan overtuigd dat zijn keuze op de Leeuwenhof zal vallen. Svaneholm probeert je grenzen op te zoeken. Blijf standvastig. Als hij geen interesse had, zou hij de reis niet hebben ondernomen. Ik weet zeker dat je maar weinig concurrenten hebt, als die er al zijn. De rest is bravoure van hem.'

Ik zuchtte en moest toen glimlachen. 'Ik mis je,' zei ik.

'Ik jou ook. Als je deze transactie achter de rug hebt, gaan we het uitbundig vieren. Wat zeg je daarop?'

'Ja, daar zeg ik zeker ja op.'

Toen kort daarna de telefoon ging, nam ik op en zei mijn naam.

'Ah, juffrouw Lejongård, fijn dat ik u persoonlijk aan de lijn heb.'

Ik was verbaasd dat Svaneholm zelf belde. Anders deed zijn secretaris dat eigenlijk altijd.

'Meneer Svaneholm,' antwoordde ik. 'Bent u goed in Stockholm aangekomen?'

'Ja, dank u.' Hij lachte kort. 'Ik wil nog eens zeggen dat ik erg genoten heb van mijn verblijf bij u.'

'Daar ben ik blij om.'

'Onderweg naar Drottningholm was ik in de gelegenheid nog eens na te denken over alle aspecten van uw aanbod.'

Kom ter zake, had ik hem het liefst willen toeroepen.

'Alhoewel ik het jammer vind dat u Zonnekoning niet wilt verkopen, neem ik genoegen met de optie merries door hem te laten dekken. En met Dauphin achter de hand...'

'Wil dat zeggen dat u me de levering gunt?' vroeg ik.

'Ja, dat klopt,' was zijn antwoord. 'Op voorwaarde dat u zich aan de aangeboden aantallen houdt. En mocht uw huisbediende ooit van baan willen veranderen, stuurt u hem dan alstublieft hierheen. Ik zou hem heel graag in dienst nemen.'

Deel 4

1972

31

De wintermaanden kwamen met veel sneeuw, maar ze brachten ook weer wat vrolijkheid in huis. Het was de eerste kerst zonder mijn oma en daar was ik erg verdrietig om. Maar Jonas was voor het eerst tot oud en nieuw bij me en we genoten erg van die tijd samen. We spraken over de toekomst en smeedden plannen voor het landgoed en de dierenkliniek. Dankzij de betaling van Svaneholm zouden we in het voorjaar kunnen beginnen met de bouw.

Toen ze me half februari bezocht, bracht mijn moeder een verrassing voor me mee. 'Hier,' zei ze en ze gaf me een glossy tijdschrift met op de cover een jonge vrouw met een bruidssluier, die vriendelijk naar de lezeres glimlachte.

'Dat is een bruidstijdschrift,' zei ik.

'Je bent toch ook een bruid?' zei moeder terwijl ze haar jas uittrok. 'Ik vind dat het tijd wordt dat we op zoek gaan naar een bruidsjurk.'

Ik trok mijn wenkbrauwen op. 'Maar we hebben toch nog geen datum?'

Ze glimlachte. 'Dan wordt het hoog tijd. Heb het er binnenkort eens over met Jonas.'

'Maar mormor is toch pas...'

Moeder schudde haar hoofd. 'Maak je daar geen zorgen over. Je oma had gewild dat jullie nog voor het einde van het rouwjaar zouden trouwen. Zo'n jaar geldt eigenlijk voor een achtergebleven echtgenoot en niet voor kleindochters die hun hele leven nog voor zich hebben.'

Ze streek haar blouse glad. 'Trouwens, je wilt toch in de zomer trouwen? Dan is het mooier weer en kunnen we het feest buiten vieren.'

Ik keek haar dolblij aan en viel haar om de hals. 'Dank je, mama.'

'Waarvoor?' vroeg ze verwonderd.

'Voor het feit dat je aan dat tijdschrift hebt gedacht,' antwoordde ik, maar er was heel veel meer waarvoor ik haar dankbaar was.

Na de lunch gingen we naar de salon. Mama had niet één bruidstijdschrift meegenomen, maar zeven in totaal.

'Je moet de hele kiosk van Kristianstad hebben leeggekocht,' riep ik verbaasd uit. 'Ik wist niet eens dat het aanbod zo groot was.'

'Kennelijk is er bij jongedames behoefte aan,' antwoordde ze, terwijl ze de tijdschriften op een rijtje voor ons op de glazen tafel legde. Twee blondines en twee brunettes glimlachten op diverse foto's recht in de camera. Een van de modellen droeg een opbollende sluier op haar hoofd, een ander had alleen een wit lint om haar knotje. Nummer drie en vier hadden kleine pareltjes in hun haar.

Niets daarvan was echt naar mijn smaak. Ik stelde me eerder een krans voor, misschien met een kleine sluier eraan. Maar mijn hoofdtooi was voorlopig bijzaak.

'Wat voor jurk had je in je hoofd?' vroeg moeder toen ze de eerste bladzijde opsloeg. Ik had niet direct een antwoord paraat. Mijn blijdschap om Jonas' huwelijksaanzoek was overschaduwd door mormors overlijden. Ik had tot dusver nauwelijks over mijn bruidsjurk nagedacht. Ik wist maar één ding zeker.

'Ik wil een korte jurk,' sprak ik mijn gedachten hardop uit.

Moeder trok haar wenkbrauwen op. 'Kort?'

Ik knikte. 'Ja, een korte jurk. Hij mag niet verder dan de knie komen.'

'Maar waarom?' vroeg moeder. 'Elk meisje droomt van een prinsessenjurk voor haar bruiloft. Zelfs Jackie Kennedy droeg een lange jurk.'

'Dat was bijna twintig jaar geleden.'

'Maar de meeste bruidsjurken zijn nog steeds lang en wijd uitstaand. Dat schijnt een soort vaste regel te zijn. Als je...'

'Mama,' onderbrak ik haar. 'Bij mijn ongeluk... heb ik gedroomd. Van mijn bruiloft. Ik zag het allemaal voor me, heel realistisch. En toen...'

Moeder haalde diep adem en legde haar hand op mijn arm. 'Dat is al zo lang geleden. En Jonas is een goede man. Je moet het verleden ooit eens laten rusten.'

'Dat doe ik toch ook,' zei ik en ik glimlachte naar haar. 'Maar in mijn droom droeg ik een lange jurk met zo'n golvende rok – hoewel ik iets anders wilde.' Ik pakte haar hand. 'Maak je geen zorgen, dat verdriet is over. Ik wil gewoon een moderne jurk, een die past bij de tijd van nu.'

Moeder keek me lang aan en knikte toen. 'Oké, een korte jurk.' Ze bladerde verder.

Het zag er lang naar uit dat we niets zouden vinden. De bedoeling achter de eerste twee tijdschriften leek te zijn de bruiden te verstikken in tule, zijde en kant. De meeste bruidsjurken onderscheidden zich niet wezenlijk van die op de trouwfoto's van mijn moeder en mijn oma. Pas bij het derde tijdschrift vonden we wat we zochten. Op twee bescheiden bladzijden droegen de modellen een eenvoudige, nauwsluitende, zeer korte jurk. Moeder was verbijsterd.

'Ben je er zeker van dat je zoiets wilt?' vroeg ze. 'Dat lijkt me gepast voor een tweede of derde huwelijk, maar voor een eerste huwelijk...'

'Ze zijn inderdaad wel erg eenvoudig,' gaf ik toe. 'Maar de lengte is goed.'

Moeder bekeek de foto's hoofdschuddend. 'Ik kan bijna niet geloven dat je in die categorie iets mooiers zult vinden...' Ze liet een stilte vallen en zei toen: 'Wat zou je ervan denken om tante Daga te vragen?'

'Ik weet het niet,' zei ik. 'Ik heb haar al zo lang niet meer gezien. Hoe oud was ik destijds? Zestien?'

'Dat kan wel kloppen,' antwoordde moeder. Vroeger waren Daga en zij hartsvriendinnen geweest, maar het contact was door Daga's huwelijk verwaterd. Ook toen Daga's kinderen al het huis uit waren was het niet gelukt de vriendschap weer op te pakken.

'Ik kan me nauwelijks voorstellen dat ze enthousiast zal reageren als ik haar om een jurk vraag.'

'Dat zou ik kunnen doen,' zei moeder.

'Is dat niet een beetje egoïstisch?' vroeg ik. Moeder correspondeerde en belde wel eens met Daga, maar van een bezoekje was het al jaren niet meer gekomen. 'Ze heeft me in geen jaren gezien en dan zou ze opeens een jurk voor me moeten naaien? Ze zou met recht kunnen zeggen dat ze me nauwelijks kent.'

'Iedere andere naaister kent je minder goed dan zij.'

'Ja, maar die zou me niet kunnen verwijten dat ik niets van me heb laten horen.' Ik schudde mijn hoofd. 'Ik heb er geen goed gevoel bij. We nodigen haar uit voor het feest, maar laten we haar niet met onze wensen opzadelen. Dat kunnen we niet maken.'

'Goed dan,' zei moeder, maar ik zag wel dat de gedachte haar niet losliet. Ik was ervan overtuigd dat ze erover zou beginnen als ze Daga weer aan de telefoon had.

'Misschien moet ik Jonas vragen wat hij van een korte jurk vindt,' zei ik om haar af te leiden.

Moeder trok haar wenkbrauwen op. 'Je weet toch wat ze zeggen: het brengt ongeluk als de bruidegom de bruid al voor de bruiloft in haar jurk ziet.'

Ik pakte het tijdschrift en hield het omhoog. 'Dit ben ik niet. En dit wordt ook mijn jurk niet. Ik wil alleen weten wat hij van het idee vindt.' Ik zweeg even. 'Ik heb trouwens niets met zulke spreuken. Dat is allemaal bijgeloof, waarschijnlijk staat de bruidsjurk symbool voor maagdelijkheid en tegenwoordig speelt dat toch bij lang niet iedere bruid nog een rol.'

Ik zag dat mijn moeder begon te blozen. Ik legde mijn arm om haar schouders. 'Ach, mama, laten we het niet te serieus aanpakken. Ik beloof je dat ik je niet met mijn jurk te schande zal maken. Wat het feest betreft, dat laat ik graag aan jou over. Ik wil alleen geen bruidstaart van vijf verdiepingen waarbij we een ladder nodig hebben om hem aan te snijden.'

's Avonds lag ik nog lang te piekeren. Het was wel vreemd dat ik geen helder beeld van mijn bruiloft voor ogen had. Destijds had het ongeluk al mijn dromen verwoest en nu had ik me er door oma's dood nog niet mee beziggehouden.

De lengte van mijn jurk en dat ik het feest buiten wilde vieren waren het enige wat ik wist. Verder lag alles nog open.

Een paar dagen later ging ik op weg naar Stockholm. Ik was vastbesloten om samen met Jonas een trouwdatum te bepalen. Ik wist dat hij dat allang wilde, maar uit consideratie met mij en mijn verdriet om het verlies van mormor was hij er niet meer over begonnen. Bij het station in Stockholm was het koud en nat. Jonas was om deze tijd nog op kantoor. Hij had aangeboden me af te halen, maar ik nam liever de bus. Ik wilde niet dat hij zijn klanten verwaarloosde.

Hoewel het nog dag was, moesten de auto's met verlichting rijden. Het licht van de koplampen werd weerspiegeld in grote plassen die zich op het stationsplein hadden gevormd. De ijskoude lucht kroop onder mijn jas. Wat verheugde ik me op Jonas en de weldadige warmte van zijn woning! Hij had inmiddels één kant van zijn garderobekast voor me vrijgemaakt, zodat ik daar wat kleding kon ophangen. Ik had er een gewoonte van gemaakt telkens iets meer mee te nemen dan ik nodig had en als ik vertrok het een en ander achter te laten.

Deze keer had ik zelfs een paar feestelijke jurkjes meegenomen, want zo kort voor de Olympische Spelen waren er af en toe evenementen waar Jonas heen moest. Ik verheugde me er al op Ulla Håkansson en de andere amazones terug te zien.

Ik stapte in de bus en ging ergens zitten. Rond deze tijd was het nooit druk, de bus was bijna leeg. We reden langs kantoorgebouwen met helverlichte ramen, tot we uiteindelijk bij de halte in Jonas' wijk kwamen. Ik stapte uit en liep naar het kleine, moderne huizenblok, dat zo sterk contrasteerde met de Leeuwenhof, maar helemaal bij Jonas paste. Hopelijk zou hij zich op ons landgoed thuis voelen. Hij verzekerde me keer op keer dat hij zich makkelijk aanpaste. Maar ik hoopte dat hij als hij op de Leeuwenhof was meer zou voelen dan de bereidheid zich aan te passen.

Jonas had me een paar maanden eerder zijn huissleutel gegeven met de woorden: 'Dan kun je er altijd in als je langs wilt komen.' Ik stak de sleutel in het slot en maakte de deur open.

Zoals gewoonlijk liep ik eerst naar de keuken, waar ik op tafel een envelopje aantrof met een vaas rozen ernaast. Er gleed een glimlach over mijn gezicht toen ik de brief openmaakte. Jonas liet altijd een klein blijk van welkom achter als ik bij hem langsging.

Op het kaartje dat ik uit de envelop haalde was een groot rood hart getekend. Daaronder stond geschreven: 'Ik verheug me al op je, mijn lief. Tot straks! Kus, Jonas.'

Ik snoof de geur van de rozen op en bracht toen mijn koffer naar de slaapkamer. Ik haalde er de ene jurk na de andere uit en hing ze in de kast. Ten slotte ging ik op het bed zitten en liet mijn gedachten de vrije loop. Als we getrouwd waren, zou Jonas de woning opzeggen, daarover waren we het al eens. Maar ik zou ons liefdesnestje toch wel gaan missen. We hadden natuurlijk ook het strandhuisje in Åhus nog, maar deze kamers waren zo vervuld van Jonas, van zijn geur, zijn warmte. Het was alsof ik zijn hart binnenging.

Na een tijdje stond ik op en haalde het bruidstijdschrift uit mijn tas. Ik wilde weten wat Jonas van de korte jurk vond. Maar bovenal wilde ik het hem naar de zin maken.

Ik liep met het tijdschrift naar de keuken, zette koffie en ging aan de keukentafel zitten. Terwijl ik zat te bladeren kwam er een beeld bij me op. Ik zag een lange tafel, midden in een tuin, lampions in de bomen en bloemenguirlandes boven de dansvloer. Dat beeld kwam helemaal niet overeen met de bruiloftsfeesten uit het tijdschrift. Daarin werd een elegante zaal of het eigen huis aanbevolen. Maar onze feesten waren het leukst als ze buiten plaatsvonden, dus waarom niet?

Twee uur later hoorde ik voetstappen op de trap. Even later gerinkel van sleutels. Ik had me wel eens verstopt om hem in de waan te laten dat ik er nog niet was, maar hij voelde telkens dat ik in zijn appartement was.

Toen ik naar hem toe liep, spreidde hij glimlachend zijn armen.

'Geen verstoppertje vandaag?' vroeg hij terwijl ik me overgaf aan zijn omhelzing en hem kuste. Zijn lippen waren zijdezacht en warm en ik voelde mijn lichaam op hem reageren. Ik snoof zijn warmte als het ware op en duldde opeens geen centimeter stof meer tussen ons.

Dat leek hij te voelen, want hij liet zijn tas vallen, duwde me zachtjes tegen de muur en leunde tegen me aan, zodat ik niet meer weg kon. Maar dat wilde ik ook niet. Ik sloeg mijn armen om hem heen, streelde zijn nek en woelde speels door zijn haar.

'Dat is leuk thuiskomen,' fluisterde hij toen onze lippen zich even van elkaar losmaakten. 'Waar heb ik dat aan verdiend?'

'We hebben elkaar al zo lang niet gezien,' antwoordde ik. 'Je hebt geen idee hoe erg ik je heb gemist.'

'En dat terwijl we toch al zo lang samen zijn.'

'Maar dat zijn we niet steeds,' antwoordde ik. 'Ik weet niet hoe lang ik het nog kan verdragen zo naar je te verlangen.'

'Het vergaat mij net zo. Daar moesten we dan maar eens iets aan doen.'

Weer kusten we elkaar en al kussend nam hij me langzaam mee naar de slaapkamer. Daar trokken we haast ongeduldig onze kleren uit en lieten ons uiteindelijk tussen de lakens glijden. We beminden elkaar extatisch, bijna zoals de eerste keer. Wat zou het heerlijk zijn hem elke dag bij me te hebben!

Kort daarna lagen we hijgend en uitgeput naast elkaar.

'En, hoe staat het nu met dat verlangen?' vroeg hij.

'Dat is nog steeds groot,' zei ik. 'Even groot als daarnet. Maar ik gun je een korte pauze.' Ik glimlachte naar hem en voegde eraan toe: 'We moesten maar eens een trouwdatum vastleggen, vind je niet?'

Hij draaide zich naar me toe. 'Serieus?' vroeg hij.

Ik knikte. 'Ja. Ik vind dat we het moeten doen. Er is sinds oma's overlijden al een half jaar voorbij. Nu is het aan ons om plannen voor de toekomst te maken.'

'Dat is geweldig nieuws!' zei hij en hij kuste me.

'Wacht, ik heb iets voor je,' zei ik en ik stapte tussen de lakens vandaan.

'Bestaat er iets mooiers dan wat je me zojuist hebt gegeven?' vroeg hij en hij stak zijn hand uit om me tegen te houden. Maar ik was sneller.

'Je zult het geweldig vinden!' beloofde ik en ik liep naar de keuken. Buiten was het inmiddels donker. Ik deed het licht aan, pakte het tijdschrift en nam het mee naar de slaapkamer.

'Ben je zo in de keuken geweest?' vroeg Jonas met een schalkse grijns terwijl hij me naar zich toe trok.

'Ja, hoezo?' vroeg ik verbaasd.

'Ik mag hopen dat je beseft dat we hier niet op de Leeuwenhof zijn.'

'Ja, natuurlijk,' antwoordde ik. Toen begreep ik wat hij bedoelde. De jaloezieën in de keuken waren niet dicht.

Hij zag mijn gezichtsuitdrukking en moest lachen. 'Als mijn buren toevallig uit het raam keken, hebben ze wel iets te zien gekregen.'

'Het is niet zeker dat ze me hebben gezien,' reageerde ik, maar ik merkte dat mijn oren begonnen te gloeien.

'Om deze tijd zijn ze allemaal thuis. Het zou me niet verbazen als mevrouw Herven me binnenkort vraagt wie die schaamteloze vrouw is die naakt door mijn woning rent.'

'Dan zeg je gewoon: mijn toekomstige echtgenote.'

'Dat zou het alleen maar erger maken. Voor veel mensen is seks voor het huwelijk nog altijd een doodzonde.'

'Gewoon een zonde, meer niet. Die mensen moeten zich niet zo aanstellen.' Toen liet ik hem het bruidstijdschrift zien. 'Hier.'

'Wat is dat?' vroeg hij.

'Dezelfde vraag heb ik ook aan mijn moeder gesteld, hoewel het eigenlijk vrij duidelijk is, toch?'

Jonas keek me stralend aan. 'Een bruidstijdschrift. Dat betekent zeker dat ons plan nu concrete vormen aanneemt?'

Ik knikte. 'Inderdaad, ja. We gaan trouwen, stel je eens voor!'

Jonas streelde mijn wangen en kuste me. 'Ik was al bang dat het er nooit van zou komen.'

'We hebben het elkaar toch beloofd?' vroeg ik. 'Oma verheugde zich zo op onze bruiloft. We konden toch niet weten...?'

'Ssst,' fluisterde hij en hij legde een vinger op mijn lippen. 'Het is prima zo. Die rouwperiode was noodzakelijk. Ik wil dat je met vreugde in je hart voor het altaar treedt en niet met een hart vol verdriet.'

'Met een hart vol liefde,' corrigeerde ik hem. 'Ik zal met een hart vol liefde voor het altaar treden.'

Hij glimlachte. 'Ik ook.'

We bladerden door het tijdschrift tot ik uiteindelijk bij de bruidsjurk kwam die ik hem wilde laten zien.

'Wat denk je daarvan?' vroeg ik.

'Kort?' antwoordde hij en hij streek over de knieën van het model. 'Weet je het zeker?'

'Waarom niet?'

'Wat zou je familie daarvan zeggen? Al die oude tantes en verre nichten?'

'Daar heb ik er minder van dan je denkt. De zus van mijn vader, tante Daga, zou er vast niets op tegen hebben. En oma had ook geen bezwaar gehad.'

'En de familie van je moeder?'

'Ik weet zeker dat Magnus niet op mijn bruiloft komt. Afgezien van het feit dat ik me afvraag of ik hem eigenlijk wel moet uitnodigen. Sinds ik hem het eerste deel van zijn erfenis heb uitbetaald, houdt hij zich opvallend rustig. De tweede termijn vervalt dit najaar.'

'Misschien kun je hem beter eerder uitbetalen. Dan ben je met onze bruiloft van die last af. En misschien neemt hij de uitnodiging dan wel aan.'

Ik zuchtte diep. Magnus was wel de laatste over wie ik het nu wilde hebben. 'We kunnen beter over de datum nadenken,' zei ik.

'Ik heb een idee: een bruiloft buiten, midden in ons park.'

'Een boerenbruiloft dus?' vroeg hij. 'Met strobalen en in klederdracht?'

'Nou, liever geen klederdracht, maar ik heb niets tegen strobalen. En korenaren en klaprozen... Denk erom, je trouwt met een plattelandsvrouw.'

'Daarvan ben ik me bewust,' zei hij en hij kuste mijn schouder.

'We zouden het park ook in een feeënbos kunnen veranderen,' fantaseerde ik verder. 'Met lampions in de bomen en kristalletjes die de zon vangen.'

'Ik wil dat je het precies zo krijgt als je het wilt hebben.' Hij trok me naar zich toe en kuste me. 'Ook wat je jurk betreft. Wat maakt het uit of je familieleden gechoqueerd uit de kerkbanken vallen!'

'Dat kunnen ze wel hebben,' zei ik. 'Dus je vindt het echt geen probleem dat ik geen wijd uitstaande witte jurk wil?'

'Natuurlijk niet. Ik vind je voorstel zelfs verrassend modern voor een Lejongård. En het gaat tenslotte om de vrouw die in de jurk zit. Al was ze naakt, dan zou ik nog met haar trouwen.'

'Dan zal ik nog eens goed over die jurk nadenken, misschien is een sluier wel genoeg,' antwoordde ik lachend. 'Maar even serieus, wat vind je van een dag in de zomer?'

'Dat zou mooi zijn,' zei hij. 'Maar zoals je weet moet ik in augustus naar Duitsland. En voor die tijd zal ik het erg druk hebben met afspraken.'

'Ja, dat weet ik. Maar na de Olympische Spelen ben je toch vrij? Dan zouden we meteen erna op huwelijksreis kunnen gaan.'

'Een aantrekkelijke gedachte,' zei hij. 'Laten we het zo doen!'

'Echt?' vroeg ik, waarop hij stralend knikte.

'In september dus. Half september zou het nog warm genoeg moeten zijn voor een bruiloft buiten. En dan is het ook oogsttijd...'

'Dan zijn die strobalen ook geen probleem. Het duurt alleen nog wel eeuwig voordat het zover is. Het is immers pas februari.'

Omdat het de volgende dag zaterdag was en Jonas niet naar kantoor hoefde, besloten we gezellig de stad in te gaan. Bij het ontbijt pakte Jonas mijn hand en gaf er een kus op. Verrast trok ik mijn wenkbrauwen op.

'Ik wil je een voorstel doen,' begon hij wat vaag. 'Wat zou je ervan vinden om voor een paar dagen met me mee te gaan naar de Spelen? Als tripje voor onze bruiloft?'

'Dat zou erg leuk zijn. Ik ben alleen bang dat ik niet veel tijd zal hebben. De voorbereidingen voor de bruiloft en dan ook nog de bouw...'

'Ach, kom,' zei hij en hij omhelsde me. 'Heb je geen tijd voor je toekomstige echtgenoot? Ik zeg toch niet dat je als dierenarts moet meekomen?'

Ik zweeg even en schonk hem toen een glimlach.

'O, je neemt een loopje met me!' zei Jonas, waarop ik in de lach schoot.

'Natuurlijk heb ik tijd voor jou!' antwoordde ik. 'Ik ga graag met je mee. In elk geval voor een paar dagen.'

'Dat is voor mij al voldoende,' zei hij. 'Ik wil heel graag bij de anderen pronken met mijn beeldschone verloofde. Ik geloof trouwens ook dat je Ulla hebt beloofd te komen kijken.'

'Ik heb gezegd dat ik zou proberen dat voor elkaar te krijgen. Maar nu ben je me voor, dank je wel!' Ik boog me naar hem toe en gaf hem een kus. 'Ik denk dat ik na de voorbereidingen voor de bruiloft wel wat rust kan gebruiken.'

'Ik weet niet of je in München veel rust zult krijgen. Er is zo veel te zien en als onze atleten het goed doen, is er ook het een en ander te vieren.'

'Af en toe zul je toch moeten werken,' gaf ik hem ter overweging. 'Dan ga ik naar de wedstrijden kijken en de parken en kastelen bezichtigen...'

'Wil je me soms kwijt?' vroeg hij. 'Je zult het toch niet over je hart kunnen verkrijgen om alleen op stap te gaan in München?'

'Als je tijd hebt, neem ik je graag mee!' antwoordde ik en ik legde lachend mijn handen om zijn hals.

Bij mijn terugkeer op de Leeuwenhof belde ik direct mijn moeder op landgoed Ekberg. Er fladderden wel duizend vlinders in mijn buik, zo blij was ik dat de datum voor ons huwelijk eindelijk vaststond.

'We hebben de datum vastgesteld: 16 september,' zei ik. 'Dat is een zaterdag.'

'September?' vroeg ze enigszins verbaasd. 'Maar dat duurt nog een eeuwigheid! Ik dacht dat jullie rond midzomer zouden trouwen.'

'We hebben nogal wat tijd nodig om alles te organiseren,' antwoordde ik. 'Bovendien wil ik graag een boerenbruiloft.'

'Een boerenbruiloft?' zei moeder verbaasd.

'Ligt dat niet voor de hand?' sprak ik haastig. 'Ik ben dan wel een Lejongård, maar we zijn erg met de natuur verbonden. Ons park is prachtig en het is bijna gemaakt voor zo'n bruiloft. Daar komt bij dat het weer in de oogsttijd nog steeds goed is. En we kunnen als versiering alles gebruiken wat de natuur te bieden heeft. Jonas is het ermee eens. Op 7 september zijn de laatste wedstrijden van de Olympische Spelen, daarna heeft hij het niet meer zo druk bij het Zweedse Olympisch Comité. Bovendien kunnen dan ook de ruiters komen die bij ons hebben getraind.'

Moeder bleef nog even stil. 'September dus,' zei ze ten slotte. Ik vermoedde wel wat er door haar hoofd speelde: mormor zou dan een jaar niet meer bij ons zijn.

'Ja,' antwoordde ik. 'September. Je hebt geen idee hoe ik me erop verheug!'

'Dat is de hoofdzaak. En je hebt gelijk, zo hebben we genoeg tijd om alles voor te bereiden.'

Hoorde ik een lichte teleurstelling in haar woorden doorklinken? 'Had jij liever gehad dat we eerder zouden trouwen?' vroeg ik.

'Nee, hoor. Het is prima zo.' Ik kon het niet zien, maar ik wist dat mama nu haar best deed te glimlachen. 'Heb je hem nog gevraagd wat hij van de jurk vond?'

'Ja. En hij komt in korte broek, zodat hij bij mijn mini-jurk past.'

'Wát zeg je?'

Ik schoot in de lach. 'Grapje, mama! Het was maar een grapje. Natuurlijk draagt hij een pak. En ik ga zorgen voor de mooiste bruidsjurk die er bestaat.'

'Daga heeft er overigens niets op tegen om een jurk voor je te naaien,' zei moeder.

'Heb je het haar gevraagd?'

'Ja,' antwoordde ze. 'En ik heb toen maar gelijk een afspraak met haar gemaakt.'

'Maar je weet toch nog helemaal niet of ik wel een jurk van tante Daga wil hebben?'

'Geen afspraak vanwege de jurk,' zei mijn moeder. 'Ik wil haar gewoon zien. Weer eens rustig bijpraten. Ik denk dat het ons allebei goed zal doen. Nu je binnenkort getrouwd zult zijn...'

'Maar moeder, ik ga toch niet emigreren,' zei ik. 'Bovendien heb je papa nog.'

'Dat is wel zo, maar het is toch goed te weten dat er nog iemand anders is met wie je kunt praten. Ik wil me niet opdringen in jullie huwelijk. Dat heeft Agneta ook nooit gedaan.'

'Maar toch, mama, ik ga niet emigreren. En als tante Daga wil, is ze hier bij mij ook van harte welkom.'

'Ik zal het aan haar doorgeven.'

'Zullen we elkaar volgende week zien om de gastenlijst op te stellen?' vroeg ik. 'Daga moeten we absoluut uitnodigen, vind je ook niet?'

'Ja, dat vind ik ook,' antwoordde ze. 'Goed dan, volgende week. Ik kom naar jou toe, ik snak naar de maaltijden van mevrouw Johannsen.'

Ik schoot in de lach. 'Afgesproken, ik kijk uit naar je komst!'

De week erop zaten we in de salon en liepen we de lijsten met onze familieleden, kennissen en vrienden door. Dat waren er meer dan ik had aangenomen.

'Oudtante Lisbeth en haar familie zullen zeker komen,' zei ik tegen moeder. Lennards zus sukkelde weliswaar enigszins met haar gezondheid, maar ze was nog altijd redelijk goed ter been. En ze kon rekenen op de hulp van haar kinderen en kleinkinderen.

'Ik neem aan van wel,' antwoordde moeder, terwijl ze hun namen op een groot schrijfblok noteerde. 'Veel contact hebben we niet meer met hen, maar ze horen bij de familie en vinden het misschien fijn de Leeuwenhof weer eens te zien.'

'Verder hoort Daga erbij... en Magnus met zijn gezin...'

Bij het horen van de naam van Ingmars broer kromp moeder letterlijk in elkaar.

'Magnus?' Er verscheen een rimpel op haar voorhoofd. 'Wil je hem echt uitnodigen? Na de scène die hij maakte na Agneta's overlijden?'

'Puur uit beleefdheid,' zei ik. 'Ook al bestaan er meningsverschillen tussen ons, we mogen hem niet buitensluiten.'

'Stel dat hij de uitnodiging aanneemt en het plezier van de gasten vergalt?' Mijn moeder schudde haar hoofd. 'Ik zou het mezelf nooit vergeven als jouw mooie feest daardoor werd bedorven.'

'Misschien houdt hij zich deze keer koest,' zei ik. 'Hij heeft tenslotte het eerste deel van zijn erfenis gekregen. Het tweede maak ik in april aan hem over. Dan is die kwestie afgehandeld en kan hij eigenlijk niets meer tegen ons hebben.'

'Lieverd, je kent Magnus toch. Hij zal altijd iets tegen ons hebben.'

'Maar misschien is Rosa wel blij met een uitnodiging. Zijn vrouw leek me eigenlijk heel aardig. En Finn... Nou ja, die zal er toch niet bij willen zijn.'

Moeder zuchtte diep en bleef me even aankijken.

'Alsjeblieft, mama. We doen daarmee een handreiking. Of ze die aannemen is aan hen. Ik laat niemand mijn bruiloft vergallen. Ook Magnus zal dat niet lukken. Bovendien heb ik dan Jonas aan mijn zij.'

'Goed dan,' draaide moeder bij. 'We nodigen hem uit. Maar bereid je erop voor dat hij de uitnodiging zal afslaan. Dat is het minste wat je kunt verwachten.'

Ik omhelsde haar. 'Denk een beetje positief, mama. Misschien verrast Magnus je nog. Ik laat het over me heen komen. En nu moeten we ons op de andere gasten richten. Kitty wordt mijn bruidsmeisje. Dan hebben we onze zakelijke connecties nog.'

Moeder pakte mijn hand en keek me aan. 'Ik ben trots op je, mijn kind. Ik hoop dat je dat weet.'

'Dat weet ik,' antwoordde ik glimlachend terwijl ik het boekje met zakelijke adressen pakte.

32

Op een middag eind april kwam ik pas laat terug uit Kristianstad, waar ik met de aannemer over veranderingen aan de kapspant van de paardenkliniek had gesproken.

'Er heeft ene Katrina Ingersson gebeld,' zei Karin toen ik weer naar boven kwam.

Kitty? Waarom zou die hebben gebeld? 'Heeft ze een bericht achtergelaten?' vroeg ik, maar Karin schudde haar hoofd.

'Nee, ze zei alleen dat ze het nog eens zou proberen. Ik heb haar nummer genoteerd.'

Dat kon van alles betekenen. Er bekroop me een onbehaaglijk gevoel. Stel dat het iets ernstigs was? Kitty was van ons tweeën altijd degene geweest wie het geluk leek toe te lachen. Hoewel ik er niet van uitging, kon er natuurlijk toch iets gebeurd zijn.

Ik pakte het briefje van de onderlegger op het bureau en draaide het nummer. De telefoon ging over en ik wachtte, maar er werd niet opgenomen. Ik liet hem nog even rinkelen, maar blijkbaar was er niemand aanwezig. Ik keek op de klok. Rond deze tijd was Kitty normaal gesproken thuis, want dan kwam Marten uit zijn werk en moest ze het avondeten klaarmaken.

Door mijn gepieker begon ik meteen het ergste te vrezen. Dat ze misschien aan Martens ziekbed zat. Ik schudde de gedachte van me af. Nee, aan zoiets mocht ik niet denken. Als je eraan dacht, gebeurde het ook.

De rest van de avond zat ik op hete kolen. Het enige wat me enigszins afleidde was mijn gesprek met Karin over haar intrek in het landhuis. Toen haar moeder, die nog steeds ziek was, definitief bij haar zus was ingetrokken en Karin haar dus niet meer hoefde te verzorgen, had ik haar voorgesteld fulltime voor me te komen werken en haar aangeboden op de Leeuwenhof te komen wonen. Het leek me wel prettig het personeel bij mij thuis onder te brengen en ook mijn moeder had geen bezwaar. Ons huis was toch veel te groot en het zou goed zijn als de nu ongebruikte kamers werden bewoond.

'Laten we eens gaan kijken waar je op de Leeuwenhof kunt wonen,' zei ik tegen Karin terwijl ik haar meenam naar de westelijke vleugel. 'Je kunt de mooiste kamers uitzoeken.'

'Ik heb er eigenlijk maar één nodig,' antwoordde ze, maar ik schudde mijn hoofd. 'Op zijn minst twee. Een woonkamer en een slaapkamer. We hebben kamers met een tussendeur, dan kun je op jezelf zijn.'

Het leek allemaal wat veel voor Karin. 'Ik weet echt niet wat ik moet kiezen. Ik heb nog nooit een eigen woning gehad. En al helemaal geen die zo was ingericht.'

'O, als je de meubels te protserig vindt, kunnen we ze weghalen, hoor. We moeten de kamers toch opknappen.'

'Ik vind de meubels prima,' zei ze. 'Ik heb trouwens het geld niet om een hele woning in te richten... Zo zag het er bij mijn oma ook ongeveer uit. Haar meubels waren wel niet zo kostbaar, maar de meeste waren ook oud.'

Ik ging Karin voor naar twee kamers aan de voorkant, die door een deur met elkaar waren verbonden. Er zat een badkamertje bij en ze waren bovendien sober gemeubileerd. De muren hadden hier de minste schade opgelopen en de kamers lagen zo afgezonderd, dat Karin geen last zou hebben van mijn aanwezigheid.

'En, wat zeg je hiervan?' vroeg ik terwijl ik de deur openhield. 'In deze kamers heeft het gezin van de koning wel eens gelogeerd. Het is een van de beste, nee, het is het beste gastenverblijf hier in huis.'

'Maar is het dan niet eerder iets voor de artsen die in de kliniek gaan werken?' vroeg ze, want ik had haar al verteld dat ik van plan was de werknemers van de paardenkliniek hier hun intrek te laten nemen als ze dat wilden.

'Jij bent mijn assistente en dus een van de belangrijkste mensen hier in huis. En, zou je je in deze kamers op je gemak kunnen voelen?'

Karin liep een stukje de kamer in. Er stonden een grote kast en een bed in en in de aangrenzende kamer een bank, een glazen tafel en een bureau met een stoel. Er was nog genoeg ruimte om eigen meubels neer te zetten.

'Ik vind ze heel mooi!' zei Karin ten slotte. 'Mijn moeder zal opkijken als ik haar vertel dat ik in kamers woon waar de koning heeft overnacht.'

'Dus je neemt ze?'

'Ik neem ze.'

'Goed. Ik zal zorgen dat er nieuwe sloten op de deuren komen. En je kunt er alvast over nadenken wanneer je wilt verhuizen.' Ik gaf Karin een hand.

Ik probeerde Kitty nog een paar keer te bereiken, maar zonder succes. Ze nam de volgende dag zelf contact op.

'Hé, ik heb je te pakken,' zei ze. 'Ik dacht al dat je misschien op reis was.'

'Ik heb gisteren de hele avond geprobeerd jou te bereiken,' was mijn reactie. 'Ik wou je toch al bellen, want ik heb geweldig nieuws. Waar zat je?'

'Ik... ik moest er even uit en ben bij een kennis langs geweest.'

'Een kennis?' herhaalde ik. 'En Marten?'

'Alles is in orde... Hij had eigenlijk ook thuis moeten zijn, maar...' Kitty zweeg. Ik voelde dat het uur van de waarheid was aangebroken. 'Marten en ik hebben momenteel wat problemen.'

'Problemen?' vroeg ik geschrokken. 'Financiële?'

'Nee, met elkaar,' zei ze. 'Ik zoek een plek waar ik een poosje kan blijven met Frieda. En toen moest ik aan jouw prachtige landgoed denken.'

'Is het zo erg?' Het deed me verdriet dat te horen, Kitty en

Marten leken me destijds een ideaal stel.

'Heel erg,' antwoordde ze. 'We hebben ruzie gehad en hoewel ik het niet kan bewijzen, denk ik dat hij een ander heeft.'

'Wat akelig.'

'Wat kun je je vergissen, hè?' Kitty haalde hoorbaar haar neus op en toen ze verder praatte, klonk ze geforceerd flink. 'Maar het gaat niet om mij, je wilde me iets vertellen. Zeg op!'

Ik aarzelde. Destijds na het ongeluk had ik het moeilijk gevonden te accepteren dat ze samen was met Marten, hoewel ik hun het geluk gunde. Kon ik haar nu wel over mijn bruiloft vertellen?

'Jonas en ik...' begon ik, '... hebben een trouwdatum vastgesteld, 16 september.'

Stilte aan de andere kant van de lijn. Ik wist zeker dat Kitty blij voor me was, maar waarschijnlijk werd haar verdriet om Marten er alleen maar groter door.

'Dat is fantastisch!' Ze deed haar best blij te reageren, maar het ontging me niet dat ze weer haar neus ophaalde. 'Dus eindelijk is het zover!'

'Ja, inderdaad. En mocht je tijd hebben: ik kan wel een goede bruiloftsplanner gebruiken. Mijn moeder is er niet helemaal van overtuigd dat een korte jurk passend is.'

'Maar natuurlijk!' zei Kitty en ze klonk nu weer wat opgewekter. 'Ik zal graag je bruiloftsplanner zijn. En als je nog een bruidsmeisje zoekt...'

'Ik kan me niemand voorstellen die beter geschikt is dan jij.'

'Ik ben zo blij voor je!' zei ze. 'Na alles wat er is gebeurd... Je hebt het verdiend.'

Nu barstte ze in snikken uit en ik wist niet of ze huilde van geluk of van verdriet.

'Hé,' zei ik. 'Frieda en jij zijn bij mij altijd welkom. Is het een idee om te komen logeren? Ik zou mijn petekind graag weer eens zien.' Ik herinnerde me de doop van haar dochtertje nog goed. Frieda was inmiddels twee jaar en ik was benieuwd hoe ze zich had ontwikkeld.

'Dank je, dat is lief van je,' zei Kitty. 'Ik zou het liefst meteen wegrijden, maar ik moet nog wat dingen regelen.'

'Neem zo veel tijd als je nodig hebt en kom dan gewoon hierheen.'

Het leek of ze in snikken uit zou barsten. Na een korte stilte zei ze: 'Weet je hoe blij ik ben dat ik jou heb?'

'Ja, dat weet ik. Dat hoef je niet te zeggen. We zijn er toch voor elkaar?' Kon ik haar nu maar in mijn armen nemen. Telefonisch contact was zo onpersoonlijk. Maar ik zou het doen zodra ze er was.

De lente kwam in het land en ik had het gevoel dat ik omkwam in het werk. Maar de dagen werden langer, de zon verdreef na een tijdje de koelte van de meimaand en voordat ik er erg in had was het tijd om het midzomerfeest voor te bereiden. Kitty en ik hadden telefonisch wat ideeën voor de bruiloft besproken. Ze was enthousiast over het plan voor een boerenbruiloft, maar ze vond dat een lange jurk beter bij de ambiance paste.

'Je zou eruitzien als een fee,' sprak ze op me in. 'Elke vrouw wil er op haar bruiloft uitzien als een fee.'

'Waarom zou een fee geen mini-jurk kunnen dragen?' vroeg ik. 'Denk maar eens aan Tinker Bell uit de tekenfilm...'

'Je wilt dus een groene bruidsjurk?'

'Waarom niet? Als hij maar kort is.'

Kitty snoof. 'Goed dan, jij wint. En trouwens, dat kapsel van Tinker Bell zou je vast ook snoezig staan. Je kunt je haar heel goed in een knot dragen. We doen er een mirtekrans om en hangen er een sluier aan, dan is het perfect.'

Eind mei kwam Kitty aan in haar splinternieuwe Ford, die volgeladen was met verhuisdozen.

Ze had het nog niet toegegeven, maar ik was ervan overtuigd dat ze bij Marten was weggegaan. Dat deed me verdriet. Ze waren altijd zo'n ideaal stel geweest. Ze hadden op hun bruiloftsfeest zo gestraald dat ik dacht dat hun liefde eeuwig stand zou houden.

Ik liep haar tegemoet toen ze de auto op de rotonde had stilgezet en sloeg mijn armen om haar heen. 'Fijn dat je er bent!' zei ik. 'Heb je een goede reis gehad?'

'Een beetje file in Kristianstad, maar verder ging het prima.'

'Ja, er wordt in de stad overal gebouwd. Kristianstad moet blijkbaar het centrum van Zuid-Zweden worden. Eerst hebben ze het vliegveld uitgebreid en nu zijn de straten aan de beurt.'

'Je krijgt nog een echte metropool in de buurt.'

'Ik hoop van niet,' antwoordde ik. 'Geef mij dat kleine, rustige Kristianstad maar.'

Kitty wendde zich tot haar medepassagier, die ons gesprek met grote ogen volgde.

'Ken je Frieda nog?' vroeg ze en ze nam het meisje op haar arm. Ze leek erg op Kitty en maar heel weinig op Marten.

'En of!' reageerde ik. 'Hoewel ze in mijn herinnering een stuk kleiner is.'

Kitty glimlachte en zei tegen haar dochtertje: 'Kijk, dit is nu je peettante Solveig.'

Frieda keek me met grote ogen aan en stak twee vingers in haar mond.

'Dag Frieda,' zei ik en ik streelde haar arm. Ze uitte haar ongenoegen en draaide zich opzij.

'O, dat is helemaal niet lief,' zei Kitty, maar ik wuifde het weg.

'Ze is gewoon verlegen. Ik weet zeker dat we goede vriendinnen zullen worden.'

'Ik hoop het.' Ze wees op de volgeladen auto. 'Is het goed dat ik mijn spullen heb meegebracht? Als het even kan wil ik voorlopig niet naar huis en dan hoef ik ook Marten niet lastig te vallen als ik iets nodig heb. Dus heb ik alles maar meteen meegenomen.'

'Dat is geen probleem, zoals je ziet heb ik heel veel ruimte.'

'Ja, het slot is nog altijd net zo groot als in mijn herinnering.'

'Landhuis,' corrigeerde ik haar. 'Een slot is aanzienlijk groter.'

'Het is hoe dan ook een kast van een huis.'

'Des te beter dat er nu wat leven in komt,' zei ik. 'Dan moesten we nu maar eens naar jullie onderkomen gaan kijken. Wat vind jij, Frieda?' Ik wendde me tot Kitty's dochter. Ze keek me nog steeds met grote ogen aan.

De logeerkamer die ik voor Kitty in orde had gemaakt, had crèmekleurige muren die van boven tot onder met rozen bedekt waren. Frieda stak zelfs haar handje uit om de bloemen aan te raken.

'Het bevalt je dochter hier wel,' merkte ik op.

'Haar niet alleen. Het is een prachtige kamer.'

'En niet ver bij mij vandaan. Bovendien kun je van hieruit de telefoon horen. Voor het geval dat Marten belt.'

'Dat zal hij niet doen,' zei ze. 'En ik wil ook niet dat hij dat doet. We kunnen elkaar het best nu even met rust laten.'

Ik knikte. 'En je dochter?'

'Frieda heeft haar vader al een paar maanden nauwelijks gezien. Wel in de weekends, als hij niet op zakenreis was voor zijn bedrijf, maar anders sliep ze altijd al als hij thuiskwam. En als hij weer vertrok sliep ze nog steeds. Volgens mij mist ze hem niet zo erg.'

'Maar Marten zal zijn kind toch zeker willen zien?'

'Als hij dat echt wil, zal ik hem niets in de weg leggen. Maar geloof me, hij interesseert zich niet echt voor haar. Hij is een compleet ander mens geworden.'

Ik sloeg mijn armen om haar heen. 'Dat doet me verdriet.'

'Dat hoeft niet. Het is zoals het is. Zou je me willen helpen de dozen naar boven te brengen?'

Na het avondeten, toen Frieda al vast en diep sliep, gingen we in het tuinhuisje zitten. De meeste dozen waren uitgepakt en we hadden geconstateerd dat er in de kamer een commode ontbrak. Ik wilde de staljongens de volgende ochtend meteen vragen er een van zolder te halen.

Omgeven door natuur en met warme gebreide vesten aan tegen de avondkou gingen we ervoor zitten om een fles rode wijn uit onze kelder soldaat te maken. De Lejongårds stonden niet bepaald bekend om hun wijnkennis, maar mevrouw Johannsen wist altijd prima wijnen voor de gasten uit te zoeken.

'Het kan raar lopen in het leven.' Kitty nam een slokje uit haar wijnglas en keek even naar het landhuis, dat roze was gekleurd door de avondzon. 'Vijf jaar geleden kon ik me niet voorstellen dat het ooit over zou kunnen zijn met Marten. Weet je nog dat we op dat jazzavondje waren? Ach, wat voelde ik me toen schuldig tegenover jou. Mij zat alles mee en jij was alles kwijtgeraakt. Dat het mij eens net zo zou vergaan had ik toen nooit kunnen bedenken.' Ze keek me aan. 'Ik bedoel, nu ben jij de geluksvogel. Je hebt de volmaakte man gevonden en binnenkort ben je een getrouwde vrouw! Ik ben zo blij dat die trieste tijd voor jou definitief voorbij is.'

'Het klinkt misschien gek, maar toen Sören was overleden dacht ik dat ik nooit meer gelukkig zou kunnen worden. Maar toch is dat gebeurd. Ik ben gelukkig. En ik heb meer ideeën en dromen in mijn hoofd dan ooit.'

'Dat is fijn om te horen,' zei ze en ze legde haar hoofd op mijn schouder. 'Mijn dromen zijn in de loop van de tijd verloren gegaan.'

'Je vindt ze wel weer terug,' antwoordde ik.

'Denk je?'

Ik legde mijn arm om haar schouders. 'Ik weet het zeker. En misschien heb je zin om hier voor langere tijd te blijven. En weer te gaan werken.'

Kitty slaakte een zucht. 'Ja, werken. Soms vraag ik me af of de oorzaak van onze problemen was dat ik twee jaar lang thuis heb gezeten.'

'Nee, vast niet,' zei ik. 'Maar ik ben ervan overtuigd dat het je goed zal doen om weer in praktijk te brengen wat je hebt geleerd. Ik ben al een tijdlang bijna alleen nog met het beheer bezig, hoe erg denk je dat ik het werken als dierenarts mis.'

'Je hebt de paarden toch?'

'Ja, maar dat is niet hetzelfde. Soms zou ik graag als dierenarts werken, maar het kantoorwerk slokt me op.' Ik glimlachte naar haar. 'Maar ik klaag niet, hoor. En wat ik eigenlijk wilde zeggen is dit: ik ben bezig een paardenkliniek te openen.' Ik wees naar de bouwplaats, die je van daaraf kon zien. 'Kijk, de verbouwing is in volle gang. Als alles goed gaat, kunnen we in de herfst open. Misschien heb je wel zin om hier te wonen en te werken.'

Kitty keek peinzend in de verte. 'Dat zou betekenen dat ik alles wat ik tot dusver heb opgebouwd moet opgeven. Dat ik Marten helemaal moet opgeven.'

Ik beet op mijn lip. Dacht ze dat het met Marten weer zo kon worden als vroeger? Ik wenste het haar toe, maar voor mij was het duidelijk dat het heel moeilijk zou worden.

'Aan de andere kant,' ging Kitty verder, 'wat heb ik eigenlijk opgebouwd? Ik heb in een praktijk gewerkt. Marten verdiende het leeuwendeel. Voor een eigen huis was het tot nog toe niet toereikend. En Marten zelf...'

'Je hebt een schat van een dochter,' bracht ik haar in herinnering. 'En je hebt je bul. Je bent dierenarts. Daar kun je iets mee doen.'

'Je hebt gelijk. Maar op dit moment kan ik niet over de puinhopen heen kijken.'

'Ik wil je niet opjagen,' zei ik en ik streelde haar arm. 'Ik wil je alleen een perspectief bieden. Je kunt altijd bij me terecht. En het is ook prima als je hier nee tegen zegt. Ik wil je alleen maar gelukkig zien.'

'Dat is heel lief van je.' Kitty veegde de tranen uit haar ogen. 'Er is in elk geval iemand die om me geeft.'

'Nee, minstens twee, want je dochter houdt ook van je, vergeet dat niet. En misschien komt het met Marten wel weer goed.'

Ze schudde haar hoofd. 'Ik weet het niet... Ik betwijfel of hij hierheen zal komen en oprecht zijn excuses zal maken.'

'Heb je hem verteld waar je bent?'

'Natuurlijk. Toch reken ik er niet op.'

'Wacht rustig af. Misschien heeft hij tijd nodig en ziet hij dan in wat je voor hem betekent.' Ik haalde diep adem.

Kitty reageerde niet en keek alleen zwijgend de tuin in.

'Misschien zijn we allebei al iets te veel aangeschoten om plannen te bespreken,' begon ik ten slotte, 'maar ik ben van plan ervoor te zorgen dat er op dit landgoed een heleboel mensen gaan rondlopen. Mensen die hier wonen en werken. Mijn assistente is de eerste en in de toekomst komen daar nog dierenartsen en ondersteunend personeel bij.'

'Hopelijk neem je een paar aantrekkelijke mannen aan.'

'Als ze solliciteren: geen probleem,' zei ik terug.

'Weet je, ik heb eigenlijk nooit op het platteland willen wonen,' zei Kitty nadenkend. 'Ik ben altijd een stadsmens geweest. Maar als ik dit allemaal zo zie, zou ik best eens kunnen zwichten.'

'Dus je gaat het overwegen?'

Ze keek in haar lege wijnglas. 'Als ik het me morgen nog herinner, zeker.'

Terwijl Kitty zich langzaamaan installeerde, hield ik me overdag bezig met de voorbereidingen voor het midzomerfeest. 's Avonds kwamen we bij elkaar, voerden lange gesprekken en praatten over van alles en nog wat – behalve over Marten.

Ik hoopte een beetje dat ze zich zou uitlaten over mijn aanbod, maar dat deed ze niet. Ik besloot niet aan te dringen. Misschien zat ze inderdaad nog steeds te wachten tot Marten haar zou vragen terug te komen. Soms betrapte ik haar erop dat ze vol verlangen naar buiten keek. Maar de auto die ze hoopte te zien kwam niet opdagen.

Toen het midzomerfeest eindelijk aanbrak leek Kitty haar verdriet enigszins te vergeten. Er moest veel worden voorbereid en ze hielp voortvarend mee. Ook sloot ze vriendschap met de stalmeester. Ik zag ze eens samen aan de rand van de wei zitten roken. Tegen mij had ze het niet over Sven Bergmann, maar sinds ze met hem omging leek ze wat optimistischer.

Ook het plannen van de bruiloft leek haar goed te doen. Ze zocht in tijdschriften en catalogi naar van alles wat we konden gebruiken voor het feest, om dan alle plannen weer om te gooien en in het landhuis rond te gaan snuffelen. We wisten al wel wie de bruidstaart zou maken. Mevrouw Johannsen zou haar handen meer dan vol hebben aan het organiseren van het banket, en Kitty had een alleraardigste patisserie in Kristianstad ontdekt. Een oudere dame, Jolanda Benlund genaamd, zwaaide er de scepter. Om ons te laten zien hoe haar taarten eruitzagen, legde ze ons een met liefde samengestelde ordner vol zelfgemaakte tekeningen voor.

'U kunt erop vertrouwen dat ze er net zo uitzien als op de plaatjes,' verzekerde ze ons toen ik haar enigszins sceptisch aankeek. 'Ik heb in mijn jonge jaren geschilderd. Ik was niet goed genoeg om naar de kunstacademie te gaan, maar mijn taarten lukken heel goed. Soms teken ik er een paar gewoon voor mijn plezier.'

Ik dacht weer aan mijn oma. De vrouw voor ons was iets jonger dan zij, maar ze hadden elkaar gekend kunnen hebben. Misschien hadden ze zich allebei bij dezelfde kunstacademie aangemeld. Maar waarschijnlijk hadden ze elkaar nooit ontmoet.

'Uw taarten zijn prachtig,' zei ik. 'En u hebt schilderstalent.'

Mevrouw Benlund glimlachte gevleid. 'Ach, laat maar, jongedame, ik weet dat ik nooit een groot kunstenares zou zijn geworden. Maar ik verbeeld me wel een heel goede patissière te zijn. Ik beloof u dat ik elke wens kan vervullen als het om een taart gaat.'

'Dan wil ik deze graag hebben,' zei ik en ik wees naar de tekening van een taart van drie etages die versierd was met rode en gele asters en herfstbladeren en die de warme gloed had van een zonnige dag in een herfstbos.

'Dat is een wat ongebruikelijke keuze voor een bruidstaart,' merkte mevrouw Benlund op. 'Meestal wordt deze taart besteld voor een oogstfeest.'

Ik glimlachte breed. 'Mijn bruiloft vindt plaats op de grens van zomer en herfst. En ik weet zeker dat dat schattige bruidspaartje zich thuis zal voelen tussen die bloemen.'

De gezichtsuitdrukking van de oudere dame verzachtte en haar ogen lichtten enthousiast op. 'Ik zal voor uw bruiloft iets heel bijzonders bedenken,' beloofde ze voordat we afscheid namen en de winkel weer verlieten.

'Je keuze is inderdaad heel ongebruikelijk,' merkte Kitty op toen we in haar auto stapten. 'Een oranje bruidstaart? Ik ken ze alleen in wit, geel of zachtroze.'

'In mijn geval wordt alles nu eenmaal anders. Wie weet, misschien draag ik wel een jurk met herfstbladeren.'

Kitty kreunde. 'Stel me toch niet voor zulke onuitvoerbare taken!'

Toen ik Jonas belde en de taart beschreef, kon ik zijn glimlach bijna horen. 'Dat klinkt geweldig. Ik kan nauwelijks wachten om dat kunstwerk van dichtbij te zien – en op te eten. Het is weer eens wat anders dan prinzesstårta.'

'Zeker,' viel ik hem bij. 'Maar het is dan ook onze bruiloft.'

Ik voelde me warm worden vanbinnen. Onze bruiloft. Ik zou werkelijk binnenkort getrouwd zijn, met de beste man ter wereld.

De zoektocht naar een geschikte bruidsjurk verliep echter moeizaam. Niet omdat ik blaadjes of oranje tule wilde, maar omdat geen enkele bruidswinkel korte jurken had.

Nadat we een aantal winkels hadden bezocht had ik het gevoel dat alle jurken er hetzelfde uitzagen. Overal dezelfde corsagelijfjes en tulen rokken. Niets wat er ook maar enigszins modern uitzag.

Toen ik op een avond bij mijn moeder mijn beklag deed, zei ze: 'Je weet dat we nog een optie hebben. Daga zou het heel leuk vinden.'

Moeder had haar oude vriendin inmiddels gesproken.

Ik zuchtte. Kon ik haar wel om die gunst vragen?

'Ik heb er een beetje moeite mee,' erkende ik.

'Dat is niet nodig,' wierp moeder tegen. 'Jullie praten even, je vertelt haar in het kort hoe het je is vergaan. Ze weet toch al wat er is gebeurd, dus ze zal je geen onaangename vragen stellen.' Ze zweeg even. 'Ze wil je echt graag zien. Ik denk dat het opnemen van de maten het enige is wat onaangenaam zal zijn. Uit ervaring weet ik dat dat veel tijd kost.'

'Goed dan,' antwoordde ik. 'Laat tante Daga maar kijken wat ze kan doen.'

Een week later stond ik in mijn ondergoed voor tante Daga, die speciaal hiervoor naar de Leeuwenhof was gekomen en mij nu de maat nam. Het weerzien was onverwacht hartelijk uitgevallen. Mijn beeld van haar was in al die tijd vervaagd, maar ik moest nu constateren dat ze een nog steeds sympathieke en goed uitziende dame met hoog opgestoken grijs haar was, die weliswaar een doortastende maar ook heel warmhartige indruk wekte.

Ik was wel een beetje bang geweest dat ze me zou verwijten dat ik zo lang geen contact met haar had opgenomen, maar dat deed ze niet. Ze vertelde me dat ze er al over nadacht wie haar zou kunnen opvolgen. 'Ik ga over een paar jaar met pensioen, terwijl het lijkt of ik mijn naaiatelier gisteren pas heb geopend. De tijd gaat zo snel.'

'Is er dan niemand aan wie u uw atelier kunt toevertrouwen?'

'De meisjes van tegenwoordig zijn erg onbezonnen,' zei ze. 'Mijn nieuwe leerling is niet zo serieus bezig met haar werk als ik zou willen. Ze heeft alleen belangstelling voor de jongen die haar altijd met zijn brommer komt halen.'

'Ik weet zeker dat u een goede opvolgster zult vinden,' gaf ik te kennen en ik bedacht dat ook zij vroeger vast meer belangstelling voor jongens had gehad dan voor de lessen van haar leermeesteres.

'Ja, laten we er het beste van hopen. Maar het is gelukkig nog niet zover. Doe je armen omhoog, lieverd, nu komt het vermoeiende deel.'

Toen tante Daga weer wegreed zei mijn moeder: 'Dat viel best mee, hè?'

'Nee. Maar eerlijk gezegd heb ik liever confectie. Met al die maten zou ze een nauwkeurig beeldhouwwerk van me kunnen maken.'

'In principe is het naaien van een jurk weinig anders; ze gebruikt alleen stof in plaats van steen.' Mama glimlachte tevreden. 'Het is goed dat we de banden met haar weer aanhalen. Je krijgt altijd een tweede kans om te doen wat juist is, nietwaar?'

Het midzomerfeest werd heel bescheiden en gezellig gevierd, zoals het op de Leeuwenhof sinds enkele jaren traditie was. Kitty en haar dochtertje waren intussen al enigszins gewend, ze woonden hier zichtbaar met plezier. Ik genoot van de dagen en nachten met Jonas. Vooral van de nachten, al waren het er niet veel, want hij moest steeds terug naar zijn werk.

'Nog even en we gaan samen naar München,' zei hij terwijl we arm in arm in bed lagen en door het raam de nacht in keken. 'Verheug je je erop?'

'En hoe!' antwoordde ik. 'Ik popel om de stad te zien, en alle atleten. En ik ben benieuwd of Ninna haar voornemen waar kan maken.'

'Om haar man te overtroeven?' vroeg Jonas. 'We zullen zien of haar dat lukt. Maar ik ben optimistisch. Onze ploeg is uitstekend. De trainers en officials zijn heel tevreden.'

'Nu komt het er alleen nog op aan hoe de andere ploegen zijn, hè? Kunnen jullie wat dat betreft niet een beetje spioneren?'

'Je bedoelt dat het Zweedse Olympisch Comité mensen inzet die zich als staljongens verkleden en wereldwijd notitie nemen van de conditie van de paarden?' vroeg hij grappend.

'Ja, dat bedoel ik. Er moet toch een manier zijn om erachter te komen wat de kansen van een ploeg zijn?'

'Ik denk dat de wedstrijden voor de Spelen wel voldoende uitsluitsel geven. De Russen zullen heel sterk zijn en we zullen ook op onze hoede moeten zijn voor de Duitsers. Die zijn erg goed in dressuur.'

'Bovendien krijgen we te maken met twee Duitse teams,' bracht ik naar voren, 'dat uit de Bondsrepubliek en dat uit de DDR.'

'Als je wilt, gaan we naar de grens en bekijken daar de bewaking. Of we rijden door naar Oost-Duitsland. Ik heb van collega's allerlei verhalen gehoord... Je kunt er wel in als je uit het Westen komt, maar de mensen daar mogen er niet uit. Het zou me niet verbazen als er sporters zijn die zullen proberen in München te blijven.'

'Als het goede ruiters zijn, moet je proberen ze over te halen naar Zweden te komen. Ik bied ze graag asiel bij mij thuis.'

Jonas schoot in de lach. 'Dat geloof ik graag. Net als je vriendin, nietwaar?'

'Het is fijn haar hier te hebben,' zei ik. 'En zoals je hebt gemerkt is ze heel aardig.'

'Dat is ze inderdaad. Ik ben blij dat ze destijds mijn kaartje aan jou heeft doorgegeven.'

'Ik niet minder,' zei ik, en ik legde mijn hoofd op zijn borst en luisterde even naar zijn hartslag. 'Wat vind je eigenlijk van mijn idee om mijn werknemers en vrienden hier in huis onder te brengen?'

'Hebben jullie dat niet altijd al gedaan?' vroeg hij op zijn beurt.

'Niet op de manier die ik voor ogen heb. Vroeger woonde het personeel op de zolderkamertjes. Ik stel het me nu eerder zo voor dat iedereen een eigen kamer krijgt.'

'Als in een grote woongemeenschap. Dat is behoorlijk progressief.' Hij streelde mijn haar. 'Maar ook heel mooi. Stel je voor dat er uit die groep eenlingen gezinnen ontstaan. Al hun kinderen zouden in het park kunnen ravotten. Dan zou dit oude huis echt tot leven komen.'

Het kwam bij me op dat dan ook mijn kinderen speelkameraadjes zouden hebben. Hoe vaak had ik niet verlangd naar iemand van mijn eigen leeftijd in dit huis. Naar iemand met wie ik door de weiden kon struinen. Mijn kinderen zouden het beter hebben.

Eind juli reed er een kleine verhuiswagen voor. Karin had niet veel spullen, maar voor een personenauto waren het er te veel. Haar zus was meegekomen en stak niet onder stoelen of banken hoe blij ze was dat Karin nu een eigen plekje had.

'Ze stond altijd klaar voor onze moeder,' zei ze. 'Het is hoog tijd dat ze eindelijk haar eigen leven gaat leiden.'

Kitty en ik hielpen Karin met het uitpakken en ik had het gevoel dat mijn assistente en mijn vriendin goed met elkaar overweg konden.

Toen kwam ook de maand augustus snel dichterbij en daarmee de reis naar München. Mijn moeder had aangekondigd me op de Leeuwenhof te zullen vervangen.

Toen moeder Kitty en haar dochtertje terugzag was ze verrukt. 'Wat is die kleine meid gegroeid,' zei ze. 'Fijn dat jullie er weer zijn.

Eindelijk hebben we weer een kind op de Leeuwenhof.' Ik voelde dat ze me een blik toewierp. Eerst de bruiloft, had ik bijna gezegd. Dan zien we wel verder.

33

Op de dag voor mijn vertrek naar Stockholm was ik volstrekt chaotisch bezig. Ik pakte mijn koffer, deelde hem anders in, probeerde alle ballast eruit te halen en constateerde daarna weer dat ik toch meer nodig zou hebben. Eenmaal klaar keek ik tevreden naar mijn tas, waarop mijn paspoort met visum lag. Ik zou met Jonas van Stockholm naar München vliegen! Die gedachte bezorgde me vrolijke kriebels in mijn buik.

'sAvonds zaten mijn ouders, Kitty, Karin en ik bij elkaar in de tuin. Frieda sliep al en ook ik wilde niet al te lang meer opblijven, omdat ik de volgende ochtend een vroege trein naar Stockholm wilde nemen.

'Ik ben jaloers,' merkte Kitty op. 'De Olympische Spelen, München! Ik zou wel met je mee willen.'

'Ga dan mee!' antwoordde ik.

Kitty schudde haar hoofd. 'Zo'n reis zou niet goed voor Frieda zijn. En vliegen...'

'Je dochter kan meer hebben dan je denkt,' wierp mijn moeder tegen.

'Dat mag waar zijn, maar ik zou niet graag zo'n lange reis met haar maken. En de tickets voor de evenementen zijn vast al uitverkocht en de hotelkamers allemaal vergeven.' Ze keek me aan. 'Bovendien wil ik jullie niet in de weg zitten.'

'Dat zou niet het geval zijn,' protesteerde ik, maar Kitty schudde haar hoofd. 'Wel waar. Jullie moeten genieten van de tijd met elkaar. Ik zal intussen proberen mijn eigen zaakjes te regelen.'

Daarmee zou ze Marten wel bedoelen. Ik keek mijn moeder aan.

'Geen zorgen, ik ben er,' zei ze. 'Ik weet immers hoe het bedrijf reilt en zeilt. Jij gaat genieten van je laatste dagen als ongehuwde vrouw en Kitty brengt haar zaken in orde. En als je terug bent, vieren we de bruiloft!'

De ochtend begon een beetje fris en ik was blij dat ik mijn gebreide vest had meegenomen.

In de trein naar Stockholm bladerde ik een reisgids over Duitsland door, bovendien had ik twee kranten mee die over de aanstaande opening van de Olympische Spelen berichtten. Vooral één artikel trok mijn aandacht. De verslaggever schreef over onze ruiterequipe. Op de foto zag ik Maud, Ulla en Ninna met een optimistisch glimlachje rond de lippen. Ik verheugde me erop hen terug te zien.

In Stockholm nam ik de bus naar Jonas' adres. Onderweg kwamen we langs mijn oude campus. Ik werd door nostalgie overvallen. Het was nog helemaal niet zo lang geleden dat ik hier had gewoond en gestudeerd. En toch leek het een eeuwigheid.

Ik kwam veel te vroeg bij Jonas aan, maar dat was hij wel van me gewend. Toen ik de hal in liep, schrok ik even. Er klonk gegiechel van een vrouw. Had Jonas bezoek? Was hij thuis? Ik verstarde even en liep toen weer door.

Toen ik om de hoek van de woonkamer keek, hield ik in. Het eerste wat ik zag waren rode-wijnglazen. Daarna viel mijn blik op een mouw van Jonas' overhemd, toen op een vrouwenbeen in een zijden kous dat tegenover hem in de lucht zweefde.

'Jonas?' vroeg ik en ik liep de kamer in.

Twee hoofden draaiden vliegensvlug mijn kant op.

'Solveig, wat doe jij hier?' vroeg Jonas en hij stond op. Maar ik had alleen aandacht voor de vrouw.

Ze was kleiner dan ik en ze had zwart haar dat op haar achterhoofd vrij stevig was getoupeerd. Haar sierlijke lichaam was gehuld in een groen-wit-blauw gestreepte kokerjurk. Toen ze me zag verdween de glimlach op haar gezicht.

'Ik dacht, laat ik wat vroeger komen,' zei ik, terwijl ik mijn blik niet van de vrouw kon afhouden. Haar eyeliner was perfect aangebracht, net als bij een mannequin, en ook verder wekte ze de indruk in de modebranche te werken. Maar: wat deed ze hier?

'Ik denk dat je beter kunt gaan,' hoorde ik Jonas zeggen en ik wist niet zeker wie van ons beiden hij bedoelde. Maar ten slotte pakte de onbekende vrouw haar handtas en produceerde een scheef glimlachje. Ze bekeek me nog eenmaal van top tot teen en stond toen op.

'Tot gauw, Jonas,' zei ze, toen draaide ze zich om en liep weg.

Haar stappen waren nauwelijks hoorbaar op de vloerbedekking. Uiteindelijk viel de deur in het slot.

Ik keek Jonas aan. Er tolden allerlei gedachten rond in mijn hoofd, maar ik kreeg op geen ervan echt vat.

'Wie was die vrouw?' vroeg ik, van mijn stuk gebracht.

'Niemand, ik...' Jonas' gezicht was opeens vuurrood. Zo timide had ik hem nog nooit gezien.

'Niemand?' vroeg ik en ik voelde mijn maag samentrekken. Mijn blik viel op de wijnglazen. 'En waarom drink je laat op de ochtend wijn met haar? Komt ze van je agentschap? Is ze een klant?'

Jonas had opeens iets weg van een geslagen hond. Hij vermeed het me aan te kijken. 'Ze is geen klant,' antwoordde hij.

'Wat dan wel?' Er ontplofte iets vanbinnen. Jonas had me nooit reden gegeven om jaloers te zijn. Nu voelde ik de jaloezie door mijn buik kruipen tot ze me als een gifslang in mijn borst beet.

'Ava en ik...'

Verdomme, waarom stokte hij bij elke zin? Er steeg woede in me op. 'Waarom vertel je me niet eerlijk wat er aan de hand is? Dat je een ander hebt!'

'Dat is niet waar, we zijn niet meer samen.'

'Niet meer?' vroeg ik en ik had opeens het gevoel dat ik door een zwaar gewicht naar de vloer werd getrokken.

Jonas wreef over zijn gezicht. 'Ik ben met haar samen geweest,' erkende hij ten slotte. 'Een hele tijd zelfs, voordat...'

Ik schudde mijn hoofd. Hier klopte iets niet.

'Voordat? Voordat je mij leerde kennen?' Hij had het nooit over een vriendin gehad.

'Het was geen echt vaste relatie. We gingen losjes met elkaar om.'

'En waarom was ze vandaag hier?' Ik wees naar de wijnglazen.

'Ze wilde praten. Ze kon destijds niet accepteren dat het voorbij was. We zijn met ruzie uit elkaar gegaan en nu er anderhalf jaar zijn verstreken, wilde ze nog eens met me praten.'

'Anderhalf jaar?' vroeg ik als verdoofd. Jonas en ik waren nu al drie jaar een stel. Dan klopte er toch iets niet.

Jonas liet schuldbewust zijn hoofd zakken en wreef over zijn gezicht. 'Was je maar later gekomen.'

'Later?' Ik schudde mijn hoofd. 'Wat heeft dit allemaal te betekenen?'

'Luister eens, Solveig, ik wilde eigenlijk niet dat je er op deze manier achter zou komen.'

'Wat? Voor de draad ermee!' Ik balde mijn vuisten. De vloer onder mijn voeten leek te bewegen en mijn hartslag ruiste in mijn oren.

Jonas haalde diep adem. 'Het spijt me. Ava en ik zijn nog een tijdlang met elkaar omgegaan,' gaf hij eindelijk toe. 'Maar toen werd me duidelijk dat ik alleen jou wilde. Twee maanden voordat ik je vroeg met me te trouwen was het uit tussen ons.'

Nu had ik het gevoel dat de bodem helemaal onder mijn voeten werd weggetrokken. Ik zat in een vrije val en er was niets wat me kon opvangen.

Heel even wenste ik dat ik inderdaad later was gekomen. Dit kon toch niet waar zijn! Pas twee maanden voor zijn aanzoek had hij het met haar uitgemaakt? Terwijl hij tegen me had gezegd dat hij van me hield?

Mijn hart ging tekeer. Het liefst zou ik het uitschreeuwen, maar mijn keel zat dicht.

'Maar nu is het echt voorbij,' ging hij verder. 'Je moet me geloven, Solveig, ik wil alleen jou.'

Zijn woorden striemden als regen op me neer. Hij had een ander gehad, al die tijd.

'En voor dat gesprek heb je een fles wijn opengetrokken?' vroeg ik. Mijn stem klonk schor en de tranen sprongen me in de ogen.

'Die heeft zij meegebracht. Wat moest ik anders?'

'Haar naar huis sturen. Niet met haar praten.' Ik schudde mijn hoofd. 'Waarover moet je het na anderhalf jaar nog hebben? Kwam ze je een goede reis wensen?'

Ik voelde me opeens heel slap. Mijn lichaam wilde zich uit alle macht tegen hem aan vlijen, maar mijn verstand zei dat het beter was dat ik verdween.

'Solveig.'

Ik schudde mijn hoofd en pakte mijn koffer weer op.

'Maar Solveig, we...'

'Goede reis!' zei ik en ik draaide me om. Ik liep door de hal en wierp in het voorbijgaan de sleutel op het ladekastje.

Achter me hoorde ik zijn voetstappen. Toen ik mijn hand op de deurklink legde, raakte hij mijn arm aan. 'Luister alsjeblieft naar me. Er is echt niets meer tussen ons. Solveig!'

Maar ik wilde niet blijven staan. En het interesseerde me op dat moment ook niet of er nog wel of niet iets tussen hen bestond. Ik rukte me los en rende met mijn koffer het gebouw uit. Ik had pijn in mijn borst en mijn keel leek dichtgesnoerd. Maar ik rende en op de een of andere manier lukte het me de eerstvolgende bus te halen.

Hoe ik op het station terecht was gekomen wist ik niet meer precies. Ik kwam pas tot bezinning toen iemand me aanstootte.

'U bent aan de beurt!' zei een mannenstem achter me. Ik staarde naar het kijkgat van het stationsloket.

'Jongedame?' vroeg een vrouwenstem erachter. Ik kromp in elkaar. Ik had helemaal niet gemerkt dat ik aan de beurt was.

'Een enkeltje Kristianstad alstublieft,' zei ik. 'Eh... kunt u me zeggen wanneer de volgende trein vertrekt?'

Ze liet haar vinger over een spoorwegboekje gaan en antwoordde toen: 'Over een uur.'

'Mooi,' zei ik. 'Die neem ik.'

Even later ging ik met mijn treinkaartje in de hand op een bankje zitten wachten. Toen ik op de stationsklok keek, besefte ik dat we op dat moment eigenlijk naar het vliegveld op weg hadden zullen gaan.

Had ik de kwestie met die vrouw gewoon naast me neer moeten leggen? Nee, dat kon ik niet. Jonas had me al die tijd bedrogen, en wat nog erger was, hij had gedacht dat ik er nooit iets van zou merken! Ik wist nog niet precies wat ik zou doen, maar voorlopig wilde ik hem niet meer zien.

Toen ik op de Leeuwenhof aankwam was ik geradbraakt. Alles was donker, op twee ramen op de bovenste verdieping na. Kitty zou nog wel wakker zijn. Mijn moeder lag vast al in bed. Dat was maar goed ook, want wat zou ze zeggen als ze hoorde wat er gebeurd was? Ik kon me eerder voorstellen dat ik met Kitty zou gaan praten, maar mocht ik haar er wel mee lastigvallen?

Ik sleepte mezelf de bordestrap op. Het was me nooit eerder opgevallen dat die uit zoveel treden bestond. De laatste keer dat ik me zo ellendig had gevoeld was toen ik uit het ziekenhuis kwam. En deze keer was alleen mijn hart gewond.

Binnen deed ik mijn jas uit en zette mijn koffer naast de trap. Die zou ik later wel ophalen.

Ik ging naar boven en voelde me afgepeigerd. In mijn hart woedde nog steeds de ontgoocheling. Ik had nu behoefte aan iemand met wie ik kon praten. Iemand die me zou begrijpen.

Achter Kitty's deur klonk zachte muziek.

Ik klopte en voelde mijn ledematen nog zwaarder worden. Toen Kitty de deur opendeed was ik haar het liefst in de armen gevallen.

'Solveig!' riep ze verrast uit. 'Wat doe jij hier? Is er iets gebeurd?' Ze pakte mijn hand en trok me haar kamer in. Toen bekeek ze me van boven tot onder.

'Ik ben in orde,' zei ik vermoeid. 'Lichamelijk althans. Maar verder...'

'Wat is er dan? Je zou toch met Jonas naar München gaan! Is hij...'

'Hij is ook oké. Maar er is iets gebeurd wat ik niet zag aankomen.' Ik voelde mijn ogen volschieten. De hele reis was ik eerder verdoofd dan verdrietig geweest, maar nu kwamen mijn gevoelens in volle hevigheid naar boven.

'Wat dan?' vroeg Kitty verbaasd.

'Er was een vrouw bij hem,' antwoordde ik en toen braken alle dijken en begon ik te snikken.

'Heeft hij je bedrogen?' Kitty leidde me naar haar bed en ik ging zitten. Terwijl ik krampachtig snikte vertelde ik haar alles wat er was gebeurd.

Kitty hield mijn hand vast en hoorde me hoofdschuddend aan.

'Dat is toch niet te geloven,' zei ze toen ik klaar was. 'Na alles wat je over hem hebt verteld. Wat hij allemaal voor je heeft gedaan. Waarom zou hij zoiets nou doen? Hij heeft je zelfs ten huwelijk gevraagd!'

'Ik weet het niet,' zei ik. 'Ik weet helemaal niet waarom hij me heeft gevraagd!'

'Omdat hij van je houdt.' Kitty streelde mijn rug en streek het haar uit mijn gezicht. 'Ik heb geen idee waarom hij met die ander had afgesproken, maar dat hij je ten huwelijk heeft gevraagd is toch een duidelijk teken dat hij voor jou heeft gekozen?'

'Ja, maar in de periode daarvoor dan?' Ik kromp weer in elkaar en huilde. 'Hij wilde vast alle opties openhouden.'

Daarop zei Kitty niets, ze streelde alleen mijn haar. Waarmee had ze me ook kunnen troosten? Alles leek zo uitzichtloos...

'Misschien moet je even gaan liggen,' zei ze uiteindelijk, nadat we een poosje zwijgend naast elkaar hadden gezeten. 'Als je wilt, kun je hier blijven slapen. Net als vroeger.'

Ik knikte en liet me op de dekens vallen. Ik was uitgeput van het huilen. Alles deed me zeer, mijn hart het meest.

Ik hoorde Kitty's dochtertje roepen, kennelijk had ik Frieda wakker gemaakt. Ik sloot mijn ogen en hoorde Kitty naar haar toe gaan en zachtjes tegen haar praten. Binnen een paar minuten was de kleine meid weer stil en sliep ze door.

Ik voelde dat Kitty naast me op de matras kwam liggen, waarna ze me provisorisch toedekte. Waarschijnlijk vermoedde ze dat ik in slaap was gevallen, maar ik was nog wakker. Elke beweging was me te veel. Maar na een poosje won de uitputting en viel ik in slaap.

Toen ik tegen de ochtend wakker werd, lag Kitty naast me vast en diep te slapen. Ook haar dochtertje sliep. Het geluid van haar adem versterkte de stilte in huis. Ik sloeg de deken van me af en kwam voorzichtig overeind. Op mijn tenen verliet ik de kamer. Mijn kleren plakten als vliegenpapier aan mijn lichaam. Ik moest een bad nemen en iets comfortabelers aantrekken.

Ik was nog slaapdronken en dat behoedde me nog even voor het bittere besef dat alles wat gisteren was gebeurd geen droom was geweest. Maar toen ik in mijn kamer was aangekomen trof de realiteit me als een mokerslag. Jonas had me bedrogen. Hij had gehoopt dat ik er nooit achter zou komen. Hij had mijn vertrouwen beschaamd.

Ik voelde razernij opkomen, als een vlam die zich door papier heen vrat. Woedend trok ik mijn kleren uit en ging ik onder de waterstraal staan. Ik moest die vreselijke dag zien kwijt te raken! Ik moest hem als vuil van mijn huid schrobben. Misschien zou ik me dan een beetje beter voelen.

Toen ik uit de badkamer kwam was het razende vuur in me inderdaad gedoofd. Ik voelde me machteloos. Er was niets wat het gebeurde kon terugdraaien. Enerzijds wenste ik inderdaad dat ik later was afgereisd, dat ik hem niet had betrapt, maar anderzijds... Leugens en geheimen blijven nooit eeuwig verborgen. Dat wist ik maar al te goed uit mijn familiegeschiedenis. Ooit zou ik erachter zijn gekomen. En wie weet, misschien zou Jonas het weer hebben gedaan. In elke desillusie school ook iets van waarheid. Je maakte je geen illusies meer of je liet je geen illusies meer aanpraten.

Ik liep naar de kledingkast en haalde er een luchtig jurkje uit. Op dat moment leek mijn huid zo verwond, zo kwetsbaar, dat ik bijna geen aanraking kon velen. Maar dit jurkje met een haast kinderlijk bloemetjespatroon kon ik wel verdragen.

Toen ik klaar was, verliet ik mijn kamer en ging naar beneden. Eigenlijk had ik geen trek, maar mijn knorrende maag herinnerde me eraan dat ik sinds gisterochtend niets meer had binnengekregen. Het was nog wat vroeg voor het ontbijt, maar ik had nu behoefte aan iets om het gat in mijn buik te vullen.

Toen ik in de keuken kwam, voelde ik dat ik niet alleen was. Mijn moeder was ook al op. Waarschijnlijk had ze weer eens niet goed kunnen slapen. Ik betrapte haar voor de koelkast. Op het eerste gezicht leek ze niet te kunnen beslissen of ze er iets uit zou pakken, maar toen merkte ik dat ze koele lucht tegen haar gezicht liet stromen.

'Goedemorgen, mama.'

Ze schrok en sloeg vlug de deur van de koelkast dicht. Ze haalde een paar keer diep adem terwijl ze haar hand tegen haar borst drukte.

'Goeie genade!' wist ze uit te brengen. 'Je laat me schrikken!'

'Sorry, dat was niet de bedoeling.'

'Wat doe je hier eigenlijk?' vroeg moeder, die nog niet over de schrik heen was. 'Je zou toch naar München gaan! Wat is er gebeurd?'

Ik schudde mijn hoofd. 'Dat is niks geworden,' zei ik. De woorden 'het is uit' kreeg ik niet over mijn lippen, ook al voelde het wel zo. 'Jonas en ik hebben ruzie gehad. Ik ben gisteravond nog thuisgekomen.'

'Maar waarom heb je me niet wakker gemaakt?'

'Ik wilde je niet ongerust maken. Ik was trouwens veel te moe. Ik wilde alleen maar slapen.'

Dat ik bij Kitty was geweest, vertelde ik haar niet. Waarschijnlijk had ze het me dan kwalijk genomen dat ik niet naar haar toe was gekomen.

'Kom, ik zet even koffie. Dan kunnen we praten.'

Ik liet me op een stoel zakken en keek naar het lange tafelblad. Het vertoonde gebruikssporen van vele tientallen jaren.

'Solveig?' De vraag van mijn moeder onderbrak mijn gedachten.

Ik keek op. Ze had kennelijk iets gezegd, maar ik had het niet gehoord. 'Ja?'

'Ik vroeg of je melk in je koffie wilt.'

'Ja, graag,' antwoordde ik. 'Sorry, ik ben nog steeds een beetje moe.'

Moeder knikte en ging aan de slag. Even later stond mijn koffie in een oude keramieken mok voor me te dampen. Door de geur leefde ik weer een beetje op.

'Jullie hebben dus ruzie gehad,' begon ze terwijl ze in haar kopje roerde. 'Mag ik vragen waarover?'

'Over een andere vrouw,' antwoordde ik. Ik vertelde haar wat er was gebeurd en probeerde daarbij niet al te emotioneel te worden, hoewel me dat moeilijk afging, want ik voelde de pijn opnieuw.

'Ik ga me nu gewoon op mijn werk storten,' besloot ik mijn relaas. 'Over vier jaar zijn er weer Olympische Spelen, in Montreal, en dan ga ik daar wel heen. Misschien zelfs met onze eigen paarden.'

Moeder keek me meewarig aan. 'Je weet dat je telkens weer met hem te maken zult krijgen,' zei ze zacht. 'Hij heeft een sterke connectie met het Zweedse Olympisch Comité.'

'We zullen er samen wel uitkomen,' was mijn antwoord en ik probeerde dapper te klinken. 'Hij kan zo veel vriendinnen hebben als hij wil en ik zal de Leeuwenhof verder ontwikkelen. Het is waarschijnlijk beter zo.'

Moeder schudde haar hoofd. 'Je klinkt zo gekwetst...'

'Dat ben ik ook,' zei ik. 'Maar daar is toch niets aan te doen.'

Ik haalde diep adem en dronk mijn beker leeg. 'Het zal wel gaan. Ik ben ook over Sörens dood heen gekomen en dat was veel erger. Met een man die geen keuze kan maken wil ik niet samenleven.'

'Ik kan me niet voorstellen dat Jonas niet van je houdt. Hij heeft zich zo voor ons ingezet, alleen maar omdat hij verliefd op je was. Hij heeft je gevraagd zijn vrouw te worden. Ik kan haast niet geloven dat hij dat lichtvaardig heeft gedaan.'

Ik schudde mijn hoofd. 'We zijn al zo lang samen en toch heeft hij niet het hart gehad me over die ander te vertellen! Erger nog, hij heeft het me niet eens verteld nadat hij me zijn aanzoek had gedaan. Toen had hij het me op zijn laatst moeten vertellen.'

'Maar zou je dan niet gekwetst zijn geweest?' vroeg moeder. 'Misschien was hij bang dat je zijn aanzoek niet zou aannemen als hij had opgebiecht dat er nog iemand is geweest.'

'Ik weet het niet,' antwoordde ik. 'Ik was misschien wel kwaad geworden. Maar hij had me beter op de hoogte kunnen stellen. Nu zal ik hem nooit meer kunnen vertrouwen.'

Mijn moeder tuurde naar de bodem van haar lege koffiekopje. 'Hij heeft een fout begaan, dat is duidelijk. Maar voordat je een definitief besluit neemt, moet je bedenken dat hij het met haar heeft uitgemaakt. Hij heeft voor jou gekozen. Hij wil met jou trouwen en niet met die ander.'

'Hoe kun je dat nou weten?' vroeg ik. 'Ik heb de rode wijn op de tafel zien staan. Die drink je niet zomaar met een kennis. Niet bij jou thuis.'

'O, maar daar vergis je je in! Toen ik pas in Stockholm woonde deed ik dat vaak. Met sommige mannen werd het wat, met andere werd het niets. Ik heb het je nooit verteld, maar je vader en ik... Toen we elkaar na lange tijd voor het eerst weer tegenkwamen, hebben we ook een keer afgesproken en...'

'Je bedoelt dat je toen met papa naar bed bent geweest?' Ik schudde mijn hoofd. 'Was hij destijds nog getrouwd?'

'Ja. Zijn vrouw was in hun hotel en hij bij mij. Ik ben gezwicht omdat het me iets deed om hem terug te zien. Achteraf heb ik hem vierkant de deur uit gegooid en gezworen me nooit meer met hem in te laten. En daarna heeft het lot zijn loop genomen.' Mijn moeder haalde diep adem. 'Als het om menselijke relaties gaat is het niet altijd even makkelijk in te zien wat goed en fout is. Jonas had natuurlijk open kaart moeten spelen en je moeten vertellen dat er nog een ander in het spel was. Maar hij was waarschijnlijk bang je te verliezen. Zoals je aan mij kunt zien, vertellen zelfs degenen die van je houden je niet altijd de waarheid, omdat ze bang zijn je kwijt te raken.'

'Bij oma en jou lag het anders.'

'Dat is zo, ze was mijn tante en mijn voogd. Jonas is je verloofde. Zijn verraad weegt wel zwaarder. Maar ook mannen kunnen bang zijn. En als het waar is wat hij zegt, is hij je ten minste anderhalf jaar lang trouw geweest.'

'Als dat al klopt,' zei ik bitter. Mijn slapen bonsden pijnlijk. Ik wilde er eigenlijk niet meer over praten. Wat er werkelijk in Jonas' hoofd omging wist alleen hijzelf.

'Bedankt voor de koffie,' zei ik en ik stond op. 'We zien elkaar straks bij het ontbijt.'

Moeder knikte. 'Tot straks, Solveig.'

Ik liep het huis uit en wandelde het erf over, langs de stallen en de nieuwbouw naar het tuinhuisje. Halverwege bedacht ik echter dat ik daar met Jonas had gestaan. Ik maakte rechtsomkeert, maar in de Engelse tuin overkwam me hetzelfde. Uiteindelijk gaf ik het op en ging ik terug naar het huis. Maar ook daar was er bijna geen plek waar ik niet met hem was geweest.

Ten slotte liep ik oma's schildersatelier binnen. Daar was alles nog steeds zoals vroeger. Het scheen in de familie te zitten dat we niet konden wegblijven van plekken waar mensen van wie we hielden zich hadden opgehouden. Op de ezel stond het laatste schilderij dat oma had afgemaakt. Een veld blauwe lupinen voor een bos met daarboven de ondergaande zon. Het schilderij deed heel ouderwets aan, maar toch was het prachtig. Ik bleef er even naar kijken en voelde hoe erg ik mijn oma miste. Wat zou zij hebben gezegd over de toestand met Jonas?

'Ach, mormor, kan ik hem nog vertrouwen?' vroeg ik zachtjes terwijl ik met mijn vingers over het vernis streek. 'Wat had u in mijn plaats gedaan?'

Mormor had de details over haar liefdesleven natuurlijk voor zich gehouden, daarover sprak je niet met een kind. Maar ook zij had desillusies meegemaakt. De vader van Magnus en Ingmar had haar laten zitten en was de oorlog in getrokken. Hij had een valse identiteit opgegeven en had al een echtgenote gehad. En tot overmaat van ramp was ze ook nog zwanger van hem geworden.

Gelukkig kon ik er zeker van zijn dat dit bij mij niet het geval was. Maar de situatie met Jonas leek wel op de hare. Ook hij had iets voor me verzwegen. Waarom had hij dat gedaan? Was hij vanwege mij zo onzeker geweest?

Hoewel oma's stem nog steeds in mijn oren klonk, kon ze mijn vraag niet beantwoorden. Het voelde alsof ze er nog was, maar ze was te ver weg om me te kunnen helpen. Ik moest zelf de oplossing vinden.

De volgende dagen bracht ik grotendeels met Kitty door. Ik putte er een beetje troost uit dat ze bij me was, ook al raasden de gedachten 's nachts door mijn hoofd.

'Heb je er niet toch een beetje spijt van dat je niet naar München bent gegaan?' vroeg ze toen we op een middag een ronde door de stallen maakten.

'Nee,' antwoordde ik, maar ik voelde duidelijk een steek in mijn borst.

'Dat lieg je,' zei Kitty, die haar arm door de mijne had gestoken. 'Heeft hij niet geprobeerd je te bellen?'

Ik schudde mijn hoofd. 'Je was de eerste geweest om dat te horen,' zei ik. 'Maar nee. Waarschijnlijk heeft hij zijn andere liefje meegenomen.'

'Daar geloof ik niets van,' reageerde Kitty. 'Zo is hij niet.'

'Dat dacht ik ook, tot een paar dagen geleden.'

Kitty dacht even na. 'Misschien heb je veel te bekrompen opvattingen. Als jij nou die ander was, naast zijn eigenlijke relatie... Wat maakt het eigenlijk uit?'

Ik bleef staan en keek haar verbaasd aan. 'Meen je dat serieus?'

'De tijden zijn veranderd,' legde ze uit. 'Relaties zijn niet meer wat ze vroeger waren. Kijk eens naar wat er allemaal te lezen is over hippiecommunes. Daar doen ze vrolijk aan partnerruil en iedereen vindt het oké.'

'Sinds wanneer interesseer jij je voor hippiecommunes?' Het moest wel een grapje zijn van mijn vriendin, anders kon ik haar uitspraken niet verklaren.

'Ik wil maar zeggen dat relaties tegenwoordig flexibeler zijn. Je hebt iemand, maar je merkt dat de persoon in kwestie niet je liefde voor het leven is. Die kom je pas later tegen, maar je twijfelt en gaat door met je eerste relatie. Dan hou je twee relaties aan en beslis je pas later.'

Ik schudde mijn hoofd. 'Dat maakt het er niet beter op.' Stiekem ergerde ik me een beetje aan Kitty. Waarom vond ze het ineens oké wat Jonas had gedaan?

'Waarschijnlijk niet. Maar probeer je toch eens in zijn situatie te verplaatsen. Hij heeft een relatie die best lekker loopt. Zonder vastigheid. Dan ontmoet hij jou. Hij vindt je geweldig, maar merkt dat je behoorlijk ongenaakbaar bent. Toch wil hij je. Maar hij ziet ook dat je er nog niet klaar voor bent om Sören los te laten. Dus houdt hij alles bij het oude, omdat hij niet weet of je met hem in zee wilt. Maar dat wil je wel. Naast jou verbleekt die ander voor hem geleidelijk. Hij merkt dat hij in jou de ware liefde heeft gevonden. En hij verbreekt zijn relatie met die ander om met jou te trouwen.'

'Maar dan spreekt hij met haar af? Waarom zo kort voor de Olympische Spelen?'

'Misschien heeft ze hem echt gevraagd zich duidelijk uit te spreken. Dat hij zich met die vrouw in één ruimte bevond bewijst helemaal niets.'

Ik haalde diep adem. Wat had ik hem graag vergeven. Maar dat kon ik niet. De gedachte dat hij anderhalf jaar lang een slag om de arm had gehouden was te pijnlijk voor me. Ik was jaloers dat hij niet uitsluitend mij had toebehoord. Tegelijkertijd wist ik dat het onzin was, omdat het niets aan de zaak veranderde.

'Zullen we vanavond naar de televisie-uitzending kijken?' vroeg Kitty ten slotte. 'Ik weet niets van sport, maar wie weet vind ik het leuk. Misschien zie je dan de dressuurrijdsters over wie je me hebt verteld.'

'Ik weet het niet,' zei ik. 'En als ik hem dan in het publiek zie zitten?'

'Dan weet je meteen of hij die ander heeft meegenomen of niet. Kom, laten we naar de Spelen gaan kijken. Misschien laten ze ons een paar gespierde turners aan de ringen zien of andere jongemannen in krappe sportbroekjes. Zo krijgen we in elk geval nog iets te zien.'

Ze kneep me in mijn zij en hoewel ik nog steeds zat te mokken, moest ik wel lachen om de 'jongemannen in krappe sportbroekjes'.

Tijdens het kijken betrapte ik me er toch op dat ik niet zozeer lette op de mannen in hun gymnastiekbroekjes als wel de rijen toeschouwers afspeurde. Het tv-toestel had zo langzamerhand zijn beste tijd gehad en hier en daar was het beeld onscherp, zodat het onmogelijk was gezichten op grotere afstand te herkennen.

'Misschien moet je eens een nieuwe televisie aanschaffen,' zei Kitty terwijl ze aan een appel knabbelde. 'Een kleuren-tv. Met deze kun je alleen gissen wat die mensen aanhebben.'

'De tv heeft tot nu toe altijd goed dienstgedaan,' wierp ik tegen.

'Ja, maar intussen is de aarde weer een paar keer om zijn as gedraaid. Wanneer hebben jullie hem gekocht? Begin jaren zestig?'

'Ja, het moet in die tijd zijn geweest,' zei ik. Destijds was de aanschaf van het televisietoestel een sensatie geweest. 'Maar ik doe hem niet weg voordat het nodig is. Pas als de beeldbuis doorbrandt komt er een nieuwe.' Mijn adem stokte. De uitzending was overgegaan op het hippische springconcours. Een ogenblik bleef de camera op het parcours gericht, toen gleed hij van heel dichtbij langs de rijen toeschouwers. En even dacht ik Jonas te zien.

Kitty leek te hebben gemerkt dat ik in elkaar kromp, want ze zei: 'Dat was hij niet.'

'Wat?' vroeg ik, betrapt.

'Die man daarnet. Het was hem niet. Jonas.'

Ik keek nog eens, maar toen was de camera alweer overgeschakeld naar de ruiters, die hun paarden over het parcours dirigeerden.

Toen ik Kitty aankeek glimlachte ze begrijpend. 'Ik ben ervan overtuigd dat de breuk tussen jullie tweeën te lijmen valt,' zei ze. 'Denk er nog eens over na of je niet toch naar Duitsland wil vliegen.'

Ik schudde mijn hoofd. Nee, dat wilde ik niet. Als we het er al over zouden hebben, dan konden we zijn bedrog ook bespreken als hij weer terug was.

'Goed dan,' zei ze begripvol. 'Dan richten we hier op het landgoed maar een vrouwenclub op. Als je het goed bekijkt, zijn we hoe dan ook al een echt vrouwenhuis.'

34

De volgende middag kwam Karin de werkkamer binnenstormen toen ik daar cheques zat uit te schrijven. 'Er is iemand die u wil spreken!'

Iemand? Zou het Jonas zijn? Hij kon me gestolen worden! Toch begon mijn hart opgewonden te kloppen.

'Wie is het?' vroeg ik.

'Een jonge vrouw. Ze zegt dat ze uit Stockholm komt.'

Eigenlijk was ik niet in de stemming om met iemand te praten, maar misschien zou ik stoppen met malen als ik me even met het landgoed kon bezighouden. 'Goed, ik kom eraan,' zei ik en ik stond op.

De bezoekster stond nog buiten. Toen ik dichterbij kwam, zag ik alleen haar silhouet. Ze was klein, droeg een chiffonsjaaltje over haar donkere haar en een nauwsluitende jurk met een fleurig Pucci-patroon. Ze draaide zich om toen ik de deurklink omlaag duwde. Ik verstarde. Achter de witgerande zonnebril verborg zich het gezicht van de vrouw die ik bij Jonas thuis had gezien.

'U hebt een werkelijk schitterende hofstede,' zei ze. 'Ik had niet gedacht dat zoiets in deze tijd nog bestond. Ava Nordstrom.' Gracieus reikte ze me haar hand.

Ik probeerde mijn schrik over dit weerzien te verbergen. 'Wat kan ik voor u doen?' vroeg ik, zonder de toegestoken hand aan te nemen.

'Ik zou graag even met u praten. Over Jonas.'

'Ik geloof niet dat ik daar zin in heb,' was mijn antwoord. 'Hoe komt u aan mijn adres?'

'Van Jonas. Hij heeft me gisteren gebeld en me gevraagd hem te helpen.'

'Hem te helpen?' Ik schudde mijn hoofd. Dat kon toch niet anders dan een slechte grap zijn! Ik onderdrukte de misselijkheid die opkwam, maar er was niets waarmee ik mijn wild kloppende hart tot rust kon brengen.

'Hij zei dat u behoorlijk kwaad was geworden. En dat hij alleen op reis had moeten gaan.'

'Zo, en dat bespreekt hij met u?' Ik sloeg mijn armen over elkaar.

'We zijn bevriend, meer niet. Hij heeft me gevraagd u uit te leggen hoe onze relatie in elkaar zit. Hij dacht dat u hem niet zou geloven en omdat ik niet wil dat hij ongelukkig is, heb ik me bereid verklaard met u te gaan praten. Dus, wat denkt u ervan? Wilt u uitleg of zal ik weer in de auto stappen en terug naar Stockholm rijden?'

Mijn blik ging naar het glimmende olijfgroene voertuig. Onbegrijpelijk dat ze dit op zich had genomen! Maar hoewel ik werd gekweld door een mengeling van woede, jaloezie en ook angst, knikte ik. 'Goed dan, komt u maar binnen.'

Ik ging haar voor naar de voormalige rookkamer, die mijn oma ook al als ontvangstkamer had gebruikt. Ik had enige hoop dat ze door die kamer geïntimideerd zou raken, maar die hoop bleek vergeefs. Ava Nordstrom zag er absoluut niet geïntimideerd uit.

'Het voelt alsof je een museum binnenstapt,' zei ze en ik wist niet of ze dat neerbuigend of complimenteus bedoelde. 'Jonas is hier eigenlijk het type niet voor. Hij houdt meer van modern.'

'Wilt u met mij over architectuur praten?' vroeg ik geïrriteerd. Haar manier van doen deed me een beetje denken aan die van Jonas toen hij hier voor het eerst was. Ook hij had geringschattend over de ouderdom van ons huis gesproken. Ik vroeg me echt af wat hij aan mij had gevonden.

'Nee, ik merk het alleen op. Stockholm staat vol met zulke monumentale panden, daar heb ik net zo'n gevoel als ik er naar binnen ga. Het is best merkwaardig dat onze voorouders zich in zulke overweldigende kamers prettig voelden.'

'Gaat u toch zitten, en wees niet bang, de meubels vallen niet uit elkaar. Mijn voorouders hebben ze voor de eeuwigheid gemaakt.'

Er gleed een spottend lachje over haar gezicht.

'Wilt u iets drinken?' Rode wijn, lag me op de lippen, maar ik zei het niet.

'Omdat ik nog terug moet rijden naar Stockholm drink ik geen alcohol, maar als u tonic of mineraalwater hebt?'

'Natuurlijk,' zei ik stijfjes. Ik draaide me om naar de globebar, die we vanuit de bibliotheek hierheen hadden gehaald, en maakte een fles open. Ze keek toe en dat maakte me nerveus. Waar zou dit gesprek heen gaan? Ik kon nog altijd niet geloven dat ze op verzoek van Jonas hiernaartoe was gekomen.

'Het is ongelofelijk dat het u is gelukt hem zo te veranderen,' begon ze nadat ik de glazen voor ons had neergezet en zelf ook was gaan zitten. 'In het begin merkte ik er niets van, maar later herkende ik de signalen. Hij had minder tijd voor me, wilde me minder vaak zien, wilde niets meer met me ondernemen. Hij nam me niet meer mee naar de feestjes van de vriendenkring die hij als sportofficial had. Toen ik hem vroeg waarom dat was, zei hij dat hij een nieuwe cliënte had die wat hulp kon gebruiken. En ik geloofde hem.'

'Wat dat betreft heeft hij u de waarheid verteld,' antwoordde ik. 'Ik was niet meer dan een cliënte die hem om hulp had gevraagd.'

'Maar daar bleef het niet bij.' Ze nam een slok uit haar glas en keek om zich heen. 'Dit was toch ooit een kamer waar de heren gingen roken? Ik kan de rook in het behang nog ruiken.'

'Laten we alstublieft tot de kern van de zaak komen,' zei ik, want ik had geen zin om met haar over mijn huis te praten.

De vrouw knikte. 'Ruim twee jaar geleden besefte ik dat hij een ander moest hebben. Ik wist niet wie het was, maar ik speelde het spelletje mee. Jonas gaf me geen aanleiding te denken dat er iets in onze verhouding zou veranderen. We zagen elkaar minder vaak, maar als we elkaar zagen, beminden we elkaar even hartstochtelijk. Wel merkte ik langzamerhand dat hij zelf veranderde. Hij werd milder, ernstiger. Hij liep opeens warm voor oude dingen. Hij bleef lang weg op zakenreis. We woonden niet samen, dus zo vreemd was dat niet, maar ik neem aan dat sommige van zijn zakenreizen vanwege u waren.'

Ik balde mijn vuisten. Het stelde mijn geduld zwaar op de proef om haar aan te horen.

'Toen kwam het einde. Hij sprak nog één keer met me af, bij hem thuis. Met een fles rode wijn. Hij vertelde me wat ik allang wist. Dat hij verliefd was geworden op iemand anders en dat het serieus was. Op dat moment had ik hem wel kunnen vermoorden.' Ze liet een dramatische pauze vallen en nam me onderzoekend op. Ik probeerde uit alle macht mijn zelfbeheersing niet te verliezen.

'Maar na een tijdje kwamen we overeen vrienden te blijven. We spraken af dat we elkaar terug zouden zien zodra ik weer gelukkig was. En dat is nu het geval. De nieuwe man in mijn leven maakt me gelukkig. Ik wilde Jonas dat vertellen. Hem vrijlaten. Op de dag dat u te vroeg kwam binnenwaaien zagen wij elkaar voor het eerst sinds anderhalf jaar terug. Hij had me net verteld dat hij zich met u had verloofd en binnenkort zou gaan trouwen. En toen zag ik u.'

Haar blik gleed over mijn lichaam.

'Mijn eerste indruk was dat u eigenlijk zijn type niet bent. Hij viel altijd meer op donkerharige vrouwen. Wat oudere vrouwen. Maar toen zag ik hoe hij naar u keek. Hoewel hij geschrokken was en zich betrapt voelde, keek hij u aan met een warmte die hij mij maar zelden heeft gegund.' Haar gezicht stond nu ernstig. 'Ik moest constateren dat u degene bent die hij wil. Alle anderen voor u zag hij slechts als gezelschap. U bent de vrouw van zijn leven.'

Die verklaring raakte me diep. Waarom kwam die niet van hem? Waarom vertelde deze vrouw me dit? Was hij bang dat ik hem niet zou geloven? Waarschijnlijk kende hij me goed genoeg om te weten dat ik hem inderdaad niet zou hebben geloofd. Maar het was nogal vreemd om dit uit Ava's mond te horen.

'Ik kan u verzekeren dat we niets meer met elkaar hadden,' zei ze toen.

'Dat geloof ik wel,' reageerde ik. 'Maar het doet me pijn dat hij de relatie met u niet al eerder heeft verbroken. Dat hij ons in feite allebei heeft voorgelogen. Dat hij me niets over u heeft verteld.'

'O, maar hij heeft het tegen mij ook niet over u gehad,' antwoordde ze. 'Tot het laatst heeft hij me niet willen zeggen wie zijn nieuwe vriendin was. De waarheid is alleen aan het licht gekomen doordat u daar verscheen.' Ze schudde haar hoofd. 'Het was dom van Jonas. Hij had het u moeten vertellen. Maar hij was bang dat uw normen en waarden wel eens even... ouderwets konden zijn als dit huis.'

Ik ademde diep in en uit en probeerde de wens te onderdrukken haar bij haar sjaaltje te grijpen en de kamer uit te sleuren.

'Mijn normen en waarden zijn niet ouderwets,' protesteerde ik. 'Ik maak alleen niet graag deel uit van een driehoeksverhouding.'

'Denkt u echt dat dit anderen niet overkomt?' Ze keek om zich heen. 'Denkt u dat er hier in dit prachtige huis geen affaires hebben plaatsgevonden? Dat er geen harten zijn gebroken, geen trots is gekwetst? Denkt u ook niet dat er hier geheimen zijn geweest? Liefdes die er niet mochten zijn?'

Er schoot een vlaag van woede door me heen. Wat matigde ze zich aan?

Vreemd genoeg zag ik opeens mijn oma voor me, die op zolder dat medaillon had gepakt en mij ervan had weerhouden er een blik in te werpen. Wat zou erin hebben gezeten? Een portret van de man die mijn overgrootmoeder had teleurgesteld? Of iets wat nog meer betekende?

Toch ging het die opgedirkte pauw helemaal niets aan welke affaires zich in mijn familie hadden voorgedaan.

'U kent mijn familie niet,' zei ik en ik kon me met moeite beheersen. 'Laat die speculaties alstublieft achterwege. Het gaat in dit geval alleen maar om ons tweeën.'

'Neemt u me niet kwalijk,' reageerde Ava. 'Nou, voor zover ik het kan bekijken hebt u dit spel gewonnen. En dat zegt degene die de handdoek in de ring heeft gegooid. Als u wilt, beloof ik u dat ik Jonas niet meer zal zien. Ik moet bekennen dat onze ontmoeting me toch wel wat heeft gedaan.'

'Hebt u nog gevoelens voor hem?'

'Natuurlijk,' antwoordde ze. 'Maar ik heb ook gevoelens voor mijn nieuwe partner. Sterkere gevoelens, want we zijn nog maar pas verliefd. Ik zal Jonas altijd als een vriend beschouwen, ongeacht wat hij me heeft aangedaan. Misschien wilt u proberen het vanuit mijn perspectief te zien, voordat u een oordeel velt.'

Er viel een stilte na haar woorden. Maar ik merkte geen verandering in mijn gevoelens. Ze mocht dan gelijk hebben, haar was wellicht een groter onrecht aangedaan dan mij. En ik droeg daar schuld aan, ik had haar geliefde afgepakt. Maar dat veranderde niets aan het feit dat Jonas zich zo had gedragen.

'Zo, ik wil u niet langer ophouden,' zei ze en ze stond op. 'Ik heb nog een lange terugrit voor de boeg. Praat met Jonas. Ik heb mijn taak volbracht en ik vermoed dat wij elkaar niet meer zullen zien.' Toen liep ze naar de deur.

Ik stond op en liep haar achterna. 'Wacht even!'

Ze bleef staan en draaide zich naar me om.

'Bedankt voor uw komst,' zei ik en ik reikte haar de hand. Ook al had ons gesprek me niet bevallen, het was toch heel wat dat ze me had opgezocht. Ik wist niet zeker of ik hetzelfde zou hebben gedaan. 'Ik laat u even uit.'

Ik ging haar voor naar de hal. 'Wel thuis,' zei ik op verzoenende toon.

'Bedankt. En maak alstublieft niet de grootste fout van uw leven door Jonas af te wijzen. Hij houdt echt van u.'

'Tot ziens,' was mijn antwoord, hoewel dat erg twijfelachtig was.

Kort na het vertrek van Ava Nordstrom kwamen moeder en Kitty terug. Ze waren met Frieda naar de stad gegaan om boodschappen te doen. Ik was nog bezig mezelf bij elkaar te rapen, want het gesprek met Ava had me aangegrepen.

De portieren gingen open en ze stapten uit. Kennelijk hadden ze het heel gezellig gehad met zijn drietjes.

'Hallo, Solveig!' zei Kitty. 'Wat heb je voor bezoek gehad? Dat was een heel chique auto.'

Ik keek naar mijn moeder. Als zij zou horen dat de voormalige vriendin van Jonas hier was geweest zou ze vast en zeker steil achteroverslaan.

'Was het iets zakelijks?' vroeg ze, en ik besefte dat ik me niet aan een antwoord zou kunnen onttrekken.

'Het was de vroegere vriendin van Jonas,' antwoordde ik.

Mijn moeder leek ter plekke te bevriezen.

Kitty trok haar wenkbrauwen op. 'Degene die je in zijn woning hebt gezien? Die durft!'

'Ze wilde met me praten, meer niet.'

'En daarvoor rijdt ze helemaal hierheen?' vroeg moeder. 'Ze had je toch kunnen bellen?'

'Ze wilde het persoonlijk komen zeggen.'

'Wat dan? Dat ze hem terug wil?' Moeders stem klonk furieus.

Ik schudde mijn hoofd. 'Ze wilde me vertellen dat het definitief over is.'

'En dat kon hij niet zelf doen?' Kitty keek me vol onbegrip aan. 'Ze komt hiernaartoe om zijn zaak te bepleiten?'

De stemmen van moeder en Kitty cirkelden als roofvogels om me heen. Ze hadden er allebei een mening over en die wilde ik niet horen. Ik wist immers zelf niet wat ik ervan moest denken!

'Dat is mijn zaak!' schreeuwde ik, en ik draaide me om en rende terug de grote hal in. Maar ik liep niet naar boven. Ik beende naar de keuken, liep er, tot grote verbazing van mevrouw Johannsen, dwars doorheen en stormde door de achterdeur weer naar buiten. Ik wilde even helemaal alleen zijn.

Ik rende voorbij de stallen en door het hoge gras naar het vroegere beheerdershuisje. Daar ging ik op de veranda zitten. Ik had geen flauw idee waarom ik juist hiernaartoe was gevlucht. Mijn vader had hier gewoond, maar het was ook het toevluchtsoord van Magnus geweest. Oma dacht altijd dat het ongeluk bracht. Misschien was het daarom wel de juiste plek voor me.

Ik bleef er lange tijd naar het bos zitten staren terwijl ik een afgeplukte grashalm om mijn vinger wond.

In mijn hoofd praatten twee stemmen op me in. De ene zei dat er geen excuus voor bestond als je verzweeg dat je nog een andere partner had. De andere vond dat ik eerst maar eens moest horen wat Jonas te zeggen had. Dat hij me zijn beweegredenen moest uitleggen voordat ik onze relatie verbrak.

Ik bleef maar piekeren, tot de avond viel. Toen hoorde ik naast me iets ritselen.

Ik had verwacht een ree te zien die zich uit de beschutting van het bos had gewaagd, maar het was Kitty. 'Hé,' zei ze zachtjes. 'Heb je er bezwaar tegen als ik naast je kom zitten?'

Ik schudde mijn hoofd. 'Nee, ga je gang.'

Ze kwam de veranda op en plofte even later naast me neer.

Een paar minuten lang keek ze net als ik alleen maar naar het bos, toen begon ze voorzichtig: 'Dus Jonas' ex was bij je?'

Ik keek haar aan.

'Als je er niet over wilt praten is dat oké,' zei ze, 'maar ik vind het nogal vreemd...'

'Ik ook,' zei ik. 'Ze zei dat het op verzoek van Jonas was, maar misschien heeft ze het zelf bedacht.'

Kitty schudde haar hoofd. 'Nee, ze moet hebben geweten waar ze je kon vinden. Hij heeft met haar gepraat. Misschien heeft ze hem voorgesteld de kwestie in het reine te brengen. Dat ze daar de moed voor had... Je moet naar hem toe gaan.'

Intussen vond ik dat ook. 'Ja, dat lijkt me wel het beste.'

Kitty knikte. 'Je hebt er een paar dagen overheen laten gaan, je eerste boosheid is bekoeld.' Ze pakte mijn hand. 'Ga met hem praten. Ik weet zeker dat hij het kan uitleggen. En dan breng je hem aan zijn verstand dat je eerlijkheid eist. Het nare van het einde van een relatie is niet de scheiding op zich, maar de leugen die als een schaduw over een paar ligt, tot hij niet meer genegeerd kan worden.'

Ik dacht even goed over haar woorden na en sloeg toen mijn armen om haar heen. 'Dank je.'

'Niets te danken. Ik krijg goede ideeën op een lange dag in een groene omgeving, waar ik niet word afgeleid. Wat mezelf betreft, ik heb me voorgenomen met Marten in het reine te komen. Ook als het betekent dat we gaan scheiden. Nee, een scheiding is onvermijdelijk. Maar ik wil dat het in goed overleg gebeurt en dat we elkaar naderhand weer recht in de ogen kunnen kijken. Maar eerst ben jij aan de beurt. De Olympische Spelen duren immers nog een hele week?' Ze schonk me een veelzeggend glimlachje. 'Misschien wordt het toch nog een mooie ervaring.'

'Ik vlieg naar München.' Daarmee verraste ik mijn moeder bij het avondeten terwijl ik mijn koffer naast mijn stoel neerzette. De laatste trein uit Kristianstad vertrok om tien uur 's avonds, die kon ik halen. Met wat geluk zou ik de volgende ochtend vroeg in het vliegtuig zitten. 'Mijn visum is nog een paar dagen geldig.'

Mijn moeder keek me aan alsof ik mijn verstand had verloren. 'Wát ga je doen?'

'Ik moet met Jonas praten. Dat ben ik hem verschuldigd.'

'Kan dat niet wachten tot hij terug is?'

Ik schudde mijn hoofd. 'Hij heeft Ava gevraagd de boel recht te zetten, maar het gaat alleen hem en mij aan. Een paar dagen geleden heb ik geweigerd met hem te praten, maar nu ga ik dat wel doen.'

'Je wilt dus toch gaan trouwen?' vroeg moeder verbijsterd.

'We hebben het niet uitgemaakt. Ik heb tegen hem gezegd dat hij maar alleen naar München moest gaan, dat is alles.'

'Maar na wat hij heeft gedaan, zei je dat je niet wist of je hem nog kon vertrouwen...'

'Ja. En dat weet ik nog steeds niet. Om duidelijkheid te krijgen moet ik wel met hem gaan praten. In München valt dan de beslissing hoe het verder zal gaan met ons.'

35

De aankomsthal van het vliegveld in München deed die ochtend wat chaotisch aan. Zo duurde het een hele tijd tot ik eindelijk mijn koffer had. Ook de rij bij de taxistandplaats was heel lang. Ik keek verlangend naar de bussen die ook reizigers naar de stad vervoerden, maar ik had geen idee hoe ik bij Jonas' hotel moest komen. Alles wat ik had waren de naam en het adres van zijn hotel.

Toen ik ten slotte aan de beurt was, stond de zon al hoog aan de hemel. De chauffeur was een oudere man met een baseballpetje op die me met een eigenaardig accent in het Duits aansprak. Omdat ik hem nauwelijks verstond, week ik uit naar Engels. Gelukkig sprak hij dat. 'O, komt u uit Amerika?' vroeg hij, waarop ik mijn hoofd schudde.

'Nee, uit Zweden.'

'Het land waar Pippi Langkous vandaan komt,' was zijn reactie, waarop ik hem verbluft aankeek.

Toen schoot me het oude kinderboek van Astrid Lindgren te binnen, dat nog ergens bij ons in de bibliotheek moest staan. Ik had op mijn tiende een exemplaar gekregen. Oma had er meteen bij gezegd dat ik de wandaden van het meisje met de rode vlechten beslist niet mocht navolgen. Het had me gefascineerd dat Pippi een paard kon optillen en ik vroeg me af of een normaal mens dat ook zou kunnen. Toen ik aan een stalknecht vroeg of hij dat kon, moest hij lachen.

'Hebt u dat boek gelezen?' vroeg ik en ik voelde een nostalgische warmte door mijn lichaam stromen.

'Nee, maar mijn kleindochter is dol op de film,' antwoordde de chauffeur terwijl hij invoegde tussen het verkeer. 'Ik heb hem met haar in de bioscoop gezien. Daarna wou ze alleen nog maar vlechten in.'

Ik glimlachte. Ja, die vlechten had ik ook gedragen, maar die waren nooit zo goed gelukt als die van de Pippi op het boekomslag.

'Ik was ook dol op dat verhaal. Ik ken geen kind bij wie dat niet zo is.'

'Hebt u zelf kinderen?' vroeg de chauffeur na een blik opzij.

'Nee, nog niet,' antwoordde ik, waarbij ik mijn maag voelde samentrekken van angst. Jonas en ik hadden het er maar zelden over gehad, maar ik wilde dolgraag kinderen. Al wist ik natuurlijk niet of die wens ooit zou worden vervuld.

'Nou, dat zal wel lukken. U bent zo'n mooie vrouw! Misschien vindt u hier wel het geluk, er lopen in München heel wat knappe kerels van uw leeftijd rond. Vooral nu, met de Olympische Spelen.'

Ik wilde niet tegen hem zeggen dat ik hier was om met mijn verloofde te praten. Dat ik misschien mijn geluk zou vinden – of niet.

Het gesprek bloedde dood en ik had de tijd om de straten te bekijken waar we op weg naar het hotel doorheen reden.

Het verkeer was heel druk en we kwamen op weg naar de binnenstad meer dan eens stil te staan. Het was een mooie gelegenheid om de prachtige oude gebouwen en parken te bewonderen. Ik was onder de indruk van de fraaie huizen uit de belle époque en de fonteinen uit diezelfde welvarende tijd, met hun waterstralen die sprankelden in de stralende zon.

In de buurt van een winkelstraat kwamen we voor de zoveelste keer tot stilstand. In een van de moderne gebouwen bevonden zich talrijke winkeltjes. Tegen een winkelruit drukten passanten bijna hun neus plat. Het waren overwegend mannen in overhemd met korte mouwen, maar er waren ook een paar vrouwen bij. Toen we dichterbij kwamen, zag ik dat het om een televisiewinkel ging; in de etalage stonden een paar televisieapparaten waarop het programma te zien was dat juist werd uitgezonden. Een ervan was zelfs in kleur! Waarschijnlijk wilden die mensen de wedstrijden volgen.

De taxichauffeur zette de radio aan. De laatste akkoorden van een lied klonken en toen begon er een nieuwsuitzending. Ik keek uit het raam en luisterde maar half, tot ik opeens fragmenten opving van iets wat mijn hart deed overslaan.

Er zou een aanslag zijn gepleegd op het olympisch dorp!

Mijn hart begon als een razende tekeer te gaan.

'Pardon,' zei ik tegen de taxichauffeur. 'Heb ik dat goed begrepen, is er een aanslag gepleegd op het olympisch dorp?'

'Ja, dat klopt,' antwoordde hij. 'Het nieuws gaat de hele dag al nergens anders over. Het lijkt erop dat een stel terroristen mensen hebben gegijzeld. Ik weet zeker dat de politie de sporters snel zal bevrijden.'

Zijn woorden schoten als ijs door mijn aderen. Een aanslag op het olympisch dorp! Jonas verbleef daar niet, want hij was slechts een adviseur, maar toch bestond de mogelijkheid dat hij daar was toen het gebeurde. Wat was er eigenlijk gebeurd? Was de sfeer op het vliegveld daarom zo gespannen geweest?

'U ziet er erg bezorgd uit, juffrouw,' zei hij. 'Wees maar niet bang, onze politie lost het wel op. Er is gezegd dat een paar politici zich hebben aangeboden om met de gijzelaars te ruilen.'

Ik wist niets van gijzelingen, maar het klonk allemaal niet goed. De aanslagplegers waren vast bewapend. Dit was wel het laatste wat ik had verwacht.

Op hetzelfde moment trok mijn maag zich krampachtig samen. Jonas! Stel dat hem toch iets was overkomen? Als er een explosie was geweest...

Het liefst had ik de taxichauffeur gevraagd bij een telefooncel te stoppen, maar wie had ik moeten bellen? Moest ik mijn moeder ongerust maken?

Toen we bij het hotel aankwamen, hoorde ik politiesirenes loeien. Het geluid ging me door merg en been terwijl ik de taxirekening betaalde. Ik stapte uit en keek vanaf het trottoir omhoog naar het hotel. De zon werd weerspiegeld in de ruiten, maar ik had het ontzettend koud. Zouden ze me binnen meer kunnen vertellen?

Ik wenste dat ik de reis samen met Jonas had gemaakt. Dat had niets veranderd aan wat er was gebeurd, maar dan was ik bij hem geweest.

Ik ging door de draaideur de foyer van het hotel binnen. Het licht van de kroonluchter verblindde me bijna, ik voelde dat mijn zenuwen tot het uiterste gespannen waren. Ik zei tegen mezelf dat er niets gebeurd was. Hij was bij de ruiters. En de ruiterconcoursen zouden in de periferie plaatsvinden.

Maar de aanslag was die ochtend gepleegd. Wie weet waar Jonas op dat moment was geweest...

Bij de receptie sprak ik de receptionist in het Engels aan. 'Logeert Jonas Carinsson hier?' vroeg ik voor de zekerheid. Hij had dit hotel voor ons geboekt, maar misschien waren zijn plannen veranderd.

'Ja, dat klopt,' antwoordde de man en hij bekeek me aandachtig. 'Maar ik ben bang dat hij er momenteel niet is. Althans, zijn sleutel hangt er nog.'

Ik maande mezelf tot kalmte. Jonas had nu vast wel wat anders te doen dan naar het hotel te komen. Als er iets was gebeurd, zat hij vast bij de andere officials.

'Weet u hoe laat hij gewoonlijk terug is?' vroeg ik door. Met de langdurige afspraken die hij had was het aannemelijk dat hij niet voor middernacht terug zou zijn. Maar misschien was alles door de aanslag wel veranderd.

'Dat kan ik u helaas niet zeggen, jongedame. Maar u kunt een bericht voor hem achterlaten.'

'Mag ik blijven wachten?' vroeg ik en ik wierp een blik op de sofa's. Ze waren beter dan niets en bovendien zou ik hier misschien iets over de aanslag horen.

'Natuurlijk, maar het zou wel eens lang kunnen duren.'

'Dat maakt me niet uit,' antwoordde ik.

'Mocht u iets willen eten: hier vlakbij is een café.'

'Dank u zeer,' zei ik en ik liep naar de sofa's. Daar zat een man met zijn neus in een krant. Ik ging tegenover hem zitten. Mijn blik viel op mijn bagage. Ik had een kamer nodig. Misschien had ik de receptionist ernaar moeten vragen.

Nadat ik een poosje in dubio had gezeten, stond ik op en liep nog eens naar hem toe.

'Meneer Carinsson is er helaas nog niet,' zei hij enigszins geamuseerd.

'Dat weet ik,' antwoordde ik. 'Ik wilde vragen of er nog een kamer vrij is. Dan kan ik daar wachten.'

'Het spijt me, maar momenteel zijn in München de Olympische Spelen aan de gang. We hebben nog geen bezemkast vrij, als u begrijpt wat ik bedoel.'

'En er bestaat geen kans dat er vandaag iemand uitcheckt?'

'Als iemand vandaag onverwacht zijn kamer verlaat, reserveer ik die graag voor u. Zo niet, dan moet ik u helaas vragen het bij een ander hotel te proberen.'

Ik trok een scheve mond. 'Hoe schat u mijn kansen op een kamer in?'

Zijn antwoord verraste me niet.

'Tja, de stad zit vol. Het zou een wonder zijn als u binnen korte tijd een kamer zou vinden.'

Als ik pech had, zou ik vandaag nog terug naar huis vliegen. Als het al mogelijk was een vlucht te boeken, nu met de gijzeling, en als de politie niet de hele stad zou afzetten.

'Pardon, ik heb nog een laatste vraag,' zei ik toen. 'Ik heb gehoord dat er een aanslag is gepleegd op het olympisch dorp. Kunt u me vertellen wat er precies is gebeurd?'

De man keek me verrast aan. 'Het spijt me, ik heb nog geen gelegenheid gehad om naar de radio te luisteren. Misschien kunt u toch het best naar dat café gaan dat ik u heb aanbevolen. Daar kunt u vast wel iets te weten komen.'

Ik zuchtte diep. Achter me had zich een rij met andere gasten gevormd, ik kon de receptionist niet nog langer in beslag nemen.

'Dank u wel,' zei ik en ik ging terug naar de sofa. De man met de krant was verdwenen. Ik keek op de klok aan de muur. Het was even na tweeën. Wanneer zou Jonas komen? Zou ik dan toch maar naar dat café gaan?

Ik pakte de krant die de man op het glazen tafeltje tussen de sofa's had laten liggen. Er stond niets in over de aanslag, alleen de uitslagen van de wedstrijden van de vorige dag werden vermeld. Een zestienjarige Duitse hoogspringster had een gouden medaille gewonnen en werd op passende wijze gehuldigd.

Ik probeerde de Duitse artikelen te lezen, maar ik was veel te nerveus en emotioneel. Na een tijdje liet ik de krant weer zakken. Maar ik raakte alleen maar meer van slag door de gedachten die door mijn hoofd gingen. Ik wist hier geen plek om naartoe gaan, ik kende geen mens.

Een half uur later besloot ik naar slot Nymphenburg te gaan, waar de dressuurrijdsters trainden, en Jonas daar te zoeken. Ik wilde weten hoe het met hem ging en ik moest beslist met hem praten. Misschien was hij daar of kon iemand me iets over hem vertellen.

Maar mijn koffer wilde ik niet meenemen. Ik liep weer naar de receptie.

'Pardon, kan ik mijn koffer bij u in bewaring geven?' vroeg ik.

De man wierp me een geïrriteerde blik toe, maar toen knikte hij. 'Geeft u hem maar, hier is hij veilig.'

'Dank u.' Ik draaide me om en liep naar de uitgang.

Ik had de stille hoop de taxichauffeur die me had gebracht nog te zien, maar hij was verdwenen. Ik trof het dat een van de taxi's die voor de hotelingang in de rij stonden vrij was. Ik gaf de chauffeur het adres van het trainingskamp en stapte in.

De stralend wit met gele muren van slot Nymphenburg strekten zich uit in de middagzon en de bloemen in de tuin overtroffen zichzelf met een explosie van kleuren toen de taxi het terrein van het trainingscentrum op reed. De rijen zitplaatsen op de tribunes voor de toeschouwers waren verlaten, je zag alleen hier en daar een ruiter die de paarden op het terrein liet warmlopen.

Ik had geen idee hoe ik achter de afrastering moest komen, maar misschien zou men een uitzondering maken en me doorlaten als ik naar Jonas vroeg.

Mijn hart klopte in mijn keel toen ik op weg ging naar de ingang.

Zoals ik had verwacht verscheen er even later een forse man in een beige pak.

'Er mogen hier geen toeschouwers naar binnen,' sprak hij me aan in het Duits.

'Neemt u me niet kwalijk,' zei ik. 'Mijn verloofde zit bij het Zweedse Olympisch Comité en ik wil hem graag spreken. Weet u of de heer Carinsson hier is?'

De man keek me onzeker aan. 'Ik ken geen meneer Carinsson,' zei hij toen.

'Maar hij moet hier zijn!' gaf ik te kennen. 'Hij kan wel ergens een afspraak hebben, maar hij hoort bij het kader van de olympische equipe.'

Ik keek langs hem heen de lange gang in. 'Kunt u misschien iemand halen die ik kan spreken?' vroeg ik wanhopig. 'Alstublieft. Ik weet wat er momenteel gaande is in het olympisch dorp. Daarom moet ik beslist mijn verloofde te spreken krijgen.'

'Juffrouw Lejongård?' vroeg een verraste vrouwenstem. In mijn opwinding had ik niet gemerkt dat er achter me iemand het gebouw was binnengekomen.

Toen ik me omdraaide zag ik Maud von Rosen in vol ruiterornaat. Ze keek me verwonderd aan.

'Jonas zei dat u in Zweden was gebleven.'

'Maud, goddank!' riep ik uit. 'Ik kan deze beveiliger niet duidelijk maken dat ik op zoek ben naar Jonas. Ik heb gehoord dat er een aanslag is gepleegd in het olympisch dorp en ik wil nu graag weten of het goed met hem gaat.'

Maud knikte en wendde zich tot de man, die ons argwanend bekeek.

'Het is wel goed, dit is een bekende van me.'

Terwijl ze dat zei legde ze haar hand op mijn arm en nam me mee langs de beveiliger. 'Kom, we kunnen binnen praten.'

We liepen de gang door en kwamen uiteindelijk bij de gemeenschappelijke ruimten. Ze waren leeg, maar er hing een etensgeur.

‘Er is Jonas niets overkomen,’ begon Maud toen we waren gaan zitten. ‘Niemand van ons gelukkig. Het lijkt alleen de Israëlische ploeg te hebben getroffen. Een trainer van de worstelaars en een sporter zijn doodgeschoten, hun collega’s zijn gegijzeld. Een van hen heeft kennelijk kunnen vluchten.’

‘Maar dat is afschuwelijk,’ antwoordde ik en ik sloeg mijn hand voor mijn mond. Vanbinnen voelde ik me echter enorm opgelucht. Jonas was ongedeerd! Ik kon niet uitdrukken wat dat voor me betekende.

‘Ja, wij waren ook verbijsterd toen we het hoorden. Gelukkig hebben wij vandaag geen wedstrijden, die beginnen pas overmorgen. Laten we hopen dat het goed afloopt.’

Maud pakte mijn hand en schonk me een opbeurend glimlachje. ‘Geen zorgen, er overkomt hem niets. Voor zover ik weet heeft hij vandaag in de stad afspraken met officials.’

Ik knikte en moest me inhouden om niet van pure opluchting in snikken uit te barsten.

‘Mijn hartelijke gelukwensen trouwens met jullie verloving,’ zei ze. ‘Ik ben blij dat jullie elkaar hebben gevonden. Jullie zijn zo’n mooi stel.’

‘Dank je,’ antwoordde ik. De drang om te huilen werd alleen maar sterker. Ik beet op mijn lip. Blijkbaar had hij met niemand over onze ruzie gepraat – afgezien van Ava.

‘En ook bedankt voor de uitnodiging voor jullie bruiloft,’ voegde Maud eraan toe. ‘Ik vrees dat ik er door alle spanning nog niet aan toe ben gekomen me erop te verheugen. Ninna en Ulla zijn al door het dolle heen... Eindelijk weer eens lekker ontspannen op de Leeuwenhof. De afgelopen dagen en weken waren ongelofelijk enerverend en ik vrees dat de ergste stress nog moet komen.’

Of er nog sprake zou zijn van die bruiloft wanneer ik naar huis terugkeerde? Ik wilde er op dat moment echt niet aan denken dat al die vreugde, onze hoop voor de toekomst en onze voorbereidingen voor niets waren geweest.

‘Ik duim voor jullie,’ zei ik en ik stond op. ‘Bedankt dat u me mee naar binnen hebt genomen.’

'Blijf nog even naar de training kijken. De paarden zijn nu wel warmgelopen. Zoiets krijgt verder niemand bij de Spelen te zien.'

Eigenlijk wilde ik alleen nog terug naar het hotel en daar op Jonas wachten. Maar als hij nu een aantal besprekingen had, kon ik net zo goed blijven om naar de amazones te kijken. Misschien dook hij hier alsnog op.

'Leuk,' zei ik. 'Ik wil graag een poosje blijven.'

'Prima! Kom maar mee, voordat de ordebewaarder komt kijken wat die indringster uitspookt. Tot vandaag had je hier nauwelijks bewaking, maar ik vrees dat alles zal veranderen na wat er vanochtend is gebeurd.'

Maud dirigeerde me naar de tribune en verdween toen naar de paardenstallen. Even later maakte ik mee hoe de vrouwenequipe het programma doornam, de verplichte figuren en de kür. Ik was geen jurylid, maar wat ik zag fascineerde me uitermate. De dieren waren in topconditie. Ulla had voor de wedstrijd natuurlijk weer gekozen voor Ajax, Maud reed op Lucky Boy en Ninna op Casanova. Er was nauwelijks verschil te zien, ze reden alle drie op het hoogste niveau.

Door naar hen te kijken werd mijn aandacht even van Jonas afgeleid. De zon trok zijn baan over het slot, en uiteindelijk werden de paarden weer naar de stallen gebracht.

Ik besloot weg te gaan. Ik had Ulla en Ninna graag nog even gesproken, maar die hadden het druk met hun paarden en de verzorgers. Ik wilde hen niet storen.

Voordat ik het trainingskamp verliet vroeg ik de man bij de ingang of hij Maud mijn groeten wilde overbrengen. Dat beloofde hij en hij was zo vriendelijk me ook nog het nummer van een taxibedrijf te geven. Vlak bij het slot vond ik een telefooncel en daar bleef ik op mijn taxi wachten.

In de auto kwam mijn gedachtestroom opnieuw op gang. Zou Jonas er nu wel zijn? Hoe zou ons gesprek verlopen? En hoe zou de beslissing uitvallen?

Weer bij het hotel aangekomen betaalde ik de chauffeur en stapte uit. Ik verkeerde nu in de allerhoogste staat van opwinding. Ik had weliswaar gehoord dat Jonas niets was overkomen, maar ik zag op tegen mijn confrontatie met hem. Ik liep naar de receptie.

'Solveig?' klonk een mannenstem achter me. Ik verstijfde en draaide me vlug om. Daar zag ik hem staan, samen met een mij onbekende man.

'Jonas!'

Er verscheen een uitdrukking van ongeloof op zijn gezicht, toen kwam hij met grote passen op me af.

'Jonas!' riep ik uit en ik viel hem om de hals. Wat er de afgelopen week ook was gebeurd, het maakte niet meer uit, ik was alleen maar blij hem te zien.

'Solveig, waar kom jij vandaan?' vroeg hij en hij streelde mijn haar. 'Sinds wanneer ben je hier?'

'Sinds vanmiddag. Ik hoorde van de aanslag en de gijzeling en ben naar Nymphenburg gegaan. Maud vertelde me dat onze ploeg niet is getroffen. En dat jij oké bent.' In mijn euforie vergat ik helemaal hoe boos ik op hem was geweest.

'Ja, het is heel erg, maar wij zijn niet in gevaar geweest.' Hij zweeg even en vroeg toen: 'Waarom heb je niet laten weten dat je zou komen?'

'Omdat het een spontane beslissing was.' Ik wilde het in de lobby niet over Ava hebben en daarom vroeg ik: 'En, hoe gaat het met je?'

'Met mij gaat het goed. Ik ben moe, maar het gaat goed.'

Ik knikte en liet hem weer los. Pas nu viel me op dat hij mijn omhelzing niet had beantwoord.

'En jij?' vroeg hij.

'Ik ben behoorlijk afgepeigerd,' zei ik, 'maar ook blij dat jou niets overkomen is. Ik wil graag met je praten.' Ik keek naar de man die bij hem was. Die keek onze kant op. 'Maar als je nu een afspraak hebt...'

'Nee, ik ben klaar. Meneer Bergen logeert ook hier, daarom hebben we een taxi gedeeld.' Jonas trok een scheef gezicht. 'Zullen we naar boven gaan?'

‘Ja,’ zei ik en ik voelde mijn maag onrustig worden.

In de lift stonden we naast elkaar alsof we niet wisten wat te doen. Vroeger zouden we zo’n gelegenheid hebben benut om elkaar woest te knuffelen, maar die tijd was voorbij. Ik voelde mijn aanvankelijke vreugde om het weerzien enigszins wegebben. Nog altijd hing het feit dat hij het bestaan van Ava had verzwegen in de lucht. Nog altijd was daar het feit dat hij de relatie met haar had aangehouden en die niet had beëindigd zodra hij toenadering tot mij had gezocht.

Zwijgend liepen we naar zijn kamerdeur. Hij maakte hem open en ik zag het lits-jumeaux. Hoewel het zorgvuldig was opgemaakt, kon ik toch zien dat de ene kant van het bed niet was beslapen.

Jonas deed de deur achter me dicht. Hij zei nog steeds niets. Ik liep verder de kamer in tot aan het raam. Van hieraf had je goed uitzicht op de straat, die nauwelijks verschilde van de straten in Stockholm. Behalve dat er aan het gebouw aan de overkant bonte vlaggen hingen, waarschijnlijk vanwege de Spelen.

Ik draaide me om. Jonas stond naast het bed. Hij had zijn jasje uitgetrokken. Zo te zien had hij berouw en kennelijk wist hij niet hoe hij moest beginnen.

‘Ava is gisteren bij me geweest,’ hielp ik hem op weg. ‘Ze heeft geprobeerd me de situatie uit te leggen.’

‘Dan heeft ze het dus toch gedaan,’ zei Jonas. ‘Ik had het haar gevraagd, maar ze wilde niet. Ze wilde niet met mijn toekomstige echtgenote gaan praten.’ Hij zweeg en ik zag een nadenkende rimpel op zijn voorhoofd verschijnen.

‘Ze zei dat het tussen jullie al anderhalf jaar over is. Maar dat wist ik al. En ik geloof je. Wat mij zo’n pijn doet, is de periode ervoor. Anderhalf jaar waarin je net zo met haar bent omgegaan als met mij.’

Jonas liet zijn hoofd hangen en haalde diep adem. ‘Ik weet dat ik daar geen enkel excuus voor heb. Ik... was niet zeker van mezelf. Ik wist niet wat ik moest doen. Toen wij elkaar ontmoetten, wilde ik je beter leren kennen. Ik besefte dat je een verstandige vrouw was en dat de weg naar jou via de Leeuwenhof zou lopen. En dus besloot ik je te helpen. Dat deed ik omdat ik in je geïnteresseerd was en wilde weten wie je bent. In het begin was het gewoon begeerte, ik wilde jou omdat ik je aantrekkelijk vond en je bij mij een snaar raakte. Ik merkte dat ik echt iets voor je begon te voelen. Maar Ava was er ook nog...'

'En je wilde haar niet kwetsen?'

'Solveig,' zei hij en hij pakte mijn hand. 'Geloof me alsjeblieft, jij bent de enige vrouw van wie ik hou. Ik zou nooit meer een ander willen.'

'Zeg dat niet,' antwoordde ik terwijl ik naar de punten van mijn schoenen keek. 'Het kan altijd gebeuren dat er iets verandert in een relatie.' Ik keek hem in de ogen en voegde eraan toe: 'Dat een liefde uitdooft. Ik wil het weten als het zover komt, heel open en eerlijk.'

Jonas knikte en bleef mijn hand vasthouden. Ik voelde hem licht beven. 'Ik heb er de laatste dagen over nagedacht en ingezien dat het verkeerd was om je in het ongewisse te laten. Ik had het moeten zeggen. Op zijn laatst toen ik je had gevraagd met me te trouwen. Ik had moeten zeggen dat ik een relatie had die ik nog niet beëindigd had. Maar dat ik daar meteen een einde aan heb gemaakt toen me duidelijk werd dat er slechts één vrouw voor mij bestaat. Eén vrouw met wie ik wil trouwen. Die kans heb ik laten lopen. Alles wat ik nu kan doen is je vragen me te vergeven en je beloven dat ik voortaan eerlijk tegen je zal zijn. Dat ik het je zal zeggen als mijn liefde voor jou over zou zijn.' Hij keek me afwachtend aan en voegde er toen aan toe: 'Maar voor mij staat vast dat mijn liefde voor jou op dit moment even sterk is als toen ik inzag dat ik verliefd op je was.'

'Dat geldt ook voor mij,' antwoordde ik. 'En geloof me, ik zal je aan je belofte herinneren als ik het gevoel heb dat er iets niet klopt.' De tranen liepen over mijn wangen.

'Ik zal mijn belofte niet vergeten,' zei hij en hij spreidde zijn armen. 'Solveig, wil je dan nog steeds mijn vrouw worden? Want ik wil jou, alleen jou, en niemand anders.'

Ik voelde me overstromen van geluk, voelde mijn duistere gedachten wegvloeien.

‘Ja!’ zei ik en ik drukte me stevig tegen zijn borst. Toen kusten we elkaar hartstochtelijker dan ooit tevoren. Daarna bleven we even zwijgend staan in onze omhelzing. Ik voelde hoe de spanning uit mijn lichaam verdween. Om eerlijk te zijn had ik er echt nog wel wat moeite mee dat hij een ander in zijn leven had gehad, maar ik wilde hem de kans geven het weer goed te maken. En mezelf wilde ik de kans geven hem te vergeven.

‘Zou je er bezwaar tegen hebben als ik hier bleef? De receptionist zei dat ze geen kamer meer vrij hadden.’

Jonas trok een grimas. ‘Ik zou beledigd zijn als je niet bleef. Weet je moeder dat je bij me bent?’

‘Ja, moeder, Karin en Kitty zorgen voor het landgoed.’

‘Hoe gaat het met je vriendin? Ik bedoel, zij en haar man...’

Ik haalde mijn schouders op. ‘Ik weet niet hoe het met die twee zal aflopen. Maar het is aan Kitty te danken dat ik ben gekomen. Ze zei dat ze in dezelfde situatie had gezeten als Ava destijds.’

‘Wat naar.’ Jonas streek een haarlok uit mijn gezicht. ‘Het zal niet makkelijk voor haar worden. En voor haar man ook niet.’

‘Nee, zoiets is voor niemand makkelijk.’

Ik keek naar de twee kanten van het bed. Als ik het niet had ontdekt van Ava, hadden we hier bijna elke dag hartstochtelijk de liefde bedreven.

‘Ik neem de vrije kant van het bed,’ zei ik. ‘Ik lig graag bij het raam.’

‘Echt?’ vroeg hij. ‘Je mag ook mijn kant nemen.’

‘Nee, ik neem de raamkant.’ Ik glimlachte naar hem. ‘Maar ik kan niet garanderen dat ik niet op jouw matras beland.’

‘Niets liever,’ antwoordde hij en hij kuste me opnieuw.

Terwijl Jonas zich opfriste onder de douche belde ik mijn moeder op de Leeuwenhof en vertelde ik haar dat ik de rest van de week in München zou blijven.

‘Ik ben blij dat je het hebt goedgemaakt met Jonas,’ zei ze. ‘Maar ik maak me ook wel zorgen om je, na wat ik heb gehoord over München.’

‘Er zijn geen Zweden betrokken bij de gijzeling,’ zei ik. ‘De sporters zijn veilig en de officials ook.’

‘En als ze ergens een bom laten afgaan?’

‘Maak je geen zorgen,’ was mijn antwoord. ‘De politie zal de aanslagplegers wel uitschakelen. Ik ben bij Jonas, hier zal me niets overkomen.’

Ik wenste haar goedenacht en nam afscheid.

We brachten de avond voor de televisie door en volgden de berichtgeving over de gijzeling. De meeste tijd was de verslaggever aan het woord, tussendoor werden beelden van de dag getoond. Op de beeldbuis konden we meekijken hoe de gijzeling verliep, wat de terroristen deden en welke maatregelen de politie nam.

De overlevenden van de Israëlische ploeg werden naar Fürstenfeldbruck gebracht, waar een vliegtuig zou klaarstaan voor de gijzelnemers.

‘Ik vraag me af wat de familieleden van die mannen nu aan het doen zijn,’ zei ik, tegen Jonas’ schouder geleund. ‘Zouden ze kijken?’

‘Ik neem aan van wel,’ zei hij, zichtbaar ontdaan door de getoonde beelden.

‘Ik was zo bang dat jou iets was overkomen. Het had iedereen kunnen gebeuren.’

‘Maar dat was niet het geval. Het heeft geen zin te piekeren over iets wat niet is gebeurd.’ Hij kuste me op mijn kruin. ‘Wat denk je, zullen we maar gaan slapen? We horen morgen wel hoe het is afgelopen.’

Ik knikte, want ik was doodmoe. Alle spanning van de laatste dagen was van me afgevallen en ik wilde alleen nog maar genieten van zijn warmte en zijn nabijheid.

Ik sliep diep en droomloos tot ik een hand op mijn schouder voelde.

‘Solveig.’ Ik draaide me om en probeerde mijn ogen open te doen, maar dat lukte niet erg.

‘Is het al ochtend?’ vroeg ik terwijl ik tegen de zwaarte van mijn oogleden vocht. Ik zag een lichtschijnsel, maar merkte algauw dat dit afkomstig was van een lamp in de hotelkamer.

'Nee. Ik ben net gebeld. Het was een van de officials... Petersen...' Hij klonk ontdaan. Ik kon me bij de naam even geen gezicht voor de geest halen, maar dat maakte ook niet uit.

'Is er iets gebeurd?' Ik kreeg een onaangenaam gevoel in mijn buik. Ik had zo vast geslapen dat ik de telefoon niet had horen overgaan.

'De gegijzelden... Ze zijn allemaal dood.'

'Wat?' vroeg ik ontzet. Dat kon toch niet waar zijn! Er was toch gemeld dat ze gered waren!

'In het journaal is tegen middernacht gemeld dat ze bevrijd waren,' zei Jonas verdrietig. 'Maar die melding was vals. Op dat moment waren ze al allemaal dood.'

Ik sloot even mijn ogen. Toen omarmde ik hem.

'Je weet niet hoe blij ik ben dat je bij me bent,' zei hij en we hielden elkaar vast tot de ochtend aanbrak.

36

De volgende dag woonden we de rouwplechtigheid voor de dode atleten bij in het grote stadion, gezeten tussen sporters en functionarissen. De ruiters waren helemaal in het zwart. Ulla Håkansson had gezwollen ogen, Maud von Rosen was als verstijfd en Ninna Swaab snoot haar neus in haar zakdoek.

Niet ver van ons vandaan ontwaarde ik de Zweedse kroonprins Karel Gustaaf, die bij de wedstrijden aanwezig was. Prins Bertil zat naast hem, ze waren omringd door beveiligers.

Vlak daarvoor had Jonas me verteld dat de troonopvolger tot over zijn oren verliefd was op een jonge hostess. Daar had ik een beetje om moeten gniffelen, maar dat was nu over. Net als het ongedwongene van de olympische zomerspelen. Jonas had me op weg hierheen verteld dat deze olympiade de bijnaam 'de vrolijke spelen' had gekregen. Maar dat was nu niet meer dan een droevige herinnering.

Alleen aan de wimpels die de tribune tooiden was te zien dat er een andere stemming had geheerst. Een zorgeloosheid en plezier die door de verschrikkelijke afloop van de gijzeling was verstoord.

De stilte van de menigte werd doorbroken door het noemen van de namen van de doden, waarna de voorzitter van het Duitse Nationale Olympisch Comité en verscheidene staatslieden een toespraak hielden. Ze waren het er allemaal over eens: de Spelen moesten doorgaan. En dus zouden de volgende dag de eerste wedstrijden weer plaatsvinden.

Ik merkte wel dat de aanwezigen niet echt veel zin meer hadden in vrolijke Spelen, maar ik bespeurde ook vastberadenheid. Ze zouden doorgaan.

Bij het verlaten van het stadion waren de mensen aanvankelijk heel zwijgzaam, maar gaandeweg kwamen de tongen los. Zelfs als het allerergste was gebeurd ging het leven verder. Dat wist ik maar al te goed.

Jonas en ik gingen niet meteen terug naar het hotel, maar begaven ons naar de Engelse Tuin, een zee van groen midden in de stad. Daar bevonden zich oude gebouwen zoals de Chinese pagode en het Japanse theehuis, en er stroomde een beekje doorheen. Gearmd slenterden we over de paden. 'Als je wilt, kun je morgen naar de dressuurwedstrijden op slot Nymphenburg gaan kijken,' zei Jonas uiteindelijk.

'Heus?' vroeg ik. 'Dat is geweldig!'

'Je zit dan trouwens vlak bij onze kroonprins. Misschien kunnen jullie over paarden praten. Of over de goede oude tijd op jullie landgoed.'

'Volgens mij heeft hij meer op met de moderne tijd,' wierp ik tegen, waarop Jonas breed glimlachte.

'Ja, dat denk ik ook. Ik ben benieuwd waarover jullie zullen praten. Daarna kom ik je halen voor de party.'

'Party?' vroeg ik. 'Is dat wel gepast na de vreselijke gebeurtenissen van gisteren?'

'We hebben het er bij de military goed vanaf gebracht Als onze amazones morgen een medaille winnen, zullen we dat in elk geval vieren.' Hij keek me aan. 'En dan zal ik voor het eerst voor de ogen van iedereen met mijn beeldschone verloofde dansen.'

Na een gepassioneerde nacht verlieten we de volgende ochtend al vroeg het hotel. Jonas had afspraken, maar wilde me van tevoren naar het trainingskamp brengen.

'Denk je dat ik Ulla en de anderen nog een keer te spreken kan krijgen?' vroeg ik toen we bij slot Nymphenburg waren aangekomen. 'Eergisteren heb ik hen even gezien, maar toen waren ze alle drie bezig met de training.'

'Natuurlijk.' Jonas tikte op zijn badge, die hem identificeerde als official. 'Ik denk dat ik nog genoeg tijd heb om je naar binnen te loodsen.'

We liepen langs de tribune naar de paardenverblijven. Daar kon ik voor het eerst een blik op de concurrentie werpen. Het waren prachtige dieren, en ik betrapte mezelf erop dat ik onwillekeurig zocht naar de kenmerken van een goed dressuurpaard. Onze paarden beschikten ook over eigenschappen als wendbaarheid, intelligentie en souplesse.

Toen we bij de Zweedse ploeg aankwamen versperde de beveiliger in het beige pak ons weer de toegang, maar Jonas loste de kwestie snel op.

'Gravin Lejongård!' begroette Ulla Håkansson me, die samen met de anderen in de gemeenschappelijke ruimte zat. 'Het is u dus gelukt te komen!'

'Dat had ik toch beloofd,' antwoordde ik. 'En noem me alstublieft Solveig.'

'Prima, als u mij Ulla noemt.'

Ik knikte en zei: 'Hartelijk dank voor je condoleance, mijn moeder en ik waren ontroerd door je brief en de bloemen.'

'Ik was erg aangeslagen toen ik hoorde van het overlijden van je grootmoeder,' gaf Ulla te kennen. 'Ze was echt een geweldige vrouw. Ik wou dat ik haar beter had leren kennen.'

We schudden handen, toen wendde ik me tot Ninna, die zichtbaar nerveus was. 'Hoe gaat het met Caspar?'

'Die is weer helemaal de oude. Maar ik rij straks wel op Casanova. Hij is nou eenmaal de beste van de twee.'

Dat had ik bij de training al gezien. 'Hebt u vandaag uw man nog gesproken?'

Ninna slaakte een zucht. 'Ja, en hij denkt dat het me niet zal lukken. Aardig van hem, hè?'

'Hij is vast gewoon bang. Hij zal stiekem trots op u zijn als het wel lukt.'

'Dat hoop ik maar.'

'Anders zoek je gewoon een andere man,' kwam Maud, die er

net bij was komen staan, schertsend tussenbeide, en ze reikte me de hand. 'Ik hoop dat alles is opgelost. U was zo vlug weer vertrokken.'

Ik keek naar Jonas. 'Ja, het is allemaal in orde. Nogmaals bedankt dat ik om het hoekje mocht kijken.'

'Ik weet zeker dat u ons geluk brengt,' zei Maud terwijl ze de cilinderhoed van haar ruiterkostuum opzette.

'Ik hoop het.'

Ik nam afscheid van het drietal en liet me door Jonas naar de tribune begeleiden.

'Kon ik maar bij je blijven,' zei hij. 'Maar die afspraak is belangrijk.'

'Misschien lukt het je zaterdag om ook eens te komen kijken.'

'Dat zou mooi zijn.' Hij gaf me een kus en voordat we afscheid namen fluisterde hij me toe: 'En let vooral op onze kroonprins! Hoe die een bepaald persoon met zijn ogen uitkleedt.'

'Jonas!' zei ik en ik gaf hem een speels duwtje tegen zijn schouder. 'Je staat op het punt je schuldig te maken aan majesteitsschennis!'

'Helemaal niet. Jij hebt die jongedame nog niet gezien, ik wel!' Hij schoot in de lach, zwaaide en ging ervandoor.

De plaats die Jonas voor me had geregeld was echt geweldig. Of Karel Gustaaf van Zweden iemand met zijn ogen uitkleedde kon ik niet zien, maar als hij hier verliefd was geworden op een vrouw was dat geen wonder. Hij was jong en zag er heel aantrekkelijk uit met zijn donkere lokken. Zijn uitverkorene was vast beeldschoon en ik had al een paar zeer goed uitziende hostesses ontdekt.

De tribune stond vlak voor het sprookjesachtige slot. Bij de training had ik dit niet naar waarde weten te schatten, omdat mijn gedachten steeds weer naar Jonas waren afgedwaald, maar nu trof de schoonheid me in mijn hart.

Tegen dit decor boden de paarden een pittoresk beeld. Oma had er zeker een prachtig schilderij van kunnen maken. Ik kon alleen fotograferen, maar foto's zouden mijn moeder een goede indruk geven van wat ik hier had meegemaakt.

Er waren al enkele teams afgevallen, maar de Zweden hielden goed stand. De concurrentie was enorm.

Met het zweet in mijn handen keek ik toe hoe de amazones hun paarden over de piste lieten dansen. Ik besefte maar al te goed hoeveel werk er in de voorbereidingen was gaan zitten. Wat ik op de Leeuwenhof had gezien was maar een fractie van hun kunnen geweest. Ik zag gefascineerd hoe onze amazones hun paarden aanspoorden zonder dat de gemiddelde toeschouwer er iets van merkte. Het leek bijna tovenarij.

Zoiets kon je niet uit je mouw schudden. Er zouden vast nog jaren voorbijgaan voordat er paarden van de Leeuwenhof aan zo'n groot toernooi konden deelnemen. Maar ik was ervan overtuigd dat het ons eens zou lukken. Dat had ik me vast voorgenomen. Zodra de dierenkliniek liep, zou ik aan de slag gaan om ook paarden voor dressuur te laten trainen. Misschien bracht de Leeuwenhof dan wel een olympische medaillewinnares voort.

De West-Duitsers en de Russen waren akelig sterk; onder de toeschouwers werd gefluisterd dat de Duitsers te weinig punten hadden gekregen.

Maar toen gebeurde er een wonder: de Zweedse dressuurploeg haalde brons! Ik kon het nauwelijks geloven, maar bij de medailleceremonie zag ik onze amazones op het erepodium stappen: Ulla, Maud en Ninna in hun ruiterkostuum en met van trots en blijdschap stralende gezichten.

Daarmee had Ninna Swaab haar doel bereikt: haar echtgenoot moest het zonder medaille stellen, maar zij ging naar huis met een bronzen plak. Het zou vandaag in huize Swaab vast nog interessant worden.

's Avonds kwamen we allemaal weer bij elkaar voor de party, die in een prachtig hotel plaatsvond. De deuren naar het terras stonden wijd open en in de lucht hing de zoete geur van aardbeien, die in een aantal gerechten van het buffet waren verwerkt. Het hotel had zelfs de moeite genomen een paar Zweedse gerechten klaar te maken, zodat we bijna het gevoel hadden een verlaat midzomerfeest mee te maken.

Ik was blij dat ik een dun lichtblauw zomerjurkje droeg, want ondanks de open deuren was het in de zaal erg warm.

Er waren nog niet veel gasten aanwezig. Het was eigenlijk niets voor Jonas om zo vroeg te verschijnen, meestal gingen we wat later naar dergelijke evenementen.

'Komt prins Bertil ook?' vroeg ik, terwijl ik rondkeek of ik leden van de koninklijke familie zag.

'Ik hoop van wel. Bovendien zullen we ook het genoegen hebben de kroonprins te mogen begroeten. Hij heeft laten weten dat hij zeker zal komen. Na ons fantastische resultaat kan hij ook niet anders.'

Hij keek de zaal rond en pakte opeens mijn arm.

'Ach, kijk eens wie we daar hebben,' zei Jonas en hij trok me mee naar een jonge donkerharige vrouw met een beeldschoon gezicht. Ze droeg een roze dirndl, wat er op dit feest nogal ongewoon uitzag.

'Wie is dat?' fluisterde ik.

'Dat zul je zo wel merken.'

Jonas liep naar haar toe en begroette haar. 'Hallo Silvia, wat leuk dat je kon komen.'

'Insgelijks,' antwoordde ze in perfect Zweeds, wat sterk contrasteerde met haar kleding.

Jonas wendde zich tot mij.

'Silvia, mag ik je voorstellen: gravin Solveig Lejongård, eigenares van een beroemde stoeterij in Skåne. Solveig, dit is onze hoofdhostess, Silvia Sommerlath. Zij zorgt tijdens de Spelen voor ons. Of liever gezegd, ze stuurt de andere meisjes aan.'

'Dat klinkt alsof ik ze bevelen geef,' antwoordde ze met een innemende glimlach terwijl ze me een hand af. 'Het doet me genoegen kennis met u te maken, gravin Lejongård.'

'Het genoegen is geheel mijnerzijds. Uw Zweeds is uitstekend.'

Ze glimlachte gevleid. 'Mijn vader werkt in Zweden en heeft ervoor gezorgd dat wij veel talen spreken. Daar ben ik hem dankbaar voor, want anders zou ik hier vast niet zijn.'

Nu begon het me te dagen waarom Jonas me aan haar had voorgesteld.

'Hebt u paarden bij de wedstrijden?' vroeg Silvia met oprechte belangstelling. Ik vond haar zelfverzekerde houding fascinerend.

'Nog niet, maar daar komt de komende jaren zeker verandering in,' antwoordde ik. 'Momenteel werk ik intensief aan het moderniseren van ons landgoed, daarna ga ik me op het trainen concentreren. Kom ons eens bezoeken als u in Zweden bent.'

'Die uitnodiging neem ik graag aan.' En weer glimlachte ze zo oprecht en vrolijk naar me dat ik begon te begrijpen wat een man als Karel Gustaaf in haar zag, afgezien van haar schoonheid.

Even later kwam de kroonprins de zaal in. Hij droeg een licht zomerkostuum, want het was een vrij informele gelegenheid. Ik merkte dat er iets gebeurde bij Silvia Sommerlath. Haar blik ging meteen zijn richting uit, alsof ze zijn aankomst had voorvoeld, en haar ogen lichtten verlangend op.

Karel Gustaaf schudde wat handen en kwam toen rechtstreeks op ons af.

Mijn hart begon te bonzen. Bij vorige gelegenheden had ik altijd alleen met prins Bertil te maken gehad. Met de kroonprins zelf had ik nog niet kennisgemaakt.

Hij gaf Jonas een hand en begroette Silvia met kusjes op haar wangen.

'Koninklijke Hoogheid, dit is gravin Solveig Lejongård,' stelde Jonas me aan hem voor. 'Solveig, Zijne Koninklijke Hoogheid kroonprins Karel Gustaaf.'

Opeens zag ik weer voor me hoe mijn oma een reverence voor prins Bertil had gemaakt. Maar nog voordat ik kon bedenken hoe ik net zo'n perfecte reverence voor elkaar kon krijgen, pakte de prins mijn hand en gaf me een handkus.

'Het doet me genoegen kennis met u te maken, gravin Lejongård. Mijn oom heeft me verteld van zijn logeerpartijen bij u. Hij genoot er altijd erg van om op uw landgoed te zijn.'

'Dat is heel vriendelijk van u,' antwoordde ik. 'En ik kan alleen maar zeggen dat niet alleen prins Bertil altijd welkom bij ons is, maar ook u en de koninklijke familie.'

'Als de tijd het toelaat, zal ik u zeker komen bezoeken. Mijn agenda is weliswaar altijd erg vol, maar wie weet is het komende zomer eens mogelijk.'

Het ontging me niet dat hij daarbij juffrouw Sommerlath aankeek. Er heerste tussen hen een bijzondere vertrouwelijkheid. Ik kende de blik van verliefde mensen. En die was onmiskenbaar aanwezig in zijn en haar ogen.

'Het was een traditie bij ons thuis om uw familie te ontvangen,' zei ik. 'Mijn grootmoeder heeft me er veel over verteld.'

'Mijn oom vond uw grootmoeder een fascinerende vrouw,' antwoordde Karel Gustaaf. 'Ik betreur het zeer dat ze niet meer onder ons is. Maar ik geloof dat de banden tussen uw en mijn familie desondanks zullen blijven bestaan.'

'Dat zou ik graag willen,' zei ik terug. 'Voor ons allen.'

De prins en juffrouw Sommerlath namen afscheid en wendden zich tot andere gasten. Jonas haalde een glas wijnbowl voor me.

'Zag je dat?' vroeg hij. 'Het zou me niet verbazen als die twee vandaag samen van de party verdwijnen en privé een feestje bouwen.'

'Het moet haast een publiek geheim zijn dat ze iets met elkaar hebben.'

'Ik weet zeker dat slechts weinig mensen op de hoogte zijn. Gelukkig behoor ik tot die weinigen.' Jonas trok veelzeggend zijn wenkbrauwen op.

'Heb ik even geluk dat ik bij jou hoor,' zei ik schertsend en ik keek daarna naar Silvia, die met een van de officials stond te praten. 'Denk je dat het iets kan worden met die twee? Ik bedoel, zij is hostess en van burgerlijke afkomst... En voor een Zweedse prins is het onmogelijk met een burgermeisje te trouwen zonder al zijn titels en posities kwijt te raken.'

'Ja, dat is een grote hinderpaal. Als je bedenkt dat Bertil zijn levensgezellin als huishoudster in dienst moest nemen... Maar de tijden veranderen. Als het tussen hen beiden meer is dan een strovuurtje, zal Karel Gustaaf er wel iets op vinden.' Hij keek me aan. 'De liefde vindt altijd een weg, ook in moeilijke tijden.'

Ik beantwoordde zijn blik en streelde zijn wang. 'Dat heb je mooi gezegd.'

37

Toen het toestel het vliegveld van Stockholm naderde schrok ik wakker. De aankondiging van de piloot galmde over de rijen stoelen. Hij bedankte ons voor de keuze van zijn maatschappij en wenste ons nog een aangename verdere reis.

Ik kwam in mijn stoel overeind. Omdat ik die ochtend heel vroeg was opgestaan, voelde ik me nog wat vermoeid, maar de gedachte binnenkort weer thuis te zijn deed me opleven. Ik keek ernaar uit om Kitty alles te vertellen. En het mooiste was: we konden nu doorgaan met de voorbereidingen voor de bruiloft. Het was alleen jammer dat Jonas niet bij me was.

Hij had op het vliegveld afscheid van me genomen met de woorden: 'Denk eraan, de volgende keer dat we elkaar zien is het voor altijd.'

'Je zult toch af en toe wel op reis moeten,' bracht ik ertegenin.

'Dat klopt, maar dan heb ik je altijd bij me, in mijn hart.'

We kusten elkaar, maar toen moest ik me helaas van hem losmaken, al was het maar tijdelijk. Jonas moest nog blijven tot de sluitingsceremonie van de Olympische Spelen, daarna zou hij naar Stockholm terugvliegen. Een paar dagen later zouden we dan eindelijk voor het altaar staan.

Toen het vliegtuig tot stilstand was gekomen stapte ik uit en liep naar de bagageband. Gelukkig was mijn koffer een van de eerste die verschenen, zodat ik op weg kon gaan naar het station.

In de trein gunde ik mezelf nog een dutje en in de middag stapte ik klaarwakker en bijna goedgehumeurd in de taxi die me naar de Leeuwenhof bracht. Daar hoopte ik op Kitty, maar het was mijn moeder die me tegemoetkwam en me met een stralende glimlach in haar armen nam.

'Wat heerlijk dat je er weer bent!' zei ze.

'Ik ben ook blij weer thuis te zijn,' antwoordde ik. 'Is Kitty er ook? Ik heb jullie zo veel te vertellen!'

'Kitty is gisteren vertrokken. Ze zei dat ze alles met Marten wilde uitpraten.'

Daar had ik niet aan gedacht, gelukkig als ik was.

'Maar ik heb haar wel verteld van je verzoening met Jonas en dat de bruiloft doorgaat. Dat klopt toch?'

'Natuurlijk!' was mijn antwoord. 'Je moest eens weten hoe opgewonden ik nu al ben.'

'Mooi, in dat geval heb ik iets voor je.'

Ik trok mijn wenkbrauwen op. 'Wat dan?'

'Dat zie je zo wel,' antwoordde ze en ze legde haar arm om mijn schouders. 'Kom, het is nog maar net aangekomen.'

Moeder nam me mee door de hal de salon in. Op de rotanbank lag een langwerpig pakketje. Op het eerste gezicht leek het of iemand me een doos vol langstelige rozen had gestuurd, maar toen zag ik dat de witte kartonnen doos niet van een bloemist kwam. Als afzender was het adres van het naaiatelier van mijn tante genoteerd.

'Komt dit van tante Daga?' vroeg ik verbaasd en toen werd me pas duidelijk waar het om ging.

'Ja,' antwoordde moeder. 'Hij is net klaar. Daga heeft er erg geheimzinnig over gedaan, ze wilde me niet eens foto's sturen.'

Mijn hart begon wild te kloppen. Mijn bruidsjurk! Ik had me amper met Jonas verzoend of hij was binnengekomen. Wat een prachtig voorteken!

Mijn handen trilden toen ik de doos pakte en probeerde het lint los te krijgen. Moeder pakte een schaar uit haar tas.

'Probeer het hier eens mee. En doe kalm aan, hij loopt niet weg.'

Ik zakte neer op de bank en knipte het lint door. Vanbinnen voelde ik blijdschap, en tegelijkertijd verlangen naar Jonas. Wat zou ik hem dit allemaal graag alvast laten zien!

Maar de bruidsjurk moest natuurlijk geheim blijven.

Onder een paar lagen seringenblauw zijdepapier ontdekte ik fijn wit kant en een kaartje.

'Ik verheug me erop je in deze jurk voor het altaar te zien staan,' schreef tante Daga. 'Je zult de mooiste bruid op aarde zijn!'

Mijn ogen vulden zich met tranen. Wat een heerlijk moment.

Ik legde het kaartje weg en haalde de jurk onder het zijdepapier vandaan. Hij was vederlicht en ruiste geheimzinnig. Met rozen bestikt wit kant lag subtiel gedrapeerd over crèmekleurige zijde, en eindigde vlak onder de zoom van een vrij hoog aangezette rok.

'O, lieve hemel!' riep ik enthousiast uit. 'Ze heeft hem inderdaad heel kort gemaakt.' Ik stond op en hield de jurk tegen me aan. Hij kwam tot een handbreedte boven de knie. Het lijfje was smal en simpel, de mouwen waren helemaal van kant. Het decolleté lichtte op door kleine pareltjes.

'Had je iets anders verwacht?' vroeg moeder met een brede glimlach, terwijl ze gefascineerd naar me keek. 'Je jurk is echt prachtig geworden. Ik kan me voorstellen dat sommige meisjes jaloers zullen zijn als ze je daarin zien.' Ze zweeg even en voegde eraan toe: 'Oma had hem mooi gevonden.'

'Daar ben ik van overtuigd,' antwoordde ik. 'En hoe denk jij erover?'

'Ik vind hem geweldig,' zei ze. 'De tijden veranderen, het hoeven niet altijd golvende sleepjurken meer te zijn. Ook in een korte jurk kan een vrouw eruitzien als een koningin.'

Toen ik de jurk naar boven naar mijn kamer bracht, bonsde mijn hart nog steeds. Wat jammer dat Kitty er niet was! Maar als ze weer thuis was zou ik hem haar showen. Ik spreidde de jurk uit op mijn bed en streek er met mijn hand overheen. Mijn gedachten dwaalden af naar Jonas, die nog in Duitsland was. Ik was dolgelukkig dat we elkaar weer hadden gevonden. En ik nam me voor niets of niemand meer tussen ons te laten komen.

Toen ik de jurk een tijdje had bekeken, trok ik mijn kleren uit. Ik had tegen mama gezegd dat ik hem de volgende dag zou passen, maar opeens wilde ik hem meteen aantrekken. De zijde voegde zich zacht naar mijn lichaam en mijn huid tintelde van opwinding. Iemand zou me moeten helpen met de ritssluiting op de rug, maar ik kreeg zo ook al een goede indruk hoe hij zou staan. Ik voelde me zo inderdaad een koningin. Wat zou Jonas ervan zeggen? Hij wist alleen dat ik een korte jurk zou dragen. Dat hij zo prachtig zou zijn, had ik niet durven dromen.

Even speelde ik met de gedachte zo naar beneden te gaan, maar ik besloot het toch niet te doen. Dit moment was van mij alleen. Ik zou hem morgen voor mama aantrekken.

Voorzichtig trok ik de jurk weer uit en ik schoot mijn oude kleren weer aan.

Die avond bleven mama en ik nog lang samen zitten praten over mijn verzoening met Jonas en over de bruiloft. Moeder gaf hoog op van Kitty. 'Als ze niet al dierenarts was, zou ze het prima doen als bruiloftsplanner.'

'Dat vind ik ook,' zei ik instemmend. 'Maar ik geloof wel dat dieren haar nader aan het hart liggen. Ze spant zich alleen voor mij zo in.'

'Het is heel jammer dat het met haar eigen relatie niet zo goed gaat,' zei ze, turend in haar wijnglas.

'Misschien verandert dat gesprek er iets aan,' antwoordde ik. 'We mogen de hoop niet opgeven. Maar als Marten en zij anders besluiten, zal ze beslist nieuw geluk vinden. Heb je gemerkt hoe Sven Bergmann naar haar kijkt? Als ze zich helemaal op de Leeuwenhof vestigt, ontstaat er beslist iets tussen die twee.'

In bed dacht ik nog een tijdlang na over Kitty en Marten, tot mijn ogen dichtvielen.

Het geluid van een naderende auto haalde me uit mijn slaap. Ik stond op en liep naar het raam. Het was Kitty. Ze zette de motor af en stapte uit. Toen tilde ze de slapende Frieda uit de auto.

Ik sloeg mijn ochtendjas om en liep mijn kamer uit. Toen ik de trap af kwam, zag ik Kitty door de hal lopen. Ze zag er afgepeigerd uit.

'O, je bent terug!' zei ze toen ze me in het oog kreeg en ze forceerde een glimlachje.

'Ja, sinds vanmiddag,' antwoordde ik en ik trok mijn ochtendjas voor mijn borst dicht. 'Stel je voor, mijn bruidsjurk is vandaag aangekomen.'

'Wat geweldig. Ik popel om hem te zien.' Ze liep met haar dochtertje op de arm de trap op.

'Mama zei dat je bij Marten was,' informeerde ik toen ik haar boven verwelkomde.

'Ja, we waren bij hem.'

'En?'

Ze schudde haar hoofd. 'Het is voorbij. Hij heeft het toegegeven en me meteen verteld dat hij bij die ander wil intrekken.'

'Wat erg.'

'Hij leek blij te zijn dat het hoge woord eruit is. Ik ben in elk geval opgelucht dat het over is. Over de gevolgen voor Frieda ga ik me pas morgen zorgen maken.'

Ze wist met moeite een glimlachje te produceren, toen vroeg ze: 'Dus je bruidsjurk is aangekomen? Je moeder zei dat jullie het weer goedgemaakt hebben.'

Ik glimlachte. 'Ja, maar ik vertel je morgen het hele verhaal wel. Ga eerst maar eens een beetje uitrusten. En zeg het me als je iets nodig hebt. Goed?'

Daarna omhelsde ik Kitty en Frieda en gaf ik mijn vriendin een kus op haar voorhoofd.

38

Op de dag van onze bruiloft sloop ik in alle vroegte het huis uit.

Het was september en de ochtend was fris, maar het beloofde een zonnige dag te worden. Gelukkig was het nog warm genoeg om buiten in de tuin te zitten.

Ik liep langs de tenten, die de vorige dag al waren opgezet. Ook de lange tafel waaraan de gasten zouden plaatsnemen stond er al. Hij werd geflankeerd door strobalen en boven de hoofden van de gasten zouden guirlandes met vlaggetjes, bloemen en bladeren hangen. Tijdens de huwelijkssluiting in Kristianstad zouden vele helpende handen ervoor zorgen dat de tafel met witte tafellakens werd bedekt en van servies en bestek voorzien.

Dicht bij de tafel stond een van grove planken getimmerde tribune, waarop een band zou spelen. De band had door middel van een tape auditie bij ons gedaan en sindsdien kreeg ik de liedjes niet meer uit mijn hoofd. Jonas had erom gegrinnikt. 'Maar daarop kunnen we toch niet walsen.'

'Moet dat dan?' had ik op mijn beurt gevraagd. 'De Leeuwenhof moet toch met de tijd meegaan.'

Hoewel het allemaal heel goed was gepland – Kitty en mijn moeder hadden alles drie keer gecontroleerd en talrijke telefoontjes gepleegd – was ik vreselijk nerveus. Er zou eigenlijk helemaal niets veranderen, en toch zou alles anders worden. Jonas zou eindelijk bij me zijn! Een paar dagen eerder was de eerste zending van zijn meubels uit Stockholm aangekomen. Vanwege zijn werk zou hij zijn woning nog een paar maanden aanhouden, maar op zijn laatst in het voorjaar zou hij alleen nog maar hier wonen. We hadden in Kristianstad al kantoorruimte voor zijn reclamebureau gevonden, waar hij na zijn verhuizing kon werken. Gelukkig waren een paar van zijn medewerkers bereid hem daarheen te volgen. En verder? De tijd zou het leren.

Mijn blik viel op de bouwplaats. Deze week was er nog iets gebeurd waar ik blij van werd: mijn paardenkliniek was klaar! De feestelijke opening zou in oktober plaatsvinden, als we terug waren van onze huwelijksreis naar Italië. Het gebouw was precies zo geworden als ik me had voorgesteld. Er was een prettige wachtkamer, waar de eigenaren van de dieren even op adem konden komen. Verder naar achteren lag een grote operatiekamer voor de ingrepen. De behandeling zou grotendeels in de stalruimte plaatsvinden, een soort verpleegafdeling voor maximaal vier paarden tegelijk.

Ik deed de deur open en liep de wachtkamer in, die ook als receptie dienstdeed. Behalve het gebruiksvee dat we naast de paarden wilden behandelen, was ik van plan ook kleine huisdieren, zoals katten en honden, als patiënt aan te nemen. Ik wist dat de honden van de boswachter bij de jacht soms letsel opliepen. Vroeger hadden we een eigen houtvester, maar inmiddels was het bos aan jagers verpacht. Zij zouden zeker blij zijn als ze hun honden ter plaatse konden laten behandelen wanneer ze iets overkwam.

Met een mengeling van trots en een beetje weemoed keek ik om me heen. Aan de wanden hingen afbeeldingen van paarden die vroeger de kamer van Hendrik Lejongård hadden gesierd. Het waren prachtige schilderijtjes, kopergravures en etsen. Volgens mijn oma had hij boven alles van paarden gehouden.

Eigenlijk wilden we de Leeuwenhof moderniseren, maar als het om de schilderijen ging hield ik het verleden in ere. Deze dierenkliniek zou bij Hendrik net zo in de smaak zijn gevallen als bij Agneta. En waarschijnlijk was hij het ook met de veranderingen eens geweest.

Ik miste mormor zo! Ik voelde het gemis bij alles en ik had zo graag nog eens met haar gepraat. Ik had haar zo graag hier op mijn bruiloft gehad. Ik kreeg tranen in mijn ogen. De vorige dag was ik bij haar graf geweest en had ik met haar gesproken, maar dat was niet hetzelfde als haar bij me hebben. Ik hoopte wel dat er een hemel bestond van waaruit ze naar me kon kijken en deze dag kon meebeleven. Ik bleef nog even in gedachten bij haar, toen veegde ik de tranen van mijn wangen. Ik wilde niet behuild thuis aankomen, niet vandaag, het moest een vrolijke dag worden.

Op het bruiloftsfeest wilde ik een korte speech houden. Daarin zou ik oma op gepaste wijze noemen.

Ik verliet de wachtkamer weer en sloot het gebouw af. Achter me klonken voetstappen. Mijn ogen prikten nog steeds, maar ik probeerde vlug mijn kalmte te herwinnen. Ik was erop bedacht onze stalmeester te zien, of Kitty, die had gemerkt dat ik niet meer op mijn kamer was.

Mijn adem stokte in mijn keel toen ik de vroege bezoeker herkende.

'Finn?' vroeg ik verbaasd. 'Wat doe jij hier?'

'Moeder heeft me gestuurd,' legde hij een beetje verlegen uit. 'Ze kan niet op je bruiloft komen, maar ze wilde dat ik je dit gaf.'

Hij maakte zijn schoudertas open en haalde er een klein pakje uit.

Als versteend staarde ik hem aan. Moeder had ingestemd met mijn verzoek om ook Magnus en zijn gezin voor de bruiloft uit te nodigen. We hadden geen antwoord gekregen en ik had ook niet gerekend op gelukwensen.

'Hier. Als huwelijkscadeau van ons.'

'Hè?' vroeg ik verbijsterd. Een huwelijkscadeau van Magnus? Ik durfde het pakje niet eens aan te nemen.

'Een huwelijkscadeau,' herhaalde Finn. 'Moeder zei dat ik er niets over moest zeggen tegen vader.'

Dan was het dus meer een cadeau van tante Rosa. 'En, ga je het hem toch zeggen?' Van Finn verwachtte ik zoiets bijna.

'Ik ben niet gek!' was zijn reactie. 'Vader zou me de oren van het hoofd trekken omdat ik heb gedaan wat moeder wilde!' Hij zweeg even en voegde eraan toe: 'Het was heel netjes van je dat je geen ruzie met vader hebt gemaakt om de erfenis. Hij heeft het er niet meer over gehad sinds je bij ons bent geweest. Dat is nogal wat.'

Dat was inderdaad nogal wat. Eigenlijk was Magnus iemand die je alles voor eeuwig bleef nadragen.

'Daarom doe ik dit.' Hij keek me aan. 'Ik wens je alle goeds, nicht.'

Ik knikte. 'Dank je, Finn.' Ik dacht even na en vroeg toen: 'Willen jullie niet eens langskomen, jij en je moeder?'

'Dat gaat niet, vanwege vader.'

'En als hij eens een keer niet thuis is? Jullie zijn altijd welkom. Dat geldt trouwens ook voor je vader, als hij wil.'

Finn perste zijn lippen op elkaar. Ik kon wel raden wat er door zijn hoofd ging. 'Dank je wel,' was alles wat hij zei.

'Finn, ik...' Ik had nog steeds een brok in mijn keel. 'Ik vind het heel erg dat het zo gelopen is. Dat onze familie zo verscheurd is geraakt.'

Finn knikte. 'Dat vind ik ook. En ik vind het jammer dat ik jullie niet ken. Maar misschien kunnen we er op de een of andere manier iets aan doen.'

'Op de een of andere manier?' vroeg ik, nog steeds verbaasd.

Finn knikte. 'Nogmaals alle goeds gewenst,' zei hij en hij draaide zich om.

Ik zag hem in de richting van de poort verdwijnen. Hij zou zijn auto wel bij de inrit hebben geparkeerd.

Ik voelde het gewicht van het pakje in mijn hand. Rosa had het met liefde ingepakt. Wat zou erin zitten?

En wat nog veel belangrijker was: zouden onze families zich toch ooit weer verzoenen? Ik wist het niet en ik wilde ook niet zover vooruitkijken. Op dit moment telde voor mij alleen het hier en nu, Jonas, mijn ouders, Kitty, de dierenkliniek en de Leeuwenhof.

Ik liep terug het huis in, rechtstreeks naar mijn moeders slaapkamer. Op de gang stuitte ik op Frieda, die lekker bij het raam zat te spelen.

'Frieda, wat doe je hier?' vroeg ik.

Frieda stak haar hand met haar knuffelkonijn naar me op, alsof dat haar had overgehaald hun kamer uit te vluchten. Even later verscheen Kitty.

'Gelukkig, daar ben je!' riep ze en ze nam Frieda op haar arm. 'Ze gaat de laatste tijd graag op avontuur uit.'

'Waarschijnlijk heeft haar maatje haar daartoe overgehaald.' Ik wees naar het konijn. 'Als je wilt, kunnen we een traphekje plaatsen.'

'Dat is geen slecht idee. Maar nu moet je eerst zorgen dat je aan de man komt.' Ze keek naar mijn hand. 'Waar heb je dat vandaan? Zit je bloemenkrans daarin?'

'Dat heb ik net gekregen, van mijn neef.'

Kitty trok haar wenkbrauwen op. 'Van de zoon van die vreselijke oom van je?'

'Voor zover ik weet heb ik geen andere neef.'

'En wat zit erin?'

'Dat weet ik nog niet. Ik wil het eerst aan mijn moeder laten zien. Ik denk dat ze steil achteroverslaat.'

'Ik hoop van niet,' zei Kitty lachend. 'Ik verwacht je daarna in je kamer.'

'Ik zal er zijn!' Ik streelde Frieda over haar bolletje. 'Dag, liefje. Tot straks!'

Bij de deur van de logeerkamer klopte ik aan. Moeder had erop gestaan daarheen te verhuizen, omdat de grote slaapkamer voortaan van Jonas en mij zou zijn.

'Binnen!' riep ze.

Toen ik naar binnen ging zag ik haar voor de spiegel zitten. Vader rommelde in de kledingkast.

'Goeiemorgen,' zei ik.

'Wat is er, lieve schat?' vroeg moeder met haar poederdons in de hand.

'Finn is zojuist bij me geweest.'

'Finn?' Moeder legde de poederdons weg. 'Goeie genade, wat

kwam hij doen? Waarom heb je mij dat niet laten weten?'

'Het was maar een korte ontmoeting. Hij heeft me dit gegeven uit naam van zijn moeder. Hij zei dat het een huwelijkscadeau van hen is.'

Moeder keek me sprakeloos aan. Vader kwam overeind en stootte zijn hoofd aan een openstaande lade.

'Dat bestaat niet,' riep hij uit terwijl hij over zijn hoofd wreef.

'Toch wel,' antwoordde ik. 'Zo zei hij het. En dat zijn vader het niet te weten mocht komen.'

Moeder kwam naar me toe. Ze was merkbaar gespannen. 'Wie weet wat erin zit,' zei ze. 'Het laatste cadeau dat Magnus mij gaf was natuurlijk iets gemeens, zoals altijd.'

'Het komt niet van Magnus, maar van Rosa,' wierp ik tegen terwijl ik de strik losmaakte. Er kwam een leren etui tevoorschijn. Ik maakte het open en zag een set taartvorkjes en lepeltjes; de stelen waren versierd met leeuwenkopjes.

Moeder ontspande haar schouders en blies hoorbaar haar adem uit. 'Taartvorkjes en theelepeltjes.'

'Van zilver,' was het commentaar van vader, die naderbij was gekomen en van wie ook de spanning was afgevallen, alsof hij had verwacht dat er een duveltje uit een doosje uit het etui zou springen. 'Moet je die leeuwenkopjes eens zien.'

Ik glimlachte. 'Ze zijn prachtig.'

'Zo'n cadeau zou je van Magnus niet verwachten,' zei moeder, zichtbaar aangedaan.

'Het is een cadeau van Rosa,' verbeterde ik haar opnieuw en ik klapte het etui weer dicht. 'Ik heb Finn gevraagd of ze zin zouden hebben eens bij ons langs te komen.' Ik pakte haar hand. 'Het is misschien een teken. Wie weet blijft het tussen onze families niet zoals het was. Alles kan veranderen, mensen ook.'

'Ik hoop het.' Er glinsterden tranen in moeders ogen, toen schudde ze haar hoofd en zei tegen me: 'Je moet even iets eten en je klaarmaken. De kapster komt tegen achten, dan hebben jullie tijd genoeg.'

'We trouwen toch pas om tien uur,' antwoordde ik.

Moeder schoot in de lach. 'Je zult ervan opkijken hoe lang het kan duren voor een bruidskapsel goed zit.' Ze gaf me een kus op mijn voorhoofd.

Mijn vader omhelsde me. 'Ik weet zeker dat je een beeldschone bruid zult zijn. En ik ben er trots op dat ik je naar het altaar mag brengen.'

Het volgende uur maakte ik voor de grote spiegel in mijn slaapkamer mijn metamorfose tot bruid mee. Eerst trok ik mijn jurk aan, waarna ik werd bedekt met een groot aantal handdoeken, zodat er niets mis kon gaan met het kant. Toen begon de kapster bijgestaan door Kitty met behulp van een krultang mijn bruidskapsel in vorm te brengen.

Toen ik mezelf uiteindelijk met opgestoken haar en in mijn jurk voor de spiegel bekeek, stroomde er een golf van geluk door me heen. Nog even en Jonas zou me zo zien! De vrouw in de spiegel was nog altijd de oude Solveig, maar ook een nieuwe, een die haar blik op de toekomst had gericht. De Solveig die ik was kwijtgeraakt zou ik nooit vergeten, maar het was belangrijk om vooruit te kijken.

'Je bent beeldschoon,' zei Kitty, toen ze achter me kwam staan. 'Veel mooier dan ik destijds. En dan die jurk!'

'Wat vind jij, hoe hoog is de schandaalfactor?' vroeg ik glimlachend.

'Vrij hoog,' was haar reactie. 'Maar de mensen zullen er wel overheen komen. En misschien zien ze ook alleen wat er werkelijk te zien is: een gelukkig, verliefd stel dat het leven met elkaar wil delen.'

Ik omhelsde haar. 'Dank je, dat je er voor me bent.'

'Met alle liefde. Maar nu moet ik me ook gaan omkleden. Je bruidsmeisje kan tenslotte niet in een spijkerbroek in de kerk aankomen.'

En weg was ze uit mijn kamer. Ik bedankte de kapster en bleef nog even voor de spiegel staan. Mijn handen waren koud van de spanning. Ik luisterde naar de stilte in de kamer en naar het ruisen van de bladeren waar de wind doorheen blies, maar ik werd er niet rustiger van.

Al vrij snel werd er geklopt en kwam mijn moeder binnen. Ze droeg een elegante donkergroene jurk, waarvan het decolleté en de mouwen waren afgezet met kant. In haar oren fonkelden zilveren oorbellen in de vorm van leeuwenkopjes, die ze ooit van Agneta had gekregen. Haar haar was kunstig getoupeerd.

'Je ziet er beeldschoon uit, lieverd,' zei ze terwijl ze de deur achter zich dichtdeed. 'Als een prinses.'

'Nou, eigenlijk ben ik een gravin...' Ik glimlachte en haalde beverig adem. 'Wat mij betreft mag het wel beginnen.'

'Nog heel even,' gaf ze te kennen. 'Geniet alvast maar van de voorpret. De echte sensatie komt later in de kerk.' Ze raakte zachtjes de sluier aan, die de kapster aan de mirtekrans om mijn knot had vastgemaakt. 'Ik weet nog als de dag van gisteren dat ik zelf voor het altaar stond. Je zult deze dag je leven lang niet vergeten. En ik hoop dat hij altijd een anker voor je zal zijn, mochten er tijden van storm en duisternis in je leven komen. Maar ik hoop natuurlijk dat jou van nu af aan alleen nog zonneschijn ten deel valt.'

'Wolken zijn er altijd,' antwoordde ik. Toen vroeg ik: 'Denk je dat oma me zo mooi had gevonden?'

'Ze zou verrukt zijn geweest,' zei moeder. 'Ik weet zeker dat ze zelf ook zoiets had gekozen, als dat had gekund en als het in de mode was geweest.'

'Jammer dat ze er niet bij is,' verzuchtte ik.

'Ze is er wel bij,' zei moeder. 'In je hart. En in het mijne. Vast ook in Jonas' hart en al helemaal in het hart van je vader. Er is wel degelijk iets van haar achtergebleven, hier op de Leeuwenhof. En dat zal vandaag met je meegaan naar het altaar en daarna je leven lang altijd bij je zijn.'

Onze blikken troffen elkaar in de spiegel. Toen draaide ik me om en omhelsde haar.

'Hé, niet zo wild, anders kreukt je jurk.'

Ik schudde mijn hoofd. 'Maak je geen zorgen, tante Daga heeft ervoor gezorgd dat het allemaal mooi blijft.'

We bleven nog een poosje naar de tuin staan kijken, waar de laatste slingers en lampions werden opgehangen. Ten slotte pakte ze mijn hand. 'Het wordt tijd. Ik rij vooruit en wacht in de kerk op je. Goede reis met je vader naar Kristianstad.'

'Dank je.'

Moeder gaf me nog een kus en verliet de kamer. Ik liep achter haar aan naar beneden en trof daar Kitty. Ze zag er in haar lichtroze bruidsmeisjesjurk zo stralend uit alsof ze zelf in het huwelijk zou treden.

'Sven Bergmann zal wel opkijken als hij je zo ziet,' fluisterde ik in haar oor.

Kitty bloosde. 'Waarom zou hij?'

'Omdat hij je volgens mij heel graag mag. Of heb ik het verkeerd?'

'Hm, zou kunnen,' antwoordde ze ontwijkend, maar ik wist zeker dat ik haar die dag nog met onze stalmeester zou zien dansen. En misschien zou zij degene zijn die mijn bruidsboeket opving.

De hele rit naar de kerk hield mijn vader mijn hand vast. Daaraan merkte ik dat hij haast nog zenuwachtiger was dan ik.

'Ik weet nog precies hoe het destijds bij mijn eigen bruiloft ging,' zei hij. 'Ik was één bonk zenuwen. En je moeder was beeldschoon. Omdat haar vader niet meer leefde, bracht Agneta haar naar het altaar. Het was een van de mooiste dagen van mijn leven.' Hij keek me aan. 'Ik hoop dat het jou ook zo vergaat. Ondanks het feit dat je vandaag je schoenen wel aan flarden zult dansen.'

'Dat hoort toch ook op een bruiloft?' Ik haalde diep adem. Mijn nervositeit had meer effect op mijn maag dan toen ik voor mijn laatste examen stond. Toch was het geen onprettig gevoel en toen uiteindelijk de Heilige Drievuldigheidskerk voor ons opdoemde, bonsde mijn hart en gloeiden mijn wangen alsof ik koorts had.

'Zorg alsjeblieft dat ik niet struikel,' zei ik tegen vader toen we uitstapten.

Hij lachte. 'Maar je hebt niet eens een sleep waarover je kunt struikelen!'

‘Hou me toch maar goed vast.’

‘Dat zal ik doen.’

Terwijl we de trap voor de kerk op liepen klonk er orgelmuziek. Langs de kant stond een menigte mensen, voornamelijk kijkers, want onze gasten hadden al in de kerk plaatsgenomen. Mijn knieën voelden griezelig slap en toch leek het of ik op wolken zweefde.

Onder de klanken van de bruiloftsmars liepen we ten slotte de kerk in. Vanuit mijn ooghoeken zag ik dat alle aanwezigen van de kerkbanken opstonden. Maar mijn blik was naar voren gericht, naar de plek waar Jonas naast zijn beste vriend en getuige stond. Ook Kitty had zich daar opgesteld, met het boeket in haar hand. Ze glimlachte breed naar me.

Jonas zag er in zijn grijze jacquet met wit overhemd en donkerrode Ascot-das uit als een Engelse lord. Hij had geen zwart willen dragen, omdat die kleur hem aan de begrafenis van zijn ouders herinnerde. Zijn keuze beviel me heel goed.

Ik wist niet hoe de mensen om me heen op me reageerden, maar toen ik zijn gezicht zag wist ik dat mijn beslissing juist was geweest. Hij keek ontroerd en trots tegelijk, zijn ogen glansden en hij draaide verlegen zijn hoge hoed rond in zijn handen. Zijn vriend glimlachte toen hij dat zag, maar Jonas keek niet naar hem, zijn blik verbond zich met de mijne en deed het geluk in mijn borst bijna exploderen.

Bij het altaar droeg mijn vader me over aan Jonas. Toen zijn hand de mijne raakte, voelde ik dat ook hij beefde. Uiterlijk leek hij rustig, maar dat was maar schijn. Ik was wel een beetje opgelucht te merken dat ook hij nerveus was. We keken elkaar aan en het leek of Jonas iets tegen me wilde zeggen, maar toen verstomde het orgel en kwam de dominee naar ons toe.

Hij begon met een Bijbelspreuk en sprak daarna over de verantwoordelijkheid die het huwelijk met zich meebracht en over de liefde die alle hindernissen overwon. Ik moest denken aan de hindernissen die ik te overwinnen had en was vol vreugde dat Jonas bij me was, dat uit onze zakelijke relatie liefde was ontstaan.

De rest van de preek kreeg ik maar voor een deel mee, want ik raakte verdiept in de aanblik van mijn aanstaande man en in dromen over ons toekomstige leven. Maar toen de dominee uiteindelijk aan het einde van zijn preek was gekomen keerde ik terug naar de werkelijkheid en begon mijn hart wild te bonzen. Ik wist wat er zou volgen: de allesbepalende vraag.

'Wil jij, Jonas Carinsson, de hier aanwezige Solveig Lejongård tot echtgenote nemen, haar liefhebben, waarderen en respecteren en voor haar zorgen tot de dood jullie scheidt?'

Er gleed een glimlach over Jonas' gezicht en zijn ogen begonnen vochtig te glanzen. 'Ja, dat wil ik.'

'En wil jij, Solveig Lejongård, de hier aanwezige Jonas Carinsson tot echtgenoot nemen, hem liefhebben, waarderen en respecteren en voor hem zorgen tot de dood jullie scheidt?'

Ik keek naar mijn ouders en zag mijn moeder een traan wegpinken.

Toen zei ik: 'Ja, dat wil ik.'

Bij aankomst op de Leeuwenhof stonden ze ons allemaal op te wachten. Mevrouw Johannsen had het voor deze dag aangenomen personeel opgedragen zich voor de trap op te stellen.

'Zo zag het er vast ook uit toen je oma trouwde,' zei Jonas. Hij pakte mijn hand en kuste hem. 'Ik moet toegeven dat die aanblik wel iets heeft.'

'We kunnen natuurlijk een paar bedienden in dienst nemen,' antwoordde ik. 'Wat denk je van een kamerdienaar?'

'Die ons uit nieuwsgierigheid afluistert als we samen in de slaapkamer zijn?' Hij schudde zijn hoofd. 'Nee, ik hou mijn vrouw liever voor mezelf.'

Onder applaus en gejuich van de aanwezigen stapten we uit de auto. Er verschenen een paar meisjes uit het dorp die rozenblaadjes strooiden op het pad naar het huis waarover we naar de buitentrap liepen.

Ik voelde me nog steeds een beetje slap, maar dat was alleen omdat mijn hart overliep van geluk.

Bij de deur stapte mevrouw Johannsen naar voren en gaf ons een hand. 'Ik ben zo blij voor jullie!' zei ze met een betraand gezicht. 'Ik wens jullie alle geluk van de wereld!'

'Dank u wel, mevrouw Johannsen,' antwoordde ik. 'En hartelijk dank voor alle moeite die u zich hebt getroost.'

Ze maakte een afwerend gebaar. 'Ach, dat spreekt toch vanzelf!'

Karin was de volgende die naar ons toe kwam. Ze had een klein pakje in haar hand. 'Dit is voor jullie,' zei ze met trillende stem. 'Ik weet dat jullie heel veel cadeaus hebben gekregen, maar dit wilde ik persoonlijk overhandigen. Als blijk van waardering. Ik wens jullie het allerbeste toe.'

Ik omhelsde haar. 'Dank je wel, Karin.'

Er volgden meer felicitaties. Intussen kwamen ook de gasten aan die er in de kerk bij waren geweest. We schudden ontelbare handen, omhelsden ontelbare mensen en ik werd dronken van de vele gelukwensen die ons ten deel vielen.

Niet iedereen had ons kunnen feliciteren op de trap voor de kerk en het plein, die ook wit waren geweest van de rozenblaadjes. Dat werd nu ingehaald. Als eersten door Maud von Rosen, Ulla Håkansson en Ninna Swaab. De verschijning van onze succesvolle olympische medaillewinnaressen baarde nogal wat opzien.

'Ik wens jullie alle goeds,' zei Maud en ze omhelsde ons. 'Jullie zijn zo'n prachtig paar!'

Ook Ulla en Ninna sloten ons in hun armen.

'Ik ben blij dat jullie elkaar hebben gevonden,' zei Ulla en Ninna voegde er met een schalks lachje aan toe: 'Dat jullie maar gezegend mogen worden met een rijke kinderschare.'

Jonas keek me aan. 'Aan mij zal het niet liggen.'

Ik porde hem speels in zijn zij. 'Maar we kunnen toch wel even wachten tot de huwelijksnacht?'

Samen met de gasten gingen we aan de lange tafel zitten, waar de champagne in de glazen parelde. De tafel zelf was versierd met boeketjes van gele rozen, roze gladiolen en rode asters, niet bepaald een typische bruiloftsdecoratie, maar ze hadden een prachtig effect en pasten goed bij de omgeving en bij ons. De taart vormde het oogstrelende hoogtepunt. De patissière was echt een meesteres in haar vak en haar werk leek wel een schilderij. Verspreid over de hele taart lagen tere blaadjes in schitterende tinten geel en rood, met daartussen smalle linten die omhoog reikten naar het kleine bruidspaartje dat hand in hand stond.

Ik vond het bijna jammer om hem aan te snijden. Maar Jonas en ik deden het samen en onder het applaus van de gasten. Zijn hand lag warm en beschermend op de mijne en toen we onze taak hadden volbracht, keken we elkaar diep in de ogen. Bij het zien van de liefde in Jonas' blik vergat ik voor een ogenblik dat we niet alleen waren. Maar daar werd ik door de juichkreten van de aanwezigen op geattendeerd, waarna ik Jonas hartstochtelijk kuste.

Even later werd er een toost uitgebracht en hield mijn moeder een korte speech over liefde en vertrouwen. Toen ze mormor noemde kreeg ik tranen in mijn ogen.

'We missen Agneta allemaal heel erg. Vooral vandaag hadden we haar er graag bij gehad. Maar ik troost me met de gedachte dat ze aanwezig is in alles op de Leeuwenhof, in alles wat hier leeft. Ze leeft in ons, in onze gedachten en onze harten en ze zal er vanuit de hemel niet alleen voor zorgen dat jullie, Solveig en Jonas, gelukkig worden, maar ze zal zich ook van ganser harte verheugen over jullie geluk. Net als wij allemaal!'

Op haar woorden volgde applaus en ik pakte ontroerd Jonas' hand en kuste hem.

Na de eerste gang van het bruiloftsmenu was het mijn beurt om te speechen. Ik was vreselijk zenuwachtig.

'Toen ik nog een kind was, vertelde oma me het verhaal van de leeuwen op onze hoeve,' begon ik. 'Twee ervan, Sture en Bror, spraken in haar fantasie met elkaar en gaven commentaar op alles wat er op de Leeuwenhof gebeurde. Ik weet niet of iedereen de spot van de leeuwen verdiend had, maar oma beweerde dat ze hen op de dag dat ik geboren werd voor het eerst had zien glimlachen. Sindsdien is er veel tijd verstreken en ik weet dat Sture en Bror met ons gehuild hebben toen mijn oma deze wereld verliet. De pijn van dat verlies is nog altijd aanwezig, maar de blijdschap over het feit dat ik iemand heb gevonden die mijn hart vervult met liefde heeft nu de overhand. En dat is niet het enige. Ik ben blij dat mijn ouders bij me zijn. Ik hou heel veel van ze en ik wil ze bedanken voor alles wat ze voor me hebben gedaan. Ik dank ook mijn beste vriendin Kitty uit de grond van mijn hart. Zij heeft me niet alleen bij de voorbereidingen van onze bruiloft terzijde gestaan, maar ze neemt al vele, vele jaren een belangrijke plaats in mijn leven in. En ik dank jou, Jonas, mijn grote liefde, dat je in mijn leven bent gekomen en me niet met rust hebt gelaten tot ik je mijn hart wilde schenken.'

Ik keek hem even liefdevol aan en vervolgde: 'En daarom hoop ik dat de twee leeuwen vandaag ons grote geluk voelen en weer glimlachen in plaats van spottend commentaar te leveren. En dat ze dat ook zullen doen als in de toekomst onze eigen kinderen in de tuin ravotten.'

'Dat zullen ze zeker!' riep vader en hij hief net als de andere gasten het glas op ons.

Na het eten was het tijd voor onze openingsdans. We hadden wel een beetje geoefend, maar toch hoopte ik dat ik Jonas niet op zijn tenen zou trappen. Hij leidde me naar de dansvloer en ik keek om me heen naar de gasten. Kitty stond vlak bij Sven Bergmann, die zijn best deed haar niet al te openlijk aan te staren. Vader en moeder stonden hand in hand aan de rand van de dansvloer te wachten. Ze zouden ons volgen nadat de eerste maten alleen ons hadden toebehoord. Ik keek naar Jonas. 'Ik hou van jou, wist je dat al?' vroeg ik hem zachtjes.

'Ja,' antwoordde hij. 'En ik hou ook van jou. Meer dan van wat of wie ook ter wereld.'

'Dan hoop ik maar dat je nog steeds van me houdt als ik per ongeluk op je tenen ga staan.'

Jonas schoot in de lach. 'Maak je geen zorgen, dat gebeurt vast niet. En ik zal mijn best doen niet over mijn eigen voeten te struikelen.'

Op een teken van mijn moeder begon de band te spelen. Jonas leidde me de dansvloer op. Op dat moment leek ik alle danspassen die ik ooit had geleerd te zijn vergeten. Maar toen Jonas' hand op mijn taille rustte, bewogen mijn voeten zich als vanzelf op de muziek en we zweefden over de dansvloer.

'*Give me a kiss to build a dream on...*' zong de zanger en ik kon niet anders dan verdrinken in Jonas' ogen, voordat hij zich naar me toe boog en me kuste.

'Daar kunnen we onze droom op bouwen,' fluisterde hij me toe en hij vlijde zijn wang tegen de mijne.

Later, toen de bruidstaart al flink was geslonken en de gasten even pauze namen van het dansen, kneep ik er eventjes met Kitty tussenuit. We liepen naar het tuinhuisje, dat ook met bloemen was versierd.

'Je hebt het echt geweldig gedaan,' zei ik terwijl ik mijn blik over het feestterrein liet gaan. 'Het is perfect.'

'Ik ben blij dat je gelukkig bent,' antwoordde ze en ze legde haar arm om me heen. De wijn had haar wangen kleur gegeven en ik voelde me zelf ook een beetje dronken, hoewel ik niet wist of het door de alcohol kwam of door alle mooie momenten die me waren vergund. 'En je bruidsjurk heeft iedereen steil achterover doen slaan, dat is zeker.'

'Ik hoop dat ze zich dat morgen ook nog herinneren als ze met een kater wakker worden.' Ik keek haar aan. 'Je lijkt goed met Sven Bergmann overweg te kunnen...' Op de dansvloer hadden ze samen een goed figuur geslagen en leken ze zich uitstekend te hebben vermaakt.

'Ja,' gaf ze toe. 'Hij lijkt me echt heel aardig. Maar ik ga niets overhaasten, eerst moet de kwestie met Marten afgerond zijn.'

Ik streek een haarlok uit haar gezicht. 'Fijn dat er iets is waar je naar uit kunt kijken. Toch moet je er wel bij zijn als ik straks mijn bruidsboeket opgooi. Misschien ben jij degene die het vangt.'

'Ik ben er eigenlijk niet zo op uit vlug te hertrouwen,' wierp ze tegen. 'In deze moderne tijd zou het ook zonder moeten kunnen, toch?'

'Als je maar gelukkig bent,' zei ik.

'Daarvoor heb jij al gezorgd. Ik verheug me erg op de kliniek. En de Leeuwenhof is al bijna een tweede thuis voor me geworden.'

'Ik hoop dat de Leeuwenhof ooit je echte thuis zal zijn – net als voor mij. Ik kan me niet voorstellen ergens anders te wonen.'

Op dat moment werd ik een beweging gewaar. Moeder kwam op ons af lopen. Kennelijk had ze mijn afwezigheid opgemerkt.

'Hier zitten jullie dus,' zei ze. 'Hoort de bruid eigenlijk niet op de dansvloer?'

Ik glimlachte naar haar. 'Ik ben bang dat ik de mannelijke gasten moe gedanst heb,' antwoordde ik en ik wees naar mijn schoenen. Die zagen er al behoorlijk afgetrapt uit.

Moeder ging naast ons op de bank zitten. 'Ook van het mooiste feestje moet je soms even afstand nemen,' zei ze met een zucht terwijl ze haar schoenen uittrok. Een ogenblik luisterde ze met gesloten ogen naar de wind, toen zei ze: 'Je hebt heel mooi gesproken. Agneta zou trots op je zijn geweest.'

Ik keek haar even glimlachend aan. 'Het is vreemd,' zei ik toen. 'Je hebt gelijk, op de een of andere manier is oma bij me. En dat zal ze altijd zijn.'

'Dat klopt. Dat zal ze altijd zijn. En ze zou trots op je zijn geweest, vooral omdat de Leeuwenhof toekomst heeft. De komende jaren zullen misschien arbeidsintensief zijn, maar je bent op de goede weg. En met Jonas aan je zijde krijg je vast een gelukkig leven.'

'Ik hoop het.'

'Ik weet het,' was moeders reactie. Toen keek ze opzij. 'Ach, kijk eens wie zijn vrouw mist!'

Jonas kwam over het pad aanlopen. 'Hebben de dames er bezwaar tegen als ik erbij kom zitten?' vroeg hij en hij liep het trapje op.

'Geenszins,' antwoordde moeder en ze gaf mijn vriendin een arm. 'Ik wilde net een wandelingetje met Kitty gaan maken.'

Met die woorden nam ze haar mee het trapje van het tuinhuisje af. Jonas en ik keken hen na, toen vlijden we ons tegen elkaar aan.

'Ben je gelukkig?' vroeg hij zacht.

'Ja,' antwoordde ik. 'Ik ben nog nooit zo gelukkig geweest.'

'Ik ook niet,' zei hij. Toen glimlachte hij schalks: 'Je hebt zeker wel begrepen dat je nu niet meer van me afkomt, hè?'

'Zeker,' antwoordde ik. 'Dat was me in de kerk al duidelijk. Maar ik zou ook niet anders willen. Ik wil voor altijd bij je zijn, hoor je?'

'En ik wil voor altijd bij jou zijn.'

We kusten elkaar en ik voelde duidelijk dat Jonas naar me verlangde. Bij mij was het niet anders, maar we moesten nog even wachten. Er kwamen nog een bruiloftsdiner en een lange avond onder de lampions in de tuin. En een heel leven.

'Ik hou van je, Solveig,' zei hij terwijl hij me in zijn armen hield.

'Ik hou ook van jou,' antwoordde ik en ik genoot nog even van de rust en van zijn warmte, tot we terugkeerden naar het feest. En naar ons nieuwe leven.

LEES MEER VAN

Corina Bomann

Het is 1913 en Agneta heeft afstand genomen van haar machtige familie om een vrij leven te leiden als student aan de kunstacademie in Stockholm – met de charmante Michael aan haar zijde. Dan ontvangt ze een telegram waardoor haar leven op zijn kop wordt gezet: ze wordt gesommeerd terug te keren naar landgoed de Leeuwenhof om daar de stoeterij van haar familie te gaan beheren. Daarmee worden haar een adellijke titel en een leven vol luxe op een presenteerblaadje aangeboden, maar was dat niet juist het leven waaraan ze wilde ontsnappen? Kiest Agneta ervoor de familietraditie in stand te houden en haar adellijke plichten op zich te nemen, of wint haar verlangen naar vrijheid en echte liefde?

Verkrijgbaar als
e-book
& papieren boek

LEES MEER VAN

Corina Bomann

Mathilda is zestien als haar moeder in 1931 plotseling sterft en ze alleen achterblijft. Dan komt de indrukwekkende Agneta Lejongård in haar leven. Agneta blijkt Mathilda's voogd te zijn en ze neemt Mathilda mee naar het prachtige landgoed de Leeuwenhof in het zuiden van Zweden.

Mathilda weet niet dat Agneta haar tante is, maar voordat Agneta haar over haar afkomst kan vertellen, wordt Europa verscheurd door de Tweede Wereldoorlog. Het leven zoals iedereen het kende verandert voorgoed. In de chaos zal Mathilda haar lot in eigen handen moeten nemen en nieuwe wegen moeten bewandelen op zoek naar geluk.

LEES MEER VAN

Corina Bomann

Als Annabel in een haven aan de Baltische Zee De stormroos ziet liggen, een oude, verwaarloosde boot met een bordje 'Te koop' erop, voelt ze zich er meteen mee verbonden. Hoewel de kotter in slechte staat is, ziet Annabel mogelijkheden om er een drijvend café van te maken en zo een anieuwe toekomst op te bouwen voor zichzelf en haar dochtertje. Er blijkt één andere gegadigde te zijn, ene Christian. Hij wil de boot al net zo graag hebben als Annabel. In hun enthousiasme besluiten ze de boot gezamenlijk te kopen en het avontuur met z'n tweeën aan te gaan.

Tijdens de verbouwing vindt Annabel een brief die iets prijsgeeft van een bewogen verleden: meer dan dertig jaar geleden gebruikte een jonge vrouw De stormroos om over zee te ontsnappen uit Oost-Duitsland. Geschokt gaan Annabel en Chistian op zoek naar die vrouw en proberen ze de tumultueuze geschiedenis van hun boot te ontrafelen – een geschiedenis die teruggaat tot Annabels eigen kindertijd...